ICE LIMIT

DES MÊMES AUTEURS

Relic, Robert Laffont, 1996.

Cauchemar génétique, Robert Laffont, 1997.

Le Grenier des enfers, Robert Laffont, 1999.

Le Piège de l'architecte, Robert Laffont, 2000.

DOUGLAS PRESTON
& LINCOLN CHILD

RETIRÉ DE LA COLLECTION
DE LA
BIBLIOTHÈQUE DE LA VILLE DE MONTRÉAL

ICE LIMIT

traduit de l'américain
par Karine Laléchère

BIBLIOTHÈQUE
Mile End
✔
VILLE DE MONTRÉAL

302/
K 412
2

l'Archipel

Lincoln Child dédie ce livre à sa fille, Veronica.

Douglas Preston dédie ce livre à Walter Winings Nelson,
artiste et photographe avec qui il a partagé de nombreuses aventures.

Ce livre a été publié sous le titre
The Ice Limit
par Warner Books Inc., New York, 2000.

Si vous désirez recevoir notre catalogue et
être tenu au courant de nos publications,
envoyez vos nom et adresse, en citant ce
livre, aux Éditions de l'Archipel,
34, rue des Bourdonnais, 75001 Paris.
Et, pour le Canada,
à Édipresse Inc., 945, avenue Beaumont,
Montréal, Québec, H3N 1W3.

ISBN 2-84187-390-0

Copyright © 2000 by Splendide Mendax Inc. and Lincoln Child.
Copyright © L'Archipel, 2002, pour la traduction française.

AVERTISSEMENT

Ice Limit s'inspire d'une véritable expédition scientifique. En 1906, l'amiral Robert E. Peary découvrait dans le nord du Groenland la plus grosse météorite du monde, qu'il nomma Ahnighito. Une fois chargée à grand-peine à bord du navire, la masse de fer dérégla tous les compas. Robert Peary se débrouilla pour la ramener au Museum d'histoire naturelle de New York, où l'on peut l'admirer aujourd'hui encore, dans la section des météorites. Il relata cette aventure dans son livre – non traduit – *Northward over the Great Ice* : « Jamais je n'avais pris conscience de la terrible majesté de la loi de la pesanteur avant de voir cette montagne de fer. » La météorite est si lourde qu'elle repose sur six énormes piliers d'acier qui traversent le sol et les caves du musée, pour venir se fixer dans le sous-sol rocheux sur lequel est bâti l'édifice.

Il est inutile de préciser que si beaucoup de lieux cités dans le roman existent réellement – Lloyd Industries, EES... –, tous les personnages et les deux navires décrits sont entièrement issus de notre imagination. En outre, bien qu'on trouve dans un atlas une grande île appelée île Desolacíon, à quelque cinq cent cinquante kilomètres de l'endroit où nous avons planté le décor de *Ice Limit*, l'île du roman est également pure invention.

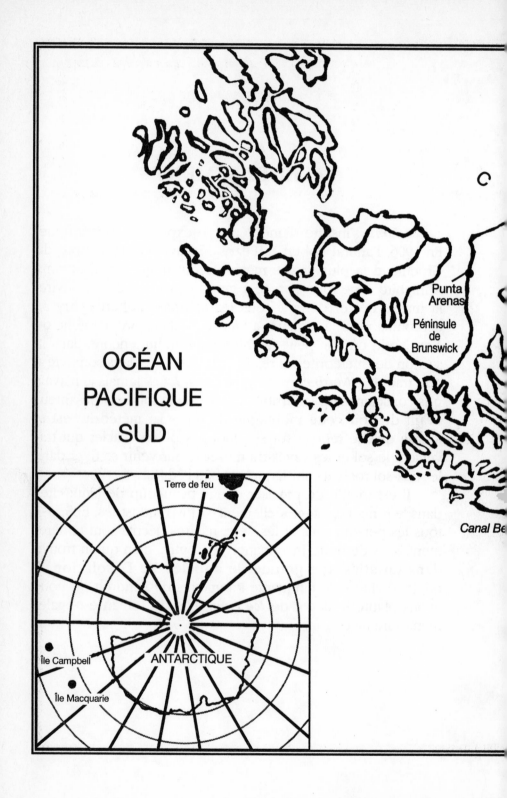

OCÉAN
PACIFIQUE
SUD

Punta
Arenas

Péninsule
de
Brunswick

Canal Be

Terre de feu

Île Campbell

Île Macquarie

ANTARCTIQUE

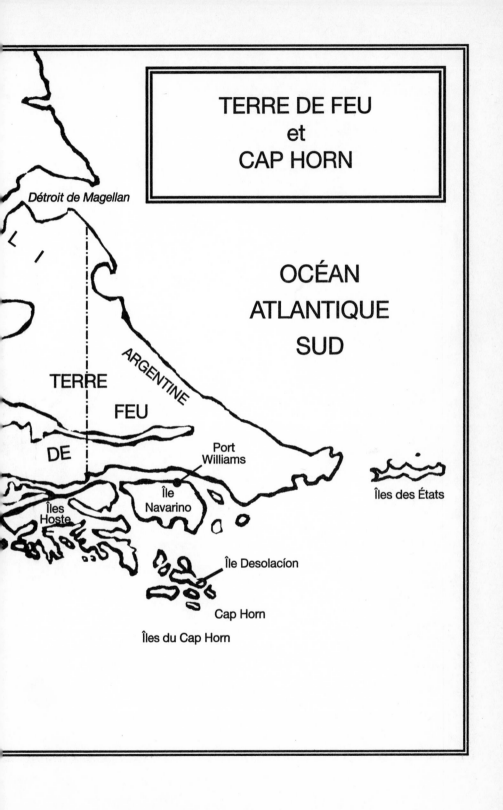

TERRE DE FEU
et
CAP HORN

Détroit de Magellan

OCÉAN
ATLANTIQUE
SUD

ARGENTINE

TERRE

FEU

DE

Port
Williams

Île
Navarino

Îles des États

Îles
Hoste

Île Desolacíon

Cap Horn

Îles du Cap Horn

Île Desolacíon,
16 janvier, 13 h 15

La vallée Sans Nom déroulait son long tapis gris-vert de lichens et de carex entre des collines désertiques. C'était la mi-janvier – le cœur de l'été – et de minuscules fleurs pointaient des crevasses. Au-delà des caillasses, à l'est, scintillait un champ de neige bleuté. Le bourdonnement des moustiques emplissait l'air. Le brouillard estival qui d'habitude enveloppait l'île Desolación s'était temporairement dissipé, révélant un soleil délavé qui éclaboussait la vallée d'or pâle.

Un homme progressait lentement sur le sol caillouteux et humide de la vallée. Il s'arrêtait souvent, hésitait, puis repartait. Il ne suivait pas un chemin tracé, pour la simple raison que sur l'archipel du cap Horn, aux confins australs de l'Amérique du Sud, il n'en existait aucun. Nestor Masangkay portait un ciré usé et un chapeau en cuir graisseux. Les poils clairsemés de sa barbe gorgée de sel marin s'étaient agglutinés en pointes fourchues qui frétillaient comme des langues de serpent. Il guidait deux mules lourdement chargées qu'il abreuvait de commentaires désobligeants, n'épargnant ni leur caractère, ni leur apparence physique, ni leurs ancêtres. Mais personne ne risquait de l'entendre dans cette contrée désolée. De temps à autre, il ponctuait ses insultes de petits coups, à l'aide d'une baguette qu'il serrait dans sa main brunie. Les mules avaient toujours eu le don de l'irriter et celles-ci ne faisaient pas exception à la règle. Pourtant, la voix de Masangkay était dépourvue de colère et ses coups manquaient de conviction. Il sentait une impatience fébrile le gagner.

Il parcourut le paysage du regard, sans omettre aucun détail : l'escarpement basaltique quinze cents mètres plus loin, les deux pitons siamois du culot volcanique, l'affleurement de roche sédimentaire inhabituel. C'était un terrain prometteur. Très prometteur. Il reprit sa marche, les yeux rivés au sol.

11

Parfois, une de ses chaussures cloutées butait sur l'arête d'une pierre qui se délogeait. Sa barbe tressautait, il grognait, puis le curieux équipage reprenait sa route.

Au centre de la vallée, Masangkay heurta encore un caillou, mais cette fois, il prit la peine de s'arrêter pour le ramasser. Il examina la roche tendre et la frotta avec son pouce. Des grains restèrent collés à son doigt. Il sortit une loupe de joaillier pour les étudier. C'était un minéral friable, vert avec des inclusions blanches, qu'il identifia sans peine : de la coésite. Il avait parcouru près de vingt mille kilomètres pour cette pierre peu attrayante et sans valeur. Un sourire illumina son visage et il leva les bras vers le ciel, poussant un cri de joie dont l'écho se répercuta longuement entre les collines.

Il observa le modelé alluvial. Ses yeux s'attardèrent sur l'affleurement et ses couches bien délimitées, puis s'abaissèrent à nouveau. Il fit avancer les mules de dix mètres et retourna une autre pierre avec son pied. Il en délogea une troisième et une quatrième. Encore de la coésite. La vallée en était pour ainsi dire pavée. Près du champ de neige, un rocher transporté par les glaciers – un bloc erratique, corrigea intérieurement le géologue – dominait la steppe. Masangkay y conduisit les bêtes pour les attacher. Avec une lenteur délibérée, il revint alors sur ses pas, ramassant des cailloux, donnant des coups de pied dans le sol, dessinant dans sa tête une carte de la distribution de la coésite. C'était incroyable. Cela dépassait ses hypothèses les plus optimistes.

Il était venu ici sans espérances démesurées, sachant d'expérience que les légendes locales débouchaient souvent sur des impasses. Il se remémora le musée poussiéreux où il avait entendu parler du mythe d'Hanuxa pour la première fois : l'odeur des monographies d'anthropologie dont les pages usées se détachaient, les photos jaunies d'outils et d'Indiens morts depuis longtemps. Il avait hésité à faire le voyage. Le cap Horn n'était pas précisément à côté de New York et son instinct l'avait abusé plus d'une fois par le passé. Mais il avait quand même fini par se décider. Et il avait gagné le gros lot.

Masangkay inspira profondément. Il ne fallait pas s'emballer. Il retourna jusqu'au rocher et passa les mains sous le ventre de la mule de tête. Avec des gestes vifs, il dénoua le nœud qui arrimait le bât, ôta la corde de chanvre et défit les attaches des caisses en bois. Il souleva le couvercle de l'une d'elles et en tira un long sac étanche qu'il posa sur le sol. Il en sortit six cylindres d'aluminium, un petit clavier avec un écran, une lanière en cuir, deux globes métalliques et une batterie nickel-cadmium. Assis en tailleur sur le sol, il assembla les différents éléments en un long tube métallique de quatre mètres cinquante, plaçant les sphères à chaque extrémité. Il inséra l'ordinateur au centre, accrocha la lanière en cuir et glissa la batterie dans une fente sur le côté. Il se leva pour examiner avec satisfaction l'objet high-tech rutilant, un anachronisme parmi son équipement vétuste. C'était une sonde tomographique électromagnétique qui valait plus de cinquante mille dollars et pour laquelle il avait dû verser un acompte de dix mille dollars. Une dette de plus. Mais cette expédition allait largement le dédommager et, bientôt, il pourrait rembourser tout le monde, même son ancien coéquipier.

Masangkay mit l'appareil sous tension et attendit qu'il chauffe. Il redressa l'écran, prit l'appareil par la poignée au centre du tube et le plaça sur ses épaules, s'efforçant de l'équilibrer. De sa main libre, il vérifia les réglages et commença à marcher d'un pas régulier, sans quitter l'écran des yeux. Le ciel s'était assombri. Le brouillard s'insinuait à nouveau dans la vallée. Au milieu, il s'immobilisa brusquement. Masangkay examina l'écran, interloqué. Il modifia ses réglages et avança d'un pas. Il fronça les sourcils. Avec un juron, il éteignit l'appareil et rejoignit le bord de la vallée. Il remit la machine à zéro et repartit vers le centre, suivant une ligne qui formait un angle droit avec son trajet précédent. Il s'arrêta à nouveau, la surprise cédant la place à l'incrédulité. Il signala l'emplacement avec deux pierres posées l'une sur l'autre, puis marcha jusqu'à l'autre bout de la vallée, avant de revenir sur ses pas à grandes enjambées. Il bruinait à présent. Son visage et ses épaules étaient constellés de fines gouttes de pluie, mais il s'en moquait. Il appuya sur un bouton, et l'ordinateur cracha une étroite bande de papier que Masangkay étudia attentivement. L'encre bavait à cause de l'humidité. Sa respiration s'accéléra. Il avait d'abord cru que les données étaient fausses. Mais c'était son troisième passage, et les résultats se recoupaient. Il effectua une dernière série de mesures par acquit de conscience, arracha la bande de papier, l'examina rapidement et la fourra dans la poche de sa veste.

Il rejoignit le rocher en marmonnant dans sa barbe, laissa tomber l'appareil sur le sac étanche et, les mains tremblantes, détacha le bât de la seconde mule. Dans sa hâte, il fit tomber une des caisses qui déversa son contenu sur le sol : des pics, des pelles, des marteaux, une tarière et une charge de dynamite. Il prit un pic et une pelle, puis repartit en trottinant jusqu'au centre de la vallée. Il jeta la pelle par terre et entreprit de creuser à grands coups de pic fiévreux, ne s'interrompant que pour ramasser à la pelle les cailloux qu'il entassait au bord du trou. Il continua ainsi pendant un moment sous le regard impassible des mules qui attendaient, tête basse, paupières mi-closes.

Malgré la pluie plus drue, Masangkay ne ralentit pas. Des flaques se formaient çà et là dans les creux. Il sentait l'odeur froide de la glace qui venait du canal Franklin et remontait vers le nord. Le tonnerre gronda dans le lointain. Des mouettes intriguées tournoyaient autour de sa tête en poussant des cris maussades. Le trou atteignit bientôt trente centimètres de profondeur. Puis soixante. Une fois la couche rocheuse superficielle brisée, sa pelle s'enfonçait facilement dans le sable alluvial. Les collines avaient disparu derrière un rideau de pluie et de brume. Imperturbable, Masangkay creusait toujours. Il retira son ciré, sa grosse chemise et, pour finir, son tee-shirt, les jetant les uns après les autres sur le bord du trou. La boue et la pluie se mêlaient à la sueur qui ruisselait sur son dos et sa poitrine, dessinant les creux et les saillies de ses muscles, tandis que des gouttes perlaient sur les pointes de sa barbe.

Soudain, il poussa un cri. Il s'accroupit, ôtant à la main la boue et le sable sur la surface dure que sa pelle venait de rencontrer. Il laissa la pluie rincer les dernières traces de boue. Déconcerté, il eut un mouvement de recul. Puis Masangkay s'agenouilla, comme pour prier, ses mains posées respectueusement sur la surface lisse. Sa respiration était saccadée, ses yeux agrandis par la surprise. Son front dégoulinait de sueur et de pluie. L'épuisement, l'excitation et une joie indescriptible accéléraient les battements de son cœur.

A cet instant, un éclair incandescent jaillit du trou, suivi d'un grondement prodigieux qui résonna dans toute la vallée, et dont l'écho alla mourir entre les collines les plus éloignées. Les deux mules attachées à leur rocher dressèrent la tête en direction du bruit, mais ne virent qu'un petit nuage de fumée en forme de crabe, qui s'effilocha avant d'être dissipé par la pluie. Elles détournèrent la tête avec indifférence, tandis que les ténèbres s'épaississaient autour d'elles.

Île Desolacíon,
22 février, 11 h 00

Le long canoë en bois fendait l'eau du canal, porté par la marée. A l'intérieur, une frêle silhouette solitaire agenouillée manœuvrait d'une main experte une pagaie qui guidait l'embarcation entre les vagues. Un mince filet de fumée montait du feu de braises qui brûlait sur un bloc d'argile humide au milieu du canoë. Il fit le tour des falaises noires de Desolación pour se faufiler dans une petite anse plus calme. Lorsque le fond racla la plage de galets, l'homme sauta à terre et tira l'embarcation à l'abri de la marée. Un des pêcheurs nomades solitaires qui sillonnaient ces mers froides l'avait averti de la présence de l'étranger. On en croisait rarement sur ces îles aussi isolées qu'inhospitalières. Et jamais personne n'y restait un mois entier.

Il s'arrêta, apercevant quelque chose par terre. Il ramassa un morceau de fibre de verre, puis un autre. Il les examina, frotta leurs bords cassés, puis les jeta. Les restes d'un bateau qui avait fait naufrage récemment. L'explication était peut-être aussi simple que cela, après tout.

L'homme avait étrange allure. C'était un vieillard au teint sombre, avec de longs cheveux gris et une fine moustache dont les pointes pendaient sous son menton. Malgré le froid glacé, il ne portait qu'un tee-shirt sale et un short trop grand pour lui. Plaçant délicatement son index devant une de ses narines, il se moucha d'un côté, puis de l'autre, avant d'escalader la falaise au fond de l'anse.

Il fit une pause au sommet. Son regard fouilla le sol caillouteux parsemé de petits monticules moussus. A force de gels et de dégels, il était devenu spongieux, et l'on distinguait encore des empreintes de pas et de sabots. La piste irrégulière le conduisit en haut d'une butte. Les traces se dirigeaient ensuite vers le champ de neige, puis longeaient l'étendue

16

glacée avant de descendre vers la vallée. La piste s'interrompait sur une saillie. Après, les empreintes dessinaient un écheveau embrouillé. L'homme s'arrêta pour étudier le paysage stérile. Il y avait quelque chose tout en bas : des taches de couleur et le reflet du soleil sur le métal. Il dévala le reste de la pente d'un pas vif.

Il vit d'abord les mules, toujours attachées au rocher. Elles étaient mortes depuis longtemps. Il parcourut d'un regard avide le sol jonché de provisions et de matériel. Il aperçut alors le corps. Il s'approcha avec précaution. Un homme était étendu sur le dos, à une centaine de mètres d'un trou récemment creusé. Le cadavre était presque nu, seuls quelques lambeaux de vêtements brûlés s'accrochaient encore à la chair carbonisée. Ses mains noires calcinées étaient levées vers le ciel, comme les serres d'un corbeau, et ses jambes écartées se repliaient sur sa poitrine écrasée. Dans ses orbites, deux petites flaques de pluie reflétaient le ciel et les nuages.

Le vieil homme recula, posant un pied après l'autre comme un chat, puis s'arrêta pour contempler le cadavre d'un air songeur. Enfin, sans tourner le dos au corps noirci, il s'occupa avec des gestes délicats du précieux équipement disséminé autour du rocher.

New York,
20 mai, 14 h 00

La salle des ventes de Christie's était une pièce sans fioriture tapissée de bois blond qu'éclairait un lustre rectangulaire. Le beau parquet à chevrons disparaissait presque entièrement sous les innombrables rangées de chaises – toutes occupées – et les pieds des journalistes, des retardataires et des curieux massés dans le fond de la salle. La foule se tut à l'entrée du commissaire-priseur qui monta sur l'estrade centrale. Derrière lui, le long écran crème sur lequel on accrochait habituellement des tableaux ou des gravures était nu. L'homme donna un coup de marteau sur le pupitre. Son regard fit le tour de l'assistance, puis il sortit une fiche de sa veste. Après l'avoir consultée, il la posa avec précaution dans un coin et leva les yeux.

— J'imagine que quelques-uns parmi vous connaissent déjà l'objet de la vente d'aujourd'hui.

Il parlait d'un ton affecté, avec un accent britannique. Ses longues voyelles résonnaient, légèrement amplifiées par le micro. Quelques rires de convenance coururent dans l'assemblée.

— Je regrette que nous n'ayons pas pu l'apporter ici pour vous le montrer, mais il était un tantinet encombrant.

Une autre vague de rires agita la salle. Selon toute apparence, il se délectait de l'importance de l'événement.

— J'en ai toutefois apporté un petit morceau, en gage de l'authenticité de l'article qui va être mis en vente.

Il fit un signe de tête à un mince jeune homme au port de gazelle qui avança sur l'estrade et lui tendit un petit écrin tendu de velours. Le commissaire-priseur souleva le couvercle et son bras décrivit un demi-cercle pour faire admirer le contenu de la boîte. Un murmure d'appréciation s'éleva dans l'assistance. Une dent brune recourbée reposait sur la doublure de satin blanc. Longue de dix-sept centimètres, elle présentait un tranchant crénelé.

L'homme se racla la gorge.

— Le lot numéro un, le seul qui sera mis en vente aujour-d'hui, nous a été remis par le peuple Navajo, suite à un arrangement avec le gouvernement des États-Unis.

Son regard fit le tour du public.

— Le lot est un fossile. Un fossile exceptionnel. En 1996, continua-t-il en consultant sa fiche, un berger Navajo du nom de Wilson Atcitty a perdu des moutons dans les montagnes Lukachukai, le long de la frontière entre l'Arizona et le Nouveau-Mexique. En cherchant ses moutons, il est tombé sur un os énorme qui dépassait d'une falaise de grès dans un canyon au milieu de nulle part. Les géologues appellent ce dépôt de grès qui date du crétacé la formation d'Hell Creek. Le Museum d'histoire naturelle d'Albuquerque l'a appris. En accord avec le peuple Navajo, il a entamé des fouilles et découvert qu'il n'y avait pas un, mais deux squelettes emmêlés : un *tyrannosaurus rex* et un tricératops. Le tyrannosaure avait les mâchoires plantées dans le cou du tricératops, juste sous la crête. Il était en train de décapiter l'autre animal avec ses dents. Quant au tricératops, il avait profondément enfoncé sa corne centrale dans la poitrine du tyrannosaure. Ils sont morts ensemble, enlacés pour l'éternité.

Il s'interrompit encore pour se racler la gorge.

— J'attends le film avec impatience.

Un éclat de rire attendu parcourut la salle.

— La bataille fut si violente que, sous le tricératops, les paléontologues ont retrouvé cinq dents du tyrannosaure qui s'étaient apparemment brisées au cours de la lutte. C'est l'une d'elles que je viens de vous montrer.

Il fit un signe à son assistant qui referma l'écrin.

— Un bloc de pierre de trois cents tonnes contenant les deux reptiles a été ramené au Museum d'Albuquerque pour terminer le travail. Les deux squelettes sont toujours partiellement prisonniers de leur matrice de grès.

Il jeta encore un coup d'œil à sa fiche.

— Selon les scientifiques consultés par Christie's, ce sont les deux squelettes les plus parfaits jamais découverts. Leur valeur scientifique est incalculable : la plus grande découverte de fossile de l'Histoire, selon le directeur du département de paléontologie du Museum de New York.

Il reposa avec précaution la carte et prit le marteau. Aussitôt, trois hommes s'avancèrent sans bruit sur l'estrade, attendant au garde-à-vous les premières enchères. Des mandataires postés à côté des téléphones s'immobilisèrent, le récepteur à la main.

— Ce lot est estimé à douze millions de dollars. La mise à prix est de cinq millions.

A son coup de marteau, il y eut quelques appels étouffés, des signes de tête, puis des bras se levèrent sans précipitation.

— Cinq millions. Six millions. Merci. Sept millions.

Les hommes sur la scène tendaient le cou, repéraient les offres qu'ils transmettaient au commissaire-priseur. Le brouhaha s'amplifia.

— Huit millions.

Une salve d'applaudissements retentit. Le record de prix pour un fossile de dinosaure venait d'être battu.

— Dix millions. Onze millions. Douze. Merci. Treize millions ici. Quatorze. Quinze.

Le nombre d'offres diminuait, mais les acquéreurs par téléphone ne lâchaient pas prise et il restait une demi-douzaine d'enchérisseurs dans la salle. Les sommes qui s'affichaient à la droite du commissaire-priseur grimpaient rapidement, aussitôt converties en livres sterling et en francs.

— Dix-huit millions. Dix-neuf !

Le murmure de fond enfla et le commissaire-priseur donna un coup de marteau d'avertissement. Les enchères reprirent, plus calmement mais avec acharnement.

— Vingt-cinq millions. Vingt-six millions. Vingt-sept pour le monsieur sur la droite.

La rumeur s'éleva à nouveau dans la salle, mais cette fois, le commissaire-priseur ne chercha pas à l'étouffer.

— Trente-deux millions. Trente-deux millions cinq cents au téléphone. Trente-trois. Trente-trois cinq cents, merci. Trente-quatre pour la dame au premier rang.

La tension montait. Les sommes dépassaient largement les prédictions les plus folles.

— Trente-cinq au téléphone. Trente-cinq cinq cents à la dame. Trente-six.

Il y eut un remous dans le public. L'attention se détourna un instant de l'estrade pour se diriger vers la porte qui menait à la galerie principale. Sur les marches de l'escalier en demi-lune, se découpait la haute silhouette massive d'un homme d'une soixantaine d'années. Il avait le crâne rasé et une barbichette. Les lumières faisaient chatoyer la soie bleu marine de son costume Valentino. Le col de sa chemise blanche immaculée de chez Turnbull & Asser était ouvert, et le morceau d'ambre qui retenait sa fine cravate renfermait la seule plume d'ar- chéoptéryx retrouvée à ce jour.

— Trente-six millions, répéta le commissaire-priseur qui, comme tout le monde, avait tourné les yeux vers l'imposant personnage.

Celui-ci ne bougeait pas, ses yeux bleus pétillant de vie et de malice. Puis il leva lentement la main. La foule se tut peu à peu. Le numéro d'enregistrement affiché sur sa petite pan- carte suffisait à renseigner les rares spectateurs ne l'ayant pas reconnu : 001, le seul numéro jamais attribué de façon perma- nente à un client par Christie's. Le commissaire-priseur atten- dait son enchère.

— Cent, annonça enfin l'homme, d'une voix douce mais ferme.

On aurait entendu une mouche voler.

— Je vous demande pardon ? demanda le commissaire-pri- seur, la bouche sèche.

— Cent millions de dollars.

Son sourire découvrit des dents bien plantées, larges et très blanches. Dans la salle, un silence stupéfait accueillit son enchère.

— J'ai eu une offre de cent millions, répéta le commis- saire-priseur, la voix un peu tremblante.

Le temps semblait suspendu. Un téléphone sonna quelque part dans le bâtiment, très loin. Un bruit de klaxon retentit dans la Sixième Avenue. Un bref coup de marteau rompit le charme.

— Le lot numéro un est attribué pour cent millions de dol- lars à M. Palmer Lloyd !

Aussitôt, le tumulte reprit ses droits. Tout le monde s'était levé. Des applaudissements enthousiastes crépitaient, des bravos fusaient, comme s'ils saluaient un grand ténor après un morceau qui marquait l'apothéose de sa carrière. L'allégresse n'était cependant pas générale, et les acclamations se mêlaient de huées et de sifflements. Jamais vente aux enchères n'avait déclenché une telle hystérie. Tous les participants étaient conscients d'avoir assisté à un événement historique. Mais l'homme responsable de cette agitation avait déjà quitté la salle, traversé la grande galerie, foulé le tapis vert et passé la caisse. La foule se rendit compte qu'elle s'adressait à un escalier vide.

Désert du Kalahari,
1er juin, 18 h 45

Assis en tailleur dans la poussière, Sam McFarlane regardait le feu de brindilles qui jetait des ombres tremblantes sur les broussailles autour du camp. Le village le plus proche se trouvait à cent cinquante kilomètres derrière lui. Ses yeux firent le tour des minces silhouettes accroupies autour des flammes. Les yeux vifs et brillants, les Bochimans étaient vêtus d'un simple pagne poussiéreux. Il lui avait fallu du temps pour gagner leur confiance mais il savait que, maintenant, elle lui était acquise à jamais. Un autre monde, pensa-t-il.

Devant chaque homme se trouvait un détecteur de métaux d'occasion. Ils regardèrent Sam se lever sans bouger. Il leur parla lentement, avec maladresse, dans leur étrange langue à clics. Au début, quelques rires saluèrent ses efforts malhabiles, mais sa performance força bientôt leur admiration et tous retombèrent dans un silence respectueux. Pour conclure son discours, il lissa le sable devant lui et dessina une carte avec une baguette. Les Bochimans accroupis tendirent le cou pour mieux voir. Peu à peu, la carte prenait forme. Ils hochaient la tête en signe d'approbation, tandis que Sam leur désignait différents repères. Il avait représenté la dépression de Makgadikgadi située au nord du camp : deux mille six cents kilomètres carrés de lacs asséchés, de collines de sable et de dépôts de sel. Une vaste région aride et déserte. A l'intérieur de la dépression, il traça un petit cercle dans lequel il planta sa baguette et leva la tête avec un large sourire.

Il y eut un moment de silence, interrompu par le cri solitaire et lointain d'un oiseau. Les Bochimans commencèrent à discuter entre eux à voix basse. Leurs clics et leurs gloussements évoquaient des galets qui s'entrechoquaient au fond d'une rivière. Un vieillard noueux, le chef du groupe, désigna la carte en parlant rapidement. Sam se pencha en avant, se concentrant pour comprendre. Oui, ils connaissaient bien la région, disait le vieil homme, citant des pistes qui n'apparaissaient sur aucune carte. Avec une brindille et des cailloux, le chef marqua les points d'eau, les endroits où l'on pouvait chasser, cueillir des racines et des plantes comestibles. Le silence retomba sur le groupe. Au bout d'un moment, le chef se remit à parler plus lentement, s'adressant à Sam. Ils étaient d'accord pour l'aider. Mais ils avaient peur des machines des hommes blancs et ne comprenaient pas bien ce qu'il cherchait.

Sam se leva. Il ôta la baguette fichée dans la carte de sable et sortit de sa poche un petit morceau de fer pas plus gros qu'une bille. Il l'enfouit dans le trou laissé par la baguette, puis il ramassa son détecteur de métaux. Lorsqu'il l'alluma, l'appareil émit un bref gémissement. Les Bochimans l'observaient avec une attention muette et nerveuse. Il recula de deux pas, puis avança en balayant le sol avec le détecteur. Lorsqu'il passa au-dessus du morceau de fer enterré, un signal aigu déchira le silence. Surpris, ils firent un bond en arrière. Des commentaires précipités jaillirent de toutes parts. Sam sourit et prononça quelques mots. Ils retournèrent s'asseoir prudemment. Il éteignit le détecteur et le tendit au chef qui le prit à contrecœur. Sam lui montra comment l'allumer et s'en servir. Un second signal retentit. Le chef tressaillit, puis sourit. Il réessaya à plusieurs reprises. Son sourire s'élargit, accentuant les rides de son visage parcheminé.

— Sun'a ai, Ma ! gad'i ! gadi ! iaad'mi, dit-il à ses hommes avec des grands gestes.

Patiemment, Sam McFarlane expliqua à chacun le fonctionnement des détecteurs. Ils firent tous un essai avec le morceau de fer et, peu à peu, l'appréhension céda la place à des éclats de rire et à la curiosité. Enfin, il leva les mains et tous se rassirent, leur appareil sur les genoux. Ils étaient prêts à commencer les recherches. Sam sortit un sac en cuir de sa poche, l'ouvrit et le retourna. Une douzaine de pièces d'or de vingt-cinq rands tombèrent dans sa paume. Le cri lugubre de l'oiseau résonna encore, tandis que les dernières lueurs du jour s'éteignaient. Lentement, cérémonieusement, il leur distribua une pièce d'or à chacun. Ils les acceptèrent d'un air solennel, les deux mains en coupe, la tête courbée.

Le chef s'adressa encore à McFarlane. Demain, ils lèveraient le camp pour se rendre au cœur du bassin du Makgadikgadi avec les machines de l'homme blanc. Ils chercheraient cette chose énorme dont il leur avait parlé. Et lorsqu'ils l'auraient trouvée, ils le mèneraient sur place. Le vieillard leva soudain des yeux inquiets vers le ciel, bientôt imité par les autres. Déconcerté, Sam fronça les sourcils, jusqu'à ce qu'il perçoive à son tour une vibration ténue. Il suivit leurs regards braqués sur l'horizon noir. Les Bochimans étaient déjà debout, dans l'attitude d'oiseaux sur le qui-vive. Ils échangèrent quelques mots d'un ton pressant. Des lumières apparurent au loin, pâles d'abord, puis de plus en plus brillantes. La vibration s'amplifia. Un projecteur venu du ciel darda son rayon sur la brousse.

Avec un petit cri effrayé, le vieil homme laissa tomber sa pièce d'or et s'enfuit dans la nuit, suivi par ses compagnons. En l'espace d'un instant, Sam McFarlane se retrouva seul, les yeux fixés sur l'îlot d'obscurité qui l'entourait. Il se rendit compte que les lumières se dirigeaient droit sur le camp. C'était un hélicoptère Blackhawk, dont les rotors lacéraient l'air nocturne. Ses feux de position clignotaient. Le rayon de l'énorme projecteur qui courait sur le sol captura Sam dans son filet aveuglant. Pris au piège, celui-ci se jeta derrière un buisson épineux. Il plongea sa main dans sa botte dont il sortit un petit pistolet. La poussière qui volait lui piquait les yeux, tandis qu'autour de lui, les broussailles tournoyaient avec frénésie. L'hélicoptère ralentit et resta un instant suspendu avant de descendre au-dessus d'une zone dégagée, à côté du campement. Un bouquet d'étincelles jaillit du feu. Le toit de l'hélicoptère s'illumina, jetant une lumière crue sur le camp. Les hélices ralentirent. Sam essuya son visage maculé de poussière, les yeux fixés sur la portière de l'engin, prêt à tirer. Celle-ci s'ouvrit sur un homme imposant et robuste qui sauta de l'hélicoptère, seul.

Le colosse était vêtu d'un short kaki et d'une saharienne en coton. Il portait sur son gros crâne rasé un Tilley de baroudeur à larges bords. Un objet lourd déformait une des poches de son short. L'homme avança vers Sam. Celui-ci se leva lentement, toujours à l'abri de son rempart végétal. Le nouvel arrivant semblait se soucier comme d'une guigne de l'arme braquée sur sa poitrine. On ne distinguait que sa silhouette à contre-jour, pourtant, Sam crut apercevoir un sourire qui dévoilait des dents blanches. L'homme s'arrêta à cinq pas de lui. Il devait mesurer au moins deux mètres. Sam se dit qu'il n'avait jamais croisé quelqu'un d'aussi grand.

— Vous n'êtes pas facile à trouver !

L'homme parlait d'une voix grave et sonore, avec un léger accent nasal de la Côte Est.

— Mais qui êtes-vous, bordel ? lança McFarlane sans baisser son arme.

— Les armes ont le don de gâcher les présentations, vous ne trouvez pas ?

— Sortez d'abord celle qui se trouve dans votre poche et jetez-la par terre.

Le colosse gloussa et brandit l'objet qui déformait son short. Ce n'était pas un pistolet mais une petite thermos.

— Juste un remontant. Vous voulez boire un coup ?

Sam jeta un coup d'œil à l'hélicoptère dont le seul occupant était le pilote.

— Il m'a fallu un mois pour gagner leur confiance, répondit Sam à voix basse. Et j'ai tout perdu en une minute. Grâce à vous. Je veux savoir qui vous êtes et ce que vous faites ici. Et vous avez intérêt à avoir de bonnes raisons.

— C'est une mauvaise nouvelle qui m'amène, malheureusement. Votre coéquipier Nestor Masangkay est mort.

Pris de court, Sam baissa son pistolet.

— Mort ?

L'autre hocha la tête.

— Il faisait la même chose que vous, lorsque c'est arrivé. On ne sait pas vraiment ce qui a causé sa mort. Si on s'installait autour du feu ? Je ne pensais pas que les nuits étaient si fraîches dans le Kalahari.

Sam se dirigea vers le feu mourant, assailli d'émotions conflictuelles. Il remarqua machinalement que l'hélicoptère avait effacé sa carte de sable et déterré son petit morceau de fer.

— D'où connaissiez-vous Nestor ? demanda-t-il enfin.

L'homme ne répondit pas tout de suite. Il examinait la scène : les détecteurs de métaux abandonnés par les fuyards, les pièces d'or sur le sable. Il se pencha pour ramasser le bout de fer brun et le soupesa.

— Toujours à la recherche de la météorite de l'Okavango ? demanda-t-il à Sam.

Celui-ci ne dit rien, mais sa main se crispa sur le pistolet.

— Vous connaissiez Masangkay mieux que personne, reprit l'homme. J'ai besoin de votre aide pour achever son projet.

— De quoi parlez-vous au juste ?

— J'ai peur de vous avoir dit tout ce que je pouvais en dire.

— Et j'ai peur d'avoir entendu tout ce que je désirais entendre. Je n'ai plus envie d'aider personne, sauf moi-même.

— C'est ce qu'on raconte, en effet.

Sam fit un pas en avant, sentant la colère revenir.

— Vous pouvez quand même m'écouter, continua l'autre.

— Vous ne m'avez même pas dit votre nom. Et de toute façon, je ne tiens pas à le connaître. Merci de vous être déplacé pour m'annoncer la nouvelle. Maintenant, vous pouvez remonter dans votre hélico et foutre le camp d'ici.

— Je m'excuse de ne pas m'être présenté. Je m'appelle Palmer Lloyd.

Sam éclata de rire.

— Oui, et moi c'est Bill Gates.

L'homme se contenta de sourire. Sam examina plus attentivement son visage, se rendant compte qu'il l'avait à peine regardé jusque-là.

— Merde, souffla-t-il.

— Vous avez peut-être entendu parler du nouveau Museum d'histoire naturelle que je suis en train de construire ?

Sam secoua la tête en signe de dénégation.

— Nestor travaillait pour vous ?

— Non. Mais je m'intéresse à ce qu'il faisait et j'aimerais terminer ce qu'il a commencé.

— Écoutez, dit Sam, glissant le pistolet dans sa ceinture, ça ne m'intéresse pas. Ça fait un bout de temps que je n'ai pas eu de nouvelles de Nestor. Mais je suis sûr que je ne vous apprends rien.

Lloyd sourit et leva la thermos.

— Si on en discutait autour d'un bon grog?

Sans attendre de réponse, il s'assit près du feu – en tailleur comme un Blanc, mais les fesses à même la terre –, dévissa le bouchon et remplit une tasse de breuvage fumant. Il l'offrit à Sam qui la refusa d'un geste impatient.

— Ça vous amuse, la chasse aux météorites? demanda Lloyd.

— Ça dépend des jours.

— Et vous croyez vraiment que vous finirez par en trouver une ici?

— Oui. Du moins je le pensais jusqu'à ce que vous nous tombiez dessus.

Sam s'accroupit à côté de Lloyd.

— J'adorerais échanger des mondanités avec vous, poursuivit-il, mais plus vous resterez longtemps avec votre hélico, plus mes chances de remettre la main sur les Bochimans diminueront. Donc au risque de me répéter, je vous affirme que je ne cherche pas de boulot. Ni dans votre musée ni ailleurs.

Il hésita.

— Et en plus, vous ne pourriez pas me donner la somme que la météorite de l'Okavango va me rapporter.

— C'est-à-dire? demanda Lloyd, sirotant le grog dédaigné par Sam.

— Deux cent cinquante mille dollars. Au bas mot.

— Si vous la trouvez. Et tout passera dans le remboursement des dettes que vous avez contractées après le fiasco de Tornarssuk.

Sam eut un rire amer.

— Tout le monde a le droit de faire une erreur. Il m'en restera quand même assez pour repartir. Les météorites, ce n'est pas ce qui manque. Et ça sera toujours mieux qu'un salaire de conservateur.

— Je ne comptais pas vous offrir un emploi de conservateur.

— Quoi, alors?

— Ce n'est pas bien difficile à deviner. Mais je ne peux pas vous donner de détails tant que je ne suis pas sûr de votre concours.

Il avala une gorgée de grog.

— Faites-le pour votre coéquipier défunt.

— Ex-coéquipier défunt.

— Vous avez raison, soupira Lloyd. Je sais tout sur vous et Masangkay. Vous n'êtes pas entièrement responsable, en ce qui concerne la météorite de Tornarssuk. S'il faut désigner un coupable, c'est la bureaucratie du New York Museum.

— Laissez tomber, ça ne m'intéresse pas.

— Écoutez au moins mon offre. Si vous signez, en cadeau de bienvenue, je paierai vos deux cent cinquante mille dollars de dettes pour que vos créanciers vous laissent tranquille. Et si notre opération réussit, vous en toucherez encore deux cent cinquante mille. Sinon, vous aurez toujours remboursé vos dettes. Dans un cas comme dans l'autre, vous pourrez travailler comme directeur du département des sciences planétaires de mon musée, si vous le désirez, cela s'entend. Je vous ferai construire un laboratoire ultramoderne. Vous aurez un secrétaire, des assistants, un salaire à six chiffres. Tout ce que vous pouvez désirer.

Sam éclata encore de rire.

— Le rêve. Et combien de temps prendra cette… comment dites-vous ? Opération ?

— Six mois de travail de terrain.

— Deux cent cinquante mille dollars pour six mois de boulot ?

— Si nous réussissons.

— Il doit y avoir un os quelque part.

— Il n'y en a pas.

— Pourquoi moi ?

— Vous connaissiez Masangkay, ses manies, sa façon de travailler, de penser. Un grand mystère entoure ce qu'il faisait et, si quelqu'un peut le résoudre, c'est vous. Et pour couronner le tout, vous êtes un des plus grands chasseurs de météorites du monde. Vous avez de l'intuition. On dit même que vous les sentez.

— Je ne suis pas le seul.

Ces louanges irritaient Sam : tout cela sentait la manipulation à plein nez.

En guise de réponse, Lloyd tendit la main, levant son doigt orné d'une bague. Le métal précieux scintilla lorsqu'il le dirigea vers Sam.

— Désolé, je ne baise que la bague du pape.

L'autre gloussa.

— Regardez la pierre.

Lorsqu'il l'étudia de plus près, il reconnut immédiatement la pierre laiteuse violet foncé sertie dans une épaisse monture en platine.

— Belle pierre. Mais vous auriez pu l'avoir au prix de gros si vous vous étiez adressé à moi.

— Sans aucun doute. Après tout, c'est quand même Masangkay et vous qui avez fait sortir du Chili les tectites du désert d'Atacama.

— C'est vrai. Et je suis toujours recherché dans cette partie du globe.

— Nous vous offrirons toutes les protections nécessaires.

— Parce qu'en plus, ça se passe au Chili ? Je sais à quoi ressemblent leurs prisons. Très peu pour moi.

Lloyd ne répondit pas immédiatement. Ramassant un rameau, il réunit les braises éparpillées. Puis il lança le bout de bois dedans. Le feu crépita, faisant battre en retraite l'obscurité. Ce chapeau aurait eu l'air un peu ridicule sur n'importe qui d'autre, mais pas sur Lloyd.

— Si vous saviez de quoi il s'agit, monsieur McFarlane, vous le feriez gratuitement. Je vous offre sur un plateau la découverte scientifique du siècle.

Sam rit doucement en secouant la tête.

— J'en ai soupé de la science. J'ai vu trop de labos poussiéreux et la bureaucratie des musées me sort par les yeux.

Lloyd soupira et se leva.

— Il semble que j'ai perdu mon temps. Je vais donc me rabattre sur notre second choix.

Sam resta silencieux un instant.

— C'est-à-dire ?

— Ma proposition devrait intéresser Hugo Breitling.

— Breitling ? Il ne verrait pas une météorite si elle se trouvait sous son nez.

— Il a bien trouvé la météorite de Thulé, répliqua Lloyd en époussetant son short. Soit dit en passant, continua-t-il avec un regard de biais, elle est plus grosse que toutes celles que vous avez découvertes.

— Mais c'est bien la seule ! Et il a eu de la chance.

— La chance ne sera pas un facteur négligeable dans cette expédition.

Lloyd revissa le bouchon de la thermos et la jeta aux pieds de Sam.

— Continuez la fête tout seul, ajouta-t-il. Moi, je dois y aller.

Il se dirigea à grandes enjambées vers l'hélicoptère. Le moteur vrombit plus fort. L'accélération de ses lourds rotors brassa l'air et envoya voler la poussière au-dessus du sol. Sam pensa soudain que, s'il laissait partir l'hélicoptère, il ne saurait jamais comment Masangkay était mort ni ce qu'il cherchait. Il se sentait intrigué malgré lui. Il regarda rapidement autour de lui les détecteurs de métaux cabossés et éparpillés, le petit camp lugubre, le désert aride et inhospitalier. Avant de s'engouffrer à l'intérieur de son engin, Lloyd s'arrêta un instant, lui présentant son large dos.

— Je marche si vous me donnez un million ! cria Sam.

Avec précaution, comme s'il avait peur d'abîmer son chapeau, Lloyd courba la tête et mit un pied dans l'hélicoptère.

— Sept cent cinquante mille !

Lloyd fit une autre pause. Puis il se retourna lentement, un large sourire aux lèvres.

Vallée de l'Hudson,
3 juin, 10 h 45

Lloyd prisait tous les objets rares et chers, mais il vouait une véritable vénération au tableau de Thomas Cole intitulé *Sunny Morning on the Hudson River*. A Boston, lorsqu'il était étudiant boursier, il se rendait souvent au musée des Beaux-Arts et traversait les salles les yeux baissés afin de se préserver pour ce chef-d'œuvre. Il avait pour habitude d'acheter ce qu'il aimait, mais le tableau de Thomas Cole n'avait pas de prix. Aussi s'était-il rabattu sur le paysage qui l'avait inspiré. Par cette belle matinée ensoleillée, le milliardaire contemplait de son bureau la vallée de l'Hudson. Le cadre de la fenêtre délimitait exactement le paysage représenté par le peintre. Dans le lointain, un trait lumineux soulignait l'horizon. Le voile de brume qui se dissipait révélait des champs d'un vert éclatant. Le soleil levant dessinait le contour des montagnes scintillantes toutes proches. La vallée ressemblait encore beaucoup à celle peinte par Thomas Cole en 1827, et elle ne risquait plus de changer, maintenant que Lloyd s'était porté acquéreur de la vaste étendue de terre qu'il observait de sa fenêtre.

Il fit pivoter sa chaise. Face à son bureau en érable rare, une deuxième fenêtre donnait de l'autre côté de la vallée, sur une brillante mosaïque de verre et d'acier. Les mains derrière la tête, Lloyd contempla l'activité fébrile qui régnait sur ce versant avec une certaine satisfaction. Partout, des équipes d'ouvriers se démenaient pour donner corps à une vision – sa vision – sans parallèle dans le monde. « Un prodige de la technique », murmura-t-il. Au milieu de ce déploiement d'activité, s'élevait un dôme monumental que la lumière matinale teintait de vert. C'était une réplique démesurée du Crystal Palace de Londres, le premier édifice tout en verre, construit en 1851. Un chef-d'œuvre hélas entièrement détruit par un incendie moins d'un siècle plus tard.

Au-delà du dôme, Lloyd apercevait les premiers blocs de la pyramide de Khéfret II, un petit pharaon de l'Ancien Empire. Le souvenir de son voyage en Égypte amena un sourire mélancolique sur son visage : les tractations byzantines avec les fonctionnaires, le tumulte ridicule à propos de cette mallette pleine d'or que personne n'arrivait à soulever et tous ces petits mélodrames fastidieux qui avaient marqué son séjour. Cette pyramide lui avait coûté bien plus cher que prévu, et ce n'était pas celle de Khéops, loin s'en fallait. Cependant, elle produisait son effet. Son achat avait déclenché un véritable scandale dans le monde archéologique. Il jeta un coup d'œil aux journaux et aux couvertures de magazines encadrées sur le mur. « OÙ SONT PASSÉS TOUS LES TRÉSORS ARCHÉOLOGIQUES ? » titrait une revue où l'on voyait une caricature de Palmer Lloyd avec des yeux fuyants et un chapeau mou qui glissait une pyramide miniature sous son grand manteau noir. Son regard parcourut les autres unes. « L'HITLER DES COLLECTIONNEURS ? » s'interrogeait l'une d'elles, tandis qu'une autre clamait : « UNE VENTE CONTRO-VERSÉE : LES PALÉONTOLOGUES EN COLÈRE ». *Newsweek* affichait en couverture : « QUE FAIT-ON AVEC TRENTE MILLIARDS ? ON ACHÈTE LA TERRE ! ». Le mur était tapissé de déclarations aigres des rabat-joie qui s'autoproclamaient gardiens de la morale culturelle. Lloyd trouvait dans cette lecture une source d'amusement infinie.

Une petite sonnerie s'éleva du panneau encastré sur son bureau et la voix flûtée de sa secrétaire retentit :

— Un certain M. Glinn désire vous voir, monsieur.

— Faites-le entrer, répondit-il aussitôt, sans chercher à dissimuler son impatience.

Il allait enfin rencontrer Eli Glinn. Le faire venir en personne s'était avéré étonnamment difficile. Il observa avec attention l'homme qui pénétrait dans son bureau, les mains vides, sans même une mallette. Son visage tanné était dénué d'expression. Au cours de sa longue et fructueuse carrière dans les affaires, Lloyd s'était rendu compte que les premières impressions, si l'on y prenait garde, s'avéraient souvent les plus justes. Il nota les cheveux bruns et ras, la mâchoire carrée, les lèvres minces. Au premier abord, l'homme lui parut un véritable sphinx. Son apparence ne livrait aucun indice sur sa personnalité, ses yeux gris prudents et calmes étaient un miroir. Tout en lui paraissait ordinaire : sa taille, sa carrure, son physique séduisant mais pas trop, ses vêtements élégants sans être recherchés. Il avait pourtant une particularité. Ses chaussures ne craquaient pas, on n'entendait pas le froissement de ses habits, il se déplaçait avec des mouvements harmonieux, fluides. Il glissait dans la pièce comme un cerf dans une forêt. Mais ce qui intéressait Lloyd avant tout, c'était son curriculum vitæ qui, lui, n'avait rien de banal.

— Monsieur Glinn, merci d'être venu, dit Lloyd en se levant pour lui serrer la main.

L'homme hocha la tête sans répondre. Sa poignée de main n'était ni trop brève ni trop longue, ni trop molle ni trop vigoureuse. Lloyd se sentait un peu déconcerté, ne sachant sur quoi fonder sa précieuse première impression. Il tendit le bras vers la fenêtre et le vaste chantier à l'extérieur.

— Alors, que pensez-vous de mon musée ?

— Il sera énorme, répondit Glinn avec sérieux.

Lloyd rit.

— Ce sera le Getty des Museums d'histoire naturelle. Avec une dotation trois fois plus importante.

— C'est curieux de le construire ici, à plus de cent cinquante kilomètres de la ville.

— Un peu prétentieux, non ? En fait, je fais une fleur au New York Museum. Si nous l'avions installé là-bas, nous l'aurions ruiné en l'espace d'un mois. Nous aurons tout ce qu'il y a de plus gros et de mieux. New York en sera réduit à accueillir les sorties scolaires.

Le milliardaire gloussa.

— Venez, reprit-il, Sam McFarlane nous attend. Nous allons faire le tour du propriétaire avant de le rejoindre.

— Sam McFarlane ?

— C'est mon spécialiste ès météorites. Enfin, je ne le tiens encore qu'à moitié, mais je le travaille au corps et j'ai bon espoir.

Lloyd posa la main sur le coude de Glinn, qui portait un costume sombre bien coupé, mais anonyme – l'étoffe en était cependant de meilleure qualité qu'il ne s'y attendait. Ils sortirent du bureau, traversèrent la réception, descendirent une

rampe circulaire de granit et de marbre poli, puis empruntèrent un grand couloir qui menait au futur musée. C'était beaucoup plus bruyant ici. Ils avançaient au milieu des cris, du
rythme régulier des pistolets à clous et du bégaiement des
marteaux-piqueurs. Le Lloyd jouait les guides avec un enthousiasme à peine contenu.

— Là, ce sera la galerie des diamants, dit-il, désignant une
vaste étendue souterraine qui baignait dans une lueur violette.
Nous avons découvert d'anciennes galeries à flanc de montagne. Nous avons donc creusé des tunnels pour y accéder et
installer l'exposition dans un décor naturel. Ce sera le premier
grand musée à consacrer toute une salle aux diamants. Étant
donné que nous possédons les trois plus gros du monde, cela
semblait aller de soi. Vous avez dû entendre parler de la
manière dont nous avons soufflé le Mandarin bleu à De Beers
et aux Japonais ?

— Je lis les journaux, répondit Glinn d'un ton sec.

— Et ici, ce sera la galerie des espèces disparues, poursuivit
Lloyd avec animation. Des tourtes voyageuses, un dronte des
Galápagos, et même un mammouth extrait des glaces sibé-
riennes encore parfaitement congelé. On a retrouvé des boutons d'or écrasés dans sa gueule, les restes de son dernier
repas !

— J'ai aussi entendu parler du mammouth. Il n'y a pas eu
quelques échanges de coups de feu en Sibérie, après l'annonce de sa vente ?

Malgré sa question incisive, Glinn parlait d'un ton amical,
sans aucune trace de critique, et Lloyd répondit du tac au tac :

— Vous seriez surpris de voir à quelle vitesse les gouver-
nements sont prêts à se séparer de leur patrimoine culturel
bien-aimé, dès que de grosses sommes d'argent sont en jeu.
Venez, je vais vous montrer ce que je veux dire.

Il fit signe à son invité d'avancer sous une voûte à demi
achevée. Ils passèrent devant deux hommes casqués et pénétrèrent dans une salle sombre qui devait bien faire cent mètres
de long. Lloyd alluma les lumières et se tourna vers Glinn, un
sourire sur les lèvres. Devant eux s'étendait un sol dur qui ressemblait à de la boue séchée, sillonné par deux séries de

petites empreintes. On aurait dit que des gens s'étaient prome-
nés dans la salle pendant que le ciment prenait.

— Les empreintes de Laetoli, dit Lloyd d'un ton respectueux.

Glinn s'abstint de commentaire.

— Les plus anciennes empreintes d'hominidé. Vous vous
rendez compte : il y a trois millions et demi d'années, notre
premier ancêtre bipède a laissé ces empreintes en marchant
sur un tapis de cendres volcaniques mouillées. Elles sont
uniques. Personne ne savait que l'*Australopithecus afarensis*
marchait debout jusqu'à ce qu'on les trouve. Ce sont les plus
anciennes traces de l'apparition de l'humanité, monsieur Glinn.

— La nouvelle de cette acquisition a dû beaucoup intéresser le Getty Conservation Institute. La conservation du patrimoine culturel relève habituellement de leur compétence.

Lloyd regarda son interlocuteur avec plus d'attention. Il
était difficile de savoir ce que pensait vraiment Eli Glinn.

— Je vois que vous vous êtes renseigné. Le Getty voulait
les laisser sur place. Mais combien de temps cela aurait-il
duré, étant donné la situation de la Tanzanie ? Le Getty leur
offrait un million de dollars pour qu'on les recouvre. J'en ai
versé vingt pour les emporter. Ici, des chercheurs et d'innombrables visiteurs pourront les admirer.

Glinn jeta un coup d'œil autour de lui.

— A propos de chercheurs, où sont les scientifiques ? Je vois
beaucoup de cols bleus ici, mais peu de blouses blanches.

Lloyd haussa les épaules.

— Ils viendront en temps et en heure. Je sais déjà plus ou
moins ce que je veux exposer dans mon musée. Pour ce qui est
des conservateurs, j'aurai les meilleurs dans leur spécialité. Je
vais organiser un raid sans précédent sur les musées du pays. Le
New York Museum ne va pas comprendre ce qui lui arrive.

Accélérant le pas, Lloyd fit sortir son visiteur de la longue
salle et ils empruntèrent un labyrinthe de couloirs qui s'enfonçaient sous le palace. Au bout d'un de ces corridors, ils s'arrêtèrent devant une porte sur laquelle on pouvait lire SALLE DE
CONFÉRENCES A. Sam attendait nonchalamment à côté de la
porte. Il avait tout de l'aventurier de cinéma : mince, anguleux,
des yeux bleus délavés par le soleil, des cheveux couleur

paille légèrement ondulés sur le devant, comme s'ils avaient pris le pli de son chapeau. Rien qu'en le regardant, Lloyd devinait sans peine pourquoi il n'avait pas pu rester au sein de l'*alma mater*. Il paraissait aussi peu à sa place sous les lumières artificielles des laboratoires que l'auraient été les Bochimans du Kalahari. L'homme d'affaires remarqua, non sans satisfaction, que Sam avait l'air fatigué. Il n'avait sans doute guère dormi au cours des deux dernières nuits.

Lloyd extirpa une clé de sa poche et ouvrit la porte. Il jeta un regard à Glinn, curieux de sa réaction. Les visiteurs recevaient toujours un choc lorsqu'ils découvraient l'espace qui s'ouvrait devant eux. Trois des murs de la pièce étaient couverts de miroirs sans tain. Ils dominaient l'entrée principale du musée : un immense hall octogonal qui occupait le cœur de l'édifice, pour l'instant complètement vide. Mais Glinn ne broncha pas. Pendant des mois, Lloyd s'était interrogé sur ce qui viendrait occuper cet espace. Puis il y avait eu la vente chez Christie's, et il avait décidé que les dinosaures prisonniers de leur étreinte mortelle seraient la pièce maîtresse du musée. Il imaginait déjà leurs os contorsionnés dans lesquels on pouvait encore lire leur agonie désespérée. Ses yeux tombèrent alors sur une table ensevelie sous les cartes, les listings et les photographies aériennes qui avaient finalement relégué les dinosaures au second plan. En fin de compte, il avait trouvé la plus belle pièce du Lloyd Museum. Le jour où il pourrait la placer au centre de son Crystal Palace serait le plus beau de sa vie.

— Je vous présente Sam McFarlane, docteur en géologie des planètes, dit Lloyd, détournant les yeux de la table. Le Museum a loué ses services pour la durée de cette mission.

Sam serra la main de Glinn.

— Jusqu'à la semaine dernière, Sam errait dans le désert du Kalahari, à la recherche de la météorite de l'Okavango. Un gâchis de talent. Je suis certain que ce projet correspond mieux à ses capacités.

Il désigna Glinn.

— Sam, voici M. Glinn, le président d'Effective Engineering Solutions SA. Ne vous laissez pas abuser par ce nom idiot : ils font des choses incroyables. M. Glinn remonte à la surface des sous-marins nazis pleins d'or, étudie pourquoi les navettes spatiales explosent, et j'en passe. Il résout les problèmes d'ingénierie les plus incroyables et analyse les causes d'échecs majeures.

— Très intéressant, se contenta de dire Sam.

Lloyd approuva de la tête.

— D'habitude, EES entre en jeu après coup. Lorsqu'on est dans la merde.

Il avait parlé lentement, avec une vulgarité délibérée qui plana un instant entre eux.

— Mais j'ai fait appel à lui pour être sûr de réussir la tâche que je veux mener à bien. Et cette tâche, messieurs, est ce qui nous réunit ici aujourd'hui.

Il montra la table de conférence.

— Sam, je veux que vous expliquiez à M. Glinn ce que vous avez découvert en étudiant ces données.

— Tout de suite ? demanda Sam, étonnamment nerveux.

— Pourquoi pas ?

Sam jeta un coup d'œil à la table, hésitant à se lancer.

— Nous avons ici des données géophysiques concernant un site hors du commun, situé dans l'archipel du cap Horn, au Chili.

Glinn hocha la tête pour l'encourager.

— M. Lloyd m'a demandé de les analyser. Au premier abord, les résultats semblent... erronés. En particulier en ce qui concerne la stratigraphie.

Il ramassa un listing, y jeta un coup d'œil et le laissa tomber. Ses yeux balayèrent le reste des papiers et sa voix s'altéra. Lloyd s'éclaircit la gorge. De toute évidence, Sam était encore secoué par la mort de Masangkay.

— Je vais peut-être terminer pour abréger, intervint le millionnaire, désireux de l'aider. A Punta Arenas, au Chili, un de mes hommes est tombé sur un magasin d'électronique qui vendait une sonde tomographique. C'est un appareil de prospection minière fabriqué ici, aux États-Unis, par De Witter Industries. Cette machine avait été retrouvée sur une île du cap Horn, à côté du cadavre d'un prospecteur, avec un sac de pierres et des papiers. Intrigué, mon agent a tout acheté. Et en regardant plus attentivement les papiers, ceux qu'il pouvait comprendre du moins, il a appris que l'équipement appartenait à un certain Nestor Masangkay.

Les yeux de Lloyd se posèrent sur la table de conférence.

— Avant de trouver la mort sur cette île, Masangkay était un spécialiste de la géologie des planètes, un chasseur de météorites plus précisément. Et jusqu'à il y a deux ans, il faisait équipe avec Sam, ici présent.

Lloyd vit les épaules du géologue se crisper.

— Lorsque mon agent a appris cela, il nous a tout envoyé pour procéder à une étude sérieuse. Dans le lecteur de la sonde, nous avons trouvé une disquette en piteux état. Un de nos techniciens a réussi à en extraire des données que j'ai essayé de faire analyser ici. Mais elles étaient tellement atypiques que personne ne savait qu'en penser. Voilà pourquoi j'ai fait appel à Sam.

Sam McFarlane reprit le listing pour consulter la seconde page, avant de revenir à la première.

— Au début, j'ai cru que Nestor avait mal réglé sa machine, expliqua-t-il. Mais après, j'ai vu le reste des données.

Il laissa tomber le listing sur la table, puis poussa les deux pages usées d'un geste lent, presque respectueux. Fourrageant parmi l'amoncellement de papiers, il en sortit une autre feuille.

— Nous n'avons pas envoyé d'expédition sur place, car nous ne voulions surtout pas attirer l'attention, reprit Lloyd. Mais nous avons demandé un relevé aérien. La feuille que tient Sam provient du satellite d'observation terrestre LOG II.

Le géologue reposa la feuille avec soin.

— J'ai eu beaucoup de mal à y croire, dit-il enfin. Je l'ai relue une bonne dizaine de fois. Mais il faut se rendre à l'évidence. Ces données ne peuvent signifier qu'une chose.

— Oui ? demanda Glinn d'une voix douce et encourageante, mais dénuée de curiosité.

— Je pense savoir ce que Nestor cherchait.

Lloyd attendait. Il savait ce qu'il allait dire, mais voulait l'entendre encore une fois.

— La plus grosse météorite du monde.

Un large sourire se dessina sur le visage du milliardaire.

— Dites à M. Glinn quelle taille elle doit faire, Sam.

Sam se racla la gorge.

— C'est à Hoba qu'on a trouvé la plus grosse météorite découverte jusqu'ici. Elle pèse soixante tonnes et on l'a laissée sur place. Après, vient celle d'Ahnighito qui se trouve au New York Museum et pèse trente et une tonnes. Celle-ci en pèserait quatre mille. Au minimum.

— Merci, dit Lloyd pour conclure son exposé.

De toute sa personne émanait un enthousiasme jubilatoire. Il se tourna vers Glinn, mais se heurta à son visage toujours aussi impénétrable. Après un long silence, il reprit la parole.

— Je veux cette météorite, déclara l'homme d'affaires. Votre travail, monsieur Glinn, sera de me la rapporter.

New York,
4 juin, 11 h 45

La Land Rover emprunta West Street. Les embarcadères délabrés le long de l'Hudson défilaient derrière la vitre côté passager. Sam braqua à fond puis donna un coup de volant pour éviter un taxi qui zigzaguait sur trois voies. Sam l'esquiva presque machinalement, l'esprit ailleurs.

Il se trouvait au Mexique, l'après-midi où la météorite de Zaragoza était tombée. Il venait de terminer le lycée, n'avait ni travail ni projet, et il était parti dans le désert, un livre de Carlos Castaneda dans la poche. Le soleil était déjà bas sur l'horizon et il commençait à se demander où il allait installer son sac de couchage. Soudain, le paysage s'illumina autour de lui. On aurait pu croire que le soleil avait déchiré un épais voile nuageux, si le ciel n'avait pas été parfaitement dégagé ce jour-là. Il s'arrêta net. Sur le sable devant lui, son ombre s'était dédoublée. D'abord longue et déchiquetée, elle se ramassa subitement. Un chant lointain s'éleva, suivi d'une énorme explosion. Il tomba par terre, pensant à un tremblement de terre, une explosion nucléaire ou la fin du monde. Il entendait la pluie crépiter. Sauf que ce n'était pas de la pluie. Des milliers de cailloux tombaient tout autour de lui. Il en ramassa un, un petit morceau de pierre grise couvert d'une croûte noire. Malgré la violente traversée de l'atmosphère, il était encore couvert de glace après son long voyage dans l'espace sidéral. En regardant ce petit fragment venu de si loin, il sut soudain ce qu'il voulait faire de sa vie.

Mais cette histoire remontait à très longtemps. Maintenant, il évitait de penser à ses idéaux de jeunesse. Ses yeux s'attardèrent sur la mallette posée sur le siège à côté de lui. Elle contenait les restes du journal de bord de Nestor. Il s'efforçait de ne pas trop y penser non plus. Le feu passa au vert et il tourna dans une petite rue à sens unique. C'était le quartier où l'on conditionnait la viande, à la limite de West Village.

41

Devant des hangars, des malabars transportaient des carcasses, chargeant et déchargeant des camions. Comme pour profiter de cette proximité, une flopée de petits restaurants s'étaient installés de l'autre côté de la rue et sur les enseignes, « L'Antre du Cochon » côtoyait « Le Jardin de l'Oncle Billy ». C'était le jour et la nuit après l'immeuble de Park Avenue qui abritait les bureaux vitrés et chromés de Lloyd. Un coin sympa pour monter une boîte, pensa Sam. Si on est branché cochonnaille. Il vérifia encore l'adresse griffonnée sur le papier qui traînait sur le tableau de bord.

Il ralentit, puis gara la Land Rover au bout d'une zone de chargement particulièrement délabrée. Il coupa le moteur et sortit de son véhicule. L'air humide empestait la viande. Un peu plus loin, une benne à ordures grinçait, mâchant bruyamment son contenu. Les relents du liquide vert qui coulait sur son pare-chocs arrière parvenaient jusqu'à ses narines, même à cette distance. C'était une puanteur inoubliable qui n'appartenait qu'aux bennes à ordures de New York. Il poussa un profond soupir. La réunion n'avait même pas commencé et, déjà, il se sentait tendu, sur ses gardes. Il se demandait ce que Lloyd avait dit à Glinn à propos de sa collaboration avec Masangkay. Cela n'avait pas grande importance, après tout. Ils ne tarderaient pas à apprendre ce qu'ils ignoraient encore. Les ragots allaient encore plus vite que les météorites.

Il sortit un lourd porte-documents de l'arrière de la Land Rover, puis verrouilla les portières. Devant lui s'élançait la façade de brique crasseuse d'une énorme bâtisse de la fin du XIXᵉ siècle. Il leva les yeux, comptant une douzaine d'étages, et son regard s'arrêta sur les mots Price & Price – conditionnement du porc. L'inscription peinte avait été presque effacée par le temps. Les fenêtres des premiers niveaux étaient murées mais, plus haut, il aperçut des vitres étincelantes et des cadres chromés. La seule entrée consistait en deux grandes portes de quai métalliques. Il appuya sur la sonnette et attendit. Au bout de quelques secondes, il entendit un léger cliquetis et les portes huilées se séparèrent sans bruit.

Il pénétra dans un couloir mal éclairé qui débouchait sur une autre porte à double battant métallique beaucoup plus récente, équipée d'un clavier numérique et d'un lecteur de rétine. A son approche, un des vantaux s'ouvrit. Un petit homme musclé et basané, vêtu d'un survêtement de l'Institut de technologie du Massachusetts, avança à sa rencontre d'un pas athlétique. Il avait des cheveux bruns frisés mêlés de fils blancs sur les tempes et des yeux noirs pétillants d'intelligence. Ses manières décontractées ne cadraient pas avec l'idée que Sam se faisait d'une grande société d'ingénierie.

— Monsieur McFarlane ? demanda l'homme en lui tendant une main velue, l'air chaleureux malgré sa voix bourrue. Je me présente : Manuel Garza, ingénieur du bâtiment chez EES.

Sa poigne était étonnamment douce.

— C'est le siège administratif de la société ? demanda Sam avec un sourire narquois.

— Nous tenons à la discrétion.

— Au moins, vous n'avez pas à aller très loin si vous voulez un steak.

Garza émit un grognement amusé.

— A condition de l'aimer saignant.

Sam entra derrière lui dans une pièce sans fenêtre brillamment éclairée par des lampes halogènes. Sur les tables en acier disposées en longues rangées ordonnées, s'étalait tout un bazar étiqueté : des tas de sable, de pierres, des moteurs à réaction fondus, des morceaux de métal déchiquetés. Une multitude de techniciens en blouses blanches s'affairaient tout autour. L'un d'eux passa à côté de lui, les mains gantées de blanc, portant avec précaution un morceau de goudron comme si c'était un vase Ming. Garza suivit le regard curieux de Sam, puis jeta un coup d'œil à sa montre.

— Nous avons quelques minutes. Que diriez-vous d'une visite guidée ?

— Pourquoi pas. J'ai toujours eu un faible pour les décharges.

Garza se faufila entre les tables, saluant au passage quelques employés. Il s'arrêta devant une table particulièrement longue, couverte de morceaux de roche noire biscornus.

— Vous savez ce que c'est ? demanda l'ingénieur.

— De la lave pahoehoe. Vous avez aussi un bel échantillon d'aa. Et des bombes volcaniques. Ne me dites pas que vous construisez un volcan ?

— Non, on en a seulement fait exploser un.

Il désigna de la tête une maquette qui représentait une île volcanique avec une ville, des ravins, des forêts et des montagnes. Il passa la main sous la table et appuya sur un bouton. Il y eut un bref ronflement, un grognement et le volcan commença à cracher de la lave. Des flots sinueux coulaient le long de ses flancs en direction de la ville.

— La lave est une préparation à base de méthylcellulose.

— Je n'ai plus qu'à remballer mon petit train électrique.

— Un pays du tiers-monde a fait appel à nous. Un volcan endormi s'est réveillé sur une de ses îles. Un lac de lave s'était formé dans la caldeira qui était sur le point de céder, menaçant une ville de soixante mille habitants. Il nous a demandé de la sauver.

— C'est drôle. Je n'ai rien lu là-dessus dans les journaux.

— Ça n'avait rien de drôle, croyez-moi. Le gouvernement refusait de faire évacuer la ville. C'est un petit paradis fiscal au milieu de nulle part. On y blanchit surtout l'argent de la drogue.

— Vous auriez peut-être dû laisser brûler la ville, comme Sodome et Gomorrhe.

— Nous sommes une société d'ingénierie, pas Dieu. Les critères moraux de nos clients ne nous concernent pas.

Sam rit, plus détendu.

— Comment vous y êtes-vous pris?

— Nous avons bouché ces deux vallées en provoquant des éboulements de terrain. Puis nous avons percé un trou dans le volcan avec des explosifs pour créer un canal de débordement de l'autre côté. Il a fallu puiser dans les réserves non militaires de Semtex, mais nous avons réussi. Toute la lave s'est déversée dans la mer, créant par la même occasion près de quatre cents hectares de terrain pour notre client. Ce petit bonus n'a pas suffi pour payer nos honoraires, bien sûr, mais ça l'a bien aidé.

Garza continua sa déambulation. Ils passèrent devant une série de tables couvertes de morceaux de fuselage et de composants électroniques brûlés.

— Accident d'avion. Un attentat terroriste, dit Garza, avec un geste dédaigneux de la main.

A l'autre bout de la pièce, Garza ouvrit une petite porte blanche. Ils enfilèrent une série de couloirs aseptisés et silencieux. On n'entendait que le chuintement des épurateurs d'air, le cliquetis des clés de l'ingénieur d'EES et un étrange battement monotone qui semblait provenir des entrailles de l'immeuble. Garza ouvrit une autre porte. Sam découvrit avec stupeur une salle gigantesque qui devait occuper six étages en hauteur et mesurer soixante mètres de long. Autour de la pièce s'entassait une débauche de matériel high-tech : un amoncellement de caméras numériques et de câbles audiovisuels, ainsi que de grands écrans verts utilisés au cinéma pour insérer a posteriori des effets spéciaux. Le long de l'un des murs, s'alignaient une demi-douzaine de longues Lincoln décapotables datant du début des années 60.

Le centre de ce vaste espace était occupé par la maquette d'un croisement routier. Rien ne manquait. Même les feux tricolores fonctionnaient. De chaque côté s'élevaient des façades de hauteurs diverses. Une rainure courait le long de la rue goudronnée et un système de poulies était fixé au pare-chocs avant d'une autre Lincoln, dans laquelle on avait installé quatre mannequins. Un tapis de pelouse artificielle vallonné bordait la route qui se terminait abruptement devant un pont, où Glinn se tenait, un mégaphone à la main.

Sam avança, suivant toujours Garza. Ils s'arrêtèrent sur le bord de la chaussée, à l'ombre des taillis en plastique. La scène avait quelque chose d'étrangement familier. Glinn leva son porte-voix.

— Trente secondes.

— Synchronisation time code et flux numérique OK, lança une voix désincarnée. Le son est coupé.

Une brève agitation s'empara de l'équipe.

— Ça tourne, lança la voix.

— Tout le monde en arrière, ordonna Glinn. C'est parti.

On s'activait de toute part. Il y eut un bourdonnement et le système de poulies se mit en branle, tirant la limousine le long du sillon. Derrière les caméras numériques, des techniciens filmaient l'opération. Une détonation retentit tout près, suivie presque aussitôt de deux autres. Sam baissa la tête instinctivement, reconnaissant le bruit d'une fusillade. Personne d'autre ne semblait inquiet. Il tourna la tête. Les explosions semblaient venir des buissons sur sa droite. A travers le feuillage, il distingua deux gros fusils fixés sur des piédestaux en acier. Leurs fûts avaient été sciés et des fils partaient de la détente.

Soudain, il comprit où ils étaient.

— Dealey Plaza, Dallas, murmura-t-il.

Garza sourit.

McFarlane traversa la pelouse artificielle pour observer de plus près les deux fusils. Suivant la direction de leurs canons, il constata que le mannequin assis à droite à l'arrière du véhicule était penché sur le côté, la tête fracassée. Glinn s'approcha de la voiture, inspecta les mannequins, puis murmura quelques mots à propos de la trajectoire des balles à quelqu'un derrière lui. Il s'éloigna pour rejoindre Sam, tandis que les techniciens se massaient autour de la voiture, prenant des photos et des notes.

— Bienvenue dans mon musée personnel, monsieur McFarlane, dit-il en lui serrant la main. Je vous serais reconnaissant de ne pas vous attarder sur cette pelouse. Ces fusils peuvent encore faire des dégâts.

Il se tourna vers Garza.

— Ça correspond parfaitement. Pas la peine de faire d'autres essais.

— Je ne savais pas qu'on enquêtait encore là-dessus, remarqua Sam.

Glinn hocha la tête.

— On a découvert récemment de nouveaux éléments qui demandaient à être étudiés.

— Et quelles sont vos conclusions ?

Glinn le regarda froidement.

— Vous les lirez peut-être un jour dans le *New York Times*, monsieur McFarlane. Bien que j'en doute. Disons simplement qu'aujourd'hui, j'ai plus de respect qu'il y a un mois pour les tenants de la théorie de la conspiration.

— Très intéressant. Ça a dû coûter une fortune. Qui a payé ?

Un lourd silence plana entre eux.

— Mais quel est le rapport avec l'ingénierie ? finit par demander Sam.

46

— Tout. EES a toujours joué un rôle pionnier dans le domaine de l'analyse des échecs. Cet aspect de notre activité représente encore la moitié de nos missions. Comprendre pourquoi un projet échoue est essentiel pour résoudre des problèmes d'ingénierie.

— Mais tout ça… fit Sam, désignant la reconstitution de Dealey Plaza.

Glinn lui adressa un bref sourire.

— L'assassinat d'un président est un échec majeur, ne croyez-vous pas? Sans parler de l'enquête bâclée qui a suivi. En plus, analyser ce genre de situation nous permet de maintenir un taux de réussite de cent pour cent.

— Cent pour cent?

— Exactement. EES n'a jamais échoué. Jamais. C'est notre signe particulier.

Il fit un signe à Garza et ils se dirigèrent vers la porte.

— Lorsqu'on veut mener à terme un projet, déterminer la marche à suivre ne suffit pas. Ce n'est que lorsque vous avez étudié toutes les sources d'échec possibles que vous pouvez être sûr de réussir. C'est pour cela que nous n'avons jamais échoué. Nous ne signons pas un contrat avant d'être certains de pouvoir l'exécuter. A partir de là, nous pouvons garantir son succès. Nos contrats ne comportent aucune clause d'exception.

— C'est pour ça que vous n'avez pas encore signé avec le Lloyd Museum?

— Oui. Et c'est pour cette raison que vous êtes ici aujourd'hui.

Glinn sortit une lourde montre en or ciselée de sa poche, vérifia l'heure et la rangea, avant d'appuyer sur la poignée de porte d'un geste brusque.

— Venez. Les autres nous attendent.

Siège d'EES,
13 h 00

Un ascenseur industriel leur fit gravir quelques étages. Après un dédale de couloirs blancs, Sam fut invité à pénétrer dans une salle de conférences au plafond bas et au mobilier austère. Sans fenêtre, les murs nus, elle était aussi sobre que celle de Lloyd était somptueuse. Elle comportait en tout et pour tout une table circulaire en beau bois exotique et un écran noir à l'autre bout de la pièce.

Assis à la table, un homme et une femme le dévisagèrent. Sam avait l'impression de comparaître devant un tribunal. La femme, qui était jeune et brune, portait une salopette. Sans être à proprement parler jolie, elle avait de beaux yeux noisette pailletés d'or. Son regard sardonique s'attarda sur Sam, qui se sentit aussitôt déstabilisé. Elle était de taille moyenne et mince. En dépit de traits banals, ses joues et son nez bronzés respiraient la santé. Elle avait de longues mains et des doigts encore plus longs, occupés à décortiquer une cacahuète dans un cendrier devant elle. En la voyant, on pensait à un garçon manqué monté en graine. L'homme en blouse blanche à côté d'elle était maigre comme un clou. Il avait la peau irritée par le rasoir. Une de ses paupières tombait un peu, donnant à son regard un côté enjoué, comme s'il était sur le point de faire un clin d'œil. Mais toute sa drôlerie avait dû se réfugier dans cette paupière, car pour le reste, il semblait totalement dénué d'humour. Pincé, l'air d'avoir avalé son parapluie, il tripotait nerveusement un porte-mine, le tournant dans tous les sens. Glinn le désigna de la tête.

— Voici Eugène Rochefort, notre ingénieur en chef. Sa spécialité est de concevoir des solutions uniques pour résoudre des problèmes uniques.

Rochefort accepta le compliment en pinçant ses lèvres qui se décolorèrent fugacement.

48

— Et voici notre scientifique, Rachel Amira. Nous l'avons engagée comme physicienne, mais nous avons vite appris à utiliser ses dons exceptionnels de mathématicienne. Si vous avez un problème, elle le mettra en équation. Rachel, Gene, je vous présente Sam McFarlane, docteur en géologie des planètes et chasseur de météorites.

Ils hochèrent la tête en guise de réponse. Sam sentait leurs yeux sur lui, tandis qu'il ouvrait son porte-documents et distribuait des pochettes à la ronde. Il était à nouveau tendu. Glinn prit la pochette qu'il lui tendait.

— J'aimerais décrire le problème dans ses grandes lignes, avant que nous en discutions tous ensemble, si vous n'y voyez pas d'inconvénient.

— Je vous en prie, dit Sam, s'asseyant sur une chaise.

Les yeux gris insondables de Glinn firent le tour de la table. Puis il sortit une série de notes de son blouson.

— D'abord, quelques informations générales. La zone cible est une petite île appelée Desolación, située à la pointe australe de l'Amérique du Sud, près du cap Horn. Elle se trouve en territoire chilien et mesure environ treize kilomètres sur cinq.

Il fit une pause, regardant autour de lui.

— Notre client, M. Palmer Lloyd, insiste pour que nous opérions avec le maximum de diligence. Il s'inquiète de l'éventuelle concurrence d'autres musées. Cela signifie que nous devrons nous rendre là-bas en plein hiver sud-américain. A cette latitude, en juillet, les températures s'échelonnent entre 0 et - 34 °C. Le cap Horn est la terre la plus au sud du globe, après l'Antarctique. Elle est plus proche du pôle Sud de mille six cents kilomètres par rapport au cap de Bonne-Espérance. A cette époque de l'année, on peut compter sur cinq heures de lumière par jour. Desolación n'est pas particulièrement hospitalière. C'est une île stérile, battue par les vents. Le terrain est surtout volcanique, avec des bassins sédimentaires du tertiaire. L'île est divisée en deux par un grand champ de neige et on trouve un culot volcanique au nord. L'amplitude des marées oscille entre neuf et dix mètres et il y a un courant de marée de six nœuds.

— Des conditions de rêve pour un pique-nique, murmura Garza.

— Le village le plus proche se trouve sur Navarino, dans le canal Beagle, à une soixantaine de kilomètres au nord de l'archipel du cap Horn. C'est une base navale chilienne appelée Puerto Williams, située à côté d'un petit bidonville d'Indiens métis.

— Williams? s'étonna Garza. Je croyais que nous parlions du Chili.

— A l'origine, toute cette région a été cartographiée par les Anglais, dit Glinn en posant ses notes sur la table. Monsieur McFarlane, je crois que vous êtes déjà allé au Chili?

Sam hocha la tête.

— Que pouvez-vous nous dire de leur marine?

— Des gens adorables.

Il y eut un silence dans lequel on n'entendit plus que Rochefort qui tambourinait sur la table avec son porte-mine. La porte s'ouvrit sur un homme avec un plateau qui leur distribua du café et des sandwichs.

— Ils patrouillent leurs eaux territoriales avec une certaine agressivité, reprit Sam. En particulier dans le sud, près de la frontière argentine. Les deux pays ont un vieux différend frontalier, comme vous le savez sans doute.

— Avez-vous quelque chose à ajouter en ce qui concerne le climat?

— J'ai passé quelque temps à Punta Arenas à la fin de l'automne. Le blizzard, les tempêtes de neige fondue et le brouillard sont communs. Sans parler des williwaws.

— Les williwaws? demanda Rochefort d'une voix fluette.

— En gros, des mini-bourrasques. Elles ne durent qu'une minute ou deux, mais peuvent souffler jusqu'à cent cinquante nœuds.

— Et pour ce qui est des mouillages? s'enquit Garza.

— J'ai entendu dire qu'il n'y en avait pas. Apparemment, un bateau n'est en sécurité nulle part autour de l'archipel du cap Horn.

— Nous aimons les défis, dit Garza.

Glinn réunit ses papiers, les plia soigneusement et les rangea dans la poche de son blouson. Sans pouvoir dire pourquoi, Sam avait l'impression qu'il connaissait déjà les réponses aux questions qu'il avait posées.

— Il est évident que nous nous trouvons devant un problème complexe, même en faisant abstraction de la météorite. Mais à ce propos, Rachel, je crois que tu as quelques questions au sujet des données.

— Je voudrais juste faire un commentaire, dit la jeune femme en regardant la pochette devant elle, avant de lancer un coup d'œil moqueur à Sam.

L'attitude hautaine de la jeune femme commençait à lui taper sur les nerfs.

— Oui ? demanda-t-il.

— Je crois que c'est un monceau d'absurdités.

— De quoi parlez-vous au juste ?

— C'est vous le chasseur de météorites, non ? Vous devez donc savoir pourquoi personne n'a jamais trouvé de météorite pesant plus de soixante tonnes. La violence de l'impact la briserait en mille morceaux. Au-dessus de deux cents tonnes, les météorites se vaporisent. Comment un tel monstre pourrait-il être intact ?

— Je ne peux pas… commença Sam.

Mais Rachel l'interrompit.

— Le second problème, c'est la rouille. Cinq mille ans suffisent pour réduire en miettes même la plus grosse météorite en fer. Si pour une raison miraculeuse elle avait survécu à l'impact, comment se fait-il qu'elle soit encore entière ? Comment expliquez-vous ce rapport affirmant qu'elle est tombée il y a trente millions d'années, qu'elle a été recouverte par les sédiments et qu'elle n'est remontée à la surface que récemment, à cause de l'érosion ?

Sam s'appuya contre le dossier de sa chaise avec un petit sourire. Elle leva les sourcils d'un air interrogateur.

— Est-ce que vous avez déjà lu Sherlock Holmes ? demanda-t-il.

Rachel écarquilla les yeux.

— Vous n'allez quand même pas me ressortir cette vieille rengaine ! Une fois que l'on a éliminé l'impossible, ce qui reste, même si c'est improbable, doit être la vérité… Si ?

Sam lui lança un regard surpris.

— Vous n'êtes pas d'accord ?

Rachel ricana tandis que Rochefort hochait la tête.

— Monsieur McFarlane, voilà donc d'où vous tirez votre autorité scientifique ? Des œuvres de Sir Arthur Conan Doyle ?

Sam soupira lentement. Ce n'était pas le moment de faire une scène.

— C'est quelqu'un d'autre qui a recueilli ces données. Je ne peux pas m'en porter garant. Tout ce que je peux dire, c'est que, si ces données sont exactes, il n'y a qu'une explication : c'est une météorite.

Le silence tomba autour de la table.

— Quelqu'un d'autre, dit enfin Rachel, tout en décortiquant une cacahuète. Vous ne parleriez pas du professeur Masangkay, par hasard ?

— Si.

— Vous vous connaissiez, je crois ?

— Nous faisions équipe.

— Ah, répliqua-t-elle, comme si c'était une nouveauté pour elle. Donc, si c'est le professeur Masangkay qui a recueilli ces données, vous supposez qu'elles sont exactes ? Vous lui faites confiance ?

— Tout à fait.

— Je me demande s'il en dirait autant de vous, commenta Rochefort de sa voix aiguë et chevrotante.

Sam toisa l'ingénieur.

— Continuons, dit Glinn.

Sam détourna la tête et tapota son porte-documents du dos de la main.

— Il y a un très important gisement circulaire de coésite fondue sur l'île, avec au centre, une masse dense de matière ferromagnétique.

— Un gisement naturel de fer, commenta Rochefort.

— Le relevé aérien indique une inversion des strates sédimentaires autour du site.

— Mais encore ? soupira Rochefort.

— Lorsqu'une grosse météorite tombe sur des couches sédimentaires, les plus jeunes prennent la place des plus anciennes.

L'ingénieur en chef n'avait pas cessé de tambouriner sur la table avec son porte-mine.

— Comment ? Par magie ?

Sam le regarda encore, plus longtemps cette fois.

— Monsieur Rochefort désire peut-être une démonstration ?

— En effet.

Sam prit le sandwich qui se trouvait devant lui. Il l'examina et le renifla avec une grimace.

— Beurre de cacahuète et confiture ?

— Nous attendons votre démonstration, glapit Rochefort d'un ton exaspéré.

— Tout de suite.

Sam posa le sandwich sur la table entre l'ingénieur et lui. Il pencha sa tasse et versa un peu de café dessus.

— Que fait-il ? demanda Rochefort, se tournant vers Glinn. Je savais que c'était une erreur. Nous aurions dû faire venir notre client.

Sam leva la main.

— Ne vous impatientez pas. Je prépare simplement mes couches sédimentaires.

Il prit un autre sandwich qu'il plaça sur le premier, et le satura à son tour de café.

— Voilà. Ce sandwich représente le dépôt sédimentaire : pain de mie, beurre de cacahuète, confiture, pain de mie. Et mon poing est la météorite, ajouta-t-il en levant sa main au-dessus de sa tête.

Son poing s'abattit sur la pile de pain.

— Attention, bon sang ! s'écria Rochefort en faisant un bond en arrière, sa chemise maculée de beurre de cacahuète.

Il fit face à Sam, furieux, époussetant les morceaux de pain trempés qui parsemaient ses manches. A l'autre bout de la table, Garza les regardait, l'air sidéré. Glinn, égal à lui-même, était resté de marbre.

— Maintenant, examinons les restes de sandwich sur la table, poursuivit Sam sans se démonter, comme s'il donnait un cours à l'université. Vous remarquerez que l'ordre des couches s'est inversé. La tranche de pain qui était à la base se retrouve au sommet, la confiture sous le beurre de cacahuète, et la tranche de pain supérieure se retrouve tout en dessous. C'est exactement ce qui arrive lorsqu'une météorite heurte des roches sédimentaires : elle pulvérise les couches, les retourne et elles retombent à l'envers.

Il jeta un coup d'œil à Rochefort.

— Quelqu'un a d'autres questions ou des commentaires ?

— C'est un scandale ! fulmina l'ingénieur qui essuyait ses lunettes avec un mouchoir.

— S'il vous plaît, asseyez-vous, monsieur Rochefort, dit Glinn posément.

A la surprise de Sam, Rachel Amira pouffa. Son rire était grave et doux.

— Bravo, monsieur McFarlane. C'était très distrayant. Nos réunions sont un peu ternes d'habitude.

Elle se tourna vers Rochefort.

— Si tu avais commandé des sandwichs club, comme je l'avais suggéré, ça ne serait pas arrivé.

Rochefort se rassit, l'air renfrogné.

— Quoi qu'il en soit, reprit Sam, se rasseyant et essuyant sa main avec une serviette, l'inversion des strates ne peut signifier qu'une chose : un cratère causé par un impact majeur. Si l'on réunit les éléments en notre possession, tout indique qu'il s'agit d'une météorite. Mais si vous avez une meilleure explication, je serais ravi de l'entendre.

— Et si c'était un vaisseau spatial extraterrestre ? tenta Garza au bout de quelques instants.

— Nous y avons pensé, Manuel, répliqua sèchement Rachel.

— Alors ?

— C'est un peu tiré par les cheveux.

— Ces spéculations sont inutiles, intervint Rochefort qui terminait de nettoyer ses lunettes. Pourquoi n'envoyons-nous pas des gens sur place pour réaliser de nouveaux relevés ?

Sam jeta un coup d'œil à Glinn qui écoutait, paupières mi-closes.

— M. Lloyd et moi pensons que ces données sont fiables. Et il ne veut pas attirer l'attention plus que nécessaire autour du site. Ce qui est tout à fait compréhensible.

Garza prit soudain la parole :

— Ce qui nous amène au second problème à l'ordre du jour. Comment allons-nous faire sortir du Chili ce que nous trouverons ? Je crois que ce genre de... disons d'opération, ne vous est pas totalement étranger ?

Une façon polie de dire contrebande, pensa Sam.

— Pas totalement, en effet.

— Alors, qu'en pensez-vous ?

— C'est du métal. Un minerai, donc. Légalement, cette météorite n'appartient pas au patrimoine culturel chilien. Suivant mon conseil, M. Lloyd a fondé une société qui est en train de louer une concession minière sur l'île. J'ai proposé que nous nous rendions là-bas sous couvert d'une opération minière. Une fois sur place, on déterre la météorite, on la charge sur le bateau et on rentre. Cela n'a rien d'illégal, selon les avocats.

Rachel sourit.

— Mais si le gouvernement chilien apprend qu'il s'agit de la plus grosse météorite du monde, et pas seulement d'un gisement de fer ordinaire, il risque de voir d'un mauvais œil votre opération.

— C'est un euphémisme. Nous risquons d'y laisser notre peau.

— C'est ce qui a bien failli vous arriver lorsque vous avez sorti en fraude les tectites d'Atacama, si je ne m'abuse ? demanda Garza.

Pendant toute la réunion, Garza avait conservé une attitude amicale, dénuée de l'hostilité de Rochefort ou des sarcasmes de Rachel. Pourtant, Sam ne put s'empêcher de rougir.

— Nous avons pris des risques. Il le faut parfois dans ce genre de travail.

— Je vois, dit Garza en riant, parcourant les feuilles qui se trouvaient dans sa pochette. Je suis très étonné que vous soyez prêt à retourner là-bas. Cette opération pourrait provoquer un incident international.

— Lorsque M. Lloyd dévoilera la météorite dans son nouveau musée, cela provoquera de toute façon un incident international.

— L'important, c'est que tout se déroule dans le plus grand secret, intervint Glinn d'un ton égal. On nous demande seulement de remplir notre part du contrat, ce qui se passera ensuite ne concerne que M. Lloyd.

Ils restèrent silencieux pendant quelques instants.

— J'ai encore une question, reprit Glinn. A propos de votre ancien coéquipier, le professeur Masangkay.

Ça y est, pensa Sam, s'armant de courage.

— Vous avez une idée de ce qui a pu causer sa mort?

Sam marqua une hésitation. Ce n'était pas la question à laquelle il s'attendait.

— Aucune idée, répondit-il enfin. On n'a pas retrouvé le corps. Ce pourrait être le froid ou la faim. Le climat n'est pas particulièrement clément.

— Mais il n'avait aucun problème médical particulier? Aucun antécédent qui aurait pu précipiter sa mort?

— A part des problèmes de malnutrition quand il était enfant, je ne vois rien. Ou alors, je n'étais pas au courant. Son journal de bord ne mentionne ni maladie ni épuisement des vivres.

Sam observait Glinn feuilleter le contenu de sa pochette. La réunion semblait terminée.

— M. Lloyd m'a demandé de revenir avec une réponse.

Glinn posa la pochette à côté de lui.

— Cela lui coûtera un million de dollars.

Sam le regarda d'un air étonné. C'était une somme relativement modeste. Mais le plus surprenant était la rapidité à laquelle Glinn avait atteint cette conclusion.

— Bien sûr, il faut l'aval de M. Lloyd, mais ça me semble très raisonnable…

Glinn leva la main.

— J'ai peur que vous m'ayez mal compris. Nous demandons un million de dollars pour déterminer si oui ou non nous pouvons accepter cette mission.

Sam ouvrit de grands yeux.

— Vous voulez dire que cela va coûter un million de dollars uniquement pour un devis!

— En fait, c'est même pire, dit Glinn. Nous arriverons peut-être à la conclusion que nous devons refuser ce travail.

Sam secoua la tête.

— Lloyd va être ravi.

— Cette opération comporte beaucoup d'inconnues, nous ne sommes même pas certains qu'il s'agisse d'une météorite. Il y aura à régler des problèmes politiques, techniques et scientifiques. Pour les analyser, nous devrons construire des maquettes. Nous devrons passer des heures sur un superordinateur. Nous devrons demander l'avis confidentiel de physiciens, d'ingénieurs des ponts et chaussées, d'avocats internationaux, et même d'historiens et de spécialistes en sciences politiques. De plus, M. Lloyd souhaite que les choses se fassent vite, ce qui coûtera encore plus cher.

— D'accord, d'accord. Quand aurons-nous votre réponse ?

— Comptez soixante-douze heures. Après réception du chèque de M. Lloyd.

Sam passa sa langue sur ses lèvres. Il commençait à se dire qu'il était sous-payé.

— Et si vous répondez non ?

— M. Lloyd aura au moins la consolation de savoir que c'est une tâche impossible. S'il existe un moyen de transporter cette météorite jusqu'ici, nous le trouverons.

— Avez-vous déjà dit non à quelqu'un ?

— Souvent.

— Vraiment ? Et quand ça ?

Glinn toussota.

— Le mois dernier, un pays d'Europe de l'Est nous a demandé d'ensevelir un réacteur nucléaire défaillant dans un bloc de béton, et de lui faire traverser une frontière discrètement pour le confier à la charge d'un autre État.

— C'est une blague ? s'exclama Sam.

— Absolument pas, répliqua Glinn. Nous avons refusé.

— Leur budget était insuffisant, compléta Garza.

Le géologue secoua la tête et referma son porte-documents avec un claquement sec.

— Si je peux utiliser votre téléphone, je vais transmettre votre offre à M. Lloyd.

Glinn fit un signe de tête à Garza qui se leva.

— Veuillez me suivre, s'il vous plaît, dit ce dernier, tenant la porte pour Sam.

A peine celle-ci refermée, Rochefort poussa un soupir irrité.

— Nous n'allons quand même pas devoir travailler avec lui ?

D'une chiquenaude, il ôta un peu de gelée rouge sur sa blouse.

— Ce n'est pas un scientifique, c'est un charognard.

— Il a un doctorat en géologie des planètes.

— Un diplôme depuis longtemps tombé en désuétude. Et je ne m'inquiète pas uniquement à cause de son éthique et de ce qu'il a fait à son associé. Regardez un peu ça.

Il montra sa chemise.

— Ce type est irresponsable, poursuivit-il. Imprévisible.

— Il n'y a pas de gens imprévisibles, dit Glinn. Il n'y a que des gens qu'on ne comprend pas.

Il regarda le gâchis sur sa table à cinquante mille dollars.

— Rachel ?

— Oui ?

— Je vais te confier une mission un peu spéciale.

— Je t'écoute, dit-elle, avec un sourire sardonique en direction d'Eugène Rochefort.

— Tu seras l'assistante de McFarlane.

Elle resta interloquée et son sourire s'effaça de son visage. Glinn poursuivit calmement, sans lui laisser le temps de réagir.

— Tu le tiendras à l'œil. Tu rédigeras des rapports réguliers sur son comportement et tu me les transmettras.

— Je ne suis pas psy ! explosa Rachel. Et encore moins une moucharde !

C'était Rochefort qui avait l'air de s'amuser maintenant, mais son rictus était empreint d'une joie mauvaise.

— Je te demande uniquement des observations, dit Glinn. Un psychiatre sera chargé d'étudier tes rapports. Rachel, tu as un sens de l'analyse très fin, qu'il s'agisse des humains ou des mathématiques. Et tu ne seras son assistante que sur le papier. Pour ce qui est de moucharder, il ne s'agit pas de ça. Nous savons que Sam a un passé, disons... chaotique. Il sera le seul membre de cette expédition que nous n'aurons pas choisi. Nous ne devons commettre aucune imprudence.

— Ce qui m'autorise à l'espionner ?

— Mettons que je ne t'ai rien demandé. Si tu le surprenais en train de faire quelque chose risquant de compromettre l'expédition, tu m'avertirais sans te poser de question. Je te demande juste de faire la même chose, mais de manière un peu plus formelle.

Rachel rougit sans répondre. Glinn rassembla ses papiers.

— Tout ceci restera peut-être lettre morte, si cette mission s'avère irréalisable. J'ai encore un détail à vérifier.

Lloyd Museum,
7 juin, 15 h 15

Dans le bâtiment administratif flambant neuf du musée, Sam arpentait son bureau comme un animal en cage. Bien que spacieuse, la pièce était encombrée de cartons fermés. Des plans, des notes de service, des cartes et des listings jonchaient sa table de travail. Il s'était contenté de libérer une chaise de sa gangue de plastique, laissant emballé le reste du mobilier. Le bureau peint de frais où la moquette venait d'être posée sentait encore le neuf. Dehors, la construction du musée continuait à un rythme effréné. C'était déstabilisant de voir autant d'argent dépensé aussi vite. Mais si quelqu'un pouvait se le permettre, c'était bien Palmer Lloyd. Il était l'un des deux ou trois hommes les plus riches du monde, grâce à son holding financier qui regroupait des entreprises dans des domaines aussi divers que l'aérospatiale, la défense, les superordinateurs et le traitement électronique des données.

S'obligeant à s'asseoir, Sam poussa les papiers amoncelés devant lui, ouvrit le tiroir du bas et en sortit le journal de bord moisi de Masangkay. La simple vue des phrases en tagalog ravivait une série de souvenirs doux-amers à demi effacés, comme des photographies jaunies. Il tourna les pages pour s'arrêter une fois de plus sur les derniers paragraphes griffonnés en pattes de mouche. Masangkay ne tenait pas son journal avec une grande assiduité. Il était impossible de savoir combien d'heures s'étaient écoulées entre la rédaction de ces quelques lignes et sa mort.

Nakaupo ako at nagpapausok para umalis ang mga lintik na lamok. Akala ko masama na ang sud du Groenland, mas grabe pala dito sa Isla Desolación...

60

Sam jeta ensuite un coup d'œil à la traduction qu'il avait rédigée pour Lloyd :

Assis près du feu, j'essaie de tenir à distance ces satanés moustiques. Dire que je me plaignais du sud du Groenland ! Desolación : cette île porte bien son nom. Je me suis souvent demandé à quoi ressemblerait la fin du monde. Maintenant, je le sais.

Mes premières observations sont encourageantes. Les strates inversées, les étranges phénomènes volcaniques, les anomalies des relevés par satellite : tout concorde avec les légendes yaghans. Mais ce n'est pas logique. Elle a dû tomber à une vitesse incroyable, peut-être trop vite pour une orbite elliptique. Je n'arrête pas de penser à la théorie délirante de Sam. Des fois, je souhaiterais presque que cette vieille fripouille soit avec moi. Mais s'il était ici, il trouverait encore le moyen de tout foutre en l'air.

Demain, je commencerai les analyses quantitatives dans la vallée. Si elle est là, même profondément enfouie, je la trouverai. Tout dépendra des résultats de demain.

Et plus rien. Il était mort, seul, dans un des coins les plus paumés de la planète.

McFarlane se cala dans son siège. « La théorie délirante de Sam… » A vrai dire, *walang kabalbalan* ne signifiait pas exactement « délirante », l'expression avait un sens beaucoup plus péjoratif, mais c'était un détail dont Lloyd pouvait se passer. De toute façon, le problème n'était pas là. Le problème était qu'à l'époque, il soutenait une théorie réellement délirante. Avec le recul, il se demandait comment il avait pu s'entêter à la défendre avec une telle ténacité.

Toutes les météorites connues proviennent de l'intérieur du système solaire. Sa théorie sur les météorites interstellaires – des météorites venues d'ailleurs, d'autres systèmes – lui semblait ridicule aujourd'hui. L'idée qu'un morceau de caillou ait pu traverser l'immensité du cosmos en slalomant entre les étoiles pour atterrir finalement sur la Terre ne tenait pas debout. Les mathématiciens affirmaient qu'il existait une chance sur un trillion qu'un tel phénomène se produise ! Pourquoi avait-il cru avec tant d'obstination qu'un jour, quelqu'un – lui, de préférence – finirait par découvrir une météorite interstellaire ? C'était une théorie aussi fantaisiste que risible. Et quelle prétention de sa part ! Son entêtement avait obscurci son jugement, et sa vie s'en était trouvée irrémédiablement bouleversée.

Jamais il n'aurait pensé que Masangkay s'intéresserait un jour à ce ramassis de foutaises. Qu'est-ce qui avait pu heurter sa logique ? Certainement pas les strates inversées. Alors, pourquoi semblait-il si dérouté ?

Il referma le cahier et alla se planter devant la fenêtre, songeant au visage rond de Masangkay, à ses épais cheveux noirs en bataille, son sourire sarcastique, ses yeux pétillant d'humour et d'intelligence. Il se revit devant le Museum de New York. La lumière vive du soleil donnait un éclat presque douloureux au paysage. Masangkay avait dévalé les marches, les lunettes de travers, hurlant : « Sam ! Ils nous ont donné le feu vert ! Nous partons pour le Groenland ! » Avec plus de tristesse, il se souvint du soir où ils avaient trouvé la météorite de Tornarssuk. Appuyé contre la sombre surface métallique de la météorite, Masangkay avait porté la bouteille de whisky à ses lèvres. Il en avait lampé une longue gorgée, le visage éclairé par les braises vacillantes du feu. Le lendemain, ils s'étaient réveillés avec une gueule de bois carabinée. Mais ils l'avaient trouvée. Elle les attendait sur son lit de cailloux, comme si quelqu'un avait voulu la poser au vu et au su de tous. Au cours des années, ils avaient découvert ensemble un nombre non négligeable de météorites, mais celle de Tornarssuk, c'était autre chose. Elle était tombée suivant un angle aigu et avait rebondi sur la glace pendant des kilomètres avant de s'immobiliser. Une superbe sidérite dont la forme rappelait un hippocampe... Et aujourd'hui, elle trônait dans le jardin d'un homme d'affaires japonais. Une histoire qui lui avait coûté l'amitié de Masangkay et sa réputation.

Il regarda par la fenêtre. Une vision incongrue s'élevait peu à peu entre les érables et les chênes blancs : cette ancienne pyramide égyptienne patinée par le soleil n'était certainement pas à sa place dans le nord de la vallée de l'Hudson. Sous ses yeux, un bloc de calcaire soulevé par une grue se balança au-dessus des feuillages, avant d'amorcer sa lente descente vers le monument inachevé. Il laissa derrière lui une traînée de sable, aussitôt dissipée par le vent. A la base de la pyramide, à l'ombre des arbres, on distinguait Palmer Lloyd coiffé d'un casque colonial trop grand pour lui. Décidément cet homme avait un faible pour les couvre-chefs extravagants.

On frappa à la porte. Eli Glinn entra, une chemise en carton sous le bras. Il se faufila entre les cartons pour rejoindre Sam et jeta un coup d'œil à la scène qu'ils surplombaient.

— M. Lloyd a-t-il également acheté une momie pour ajouter une touche de réalisme à sa pyramide?

Sam gloussa.

— En fait, oui. Pas l'originale, qui a été dérobée il y a longtemps, mais une autre, plus modeste. Une pauvre âme qui n'imaginait certainement pas qu'elle passerait le reste de l'éternité dans la vallée de l'Hudson. Lloyd a commandé une réplique du trésor de Toutankhamon pour la chambre funéraire. Il n'a pas pu acheter les originaux, si j'ai bien compris.

— De nos jours, on n'a plus rien pour trente milliards, répliqua Glinn.

Il désigna la fenêtre du menton.

— On descend?

Ils sortirent du bâtiment, empruntant un sentier de gravier qui s'enfonçait dans la forêt. Les cigales stridulaient dans les feuillages au-dessus de leurs têtes. Ils atteignirent bientôt la clairière sableuse. Les contours de la pyramide jaune se détachaient sur l'azur du ciel. Une odeur de poussière et de vétusté imprégnait le monument qui, même au cœur de cette vallée, parvenait à évoquer l'immensité du désert. Les apercevant, Lloyd avança à leur rencontre, les deux mains tendues.

— Glinn! rugit-il avec bonhomie. Vous êtes en retard. On pourrait croire que vous prévoyez de déplacer le mont Everest! Après tout, cette météorite n'est qu'un vulgaire tas de ferraille.

Il prit Glinn par l'épaule et le guida vers des bancs de pierre, de l'autre côté du monument. Sam s'assit en face des deux autres. Il faisait frais ici, à l'ombre de la pyramide. Lloyd désigna la mince chemise sous le bras de Glinn.

— C'est tout ce que vous m'offrez pour un million de dollars?

Glinn ne répondit pas tout de suite, plongé dans la contemplation de la pyramide.

— Quelle hauteur fera-t-elle, une fois terminée ?

— Vingt-trois mètres cinquante, répondit Lloyd d'une voix pleine de fierté. C'est la tombe d'un pharaon de l'Ancien Empire, le pharaon Khéfret II. Un petit roi, dans tous les sens du terme : le pauvre gosse est mort à treize ans. J'en aurais préféré une plus grosse, évidemment. Mais c'était la seule pyramide située hors de la vallée du Nil.

— Et la base mesure combien ?

— Quarante-deux mètres de côté.

Glinn resta silencieux pendant quelques instants, les yeux dans le vague.

— C'est une coïncidence intéressante.

— Une coïncidence ?

Le regard de Glinn revint sur Lloyd.

— Nous avons revu l'analyse des données de votre météorite. Nous en avons conclu qu'elle devrait plutôt peser dans les dix mille tonnes. Autrement dit, la même masse que cette pyramide, si mes calculs sont corrects. Si l'on se base sur les météorites de nickel et de fer traditionnelles, votre caillou doit faire douze mètres de diamètre.

— Parfait ! C'est encore mieux.

— La déplacer reviendra à déplacer cette pyramide, mais d'un seul bloc, pas pierre par pierre.

— Et après ?

— Prenez la tour Eiffel, par exemple, dit Glinn.

— Je vous la laisse. Elle est trop laide.

— La tour Eiffel pèse plus de sept mille tonnes.

Lloyd le regarda.

— La fusée Saturne V pèse dans les trois mille tonnes. C'est le plus lourd objet jamais déplacé par l'homme. Votre météorite, monsieur Lloyd, équivaut à peu près à une tour Eiffel et demie. Ou à trois Saturne V.

— Où voulez-vous en venir ?

— Dix mille tonnes, quand on y pense, cela représente un poids énorme. Dix millions de kilogrammes ! Et elle va devoir faire près de la moitié du tour du monde.

Lloyd sourit.

— Le plus lourd objet jamais déplacé par l'homme. Ce n'est pas pour me déplaire. Je n'aurais pas trouvé meilleure accroche. Mais je ne vois pas où est le problème. Une fois à bord du bateau, vous pourrez me la livrer pratiquement à ma porte, en remontant l'Hudson.

— Certes. Mais le plus dur sera de la charger à bord du bateau, surtout les quinze derniers mètres jusqu'à la cale. La grue la plus puissante du monde ne peut même pas transporter un millier de tonnes.

— Construisez un embarcadère et faites-la glisser jusqu'au bateau.

— Autour de Desolación, à six mètres de la côte, on a déjà soixante mètres de profondeur. Il est donc hors de question de construire un embarcadère fixe. Et la météorite coulerait un ponton flottant ordinaire.

— Trouvez un endroit moins profond.

— Nous avons cherché. Il n'y en a pas. En fait, le seul mouillage envisageable se trouve sur la côte est de l'île, mais un champ de neige le sépare de la météorite. Au centre, la couche de neige fait soixante mètres de profondeur. Ce qui signifie que notre petit caillou devra le contourner pour rejoindre le bateau.

Lloyd émit un grognement.

— Je commence à comprendre. Et si on amarrait un super-pétrolier à la rive pour pouvoir embarquer cette fichue météo-rite en la faisant rouler à bord ? Les plus gros peuvent transporter près d'un demi-million de tonnes de pétrole brut. C'est largement suffisant.

— Si vous la faites rouler, vous ne réussirez qu'à couler votre bateau. Le pétrole brut présente l'avantage de se répartir dans l'ensemble des cales à mesure qu'on le charge.

— Arrêtez de me faire tourner en bourrique, demanda sèchement Lloyd. Est-ce que ça signifie que vous refusez ?

Glinn secoua la tête.

— Au contraire. Nous serions ravis d'exécuter ce travail.

Le visage du milliardaire s'illumina.

— Fantastique ! Pourquoi jouez-vous les rabat-joie alors ?

— Je veux simplement que vous compreniez bien l'énormité de la tâche qui nous attend, pour vous préparer à l'énormité conséquente de notre facture.

Le sourire de Lloyd s'éteignit.

— C'est-à-dire ?

— Cent cinquante millions de dollars. Bien entendu, le prix comprend l'affrètement du bateau de transport jusqu'au musée.

Lloyd pâlit.

— Quoi ? Cent cinquante millions ! s'écria-t-il, portant la main à son front. Tout ça pour un rocher de dix mille tonnes. Ça fait...

— Quinze dollars le kilo, compléta Glinn.

— Ce n'est pas si exorbitant, intervint Sam. Lorsque l'on considère qu'une météorite correcte vaut bien deux cents dollars le kilo.

Lloyd le regarda.

— C'est vrai ?

Sam opina.

— Quoi qu'il en soit, continua Glinn, du fait de l'aspect inhabituel de cette mission, nous mettons deux conditions à notre acceptation.

— Oui ?

— D'abord, le principe de double précaution : nous voulons que vous prévoyiez le double de la somme. Comme vous le lirez dans notre rapport, nos coûts ont été estimés au plus bas. Aussi, pour être à l'aise, nous voulons pouvoir disposer d'une marge de manœuvre.

— Vous voulez dire qu'en fait, cette histoire me coûtera trois cents millions de dollars.

— Non. Nous pensons qu'elle en coûtera cent cinquante, sinon, nous ne vous aurions pas annoncé cette somme. Mais étant donné les nombreuses inconnues, les informations incomplètes et le poids de la météorite, il nous faut une marge de manœuvre.

— Une marge de manœuvre ! s'exclama Lloyd en secouant la tête. Et la seconde condition ?

Glinn prit la chemise sous son bras et la posa sur son genou.

— Un dispositif de sécurité.

— Comment ça ?

— Une trappe fixée dans le fond du bateau pour qu'en cas de danger, nous puissions larguer la météorite.

— Larguer la météorite ? répéta Lloyd interloqué.

— Si, par gros temps, elle se détachait, elle risquerait de couler le bateau. Pour parer à cette éventualité, il faut un moyen de s'en débarrasser, et vite.

De pâle, Lloyd était devenu pourpre.

— A la première grosse vague, vous comptez flanquer ma météorite à l'eau ? Pas question.

— D'après Rachel Amira, notre mathématicienne, il n'y a qu'une chance sur cinq mille qu'il faille recourir à cette extrémité.

— Je croyais que M. Lloyd devait vous payer cette petite fortune parce que vous lui garantissiez le succès, intervint Sam. Mais abandonner la météorite pendant une tempête ressemblerait plutôt à un échec.

Glinn lui jeta un bref regard.

— Nous garantissons les résultats d'EES. Et c'est une garantie sans équivoque. Mais nous ne pouvons pas offrir de garantie contre la providence. La nature est imprévisible. Si une tempête nous tombait dessus sans crier gare et coulait le navire, nous ne considérerions pas nécessairement cela comme un échec.

Lloyd bondit sur ses pieds.

— Je ne vous laisserai jamais foutre ma météorite à la flotte ! Je ne vois donc pas l'intérêt de ce dispositif de sécurité.

Il s'éloigna de plusieurs pas et s'immobilisa face à la pyramide, les bras croisés.

— C'est ça ou rien, dit Glinn sans élever la voix, mais d'un ton ferme.

Lloyd resta muet un long moment. Il secouait la tête, de toute évidence en proie à une lutte intérieure.

— D'accord, dit-il enfin. Quand commençons-nous ?

— Aujourd'hui, si vous le souhaitez.

Glinn se leva, posant avec délicatesse sa chemise cartonnée sur le banc en pierre.

— Vous trouverez ici les grandes lignes des préparatifs nécessaires, ainsi qu'un récapitulatif de la répartition du budget. Nous avons seulement besoin de votre feu vert et d'une avance de cinquante millions de dollars. Comme vous le verrez, EES ne néglige aucun détail.

Lloyd s'empara de la chemise.

— Je vais lire votre dossier avant de déjeuner.

— Je pense que cette lecture vous intéressera. Et maintenant, il faut que je rentre à New York.

Glinn salua les deux hommes.

— Messieurs, profitez bien de votre pyramide, conclut-il.

Il leur tourna le dos et traversa la clairière sableuse avant de s'enfoncer dans l'épaisse forêt d'érables.

Millburn, New Jersey,
9 juin, 14 h 45

Immobile, Glinn attendait au volant d'une berline insignifiante. Instinctivement, il s'était garé de manière que la réflexion du soleil sur le pare-brise le dissimule au regard des passants trop curieux. Machinalement, il nota les détails et les bruits caractéristiques des banlieues résidentielles de la Côte Est : les pelouses proprettes, les arbres séculaires, le bourdonnement lointain de l'autoroute.

Deux immeubles plus loin, la porte d'un petit bâtiment néoclassique s'ouvrit et une femme en sortit. Glinn se redressa imperceptiblement. Elle descendit les marches du perron, hésita, puis regarda par-dessus son épaule. Se décidant enfin, elle se dirigea dans la direction de la berline d'un pas vif, la tête haute, les épaules droites. Le soleil de l'après-midi réchauffait ses cheveux blond pâle. Glinn ouvrit une chemise en papier kraft posée sur le siège côté passager et étudia une photographie attachée par un trombone à une liasse de feuilles. C'était bien elle. Il posa la chemise à l'arrière de la voiture et tourna de nouveau son regard vers la jeune femme. Même sans uniforme, il émanait d'elle un air d'autorité et de compétence. Et rien dans son attitude ne trahissait qu'elle venait de traverser un enfer de dix-huit mois. Tant mieux. Comme elle approchait, il baissa la vitre côté passager. S'il en croyait son profil psychologique, la surprise avait toutes les chances de s'avérer payante.

— Capitaine Britton ? appela-t-il. Je m'appelle Eli Glinn. Auriez-vous quelques instants à m'accorder ?

Elle s'arrêta. Déjà, la surprise faisait place à la curiosité sur son visage. Elle ne semblait ni inquiète ni effrayée, mais le regardait plutôt avec une assurance tranquille. La jeune femme s'approcha de la voiture.

— Oui ?

Glinn enregistra sans réfléchir plusieurs détails. Elle ne portait pas de parfum et tenait fermement un sac à main, petit mais pratique. Grande, mince, elle avait la peau pâle. Pourtant, les ridules aux coins de ses yeux verts et les taches de rousseur qui éclaboussaient son visage témoignaient d'une vie passée au grand air. Sa voix était grave.

— En fait, ce dont je veux vous parler risque d'être un peu long. Est-ce que je peux vous emmener quelque part ?

— C'est inutile, merci. La gare se trouve à quelques rues d'ici.

Glinn hocha la tête.

— Vous rentrez chez vous, à New Rochelle ? Les correspondances sont un vrai casse-tête. Je me ferais un plaisir de vous y conduire.

Cette fois, l'expression de surprise s'attarda dans ses yeux vert océan.

— Ma mère m'a toujours interdit de monter en voiture avec un inconnu.

— Votre mère avait certainement raison. Mais ce dont je veux vous entretenir pourrait vous intéresser.

La femme l'observa quelques instants puis hocha la tête.

— D'accord, dit-elle en ouvrant la portière.

Elle s'assit. Glinn constata qu'elle avait posé son sac sur ses genoux et gardait ostensiblement la main droite sur la poignée. Il s'attendait à ce qu'elle accepte, mais il salua mentalement sa capacité à évaluer une situation, examiner les possibilités et arriver rapidement à une conclusion. Elle était prête à prendre un risque, mais pas à n'importe quel prix. Cela correspondait à ce que son dossier indiquait.

— Vous allez devoir jouer les copilotes, dit-il en démarrant. Je connais mal cette partie du New Jersey.

Ce n'était pas tout à fait vrai. Il connaissait une demi-douzaine de routes pour aller dans le comté de Winchester, mais il était curieux de voir comment elle dirigeait quelqu'un, même dans une situation aussi banale. Pendant le trajet, Britton lui donna des indications laconiques, sur le ton de quelqu'un qui a l'habitude qu'on lui obéisse. Une femme très impressionnante, à n'en pas douter, peut-être encore plus impressionnante du fait de son unique et tragique échec.

— D'abord, mettons les choses au clair. Je connais votre passé et cela n'aura aucune incidence sur ce que je vais vous dire.

Du coin de l'œil, il la vit se raidir.

— Si vous connaissez mon passé, vous avez un avantage sur moi, répondit-elle simplement, d'une voix qui ne tremblait pas.

— Je ne peux pas vous donner de détails pour l'instant, mais je suis ici pour vous proposer le commandement d'un pétrolier.

Ils roulèrent pendant quelques minutes en silence. Finalement, elle lui jeta un coup d'œil.

— Si vous connaissiez aussi bien mon passé que vous le prétendez, vous ne me feriez pas une telle offre.

Elle ne s'était pas départie de son calme, mais Glinn pouvait lire bien des choses sur son visage : la curiosité, la fierté, le soupçon et peut-être l'espoir.

— Vous vous trompez, capitaine Britton. Je sais tout sur vous. Je sais que vous étiez une des rares femmes capitaines de pétroliers. Je sais que l'on cherchait à vous évincer, que vous aviez l'habitude d'emprunter les routes maritimes les moins fréquentées et que vous subissiez une pression énorme.

Il fit une pause.

— Je sais que l'on vous a trouvée ivre sur la passerelle de commandement lors de votre dernière mission. Vous avez été diagnostiquée alcoolique et placée dans un centre de désintoxication dont vous êtes sortie guérie. On ne vous a pas retiré votre permis de navigation, mais depuis que vous avez quitté le centre, il y a un an, vous n'avez pas retrouvé de travail. Ai-je oublié quelque chose ?

Il attendait sa réaction.

— Non, répondit-elle calmement. Vous êtes très bien renseigné.

— Je vais être franc. Cette mission est quelque peu inhabituelle. J'ai une courte liste d'autres capitaines à qui je pourrais m'adresser, mais je crains d'essuyer un refus de leur part.

— Alors que moi, je ne peux pas refuser, je suis désespérée, termina la jeune femme à voix basse, les yeux droit devant elle.

— Si vous étiez désespérée, vous auriez accepté le commandement du navire panaméen qui vous a été proposé en novembre dernier. Ou celui du cargo libérien, malgré son escorte armée et son chargement suspect.

Il la vit froncer légèrement les sourcils.

— Voyez-vous, capitaine Britton, mon travail a fait de moi un spécialiste de l'analyse des échecs.

— A ce propos, quelle est la nature de votre travail au juste ?

— L'ingénierie. Nos analyses ont montré que quatre-vingt-dix pour cent des gens qui ont échoué une fois ne se trompent plus jamais. *Et je suis la preuve vivante de la justesse de cette théorie*, faillit-il ajouter.

Il s'autorisa à regarder sa passagère un peu plus longuement. Il avait failli baisser sa garde, une défense qui lui était aussi naturelle que de respirer. Pourquoi ? Il faudrait y réfléchir plus tard. Il se concentra de nouveau sur la route.

— Nous avons étudié votre parcours. Vous étiez un capitaine hors pair affligé d'une faiblesse pour l'alcool. Vous n'êtes plus qu'un capitaine hors pair. Et je sais que je peux compter sur votre discrétion.

— Ma discrétion, répéta-t-elle d'une voix où perçait le sarcasme.

— Si vous acceptez, je pourrai vous en dire beaucoup plus. Pour le moment, sachez que la mission ne sera pas très longue, deux mois au maximum. Elle devra se dérouler dans le plus grand secret. Notre destination se trouve dans l'hémisphère Sud, très au sud. Le budget est plus que confortable et vous pourrez choisir votre équipage, après vérification de leur dossier par ma société. Le salaire des officiers et des membres de l'équipage sera trois fois supérieur à la normale.

Le capitaine fronça les sourcils.

— Puisque vous savez que j'ai refusé de travailler pour les Libériens, vous devez êtes conscient que je ne fais pas de contrebande de drogue, ni d'armes, ni de quoi que ce soit. Je ne ferai rien d'illégal, monsieur Glinn.

— La mission est légale mais suffisamment particulière pour nécessiter un équipage dévoué. Une chose encore. Si nous réussissons, ou plutôt lorsque nous aurons réussi, car j'en fais mon affaire, cette histoire fera grand bruit. Dans le bon sens du terme. Personnellement, je préfère éviter ce genre de publicité. Mais vous pourrez en tirer profit. Vous retrouverez certainement des missions régulières. Ce qui pourrait vous aider à récupérer la garde de votre fille et vous éviter ces visites déprimantes.

Cette dernière remarque avait visé juste. La jeune femme le regarda vivement, puis tourna la tête dans la direction de la bâtisse néoclassique, maintenant à plusieurs kilomètres de là. Ses yeux se posèrent de nouveau sur Glinn.

— Dans le train, ce matin, je lisais W.H. Auden. Je suis tombée sur un poème intitulé *Atlantide*. La dernière strophe disait quelque chose comme :

Tous les petits dieux de la maison
Se mettent à pleurer, mais maintenant
Il faut se dire adieu, et prendre la mer.

Elle sourit. Si Glinn avait prêté attention à ce genre de détail, il aurait dit que son sourire était d'une grande beauté.

Port Elizabeth, New Jersey,
17 juin, 10 h 00

Lloyd s'arrêta devant la porte aveugle, un rectangle noir au milieu du grand bâtiment métallique qui se dressait devant lui. Adossé à la limousine derrière lui, son chauffeur attendait, plongé dans un journal populaire. Le rugissement de l'autoroute se propageait sur les anciens marais et résonnait entre les vieux entrepôts. Là-bas, au-delà des cales de radoub de Marsh Street, le port miroitait sous le soleil estival. Des pétroliers géants et des méthaniers s'alignaient le long des quais comme des barcasses dans un port de pêche ; à côté, une grue se penchait maternellement sur un porte-conteneurs. Au large, deux remorqueurs escortaient une barge chargée de voitures compressées. Plus loin encore, émergeant au-dessus du dos noirci de Bayonne, se profilait Manhattan et ses gratte-ciel scintillants.

Lloyd éprouva un bref sentiment de nostalgie. Cela faisait des années qu'il n'était pas venu ici. Il avait grandi près du port industriel de Rahway. Au cours de son enfance misérable, il avait passé de nombreuses journées à rôder sur les docks et les chantiers, à traîner autour des usines. Lloyd aspira à pleins poumons l'air industriel, l'odeur âcre et familière de rose artificielle mêlée aux exhalaisons des marais salants, du goudron et du soufre. Il aimait toujours l'atmosphère de ce lieu, les cheminées qui crachaient des bouffées de vapeur et de fumée, les raffineries luisantes, l'enchevêtrement des lignes à haute tension. Sheeler était un des rares peintres à avoir su saisir la beauté de la musculature industrielle à l'état brut. Pourtant, du haut de leur confortable piédestal, les bourgeois des banlieues résidentielles et les artistes bidon des quartiers branchés méprisaient les villes comme Port Elizabeth, leurs centres commerciaux, leurs zones industrielles. Lloyd s'étonna de ressentir une telle nostalgie, maintenant qu'il avait réalisé la plupart de ses rêves.

Par une étrange coïncidence, son projet le plus grandiose à ce jour allait démarrer à l'endroit où il était né. Enfant, il adorait collectionner tout et n'importe quoi. Sans le sou, il rassemblait les pièces de ses collections d'histoire naturelle au cours de ses expéditions en ville et aux alentours. Il ramassait des pointes de flèche sur des talus érodés, des coquillages sur la côte souillée, des roches et des minéraux dans des mines abandonnées. Il déterrait des fossiles dans les sédiments du jurassique près d'Hackensack et attrapait des dizaines de papillons dans les marais aux abords de Port Elizabeth. Il collectionnait les grenouilles, les lézards, les serpents et toutes sortes d'animaux qu'il conservait dans du gin subtilisé à son père. Il avait amassé une belle collection avant l'incendie. La maison avait brûlé le jour de son quinzième anniversaire, avec tous ses trésors. Jamais il n'avait connu de perte aussi douloureuse. La catastrophe l'avait vacciné contre les collections. Il était allé à l'université puis s'était lancé dans les affaires avec succès, jusqu'au jour où il s'était rendu compte qu'il pouvait maintenant acheter ce qu'il y avait de mieux. Il pouvait, d'une certaine manière, gommer cette perte. Ce passe-temps s'était rapidement transformé en passion, et c'est ainsi qu'était né le projet du Museum d'histoire naturelle. Le Lloyd Museum. Et aujourd'hui, il revenait sur les docks du New Jersey pour partir en quête d'une pièce qui serait le joyau de sa collection.

Il prit une profonde inspiration et posa la main sur la poignée de la porte. Un frisson d'impatience le parcourut. Le mince dossier de Glinn était un chef-d'œuvre qui valait bien son million de dollars. Le plan décrit dans ses grandes lignes était magistral. Il prenait en compte tous les imprévus imaginables, anticipait toutes les difficultés. Avant même d'en avoir achevé la lecture, sa colère et ses doutes avaient cédé la place à l'enthousiasme. Maintenant, après dix jours d'attente fébrile, les préparatifs précédant le départ devaient être presque achevés. L'objet le plus lourd jamais transporté par l'homme…
Il poussa la porte et pénétra dans la bâtisse.

Malgré sa taille impressionnante, la façade ne laissait pas présager de l'immensité des locaux. Un espace vertigineux sans étages ni cloisons s'étendait devant lui. Dans un premier temps, l'œil perdait toute capacité à évaluer les distances devant une telle vastitude. L'entrepôt devait bien faire quatre cents mètres de long. Au-dessus de lui, un réseau de passerelles dessinait des toiles d'araignée métalliques qui s'entrecroisaient dans l'air poussiéreux. Une cacophonie qui semblait venir de tous les coins du hangar démesuré l'assaillit soudain : le cliquetis des rivets, le fracas de l'acier, le grésillement de la soudure.

Au centre de ce déchaînement d'activité trônait une merveille : un prodigieux navire soutenu par d'énormes étançons d'acier. Lloyd leva la tête vers sa proue monstrueuse. Il existait des pétroliers largement plus gros, mais hors de l'eau, il n'en demeurait pas moins impressionnant. Lloyd n'avait jamais rien vu d'aussi gigantesque. Sur son flanc gauche, le mot *Rolvaag* était peint en blanc. Une nuée d'hommes et de femmes s'affairaient autour de lui comme une colonie de fourmis. Avec un sourire de contentement, Lloyd aspira les émanations entêtantes du métal brûlé, des solvants et des vapeurs de diesel. Une partie de lui se réjouissait devant l'extravagance évidente de la dépense, bien qu'il s'agît de son argent.

Glinn apparut, des plans roulés dans une main, un casque marqué EES sur la tête. Lloyd lui adressa un sourire admiratif et secoua la tête sans un mot, acceptant le casque que Glinn lui tendait.

— Depuis la passerelle, la vue est encore plus grandiose. Le capitaine Britton nous attend là-haut.

Lloyd enfonça le casque sur son crâne et s'engouffra à la suite de Glinn dans un petit ascenseur. Ils s'élevèrent d'une trentaine de mètres et sortirent sur une passerelle qui faisait le tour de la cale sèche. Lloyd n'arrivait pas à détacher son regard du navire qu'ils dominaient maintenant. Il n'en revenait pas. Dire qu'il lui appartenait !

— Il a été construit il y a six mois à Stavanger, en Norvège, expliqua Glinn dont la voix sèche se perdait dans le tintamarre qui montait vers eux. Étant donné la métamorphose que nous comptions lui faire subir, le louer n'était pas envisageable. Il a donc fallu l'acheter.

— Je comprends pourquoi vos tarifs sont si élevés, murmura Lloyd avec un petit sourire.

— Nous pourrons le revendre après et pratiquement rentrer dans nos frais. Je pense que le *Rolvaag* ne vous décevra pas. Un bâtiment ultramoderne avec triple coque et un tirant d'eau important pour les mers agitées. Il déplace cent cinquante mille tonnes d'eau, une bagatelle si l'on considère que les plus gros pétroliers en déplacent jusqu'à un demi-million de tonnes.

— Remarquable. Je donnerais n'importe quoi pour vous accompagner. Malheureusement, mes affaires ne se gèrent pas à distance.

— Vous serez tenu au courant de tout, bien sûr. Nous communiquerons avec vous tous les jours par satellite. Vous partagerez tout avec nous, sauf le mal de mer.

Ils avancèrent encore sur la passerelle et, bientôt, ils purent embrasser du regard tout le flanc gauche du navire. Lloyd s'immobilisa.

— Que se passe-t-il ? demanda Glinn.

— Je…

Lloyd fit une pause, cherchant ses mots.

— Je ne pensais pas que ça aurait l'air aussi vrai !

Une lueur d'amusement brilla dans les yeux de Glinn.

— Industrial Light & Magic fait du beau travail, n'est-ce pas ?

— La boîte d'effets spéciaux d'Hollywood ?

Glinn approuva de la tête.

— Pourquoi réinventer la roue ? Ils sont les meilleurs dans leur partie. Et ils sont discrets.

Le milliardaire ne répondit rien. Appuyé à la rambarde, il étudiait la scène qui se déroulait en dessous de lui. Les ouvriers étaient en train de transformer le majestueux pétrolier ultramoderne en un minéralier miteux qui allait prendre la mer pour son ultime voyage. La partie comprise entre le milieu du navire et la proue présentait encore de grandes plaques de métal à la peinture brillante sur lesquelles des rivets s'alignaient avec une perfection géométrique. En résumé, un navire flambant neuf. Mais l'autre moitié offrait un contraste à peine imaginable. C'était une épave. La superstructure arrière semblait avoir été recouverte de vingt couches de peinture qui s'écaillaient à des rythmes différents. Un des ailerons de la passerelle de navigation, une construction qui avait déjà étrange allure à l'origine, semblait avoir été écrasé puis ressoudé. De grandes vagues de rouille couraient sur la coque bosselée. Le bastingage était tordu par endroit et les parties manquantes avaient été réparées tant bien que mal avec des tubes soudés, des barres d'armature et des cornières.

— C'est un camouflage parfait. Comme l'expédition minière.

— Je suis particulièrement satisfait du mât radar, dit Glinn, désignant l'arrière du navire.

Même à cette distance, Lloyd distinguait la peinture écaillée et les morceaux de métal accrochés à des câbles antiques. Quelques antennes cassées et maladroitement rafistolées avaient été recassées. L'ensemble était maculé de suie.

— Ce mât délabré dissimule un équipement électronique dernier cri : système de navigation par satellite GPS – code-P et différentiel –, Spizz-64, radar infrarouge FLIR, radar de navigation LN-66, système de contre-mesures Slick-32, divers systèmes de mesure de soutien électronique et plusieurs autres radars spécialisés. Nous avons aussi des stations de communication Tigershark Loran C, INMARSAT et Sperry GMDSS. En cas de situation épineuse, nous pouvons sortir le grand jeu électronique sur simple pression d'un bouton.

Sous les yeux de Lloyd, une grue qui transportait un énorme boulet de démolition pivota dans l'axe de la coque. Avec une infinie délicatesse, le boulet vint toucher le flanc gauche du navire, une fois, deux fois, trois fois, lui infligeant de nouvelles blessures, tandis qu'un essaim de peintres armés de gros tuyaux noyaient le pont immaculé sous un déluge de goudron artificiel, d'huile et de sable.

— Le plus dur sera de nettoyer tout ça une fois qu'on aura déchargé la météorite, ajouta Glinn.

Lloyd s'arracha au spectacle pour suivre son guide. Une fois qu'ils auraient déchargé la météorite... Dans moins de deux semaines, le navire prendrait la mer et à son retour, lorsqu'il pourrait enfin dévoiler l'objet de cette expédition, le monde entier parlerait de leur prouesse.

— Bien sûr, nous n'avons quasiment pas touché l'intérieur. Les installations sont luxueuses : des cabines spacieuses, des boiseries somptueuses, un éclairage commandé par ordinateur, plusieurs salons, des salles de sport et j'en passe.

Lloyd s'arrêta encore, constatant un redoublement d'activité autour d'un trou découpé à l'avant de la coque. Devant l'ouverture, des bulldozers, des véhicules à chenilles, des chariots élévateurs, des tracteurs de traînage avec des roues démesurées et tous les engins dont on pouvait avoir besoin dans une mine formaient une longue file d'attente. Les moteurs diesels vrombissaient et les vitesses craquaient tandis que les véhicules avançaient au pas, avant de s'engouffrer dans la gueule béante du navire.

— L'arche de Noé de l'ère industrielle, commenta Lloyd.

— C'était moins cher et plus rapide de percer une porte que de tout charger avec une grue, expliqua Glinn. Le *Rolvaag* est conçu comme tous les pétroliers. Les citernes réservées au pétrole occupent un peu plus de la moitié du navire. Le reste est occupé par les autres soutes et les machines. Nous avons construit des cales spéciales pour entreposer l'équipement et les matières premières nécessaires à notre mission. Nous avons déjà chargé à bord mille tonnes du meilleur acier à haute limite élastique, deux cent cinquante mille pieds de planches de bois stratifié, des pneus d'avion, des groupes électrogènes et mille autres choses.

— Et ces wagons sur le pont ?

— Ils sont là pour faire croire que le *Rolvaag* rajoute du beurre dans ses épinards en transportant quelques conteneurs. En fait, ce sont des laboratoires high-tech.

— Quel genre de labos ?

— Le gris près de la proue est un laboratoire hydraulique. A côté, vous avez une chambre blanche. Et il y a aussi un poste de conception assistée par ordinateur, une chambre noire, des entrepôts techniques, une chambre froide, un microscope électronique, un laboratoire de cristallographie avec un générateur de rayons X, un compresseur de plongée et un local de radiographie. A l'intérieur du navire, nous avons aussi une infirmerie et un bloc opératoire, un labo d'analyse des dangers biologiques et deux ateliers d'usinage. Aucune fenêtre malheureusement : c'était trop risqué.

Lloyd secoua la tête.

— Je commence à voir où tout mon argent est passé. Glinn, n'oubliez pas que je vous demande seulement de me rapporter la météorite. La science peut attendre.

— J'en suis tout à fait conscient. Mais les inconnues sont nombreuses et nous n'avons pas le droit à l'erreur, il faut donc tout prévoir.

— Bien sûr. C'est pour cela que Sam vous accompagne. Mais si tout se déroule selon nos plans, vous n'aurez recours à lui que pour résoudre des problèmes techniques. Je ne veux pas que vous perdiez de temps en tests scientifiques. Faites sortir le bébé du Chili, nous aurons largement le temps de l'étudier sous toutes ses coutures dans le New Jersey.

— Sam McFarlane... Un choix intéressant. Et un drôle de bonhomme.

— Vous n'approuvez pas mon choix ?

— Je n'ai pas dit ça. J'exprimais juste ma surprise. Lorsque l'on cherche un spécialiste des météorites, ce n'est pas nécessairement le premier nom qui vient à l'esprit.

— C'était le meilleur pour une mission de ce genre. Je ne veux pas d'un essaim de lavettes en blouses blanches là-bas. Sam a l'expérience du labo et du terrain, il est coriace, et il connaît bien le Chili. Le type qui a trouvé la météorite était son ex-coéquipier. Et il a fait une brillante analyse des relevés.

Il se pencha vers Glinn et poursuivit sur le ton de la confidence :

— D'accord, il a fait une erreur de jugement il y a deux ans. Et ce n'était pas une petite erreur. Est-ce que ça veut dire qu'il ne faut plus lui faire confiance jusqu'à la fin de ses jours ? De toute manière – Lloyd plaça sa main sur l'épaule de Glinn –, vous serez là pour le tenir à l'œil. Au cas où la tentation se ferait trop forte.

Il ôta sa main et se retourna vers le bateau.

— Au fait, reprit-il, où allez-vous caser la météorite ?

— Suivez-moi, dit Glinn. Je vais vous montrer.

Ils escaladèrent une volée de marches et continuèrent le long d'une passerelle transversale qui passait par-dessus le navire. Un personnage solitaire se tenait à la rambarde : silencieux, droit, vêtu d'un uniforme, c'était le capitaine, à n'en pas douter. A leur approche, la silhouette se détacha de la barrière.

— Le capitaine Britton, annonça Glinn. Monsieur Lloyd.

Lloyd se figea, la main tendue.

— Une femme ! laissa-t-il échapper.

— Vous êtes très observateur, monsieur Lloyd, dit-elle avec une vigoureuse poignée de main. Sally Britton.

— Excusez-moi, se reprit Lloyd. C'est juste que je ne m'attendais pas…

Pourquoi Glinn ne l'avait-il pas prévenu ? Ses yeux glissèrent sur sa silhouette mince et musclée, notant les mèches blondes qui s'échappaient de sa casquette.

— Je suis ravi que vous ayez pu venir, dit Glinn. Je tenais à ce que vous voyiez le bateau avant de terminer le camouflage.

— Merci, monsieur Glinn. Je pense n'avoir jamais rien vu d'aussi répugnant, déclara-t-elle avec un léger sourire.

— C'est de la poudre aux yeux.

— Je compte m'en assurer au cours des prochains jours.

Elle désigna des extensions sur les flancs du château.

— Qu'y a-t-il là-dedans ? C'est très inhabituel.

— Des équipements de sécurité supplémentaires. Nous avons pris toutes les précautions imaginables et inimaginables.

— Intéressant.

Lloyd étudiait son profil avec curiosité.

— Glinn ne m'a rien dit sur vous, dit-il. Pourriez-vous me résumer votre carrière ?

— J'ai été officier sur des navires pendant cinq ans et j'en ai commandé pendant trois.

Lloyd avait remarqué qu'elle avait employé le passé, mais ne fit aucun commentaire.

— Quel genre de navires ?

— Des pétroliers et des superpétroliers de plus de deux cent mille tonnes de port en lourd.

— De port en lourd ?

— Cela correspond au poids total qu'ils peuvent charger. Des pétroliers dopés aux anabolisants, si l'on veut.

— Le capitaine Britton a franchi le cap Horn plusieurs fois, ajouta Glinn.

— Le cap Horn? Je ne savais pas qu'on empruntait encore cette route.

— Les plus gros superpétroliers ne peuvent pas emprunter le canal de Panamá, expliqua Sally. En général, ils choisissent plutôt le cap de Bonne-Espérance, mais parfois le calendrier nous contraint à passer par le cap Horn.

— C'est une des raisons pour lesquelles nous l'avons choisie, dit Glinn. La mer peut être agitée dans cette partie du monde.

Lloyd hocha la tête, les yeux toujours sur Sally. Elle lui rendit son regard avec calme, indifférente au vacarme au-dessous d'eux.

— Vous savez que nous allons transporter une cargaison inhabituelle?

Elle hocha la tête.

— Cela ne vous pose pas de problème?

Elle le regarda sans ciller.

— Aucun.

Pourtant, ses yeux verts transparents semblaient dire autre chose. Lloyd ouvrit la bouche pour parler, mais Glinn l'interrompit avec douceur.

— Venez, je vais vous montrer la structure que nous avons construite pour recevoir la météorite.

Ils lui emboîtèrent le pas. Ils se trouvaient maintenant juste au-dessus du pont enveloppé d'un nuage de fumée dû aux chalumeaux et aux moteurs diesels. Un trou béant s'ouvrait sur une immense cale. Manuel Garza, le directeur des travaux, se tenait à l'entrée. Une radio collée à l'oreille, il faisait de grands gestes de l'autre main. Il leva les yeux et les aperçut. Aussitôt, il leur adressa un signe. Dans le trou, Lloyd distinguait un enchevêtrement gracieux et brillant qui ressemblait à un treillis en cristal. Un cordon de lampes au sodium jaunes transformait le gouffre sombre en une scintillante grotte enchantée.

— C'est la soute? demanda Lloyd.

— La citerne, pour être plus précis. La citerne centrale numéro trois. Nous allons placer la météorite au centre de la quille du navire pour une stabilité maximum. Nous avons construit un couloir sous le pont supérieur qui va du château à la proue afin d'en faciliter l'accès. Comme vous pouvez le voir, nous avons également installé des portes mécaniques de chaque côté de l'ouverture de la citerne.

L'écrin destiné à recevoir la météorite se trouvait très loin en dessous d'eux. Lloyd plissa les yeux, ébloui par les lumières.

— Je rêve ou quoi ! s'exclama-t-il soudain. La moitié de la charpente est en bois. On fait des économies de bouts de chandelles ?

La bouche de Glinn se tordit en un bref sourire.

— Le bois, monsieur Lloyd, est le prince des matériaux de construction.

Lloyd secoua la tête.

— Le bois ? Pour supporter une masse de dix mille tonnes ? Vous plaisantez !

— Le bois est le matériau idéal. Il fléchit à peine et ne se déforme pas. Les objets lourds s'encastrent dedans et sont parfaitement tenus. Le bois que nous avons utilisé, de l'*ocotea rodiei* lamellé et renforcé à la résine époxy, est plus résistant que l'acier. De plus, le bois peut être taillé et sculpté en fonction de la forme de la coque. Il n'abîmera pas l'acier de la coque si la mer est mauvaise et il ne fatigue pas, contrairement aux métaux.

— Mais pourquoi construire une structure si compliquée pour accueillir la météorite ?

— Elle va nous poser un petit problème, répondit Glinn. Étant donné son poids, il ne faudra pas qu'elle bouge d'un pouce pendant le voyage. Elle devra donc être parfaitement calée dans la citerne. En cas de gros temps au retour, le moindre mouvement pourrait déstabiliser le bateau et nous être fatal. Cette charpente en bois la maintiendra donc en place et, en plus, elle répartira le poids uniformément, comme si nous transportions une cargaison de pétrole.

— Impressionnant, dit Sally Britton. Vous avez pris en compte les cloisons de partition ?

— Oui. Rachel Amira est un petit génie de l'informatique. Il a fallu dix heures à un supercalculateur, un Cray T3D, pour résoudre le problème, mais il a fini par nous livrer la configuration adéquate. Bien sûr, nous ne pourrons achever la charpente que lorsque nous aurons les dimensions exactes de notre cargaison. Nous l'avons construite en nous basant sur les données aériennes communiquées par M. Lloyd. Mais dès que nous aurons déterré la météorite, nous construirons un second bâti que nous pourrons insérer dans le premier.

Lloyd hocha la tête.

— Et que font ces hommes ? demanda-t-il, désignant un groupe d'ouvriers à peine visibles au fond de la soute, en train de découper dans la coque à l'aide de chalumeaux à acétylène.

— La trappe de sécurité, répondit simplement Glinn.

— Vous n'allez quand même pas faire ça ? s'écria Lloyd, sentant sa colère se réveiller.

— Nous en avons déjà discuté.

— Écoutez, dit le milliardaire, s'efforçant de se maîtriser. Si vous ouvrez le fond pour vous débarrasser de la météorite en pleine tempête, votre foutu pétrolier coulera de toute façon. Pas besoin d'être ingénieur pour s'en rendre compte.

Eli Glinn planta ses yeux gris impénétrables dans ceux de son interlocuteur.

— Si nous devons utiliser la trappe, il faudra moins de soixante secondes pour ouvrir la citerne, lâcher la météorite et tout refermer. Le pétrolier ne coulera pas en soixante secondes, aussi déchaînée la mer soit-elle. Au contraire, l'irruption d'eau compensera la perte soudaine de lest. Rachel Amira a également étudié la question. J'aime autant vous dire que le supercalculateur a dégusté.

Lloyd le regarda longuement. En fait, cet homme se délectait d'avoir trouvé comment envoyer un trésor inestimable au fond de l'Atlantique.

— Une chose est sûre, celui qui actionnera cette trappe de sécurité pour saborder ma météorite ne sera plus en sécurité nulle part.

Le capitaine Britton éclata de rire, un rire haut perché et chantant qui couvrit le fracas ambiant. Les deux hommes se tournèrent vers elle.

— Vous oubliez une chose, monsieur Lloyd, dit-elle d'un ton sec. Cette météorite n'appartient à personne pour l'instant. Et une longue traversée nous attend avant qu'il en soit autrement.

**Le *Rolvaag*,
26 juin, 0 h 35**

Sam sortit par l'écoutille, fermant soigneusement la porte
d'acier derrière lui, et fit quelques pas sur la passerelle supérieure. C'était le point le plus élevé du château et on avait l'impression d'être sur le toit du monde. La surface lisse de
l'Atlantique miroitait trente mètres plus bas sous la lumière blafarde du soleil. Dans le lointain résonnaient des cris de mouettes,
portés par une légère brise qui sentait bon la mer. Il posa ses
mains sur la rambarde, songeant qu'il lui faudrait vivre sur cet
énorme bateau pendant les quelques semaines à venir. La passerelle de navigation se trouvait juste au-dessous de lui. Puis il y
avait un niveau que Glinn avait laissé mystérieusement vide, et
encore en dessous, le dédale des quartiers des officiers. Six étages
plus bas, le pont principal s'étendait sur près de trois cents mètres
jusqu'à la proue. De temps en temps, des embruns étoilés éclaboussaient la plage avant. Autour du lacis des vannes et des
tuyaux reliés aux citernes, les vieux conteneurs qui abritaient les
labos et les ateliers ressemblaient à un jeu de cubes géants.

Dans quelques instants, il faudrait rejoindre les autres dans
le carré pour le premier repas officiel à bord. Il était juste sorti
pour se convaincre qu'ils étaient vraiment partis. Il inspira
profondément, essayant d'oublier l'atmosphère frénétique des
derniers jours. Il avait fallu mettre en place les labos et effectuer les tests bêta sur l'équipement informatique. Ses poings
se resserrèrent sur la rambarde. Il se sentit submergé par un
sentiment de joie intense. Il n'était pas mécontent d'être parti.
Il aimait autant croupir dans une prison au Chili que d'avoir
Lloyd constamment sur son dos, à s'inquiéter et l'assommer
de questions inutiles. Quelle que soit l'issue de ce voyage, au
moins avaient-ils quitté les États-Unis.

Sam se tourna et déambula jusqu'à la poupe. Le vrombissement des moteurs lui parvenait faiblement des entrailles du

navire, mais on ne sentait pas la moindre vibration. Au loin, il apercevait le phare du cap May qui clignotait. Un bref, un long. Glinn s'était occupé des papiers de bord et ils avaient quitté Port Elizabeth en pleine nuit, gardant le secret sur leur voyage jusqu'au bout. Ils auraient bientôt rejoint les routes maritimes principales, puis se dirigeraient vers le sud. Dans cinq semaines, si tout se passait comme prévu, ce même phare saluerait leur retour. Sam essaya d'imaginer ce qui arriverait s'ils réussissaient leur mission : le tollé, l'exploit scientifique et, peut-être, sa réhabilitation. A cette idée, il ne put retenir un sourire cynique. Cela ne se passait jamais comme ça. Au mieux, il s'imaginait de nouveau dans le Kalahari, un peu plus riche et un peu plus gros – on mangeait toujours trop en mer. Il lui faudrait traquer encore des Bochimans insaisissables avant de reprendre sa quête de la météorite de l'Okavango. Rien ne pourrait effacer ce qu'il avait fait à Nestor, surtout maintenant que son vieil ami et coéquipier était mort.

Le regard tourné vers la poupe, Sam sentit l'odeur d'un cigare. Regardant autour de lui, il se rendit compte qu'il n'était pas seul. De l'autre côté du pont, une petite lueur rougit dans l'obscurité puis s'éteignit. Quelqu'un d'autre était assis là, un autre passager qui savourait l'air nocturne. La lueur sauta et dansa, se rapprochant de lui. Surpris, il reconnut Rachel Amira, sa prétendue assistante. Elle tenait entre les doigts de sa main droite un gros cigare presque terminé. Sam dit adieu à sa rêverie solitaire, se résignant à faire les frais de l'humour acerbe de la jeune femme.

— Salut boss. Je suis à vos ordres.

Sam ne répondit rien, ennuyé par le mot « boss ». Il n'avait pas demandé à diriger qui que ce soit, et surtout pas une scientifique compétente qui ne semblait guère enchantée de sa nouvelle position. Qu'est-ce qui avait bien pu passer par la tête de Glinn ?

— Trois heures de mer et ça me barbe déjà, dit-elle, agitant son cigare. Vous en voulez un ?

— Non, merci. Je ne voudrais pas gâcher mon repas.

— Je doute que la tambouille servie à bord soit un enchantement pour le palais.

Elle s'appuya contre le bastingage à côté de lui, poussant un soupir d'ennui.

— Ce rafiot me donne la trouille.

— Pourquoi ?

— Tout est tellement robotisé. Où sont les marins musclés qui courent sur le pont pour exécuter les ordres du capitaine ? Regardez-moi ça, dit-elle avec un grand geste du bras. Deux cent cinquante mètres de pont et pas âme qui vive. Personne. Ce bateau est hanté. Désert. Tout est informatisé.

Elle n'a pas tort, pensa Sam. Même si, à côté des superpétroliers modernes, le *Rolvaag* est relativement modeste, il n'en reste pas moins gigantesque. Pourtant quelques hommes suffisent à le manœuvrer. Entre l'équipage, les spécialistes et les ingénieurs d'EES, et les ouvriers de l'équipe de construction, le navire abrite moins de cent personnes, alors que sur un paquebot deux fois plus petit, on en trouve facilement deux mille.

— Il est tellement immense, l'entendit-il dire, comme en écho à ses propres pensées.

— Vous auriez dû dire ça à Glinn plus tôt. Lloyd aurait été ravi. Un bateau moins gros lui aurait coûté moins cher.

— Saviez-vous que ces pétroliers sont les premiers navires assez gros pour être affectés par la rotation de la Terre ?

— Non, je l'ignorais.

Décidément, cette femme aimait le son de sa propre voix.

— Oui. Le moteur est réglé pour contrebalancer l'effet de la force de Coriolis. Il faut trois milles marins pour arrêter ce joujou.

— Je vois que le monde merveilleux des pétroliers n'a aucun secret pour vous.

— En effet. J'ai un succès fou dans les salons où l'on cause.

Rachel exhala un anneau de fumée dans la nuit.

— En dehors des mondanités, vous avez d'autres talents ?

— Je me débrouille en maths, répondit-elle en riant.

— J'avais cru le comprendre.

Sam lui tourna le dos et s'accouda au bastingage, espérant qu'elle saisirait le message.

— Tout le monde n'a pas la chance de pouvoir être hôtesse de l'air, ajouta-t-elle.

Un silence s'installa entre eux, au vif soulagement de Sam.

— Hé ! Vous savez quoi, boss ?

— Je vous serais reconnaissant de ne pas m'appeler comme ça.

— C'est pourtant ce que vous êtes, non ?

Sam se tourna vers elle.

— Je n'ai pas demandé d'assistante. Je n'ai pas besoin d'une assistante. Cet arrangement ne me plaît pas plus qu'à vous.

Rachel souffla une bouffée de fumée, un sourire ironique sur les lèvres, les yeux pétillant de malice.

— Donc, j'ai une idée, poursuivit Sam.

— Oui ?

— Faisons comme si vous n'étiez pas mon assistante.

— Quoi ? Je suis déjà virée ?

Sam soupira, réprimant un mouvement de colère.

— Nous allons devoir passer pas mal de temps ensemble. Autant essayer de travailler en égaux, d'accord ? Glinn n'a pas besoin de le savoir. Et je pense que ce sera plus simple pour nous deux.

Rachel examina la cendre qui s'allongeait, puis jeta le cigare par-dessus la rambarde. Lorsqu'elle parla, sa voix sembla un peu plus amicale.

— Ce truc que vous avez fait avec le sandwich, c'était fendard. Rochefort veut tout régenter. Vous l'avez vraiment mis hors de lui en le tartinant de gelée. J'ai adoré.

— Je me suis contenté de mettre les choses au point.

Elle gloussa et Sam tourna la tête vers elle, observant ses yeux brillants dans la pénombre, la masse sombre de ses cheveux qui se fondait dans le velours de la nuit derrière elle. Ses airs bravaches de garçon manqué cachaient une personnalité plus complexe qu'il n'y paraissait au premier abord. Il regarda vers le large.

— Mais j'ai peur d'avoir définitivement raté l'occasion de me faire un ami.

— De toute façon, l'amitié est un concept qui échappe à Rochefort. Il n'est qu'à moitié humain.

— Comme Glinn. Je ne pense pas qu'il pisse avant d'avoir analysé toutes les trajectoires possibles.

Le silence qui s'ensuivit lui fit clairement comprendre que sa blague avait jeté un froid.

— Il faut que je vous dise quelque chose à propos de Glinn, dit-elle enfin. Avant Effective Engineering Solutions, il était dans l'armée.

Quelque chose dans la voix de Rachel le fit se retourner.

— Il était un spécialiste de l'espionnage dans les Forces spéciales : interrogatoires de prisonniers, reconnaissance photographique, démolition sous-marine, ce genre de bagatelles. Il avait douze hommes sous ses ordres. Il est passé par les troupes aéroportées, puis les commandos. Il a gagné ses galons dans le programme Phœnix, pendant la guerre du Viêtnam.

— Passionnant.

— Je veux ! s'exclama Rachel, presque violemment. Leur spécialité, c'était de régler les problèmes épineux en temps de guerre. D'après ce que Garza m'a dit, l'équipe avait un taux de réussite excellent.

— Garza ?

— Il était ingénieur dans l'équipe de Glinn. A l'époque, à la place de construire des trucs, il les faisait exploser.

— C'est Garza qui vous a raconté tout ça ?

Rachel marqua une hésitation.

— Glinn m'en a raconté une partie.

— Alors, que s'est-il passé ?

— Son équipe a ramassé une raclée pendant qu'ils protégeaient un pont à la frontière cambodgienne. Ils avaient eu des informations erronées sur les déplacements de l'ennemi. Glinn a perdu toute son équipe, sauf Garza.

Rachel s'interrompit, plongea la main dans sa poche et en sortit une cacahuète qu'elle décortiqua.

— Maintenant qu'il est à la tête d'EES, Glinn se charge de la partie renseignements lui-même. Vous voyez, Sam, je pense que vous l'avez mal jugé.

— Vous semblez bien le connaître.

Les yeux de Rachel se voilèrent. Elle haussa les épaules, puis sourit. Son regard s'éteignit aussi vite qu'il s'était allumé.

— La vue est magnifique, dit-elle, désignant du menton le phare du cap May, leur dernier lien avec les États-Unis qui s'éloignait dans la nuit.

— C'est vrai.

— Vous voulez parier sur sa distance?

Sam fronça les sourcils.

— Pardon?

— Un petit pari sur la distance qui nous sépare du phare.

— Je ne suis pas joueur. En plus, vous allez encore me sortir une formule mathématique secrète de votre chapeau.

— Là, vous n'avez pas tort.

Rachel décortiqua quelques cacahuètes qu'elle mit dans sa bouche avant de jeter les épluchures par-dessus bord.

— Alors?

— Alors quoi?

— Nous sommes là, en route pour le bout du monde, bien décidés à rapporter la plus grosse météorite existante. C'est vous le spécialiste. Alors, que pensez-vous vraiment de tout ça?

— Je pense...

Il s'interrompit aussitôt, prenant conscience qu'il ne s'autorisait pas à croire au succès de cette seconde chance qui lui était tombée dessus, comme par miracle.

— Je pense, reprit-il, que nous ferions mieux de descendre manger. Si nous sommes en retard, notre blonde capitaine risque de nous mettre aux fers. Et j'ai faim.

Le *Rolvaag*,
26 juin, 0 h 55

Ils sortirent de l'ascenseur sur le pont de gaillard. Ici, cinq étages plus près de la salle des machines, la vibration grave et régulière des moteurs était plus nette, quoique discrète. Sam la sentait jusque dans ses os.

— Par ici, dit Rachel, le guidant dans le couloir bleu et blanc.

Il la suivit. Lorsqu'ils étaient en cale sèche, il avait passé ses journées et la plupart de ses nuits dans les laboratoires. Il avait pénétré à l'intérieur du pétrolier pour la première fois quelques heures plus tôt. Les bateaux qu'il connaissait étaient exigus, oppressants. Mais tout, sur le *Rolvaag*, semblait à une autre échelle : les couloirs étaient larges, les cabines et les pièces communes vastes et moquettées. Ils passèrent devant une porte qui donnait sur une salle de cinéma avec un grand écran et au moins cinquante sièges, puis devant une bibliothèque lambrissée. Le couloir bifurqua, et Rachel poussa une porte qui s'ouvrit sur le carré des officiers.

Sam s'arrêta net. Il s'attendait à trouver une salle à manger de pétrolier, banale et fonctionnelle. Mais, une fois de plus, le *Rolvaag* le surprenait. C'était une pièce spacieuse avec un beau parquet en chêne ciré qui occupait toute la largeur du pont de gaillard. De larges sabords, qui auraient mérité le nom de baies, donnaient sur le sillage du navire qui se perdait dans l'obscurité. Une douzaine de tables rondes couvertes de nappes immaculées, et sur lesquelles on avait disposé des fleurs fraîchement coupées, occupaient le centre de la pièce. Chaque table était dressée pour huit. Des stewards en uniformes amidonnés attendaient à leur poste. Sam se sentit mal à l'aise dans ses vêtements de tous les jours.

Les autres s'avançaient déjà vers les tables. Sam savait qu'il était censé, au moins au début, s'asseoir à la table du capitaine. Jetant un regard autour de lui, il aperçut Glinn debout à côté des sabords. Il le rejoignit. Le directeur d'EES était plongé dans un petit livre qu'il rangea immédiatement à leur approche. Sam eut juste le temps d'apercevoir le titre : *Poésies choisies de W.H. Auden*. Il n'imaginait pas Glinn en amateur de poésie. Après tout, il l'avait peut-être réellement mal jugé.

— Quel faste ! dit Sam en guise d'introduction. Surtout pour un pétrolier.

— En fait, cela n'a rien d'exceptionnel, répondit Glinn. Sur un navire de cette taille, l'espace n'est pas un luxe. L'entretien de ces bateaux coûte si cher qu'ils ne restent jamais longtemps à quai. L'équipage passe des mois interminables en mer, et tout le monde a intérêt à ce qu'il soit le plus heureux possible.

La plupart des convives avaient rejoint leur table. Le brouhaha s'était amplifié. Sam lança un regard aux autres groupes : des techniciens, des officiers de la marine et les spécialistes d'EES. Tout était allé si vite qu'il ne reconnaissait qu'une dizaine de personnes sur les soixante-dix qui se trouvaient là. Soudain, les conversations cessèrent. Sam tourna la tête et vit entrer le capitaine Britton. Il savait qu'il s'agissait d'une femme, mais il ne s'attendait ni à sa jeunesse – elle ne devait pas avoir plus de trente-cinq ans – ni à un maintien aussi olympien. Sa dignité semblait innée. Elle portait un uniforme impeccable : blazer marin, boutons dorés, jupe d'officier empesée. Des barrettes dorées ornaient ses gracieuses épaules. Elle avança vers eux d'un pas assuré. Elle lui fit l'effet d'une femme compétente et volontaire.

Le capitaine s'assit. Aussitôt, tout le monde suivit son exemple dans un concert de froissements. Elle ôta sa casquette, révélant des cheveux blonds retenus par un chignon serré, et la posa sur la petite table à côté d'elle qui semblait être réservée à cet usage. En l'observant de plus près, Sam remarqua que ses yeux semblaient plus vieux que le reste de sa personne. Un homme grisonnant en uniforme vint lui chuchoter quelques mots à l'oreille. Il était grand et mince avec des yeux sombres et des cernes qui l'étaient plus encore. Le capitaine hocha la tête et l'officier recula, faisant le tour des tables du regard. Ses mouvements fluides et félins rappelaient à

Sam ceux d'un grand prédateur. Sally Britton désigna l'homme, paume vers le plafond :

— Je vous présente le second du *Rolvaag*, Victor Howell.

Des murmures de salutations s'élevèrent autour de la table et l'homme hocha la tête avant de se diriger vers celle qu'il présidait quelques mètres plus loin.

— Puis-je continuer les présentations ? s'enquit Glinn d'un ton posé.

— Bien sûr, répondit-elle d'une voix claire avec un léger accent.

— Voici le spécialiste des météorites du Lloyd Museum, Sam McFarlane.

Le capitaine tendit la main par-dessus la table.

— Sally Britton, dit-elle.

Sa main était douce mais ferme. Elle avait un léger accent écossais.

— Bienvenue à bord, monsieur McFarlane.

— Je vous présente Rachel Amira, la mathématicienne de mon équipe, continua Glinn. Et Eugène Rochefort, notre ingénieur en chef.

Rochefort leva la tête pour lui adresser un salut nerveux, dardant brièvement sur elle ses petits yeux intelligents et obsessionnels. Il portait un blazer bleu qui aurait été presque élégant, s'il n'avait été coupé dans une étoffe synthétique qui brillait sous les lampes de la salle à manger. Son regard rencontra celui de Sam et il se détourna, mal à l'aise.

— Et voici le docteur Patrick Brambell, le médecin de bord.

Brambell adressa un sourire rusé à la ronde et s'inclina brièvement à la japonaise. Il ne semblait plus tout jeune avec ses traits anguleux, les fines rides parallèles qui surmontaient ses sourcils, ses épaules voûtées et son crâne aussi chauve qu'une porcelaine.

— Vous avez déjà exercé sur un bateau ? s'enquit Sally poliment.

— Je ne pose les pieds sur la terre ferme que lorsque je ne peux pas faire autrement, répondit Brambell d'un ton pince-sans-rire et avec un accent irlandais prononcé.

Sally Britton hocha la tête en tirant sa serviette de son anneau. Elle la secoua légèrement et la posa sur ses genoux.

Ses gestes, ses doigts, sa conversation : tout en elle respirait l'économie de mouvement et une efficacité inconsciente. Sam se demanda si son calme et ses manières posées n'étaient pas une forme de défense. En prenant sa serviette à son tour, il remarqua un menu imprimé sur un support argenté, au centre de la table. *Consommé Olga, Curry d'agneau vindaloo, Poulet à la lyonnaise, Tiramisu.* Il émit un petit sifflement.

— Le menu ne vous convient pas, monsieur McFarlane ? demanda le capitaine.

— Au contraire. Je m'attendais à un sandwich œuf dur salade et à une glace à la pistache.

— Bien manger est une tradition en mer. Notre chef, M. Singh, est un des meilleurs maîtres-queux que l'on puisse trouver sur l'eau. Son père a exercé dans la marine britannique lorsque l'Inde était encore une colonie.

— Rien ne vaut un bon vindaloo pour nous rappeler que nous sommes tous mortels, ajouta Brambell.

— Commençons par le commencement, dit Rachel en se frottant les mains. Où est le steward responsable du bar ? Je vendrais père et mère pour un cocktail.

— Nous allons partager cette bouteille, dit Glinn, désignant la bouteille de château-margaux ouverte qui se trouvait à côté des fleurs.

— Un grand cru, je n'en doute pas, mais rien ne vaut un petit Bombay Martini avant le dîner. Même s'il est plus de minuit, dit-elle en riant.

— Désolé, Rachel, mais les alcools forts ne sont pas autorisés à bord, déclara fermement Eli Glinn.

— Les alcools forts ne sont pas autorisés à bord ? répéta-t-elle avec un gloussement. C'est nouveau, Eli. J'ignorais que tu avais rejoint la ligue antialcoolique.

— Le capitaine autorise un verre de vin avant ou pendant le dîner, continua calmement Glinn. Pas d'alcools forts à bord.

Soudain, le sourire moqueur de Rachel s'effaça, tandis que son visage s'empourprait. Elle jeta un bref regard au capitaine, puis détourna les yeux.

— Oh, dit-elle.

Suivant son regard, Sam remarqua que Sally Britton pâlissait légèrement sous son bronzage. Glinn n'avait pas quitté Rachel des yeux, qui rougit davantage.

— Tu verras que la qualité du bordeaux compense largement la privation d'apéritif.

Rachel, dont l'embarras était flagrant, ne répondit rien. Le capitaine prit la bouteille et remplit tous les verres, sauf le sien. Un steward posa une assiette de consommé devant Sam, qui se promit de demander des explications à son « assistante ». Les conversations reprirent à la table voisine, couvrant un silence gêné. Manuel Garza, qui beurrait une tranche de pain avec sa main courtaude, éclata d'un rire tonitruant à une blague.

— Quel effet ça fait de commander un bâtiment de cette taille ? s'enquit Sam.

Ce n'était pas seulement une question polie pour rompre le silence. Quelque chose l'intriguait chez leur capitaine. Il voulait voir ce qui se cachait sous cette surface lisse et séduisante. Elle prit une cuillerée de consommé.

— Vous savez, ces nouveaux pétroliers se pilotent quasiment tout seuls. Je m'arrange pour que l'équipage manœuvre sans heurt et j'essaie de prévenir les problèmes. Les eaux peu profondes, les virages brusques et les manœuvres surprises sont autant de situations qu'il vaut mieux éviter. Mon travail est d'y veiller.

— N'est-ce pas contre nature de commander un... euh... une vieille boîte de conserve rouillée ?

— Je ne peux pas dire que je m'en réjouisse, répondit-elle avec circonspection. Mais il ne restera pas dans cet état. Au cours de notre voyage de retour, j'entends bien le faire nettoyer de fond en comble.

Elle se tourna vers Glinn.

— A ce propos, je voudrais vous demander une faveur. Notre expédition étant quelque peu... hors du commun, l'équipage se pose des questions.

— Bien sûr. Si vous voulez bien les réunir demain, je me chargerai de leur parler.

Sally hocha la tête. Le steward revint, remplaçant adroitement leurs assiettes sales par des propres. Le parfum odorant du curry s'éleva de la table. Sam planta sa fourchette dans un morceau d'agneau, réalisant une seconde trop tard que c'était probablement le plat le plus épicé qu'il ait jamais mangé.

— Hmm, ça, c'est un curry, marmonna Brambell.

— Combien de fois avez-vous franchi le cap Horn ? demanda Sam, sentant la sueur perler sur son front, malgré la grande gorgée d'eau qu'il venait d'avaler.

— Cinq, répondit le capitaine. Mais ces traversées se sont toujours déroulées au cœur de l'été austral, dans de bonnes conditions climatiques.

Le ton de sa voix le mit mal à l'aise.

— De toute façon, j'imagine qu'un navire de cette taille et de cette puissance n'a que faire d'un coup de vent ?

Elle sourit, les yeux dans le vague.

— La région du cap Horn est très particulière. Les vents de force 15 sont communs. Vous avez sans doute déjà entendu parler des célèbres williwaws ?

Sam fit oui de la tête.

— Il existe un autre vent, peu connu, quoique bien plus dangereux. Là-bas, on l'appelle le *panteonero*, ou « vent du cimetière ». Il peut souffler à plus de cent nœuds sans relâche pendant plusieurs jours.

— Mais cela ne devrait pas affecter le *Rolvaag*, si ?

— Tant que nous n'avons pas de problème moteur, tout va bien. Mais ces vents ont déjà poussé des bâtiments qui avaient une avarie dans les soixantièmes hurlants. C'est comme ça qu'on appelle la partie de l'océan située entre l'Amérique du Sud et l'Antarctique. Pour les marins, il n'y a pas pire endroit au monde. Les vagues sont monumentales. C'est la seule latitude où les courants et le vent peuvent faire le tour du globe sans rencontrer d'obstacle. Les vagues sont de vraies murailles qui peuvent atteindre plus de cinquante mètres de haut.

— Plus de cinquante mètres ! répéta Sam. Vous avez déjà navigué dans cette zone ?

Elle secoua la tête.

— Non. Je ne l'ai jamais fait et ne le ferai jamais.

Elle s'interrompit, plia sa serviette et le regarda.

— Vous avez entendu parler du capitaine Honeycutt ?

— Un marin anglais? demanda Sam après un instant de réflexion.

Sally hocha la tête.

— Il quitta Londres en 1593 avec quatre navires en partance pour le Pacifique. Drake avait repéré le cap Horn quinze ans plus tôt mais personne ne l'avait jamais franchi. Honeycutt voulait tenter l'aventure. Ses navires essuyèrent une tempête en approchant du détroit de Le Maire. L'équipage le supplia de faire demi-tour. Il insista pour continuer. En dépassant le cap Horn, un terrible coup de vent les frappa de plein fouet. Une gigantesque déferlante, un *tigre*, comme disent les Chiliens, coula deux des navires en moins d'une minute. Les deux autres démâtèrent. Pendant plusieurs jours, ils dérivèrent, poussés par les vents déchaînés, vers le sud et la limite des glaces.

— La limite des glaces?

— Là où les océans de l'hémisphère sud rencontrent les eaux glacées de l'Antarctique. Les océanographes parlent de zone de convergence antarctique. Durant la nuit, les vaisseaux d'Honeycutt se sont fracassés contre un iceberg tabulaire.

— Comme le *Titanic*, coupa Rachel qui n'avait rien dit depuis plusieurs minutes.

Le capitaine la regarda.

— Pas exactement. L'iceberg que le *Titanic* a heurté était un vulgaire glaçon comparé à ceux que l'on trouve au-delà de cette limite. Celui qui a coulé les navires d'Honeycutt était une véritable île de glace, qui devait mesurer trente kilomètres de large sur soixante de long.

— Soixante kilomètres de long! s'exclama Sam.

— On en a signalé de bien plus gros. Plus grands que certains États. On peut les observer depuis l'espace. Des plates-formes géantes qui se sont détachées de la calotte glaciaire. Quoi qu'il en soit, sur la centaine de survivants, une trentaine purent se réfugier sur l'île de glace. Ils réussirent à faire un feu avec les débris des épaves. Au cours des deux jours suivants, la moitié d'entre eux mourut de froid. Il fallait sans cesse déplacer le feu pour qu'il ne sombre pas dans l'eau. Puis les hallucinations commencèrent. Certains prétendaient qu'une gigantesque créature voilée, avec des cheveux blancs soyeux et des dents rouges, avait emporté une partie de l'équipage.

— Pardonnez-moi, lança Brambell, interrompant son repas, pourtant exquis. Votre récit semble tout droit sorti des *Aventures d'Arthur Gordon Pym* de Poe !

Le capitaine se tourna vers lui.

— Vous avez tout à fait raison. En fait, Edgar Allan Poe s'est inspiré de cette histoire. La créature, raconte-t-il, mangea leurs oreilles, leurs orteils, leurs doigts et leurs genoux, laissant le reste des corps éparpillé sur la glace.

Pendant qu'elle parlait, Sam réalisa que les conversations s'étaient tues aux tables voisines.

— Au cours des deux semaines suivantes, les marins périrent un par un. Bientôt, ils ne furent plus que dix. Les autres étaient morts de faim. Les survivants prirent la seule décision possible.

Rachel fit une grimace et reposa bruyamment sa fourchette.

— Je crois que je devine la suite.

— Oui. Ils durent manger leurs compagnons morts.

— Charmant, commenta Brambell. Remarquez, il paraît que la chair humaine est meilleure que le porc, lorsqu'elle est bien préparée. Je reprendrais bien un peu d'agneau, je vous prie.

— Environ une semaine plus tard, un des survivants repéra une épave qui se dirigeait vers eux en rebondissant sur les vagues. C'était la poupe d'un de leurs navires qui s'était cassée en deux pendant la tempête. Une dispute s'éleva entre les hommes. Honeycutt et quelques autres voulaient tenter leur chance sur l'épave. Mais elle était déjà très basse sur l'eau et la plupart des survivants ne se sentaient pas le courage d'affronter la mer là-dessus. En fin de compte, seuls Honeycutt, son chef de timonerie et un marin se résolurent à prendre la mer. Le chef de timonerie périt de froid avant d'avoir pu escalader l'épave. Mais Honeycutt et le marin survécurent. Le soir, lorsque l'énorme île de glace disparut dans la brume, ils crurent voir une créature voilée déchiqueter les survivants. Trois jours plus tard, ils arrivaient sur les récifs qui entourent l'île Diego Ramirez, au sud-ouest du cap Horn. Honeycutt s'était noyé mais le marin put rejoindre la rive. Il se nourrit de coquillages, de mousse, de fientes de cormoran et d'algues. Il entretenait un feu de tourbe en permanence, au cas où un vaisseau viendrait à passer par là. Six mois plus tard, un navire espagnol repéra le signal et le récupéra.

— Il a dû être sacrément heureux de voir ce bateau, commenta Sam.

— Oui et non. L'Angleterre et l'Espagne étaient en guerre à l'époque. Il passa les dix années suivantes au fond d'un cachot à Cadix. Mais il finit par être libéré et il retourna en Écosse, son pays natal, où il épousa une femme de vingt ans sa cadette. Il se fit fermier et ne remit jamais les pieds sur un bateau.

Britton fit une pause, lissant la nappe épaisse du bout de ses doigts.

— Ce marin, reprit-elle posément, s'appelait William McKyle Britton. C'est un de mes ancêtres.

Elle but une gorgée d'eau, sécha ses lèvres avec sa serviette et fit signe au steward d'apporter le plat suivant.

Le *Rolvaag*,
27 juin, 15 h 45

Appuyé au bastingage du pont principal, Sam goûtait le roulis paresseux du navire. Les cales du *Rolvaag* étaient partiellement remplies d'eau de mer pour compenser l'absence de cargaison. Par conséquent, sa ligne de flottaison était assez basse. A sa gauche s'élevait le monolithe blanc du château dont la monotonie n'était rompue que par de larges sabords inclinés, et plus loin par les ailerons de passerelle. A cent milles nautiques à l'ouest, se trouvaient Myrtle Beach et la côte plate de la Caroline du Sud. Les cinquante marins qui composaient l'équipage hétéroclite du *Rolvaag* étaient réunis sur le pont. Africains, Portugais, Français, Anglais, Américains, Chinois et Indonésiens plissaient les yeux pour se protéger de la lumière du soleil couchant et murmuraient entre eux dans une demi-douzaine de langues. Sam se dit qu'il ne servirait à rien de jouer au plus fin avec eux, espérant que Glinn s'était fait la même réflexion. Un rire soudain secoua le groupe. Sam se tourna et aperçut Rachel Amira, le seul membre d'EES présent, assise avec un groupe d'Africains nus jusqu'à la taille. Ils discutaient et riaient avec animation.

A l'horizon, le soleil s'enfonçait dans la mer, à demi dissimulé par une rangée de gros nuages champignons couleur pêche. Autour d'eux s'étendait une mer lisse à peine déformée par la houle. Une porte s'ouvrit au-dessus d'eux et Glinn émergea du château. Il marcha lentement le long d'une mince passerelle qui allait jusqu'à la proue, trois cents mètres plus loin. Le capitaine, son second et quelques officiers supérieurs le suivaient.

Sam regarda Sally Britton avec un intérêt neuf. Rachel lui avait raconté le fin mot de l'histoire après le repas. Deux ans plus tôt, la jeune femme avait conduit son pétrolier sur le récif des Trois Frères, au large du Spitzberg. Il ne transportait pas

101

de pétrole mais le navire avait subi des dégâts considérables. Sally était ivre à ce moment-là. Rien ne prouvait que son état fût à l'origine de l'accident – c'était apparemment une erreur de l'homme de barre –, cependant, on ne lui avait confié aucun commandement depuis. Il n'était guère étonnant qu'elle ait accepté cette mission. Eli Glinn avait dû se rendre compte qu'un capitaine normal refuserait. Sam secoua la tête, intrigué. Le directeur d'EES n'était pourtant pas homme à prendre des risques non calculés, surtout en ce qui concernait le commandement du navire. Il devait avoir d'autres raisons d'avoir choisi cette femme. Rachel avait plaisanté sur le sujet d'une manière qui l'avait mis un peu mal à l'aise : « Ce n'est pas juste. Punir tout le bateau à cause de la faiblesse d'une seule personne, lui avait-elle dit. Je parie que l'équipage râle. Vous les imaginez en train de déguster un verre de vin à table : exquis, ce nectar ! Un peu tannique mais très équilibré, qu'en pensez-vous mon cher ? »

Glinn se trouvait maintenant juste au-dessus de l'équipage. Il s'arrêta, les mains dans le dos, contemplant le pont principal et les visages tournés vers lui.

— Je m'appelle Eli Glinn, commença-t-il de sa voix calme et monotone, je dirige la société EES. Beaucoup d'entre vous connaissent déjà les grandes lignes de notre mission. Votre capitaine m'a demandé de vous fournir quelques détails. Après, je m'efforcerai de répondre à vos questions. Nous nous dirigeons vers l'extrême sud du Chili pour aller chercher une météorite géante destinée au Lloyd Museum. Si nous ne nous sommes pas trompés, il s'agit de la plus grosse météorite du monde. Dans la citerne, comme beaucoup d'entre vous le savent, nous avons construit un socle et une charpente pour son transport. Notre plan est très simple : nous mouillerons près des îles du cap Horn. Mon équipe, avec l'aide de certains d'entre vous, déterrera la météorite, la transportera à bord et la placera dans son réceptacle. Puis nous la livrerons au Lloyd Museum. Certains parmi vous s'inquiètent peut-être de la légalité de l'opération. Nous avons fait une demande pour l'exploitation minière de l'île. Nous n'enfreindrons donc aucune loi. Néanmoins un problème pourrait se poser, car le Chili ignore que nous cherchons une météorite. Mais je peux vous assurer que les risques sont minimes. L'opération a été préparée dans les moindres détails et nous ne pensons pas rencontrer de difficultés. L'archipel du cap Horn est inhabité. Le village le plus proche est Puerto Williams, à cinquante milles de là. Si les autorités chiliennes se doutent de quelque chose, nous sommes prêts à leur verser une somme raisonnable pour la météorite. Vous le voyez, il n'y a aucun motif d'alarme, ni même d'inquiétude.

Il fit une pause.

— Des questions?

Une demi-douzaine de mains se levèrent aussitôt. Glinn adressa un signe de tête à l'homme le plus proche, un gaillard solidement charpenté en salopette graisseuse.

— C'est quoi au juste cette météorite? demanda-t-il d'une voix retentissante.

Un murmure d'assentiment parcourut l'assemblée.

— Sans doute un bloc de nickel et de fer d'environ dix mille tonnes. Une masse de métal inerte.

— Et pourquoi vous y attachez autant d'importance?

— Nous pensons que c'est la plus grosse météorite jamais découverte sur terre.

D'autres mains se levèrent.

— Et si on se fait prendre?

— Cette expédition est tout ce qu'il y a de plus légal, répondit Glinn.

Un homme en uniforme bleu, un des électriciens de bord, se leva.

— Ça ne me plaît pas trop, cette histoire! lança-t-il avec un fort accent du Yorkshire.

Glinn attendit la suite poliment.

— Si ces foutus Chiliens nous attrapent en train de leur piquer leur météorite, n'importe quoi peut arriver. Puisque c'est si légal que ça, pourquoi ne pas l'acheter?

Les yeux gris impassibles de Glinn se posèrent sur l'homme.

— Puis-je vous demander votre nom?

— Lewis.

— Monsieur Lewis, nous la vendre serait une grossière erreur politique de leur part. Mais ils n'ont pas non plus l'expertise pour la déterrer et la déplacer. Sans nous, elle resterait probablement enterrée pour toujours. Aux États-Unis, on pourra l'étudier. Elle sera exposée dans un musée aux yeux de tous et préservée pour l'humanité. Elle ne fait pas partie du patrimoine culturel chilien. Elle aurait pu tomber n'importe où, même sur le Yorkshire.

Un rire bref secoua les camarades de Lewis. Sam constata avec soulagement que Glinn semblait avoir gagné leur confiance.

— Et la trappe de sécurité ? demanda un frêle sous-officier.

— La trappe de sécurité, répondit Glinn d'une voix douce, presque hypnotique, est une simple précaution supplémentaire. Il est peu probable que la météorite brise sa charpente, sauf tempête exceptionnelle. C'est un dispositif de dernier recours qui nous permettra de nous alléger en la larguant dans l'océan. Au XIXᵉ siècle, les marins jetaient leur cargaison par-dessus bord en cas de gros temps. C'est le même principe. Les risques de devoir l'utiliser sont très minces, mais nous tenons à sauver le bateau et l'équipage avant tout, même au prix de la météorite.

— Et on l'actionne comment, cette trappe ? demanda un autre.

— J'ai une clé, tout comme mon ingénieur en chef, Eugène Rochefort, et mon directeur des travaux, Manuel Garza.

— Et le capitaine ?

— Nous avons estimé qu'il était préférable de laisser cette décision à EES. Après tout, c'est notre météorite.

— Mais ce putain de bateau est le nôtre !

Les protestations de l'équipage couvraient le sifflement du vent et le bourdonnement des moteurs. Sam jeta un coup d'œil à Sally Britton. Elle se tenait derrière Glinn, les bras le long du corps, impassible.

— Le capitaine a accepté cet arrangement inhabituel. Nous avons construit ce dispositif de sécurité et nous savons comment nous en servir. Si nous devons l'utiliser, il faut être précis, entraîné et le temps sera compté. Sinon, le navire pourrait couler avec la météorite.

Ses yeux firent le tour de l'assemblée.

— D'autres questions ?

Des remous agitèrent la foule silencieuse.

— Je me rends compte que ce n'est pas une mission courante. Vos hésitations, et même votre inquiétude, sont naturelles. Mais chaque fois qu'on prend la mer, on court un risque. Je vous ai dit que notre expédition était tout à fait légale. Cependant, je mentirais si je vous disais que les Chiliens l'approuveraient. C'est la raison pour laquelle vous recevrez tous une prime de cinquante mille dollars en cas de réussite.

L'équipage le regarda, le souffle coupé. Les cris commencèrent à fuser. Glinn leva la main et le silence revint.

— Ceux qui ne se sentent pas convaincus sont libres de partir. Nous paierons leur billet de retour pour New York avec une compensation, termina-t-il en regardant Lewis, l'électricien.

L'homme lui retourna son regard avec un large sourire.

— Vous m'avez persuadé, mon vieux.

— Une fois sur place, nous aurons beaucoup à faire, reprit Glinn, s'adressant au groupe. Si vous avez d'autres questions, posez-les maintenant.

Il regarda l'équipage d'un air interrogateur. Devant leur absence de réaction, il hocha la tête et repartit comme il était venu.

Le *Rolvaag*,
16 h 20

L'équipage s'était morcelé en petits groupes qui s'éloignèrent pour aller reprendre leur poste en discutant calmement. Une rafale fit gonfler le coupe-vent de Sam. Comme il s'apprêtait à se mettre à l'abri, il aperçut Rachel. Elle discutait avec un groupe de marins, près de la rambarde. Ses compagnons éclatèrent de rire à l'un de ses commentaires.

Sam se dirigea vers le foyer des officiers. Comme les autres pièces du bateau, il était spacieux et luxueusement, quoique sobrement, meublé. Mais surtout, il abritait un bien précieux entre tous : une cafetière toujours pleine. Il s'en servit une tasse et s'installa pour la déguster avec un soupir d'aise.

— Vous prenez du lait ? demanda une voix féminine derrière lui.

Il se tourna et sourit au capitaine Britton. Elle ferma la porte du foyer et s'approcha. Le vent avait un peu défait sa coiffure sévère sous sa casquette et quelques mèches folles tombaient sur son long cou gracieux.

— Non merci, je le préfère noir.

Sam la regarda se servir. Elle ajouta seulement une cuillerée à café de sucre. Ils sirotèrent leur breuvage en silence pendant quelques instants.

— J'ai une question à vous poser, commença Sam, surtout pour combler le silence. Cette cafetière semble pleine en permanence. Et on dirait toujours que le café vient d'être fait. Comment accomplissez-vous ce miracle ?

— Ce n'est pas un miracle. Le steward apporte une nouvelle cafetière toutes les demi-heures. Quarante-huit cafetières par jour.

Sam hocha la tête.

— Remarquable. Mais de toute façon, tout est remarquable sur ce bateau.

Sally but une autre gorgée.

— Que diriez-vous d'une visite guidée?

Sam la regarda, surpris. Le capitaine du *Rolvaag* devait avoir mieux à faire. Mais c'était une bonne idée. La vie à bord risquait de vite sombrer dans la routine. Il termina son café et reposa sa tasse.

— J'en serais ravi. Je me demande quels secrets se dissimulent sous cette bonne vieille coque.

— Rien d'extraordinaire, dit-elle en ouvrant la porte. Surtout d'immenses citernes vides.

La porte qui menait au pont principal s'ouvrit et la mince silhouette de Rachel apparut. A leur vue, elle s'immobilisa. Sally Britton lui adressa un signe de tête froid et continua dans le large couloir. Au coin, Sam se retourna. La jeune femme les observait, un sourire moqueur aux lèvres. Ouvrant une grande porte à double battant, le capitaine pénétra dans la cuisine. C'était le domaine de M. Singh, qui régnait sur un bataillon de stewards et de marmitons. Outre une rangée de cuisinières rutilantes, la cuisine comportait aussi d'énormes chambres froides remplies d'agneau, de bœuf, de poulets et de canards. Sam aperçut une série de carcasses marbrées rouges et blanches qui devaient être des chevreaux.

— Vous avez de quoi nourrir une armée là-dedans!

— M. Singh dirait sans doute que vous autres, les savants, vous dévorez comme une armée, répondit le capitaine avec un sourire. Venez, laissons-le travailler.

Ils passèrent devant une salle de billard et une piscine, puis descendirent d'un étage. Sally lui montra la salle de jeux et la cafétéria de l'équipage. Leurs cabines se trouvaient en bas d'un autre escalier, entre deux corridors. Elles étaient relativement spacieuses et dotées de salles de bains personnelles. Ils firent une pause au bout du couloir bâbord. Là, le bruit des moteurs était beaucoup plus perceptible. Le couloir s'étirait, interminable, bordé de hublots à gauche et de portes à droite.

— Tout est construit à une échelle de géant, dit Sam. Et tellement vide.

Sally éclata de rire.

— C'est ce que disent tous les visiteurs. Ce navire est quasiment commandé par ordinateur : nous avons un système de navigation par satellite et le pilotage automatique. L'électronique contrôle tout, même les risques de collision. Il y a trente ans, être électricien de bord était un poste subalterne. Aujourd'hui, les spécialistes de l'électronique règnent en maîtres.

— Très impressionnant. Ne le prenez pas mal, mais je me demande depuis le début pourquoi Glinn a choisi un pétrolier. Pourquoi s'embêter à camoufler un pétrolier en minéralier ? Pourquoi pas un cargo traditionnel ? Ou un gros porte-conteneurs ? Ça aurait coûté beaucoup moins cher.

— Suivez-moi, vous allez comprendre.

Sally Britton ouvrit une porte. La moquette et les boiseries cédèrent la place au métal et au lino. Ils descendirent un escalier de plus qui les amena devant une porte sur laquelle on pouvait lire : SALLE DE CONTRÔLE. Sur la cloison opposée s'étalait un grand panneau électronique représentant le pont principal. Une multitude de petites lumières rouges et jaunes brillaient à sa surface.

— C'est le panneau synoptique du bateau, dit-elle en lui faisant signe de la suivre. Ainsi, nous pouvons savoir en permanence comment la cargaison du bateau est répartie. D'ici, nous contrôlons le lest, les pompes et les soupapes.

Elle désigna une série de jauges et d'interrupteurs sous le panneau.

— C'est ce qui régule la pression des pompes.

Elle le guida de l'autre côté de la pièce, où un homme surveillait une série d'écrans.

— Cet ordinateur calcule la répartition de la cargaison. Et ceux-ci contrôlent la pression, le volume et la température dans les citernes du navire.

Elle tapota l'écran le plus proche.

— Voilà pourquoi Glinn a choisi un pétrolier. Votre météorite est très lourde. La charger va être extrêmement délicat. Grâce à nos citernes et à nos ordinateurs, nous pouvons répartir l'eau de mer dans les ballasts pour équilibrer le navire. Je pense que vous seriez tous très déçus si nous nous retournions au moment où vous placerez votre précieux caillou dans son écrin.

Britton longea les écrans de contrôle.

— A propos d'ordinateur, à quoi sert celui-ci à votre avis ? lui demanda-t-elle, désignant une haute tour d'acier noir.

L'élément était nu à l'exception d'un trou de serrure et de l'inscription SÉCURITÉ. Il ne ressemblait en rien au reste du matériel électronique.

— Les hommes de Glinn l'ont installé à Port Elizabeth. Il y a le même en plus petit, sur la passerelle de navigation. Aucun de mes officiers n'a pu me dire à quoi il pouvait servir.

Intrigué, Sam caressa sa surface biseautée.

— Aucune idée. Ça n'aurait pas un lien avec la trappe de sécurité ?

— C'est ce que j'ai pensé au début. Mais il semble raccordé à plusieurs systèmes clés du navire.

Ils sortirent de la salle et longèrent le couloir métallique.

— Voulez-vous que je pose la question à Glinn ?

— Non, ne vous embêtez pas avec ça, dit-elle en appuyant sur le bouton de l'ascenseur. Mais je suis là à radoter à propos du *Rolvaag*, alors que je meurs d'envie de savoir comment on devient chasseur de météorites.

L'ascenseur entama sa descente. Sam la regarda. Son assurance tranquille l'impressionnait. Savait-elle pour Masangkay et la météorite de Tornarssuk ? « Vous et moi avons beaucoup en commun », pensa-t-il. Enfiler à nouveau un uniforme, arpenter le pont en se demandant ce qu'on raconte derrière son dos : il imaginait très bien combien elle avait dû en souffrir.

— J'ai été surpris par une pluie de météorites au Mexique.

— C'est incroyable ! Comment avez-vous survécu ?

— A ma connaissance, il n'y a eu qu'une seule personne touchée par une météorite. Une obèse hypocondriaque alitée chez elle. La traversée des étages supérieurs de l'immeuble a ralenti la météorite et elle en a été quitte pour un bel hématome. En tout cas, j'aime autant vous dire qu'elle n'a pas dû traîner au lit.

Le rire de Sally Britton avait un son très agréable.

— Après, je suis retourné à l'école avec l'intention de me spécialiser en géologie des planètes. Mais je n'ai jamais été doué pour la recherche pure.

— Qu'est-ce qu'on étudie pour se spécialiser en géologie des planètes ?

— Une longue liste de matières ennuyeuses avant de s'attaquer à ce qui est vraiment intéressant : géologie, chimie, astronomie, physique, maths.

— Ça m'a l'air plus drôle que les cours de navigation. Et ce qui est vraiment intéressant ?

— Je me suis passionné pour l'étude d'une météorite martienne à la fac. J'observais les effets des rayons cosmiques sur sa composition chimique. J'essayais de calculer son âge en fait.

La porte de l'ascenseur s'ouvrit sur un autre couloir sans fin.

— J'aime chercher des météorites, reprit Sam. C'est un peu comme une chasse au trésor. Et j'aime les étudier. Mais bavarder avec mes collègues à l'heure de l'apéro m'ennuyait, et je détestais les conférences des fêlés de la géologie qui ergotaient pendant des heures sur la collision des corps célestes et la formation des cratères d'impact. Je pense que c'était un sentiment réciproque. Quoi qu'il en soit, ma carrière universitaire a duré cinq ans. On a refusé de me titulariser. Depuis, je travaille seul.

Il retint son souffle, pensant à son ancien coéquipier. Le mot était particulièrement mal choisi, mais le capitaine ne le releva pas.

— Je sais juste que les météorites sont des pierres qui tombent du ciel. D'où viennent-elles, pas seulement de Mars, je présume ?

— Non, les météorites martiennes sont très rares. La plupart sont des débris rocheux de la ceinture d'astéroïdes située entre Mars et Jupiter. Des petits bouts de planètes qui se sont fragmentées peu après la formation du système solaire.

— Celle que vous cherchez n'est pas précisément petite !

— Non, mais la plupart le sont. Elles n'ont pas besoin d'être très grosses pour faire des dégâts. La météorite de Tunguska, qui est tombée en Sibérie en 1908, a produit une énergie équivalente à celle d'une bombe H de dix mégatonnes.

— Dix mégatonnes ?

— Et ce n'est rien. Certaines météorites tombent sur terre avec une énergie cinétique supérieure à cent millions de mégatonnes. C'est le genre de choc qui peut mettre un terme à une ère géologique, tuer les dinosaures et, en résumé, gâcher la journée de toute une planète.

— Impressionnant.

— Ne vous inquiétez pas, dit-il avec un petit rire. Elles sont assez rares. Une toutes les cent millions d'années.

Depuis un moment, ils circulaient dans un dédale de corridors. Sam se sentait perdu.

— Toutes les météorites sont-elles identiques ?

— Non. Mais la plupart de celles qui tombent sur terre sont des chondrites ordinaires.

— Des chondrites ?

— De banales pierres grises, pour faire court. Rien de folichon, répondit-il avec une hésitation. Elles sont composées d'un alliage de nickel et de fer, sans doute comme celle que nous allons barboter. Mais les plus intéressantes sont les CI chondrites.

Il s'interrompit.

Sally lui lança un regard interrogateur.

— C'est difficile à expliquer. Et vous risquez de trouver ça ennuyeux.

Il n'avait pas oublié tous ces dîners où ses amis finissaient par bâiller à se décrocher la mâchoire, à l'époque où il débordait encore d'un enthousiasme naïf et juvénile.

— N'oubliez pas que vous parlez à quelqu'un qui a étudié la navigation astronomique. Je relève le défi.

— Eh bien les CI chondrites sont tombées directement du nuage interstellaire à partir duquel s'est formé le système solaire. D'où leur intérêt, car elles peuvent nous livrer des renseignements sur la manière dont ce dernier s'est formé. Elles sont très vieilles, plus vieilles que la Terre.

— Autrement dit ?

— Quatre milliards et demi d'années.

Il constata une réelle lueur d'intérêt dans ses yeux.

— Incroyable.

— Et une théorie prétend qu'il existerait un type de météorites encore plus incroyables…

Sam se tut soudain. Il ne se laisserait pas reprendre par sa vieille obsession. Pas maintenant. Il sentait le regard curieux de Sally tandis qu'ils continuaient à marcher en silence. Ils se retrouvèrent devant une écoutille fermée que Sally ouvrit. Le rugissement monstrueux des moteurs les assaillit. Sam la suivit le long d'une étroite passerelle. Quinze mètres plus bas, deux énormes turbines hurlaient en tandem. La salle immense semblait déserte. Apparemment, ici aussi tout était informatisé. Il agrippa un poteau en métal qu'il sentit vibrer violemment sous sa paume. Elle lui lança un regard amusé.

— Les pétroliers sont mus par des chaudières, pas des moteurs diesels, expliqua-t-elle, essayant de couvrir le vacarme. Mais nous avons un moteur de secours pour l'électricité. Sur un bateau moderne de ce genre, on ne peut pas se permettre de panne. Sinon, on est mort : plus d'ordinateur, ni d'outil de navigation, ni d'équipement anti-incendie. Il ne reste qu'une coque à la dérive. On se retrouve stoppé sans erre, comme on dit dans notre jargon.

Ils franchirent une autre porte massive à l'avant de la salle des machines. Sally la referma derrière eux avant de le guider au bout d'un couloir qui se terminait devant un ascenseur. Sam la suivit, soulagé de ne plus entendre le rugissement des moteurs. Elle s'arrêta, se tournant vers lui avec un regard calculateur. Il se rendit compte qu'elle ne l'avait pas seulement guidé dans les méandres du *Rolvaag* pour jouer les hôtesses polies.

— M. Glinn a fait un bien beau discours, dit-elle enfin.

— Tant mieux s'il vous a plu.

Après un court silence, elle reprit :

— J'ai le sentiment que M. Glinn en sait beaucoup plus qu'il ne l'admet. En fait, non… Ce n'est pas tout à fait ça. Je pense qu'il en sait peut-être moins que ce qu'il veut nous faire croire.

Elle lui lança un regard de côté.

— Je me trompe ?

Sam hésita. Il ignorait ce que Lloyd et Glinn avaient pu lui dire ou, du moins, ce qu'ils avaient tu. Néanmoins, plus elle en saurait, mieux le navire s'en porterait. Il se sentait lié à elle par un étrange sentiment de fraternité. Sans doute parce qu'ils avaient tous les deux fait de grosses erreurs et que leur traversée du désert avait duré plus longtemps que nécessaire. Au fond de lui, il faisait confiance à Sally Britton.

— Vous avez raison. En réalité, nous ne savons presque rien sur cette météorite. Nous ignorons comment un bloc de cette taille a pu résister au choc. Nous ignorons pourquoi elle n'a pas rouillé. Toutes les données électromagnétiques et gravitationnelles dont nous disposons semblent contradictoires, voire impossibles.

— Je vois. Est-ce dangereux ? demanda Sally, le regardant dans les yeux.

— Nous n'avons aucune raison de le penser… Ni de ne pas le penser.

Il y eut un silence.

— En fait, la question est : peut-elle constituer un risque pour mon équipage ou mon bateau ?

Sam se mordit la lèvre, se demandant comment répondre.

— Un risque ? Elle est extrêmement lourde. Elle sera difficile à déplacer. Mais une fois qu'elle sera en place, je ne vois pas comment elle pourrait être plus dangereuse qu'une citerne pleine de pétrole inflammable. Et Glinn ne semble pas être homme à prendre des risques inconsidérés.

Pendant un moment, Sally resta songeuse. Puis elle hocha la tête.

— C'est ce que je me suis dit à son propos. Prudent à la limite de l'obsessionnel, dit-elle en appuyant sur le bouton d'appel de l'ascenseur. C'est le genre de personne que j'aime avoir à bord. Parce que si je finis encore sur un récif, cette fois, je coulerai avec le bateau.

Le *Rolvaag*,
3 juillet, 14 h 15

Le *Rolvaag* franchit l'équateur à quelques milles à l'est de la côte brésilienne et de l'embouchure de l'Amazone, tandis qu'à l'avant du navire se déroulait un cérémonial plusieurs fois centenaire.

Quelques étages plus bas et près de deux cent soixante-dix mètres plus loin, le docteur Patrick Brambell déballait son dernier carton de livres. Depuis qu'il exerçait comme médecin de bord, il avait dû franchir l'équateur au moins une fois par an et il trouvait du plus mauvais goût les rites qui allaient de pair avec l'événement : le « thé de Neptune » à base de chaussettes bouillies, les marins qui se battaient à coups de poissons, le rire vulgaire des vieux loups de mer. Il avait commencé à déballer et à ranger sa bibliothèque à l'instant où le *Rolvaag* avait quitté le port. C'était une tâche qu'il aimait presque autant que lire, aussi prenait-il son temps. Il passa un scalpel sur la dernière bande de scotch brun, écarta les rabats en carton et jeta un coup d'œil à l'intérieur. Avec des doigts amoureux, il en sortit l'*Anatomie de la mélancolie,* de Burton. Dessous, il y avait le *Roland furieux* de l'Arioste, *A rebours* d'Huysmans, les *Essais sur Shakespeare* de Coleridge, *Le Rôdeur*, de Samuel Johnson, et *Apologia pro Vita Sua* de Newman. Aucun de ces ouvrages ne concernait la médecine. En fait, sur le millier de livres qui constituaient sa bibliothèque de voyage, seuls une douzaine pouvaient prétendre au titre de références professionnelles. Et ceux-ci restaient confinés dans l'infirmerie pour ne pas souiller sa bibliothèque vénérée. Car le docteur Brambell était d'abord lecteur et ensuite médecin. Le carton enfin vide, il soupira d'aise et de regret à la fois, reculant pour mieux apprécier les rangées de livres bien alignés qui occupaient tout l'espace des étagères. Il entendit une porte claquer au loin, puis des pas réguliers. Il s'immobilisa, espérant que ce n'était pas pour lui. Mais il savait que c'était sûrement le cas. Les pas se turent et on frappa deux coups brefs à la porte de la salle d'attente. Il soupira encore, mais ce soupir-là n'avait rien à voir avec le précédent. Ses yeux firent le tour de la cabine rapidement. Apercevant un masque chirurgical, il le ramassa et l'attacha devant sa bouche. C'était un gadget très utile pour expédier les patients importuns. Il lança à ses livres un dernier regard amoureux puis sortit en fermant la porte derrière lui. Il suivit un couloir qui passait devant les cabines d'hospitalisation, le bloc opératoire et le laboratoire de pathologie. Dans la salle d'attente, il trouva Glinn, un gros dossier sous le bras.

Les yeux de Glinn se posèrent sur le masque.

— J'ignorais que vous étiez avec un patient.

— Non, vous êtes mon premier visiteur.

Glinn regarda encore le masque puis hocha la tête.

— Ah bon. Peut-on parler ?

— Bien sûr.

Le docteur Brambell le fit pénétrer dans le cabinet attenant. Cet Eli Glinn était un étrange personnage. Cultivé, il semblait n'en retirer aucun plaisir. Bien que capable d'éloquence, il préférait se taire. Il employait toute son énergie à détecter les faiblesses des autres et à cacher les siennes derrière ses yeux gris impénétrables. Le médecin ferma la porte menant à la salle d'attente.

— Asseyez-vous, je vous prie. Je suppose que vous apportez des dossiers médicaux. Mieux vaut tard que jamais. Heureusement, je n'en ai pas eu besoin pour l'instant.

Eli Glinn s'assit dans un fauteuil.

— J'ai mis de côté certains dossiers qui nécessiteront peut-être votre attention. La plupart ne comportent rien de notable, mais il y a quelques exceptions.

— Je vois.

— Nous allons commencer par l'équipage. Victor Howell souffre de cryptorchidie.

— Étonnant qu'on ne l'ait jamais opéré pour abaisser ses testicules.

— L'idée qu'un scalpel s'amuse avec cette partie de son anatomie ne le réjouissait peut-être pas plus que ça.

Le docteur Brambell hocha la tête.

Glinn énuméra quelques dossiers. On trouvait là les divers maux qui pouvaient affecter n'importe quel échantillon représentatif de la population : quelques diabétiques, une hernie discale, une maladie d'Addison.

— Un équipage plutôt sain, déclara le médecin, priant silencieusement pour que ce soit tout.

— Et voici leurs profils psychologiques.

Le docteur Brambell parcourut la liste de noms.

— Et les employés d'EES ?

— Nous avons un système un peu différent. Les dossiers d'EES sont seulement disponibles à la demande.

Brambell s'abstint de commentaire. Cela ne servait à rien de se disputer avec quelqu'un comme Eli Glinn. Ce dernier sortit deux autres dossiers de sa mallette qu'il posa sur le bureau du médecin, avant de s'enfoncer dans son fauteuil.

— En fait, il n'y a qu'une personne qui m'inquiète vraiment.

— Qui donc ?

— Sam McFarlane.

Le docteur Brambell retira son masque.

— Notre valeureux chasseur de météorites ?

Le premier mouvement de surprise passé, le médecin songea que McFarlane avait effectivement quelque chose d'un électron libre. Glinn tapota le dossier du dessus.

— Je vous ferai passer des rapports réguliers sur son comportement.

L'autre homme haussa les sourcils.

— Sam McFarlane est le seul membre important de l'équipe que je n'ai pas choisi. Il a connu quelques revers au cours de sa carrière, et c'est un euphémisme. Voilà pourquoi j'aimerais avoir votre avis sur ce rapport et ceux qui vont suivre.

Le docteur Brambell jeta un coup d'œil dégoûté au dossier.

— Qui est votre taupe ? demanda-t-il, s'attendant à une réaction offensée qui ne vint pas.

— Je préférerais que cette information reste confidentielle.

Le médecin hocha la tête. Il prit le dossier pour le feuilleter.

— Il doute de l'expédition et de ses chances de succès, lut-il à haute voix. Motivations peu claires. Méfiant à l'égard de la communauté scientifique. Très mal à l'aise dans le rôle de chef. Plutôt solitaire.

Il reposa le dossier.

— Je ne vois là rien d'inhabituel.

Glinn désigna du menton un autre dossier plus épais.

— Voici un dossier sur le passé de Sam. Il contient entre autres un rapport sur un incident déplaisant qui a eu lieu au Groenland, il y a quelques années.

L'autre soupira. Il n'était pas d'un naturel curieux et c'était sans doute une des raisons majeures pour lesquelles Glinn l'avait engagé.

— Je le lirai plus tard.

— J'aimerais qu'on le regarde maintenant.

— Peut-être pourriez-vous me le résumer ?

— Très bien.

Le docteur Brambell se cala dans son fauteuil et croisa les mains, résigné.

— Pendant quelques années, Sam McFarlane a travaillé avec Nestor Masangkay. Ils se sont d'abord associés pour sortir en fraude les tectites d'Atacama du Chili, aventure qui leur a valu une sale réputation là-bas. Après, ils ont découvert ensemble plusieurs météorites, petites mais importantes. Ils formaient une bonne équipe. Suite à un désaccord avec un musée qui l'employait, McFarlane travaillait en free-lance. Il avait du flair pour trouver les météorites, mais on ne peut pas vivre de ce métier sans commanditaire. A l'opposé, Masangkay savait se montrer diplomate et se débrouillait toujours pour obtenir des contrats. Ils sont devenus très proches. Sam McFarlane a même épousé la sœur de Masangkay, Malou. Au fil des ans, leur relation s'est pourtant détériorée. Sam était-il jaloux du succès de Masangkay auprès des musées ? Le second enviait-il les qualités de scientifique de terrain du premier ? Difficile à dire. Mais leur principal point de discorde concernait avant tout la théorie dont Sam avait fait sa marotte.

— Quelle théorie ?

— Sam croyait qu'un jour, on découvrirait une météorite interstellaire. Une météorite originaire d'un autre système solaire. Tout le monde avait beau lui seriner que c'était mathématiquement impossible, que toutes les météorites connues venaient de notre système solaire, Sam n'en démordait pas. Sa théorie sentait un peu le charlatanisme et ne s'accordait pas du tout avec le rationalisme de Masangkay. Quoi qu'il en soit, il y a environ trois ans, une grosse météorite est tombée près de Tornarssuk, au Groenland. Elle a été suivie grâce à des satellites et des détecteurs sismiques. Sa trajectoire a même été filmée par un vidéaste amateur. Le New York Museum, en collaboration avec le gouvernement danois, a engagé Masangkay pour retrouver la météorite. Et il a fait appel à Sam. Ils l'ont trouvée, mais cela a demandé plus de temps et d'argent que prévu. Ils ont contracté des dettes importantes. Le Museum rechignait à payer. Et pour couronner le tout, il y avait des frictions entre eux. Sam a extrapolé à partir des données recueillies par satellite et s'est convaincu que la météorite suivait une orbite hyperbolique, ce qui aurait signifié qu'elle venait de l'extérieur du système solaire. Il a cru avoir trouvé sa météorite interstellaire. Masangkay, qui s'inquiétait pour les fonds, était peu enclin à écouter ses élucubrations. Ils étaient coincés au Groenland tant que l'argent n'arrivait pas. Finalement, Masangkay est parti chercher des vivres. Il voulait aussi rencontrer des membres du gouvernement danois. Il a laissé McFarlane avec la météorite et une parabole. Je suppose qu'il a fini par craquer. Au bout d'une semaine de solitude, il s'est persuadé que le Museum ne leur donnerait jamais les finances nécessaires et que quelqu'un leur déroberait la météorite, la casserait en morceaux et la vendrait au marché noir. Ainsi, personne ne pourrait l'étudier. McFarlane a donc utilisé l'antenne pour contacter un riche collectionneur japonais qui, il le savait, l'achèterait et la garderait entière. En résumé, il a trahi son coéquipier. Lorsque Masangkay est revenu avec des provisions et les finances attendues, les Japonais étaient déjà là et ils ont embarqué le caillou sous ses yeux. Il s'est senti trahi et la communauté scientifique était furieuse après Sam McFarlane. Elle ne lui a jamais pardonné.

Le médecin hocha la tête d'un air endormi. L'histoire n'était pas inintéressante, elle pourrait servir de base à un bon roman, peut-être un peu trop sensationnaliste. Jack London aurait su lui rendre justice ou, mieux encore, Conrad...

— Je me méfie de McFarlane, reprit Glinn, le tirant de sa songerie. Nous ne pouvons pas nous permettre un tel incident ici. Ce serait une catastrophe. S'il a trahi son propre beau-frère, trahir Lloyd et EES ne le gênerait certainement pas.

— Pourquoi ferait-il une chose pareille? bâilla le docteur Brambell. Lloyd a les poches profondes et le chèque facile.

— Sam McFarlane est un mercenaire, bien sûr, mais ce n'est pas seulement une question d'argent. La météorite que nous cherchons a des caractéristiques très particulières. Son intérêt pourrait prendre un tour obsessionnel, comme dans le cas de la météorite de Tornarssuk... Si nous devons utiliser la trappe de sécurité, chaque seconde comptera. Je ne veux pas que quelqu'un essaie de nous en empêcher.

— Et quel sera mon rôle dans tout ça?

— Je veux que vous lisiez les rapports que je vous transmettrai. Si vous y voyez un quelconque motif d'inquiétude, le moindre symptôme alarmant, je vous prie de m'en informer.

Le médecin feuilleta les deux dossiers, l'ancien et le nouveau. C'était étrange. Il se demanda où Eli Glinn avait récolté ces informations. Très peu ressemblaient à des avis psychiatriques ou médicaux. La plupart des rapports ne mentionnaient aucun nom de médecin ou d'institution. D'ailleurs, certains ne comportaient aucun nom tout court. Ils avaient dû lui coûter une petite fortune. Enfin, il referma la pochette d'un geste brusque et leva les yeux.

— Je regarderai ça de plus près et je le surveillerai. Mais je ne suis pas sûr que mon opinion sur cette histoire rejoigne la vôtre.

Glinn se leva pour partir, toujours aussi impénétrable. Le docteur Brambell trouvait cela inexplicablement irritant.

— Et cette météorite du Groenland? Venait-elle de l'espace interstellaire?

— Bien sûr que non. C'est une météorite ordinaire de la ceinture d'astéroïdes. Sam McFarlane s'était trompé.

— Et la femme?

— Quelle femme?

— Celle de McFarlane, Malou Masangkay.

— Elle l'a quitté. Elle est retournée aux Philippines où elle s'est remariée.

Eli Glinn sortit et ses pas réguliers s'éloignèrent dans le couloir. Pendant quelques instants, le médecin écouta le bruit mourir, songeur. Puis une phrase de Conrad lui revint à l'esprit. Il la récita tout haut : « Aucun homme ne comprend jamais vraiment ses propres subterfuges pour échapper à l'ombre sinistre de la connaissance de soi. »

Avec un soupir de contentement, il mit de côté les dossiers et retourna dans sa suite privée. Le climat équatorial languide et quelque chose chez Glinn évoquaient Somerset Maugham, ses nouvelles plus précisément. Il passa ses doigts sur les couvertures noueuses. Chacune réveillait au passage tout un univers de souvenirs et d'émotions. Il finit par trouver le livre qu'il cherchait et s'installa dans une grande bergère en l'ouvrant avec un frisson de délice.

Le *Rolvaag*,
11 juillet, 7 h 55

Sam McFarlane fit quelques pas, jetant un regard curieux autour de lui. Il découvrait la passerelle de navigation, et c'était sans nul doute l'espace le plus spectaculaire du *Rolvaag*. Elle occupait toute la largeur du bateau. De grandes baies obliques équipées d'essuie-glaces couraient sur trois côtés de la superstructure. A chaque coin, des portes donnaient sur les ailerons de passerelle, tandis que, dans le fond, les mots CHAMBRE DES CARTES et SALLE RADIO se détachaient en lettres de cuivre sur deux autres portes. A l'avant s'alignaient des consoles et des téléphones reliés à tous les postes du navire. Dehors, l'aube naissante révélait un désert aquatique battu par le vent. La seule lumière provenait du tableau de bord et des écrans. Une petite rangée de hublots donnait sur l'arrière. Entre les cheminées, au-delà de la poupe, on apercevait la double ligne blanche du sillage qui disparaissait à l'horizon. Au poste de commande, le capitaine, dont la silhouette semblait floue dans la semi-obscurité, parlait dans un combiné. Parfois, elle se penchait pour murmurer quelques mots à l'homme de barre, dont les yeux reflétaient la lueur verte de l'écran radar.

Bientôt le vent faiblit et une aurore grisâtre éclaira l'horizon. Un marin se déplaçait sur le gaillard d'avant, petite fourmi solitaire occupée à quelque tâche obscure. Au-dessus de la vague d'étrave crémeuse, quelques oiseaux obstinés tournaient en piaillant. Quel contraste avec la touffeur des tropiques, qu'ils avaient laissés derrière eux moins d'une semaine plus tôt !

Après que le *Rolvaag* eut franchi l'équateur sous une chaleur lourde et des averses battantes, Sam s'était laissé gagner par l'apathie générale. Il bâillait devant les parties de cartes et tournait en rond entre les murs beiges de sa suite. Mais à mesure qu'ils progressaient vers le sud, l'air était devenu plus vif, les vagues plus longues et plus lourdes, tandis que le ciel nacré des tropiques cédait la place à un azur brillant tacheté de nuages. Depuis que le temps fraîchissait, il se rendait compte qu'une excitation croissante avait succédé au malaise qui plombait le navire.

La porte de la passerelle s'ouvrit sur le second lieutenant qui venait prendre le quart de huit heures. Derrière lui apparut Eli Glinn. Il rejoignit Sam.

— Que se passe-t-il? demanda le géologue.

Avant que Glinn n'eût le temps de répondre, un léger déclic retentit derrière eux. Sam se tourna et vit Victor Howell sortir de la salle radio. Il s'arrêta pour observer la relève du quart. Le second lieutenant s'approcha du capitaine et lui chuchota quelques mots à l'oreille.

— Surveillez la proue à tribord, dit-elle en désignant du menton la ligne franche de l'horizon.

Un pâle rayon de soleil perça l'épaisse couverture de nuages à tribord. Le ciel blêmit, révélant avec plus de netteté les creux et les bosses qui déformaient la mer. Le capitaine avança songeusement jusqu'à l'avant de la passerelle de navigation, les mains derrière le dos. A cet instant, un autre rayon surgit de derrière les nuages, embrasant l'horizon à l'ouest. Sam plissa les yeux, se demandant ce qui l'éblouissait. Enfin, il distingua une rangée de grands pics glacés qui scintillaient sous le soleil.

Le capitaine se tourna face au groupe.

— Terre, annonça-t-elle d'un ton sec. Les montagnes de la Terre de Feu. Dans quelques heures, nous franchirons le détroit de Le Maire et pénétrerons dans l'océan Pacifique.

Elle passa une paire de jumelles à Sam qui observa les sommets drapés dans leur longue traîne neigeuse, comme autant de remparts intimidants d'un continent perdu. Glinn redressa les épaules et se détourna du spectacle. Il observait Victor Howell qui parlait à un technicien à l'autre bout de la passerelle. Celui-ci se leva aussitôt pour disparaître par la porte à tribord. Howell revint au poste de commande.

— Prenez un quart d'heure pour aller boire un café, dit-il au deuxième lieutenant. Je vais prendre la barre.

L'officier le regarda, puis se tourna vers le capitaine, surpris par cette entorse à la procédure.

— Faut-il que je le signale dans le journal de bord, capitaine ? demanda-t-il.

— Inutile, dit-elle en secouant la tête. Revenez dans un quart d'heure.

Une fois l'homme sorti, elle s'adressa à Howell.

— Banks a réussi à joindre New York ?

Le second hocha la tête.

— Monsieur Lloyd attend.

— Très bien. Passez-nous la communication ici.

Sam étouffa un soupir. Une fois par jour ne lui suffisait donc plus ? Il en venait presque à redouter les vidéoconférences quotidiennes avec son patron. Lloyd parlait précipitamment, avide de renseignements sur la progression du navire au mille près. Il voulait tout savoir sur tout le monde, échafaudait des plans et remettait en question tout ce qu'on lui proposait. La patience de Glinn émerveillait Sam.

Un haut-parleur fixé à une cloison grésilla, la voix de Lloyd retentit, sonore malgré la surface de la passerelle.

— Sam ? Sam ? Vous êtes là ?

— Ici le capitaine Britton, monsieur.

Elle fit signe aux autres de se diriger vers le microphone du poste de commande.

— La côte chilienne est en vue. Nous sommes à une journée de Puerto Williams.

— Merveilleux ! s'exclama Lloyd.

Glinn s'approcha du micro.

— Monsieur Lloyd, c'est Eli Glinn. Demain, nous nous occuperons des formalités douanières. Je me rendrai à terre avec M. McFarlane et le capitaine Britton.

— Est-ce vraiment nécessaire de tous y aller ?

— Laissez-moi vous expliquer la situation. Il y a deux problèmes. D'abord, les douaniers vont certainement vouloir monter à bord.

— Quoi ! Cela signifie que nous risquons d'être découverts !

— C'est un risque, effectivement. Voilà pourquoi nous allons essayer de prévenir cette visite. Les Chiliens seront curieux de voir les principaux responsables : le capitaine et l'ingénieur en chef de l'équipe minière. Si nous envoyons des subordonnés, vous pouvez être sûr qu'ils insisteront pour monter à bord.

— Mais moi ? demanda Sam. Je suis *persona non grata* au Chili, ne l'oubliez pas. J'aurais tout intérêt à garder un profil bas.

— Désolé, mais votre présence est indispensable, répondit Glinn.

— Et pourquoi ?

— Vous êtes le seul d'entre nous qui connaissiez le Chili. Vous avez l'expérience de ce genre de situation. Je préfère vous avoir avec moi au cas où les événements prendraient un tour inattendu.

— Génial. Je ne pense pas que mon salaire compense ce genre de risque.

— Bien sûr que si ! lança Lloyd d'une voix irritée. Glinn, que se passera-t-il s'ils insistent quand même pour monter à bord ?

— Nous leur avons concocté une petite réception tout exprès.

— Une réception ? Mais il ne faut surtout pas qu'ils s'attardent sur le *Rolvaag* !

— La visite en question ne les incitera certainement pas à flâner. S'ils viennent, ils seront escortés jusqu'à la salle de contrôle du lavage des citernes. Ce n'est pas un endroit très accueillant. Nous l'avons équipée de chaises de métal, en nombre insuffisant bien sûr, et d'une table en formica. Le chauffage a été coupé et nous avons badigeonné certaines parties du sol d'un produit chimique qui a de vagues relents d'excréments et de vomi.

Le rire de Lloyd amplifié résonna dans la pièce.

— Glinn, je souhaite à vos ennemis que vous n'ayez jamais à diriger une guerre. Mais s'ils veulent voir la passerelle de navigation ?

— C'est prévu. Mais croyez-moi, monsieur Lloyd, quand nous en aurons fini avec les douaniers à Puerto Williams, il est peu probable qu'ils souhaitent encore visiter le navire, et encore moins probable qu'ils veuillent voir la passerelle.

Il se tourna vers Sam.

— A partir de maintenant, monsieur McFarlane, vous ne parlez plus un mot d'espagnol. Contentez-vous de me suivre. Le capitaine Britton et moi nous chargeons de leur parler.

— Vous n'avez pas parlé de deux problèmes? dit Lloyd au bout de quelques instants.

— Nous aurons effectivement un autre détail à régler à Puerto Williams.

— Oserais-je vous demander lequel?

— Je souhaiterais engager un homme appelé Juan Puppup. Il faudra le trouver et le ramener à bord.

— Glinn, grogna Lloyd, je commence à croire que vous prenez un malin plaisir à me surprendre avec vos révélations de dernière minute. Qui est ce Juan Puppup et pourquoi avons-nous besoin de lui?

— Il est moitié yaghan, moitié anglais.

— Y'a quoi?

— Les Yaghans sont des Indiens indigènes de l'archipel du cap Horn, qui ont maintenant disparu, à l'exception de quelques métis. Puppup est âgé, il doit avoir dans les soixante-dix ans. Il a quasiment assisté à l'extinction de son peuple. Il est le dernier gardien de leur culture.

Le haut-parleur resta muet pendant un moment, puis se remit à grésiller.

— Glinn, ce projet au conditionnel ne vous ressemble pas. Vous avez dit que vous souhaiteriez l'engager. Est-il au courant?

— Pas encore.

— Et s'il dit non?

— Lorsque nous l'aurons trouvé, il ne sera pas en état de dire non. De plus, vous savez qu'il existe une tradition ances-trale dans la marine, qui consiste à réquisitionner les matelots en employant la méthode musclée.

— Nous allons donc ajouter l'enlèvement à notre liste de délits? Charmant! grommela Lloyd.

— Les enjeux sont élevés. Vous le saviez dès le départ. Puppup sera riche une fois notre mission achevée. Faites-moi confiance, nous ne rencontrerons aucun problème de ce côté-là. La seule difficulté sera de le trouver et de le ramener à bord.

— Vous avez d'autres surprises de ce genre en réserve?

— A la douane, Sam McFarlane et moi-même devrons pré-senter de faux passeports. C'est la solution la plus sûre, et ce n'est qu'une infraction mineure à la loi chilienne.

— Attendez un peu, dit Sam. Si nous voyageons avec de faux passeports, nous enfreignons aussi la loi américaine !

— Personne ne le saura jamais. Je me suis arrangé pour que les registres des passeports se perdent entre Puerto Williams et Punta Arenas. Au retour, nous pourrons présenter nos vrais passeports, avec les visas et les tampons d'entrée et de sortie réglementaires. C'est du moins ce qu'il semblera.

Il regarda autour de lui, comme pour demander si quelqu'un avait des objections. Personne n'éleva la voix. Le second était à la barre, impassible. Le capitaine Britton regardait Glinn, les yeux écarquillés, mais silencieuse.

— Très bien, dit Lloyd. Je dois quand même vous avouer que votre plan me rend très nerveux. Je veux que vous me contactiez dès votre retour de la douane.

Le haut-parleur se tut d'un coup. Le capitaine fit un signe de tête à Victor Howell qui disparut dans la salle radio.

— Tous ceux qui descendront à terre devront avoir une tenue qui correspond à leur rôle. Vous pouvez rester comme ça monsieur McFarlane, dit Glinn en toisant Sam d'un air dédaigneux. Quant à vous, capitaine, il vous faut une tenue beaucoup moins formelle.

— Vous avez parlé de faux passeports, je suppose que nous aurons donc de faux noms ? demanda le géologue.

— Exact. Vous serez le professeur Sam Widmanstätten.

— Ravissant.

— Et vous-même ? demanda Sally.

Pour la première fois, Sam entendit Glinn rire, un bruit étouffé, à peine un soupir.

— Appelez-moi Ismaël.

Chili,
12 juillet, 9 h 30

Le jour suivant, le *Rolvaag* mouillait dans Paso Goree, un large canal entre les îles Navarino et Lennox. Le soleil glacé jetait une lumière crue sur le paysage. Sam se tenait à la main courante de la vedette du *Rolvaag,* presque aussi rouillée que le grand pétrolier dont ils s'éloignaient doucement. Il paraissait encore plus gigantesque vu d'ici. Très loin au-dessus d'eux, sur la poupe en surplomb du pont supérieur, il apercevait Rachel, emmitouflée dans une parka trois fois trop grande pour elle.

— Hé boss! cria-t-elle d'une voix étouffée par la distance. Faites gaffe à ne pas choper la chtouille!

Chevauchant les vagues, l'annexe tourna en direction de la côte désolée de Navarino. La terre habitée la plus au sud de la planète. A la différence de la côte montagneuse qu'ils avaient longée la veille, le flanc oriental de l'île était plat et monotone : une longue bande enneigée qui descendait vers des plages de galets battues par les rouleaux du Pacifique. Ils n'apercevaient aucun signe de vie humaine. Puerto Williams se trouvait à une trentaine de kilomètres dans les eaux protégées du canal Beagle. Sam frissonna, serrant sa parka autour de lui. Passer quelque temps sur l'île Desolación, un trou encore plus perdu que celui-ci, n'était peut-être pas une perspective très réjouissante. Mais l'idée de traîner dans un port chilien le rendait encore plus nerveux. A mille cinq cents kilomètres au nord, il devait encore y avoir un tas de gens qui se souvenaient de lui et seraient heureux de lui faire sa fête. Il y avait toujours un risque, même minime, qu'il tombât sur l'un d'eux.

Il sentit un mouvement à côté de lui. Glinn l'avait rejoint. Il portait un anorak graisseux sur plusieurs chemises en laine sales superposées, une casquette orange, et tenait une mallette usée dans une main. Exceptionnellement, son visage n'était pas rasé de frais. Une cigarette pendait entre ses lèvres et Sam constata qu'il fumait vraiment, inhalant et exhalant avec un plaisir ostentatoire.

— Je ne pense pas qu'on se soit déjà rencontrés, dit Sam.

— Je me présente : Eli Ismaël, ingénieur des mines.

— Ma foi, monsieur l'ingénieur des mines, on croirait presque que vous prenez plaisir à fumer

Glinn ôta la cigarette de sa bouche, la regarda un moment, puis la lança en direction du paysage gelé.

— Le plaisir et le travail ne sont pas nécessairement incompatibles.

— Où avez-vous trouvé ces frusques ? On dirait que vous sortez d'une cave à charbon.

— Deux habilleurs d'Hollywood sont passés pendant qu'on équipait le bateau. Nous avons rempli quelques casiers de vêtements pour parer à tous les imprévus.

— Espérons que nous n'aurons pas à les utiliser. Quelles sont les consignes, au juste ?

— Elles sont très simples. Nous devons nous présenter à la douane, répondre à toutes les questions concernant nos permis d'exploitation et trouver Juan Puppup. Nous sommes venus ici pour extraire un éventuel gisement de fer. Notre boîte est au bord de la faillite et c'est notre dernière chance. Si on vous pose des questions, affirmez haut et fort que nous sommes une entreprise de premier ordre. Sinon, évitez de parler. Et si un événement fâcheux se produit à la douane, réagissez comme vous le feriez naturellement.

— Naturellement ? Mon premier instinct serait de m'enfuir en courant. Et le capitaine, ajouta Sam après une pause. Vous pensez qu'elle jouera le jeu ?

— Au cas où vous ne l'auriez pas remarqué, elle n'a rien d'un capitaine ordinaire.

L'annexe fendait les lames, tandis que les moteurs diesels bridés tambourinaient violemment sous leurs pieds. La porte de la cabine s'ouvrit soudain sur Sally, vêtue d'un vieux jean, d'un caban et d'une casquette élimée avec des galons de capitaine dorés. Une paire de jumelles pendait à son cou. C'était la première fois que Sam la voyait portant autre chose qu'un uniforme immaculé, et il trouvait le changement à la fois rafraîchissant et plaisant.

— Puis-je vous complimenter sur votre costume ? dit Glinn.

Sam le regarda, surpris. Il ne se rappelait pas l'avoir jamais entendu féliciter qui que ce soit.

Le capitaine lui répondit par un sourire.

— Non. Je l'exècre.

Comme le bateau doublait la pointe nord de l'île Navarino, une massive silhouette noire se profila à l'horizon. Sam distingua un énorme navire en métal.

— Bon sang ! lança-t-il. Regardez. Ce truc est énorme. Nous avons intérêt à ne pas passer trop près, il doit faire des vagues capables de nous retourner comme une crêpe.

Le capitaine leva ses jumelles et l'observa longuement.

— Je ne pense pas qu'on risque grand-chose.

Bien que sa proue fût tournée vers eux, le navire ne se rapprochait que très lentement. Sam comprit soudain que c'était une épave échouée sur un récif au milieu du chenal. Glinn accepta les jumelles que Sally lui tendait.

— Le *Commandante Praxos*, dit-il. Un cargo, apparemment. Il a dû être entraîné sur un haut-fond.

— C'est difficile de croire qu'un bâtiment de cette taille ait pu s'échouer dans ces eaux protégées, remarqua Sam.

— Ce passage n'est à l'abri que par vent du nord-est, comme aujourd'hui, répondit Sally. Par vent d'ouest, c'est une autre histoire. Le navire avait peut-être des problèmes de moteur au moment de l'accident.

Ils se turent tandis qu'ils se rapprochaient de l'épave. Malgré la clarté brillante du soleil, le bateau restait étrangement flou, comme cerné d'un manteau de brume. De l'étrave à l'étambot, il était couvert de rouille et de pourriture. Ses tourelles de fer étaient cassées. L'une pendait sur le côté, emprisonnée dans de lourdes chaînes, l'autre gisait sur le pont. Aucun oiseau n'était perché sur le château en décomposition, même les vagues semblaient éviter ses flancs rugueux. Il avait quelque chose de fantomatique, d'irréel : un cadavre qui montait la garde, avertissement muet aux navires qui croisaient.

— Quelqu'un devrait dire deux mots à la chambre de commerce de Puerto Williams, plaisanta Sam.

Il ne leur arracha même pas un sourire. Cette vision avait refroidi l'atmosphère. Le pilote accéléra pour dépasser l'épave plus vite et ils pénétrèrent dans le canal Beagle. La côte était hérissée de montagnes sombres veinées de champs de neige et de glaciers scintillants qui semblaient surgir de la mer. Une rafale fit trembler la vedette. Sam frissonna.

— A votre droite l'Argentine, à votre gauche le Chili, commenta Glinn.

— Je retourne à l'intérieur, dit le capitaine en se dirigeant vers la timonerie.

Une heure plus tard, Puerto Williams apparaissait dans la grisaille à bâbord : une série de baraques miteuses en bois jaune, coiffées de toits rouges, qui se nichaient dans un creux. Derrière s'élevait une chaîne de montagnes aussi blanches et pointues que des dents. Au pied de la ville, une rangée de pontons pourris avançaient dans la mer. Des petits chalutiers en bois et des cotres noirs de goudron étaient amarrés dans le port. Le quartier indien formait un assemblage bringuebalant de bicoques de planches et de huttes dont les cheminées de fortune crachotaient de petits nuages de fumée. Derrière se trouvait la base navale, une enfilade de bâtiments métalliques rouillés déprimants. Deux bateaux qui ressemblaient à des navires ravitailleurs et un vieux contre-torpilleur étaient mouillés à proximité.

En l'espace de quelques minutes, le ciel clair s'était assombri. Tandis que leur bateau s'approchait d'un ponton en bois, une odeur de poisson pourri mêlée de relents d'égout et d'algues leur parvint. Plusieurs hommes sortirent des cabanes les plus proches et s'avancèrent d'un pas traînant. A grand renfort de cris et de gestes, ils essayaient de les convaincre de s'amarrer ici ou là, chacun agitant une aussière ou désignant un taquet. L'annexe se rangea le long d'un appontement. Aussitôt, une dispute s'engagea entre les deux hommes les plus proches qui ne se calmèrent que lorsque Glinn leur tendit des cigarettes. Ils grimpèrent tous les trois sur l'appontement glissant et jetèrent un regard à la ville lugubre. Des flocons de neige égarés mouchetaient la parka de Sam.

— Où se trouve la douane ? demanda Glinn en espagnol à un des hommes.

— Je vous y emmène, répondirent simultanément trois d'entre eux.

Des femmes se pressaient maintenant autour d'eux, avec des seaux remplis d'oursins, de moules et de *congrio colorado*, jouant des coudes et brandissant leur pêche nauséabonde devant leur nez.

— Oursins. Très bons pour les hommes, dit en mauvais anglais une femme qui devait avoir au moins soixante-dix ans et arborait une dent unique, mais remarquablement blanche. Ça les rend durs. *Muy fuerte.*

Elle dressa son avant-bras pour illustrer son propos sous les rires des hommes.

— *No gracias señora*, répondit Glinn, se frayant un passage dans la foule pour suivre ses guides.

Les hommes les conduisirent au bout du ponton et longèrent le bord de mer en direction de la base navale. Ils s'arrêtèrent devant une cabane de planches basse, près d'un autre débarcadère à peine moins misérable que les autres. Sa fenêtre répandait un flot de lumière jaune dans la grisaille. Un tuyau métallique au bout du mur crachait un panache de fumée qui sentait le feu de bois. Un drapeau chilien défraîchi flottait à côté de la porte. Glinn tendit un pourboire à leurs guides improvisés, poussa la porte et entra, suivi par Sally et Sam. Ce dernier prit une profonde inspiration. Ses poumons s'emplirent d'un air fétide et glacé, tandis qu'il tâchait de se convaincre que personne ne risquait de le reconnaître ici.

A l'intérieur, un douanier aux yeux sombres était assis à un bureau branlant. Dans un coin, un poêle ventru ronflait. Sam se sentait nerveux. Ses yeux s'égarèrent involontairement du côté des avis de recherche qui tombaient en lambeaux sur un mur. Garde ton calme, se dit-il. Le douanier arborait un uniforme immaculé, ses cheveux luisants étaient coiffés en arrière. A leur entrée, ses lèvres s'étaient retroussées en un sourire découvrant plusieurs dents en or.

— *Por favor*, dit-il d'une voix douce et efféminée. Asseyez-vous.

Il émanait de cet homme une béatitude incongrue dans un endroit aussi désolé. Dans une pièce située derrière le bureau, les éclats d'une dispute se turent aussitôt. Sam attendit que les deux autres soient assis, puis s'installa avec précaution sur une chaise en bois peu engageante. Le poêle crépitant irradiait une douce chaleur.

— *Por favor*, répéta le Chilien, poussant vers eux une boîte en cèdre qui contenait des cigarettes sans filtre.

Seul Glinn accepta. Il en prit deux, cala l'une entre ses lèvres et glissa l'autre dans sa poche.

— *Mas tarde*, expliqua-t-il avec un petit sourire.

Le douanier se pencha vers lui pour allumer la cigarette avec un briquet en or. Glinn aspira une longue bouffée, puis baissa la tête pour recracher un petit morceau de tabac resté accroché à sa langue, sous le regard médusé de Sam.

— Bienvenue au Chili, leur dit le douanier en anglais.

Il fit tourner le briquet entre ses mains délicates avant de le remettre dans la poche de sa veste.

— Vous êtes du minéralier américain appelé le *Rolvaag*, je présume ? continua-t-il, repassant à l'espagnol.

— Oui, répondit le capitaine dans la même langue.

Avec une apparente insouciance, elle sortit une liasse de papiers et un tas de passeports d'une serviette en cuir râpée.

— Vous cherchez du fer ? demanda le douanier en souriant.

Glinn hocha la tête.

— Et vous pensez en trouver sur Desolación ?

Son sourire recelait une pointe de moquerie, pensa Sam. Ou bien était-ce de la méfiance ?

— Oui, répondit Glinn, réprimant une quinte de toux. Nous disposons d'un équipement ultramoderne et d'un excellent navire. C'est une opération tout ce qu'il y a de plus professionnelle.

L'expression légèrement amusée du douanier leur indiqua qu'on avait déjà dû l'informer sur le tas de rouille ambulant ancré au-delà du canal. Il tira les papiers à lui et les feuilleta machinalement.

— Il va falloir du temps pour régler tout ça. Nous devrons sans doute faire un tour à bord du navire. Où est le capitaine?

— Je suis le capitaine du *Rolvaag*, déclara Sally Britton.

Le douanier haussa les sourcils. On entendit un piétinement dans l'autre pièce et deux autres douaniers entrèrent dans le bureau pour aller s'asseoir sur un banc près du poêle.

— C'est vous le capitaine?

— *Si.*

Le premier douanier grogna, regarda de nouveau les papiers, puis le capitaine.

— Et vous, *señor*? demanda-t-il, s'adressant à Sam.

— Le professeur Widmanstätten dirige notre équipe scientifique. Il ne parle pas espagnol. Et je m'appelle Eli Ismaël. Je suis l'ingénieur en chef.

Sam sentit le regard du douanier s'attarder sur lui.

— Widmanstätten? répéta-t-il lentement, comme s'il en goûtait la texture, tandis que les deux autres officiers se tournaient vers Sam.

Il sentit sa bouche se dessécher. Sa photo n'était parue dans aucun journal chilien depuis au moins cinq ans. Et il avait la barbe à l'époque. Je n'ai aucune raison de m'inquiéter, se dit-il. Mais des gouttes de sueur perlaient sur ses tempes.

Les Chiliens l'examinaient avec curiosité, comme s'ils avaient décelé son trouble grâce à une sorte de sixième sens professionnel.

— Pas parler espagnol? lui demanda le douanier, en plissant les yeux.

Il y eut un bref silence. Sans réfléchir, Sam dit la première chose qui lui vint à l'esprit.

— *Quiero una puta.*

Les Chiliens éclatèrent de rire.

— Pas si mal, décréta l'homme derrière la table.

Sam se détendit sur sa chaise. Il passa sa langue sur ses lèvres et souffla lentement. Une quinte de toux rauque et hideuse secoua Glinn.

— Excusez-moi, dit-il en sortant un mouchoir taché de mucus jaune, avec lequel il s'essuya le menton avant de le remettre dans sa poche.

Le douanier le regarda, puis frotta ses mains soignées l'une contre l'autre.

— J'espère que vous n'êtes pas malade. Notre climat humide risque de ne pas arranger les choses.

— Ce n'est rien, répondit Glinn.

Sam l'étudiait avec une inquiétude croissante. Ses yeux étaient irrités et injectés de sang. Il avait l'air malade. Sally Britton toussa délicatement dans sa main.

— Un coup de froid, dit-elle. Tout le monde l'a attrapé sur le bateau.

— Un simple coup de froid ? demanda le douanier, les sourcils froncés.

— Ma foi... L'infirmerie est débordée...

— Ce n'est rien de grave, interrompit Glinn, la voix empâtée par le mucus. Une petite grippe peut-être. Vous savez ce que c'est, la promiscuité, le manque d'espace.

Il émit un petit rire qui dégénéra en quinte de toux.

— A ce propos, reprit-il, nous serions ravis de vous recevoir à bord aujourd'hui ou demain, à votre convenance.

— Ce ne sera peut-être pas nécessaire, dit le douanier. Si vos papiers sont en règle.

Il les feuilleta une fois de plus.

— Où est votre permis d'exploitation ?

En se raclant bruyamment la gorge, Glinn tira une enveloppe de sa poche et se pencha sur le bureau. Le Chilien l'accepta du bout des doigts et en sortit plusieurs feuilles. Il parcourut la première page, puis la suivante. Il reposa les documents sur la table usée.

— Je suis désolé, dit-il en secouant la tête. Mais ce n'est pas le bon formulaire.

Sam vit les deux autres Chiliens échanger un regard.

— Vraiment ? demanda Glinn.

L'atmosphère devint soudain plus tendue. Tout le monde semblait attendre quelque chose.

— Il faut que vous alliez chercher le bon formulaire à Punta Arenas, reprit le douanier. Alors, je pourrai le tamponner. En attendant, je dois garder vos passeports.

— C'est le bon formulaire ! protesta Sally d'une voix dure.

— Laissez-moi m'en occuper, intervint Glinn en anglais. Je pense qu'ils veulent de l'argent.

Sally explosa.

— Quoi! Un pot-de-vin?

Glinn fit un geste apaisant.

— Du calme.

Sam les observait, se demandant s'ils étaient sérieux ou jouaient un numéro. Glinn se tourna vers le douanier dont le visage était barré d'un sourire hypocrite.

— Peut-être serait-il possible d'acheter le formulaire en question ici?

— Effectivement, c'est une possibilité. Mais il coûte cher.

Reniflant bruyamment, Glinn souleva sa mallette et la posa sur la table. Les Chiliens suivaient ses gestes avec une impatience mal dissimulée, malgré la crasse et les éraflures de l'attaché-case. Glinn fit claquer les fermoirs et l'ouvrit en faisant mine de cacher son contenu. A l'intérieur s'entassaient d'autres papiers et une douzaine de liasses de billets de vingt dollars attachées par des élastiques. Glinn en sortit la moitié et les posa sur la table.

— Est-ce que cela suffira? demanda-t-il.

Le douanier sourit et se cala contre son dossier.

— J'ai bien peur que non, *señor*. Ces autorisations coûtent très cher, comme je vous le disais.

Ses yeux s'appliquaient à éviter la mallette ouverte.

— Combien alors?

Il fit semblant d'effectuer un rapide calcul mental.

— Le double devrait faire l'affaire.

Il y eut un silence. Puis, sans un mot, Glinn sortit le reste des liasses et les plaça sur la table. Sam sentit la tension se dissiper aussitôt. Le douanier rassembla les billets. Sally paraissait mécontente mais résignée. Les deux Chiliens en uniforme assis près du poêle souriaient. Tout le monde semblait satisfait, sauf un nouvel arrivant qui devait se trouver dans la pièce du fond et s'était glissé dans le bureau pendant les négociations. Grand, le visage sombre taillé à la serpe, il se tenait maintenant dans l'encadrement de la porte. Ses yeux noirs brillaient. Il avait des sourcils épais et des oreilles pointues qui lui donnaient un air

135

presque diabolique. Il portait un uniforme de la marine chilienne, propre mais usé, avec des galons dorés aux épaules. Son bras gauche pendait le long de son flanc avec une rigidité toute militaire, mais il tenait le droit plié contre son ventre avec, au bout, sa main atrophiée qui formait comme une virgule brune. L'homme regarda tour à tour les douaniers, Glinn et les billets maintenant rangés en quatre piles sur la table, un léger sourire de mépris sur le visage.

— Peut-on avoir un reçu ? s'enquit Sally.

— Désolé mais nous n'avons pas l'habitude de procéder ainsi.

Le douanier ouvrit les mains en haussant les épaules, sans se départir de son sourire. Puis il rangea prestement une des piles dans son bureau et en tendit deux autres à ses collègues sur le banc.

— Ils vont les ranger en lieu sûr, expliqua-t-il à Glinn.

Enfin, il prit le dernier tas et l'offrit au nouvel arrivant. L'homme, qui observait Sam avec attention, croisa son bras valide sur l'autre, refusant ostensiblement de prendre l'argent. Le douanier resta la main tendue pendant quelques instants puis se mit à lui parler rapidement.

— *Nada*, répondit le militaire à voix haute.

Puis il s'avança et s'adressa au groupe, les yeux brillant de haine.

— Vous autres, Américains, vous pensez qu'on peut tout acheter, dit-il dans un anglais fluide et sans accent. Eh bien non. Vous vous trompez. Vous pouvez garder votre argent.

— Prends-le, idiot ! lui dit sèchement le douanier en agitant les billets sous son nez.

Un déclic retentit lorsque Glinn referma sa mallette.

— Non, dit le militaire, continuant en espagnol. C'est une farce et vous le savez très bien. Nous nous faisons voler.

Il cracha en direction du poêle. Dans le silence de mort qui régnait maintenant, Sam entendit distinctement le crachat s'écraser et grésiller sur le métal brûlant.

— Comment ça ? demanda le douanier.

— Si vous croyez vraiment que des Américains viendraient chercher du fer ici, c'est vous les idiots. Ils sont là pour autre chose.

— Dis-moi, sage *commandante*, pour quoi ?

— Nous savons tous qu'il n'y a pas de fer sur l'île Desolación. Ils cherchent de l'or.

Après une pause, le douanier éclata de rire, un rire grave et forcé. Il se tourna vers Glinn.

— De l'or ? demanda-t-il d'un ton plus sec. C'est pour ça que vous êtes ici ? Pour nous voler notre or ?

Sam jeta un coup d'œil à Glinn. A sa consternation, il le vit prendre un air coupable. La peur qui se lisait clairement sur son visage aurait pu éveiller la suspicion du douanier le plus obtus.

— Nous cherchons du fer, dit Glinn d'une voix peu convaincue.

— Je dois vous informer que dans ce cas, l'autorisation coûte beaucoup plus cher.

— Mais nous sommes ici pour le fer.

— Voyons, inutile de compliquer les choses. Vous pouvez être franc avec nous. Cette histoire de fer…

Le douanier adressa à l'Américain un sourire entendu.

Après un long silence, Glinn toussota.

— Dans ce cas, un petit dédommagement supplémentaire serait peut-être de rigueur. Si vous pouvez nous assurer que les problèmes administratifs seront réglés rapidement, bien entendu.

Le douanier attendait. Glinn souleva le couvercle de sa mallette, en sortit les papiers et les rangea dans sa poche. Puis il passa sa main dans le fond comme s'il cherchait quelque chose. On entendit un déclic étouffé et un double fond s'ouvrit. Une lueur jaune se refléta sur le visage sidéré du Chilien.

— *Madre de Dios*, murmura-t-il.

— C'est pour vous et vos amis. A notre retour, si tout s'est bien passé, vous recevrez deux fois ce montant. Bien sûr, si de fausses rumeurs concernant un filon d'or sur l'île Desolación remontait jusqu'à Punta Arenas et que nous recevions des visites inopportunes, nous serions dans l'impossibilité de mener à bien notre opération minière, et donc de vous offrir le bonus prévu.

Il éternua sans crier gare, inondant de salive le fond de la mallette. Le Chilien la referma prestement.

— Oui, oui. Ne craignez rien, nous nous occupons de tout.

— Regardez-vous : une bande de corniauds en train de renifler une chienne en chaleur ! rugit le militaire.

Les deux autres douaniers se levèrent et s'approchèrent de lui pour lui murmurer quelques mots d'un ton pressant en désignant la mallette. Mais le *commandante* se dégagea.

— J'ai honte d'être dans la même pièce que vous. Vous vendriez votre propre mère pour une aumône.

Le douanier se tourna sur sa chaise pour le regarder.

— Je crois que tu ferais mieux de retourner sur ton bateau, *commandante* Vallenar, dit-il d'un ton froid.

Le militaire les fusilla du regard les uns après les autres. Puis il traversa la pièce d'un pas raide et sortit sans ajouter un mot, laissant la porte claquer dans le vent glacé.

— Que va-t-il faire ? demanda Glinn.

— Vous devez excuser le *commandante* Vallenar, soupira le douanier.

Il ouvrit un tiroir dont il sortit des papiers et un tampon officiel. Il l'encra et tamponna rapidement les documents, l'air soudain pressé de les voir partir.

— C'est un idéaliste dans un pays de pragmatiques, reprit-il. Mais il n'est rien. Il n'y aura pas de rumeur et personne n'interrompra votre travail. Je vous en donne ma parole.

Il leur tendit les papiers et les passeports. Glinn les prit, fit demi-tour, hésita.

— Encore une chose. Nous avons engagé un homme du nom de Juan Puppup. Vous avez une idée de l'endroit où on peut le trouver ?

— Puppup ? demanda le douanier ébahi. Ce vieux fou ? Pour quoi faire ?

— On nous l'a recommandé comme guide. Il paraît qu'il connaît parfaitement l'archipel du cap Horn.

— Drôle d'idée de recommander un type pareil. Enfin, malheureusement pour vous, il a reçu de l'argent de je ne sais où il y a quelques jours, et il ne doit pas être beau à voir à l'heure qu'il est. A votre place, je commencerais par El Pico-roco, dans la calle Barranca.

Le douanier se leva avec un sourire qui découvrit ses dents en or.

— Je vous souhaite bonne chance et j'espère que vous découvrirez votre gisement de fer.

Puerto Williams,
11 h 45

A la sortie du bureau de douane, le petit groupe se dirigea vers la colline où se trouvait le quartier indien. La route de terre nivelée céda bientôt la place à un sentier de neige et de gadoue glacée. On avait placé des rondins en travers pour ralentir l'érosion. Sur le bord du chemin se succédaient des bicoques bringuebalantes et disparates, entourées de barrières rudimentaires. Ils croisèrent un âne chargé d'un énorme fagot qui faillit pousser Sam dans une flaque de boue. Il se rétablit et se tourna vers l'animal pour l'injurier.

— Qu'est-ce qui était prévu dans votre petit numéro de cirque, au juste ? demanda-t-il à Glinn à voix basse.

— Tout, sauf l'intervention du *commandante*. Et votre petit apport personnel. Dans l'ensemble, cette visite a été une réussite.

— Une réussite ? Maintenant ils croient que nous allons exploiter une mine d'or illégalement. Ça ressemble plutôt à un désastre.

Glinn sourit avec indulgence.

— L'entretien n'aurait pas pu mieux se dérouler. Si le commandant Vallenar n'avait pas mentionné l'or, dès qu'ils auraient eu le temps d'y réfléchir, ils se seraient rendu compte qu'une société américaine n'aurait jamais envoyé un bateau à l'autre bout de la terre pour chercher du fer. Son éclat est tombé à pic. Cela m'a évité de devoir leur souffler l'idée moi-même.

Sam hocha la tête.

— Vous avez pensé aux rumeurs que ça va créer ?

— Les rumeurs ne nous ont pas attendus. Mais la quantité d'or que nous avons offerte à nos amis les douaniers les rendra muets pour le restant de leur vie. Ce sont eux qui se chargeront de faire taire ces bruits et de rendre l'île inaccessible. C'est une tâche pour laquelle ils sont plus qualifiés que nous. Et maintenant, ils ont tout intérêt à s'en acquitter.

— Et le commandant ? demanda Sally. Il n'avait pas l'air très enclin à jouer le jeu.

— On ne peut pas soudoyer tout le monde. Heureusement, il n'a ni pouvoir ni crédibilité. Les seuls officiers de la marine qu'on envoie ici ont commis des délits ou sont en disgrâce pour une raison ou une autre. Ces douaniers feront leur possible pour qu'il se tienne tranquille. Il faudra sans doute verser une prime à l'officier supérieur de la base navale. Mais nous leur avons donné largement assez pour qu'ils se débrouillent seuls.

Glinn s'interrompit, faisant la moue.

— Il faudra quand même se renseigner sur ce *commandante* Vallenar.

Ils franchirent un ruisselet d'eau savonneuse. La pente s'adoucissait. Glinn s'informa auprès d'un passant et ils tournèrent dans une ruelle. Il devait être midi. Une brume sale s'insinuait entre les baraques. Un mastiff mort, le corps gonflé, gisait dans le caniveau. L'air humide et glacé sentait le poisson et la terre. Une fragile *tienda*, une cabane qui vendait du Fanta et des bières locales, ramena Sam cinq ans en arrière lorsque, après avoir deux fois tenté en vain de passer la frontière argentine, Nestor et lui s'étaient retrouvés en Bolivie, près d'Ancuaque. Un village très différent en apparence, mais au fond assez semblable.

Glinn s'arrêta. Au bout de la ruelle, sur la façade d'un bâtiment branlant au toit de bardeaux rouges, une ampoule bleue éclairait un panneau on l'on lisait : EL PICOROCO. CERVEZA MAS FINA. Le rythme étouffé d'un morceau de musique mexicaine s'échappait du bar par la porte ouverte.

— Je crois que je commence à comprendre vos méthodes. Le type de la douane a dit que quelqu'un avait envoyé de l'argent à Puppup. Ce ne serait pas vous, par hasard ? demanda Sam.

Glinn hocha la tête sans rien dire.

— Je vous attends dehors, décréta Sally.

Les deux hommes entrèrent dans une pièce sombre. Un bar rayé en sapin, plusieurs tables en bois maculées de ronds de bouteille et un jeu de fléchettes anglais aux chiffres effacés constituaient tout l'ameublement du café. Le barman se redressa à leur entrée. Les conversations cessèrent et quelques clients se tournèrent pour regarder les nouveaux arrivants. Glinn se faufila jusqu'au bar et commanda deux bières. L'homme lui servit deux verres de breuvage tiède débordant de mousse.

— Nous cherchons le *señor* Puppup, dit Glinn.

— Puppup ? répéta le barman avec un large sourire édenté. Il est derrière.

Il souleva un rideau de perle qui donnait dans une minuscule arrière-salle. A côté de l'unique table où trônait une bouteille vide de Dewar's, un vieil homme osseux gisait sur un banc poussé contre le mur. Ses vêtements étaient d'une saleté incroyable. Ses longues moustaches fines pendaient de chaque côté de son menton et sa casquette rapiécée avait glissé par terre.

— Il dort ou il est saoul ? demanda Glinn.

Le barman éclata de rire.

— Les deux.

— Quand aura-t-il cuvé son whisky ?

L'homme se pencha, fouilla dans les poches de Puppup et en sortit une petite liasse de billets sales. Il les compta avant de les remettre en place.

— Mardi prochain.

— Mais nous l'avons engagé !

Le barman ricana cyniquement. Glinn réfléchit quelques instants, ou du moins, il en donna l'impression.

— Nous avons l'ordre de le ramener à bord. Si deux de vos clients voulaient bien nous donner un coup de main, nous pourrions le porter jusque-là.

Le barman hocha la tête et retourna dans la grande salle dont il revint avec deux colosses. Ils échangèrent quelques mots avec Glinn qui leur donna de l'argent, puis ils soulevèrent Puppup et passèrent ses bras autour de leur cou. La tête dodelinant, il avait l'air aussi léger et cassant qu'une feuille morte entre ces deux mastodontes. Dehors, Sam aspira avidement une grande bouffée d'air, certes pas très pur, mais rafraîchissant après la puanteur rance du bar. Sally, qui attendait dans un coin, avança à leur rencontre. Elle fronça les sourcils en voyant Puppup.

— Il n'a pas l'air très engageant pour l'instant, dit Glinn, mais je vous promets qu'il fera un excellent pilote de port. Il sillonne les eaux de l'archipel du cap Horn en canoë depuis cinquante ans. Il connaît tous les courants, les vents, les temps, les récifs et les marées.

Sally écarquilla les yeux.

— Ce vieillard?

Glinn hocha la tête.

— Comme je le disais à Lloyd ce matin, il est à moitié yaghan. Les Yaghans étaient les premiers habitants de la région. Il est pratiquement la dernière personne vivante qui connaisse leur langue, leurs chants et leurs légendes. Il a passé la majeure partie de sa vie à vagabonder sur les îles, se nourrissant de coquillages, de plantes et de racines. Si vous lui posiez la question, il vous dirait sans doute que l'archipel du cap Horn lui appartient.

— Comme c'est pittoresque, grommela Sam.

— Si l'on veut. Mais pas seulement. C'est lui qui a retrouvé le corps de votre coéquipier.

Sam s'immobilisa.

— Oui, reprit Glinn plus bas. C'est lui qui a récupéré la sonde et les échantillons de roches vendus à Punta Arenas. En plus, sa disparition arrange nos affaires. Maintenant que nous avons attiré l'attention sur Desolación, il ne sera pas là pour ébruiter des rumeurs.

Sam regarda encore le vieillard ivre.

— C'est donc lui le salaud qui a dépouillé Nestor?

Glinn posa sa main sur le bras de Sam.

— Il est extrêmement pauvre. Il a trouvé un homme mort avec des objets de valeur, c'est compréhensible et pardonnable qu'il ait cherché à en tirer un petit profit. Sans lui, le corps de votre ami serait peut-être encore là-bas. Et vous n'auriez pas l'occasion aujourd'hui d'achever son travail.

Sam se dégagea, bien que forcé d'admettre la justesse de sa remarque.

— Il nous sera très utile, dit Glinn. Je vous l'assure.

Silencieusement, Sam suivit le groupe qui descendait le sentier boueux en direction du port.

Le *Rolvaag*,
14 h 50

A la sortie du canal, l'annexe s'enfonça dans une épaisse nappe de brouillard. Le petit groupe se serrait dans la cabine de pilotage, assis sur des coussins gonflables. Personne n'avait envie de parler. Puppup, coincé entre Glinn et Sally Britton, n'avait toujours pas repris conscience, bien qu'à plusieurs reprises, il fallût l'empêcher de glisser sur le côté et de se blottir contre le caban du capitaine.

— Il fait semblant ? demanda-t-elle, tandis qu'elle retirait la main frêle du vieillard de son revers et le repoussait doucement.

Glinn sourit. Sam remarqua que les cigarettes, sa toux rauque et ses yeux rouges s'étaient volatilisés. Il avait retrouvé son air impassible. Devant eux, la silhouette fantomatique du pétrolier surgit dans le brouillard. Ses flancs se dressèrent au-dessus d'eux puis disparurent à nouveau. Enfin, l'annexe se rangea le long du navire et on la suspendit au bossoir. Puppup remua un peu. Sam l'aida à se remettre sur ses jambes flageolantes. Le vieillard ne devait pas peser plus de quarante kilos.

— Juan Puppup ? Je m'appelle Eli Glinn, dit celui-ci d'une voix douce.

Puppup prit sa main et la serra machinalement. Puis d'un air solennel, il fit de même avec tous ceux qui se trouvaient autour de lui, y compris le pilote, un steward et deux marins ébahis. En dernier lieu, il serra longuement la main du capitaine.

— Vous allez bien ?

L'homme regarda autour de lui, les yeux brillants, tout en caressant sa fine moustache. Il ne semblait ni surpris ni perturbé par cet étrange environnement.

— Monsieur Puppup, vous vous demandez sans doute ce que vous faites ici ?

En guise de réponse, l'Indien plongea sa main dans sa poche dont il sortit la liasse de billets souillés. Il les compta, grogna d'un air satisfait qu'il n'avait pas été volé et les remit à leur place.

Glinn désigna le steward.

— Je vous présente M. Davies qui va vous conduire à votre cabine où vous pourrez vous laver et vous changer. Cela vous convient-il ?

Puppup regarda Glinn d'un air curieux.

— Il ne parle peut-être pas anglais, murmura Sam.

Puppup se tourna aussitôt vers lui.

— La reine elle-même ne trouverait rien à redire à mon anglais !

Sa voix aiguë et mélodieuse était un méli-mélo d'accents, parmi lesquels Sam reconnut avec surprise de fortes intonations cockneys.

— Je serai heureux de répondre à toutes vos questions quand vous serez installé. Nous parlerons dans la bibliothèque demain matin, déclara Glinn avant de faire un signe de tête à Davies.

Sans un mot, Puppup emboîta le pas au steward. Tout le monde les observa s'éloigner vers l'arrière du château. Au-dessus d'eux, un signal retentit et la voix de Victor Howell s'éleva d'un haut-parleur au-dessus de leurs têtes :

— Le capitaine est demandé sur la passerelle.

— Que se passe-t-il ? s'enquit McFarlane.

Sally Britton secoua la tête.

— Nous n'allons pas tarder à le savoir.

Un dense nuage grisâtre enveloppait la passerelle de navigation. On ne voyait même pas le pont. A peine entré, Sam sentit une tension palpable. A la place de l'effectif réduit habituel, une demi-douzaine d'officiers se trouvaient là. Dans la salle radio, quelqu'un pianotait rapidement sur un clavier d'ordinateur.

— Que se passe-t-il, monsieur Howell ? demanda calmement le capitaine.

Howell leva les yeux d'un écran.

— Le radar nous signale un bateau.

— Qui est-ce ? demanda Sam.

— Il ne répond pas à nos appels. D'après sa vitesse et le signal radar, c'est sans doute une canonnière.

Il regarda derrière lui, appuyant sur des boutons.

— Trop loin pour le radar infrarouge.

— Quelle est sa position ? demanda Glinn.

— On dirait qu'il tourne en rond, comme s'il cherchait quelque chose. Attendez, son cap s'est stabilisé. L'ESM a détecté un radar. Il nous balaie.

Le capitaine le rejoignit rapidement et jeta un coup d'œil à l'écran.

— Il suit une route à relèvement constant. Combien de temps avant le point de rapprochement maximum ?

— Douze minutes si la vitesse et le cap sont maintenus.

— Que signifie votre jargon ? demanda Sam.

— Qu'il se dirige droit sur nous, répondit Sally, avant de se tourner vers le deuxième lieutenant au poste de commande. Nous sommes prêts au départ ?

L'officier hocha la tête.

— Les moteurs tournent, nous sommes en positionnement dynamique.

— Dites à la salle des machines de mettre la gomme.

— Bien, capitaine.

Il prit un téléphone noir et composa un numéro. Il y eut une secousse tandis que les moteurs montaient en régime. L'alarme anticollision retentit.

— On va faire une manœuvre pour l'éviter ?

Sally Britton secoua la tête.

— On est trop gros. J'ai peur qu'on n'ait pas le temps. Mais on va tenter le coup.

Tout en haut du mât radar, la corne de brume beugla.

— Il maintient son cap, dit Howell, les yeux fixés sur l'écran radar.

— La barre répond, lança le deuxième lieutenant.

— Zéro la barre ! ordonna le capitaine.

Elle alla jusqu'à la salle radio et ouvrit la porte de métal gris.

— Toujours rien, Banks ?

— Non, rien.

Sam se dirigea vers l'avant de la passerelle. Lentement, régulièrement, les essuie-glaces écartaient la pellicule de brume et de neige fondue qui aussitôt se reformait. Le soleil s'efforçait de percer à travers l'épaisse couche d'ouate qui les enveloppait.

— Comment ça se fait qu'ils ne nous entendent pas?

— Ils nous entendent parfaitement, répondit Glinn avec son calme habituel. Ils savent très bien où nous sommes.

— Cap inchangé, murmura Howell. Collision dans neuf minutes.

— Lancez des fusées dans la direction du bateau, ordonna le capitaine depuis le poste de commande.

Howell transmit l'ordre. Sally Britton se tourna vers le deuxième lieutenant.

— Comment le navire répond-il?

— A cette vitesse? Comme une vache, capitaine.

Sam sentait le bateau trembler sous l'effort.

— Collision dans cinq minutes, dit Howell.

— Continuez à envoyer des fusées dans leur direction. Mettez-moi sur la fréquence d'urgence.

Elle prit un émetteur sur le poste de commande.

— *Rolvaag* à vaisseau non identifié. Modifiez votre cap de vingt degrés à tribord pour éviter la collision. Je répète : modifiez votre cap de vingt degrés à tribord.

Elle répéta le message en espagnol puis monta le volume du récepteur. Tout le monde l'écouta grésiller en silence. Elle reposa l'émetteur, regarda l'homme de barre, puis Howell.

— Collision dans trois minutes.

Elle prit un autre téléphone.

— Attention, ici votre capitaine. Préparez-vous à une collision sur tribord avant.

La corne mugit encore à travers le rideau de brouillard. Une sonnerie retentit et les lumières de la passerelle se mirent à clignoter.

— Attention, parés à la collision sur tribord avant, lança Howell.

— Alertez le service sécurité et incendie, ordonna Sally Britton.

Elle sortit un mégaphone d'un placard, se précipita vers la porte qui donnait sur l'aileron tribord, l'ouvrit brutalement et disparut. Sans se concerter, Glinn et Sam lui emboîtèrent le pas. A l'instant où il mit le pied dehors, Sam eut la sensation de plonger dans un bain humide et glacé. En dessous, il

146

entendait des pas précipités et des cris confus. Plus loin, le capitaine était penché sur le bastingage, mégaphone à la main. La corne de brume, encore plus assourdissante ici, semblait pulvériser le brouillard. La condensation inondait le pont principal. Pourtant, à l'avant, Sam avait l'impression qu'il s'épaississait et qu'ils étaient de nouveau cernés par l'obscurité. Soudain, une forêt d'antennes se matérialisa. Des lumières floues rouges et vertes clignotaient. La corne de brume hurla encore son avertissement, mais l'autre navire lancé à pleine vitesse fonçait sur eux. Son étrave grise fendait les eaux, créant une vague d'écume rugissante. Ses contours devinrent plus nets. C'était un contre-torpilleur balafré et taché de rouille, avec des canons de quatre pouces trapus sur les ponts avant et arrière. Des drapeaux chiliens flottaient au-dessus du château et à sa poupe.

Sally hurla dans le mégaphone. Les alarmes de collision mugissaient. Sam sentait le navire trembler sous les efforts des moteurs qui tentaient d'arracher le colossal bâtiment à son inertie. Mais il était trop tard. Il s'agrippa au bastingage et se planta solidement sur ses jambes pour se préparer au choc. Au dernier moment, le contre-torpilleur vira sur bâbord et coupa ses moteurs. Il croisa le pétrolier, laissant à peine vingt mètres d'espace entre eux. Sally baissa le mégaphone. Tout le monde avait les yeux fixés sur le petit vaisseau. Toute l'artillerie du contre-torpilleur, de ses grandes tourelles à son canon de quarante millimètres, était pointée vers la passerelle de navigation du *Rolvaag*.

Perplexe et horrifié, Sam remarqua alors un homme sur la passerelle supérieure. Seul, sanglé dans son uniforme, le commandant chilien rencontré le matin même se tenait là-haut. Les galons dorés de sa casquette brillaient dans la grisaille. Il passa si près d'eux qu'on pouvait distinguer les gouttes d'humidité sur son visage.

Vallenar semblait les ignorer. Son bras invalide replié sur sa poitrine, il s'appuyait contre une mitrailleuse montée sur le garde-corps. Son indifférence était clairement affectée, car le canon de l'arme recouvert de sel et de rouille les visait avec insolence. Pendant qu'ils se croisaient, il pivota avec la mitrailleuse pour les garder dans sa ligne de mire. Son regard noir les suivit sans vaciller. Puis le bateau chilien dépassa le *Rolvaag* et la brume l'engloutit. Sam entendit ses moteurs gronder pour reprendre de la vitesse. Un faible roulis agita le pétrolier tandis que l'autre navire s'éloignait. Sans la rencontre terrifiante qui venait de se produire, ce léger bercement lui aurait semblé réconfortant.

Le *Rolvaag*,
13 juillet, 6 h 30

Sam remua dans son lit. Sa cabine était plongée dans la pénombre qui précède l'aube. Ses draps entortillés autour de lui, sa tête reposait sur un oreiller trempé de sueur. A moitié endormi, il se tourna, cherchant la chaleur réconfortante de Malou. Mais il n'y avait personne à côté de lui.

Il s'assit, attendant que les battements de son cœur reprennent leur rythme normal, tandis que se dissipaient les images éparses d'un cauchemar, où un bateau dansait sur une mer en furie. Il se frotta les yeux, réalisant que ce n'était pas qu'un rêve. Les mouvements du pétrolier avaient changé. De paisible, son roulis était devenu haché et brutal. Repoussant ses draps, il alla jusqu'au hublot et ouvrit le rideau. De la neige fondue battait le plexiglas, tandis qu'une épaisse couche de glace couvrait le rebord inférieur. L'enfilade de pièces sombres de sa suite lui sembla soudain oppressante et il s'habilla rapidement, avide d'air frais malgré le mauvais temps. Comme il dévalait les deux volées de marches qui conduisaient au pont principal, un coup de roulis plus vif l'obligea à se raccrocher à la rampe.

Une rafale de vent glacé le gifla à l'instant où il ouvrait la porte du château. La fraîcheur tonifiante chassa de son esprit les derniers vestiges de son cauchemar. Dans la semi-obscurité, il distinguait les évents, les bossoirs et les conteneurs couverts de glace, le pont ruisselant de neige fondue. Il entendait maintenant le vacarme de la mer déchaînée contre la coque. Dehors, le roulis était plus prononcé. Périodiquement, la crête moutonneuse des vagues blanchissait les eaux sombres tourbillonnantes, dont le sifflement lui parvenait indistinctement par-dessus les gémissements du vent. Quelqu'un s'appuyait au garde-corps à tribord, tête penchée vers la mer. En s'approchant, il découvrit Rachel, dans sa parka ridiculement trop grande.

— Que faites-vous ici ? demanda-t-il.

Elle se tourna vers lui. Sous la capuche fourrée, il distingua son visage verdâtre barré de quelques mèches noires battues par le vent.

— J'essaie de vomir. Et vous, vous avez une excuse ?

— Je n'arrivais pas à dormir.

— Je serais ravie si le contre-torpilleur revenait maintenant. Je rêve de déverser le contenu de mon estomac sur cet ignoble petit *commandante.*

Sam ne répondit rien. La rencontre avec le navire chilien et les spéculations sur les motifs du commandant Vallenar avaient alimenté toutes les conversations à table la veille. Et Lloyd était devenu hystérique lorsqu'on l'avait mis au courant. Seul Glinn avait conservé un calme olympien.

— Vous avez vu ça ? lança Rachel.

Suivant son regard, il distingua la silhouette sombre d'un joggeur vêtu d'un simple survêtement gris qui trottinait le long du bastingage. Il reconnut Sally Britton.

— Il n'y a qu'elle pour avoir le cran de courir par ce temps-là, dit Rachel avec aigreur.

— Elle est coriace.

— Folle oui ! ricana-t-elle. Regardez ses seins ballotter sous son sweat-shirt !

Sam qui était justement en train de les observer s'abstint de répondre.

— Ne vous méprenez pas sur le sens de ma remarque, reprit-elle. Mon intérêt est purement scientifique. Je me demandais comment calculer l'équation d'état de ses nichons pour le moins impressionnants.

— Pardon ?

— C'est une de nos marottes, à nous autres physiciens. C'est lié aux propriétés physiques d'un objet : la relation entre le volume, la pression, la température…

— Je vois.

— Regardez ! lança Rachel, changeant brutalement de sujet. Une autre épave.

Sam aperçut les contours d'un grand navire noir, la poupe fracassée contre un récif.

— Ça fait combien ? Quatre ? demanda Rachel.

— Cinq, je crois.

Depuis que le *Rolvaag* avait quitté Puerto Williams pour se diriger vers le sud et le cap Horn, les épaves géantes se faisaient de plus en plus fréquentes, certaines aussi grosses que le pétrolier. Cette zone était un véritable cimetière de bateaux et ce spectacle ne les surprenait même plus.

Sally avait maintenant fait le tour du navire par l'avant et se dirigeait vers eux.

— La voilà, dit Rachel.

En arrivant à leur niveau, elle ralentit et se mit à courir sur place. Son survêtement trempé de neige fondue et de pluie collait à son corps. Sam songea qu'il lui faudrait interroger Rachel sur le calcul de cette fameuse équation d'état.

— Je voulais vous dire qu'à partir de neuf heures, le port des harnais de sécurité sur le pont sera obligatoire.

— Pourquoi ? demanda Sam.

— Nous allons essuyer un grain.

— Il n'est pas déjà sur nous ? dit Rachel avec un rire lugubre.

— Lorsque nous ne serons plus abrités par l'île Navarino, nous foncerons droit dans une tempête. Personne ne sera autorisé à accéder au pont sans harnais.

Sally avait répondu en regardant Sam.

— Merci pour l'avertissement, dit celui-ci.

Sally lui adressa un signe de tête et disparut en courant.

— Qu'est-ce que vous avez contre elle ? demanda Sam.

Rachel ne répondit pas tout de suite.

— Il y a un truc qui m'énerve chez elle. Elle est trop parfaite… Et je trouve injuste que tout le monde fasse les frais de son faible pour l'alcool.

— C'est Glinn qui a pris cette décision, rétorqua Sam, préférant ne pas lui faire remarquer que la perfection et l'alcoolisme n'allaient pas vraiment de pair.

Au bout de quelques instants, Rachel soupira et secoua la tête.

— Oui, c'est du Glinn tout craché, n'est-ce pas ? Je suis prête à parier que cette décision est le fruit d'une série de réflexions d'une logique implacable. Il a simplement oublié de nous l'expliquer.

Une bourrasque fit frissonner Sam.

— J'ai eu ma dose d'air marin pour le moment. Que diriez-vous d'un petit déjeuner ?

Rachel émit un grognement.

— Allez-y. Je vais rester encore un peu. Tôt ou tard, quelque chose finira par sortir.

Après son petit déjeuner, Sam se dirigea vers la biblio-thèque du bateau où Glinn lui avait donné rendez-vous. La pièce était à l'échelle du navire. De larges hublots couvraient un des murs. Très loin en dessous de lui, il voyait la neige tomber presque à l'horizontale avant de disparaître en tour-billonnant dans l'eau noire.

Sur les étagères s'alignait un choix de livres impression-nant : des traités maritimes, des encyclopédies, des ouvrages du *Reader's Digest*, des best-sellers oubliés. Il parcourut les titres en attendant Glinn. Il se sentait mal à l'aise. Plus ils se rapprochaient de l'île Desolación où Masangkay avait trouvé la mort, plus il se sentait nerveux. Ils étaient tout proches maintenant. Aujourd'hui, ils contourneraient le cap et pour-raient enfin jeter l'ancre. Les doigts de Sam s'arrêtèrent sur un mince volume : *Les Aventures d'Arthur Gordon Pym*. C'était le livre d'Edgar Allan Poe que Sally avait mentionné lors de leur premier dîner en mer. Curieux, il le prit et s'ins-talla sur un divan. Le cuir noir de la reliure était lisse au tou-cher. Il ouvrit le livre, aspirant l'odeur agréable du vieux papier et du bougran.

Je m'appelle Arthur Gordon Pym. Mon père était un respec-table commerçant dans les fournitures de la marine, à Nan-tucket où je suis né. Mon grand-père maternel était un avocat qui jouissait d'une clientèle florissante. Tout lui réussissait et il avait spéculé avec succès sur les fonds de l'Edgarton New Bank, ainsi qu'elle s'appelait autrefois.

La sécheresse de ces premières phrases le déçut et c'est avec soulagement qu'il vit la porte s'ouvrir sur Glinn. Puppup le suivait, courbé et souriant. Il n'avait plus rien à voir avec l'homme ivre qu'ils avaient dû porter à bord, la veille. Ses longs cheveux gris tressés laissaient son front dégagé et sa moustache fine peignée encadrait ses lèvres tombantes.

— Désolé de vous avoir fait attendre, s'excusa Glinn. J'ai parlé à M. Puppup qui semble d'accord pour nous aider.

Le Yaghan grimaça un sourire et lui serra la main. Sam trouva sa paume curieusement sèche et fraîche.

— Regardez dehors, dit Glinn.

Sam s'approcha des hublots d'un pas nonchalant. Au nord-est, à travers les nappes de brume aux contours irréguliers, on apercevait le sommet déchiqueté d'une montagne engloutie, assaillie par l'écume blanche des vagues.

— C'est l'île Barnevelt.

Un grain passa au loin. L'horizon orageux s'entrouvrit sur une autre île désertique dont les pics acérés s'enroulaient dans une étole de neige et de brouillard.

— Et voici Deceit. Ce sont les îles les plus à l'est du groupe du cap Horn.

Derrière, d'autres sommets émergeaient maintenant de la mer. Mais le ciel se reboucha aussi vite qu'il s'était ouvert. La nuit se referma sur le navire, tandis qu'un autre grain s'abattait sur eux. Il se jeta avec fureur contre les hublots. La grêle tambourinait sur la coque comme le feu nourri d'une mitrailleuse. Sam sentit le grand pétrolier pencher sur le côté. Glinn sortit une feuille qu'il tendit à Sam.

— J'ai reçu ce message il y a une heure.

Sam le déplia avec curiosité. C'était un câble concis : *Ne débarquez pas sur l'île avant de recevoir d'autres instructions. Lloyd.* Il le rendit à Glinn qui le rangea dans sa poche.

— Lloyd ne m'a pas parlé de ses projets, dit le géologue. Ça veut dire quoi à votre avis ? Pourquoi ne pas téléphoner ou envoyer un mail ?

— Il n'a peut-être pas de téléphone là où il se trouve, répondit Glinn en se levant. On a une meilleure vue de la passerelle de navigation. Vous m'accompagnez ?

Dubitatif devant cet intérêt subit pour le panorama, Sam le suivit quand même. Il dut cependant reconnaître qu'il n'avait pas menti. De la passerelle, la colère de la mer paraissait encore plus impressionnante. Des vagues noires impétueuses se brisaient et se battaient entre elles ; le vent déchirait leurs crêtes et fouissait dans leurs creux. Soudain, le *Rolvaag* plongea dans un gouffre puis se redressa péniblement, des cascades d'eau ruisselant de ses flancs. Le capitaine tourna vers eux son visage blafard sous les lumières artificielles de la passerelle.

— Je vois que vous avez amené notre pilote, dit-elle avec un regard méfiant à l'adresse de Puppup. Une fois que nous aurons dépassé le cap, nous verrons s'il peut nous aider.

— Le voilà, dit Victor Howell à côté d'elle.

Loin devant eux, une trouée illuminait un rocher escarpé et fissuré, plus haut et plus sombre que les autres, dressé au milieu de la mer déchaînée.

— *El cabo de Hornos*, commenta Glinn. Le cap Horn. Mais ce n'est pas la raison pour laquelle je suis venu vous rejoindre. Un visiteur devrait arriver d'une minute à l'autre…

— Capitaine ! intervint le deuxième lieutenant. Le Slick 32 a repéré un objet aérien qui se dirige vers nous. Il vient du nord-est.

— Quel est son relèvement ?

— Quarante degrés vrai.

L'atmosphère se tendit. Victor Howell rejoignit rapidement le deuxième lieutenant pour jeter un coup d'œil à l'écran par-dessus son épaule.

— Distance et vitesse ? demanda le capitaine.

— Quarante milles. Il s'approche à environ cent soixante-dix nœuds.

— C'est peut-être un avion de reconnaissance.

Howell se raidit.

— Par ce temps ?

Une rafale de pluie crépita contre les hublots.

— Ce n'est sûrement pas un pilote amateur en goguette, en tout cas, murmura Sally. Est-ce que ça pourrait être un avion commercial qui a dévié de sa route ?

— Peu probable. Par ici, on ne voit que des petits avions légers qui baladent des touristes. Et ils ne sortiraient pas par un temps pareil.

— Un engin militaire ?

Personne ne répondit. Pendant plusieurs minutes, on n'entendit plus que les vagissements du vent et le fracas de la mer sur la passerelle.

— Relèvement ? demanda encore Sally, plus calmement.

— Il se dirige toujours droit sur nous, capitaine.

— Essayez de le contacter, monsieur Howell.

Soudain, Banks, l'officier de transmissions, sortit la tête de la salle radio.

— Votre oiseau là dehors, c'est un hélico de Lloyd Holdings.

— Vous êtes sûr ? demanda Sally.

— J'ai vérifié l'indicatif d'appel.

— Monsieur Banks, contactez cet hélicoptère.

Glinn se racla la gorge. Sam le vit ranger la feuille dans sa poche. Durant tout ce temps, il n'avait montré ni inquiétude ni surprise.

— Je crois qu'il vaudrait mieux préparer l'aire d'atterrissage.

Le capitaine lui lança un regard interloqué.

— Par ce temps ?

Banks sortit de la salle radio.

— Ils demandent l'autorisation d'atterrir, capitaine.

— Je n'y crois pas ! s'écria Howell. Ils ne peuvent pas atterrir par un vent de force 8, ça souffle à quarante nœuds là dehors !

— Je ne crois pas que vous ayez le choix, dit Glinn.

Une activité fébrile s'empara du pétrolier durant les dix minutes suivantes. Lorsque Sam McFarlane se présenta avec Eli Glinn à l'écoutille du pont supérieur, à l'arrière du navire, un marin austère leur tendit des harnais de sécurité sans un mot. Sam enfila le sien. Le marin tira dessus pour vérifier qu'il était bien attaché, grogna son approbation et ouvrit l'écoutille. A peine dehors, une rafale menaça de l'emporter. Il se dépêcha d'accrocher son harnais au garde-corps puis se dirigea vers l'aire d'atterrissage. Les marins qui attendaient sur le pont étaient tous attachés au bastingage métallique. Malgré les moteurs qui tournaient, le pont n'était pas stable. Une douzaine de balises lumineuses qui marquaient le périmètre d'atterrissage perçaient le rideau de neige et de pluie de leur lueur pourpre vacillante.

— Le voilà, cria quelqu'un.

Sam plissa les yeux. Au loin, la silhouette énorme d'un Chinook était suspendue dans les airs, feux de position allumés. Ballotté par les rafales, l'hélicoptère se rapprocha en oscillant de gauche à droite. Une alarme retentit soudain à proximité et une série de feux d'alerte orange illuminèrent le château du *Rolvaag*. Sam entendait le vrombissement des moteurs de l'hélicoptère qui luttaient contre la rage de la tempête. Howell hurlait des indications dans un mégaphone, une radio collée contre l'oreille. L'hélicoptère essayait de se stabiliser. Sam distinguait maintenant le pilote en train de se débattre avec les commandes. Le souffle des pales redoublait la force des rafales de neige fondue qui cinglaient le pont. Lentement, avec précaution, l'hélicoptère descendait en se balançant vers le pont mouvant. Une bourrasque le poussa sur le côté et le pilote vira immédiatement pour faire une seconde tentative. Pendant un instant, Sam crut qu'il allait perdre le contrôle de son appareil. L'hélicoptère finit par se poser et des marins se précipitèrent avec des cales de bois qu'ils placèrent sous ses roues. La porte s'ouvrit et un essaim d'hommes, de femmes, de machines et d'équipements se déversa sur le pont. Derrière eux, le géologue reconnut la carcasse massive de Lloyd. Il sauta sur le pont, accoutré d'un ciré de marin et de bottes, et s'éloigna en courant de l'hélicoptère. Les larges bords du suroît vissé sur son crâne claquaient dans le vent. A la vue de Sam et Glinn, il agita la main avec enthousiasme. Un marin se précipita pour lui passer un harnais de sécurité, mais Lloyd le repoussa. Il se dirigea à grands pas vers eux, en essuyant la pluie sur son visage. Arrivé à leur niveau, il leur broya l'épaule.

— Messieurs, mugit-il par-dessus le fracas de la tempête, un grand sourire sur les lèvres, venez, j'offre ma tournée de cafés.

Le *Rolvaag*,
11 h 15

Après avoir jeté un coup d'œil à sa montre, Sam entra dans l'ascenseur et appuya sur le bouton qui conduisait à l'étage réservé. Il s'était souvent demandé pourquoi l'accès en était interdit. Maintenant, il comprenait. De toute évidence, Glinn s'attendait à ce que Lloyd débarque sans crier gare. La porte de l'ascenseur s'ouvrit sur un bureau en effervescence : des téléphones sonnaient, des télécopieurs et des imprimantes ronronnaient, tandis que, derrière des bureaux alignés le long d'un mur, une armée de secrétaires s'activait. Les uns prenaient des appels, les autres tapaient sur des claviers d'ordinateur et réglaient les affaires courantes de Lloyd Holdings. Un homme en costume clair se fraya un chemin à travers le brouhaha pour le rejoindre. Sam reconnut les grandes oreilles et la bouche en cul-de-poule de Penfold, l'assistant de Lloyd. Cet homme semblait ignorer la ligne droite. Il louvoyait toujours, comme s'il considérait une approche directe trop audacieuse. Il invita Sam à le suivre. Après avoir longé un couloir, il le fit entrer dans un petit salon. Des canapés de cuir noir encadraient une table en verre incrustée de dorures. Une porte donnait sur un bureau d'où sortait la voix de basse de Palmer Lloyd.

— Asseyez-vous, s'il vous plaît. M. Lloyd sera là dans un instant, dit Penfold avant de disparaître.

Sam s'installa dans le canapé en cuir qui crissa sous lui. Ses yeux parcoururent le mur de téléviseurs branchés sur différentes chaînes d'informations mondiales, puis revinrent sur la table où étaient éparpillés les derniers numéros du *Scientific American*, du *New Yorker* et du *New Republic*. Sam en ramassa un, commença à le feuilleter d'un air absent puis le reposa presque aussitôt. Pourquoi Lloyd était-il venu les rejoindre si soudainement ? Y avait-il un problème ?

— Sam !

Il leva les yeux. L'homme d'affaires emplissait l'encadrement de la porte. Son élégant costume Valentino tombait parfaitement sur son imposante charpente. Il irradiait le pouvoir, la bonne humeur et une confiance en lui illimitée. Sam s'extirpa du confortable canapé. Radieux, Lloyd avança à sa rencontre les bras grands ouverts.

— Sam, je suis heureux de vous revoir.

Il prit le géologue par les épaules, puis l'examina sans le lâcher.

— Vous ne pouvez pas savoir à quel point je me réjouis d'être ici. Venez.

Sam le suivit dans son bureau, une pièce sobre où la lumière magique du cap Horn entrait à flots par une rangée de grands hublots. Le mobilier se réduisait à deux fauteuils et une table où étaient posés un téléphone, un ordinateur portable et deux verres à vin à côté d'une bouteille de château-margaux qui venait d'être ouverte. Lloyd désigna la bouteille.

— Vous voulez un verre ?

Sam acquiesça avec un sourire.

Lloyd versa le liquide rubis dans un verre, en remplit un autre pour lui et s'assit dans un fauteuil. Il leva son verre.

— Santé.

Ils trinquèrent. Sam but une gorgée. Il n'était pas fin connaisseur en la matière, mais même le plus fruste des palais pouvait apprécier ce breuvage.

— Je déteste la manie des cachotteries de Glinn, décréta Lloyd. Pourquoi ne m'a-t-il pas prévenu qu'il avait instauré la prohibition à bord ? Je ne comprends pas ce qui lui est passé par la tête d'embaucher un capitaine avec un passé d'alcoolique. Il aurait dû m'avertir à Port Elizabeth. Dieu merci, elle n'a pas créé de problèmes.

— C'est un excellent capitaine, affirma Sam. Elle connaît parfaitement le bateau, l'équipage la respecte, et de toute façon, elle n'est pas du genre à se laisser marcher sur les pieds.

Lloyd l'écouta en fronçant les sourcils.

— Tant mieux, tant mieux.

Le téléphone sonna. Il décrocha.

— Oui ? lança-t-il d'un ton impatient. Je suis en réunion.

Sam le regardait, songeant à ce que le milliardaire venait de dire. Il avait raison. Le secret tenait de l'obsession chez Glinn, ou de l'instinct.

— Je rappellerai le sénateur. Ne me passez plus d'appels.

Il alla se planter devant la rangée de hublots panoramiques, les mains derrière le dos. Bien que le pire de l'orage fût passé, des filets de neige fondue zébraient le plexiglas.

— Magnifique, souffla Lloyd, la voix emplie de respect. Quand je pense que nous serons devant l'île d'ici une heure. On y est presque, Sam ! Vous vous rendez compte ?

Il se tourna. Un air d'allégresse avait remplacé son humeur renfrognée.

— J'ai pris une décision. Je vais avertir Glinn, mais je voulais que vous soyez le premier à l'apprendre.

Il fit une pause.

— C'est moi qui planterai le drapeau sur l'île, Sam.

Celui-ci le regarda.

— Vous allez faire quoi ?

— Cet après-midi, je prends l'annexe pour aller sur l'île Desolación.

— Tout seul ? demanda Sam, qui ressentit comme un coup dans le ventre.

— Tout seul. Avec ce vieux fou de Puppup, bien sûr, pour me guider jusqu'à la météorite.

— Mais le temps…

Lloyd s'écarta des hublots et se mit à faire les cent pas entre les fauteuils.

— Le temps est idéal. Sam, ce genre de moment est trop rare pour le laisser passer.

Le géologue s'assit dans son fauteuil.

— Vous tout seul ? répéta-t-il. Vous n'allez pas partager la découverte ?

— Non. Pourquoi le ferais-je ? Peary a fait la même chose au pôle Nord. Il faudra que Glinn le comprenne. Ça ne lui plaira peut-être pas, mais c'est mon expédition et j'irai seul.

— Non, affirma Sam calmement. Vous n'irez pas seul.

Lloyd s'immobilisa.

— Je ne resterai pas ici à vous attendre.

Surpris, l'homme d'affaires posa ses yeux pénétrants sur Sam.

— Vous ?

Le géologue ne répondit rien, soutenant son regard. Au bout de quelques instants, Lloyd laissa échapper un gloussement.

— Vous n'êtes plus l'homme que j'ai trouvé caché derrière un buisson dans le désert du Kalahari. Jamais je n'aurais cru que vous attachiez de l'importance à ce genre de choses.

Son sourire s'évanouit soudain.

— Et que feriez-vous si je vous disais non ?

Sam se leva.

— Je n'en sais rien. Quelque chose d'irréfléchi et de dangereux, je suppose.

Lloyd parut se dilater.

— C'est une menace ?

L'autre le regarda dans les yeux.

— On le dirait bien, oui.

— C'est la meilleure !

— C'est vous qui êtes venu me chercher, répliqua Sam, conscient que le milliardaire n'avait pas l'habitude d'être ainsi défié. Vous saviez ce dont j'avais toujours rêvé. J'étais là-bas pour essayer d'oublier le passé. Et vous avez débarqué, agitant votre météorite sous mon nez comme une carotte au bout d'un bâton. Vous saviez que j'allais mordre à l'appât. Maintenant que je suis ici, vous n'allez pas me laisser sur la touche. Je ne raterai pas ça.

Il y eut un moment de flottement. On n'entendait que le pianotage des claviers au loin et les sonneries des téléphones. Soudain, les traits de Lloyd s'adoucirent. Il caressa son crâne chauve luisant, puis passa les doigts dans sa barbiche.

— Si je vous emmène, que va dire Glinn ? Et Rachel ? Sally ? Tout le monde en voudra un morceau.

— Non, nous irons seuls. Je l'ai mérité, vous l'avez mérité. C'est tout. La décision est entre vos mains.

Lloyd ne répondit pas tout de suite.

— Je crois que le nouveau Sam me plaît, dit-il enfin. Je ne trouvais pas convaincant votre numéro de l'aventurier dur et cynique. Mais je vous avertis, j'espère que votre intérêt est sain. Est-ce que je suis clair ? Je ne veux pas que vous nous refassiez le coup de Tornarssuk.

Sam rougit de colère.

— Je ferai comme si je n'avais rien entendu.

— Vous avez très bien entendu. Ne jouons pas les hypocrites.

Au bout d'un moment, Lloyd laissa tomber sa main avec un sourire étonné.

— Ça faisait des années qu'on ne m'avait pas tenu tête comme ça. Bon sang, c'est vivifiant ! D'accord, nous irons ensemble. Mais Glinn va essayer de nous mettre des bâtons dans les roues.

Il retourna se poster devant les hublots, jetant un coup d'œil à sa montre.

— Il va chipoter sur tout, vous pouvez en être sûr, reprit-il.

Comme s'il avait calculé son entrée – et il l'avait certainement calculée –, Glinn se glissa dans le bureau, escorté du fantomatique Puppup. Très vite, il avait pris l'habitude de suivre Glinn comme son ombre. Une lueur amusée brillait constamment dans les yeux vifs de l'Indien, pour une raison connue de lui seul. Il mit la main devant sa bouche et les salua d'une petite génuflexion de sa composition.

— Pile à l'heure, comme toujours, lança Lloyd d'une voix tonitruante.

Il alla vers Glinn et lui prit la main.

— Écoutez, j'ai pris une décision. J'aimerais obtenir votre bénédiction, mais je suis sûr que vous me la refuserez. Je préfère donc vous prévenir : rien ni personne ne m'arrêtera. Est-ce bien clair ?

— Très clair, répondit Glinn, qui s'installa confortablement dans un des fauteuils et croisa les jambes.

— Ça ne servira à rien de discuter. Ma décision est prise.

— Parfait. J'aurais aimé vous accompagner, mais tant pis.

Lloyd parut frappé par la foudre, mais il se reprit aussitôt.

— Espèce de salopard, vous avez placé des micros dans le bateau !

— Ne soyez pas ridicule. Je savais depuis le début que vous voudriez être le premier sur le site.

— C'est impossible, je ne le savais pas moi-même…

Glinn leva la main.

— Que croyez-vous ? Lorsque nous avons analysé toutes les possibilités de succès et d'échec, nous avons dû tenir compte de votre profil psychologique. Nous avions prévu votre réaction. M. McFarlane a-t-il insisté pour vous accompagner ?

Lloyd opina.

— Bien. Le canot situé à bâbord est le plus indiqué. C'est le plus petit et le plus manœuvrable. M. Howell vous conduira à terre. J'ai aussi fait préparer des sacs à dos avec des provisions, de l'eau, des allumettes, du carburant, des lampes de poche et tout ce qu'il faut. Et bien sûr un récepteur GPS et des radios. Je suppose que vous aurez besoin de Puppup pour vous guider ?

— Je serais ravi de vous aider, dit celui-ci avec une déférence exagérée.

Lloyd les regarda tour à tour, puis émit un petit rire morose.

— Personne n'aime être trop prévisible. Vous arrive-t-il d'être surpris ?

— Vous ne m'avez pas engagé pour être surpris, monsieur Lloyd. Il ne reste que quelques heures de jour, il faudra donc y aller dès que le navire pénétrera dans le canal Franklin. A moins que vous ne préfériez attendre demain matin ?

— Non, je ne peux pas m'attarder, des affaires m'attendent à New York.

Glinn hocha la tête comme s'il s'y attendait.

— Puppup m'a parlé d'une petite crique en demi-lune au bout de l'île, du côté sous le vent. Vous pourrez utiliser le moteur jusqu'à la rive. Il faudra faire l'aller-retour assez vite.

Lloyd soupira.

— Vous avez le don pour éliminer le romantisme de la vie !

— Non, je n'élimine que les incertitudes. Tenez, si vous voulez du romantisme, jetez un coup d'œil dehors, dit Eli Glinn en désignant les hublots.

Ils s'avancèrent. Sam aperçut alors une petite île encore plus sombre que les eaux noires qui la cernaient.

— Messieurs, voici Desolación.

Sam l'examina avec curiosité. Un unique rayon de lumière jouait sur ses rocs abrupts, apparaissant et disparaissant au caprice du brouillard. Des vagues immenses se jetaient contre les rochers. Au nord, il discerna deux pitons volcaniques. Un profond champ de neige serpentait dans la vallée centrale. Au milieu, un joyau turquoise glacé et poli par le vent tranchait avec le paysage monochromatique. Lloyd rompit soudain le silence.

— Enfin, la voilà. Notre île au bout du monde. Notre île. Et ma météorite.

Un gloussement étrange retentit derrière eux. Sam se retourna et vit Puppup qui était resté silencieux pendant toute la conversation mettre ses doigts fins devant sa bouche.

— Quoi ? demanda Lloyd, sèchement.

Mais l'autre se contenta de pouffer. Il recula en les saluant et s'échappa du bureau, ses yeux noirs fixés sur Lloyd.

Île Desolación,
12 h 45

Une heure plus tard, le pétrolier se trouvait dans le canal Franklin, qui ressemblait plutôt à une baie irrégulière encerclée par des pics escarpés. Sam était assis dans le hors-bord, agrippé au garde-corps. Son gilet de sauvetage enfilé par-dessus son épaisse parka et son ciré le boudinait. Si on sentait un simple roulis inconfortable sur le *Rolvaag*, les vagues faisaient danser ce canot comme un bateau en papier. A la barre, le visage plissé, Victor Howell se concentrait pour garder le cap. Juan Puppup s'était glissé à l'avant. Recroquevillé comme un petit garçon enthousiaste, il s'accrochait à un taquet. Au cours de l'heure précédente, il avait guidé le *Rolvaag* dans le canal. Ses quelques indications murmurées du bout des lèvres s'étaient avérées précieuses et, à bord, l'inquiétude s'était rapidement transformée en attente grisante. Le vieil homme fixait l'île, indifférent aux légers flocons de neige qui s'amoncelaient sur ses frêles épaules. Le canot rua et se cabra. Sam resserra sa prise.

La mer se calmait à mesure qu'ils approchaient de Desolación. L'île qui se dressait devant eux portait bien son nom. On ne distinguait que les quelques phalanges noires brisées formées par les rochers qui transperçaient des plaques de neige battues par le vent. Une anse sombre apparut, surplombée par une saillie. Suivant les indications de Puppup, Howell se dirigea vers la crique. A dix mètres de la rive, il coupa le moteur et le souleva aussitôt. Le canot continua sur son élan, crissant un peu sur les galets de la plage. Puppup sauta à terre comme un singe, suivi par Sam. Il se tourna pour tendre la main à Lloyd.

— Je ne suis pas encore bon pour la chaise roulante ! brama celui-ci, attrapant un sac et sautant à son tour.

Le second fit reculer le hors-bord à la rame avant de redémarrer le moteur.

164

— Je serai de retour à quinze heures, cria-t-il.

Sam regarda l'embarcation s'éloigner en tapant sur l'eau. A l'horizon, un mur couleur zinc présageait une tempête. Sam frissonna. Bien qu'il sût que le *Rolvaag* se trouvait à quelques centaines de mètres, il aurait préféré qu'il soit visible de l'île. Nestor avait raison. Il régnait ici une ambiance de fin du monde.

— Bien. Sam, nous avons deux heures devant nous, annonça Lloyd avec un large sourire. Utilisons-les au mieux.

Il plongea la main dans sa poche et en sortit un petit appareil photo.

— Pour commencer, je propose que Puppup immortalise notre arrivée, reprit-il en regardant autour de lui. Où est-il passé?

Sam balaya la petite plage du regard. Il n'était nulle part en vue.

— Puppup! hurla Lloyd.

— Là-haut, chef! entendirent-ils au-dessus d'eux.

Levant les yeux, Sam aperçut sa silhouette qui se découpait sur le ciel gris sombre au sommet de la saillie. Il agitait un de ses bras maigres et tendait l'autre en direction d'une crevasse proche qui entaillait toute la falaise.

— Comment est-il arrivé là-haut si vite? demanda Sam.

— Drôle de petit bonhomme, pas vrai? dit Lloyd en secouant la tête. Pourvu qu'il se souvienne du trajet.

Ils avancèrent jusqu'au pied de la saillie. Des morceaux de glace apportés par le vent jonchaient la rive. L'air sentait la mousse et le sel. Sam plissa les yeux, regardant la falaise de basalte noir. Il prit une profonde inspiration et entreprit d'escalader l'étroite crevasse. C'était plus ardu qu'il ne s'y attendait. Les parois étaient glissantes à cause de la neige, et des rochers glacés rendaient les cinq derniers mètres encore plus périlleux. Derrière lui, il entendait Lloyd haleter. Mais il s'en tirait bien pour un homme de soixante ans. Enfin, ils atteignirent le sommet.

— Bravo! s'écria Puppup, avec force saluts et applaudissements. Très bien.

Sam se pencha en avant, les paumes sur les genoux. Le froid cinglant lui brûlait les poumons et il transpirait sous sa parka. A côté de lui, Lloyd reprenait son souffle. Il ne mentionna plus l'appareil photo. En se redressant, Sam découvrit devant lui une plaine semée de pierres. A quatre cents mètres, le long champ de neige s'étirait jusqu'au centre de l'île. Le ciel était maintenant entièrement couvert de nuages et la neige tombait plus fort. Sans un mot, Puppup leur tourna le dos et se mit en route d'un pas vif. Lloyd et Sam s'efforçaient de le suivre sur la pente régulière. Très vite, ils se retrouvèrent prisonniers d'un tourbillon de neige. A quelques mètres, la silhouette fantomatique de Puppup courbée contre le vent était à peine visible. A mesure qu'ils gagnaient de l'altitude, la tempête forcissait. La neige tombait presque à l'horizontale maintenant, zébrant leur champ de vision. Heureusement que Glinn avait insisté pour qu'ils mettent des chaussures et des vestes adaptées aux températures polaires.

En haut de la crête, la tempête de neige s'éloigna et ils entraperçurent la vallée en dessous. Ils se trouvaient sur un col qui dominait le champ de neige. Il paraissait plus grand vu d'ici : un épais tapis d'un blanc bleuté au centre d'une vallée bordée de collines basses. Au-delà se dressaient les deux crocs du culot volcanique. Soudain, Sam vit monter de la vallée un mur blanc uniforme qui dévorait le paysage sur son passage. Une autre bourrasque de neige arrivait sur eux.

— Pas mal, la vue, hein ? lança Puppup.

Lloyd hocha la tête. Le bord de sa parka était couvert de glace.

— Ce champ de neige, il a un nom ?

— Oui ! répondit Puppup avec une série de hochements de tête qui firent tressauter en rythme sa fine moustache. On l'appelle le Vomi d'Hanuxa.

— Très imagé. Et ces deux pics ?

— Les Dents d'Hanuxa.

— Évidemment. Cet Hanuxa m'a l'air sacrément célèbre dans le coin. Qui est-ce ?

— Le nom vient d'une légende yaghan, répondit Puppup sans donner plus de détails.

Sam regarda Puppup plus attentivement. Il se souvenait que le journal de Masangkay mentionnait un mythe yaghan et il se demanda s'il s'agissait de la même histoire.

166

— Les vieilles légendes me fascinent, dit-il d'un ton faussement léger. Vous pouvez nous la raconter?

Puppup haussa les épaules, hochant la tête allégrement.

— De vieilles superstitions de bonnes femmes. Je suis un bon chrétien, chef.

Une fois encore, il se remit en marche sans crier gare, descendant à un rythme soutenu en direction du champ de neige. Sam devait presque courir pour ne pas le perdre. Il entendait Lloyd peiner derrière lui. Le champ de neige remplissait un profond plissement de terrain entouré de tas de pierres cassées et de débris. La nouvelle bourrasque arriva sur eux au moment où ils atteignaient le champ. Sam se courba pour se protéger du vent.

— Dépêchez-vous, cria Puppup qui avait évité le grain et leur adressait de grands signes de plus bas.

Ils longèrent le champ de neige dont les bords s'élevaient au-dessus d'eux comme les flancs d'une bête énorme. De temps à autre, Puppup s'arrêtait pour l'étudier.

— Ici, décréta-t-il enfin, donnant un coup de pied dans le mur vertical pour faire un trou.

Il se hissa sur une jambe, puis enfonça son autre pied plus haut. Avec précaution, Sam entreprit de le suivre, utilisant les prises créées par Puppup, la tête tournée pour se protéger du vent. La pente devenait moins abrupte mais le vent tourbillonnait autour d'eux avec une violence redoublée.

— Dites à Puppup de ralentir, hurla Lloyd.

Mais sa remarque ne réussit qu'à le faire accélérer.

— Hanuxa était le fils de Yekaijiz, dieu du ciel et des ténèbres, lança-t-il soudain de son étrange voix chantante. Yekaijiz avait deux fils : Hanuxa et son jumeau Haraxa. Haraxa était son préféré. Il tenait à lui comme à la prunelle de ses yeux, comme on dit chez vous. Peu à peu, Hanuxa devint jaloux de son frère. Il voulait son pouvoir.

— Ah! L'éternelle histoire de Caïn et Abel, dit Lloyd.

Au milieu du champ, le vent avait éparpillé la neige, révélant une plaque de glace bleutée. Une impression bizarre étreignit Sam McFarlane. Il avait peine à croire qu'il était en train de crapahuter au milieu de ce néant, à la recherche d'une météorite mystérieuse et de la dépouille de son ancien coéquipier. Imperturbable, le vieil homme poursuivait son récit.

— Les Yaghans croient que le sang est source de vie et de pouvoir. Aussi, le jour où Hanuxa décida de se débarrasser de son frère, il lui trancha la gorge et but son sang. Alors, sa peau se teinta de rouge et il sentit en lui le pouvoir d'Haraxa. Mais Yekaijiz s'en aperçut. Il enterra Hanuxa vivant dans les entrailles de la terre. Aujourd'hui, par les nuits de grand vent, si l'on s'approche trop près de Desolación après la tombée de la nuit, on peut voir des éclairs lumineux et entendre les cris de rage d'Hanuxa qui tente de se libérer.

— Est-ce qu'il parviendra un jour à s'échapper? demanda Lloyd.

— Allez savoir, chef! En tout cas, on n'aura pas intérêt à traîner dans le coin ce jour-là!

Le champ de neige descendait maintenant pour aboutir à une corniche de deux mètres. Chacun son tour, ils se laissèrent glisser sur le sol plus dur. Le vent diminuait. Les flocons larges et plats s'étaient espacés et tourbillonnaient avant de se pulvériser par terre comme de la cendre. Mais la plaine n'était presque pas enneigée, le vent se chargeait de la nettoyer. A quelques mètres devant eux, Sam aperçut un rocher plus gros que les autres. Puppup partit en trottinant dans sa direction. Lloyd le suivit à grands pas, Sam plus lentement. Un morceau de cuir ridé gisait à l'abri du vent, des os d'animaux et deux crânes étaient éparpillés à côté. Un licou usé pendait autour du rocher. Des boîtes de conserve, un grand morceau de tissu, un sac de couchage détrempé et deux bâts cassés traînaient sur le sol. Il y avait quelque chose sous la toile. Sam sentit un frisson glacé lui parcourir l'échine.

— Mon Dieu, souffla Palmer Lloyd. Ce doit être les mules de votre coéquipier. Elles sont mortes de faim ici, attachées au rocher.

Il fit mine d'avancer mais Sam le retint. Il s'approcha lentement du rocher, se pencha et prit entre ses doigts gantés un coin du tissu gelé. Il le secoua pour ôter la neige et le souleva. Mais, contrairement à son attente, il ne découvrit pas le corps de Masangkay, seulement un fatras à moitié pourri. Il identifia des paquets de soupes chinoises et des boîtes de sardines. Elles avaient explosé et des morceaux de poisson s'étaient éparpillés sur le sol glacé. Nestor avait un faible pour les sardines, pensa-t-il avec un pincement au cœur.

Cette vision le ramena cinq ans en arrière, à plusieurs milliers de kilomètres au nord. Nestor et lui étaient accroupis dans un fossé au bord d'une route en terre battue, leurs sacs bourrés de tectites. Des camions blindés passaient à quelques mètres d'eux, les arrosant de graviers. Pourtant ils se sentaient euphoriques. Ils se tapaient dans le dos en gloussant. Ils étaient affamés mais n'osaient pas allumer de feu, de peur d'être découverts. Masangkay avait extrait de son sac une boîte de sardines qu'il avait offerte à Sam.

— Tu rigoles ? avait chuchoté Sam. Je ne sais pas ce que je déteste le plus, leur odeur ou leur goût.

— C'est pour ça que je les aime. *Amoy ek-ek yung kamay mo !*

Sam lui avait lancé un regard interloqué mais, au lieu de s'expliquer, Masangkay avait éclaté de rire, avec discrétion d'abord, puis de plus en plus violemment. Le danger et la tension rendaient son hilarité contagieuse, et sans savoir pourquoi, Sam s'était retrouvé en train de hoqueter de rire en silence, ses précieux sacs serrés contre lui, tandis que les camions qui les recherchaient passaient et repassaient au-dessus de leur tête.

Sam chassa ce souvenir. Accroupi dans la neige, il regarda les boîtes de conserve gelées et les guenilles répandues à ses pieds. Un assemblage de rebuts pathétiques. C'était horrible de mourir seul dans un endroit pareil. Il sentit une démangeaison au coin de l'œil.

— Alors, où est cette météorite ? entendit-il Lloyd demander.

— Cette quoi ? demanda Puppup.

— Le trou, où est le trou que Masangkay a creusé ?

Puppup pointa le doigt en direction du tourbillon neigeux.

— Eh bien, qu'attendez-vous ? On y va !

Puppup s'éloignait déjà, Lloyd derrière lui. Sam se leva et les rattrapa. Quatre cents mètres plus loin, Puppup s'arrêta pour leur montrer quelque chose. Sam avança de quelques pas, examinant le trou. Les bords s'étaient effondrés et une congère en occupait le fond. Il s'attendait à ce qu'il soit plus grand. Il sentit Lloyd agripper son bras et le serrer si fort qu'il lui fit mal malgré les couches de laine et de duvet.

— Vous vous rendez compte, murmura Lloyd. Elle est juste là, sous nos pieds.

Il s'arracha à sa contemplation pour regarder Sam.

— Je donnerais n'importe quoi pour la voir.

Le géologue se dit qu'il aurait dû ressentir autre chose que cette profonde tristesse et ce vide intérieur angoissant. Lloyd enleva son sac à dos, l'ouvrit et en sortit une thermos et trois tasses en plastique.

— Un chocolat chaud?

— Oui, merci.

Lloyd sourit avec une ombre de regret.

— Sacré Glinn. Il aurait pu nous filer une bouteille de cognac. Tant pis, au moins c'est chaud.

Il dévissa le bouchon et versa le liquide fumant dans les tasses. Lloyd prit la sienne, imité par Sam et Puppup.

— Buvons à la météorite de Desolación, déclara Lloyd d'une voix qui semblait étouffée par la neige qui les enveloppait.

— Masangkay, s'entendit dire Sam après un bref silence.

— Pardon?

— La météorite Masangkay.

— Sam, ce n'est pas l'usage. On appelle toujours une météorite d'après l'endroit où…

La tristesse de Sam s'était muée en colère.

— Merde à l'usage, dit-il, baissant sa tasse. Il l'a trouvée, pas vous ni moi. Il est mort pour ça.

Lloyd le regarda. *C'est un peu tard pour une crise de conscience*, crut-il lire dans les yeux du milliardaire.

— Nous en reparlerons plus tard, déclara-t-il d'un ton posé. Pour l'instant, buvons à la météorite, sans nous préoccuper de son nom.

Ils trinquèrent et avalèrent leur chocolat en une gorgée. Une mouette dissimulée par la neige lança un appel déchirant. Sam sentit la chaleur du chocolat se répandre dans son ventre, et sa colère tomba. La lumière faiblissait déjà et les frontières de leur monde blanc s'ourlaient de gris. Lloyd récupéra les tasses et les rangea avec la thermos dans son sac. Ils se sentaient embarrassés. Mais peut-être en était-il ainsi de tous les moments que l'on savait historiques. Ils avaient néanmoins une autre raison d'être gênés. Ils n'avaient toujours pas retrouvé le corps. Sam se rendit compte qu'il redoutait cet instant et évitait de poser la question. Lloyd regarda encore longuement le trou à ses pieds, puis jeta un coup d'œil à sa montre.

— Demandons à Puppup de prendre une photo.

Docile, Sam vint se placer à côté du milliardaire qui tendit son appareil à leur guide. Au moment où le déclic de l'obturateur retentit, Lloyd se raidit, les yeux fixés au loin.

— Regardez, dit-il, désignant un point au-dessus de la tête de Puppup.

Un tas gris s'élevait au sommet d'une petite butte à une centaine de mètres du trou. Ils s'approchèrent. Les restes du squelette gisaient, à demi couverts par la neige. Il était presque impossible de distinguer les os éparpillés, à part une mâchoire de travers grimaçante. Une botte pourrie chaussait encore un des pieds.

— Masangkay, murmura Lloyd.

A côté de lui, Sam resta muet. Ils avaient partagé tant de moments. Son ancien ami et beau-frère réduit à un amas d'os glacés dans le trou du cul du monde. De quoi était-il mort ? De froid ? D'une crise cardiaque ? En tout cas, ce n'était pas de faim : il restait des provisions à côté des mules. Et qui avait cassé et éparpillé les os ? Des oiseaux ? Des animaux ? L'île semblait déserte. Dire que Puppup n'avait même pas pris la peine de l'enterrer.

— Vous avez une idée de ce qui a pu le tuer ? demanda Lloyd au Yaghan.

Celui-ci se contenta de renifler.

— Laissez-moi deviner. Hanuxa ?

— Si vous croyez aux légendes, chef, pourquoi pas. C'est pas mon cas, je vous l'ai dit.

Lloyd le regarda avec dureté, puis il soupira et pressa l'épaule de Sam.

— Je suis désolé, Sam. Cela doit être très pénible pour vous.

Ils se recueillirent quelques minutes devant ces pauvres restes. Enfin Lloyd montra des signes d'impatience.

— Il est temps de partir. Howell a dit quinze heures et je ne tiens pas à passer la nuit sur cette île.

— Attendez, dit Sam, les yeux toujours baissés. Il faut l'enterrer.

Lloyd hésita. Sam se contracta, prêt à repousser ses protestations, mais l'autre hocha la tête.

— Bien sûr.

Tandis que Lloyd réunissait les fragments d'os en un petit tas, Sam partit chercher des pierres dans la neige, les arrachant au sol gelé avec ses mains engourdies par le froid, malgré les gants. Ensemble, ils élevèrent un cairn. Puppup les regardait, un peu en retrait.

— Surtout, ne vous sentez pas obligé de nous aider, lança Lloyd.

— Désolé. Je vous l'ai dit : je suis chrétien. Et la Bible dit : « Laissez les morts enterrer les morts. »

— Quand il s'agit de faire les poches des cadavres, votre foi ne vous tourmente pas trop, répliqua Sam.

Puppup croisa les bras, un sourire mi-idiot, mi-coupable sur les lèvres. Ils se remirent au travail et quinze minutes plus tard, ils avaient terminé. Sam improvisa une croix sommaire avec deux bouts de bois et la planta avec soin sur la pile de pierres. Puis il recula, époussetant la neige de ses gants.

— Repose en paix, partenaire, murmura-t-il.

Il fit un signe à Lloyd et ils se mirent en marche vers le champ de neige immaculé à l'est, tandis que le ciel s'obscurcissait et qu'une autre tempête se préparait dans leur dos.

Île Desolación,
16 juillet, 8 h 42

Sam contemplait la nouvelle route de gravier qui formait un long serpent noir sur l'étendue brillante de neige fraîche. Il secoua la tête, se souriant à lui-même. Il se sentait admiratif malgré lui. Depuis leur première visite, en l'espace de trois jours, l'île s'était métamorphosée. Ils firent une embardée et Sam renversa la moitié de son café sur son pantalon.

— Zut ! glapit-il, tenant la tasse à bout de bras et brossant de l'autre main son pantalon.

Dans la cabine, le conducteur, un colosse appelé Evans, grimaça.

— Désolé, les amortisseurs ne sont pas le point fort de ces autochenilles.

Malgré sa carrosserie jaune massive et des pneus aussi hauts qu'un homme, la cabine du Cat 785 ne pouvait héberger qu'une seule personne. Sam était assis en tailleur sur l'étroite plate-forme à côté. Il sentait sous lui les trépidations et les grondements de l'énorme moteur diesel. Il s'en moquait. Aujourd'hui, c'était le grand jour, ils allaient enfin voir la météorite.

Il passa en revue les événements des soixante-douze dernières heures. Le soir même de leur arrivée, un déchargement impressionnant avait débuté. Tout s'était passé à une vitesse effarante et avec l'efficacité qu'on pouvait attendre de Glinn. Le matin, l'équipement le plus compromettant était déjà entreposé dans les préfabriqués qui avaient poussé comme des champignons sur l'île. Pendant ce temps, les ouvriers d'EES dirigés par Garza et Rochefort avaient dégagé et aplani la plage au moyen d'explosifs, construit des appontements et des brise-lames à grand renfort d'enrochements et d'acier, et tracé une large route qui partait de la jetée et contournait le champ de neige pour rejoindre la météorite. L'équipe d'EES avait aussi déchargé quelques-uns des conteneurs abritant les laboratoires et les ateliers pour les installer entre les rangées de préfabriqués.

Comme le Cat 785 approchait du site, Sam écarquilla les yeux en découvrant l'armée d'ouvriers qui s'affairait sur un escarpement à mille cinq cents mètres de là. Ils avaient commencé à creuser une mine ouverte. Une douzaine de cabanes en tôle s'élevaient tout autour. A intervalles réguliers, une explosion retentissait, projetant des nuages de poussière dans le ciel. Un tas croissant de résidus rocheux s'empilait d'un côté et ils avaient construit un bassin de lixiviation à proximité.

— Que se passe-t-il là-bas ? hurla Sam à Evans par-dessus le rugissement du moteur.

— C'est une mine.

— Je vois bien que c'est une mine. Mais que cherchent-ils ? Evans sourit.

— *Nada*.

Sam ne put s'empêcher de rire. Ce Glinn était incroyable. Si quiconque observait l'île, il penserait que toute l'action se déroulait sur l'escarpement. La zone autour de la météorite ressemblait à un tas de hangars sans intérêt. Il détourna les yeux pour regarder la route qui s'étendait devant lui. A côté, le champ de neige d'Hanuxa étincelait comme s'il capturait la lumière et l'entraînait dans ses profondeurs, où elle se parait d'une infinité de nuances bleues et turquoise. Un peu plus loin, un saupoudrage de neige fraîche avait adouci les Dents d'Hanuxa. Sam n'avait pas dormi de la nuit. Pourtant, il se sentait presque trop réveillé. Dans moins d'une heure, ils sauraient. Ils la verraient. Ils la toucheraient.

Le camion se cabra encore et Sam s'agrippa au garde-corps métallique d'une main, finissant rapidement son café de l'autre. Pour une fois, il faisait beau, mais la température était glaciale. Il écrasa la tasse en polystyrène et la glissa dans une des poches de sa parka. La grosse autochenille avait l'air à peine moins miteux que le *Rolvaag*, mais comme dans le cas du pétrolier, il s'agissait d'une illusion : l'intérieur de la cabine était flambant neuf. La route s'aplanit devant eux et le véhicule accéléra. Ils croisèrent un autre poids lourd et un bulldozer qui se dirigeaient vers la plage. Les conducteurs adressèrent des signes joyeux à

Evans. Sam prit conscience qu'il ne savait rien des hommes et des femmes qui manipulaient ces engins : qui ils étaient, ce qu'ils pensaient de cette étrange équipée.

— Vous bossez tous pour Glinn ? demanda-t-il à Evans.

Il hocha la tête.

— Oui.

Un sourire perpétuel semblait collé sur son visage buriné barré d'une paire de sourcils broussailleux.

— Mais pas à plein temps, reprit-il. Il y a des mecs ici qui bossent sur des plates-formes pétrolières, d'autres qui construisent des ponts. Il y a un peu de tout. On a même quelqu'un du « Big Dig » de Boston. Vous vous rendez compte : ce type travaille sur le plus grand projet autoroutier de la planète, mais quand il reçoit un appel d'EES, il laisse tout tomber pour rappliquer en courant, comme nous tous.

— Pourquoi ?

Le sourire d'Evans s'élargit.

— Ils paient cinq fois plus que les autres, tout simplement.

— Je crois que je ne travaille pas pour la bonne personne.

— Je suis sûr que vous ne vous en sortez pas si mal, monsieur McFarlane.

Evans ralentit pour laisser passer une niveleuse dont les lames métalliques miroitaient au soleil.

— Est-ce que c'est la plus grosse mission d'EES depuis que vous travaillez pour eux ?

— Non.

Evans accéléra à nouveau et ils firent encore une embardée.

— Je dirais que c'est dans la moyenne.

A présent, ils avaient laissé le champ de neige derrière eux. Sam découvrit une large dépression de près de quatre cents mètres carrés, creusée dans la terre glacée. Quatre énormes paraboles dirigées vers le sol encadraient le site. Près de là, une rangée de niveleuses patientait. Des ingénieurs et des ouvriers étaient éparpillés un peu partout, en train de palabrer autour de plans, de prendre des mesures ou de parler dans des radios. Au loin, un autre Caterpillar, qui ressemblait à une monstrueuse caravane montée sur des chenilles géantes, transportait des instruments high-tech en direction du champ de neige. Seul sur le côté, le cairn qu'ils avaient élevé sur les restes de Nestor Masangkay semblait minuscule et abandonné.

Evans s'arrêta à la limite de l'aire d'entreposage. Sam sauta du véhicule pour rejoindre une baraque de chantier qui portait l'inscription : COOPÉRATIVE. A l'intérieur, Lloyd et Glinn étaient assis à une table à côté d'une cuisine de fortune, plongés dans une discussion animée. Devant le grill, Rachel remplissait généreusement son assiette. Puppup faisait une sieste, recroquevillé dans un coin. La pièce sentait le café et le lard frit.

— Il était temps que vous arriviez, lança Rachel en retournant s'asseoir, une bonne douzaine de tranches de bacon empilées sur son assiette. Qu'est-ce que c'est que ces habitudes de traîner au lit pendant des heures ? Vous devriez montrer l'exemple à votre assistante.

Elle versa au moins une tasse de sirop d'érable sur son bacon, remua le tout et attrapa une fine tranche ruisselante qu'elle engloutit aussitôt.

Lloyd réchauffait ses mains autour d'une tasse de café.

— Avec un régime pareil, Rachel, dit-il avec bonne humeur, vous devriez être morte et enterrée depuis longtemps.

Elle éclata de rire.

— Le cerveau utilise plus de calories par minute en pensant que le corps en courant. Comment croyez-vous que je fasse pour rester aussi svelte et sexy ? demanda-t-elle en se tapant sur le front.

— Dans combien de temps va-t-on déterrer la météorite ? s'enquit Sam.

Glinn s'appuya sur son dossier, sortit sa montre en or de son gousset et l'ouvrit.

— Dans une demi-heure. Nous allons juste nettoyer la surface pour vous permettre de réaliser quelques tests. Rachel vous assistera pour les effectuer et analyser les résultats.

Sam hocha la tête. Les étapes de l'opération avaient déjà été longuement discutées, mais Glinn avait besoin de revenir sur tout. Sans doute au nom de son sacro-saint principe de double précaution.

— Il faudra la baptiser, dit Rachel qui mastiquait un autre morceau de bacon. Quelqu'un a pensé au champagne ?

Lloyd fronça les sourcils.

— Vu l'esprit de restriction qui règne à bord, ça m'étonnerait.

— Je suppose qu'il faudra se contenter de briser une thermos de chocolat chaud sur la météorite, renchérit Sam.

Glinn se baissa pour prendre une sacoche dont il sortit une bouteille de Perrier-Jouët qu'il posa doucement sur la table.

— Fleur de champagne, murmura Lloyd avec révérence. Mon préféré. Glinn, satané menteur ! Vous ne m'aviez pas dit que vous aviez des bouteilles de champagne à bord.

Glinn se contenta de lui adresser un mince sourire.

— Si nous la baptisons, il faut lui trouver un nom, lança Rachel.

— Sam voudrait lui donner celui de Masangkay, dit Lloyd. Personnellement, je serais plutôt enclin à suivre l'usage et à l'appeler Desolación.

Il y eut un silence embarrassé.

— Il faut se décider, dit Rachel.

— Nestor Masangkay a sacrifié sa vie pour trouver cette météorite, murmura Sam. Nous ne serions pas ici sans lui.

Il s'interrompit un instant.

— D'un autre côté, c'est vous qui avez financé l'expédition. Vous avez donc le droit de choisir le nom de ce caillou.

— Nous ne savons même pas si Nestor Masangkay aurait désiré cet honneur, répondit Lloyd d'une voix étrangement calme. Ce n'est pas le moment de rompre avec la tradition, Sam. Nous l'appellerons Desolación, mais nous donnerons le nom de votre coéquipier à la salle où elle sera exposée. Et nous mettrons une plaque racontant en détail sa découverte. Est-ce que cela vous conviendrait ?

Sam réfléchit, puis approuva d'un bref hochement de tête. Glinn passa la bouteille à Lloyd. Ils sortirent tous dans la vive lumière matinale. Glinn régla son pas sur celui de Sam.

— Je suppose que vous êtes conscient que nous allons devoir exhumer votre ami à un moment ou un autre, dit-il en désignant du menton le cairn.

— Pourquoi ? demanda Sam, surpris.

— Nous avons besoin de savoir ce qui a causé sa mort. Le docteur Brambell doit examiner sa dépouille.

— Mais pourquoi?

— C'est comme ça, je suis désolé.

Sam s'apprêtait à protester, mais il se retint. Comme d'habitude, on ne pouvait que s'incliner devant la logique implacable de Glinn. Ils s'arrêtèrent au bord de la surface nivelée. Il ne restait rien du trou creusé par Nestor.

— Nous avons nettoyé le terrain et la météorite se trouve maintenant à environ un mètre de profondeur. Nous avons prélevé des échantillons de terre au fur et à mesure. Nous allons continuer à la niveleuse sur une soixantaine de centimètres puis nous finirons à la truelle et à la brosse. Nous voulons éviter tout contact brutal avec la météorite.

— Je vous en saurais gré, dit Lloyd.

Garza et Rochefort attendaient à côté de la rangée de niveleuses. Le second les rejoignit, le visage violacé sous la morsure du vent.

— Vous êtes prêts? demanda Glinn.

Rochefort hocha la tête. Les niveleuses ronronnaient paresseusement, leur pot d'échappement crachotant un filet de fumée.

— Pas de problème? demanda Lloyd.

— Non.

Glinn jeta un coup d'œil aux engins et leva son pouce en direction de Garza. L'ingénieur vêtu de son éternel survêtement se tourna, dressa son poing et dessina un cercle. Les niveleuses s'ébrouèrent et se mirent à avancer dans un nuage nauséabond. Les lames s'abaissèrent pour mordre dans le sol. Plusieurs ouvriers en blouson blanc marchaient derrière le premier engin, des sacs destinés aux prélèvements à la main. Les échantillons de pierres et de terre qu'ils récoltaient seraient analysés plus tard. Les niveleuses firent un premier passage, ôtant une couche de trente centimètres de terre. Lloyd grimaça.

— L'idée que ces lames passent si près de la météorite me fait frémir.

— Ne vous inquiétez pas, dit Glinn. Nous avons calculé large. Nous ne risquons pas de l'abîmer.

Les niveleuses repartirent dans l'autre sens. Puis Rachel traversa le site en passant au centre de la zone. Elle poussait lentement un magnétomètre à protons. Une fois arrivée en face, elle s'arrêta, appuya sur quelques touches du clavier et arracha l'étroite bande de papier qui sortait de l'appareil. Elle rejoignit le petit groupe, traînant le magnétomètre derrière elle, et donna le papier à Glinn.

— Voilà, dit-il en le tendant à Lloyd.

Celui-ci le prit à son tour. Sam se pencha sur son épaule pour y jeter un coup d'œil. Une ligne claire et irrégulière représentait le sol. En dessous, bien plus sombre, on distinguait le sommet d'un grand demi-cercle. Le papier tremblait entre les mains puissantes de Lloyd. Il y avait donc bien quelque chose là-dessous. Sam se rendit compte qu'il n'y croyait pas vraiment jusque-là.

— Plus que quarante centimètres, dit Rachel.

— Il est temps de passer à la méthode archéologique, dit Glinn. Nous avons creusé notre trou à côté de celui de Masangkay, pour pouvoir recueillir des échantillons de terre non remuée.

Le groupe le suivit sur le terrain fraîchement retourné. Rachel prit d'autres mesures, enfonça quelques piquets dans le sol et tendit des cordeaux pour délimiter un carré de deux mètres de côté. Des ouvriers s'avancèrent et entreprirent de creuser un trou cubique avec précaution.

— Pourquoi le sol n'est-il pas gelé ici ? demanda Sam.

Glinn désigna de la tête les quatre paraboles.

— Nous avons inondé la zone de rayonnement infrarouge lointain.

— Vous avez pensé à tout, dit Lloyd en secouant la tête.

— C'est pour cela que vous nous avez engagés.

Les hommes creusaient petit à petit, ramassant à l'occasion des échantillons de minéraux, de graviers et de sable. L'un d'eux s'arrêta soudain et brandit un objet allongé et tranchant à la surface duquel adhérait du sable.

Glinn avança aussitôt.

— Intéressant. Qu'est-ce que c'est ?

— Là, tu me poses une colle, répondit Rachel. Bizarre. On dirait presque du verre.

— C'est de la fulgurite, intervint Sam.

179

— Quoi?

— De la fulgurite. C'est ce qu'on obtient quand la foudre tombe sur du sable mouillé. Elle le fait fondre et il se vitrifie en refroidissant.

— C'est pour ça que je l'ai engagé, lança Lloyd, avec un sourire à la ronde.

— En voilà un autre morceau, s'écria un ouvrier.

Ils creusèrent avec soin autour de la fulgurite plantée dans le sable comme une branche d'arbre.

— Les météorites sont ferromagnétiques, dit Sam, qui se baissa pour ramasser délicatement la roche vitrifiée. Celle-ci doit avoir attiré plus que sa part de foudre.

Les hommes poursuivirent leur tâche. Ils déterrèrent plusieurs morceaux de fulgurite qu'ils enveloppaient au fur et à mesure dans du papier et rangeaient dans des caisses en bois. Rachel promena son magnétomètre à la surface du sol.

— Encore quinze centimètres, dit-elle.

— On va passer aux brosses, dit Glinn.

Deux hommes s'accroupirent autour du trou et les autres se mirent derrière eux. A cette profondeur, la terre était mouillée, presque saturée d'eau et ils balayaient plus de boue que de sable. Le groupe se taisait à mesure que le trou s'approfondissait, centimètre après centimètre.

— Prends une autre mesure, murmura Glinn.

— Plus que deux centimètres, dit Rachel.

Sam se pencha en avant. Les deux ouvriers utilisaient de gros pinceaux en plastique dur pour ôter la boue qu'ils mettaient dans des récipients avant de les passer aux hommes derrière eux. Soudain, l'une des brosses rencontra une surface dure. Les deux hommes sortirent du trou et finirent d'enlever la boue avec précaution, n'en laissant qu'une fine couche.

— Rincez, lança Glinn.

Sam crut déceler une note d'impatience dans sa voix.

Un des hommes arriva en courant, déroulant un mince tuyau derrière lui. Glinn s'en saisit, le dirigea vers la météorite et ouvrit l'eau. Pendant plusieurs secondes, on n'entendit plus que le chuintement du jet qui fit disparaître les dernières traces de boue. Glinn coupa l'eau. Un dernier filet glissa sur la surface nue

de la météorite. Tout le monde se figea. Le temps semblait suspendu. Puis on entendit le bruit sourd de la bouteille de champagne jetée sans précaution sur la terre humide.

Île Desolación,
9 h 55

Palmer Lloyd se tenait au bord du trou carré, les yeux fixés sur la météorite. Pendant quelques instants, il ne vit rien tant il était ému. Puis peu à peu, il redevint conscient de son corps, de son sang qui battait dans ses tempes, de l'air dans sa poitrine, du froid qui glaçait son nez et ses joues. Cependant, la stupeur demeurait. Il la regardait, la voyait, mais ne pouvait y croire.

— Margaux, murmura-t-il enfin, d'une voix ténue dans l'immensité glacée.

Tous se taisaient. Le choc semblait les avoir rendus muets. Lloyd avait effectué nombre de pèlerinages pour voir les météorites les plus célèbres du monde : Hoba, Willamette et Ahnighito. Sans oublier celle que l'on avait baptisée « La Femme », ramenée du Groenland par Peary avec la météorite d'Ahnighito. En dépit de leurs formes diverses, elles avaient toutes la même surface grêlée brun-noir. Elles se ressemblaient toutes. Mais celle-ci était pourpre. Non, se reprit-il, tandis que son cerveau se remettait à fonctionner à sa vitesse habituelle. Le mot « pourpre » ne lui rendait pas justice. Elle avait la teinte profonde et veloutée de la cornaline, mais en plus sombre. En fait, c'était exactement la couleur d'un grand vin de Bordeaux, comme ce château Margaux dégusté avec parcimonie sur le *Rolvaag*.

Une voix rompit le silence. Ce ton autoritaire ne pouvait appartenir qu'à Glinn.

— Je voudrais que tout le monde s'éloigne du trou.

Lloyd remarqua distraitement que personne ne réagissait.

— Éloignez-vous ! répéta Glinn plus sèchement.

Cette fois, les spectateurs, dont les ombres se projetaient sur la cavité, reculèrent de quelques pas en traînant des pieds. Le soleil illumina la météorite, révélant une surface soyeuse et métallique qui ressemblait à de l'or. Comme l'or, ce métal pourpre semblait capturer la lumière : le monde extérieur paraissait plus sombre et elle semblait irradier de l'intérieur. Un spectacle captivant, mais d'une étrangeté indescriptible.

Et elle lui appartenait !

Lloyd se sentit envahi d'une joie soudaine, en pensant à cette découverte incroyable enterrée à ses pieds et à l'enchaînement des événements qui lui avait permis de la trouver. Offrir la plus grosse météorite du monde à son musée était déjà un objectif exaltant. Mais maintenant, l'enjeu devenait encore plus élevé.

— Monsieur Lloyd, entendit-il derrière lui. Reculez.

Au lieu d'obtempérer, il se pencha.

— Palmer, ne faites pas ça ! dit Glinn en haussant le ton.

Mais Lloyd avait déjà sauté dans le trou. Il atterrit sur la météorite et se mit aussitôt à genoux pour caresser du bout de ses doigts gantés la surface légèrement ondulée. Sans réfléchir, il posa la joue dessus. Au-dessus de lui, Glinn s'était tu.

— Ça fait quel effet ? demanda enfin Sam.

— C'est froid, répondit-il d'une voix tremblante en se redressant.

Il sentit une larme couler sur sa joue engourdie.

— Très froid, répéta-t-il.

Île Desolación,
13 h 55

Sam regarda l'ordinateur portable posé sur ses genoux. Le curseur qui clignotait sur l'écran presque vide semblait lui adresser un reproche. Il soupira et se tortilla sur la chaise pliante en métal, s'efforçant de trouver une position confortable. Le givre scintillait sur l'unique fenêtre de la coopérative. Le raffut du vent lui parvenait à travers les minces parois du préfabriqué. Dehors, le ciel bleu avait cédé la place à la neige, mais à l'intérieur, un poêle à charbon diffusait une chaleur plaisante.

Sam cliqua sur la souris et referma l'ordinateur portable avec un juron. Sur une table à côté, une imprimante bourdonna. Il remua sur sa chaise, se remémorant une fois de plus les événements de la matinée. Le silence respectueux. Le saut impulsif du milliardaire. L'appel de Glinn qui, pour la première fois, avait utilisé le prénom de Lloyd. Le baptême triomphant et le torrent de questions qui s'était ensuivi. Et par-dessus tout, ce sentiment d'incompréhension la plus totale. Il en avait eu le souffle coupé. Littéralement.

Lui aussi avait eu le désir soudain de sauter dans le trou, de la toucher, de se convaincre que c'était vrai. Mais la peur l'avait retenu. Sa couleur si riche semblait déplacée dans ce paysage monochromatique. Cet endroit lui faisait penser à une table d'opération. D'immenses draps blanc neigeux, une incision sanglante au milieu. Il se sentait à la fois dégoûté et fasciné. Et sa vue avait réveillé en lui un espoir qu'il croyait mort.

La porte de la baraque s'ouvrit, laissant pénétrer un tourbillon de neige. Sam leva les yeux sur Rachel.

— Vous avez terminé le rapport? demanda-t-elle, ôtant sa parka pour secouer la neige.

En guise de réponse, Sam lui montra l'imprimante du menton. Rachel s'approcha et prit la feuille qui en sortait. Elle s'esclaffa.

— La météorite est rouge, lut-elle à haute voix.

Elle posa la feuille sur les genoux de Sam.

— J'apprécie la concision chez un homme, reprit-elle.

— Pourquoi remplir des pages de spéculations inutiles ? Tant que nous n'en avons pas un morceau pour l'étudier, comment pourrais-je dire quoi que ce soit ?

Elle tira une chaise et s'assit à côté de lui. Sam avait l'impression que, sous sa décontraction un peu forcée, elle l'examinait avec attention.

— Vous étudiez des météorites depuis des années. Je doute que vos spéculations soient inutiles.

— Mais vous, qu'en pensez-vous ?

— Dites d'abord, je vous donnerai mon avis ensuite.

Sam regarda les vaguelettes dessinées sur la table en contreplaqué, les suivant du doigt. Elles avaient la perfection fractale d'un flocon de neige ou d'un ensemble de Mandelbrot. Elles lui rappelaient combien tout était complexe : l'univers, un atome, un morceau de bois. Du coin de l'œil, il vit Rachel sortir un tube métallique de sa parka. Elle le retourna, laissant tomber un cigare à demi consumé dans sa main.

— S'il vous plaît, non, dit-il. J'aimerais autant ne pas devoir sortir par ce froid.

Rachel rangea le cigare.

— Je sais que quelque chose vous tracasse.

Sam haussa les épaules.

— Très bien, reprit-elle. Vous voulez mon avis ? Votre attitude s'appelle du déni.

Il se tourna vers elle.

— Oui. Autrefois, vous aviez une théorie fétiche en laquelle vous croyiez malgré les taquineries de vos collègues. Je me trompe ? Et quand vous avez pensé enfin trouver la preuve que vous aviez raison, cela vous a coûté très cher. Dans l'excitation de la découverte, vous avez perdu tout bon sens et vous avez trahi votre copain. Et en fin de compte, vos prétendues preuves se sont révélées fausses.

— J'ignorais que vous aviez aussi un diplôme en psycho.

Elle se pencha vers lui.

— C'est ça, faites le clown. En tout cas, maintenant, vous avez ce que vous cherchez depuis des années. Vous avez plus que des indices. Des preuves. Mais vous refusez de l'admettre. Vous avez peur que tout recommence.

Sam soutint son regard pendant une minute. Il sentit sa colère refluer et se tassa sur sa chaise, l'esprit enfiévré. Et si elle avait raison ?

Elle rit.

— Prenez sa couleur, par exemple. Savez-vous pourquoi aucun métal n'est rouge foncé ?

— Non.

— On perçoit la couleur d'un objet à cause de la manière dont il interagit avec les photons de la lumière.

Rachel s'interrompit pour fouiller sa poche dont elle sortit un sac en papier froissé.

— Vous voulez un Jolly Rancher ?

— Un Jolly Rancher ?

Elle lui mit dans la main un bonbon en forme de losange vert et en prit un autre, qu'elle tint entre son pouce et son index.

— Tous les objets, à part les corps noirs parfaits, absorbent certaines longueurs d'onde et renvoient les autres. Prenez ce bonbon vert. Il nous paraît vert parce qu'il renvoie la composante verte de la lumière et absorbe les autres. J'ai effectué quelques petits calculs de mon cru et je n'ai pas pu trouver un seul alliage de métaux susceptible de renvoyer de la lumière rouge. Il semble impossible qu'un alliage connu soit rouge foncé. Jaune, blanc, orange, violet ou gris si vous voulez, mais pas ce rouge-là.

Elle fourra le bonbon vert dans sa bouche et le croqua bruyamment. Sam posa le sien sur la table.

— Alors ? Quelle est votre conclusion ?

— Vous le savez très bien. Ma conclusion est que nous avons affaire à un élément étrange et inédit. Arrêtez de jouer les vierges effarouchées. Je sais ce que vous pensez : cette fois, vous la tenez, votre météorite interstellaire.

Sam leva la main.

— D'accord, je reconnais y avoir pensé.

— Alors ?

— Toutes les météorites trouvées jusqu'ici étaient composées d'éléments connus : nickel, fer, carbone, silicium. Elles se

186

sont toutes formées ici, dans notre système solaire, à partir du nuage de poussière primordial qui enveloppait le soleil.

Il fit une pause, choisissant ses mots avec soin.

— Comme vous le savez, j'ai émis l'idée que certaines météorites pourraient venir de l'extérieur du système solaire. Un morceau d'un corps céleste pris dans le champ gravitationnel du soleil. Une météorite interstellaire.

Rachel Amira lui adressa un sourire entendu.

— Mais les mathématiciens vous ont dit que c'était impossible : une chance sur un trillion.

Sam hocha la tête.

— J'ai fait quelques calculs sur le bateau, reprit-elle. Les mathématiciens se sont trompés : ils sont partis d'une mauvaise hypothèse. C'est seulement une sur un milliard.

Il ricana.

— Milliard, trillion, quelle différence ?

— Je parle d'une chance sur un milliard pour n'importe quelle année donnée.

Son rire tourna court.

— Oui, sur des milliards d'années, il y a toutes les chances qu'une météorite interstellaire tombe sur terre. Ce n'est pas seulement possible, c'est probable. J'ai ressuscité votre petite théorie pour vous. Je sais, je sais, vous ne me remercierez jamais assez.

Un silence tomba. On n'entendait que le sifflement du vent.

— Vous croyez vraiment que cette météorite est faite d'un alliage ou d'un métal qui n'existe nulle part dans le système solaire ?

— Oui. Et vous le croyez aussi. C'est pour ça que vous n'avez pas écrit votre rapport.

Sam continua, comme pour lui-même.

— Si ce métal existait quelque part, on en aurait trouvé au moins des traces. Après tout, le soleil et les planètes se sont formés à partir de la même nébuleuse. Il doit donc venir d'ailleurs. Il n'y a pas d'autre solution, conclut-il en la regardant.

Elle sourit.

— Vous m'ôtez les mots de la bouche.

Il se tut et ils restèrent ainsi quelques instants, plongés dans leurs pensées.

— Il faut en prélever une carotte, dit enfin Rachel. J'ai l'outil idéal : une foreuse au diamant super rapide. Cinq kilogrammes, pour commencer, ce ne serait déjà pas mal, non ?

Sam hocha la tête.

— Je préférerais taire notre hypothèse pour l'instant. Lloyd et les autres ne devraient pas tarder.

Comme s'ils attendaient son signal, des pas lourds retentirent à l'extérieur et la porte s'ouvrit. La silhouette de Lloyd, plus ours que jamais dans sa parka, se découpait sur le ciel bleu pâle. Glinn entra derrière lui, suivi de Rochefort et Garza. L'assistant de Lloyd, Penfold, apparut en dernier, frissonnant, les lèvres bleues et pincées.

— Il fait un froid de canard dehors, s'écria Lloyd en tapant des pieds.

Il avança les mains devant le poêle, l'air radieux. Les autres s'assirent à une table sans entrain. Penfold se posta dans le coin le plus reculé de la pièce, une radio à la main.

— Monsieur Lloyd, il faut rejoindre l'aire d'atterrissage. Si l'hélicoptère ne décolle pas dans l'heure, vous ne serez jamais à temps à New York pour la réunion avec les actionnaires.

— Oui, oui. Une minute. Je veux entendre ce que Sam a à dire.

Penfold soupira et murmura quelques mots dans la radio. Glinn posa son regard gris et sérieux sur Sam.

— Le rapport est-il prêt ?

— Bien sûr, répondit Sam en désignant la feuille de papier.

Glinn y jeta un coup d'œil.

— Je ne suis pas d'humeur à plaisanter, monsieur McFarlane.

C'était la première fois qu'il voyait Glinn laisser paraître un signe d'irritation. C'était même la première fois qu'il montrait une quelconque émotion. Après tout, il avait dû être lui aussi pris au dépourvu par ce qu'ils avaient trouvé dans le trou. Cet homme détestait vraiment les surprises.

— Monsieur Glinn, je ne peux pas fonder mon rapport sur des spéculations. J'ai besoin de l'étudier.

— Je vais vous dire ce qu'il faut faire, lança Lloyd. Il faut la sortir de son trou sans traîner et filer d'ici avant que les Chiliens aient vent de l'histoire.

Sam avait l'impression que c'était la dernière salve d'une longue dispute entre Glinn et leur patron.

— Monsieur McFarlane, je peux simplifier ma question, intervint Glinn. Il y a une chose que j'aimerais savoir. Est-elle dangereuse ?

— Nous savons qu'elle n'est pas radioactive. Elle pourrait être toxique. Après tout, les métaux le sont tous à un degré ou à un autre.

— Très toxique ?

Sam haussa les épaules.

— Lloyd l'a touchée, et il est toujours vivant.

— Cela ne se reproduira pas, répliqua Glinn. J'ai donné l'ordre qu'on ne laisse personne approcher de la météorite, à aucun prix. C'est tout ? Pourrait-elle abriter des virus ?

— Ça fait des milliers d'années qu'elle est là. Des microbes étrangers se seraient dispersés depuis longtemps. Cela vaudrait peut-être la peine de recueillir des échantillons de mousse, de lichen et de toutes les plantes qui se trouvent autour, pour voir si on ne constate rien d'inhabituel.

— Que doit-on chercher ?

— Des mutations, des signes d'exposition à faibles doses à des toxines ou à des agents tératogènes.

Glinn hocha la tête.

— Je vais en parler au docteur Brambell. Rachel, rien sur ses propriétés métalliques ? Car c'est du métal, n'est-ce pas ?

Un bonbon explosa sous les dents de la jeune femme.

— Oui, très certainement, étant donné qu'elle est ferroma-gnétique. Comme l'or, c'est un métal qui ne s'oxyde pas. En revanche, je n'arrive pas à comprendre comment il peut être rouge. Sam et moi nous disions justement qu'il nous faudrait en prélever un échantillon.

— Un échantillon ? demanda Lloyd.

Le changement dans sa voix provoqua un silence embarrassé.

— Oui, dit enfin Sam. C'est la procédure habituelle.

— Vous voulez couper un morceau de ma météorite ?

Sam regarda Lloyd, puis Glinn.

— Est-ce que cela pose un problème ?

— Et comment ! explosa Lloyd. C'est une pièce de musée. Elle va être exposée. Je ne veux pas qu'elle soit découpée ni forée.

— On a prélevé des carottes sur toutes les météorites découvertes jusque-là. Nous parlons seulement de cinq kilogrammes. Ce sera largement suffisant pour tous les tests imaginables. On pourrait étudier un morceau de cette taille pendant des années.

Lloyd secoua la tête.

— Pas question.

— Il le faut, insista Sam avec véhémence. Pour étudier cette météorite, nous devrons la vaporiser, la fondre, la frotter, la graver. C'est incontournable. Par rapport à sa taille, ce sera une goutte d'eau dans l'océan.

— Ce n'est quand même pas la *Joconde*, murmura Rachel.

— Épargnez-moi vos commentaires ignares, lui lança Lloyd, avant de se tasser sur sa chaise avec un soupir. En prélever un morceau, ce serait... ce serait un sacrilège. Ne peut-on pas lui laisser son mystère ?

— C'est impossible, intervint Glinn. Nous avons besoin d'en apprendre plus sur la matière qui la compose avant que je donne l'autorisation de la déplacer. M. McFarlane a raison.

Lloyd le regarda, s'empourprant.

— Avant que vous ne donniez l'autorisation de la déplacer ? Écoutez-moi bien, Glinn. J'ai suivi à la lettre toutes vos petites règles. J'ai joué le jeu. Mais que ce soit bien clair entre nous : c'est moi qui paie les factures. C'est ma météorite. Vous avez signé un contrat pour me la livrer. Vous vous vantez de ne jamais avoir échoué, mais si ce bateau rentre à New York sans météorite, je considérerai cela comme un échec. Me suis-je bien fait comprendre ?

Glinn attendit patiemment qu'il ait terminé pour prendre la parole à son tour, s'adressant à lui d'un ton calme, presque comme s'il parlait à un enfant.

— Monsieur Lloyd, vous aurez votre météorite. Je veux juste que personne ne soit inutilement blessé pendant le transport. C'est bien votre désir à vous aussi ?

Lloyd hésita.

— Bien sûr que oui.

Sam était impressionné par la rapidité avec laquelle Glinn avait désamorcé l'agressivité du milliardaire.

— Je demande seulement que l'on agisse avec précaution.

Lloyd se mordit la lèvre.

— Oui, mais ces délais sont irritants. La météorite est rouge ? Et après, quel est le problème ? Le rouge me convient parfaitement. Est-ce que vous avez tous oublié le capitaine Crochet dans son contre-torpilleur ? Le temps est un luxe que nous ne pouvons pas nous offrir.

— Monsieur Lloyd, implora Penfold, tendant la radio vers lui. L'hélicoptère, s'il vous plaît !

— Qu'il aille au diable !

Lloyd hésita.

— D'accord, prenez votre fichu échantillon. Mais débrouillez-vous pour que ça ne se voie pas. Et ne traînez pas. Je veux que vous soyez parti d'ici avant mon arrivée à New York.

Il sortit d'un pas martial, Penfold sur ses talons. La porte claqua derrière lui. Pendant une ou deux minutes, personne ne dit rien. Puis Rachel se leva.

— Venez Sam. On va transformer ce caillou en gruyère.

Île Desolacíon,
14 h 15

Après la chaleur de la coopérative, la bise les transperça comme un couteau. Sam suivait Rachel en songeant avec nostalgie à la chaleur sèche du Kalahari. Le conteneur qui abritait l'équipement était plus long et plus large que les autres. Mais comme les autres, il était minable de l'extérieur, immaculé à l'intérieur. Des écrans d'ordinateurs luisaient dans la pénombre, alimentés par le groupe électrogène principal qui se trouvait dans une cahute voisine. Rachel se dirigea vers une grande table métallique où se trouvaient un trépied replié et une foreuse portable ultrarapide. Sans sa bandoulière de cuir, Sam n'aurait jamais pensé que cette machine, qui évoquait un bazooka du XXIe siècle, fût portable.

— J'adore ces jouets high-tech destructeurs, pas vous? dit Rachel en la tapotant affectueusement. Regardez cette beauté. Vous en aviez déjà vu?

— Pas de cette taille.

Sam la regarda démonter adroitement la foreuse pour en examiner les éléments. Satisfaite, elle les assembla et brancha le lourd cordon électrique.

— Regardez, dit-elle en soupesant la mèche, une longue tige de métal cruelle dont l'extrémité renflée était percée d'un trou. Il y a un diamant industriel de dix carats là-dedans.

Elle pressa un bouton et le mandrin électronique se desserra avec un claquement. Elle cala l'outil sur son épaule avec un grognement et appuya sur la détente. Un grondement emplit la pièce.

— Allons-y, ajouta-t-elle avec un sourire.

Ils quittèrent l'atelier pour se diriger vers la météorite. Sam portait le cordon électrique qui se déroulait derrière eux. Une remise en tôle bringuebalante avait été construite par-dessus le trou pour le dissimuler. A l'intérieur, des rangées de lampes éclairaient Glinn, une radio à la main, qui examinait le trou où l'on apercevait le sommet de la météorite. Ils le rejoignirent au bord de la cavité. A la lumière blanche, la météorite semblait presque violette, comme un hématome tout juste formé. Ôtant ses gants, Rachel prit le trépied des mains de Sam, le déplia rapidement et mit en place la foreuse.

— Cet engin possède un système d'aspiration extraordinaire, dit-elle en désignant un petit collecteur sous la mèche. Il avale toutes les particules de poussière. Si le métal est empoisonné, on ne risque rien.

— Je préfère évacuer la zone quand même.

Glinn leva sa radio et se mit à parler rapidement dedans.

— Ne vous approchez pas, reprit-il. Et surtout, ne la touchez pas.

Il s'éloigna pour faire sortir les ouvriers.

Sam regarda Rachel appuyer sur l'interrupteur, vérifier les indicateurs lumineux sur le côté de la machine et poser adroitement la mèche sur la météorite.

— On dirait que vous avez fait ça toute votre vie.

— Vous ne croyez pas si bien dire. Glinn m'a fait répéter la procédure une bonne dizaine de fois.

— Vous avez répété ?

— Chaque étape, répondit Rachel, sortant un grand boîtier de télécommande de sa poche. Et pas seulement ça. Tout. Il planifie nos projets comme si c'était une opération militaire. Il nous oblige à nous entraîner jusqu'à l'écœurement, car on n'a pas le droit à l'erreur quand c'est pour de vrai.

Elle recula et souffla sur ses mains.

— Vous auriez dû voir la boule de ferraille que Glinn nous a fait déterrer et trimballer je ne sais combien de fois. On l'avait surnommée la Grosse Bertha. A la fin, je ne pouvais plus la voir en peinture.

— Où vous êtes-vous entraînés ?

— Dans un ranch, près de Bozeman, dans le Montana. Vous ne pensiez quand même pas que j'en étais à mon premier essai ?

Une fois la télécommande réglée et la foreuse mise en place sur le sommet de la météorite, Rachel ouvrit une mallette à côté d'elle. Elle en sortit une petite boîte de métal dont elle retira le couvercle et, la tenant à bout de bras, elle en versa le contenu sur la surface rouge. Une substance noire visqueuse s'étala sur la météorite. Avec un petit pinceau, elle appliqua le reste sur le bout de la mèche. Elle sortit encore de la mallette une mince feuille de caoutchouc et la pressa avec soin sur l'enduit.

— On va attendre que ça sèche, expliqua-t-elle. Il ne faut pas que le moindre grain de météorite contamine l'air.

Elle fouilla dans sa parka et brandit son tube à cigare. Mais voyant les mines renfrognées de Sam et Glinn, elle soupira et se rabattit sur des cacahuètes.

Sam secoua la tête.

— Des cacahuètes, des bonbons, des cigares... Que faites-vous d'autre qui ferait hurler votre mère ?

— Le Kama Sutra, le rock and roll et le ski hors piste. En plus, je joue au casino.

Sam rit.

— Vous êtes nerveuse ?

— Pas tant nerveuse qu'impatiente. Pas vous ?

Il réfléchit. Oui, il se sentait gagné par l'impatience, mais surtout, il s'autorisait enfin à croire qu'il avait trouvé ce qu'il cherchait depuis des années.

— Oui, moi aussi, répondit-il au bout de quelques instants.

Glinn sortit sa montre en or, l'ouvrit d'une pichenette et jeta un coup d'œil au cadran.

— C'est bon.

Rachel se pencha sur la foreuse. Un grondement sourd s'éleva dans la petite baraque. Elle vérifia la position de la mèche et recula pour procéder à un réglage à l'aide de la télécommande. Le grondement se transforma en plainte. Elle manœuvra un bouton champignon sur la télécommande et la mèche tournoyante descendit docilement, puis s'immobilisa.

— Elle obéit au doigt et à l'œil, dit-elle à Glinn.

Il se pencha sur la mallette dont il sortit trois masques à gaz, puis en tendit deux à Sam et à Rachel.

— Reculez maintenant. Nous allons opérer à distance.

Ils sortirent. Sam enfila le masque. Le contact du caoutchouc froid sur son visage était déplaisant. Sans capuche, le vent lui brûlait les oreilles et la nuque. D'ici, on entendait encore le bourdonnement de la foreuse qui tournait à vide à l'intérieur.

— Plus loin, reprit Glinn. Au moins à trente mètres.

Ils s'éloignèrent du préfabriqué, s'enfonçant dans une tornade de flocons.

— Et si ce truc était un ovni? lança Rachel d'une voix étouffée. Le petit homme vert à l'intérieur risque de faire la tronche quand la mèche va bousiller son vaisseau.

La cabane était maintenant à peine visible à travers la neige. On n'apercevait que le rectangle de la porte ouverte.

— Prêt.

— Bien, dit Glinn. Vas-y. On va commencer par creuser à un millimètre de profondeur pour voir s'il y a des émissions de gaz.

Rachel hocha la tête. Elle pointa le boîtier vers la porte, actionnant la commande. Le vrombissement s'amplifia dans un premier temps, puis diminua à nouveau. Quelques secondes s'écoulèrent.

— Bizarre, je n'avance pas, dit Rachel.

— Remonte la mèche.

Rachel obtempéra et le vrombissement retentit à nouveau, atteignant bientôt un niveau où il se stabilisa.

— Ça a l'air d'aller.

— Combien de tours par minute?

— Douze mille.

— Monte à seize mille et recommence.

Le bourdonnement devint plus aigu, puis s'étouffa. Il y eut un grincement violent et plus rien. Rachel jeta un coup d'œil à l'afficheur à diodes électroluminescentes dont les chiffres rouges se détachaient sur le fond noir de la télécommande.

— La foreuse s'est arrêtée.

— Pourquoi? Tu as une idée?

— On dirait qu'elle chauffe. Il y a peut-être un truc qui cloche au niveau du moteur. Pourtant j'ai vérifié tous les éléments.

— Remonte la mèche et laisse la machine refroidir. Puis double le couple de serrage et réessaie.

Ils attendirent, tandis que Rachel pianotait sur la télécommande. Sam avait les yeux fixés sur la porte de la cabane. Au bout de quelques instants, Rachel marmonna quelque chose et poussa le bouton champignon vers l'avant. Le bourdonnement s'éleva à nouveau, guttural à présent. Rapidement, la note devint plus grave. La foreuse peinait.

— Elle chauffe. Satanée machine, grommela Rachel entre ses dents.

Elle poussa encore le bouton champignon. Le bruit se métamorphosa soudain. Ils entendirent un craquement et une étincelle orange jaillit dans l'encadrement de la porte. Il y eut un grésillement violent, suivi d'un autre, moins fort, puis la foreuse se tut.

— Que s'est-il passé ? demanda Glinn d'un ton sec.

Amira plissa les yeux, fronçant les sourcils sous son masque à gaz.

— Je ne sais pas.

Sur une impulsion, elle fit un pas en direction de la remise mais Glinn posa la main sur son épaule pour la retenir.

— Non, Rachel. Détermine d'abord ce qui s'est passé.

Avec un profond soupir, elle prit la télécommande.

— Il y a beaucoup de choses que je n'avais jamais vues, dit-elle, étudiant l'afficheur. Attends, ça dit « Erreur Code 47 ».

Elle leva les yeux.

— Super, gronda-t-elle. Le manuel doit être dans le Montana.

Comme par un tour de passe-passe, un livret apparut dans la main droite de Glinn. Il tourna les pages, puis s'arrêta net.

— Erreur Code 47, tu as dit ?

— Oui.

— Impossible.

Il y eut un silence.

— Eli, je ne pense pas t'avoir déjà entendu prononcer ce mot.

Il leva les yeux du manuel. Il offrait une vision incongrue avec sa parka et son masque à gaz.

— La foreuse a grillé.

— Grillé ? Avec la puissance qu'elle a dans le ventre ? Je ne te crois pas.

Glinn rangea le livret dans sa parka.

— Tu devrais, pourtant.

Elle regardait la télécommande, interloquée. Autour d'eux, les flocons tombaient en tourbillonnant.

— Cela signifierait que la météorite est plus dure que le diamant, dit Rachel.

En guise de réponse, Glinn se dirigea vers le préfabriqué. A l'intérieur, l'air sentait le caoutchouc brûlé et la foreuse disparaissait derrière un voile de fumée. Toutes ses petites lumières s'étaient éteintes. Le ventre de la machine était calciné.

— Elle ne réagit pas, dit Rachel qui essayait les boutons de commande sur l'engin.

— Ça doit être les disjoncteurs. Remonte la mèche manuellement.

Sam regarda l'énorme tige s'élever centimètre par centimètre dans une fumée âcre. Lorsque la pointe apparut enfin, il ne restait de son extrémité dentelée qu'une horrible masse circulaire de métal fondu.

— Seigneur! lâcha Rachel. Une mèche à cinq mille dollars.

Sam regarda Glinn, à demi caché par les volutes de fumée. Indifférent à la mèche, il regardait dans le lointain. Il détacha son masque et le retira. Le vent se leva soudain. Dans un grincement de gond, la porte claqua, faisant trembler la poignée.

— Quelle est la suite du programme? demanda Rachel.

— On rapporte la mèche sur le *Rolvaag* pour une étude approfondie.

Rachel se tourna vers la foreuse, mais le regard d'Eli Glinn semblait toujours perdu dans le vague.

— Mais avant tout, nous avons un petit travail à effectuer, ajouta-t-il d'une voix paisible.

Île Desolacíon,
15 h 05

Une fois dehors, Sam enleva son masque et attacha sa capuche. Le vent qui soufflait en rafales faisait voler des écheveaux de neige au-dessus du sol gelé. Maintenant, Lloyd ne devait plus être très loin de New York. Déjà, le peu de lumière qui perçait les nuages faiblissait. Il ferait noir dans une demi-heure.

Glinn et Rachel apparurent, faisant craquer la neige sous leurs pas. Ils revenaient des entrepôts. Rachel tenait une lampe-tempête fluorescente dans chaque main et Glinn tirait derrière lui un long traîneau bas en aluminium.

— C'est quoi ? demanda Sam, désignant une grande malle bleue en plastique moulé sur le traîneau.

— Le casier pour la dépouille de Masangkay. Nous l'examinerons à bord.

Sam sentit la nausée monter.

— Est-ce vraiment nécessaire ?

— Je sais que ce n'est pas facile pour vous, répondit Glinn. Mais c'est une inconnue, et chez EES, nous détestons les inconnues.

Comme ils approchaient de la pile de pierres qui signalait la tombe, les rafales de neige s'espacèrent. On distinguait la masse noire des Dents d'Hanuxa contre le ciel plus noir encore. Derrière, Sam apercevait une portion de la baie. A l'horizon, les pics escarpés de l'île Wollaston déchiraient le ciel. Le temps changeait à une vitesse incroyable ici. Déjà, le vent avait rempli de neige et de glace les fissures de leur cairn de fortune, recouvrant la tombe d'une pellicule blanche. Sans cérémonie, Glinn arracha la croix, la posa par terre et entreprit de dégager les pierres gelées qu'il faisait rouler sur le côté. Il jeta un regard à McFarlane derrière lui.

— Si vous préférez ne pas y toucher, ce n'est pas un problème.

Sam avala sa salive. Il ne pouvait imaginer tâche plus désagréable que celle-ci. Mais s'il fallait le faire, il aimait autant participer.

— Non, je vais vous donner un coup de main.

Détruire la tombe lui parut plus facile que de la construire. Ils eurent tôt fait de mettre au jour les os de Masangkay. Glinn ralentit pour continuer avec plus de précautions. Sam ne pouvait détacher ses yeux des ossements : le crâne fendu, les dents brisées, les tendons filandreux, la chair en partie momifiée. Il avait peine à croire qu'il s'agît là des restes de son ancien coéquipier et ami. Il sentit sa poitrine se soulever, sa respiration s'accélérer.

La nuit tombait rapidement. Glinn enleva les dernières pierres et alluma les deux lampes qu'il plaça de chaque côté de la tombe. Avec une pince, il commença à ranger les os dans les compartiments doublés de plastique de la malle. Certains étaient encore reliés les uns aux autres, tenus par des bandes de cartilage, de peau et de tendons desséchés, mais la plupart paraissaient avoir été violemment déchiquetés.

— Je ne suis pas experte en médecine légale, dit Rachel, mais on dirait qu'un quinze tonnes lui a roulé sur le corps.

Glinn ne répondit rien, le visage dissimulé par sa capuche. La pince continuait son va-et-vient entre la tombe et le casier. Enfin, il s'interrompit.

— Que se passe-t-il ? demanda Rachel.

Tendant le bras, il ôta quelque chose de la boue glacée.

— Cette chaussure n'est pas seulement pourrie. Elle est brûlée. Et on dirait que certains os aussi.

— On l'a peut-être assassiné pour lui voler son équipement, dit Rachel. Après, le meurtrier a brûlé le corps pour dissimuler son crime. C'était plus facile que de creuser une tombe.

— Cela signifierait que Puppup est l'assassin, ajouta Sam, sentant sa voix se durcir.

Glinn tenait une phalange qu'il examinait à la lumière comme une pierre précieuse.

— C'est peu probable. Mais seule la médecine pourra nous apporter une réponse définitive.

199

— Il était temps de donner un peu de travail à notre bon docteur Brambell, dit Rachel. Le pauvre passe son temps à bouquiner et à errer sur le bateau comme une goule.

Glinn plaça l'os dans le casier. Se penchant à nouveau sur la tombe, il ramassa un autre objet avec la pince.

— C'était sous sa chaussure.

Il le leva à la lumière, brossant la glace et la terre qui s'étaient collées dessus.

— Une boucle de ceinture, observa Rachel.

— Quoi? demanda Sam, s'avançant pour mieux voir.

— Une pierre violette dans une monture en argent, reprit Rachel. Mais elle a fondu.

Sam recula. Rachel lui lança un regard interrogateur.

— Ça ne va pas?

Il passa sa main gantée devant ses yeux et secoua la tête. Revoir ça ici... Plusieurs années plus tôt, après avoir touché le gros lot pour les tectites d'Atacama, il avait fait faire deux boucles de ceinture avec un morceau de tectite pour célébrer leur victoire. Il avait perdu la sienne depuis longtemps, mais Nestor la portait le jour de sa mort. Cette découverte le touchait plus qu'il ne l'aurait cru.

Sans un mot, ils rassemblèrent les maigres effets du défunt. Rachel prit les lampes. Glinn et elle s'éloignèrent d'un pas lourd. Sam resta encore un peu, les yeux rivés sur l'amas de pierres glacées. Puis il les rattrapa.

Punta Arenas,
17 juillet, 8 h 00

Le commandant Vallenar se tenait devant le minuscule évier en métal de sa cabine. Un *puro* amer entre ses lèvres, il enduisait son visage de mousse à raser au bois de santal. Il détestait cette crème parfumée, comme il détestait le rasoir posé sur le bord du lavabo : un gadget jetable en plastique jaune à deux lames. Une saloperie typiquement américaine. Qui d'autre se permettrait un tel gaspillage ? Deux lames quand une seule suffisait largement. Mais les approvisionnements étaient imprévisibles, surtout pour les bateaux qui passaient la plupart du temps dans le Sud. Il regarda avec dégoût le petit objet sorti du paquet de dix que l'intendant lui avait donné le matin même. Mais c'était ça ou un rasoir à main, et leurs lames repliables pouvaient être dangereuses sur un navire.

Il le rinça, puis l'éleva à la hauteur de sa pommette gauche. Incapable de se raser de la main droite, il commençait toujours par le côté le plus facile. Au moins, le parfum de la mousse à raser couvrait l'odeur du bateau. L'*Almirante Ramirez*, acheté au Royaume-Uni dans les années 50, était le plus vieux contre-torpilleur de la flotte. Des décennies d'installations sanitaires déficientes, de pelures de légumes pourrissant dans l'eau de cale, de solvants chimiques, de système d'évacuation des eaux défectueux et de diesel renversé, avaient imprégné le vaisseau d'une puanteur que seul un naufrage pourrait faire disparaître.

Le beuglement soudain d'une trompe couvrit les cris des oiseaux et le bruit lointain de la circulation. Il regarda par le hublot rouillé la ville qui s'étendait au-delà des quais. C'était une belle journée, avec un ciel de cristal et un vent d'ouest froid et vif.

Le commandant reprit son rasage. Il n'aimait pas Punta Arenas. Le mouillage n'était pas sûr, en particulier par vent d'ouest. Comme d'habitude, un essaim de bateaux de pêche s'était formé autour du contre-torpilleur pour s'abriter du vent. Cette anarchie toute sud-américaine le révoltait. Aucune discipline, aucun sens du respect dû à l'armée.

On frappa à la porte et la voix du timonier Timmer retentit.

— Mon commandant?

— Entrez, dit celui-ci.

Dans le miroir, il vit la porte s'ouvrir. Timmer entra, suivi d'un civil bien nourri, l'air prospère et satisfait de lui-même. Vallenar passa la lame plusieurs fois sur son menton. Puis il la rinça dans le lavabo en métal et se tourna vers eux.

— Merci, Timmer, dit-il en souriant. Vous pouvez nous laisser. Postez un homme devant la porte, s'il vous plaît.

Après son départ, Vallenar prit le temps d'examiner l'homme qui se tenait devant lui. Il attendait devant le bureau, un léger sourire sur son visage. Il ne laissait paraître aucune trace d'appréhension. Et pourquoi devrait-il avoir peur? pensa Vallenar sans méchanceté. Après tout, il n'était commandant que de nom. Son vaisseau était le plus vieux de la flotte et il avait hérité de la pire affectation qui soit. Comment le blâmer de bomber légèrement le torse et de se sentir important devant le commandant fantoche d'un navire rouillé?

Vallenar tira une longue bouffée sur son cigare avant de le jeter par le hublot. Il posa son rasoir et, se servant de sa main valide, sortit une boîte de cigares d'un tiroir de son bureau, la présentant à l'étranger. L'homme la regarda avec dédain et secoua la tête. L'autre en prit un.

— Je m'excuse, dit le commandant, rangeant la boîte. Leur qualité laisse à désirer. Mais dans la marine, on prend ce qu'on nous donne.

L'homme sourit d'un air condescendant, les yeux sur le bras droit atrophié de son interlocuteur. Vallenar nota le lustre de ses cheveux brillantinés et ses ongles soignés.

— Asseyez-vous mon ami, dit-il en plaçant le cigare dans sa bouche. Pardonnez-moi si je continue à me raser pendant que nous parlons.

L'homme prit un siège devant le bureau et croisa les jambes avec élégance.

— J'ai cru comprendre que vous vendiez du matériel électronique d'occasion : des montres, des ordinateurs, des photocopieurs, ce genre de choses.

Vallenar s'interrompit pour passer la lame au-dessus de sa lèvre supérieure.

— Oui ? reprit-il.

— Permettez, je vends aussi du neuf !

— Bien sûr, veuillez m'excuser. Il y a quatre ou cinq mois, en mars, je crois, vous avez acquis une machine particulière, un sondeur tomographique. C'est un outil dont se servent les prospecteurs, une série de longs tubes métalliques avec un clavier au milieu. Je me trompe ?

— *Mi commandante,* je dirige une affaire importante. Je ne me rappelle pas tous les tas de ferraille qui franchissent ma porte.

Vallenar se tourna.

— Je n'ai jamais parlé d'un tas de ferraille. Vous avez dit vous-même que vous vendiez aussi du matériel neuf.

Le commerçant haussa les épaules et leva les mains en souriant. Vallenar connaissait ce sourire par cœur. Il l'avait vu trop souvent sur des visages de bureaucrates tracassiers, de fonctionnaires et d'hommes d'affaires. « Je ne saurai rien et je ne vous dirai rien tant que je n'aurai pas eu ma *mordida.* » Il voulait son pot-de-vin, comme les douaniers de Puerto Williams, la semaine précédente. Aujourd'hui, pourtant, il ne se sentait pas furieux contre cet homme. Il lui faisait pitié. Il n'était pas né corrompu, il avait été perverti par le système. C'était le symptôme d'une maladie plus grave, une maladie qui gangrenait tout le pays.

Avec un soupir, Vallenar alla s'asseoir sur le coin du bureau le plus proche du commerçant. Il lui sourit. La mousse à raser qui séchait lui tiraillait la peau. L'homme hocha la tête avec un clin d'œil complice, tandis qu'il frottait son pouce contre son index, son autre main manucurée posée bien à plat sur la table.

Avec la vivacité d'un serpent, le commandant avança la main. D'un mouvement sec, il plongea les deux lames du rasoir sous l'ongle du majeur de l'autre homme. Le commerçant hoqueta, fixant Vallenar d'un air terrifié. Celui-ci lui rendit un regard impassible. Puis il tira brutalement, indifférent au hurlement de l'homme à qui il venait d'arracher un ongle.

Vallenar secoua le rasoir, jetant l'ongle ensanglanté par le hublot. Puis il se tourna vers son miroir comme s'il n'avait jamais interrompu son rasage. Pendant un moment, on n'entendit dans la petite cabine que le raclement des lames contre sa peau et les geignements bruyants du commerçant. Vallenar constata avec intérêt que le rasoir laissait une fine bande de poils sur sa figure. Un morceau de peau avait dû rester coincé entre les lames. Il les rinça et acheva de se raser. Puis tapotant son visage avec une serviette, il se tourna vers l'autre homme. Celui-ci s'était levé. Debout devant le bureau, il gémissait en tenant son doigt ensanglanté. Vallenar se pencha sur le bureau, sortit un mouchoir de sa poche et enveloppa délicatement son doigt blessé.

— Asseyez-vous.

Le commerçant obéit, ses bajoues frémissantes.

— Vous nous rendrez service à tous les deux si vous répondez à mes questions vite et avec précision. Avez-vous ou non acheté la machine que j'ai décrite ?

— Oui, mon commandant, répondit-il aussitôt. J'en ai eu une.

— Et à qui l'avez-vous vendue ?

— Un artiste américain, dit l'homme en cajolant son doigt.

— Un artiste ?

— Un sculpteur. Il voulait réaliser une sculpture moderne qu'il exposerait à New York. Elle était rouillée, inutilisable.

Vallenar sourit.

— Un sculpteur américain. Et comment s'appelait-il ?

— Il ne me l'a pas dit.

Vallenar hocha la tête, toujours souriant. L'empressement du commerçant faisait plaisir à voir.

— Cela ne m'étonne guère. Dites-moi, *señor...* au fait, je me rends compte que je ne vous ai même pas demandé votre nom. Quelle impolitesse de ma part.

— Tornero, *mi commandante.* Rafael Tornero Perea.

— *Señor* Tornero, à qui avez-vous acheté cet instrument ?

— A un métis indien.

Vallenar réfléchit.

— Un métis? Comment s'appelait-il?

— Je suis désolé… Je n'en sais rien.

Vallenar fronça les sourcils.

— Vous ne connaissez pas son nom? Il reste très peu de métis et ils sont encore moins nombreux à Punta Arenas.

— Je ne m'en souviens pas, mon commandant, je vous le jure.

L'air éperdu, il fouillait désespérément sa mémoire. La sueur perlait sur son front luisant.

— Il n'était pas de Punta Arenas, il venait du Sud. Il avait un drôle de nom.

Vallenar eut une idée soudaine.

— Ce n'était pas Puppup? Juan Puppup?

— Oui! Merci de m'avoir rafraîchi la mémoire, mon commandant. Puppup. C'était son nom.

— Il vous a dit où il l'avait trouvé?

— Oui. Il prétendait l'avoir trouvé sur l'archipel du cap Horn. Je ne l'ai pas cru. Comment aurait-il pu trouver un instrument de ce prix sur ces îles perdues?

Les mots se précipitaient maintenant, il bafouillait comme s'ils ne sortaient pas assez vite.

— J'ai cru qu'il voulait m'extorquer plus d'argent. Maintenant, je me rappelle qu'il avait aussi une pioche et un drôle de marteau, lança-t-il, son visage s'illuminant soudain.

— Un drôle de marteau?

— Oui, avec une extrémité longue et courbe. Il m'a également laissé un sac en cuir rempli de pierres. L'Américain a tout acheté.

Vallenar se pencha sur le bureau.

— Des pierres? Vous les avez regardées?

— Bien sûr que je les ai regardées.

— Ce n'était pas de l'or?

— Oh non! Des cailloux sans valeur.

— Ah? Vous êtes sans doute un spécialiste pour vous permettre d'avancer une chose pareille?

Malgré la douceur de la voix de Vallenar, l'homme se recroquevilla sur sa chaise.

— Non, mon commandant, mais je les ai montrées au *señor* Alonso Torres. C'est le propriétaire du magasin de minéraux de la calle Colinas. Je pensais qu'elles avaient peut-être de la valeur. Mais il m'a dit que non. Que je pouvais les jeter.

— Comment peut-il le savoir?

— Il le sait, mon commandant. Les roches et les minéraux, c'est son travail.

Vallenar approcha de l'unique hublot rouillé par le sel.

— Il ne vous a pas dit de quoi il s'agissait?

— Il a dit que ce n'était rien du tout.

Vallenar se tourna vers le commerçant.

— A quoi ressemblaient-elles?

— A des pierres, des pierres sans intérêt.

Le commandant ferma les yeux. Il s'efforçait à grand-peine de maîtriser la colère qui montait en lui. Il ne pouvait se permettre de sortir de ses gonds devant un invité, sur son navire.

— J'en ai peut-être gardé une à la boutique.

Vallenar rouvrit les yeux.

— Peut-être?

— Le *señor* Torres en a gardé une pour faire d'autres tests. Je l'ai récupérée après le passage de l'Américain. Pendant quelque temps, je m'en suis servi de presse-papiers. J'espérais encore qu'elle était précieuse, malgré les affirmations du *señor* Torres. Je vais essayer de la retrouver.

Le visage du commandant Vallenar s'éclaira soudain. Il ôta le cigare de sa bouche, en examina le bout et prit une allumette dans une boîte sur son bureau.

— J'aimerais beaucoup acheter la pierre en question.

— Cette pierre vous intéresse? Je serais honoré de vous l'offrir. Ne parlons pas d'argent entre nous, mon commandant.

Vallenar s'inclina légèrement.

— Dans ce cas, je serais heureux de vous accompagner à votre magasin pour recevoir cet aimable cadeau, *señor*.

Il alluma son cigare et, avec la plus grande courtoisie, escorta le commerçant jusqu'à la porte et dans le couloir nauséabond de l'*Almirante Ramirez*.

La mèche de la foreuse gisait sur une table d'examen. Son embout calciné reposait sur un morceau de plastique blanc. Une rangée de plafonniers baignaient la cabine d'une lumière bleutée. Des instruments de prélèvement enveloppés individuellement s'alignaient sur la table. Vêtu d'une blouse et d'un pantalon de chirurgien, Sam plaça un masque antiseptique devant sa bouche. Le canal Franklin était anormalement calme. Dans le laboratoire dépourvu de hublots, il était difficile de croire qu'ils se trouvaient à bord d'un bateau.

— Scalpel, docteur ? demanda Rachel, la voix étouffée par le masque.

Sam secoua la tête.

— Infirmière, j'ai peur que nous ayons perdu le patient.

Rachel gloussa, compatissante. Derrière elle, Eli Glinn assistait à la scène, le visage fermé, les bras croisés. Sam s'approcha d'un microscope stéréoscopique doté d'un zoom dont il fit pivoter la tête. Une image très grossie de la mèche apparut sur un écran vidéo à côté de lui : un paysage apocalyptique de canyons calcinés et de crêtes fondues.

La jeune femme glissa un CD-Rom enregistrable dans le lecteur de la machine. Sam se saisit d'une chaise de bureau, s'assit devant le microscope et appliqua les yeux sur l'oculaire. Il observa lentement la mèche, étudiant les crevasses de ce paysage lunaire à la recherche d'une particule, même infime, de la météorite. Mais pas la moindre poussière rouge. Il n'eut pas plus de succès en lumière noire. Il sentit soudain la présence de Glinn derrière lui. Celui-ci s'était approché pour mieux observer l'écran. Après plusieurs minutes de vaines recherches, Sam soupira.

— Essayons à cent vingt fois.

Rachel régla l'instrument. Le paysage fit un bond en avant sur l'écran. Il paraissait encore plus grotesque. Sam reprit son lent balayage, secteur par secteur.

— Je n'arrive pas à y croire, dit-elle, les yeux fixés sur l'écran. Il n'y a absolument rien, ce n'est pas possible.

Sam s'appuya contre son dossier avec un soupir.

— Ou s'il y a une poussière, elle est trop petite pour que ce microscope puisse la détecter.

— Il doit avoir un réseau cristallin extrêmement résistant.

— En tout cas, ce n'est pas un métal ordinaire, ajouta Sam en repliant l'oculaire.

— Alors ? demanda Glinn presque à voix basse.

Le géologue pivota sur sa chaise. Il enleva son masque et réfléchit quelques instants.

— Il y a encore la microsonde électronique.

— C'est-à-dire ?

— C'est un des jouets préférés du géologue. Nous en avons une ici. Vous placez la matière dans une cloche à vide où elle reçoit un faisceau d'électrons ultrarapides. Normalement, on analyse les rayons X émis par la matière, mais on peut aussi chauffer le faisceau d'électrons pour qu'il vaporise une minuscule quantité du matériau que l'on recueille ensuite sur une plaque d'or. On devrait pouvoir obtenir un échantillon de cette manière. Petit, mais utilisable.

— Comment savez-vous si le faisceau d'électrons pourra vaporiser un morceau du rocher ? demanda Glinn.

— Le filament émet des électrons à très grande vitesse. On peut quasiment atteindre la vitesse de la lumière et concentrer le faisceau sur un micromètre. Croyez-moi, ça devrait au moins lui arracher quelques atomes.

Glinn ne répondit pas tout de suite, pesant les risques de l'opération.

— Très bien. Allez-y. Mais souvenez-vous que personne ne doit toucher la météorite.

Sam fronça les sourcils.

— Le problème, ça va être la mise en œuvre. Normalement, c'est la matière qui vient à la microsonde. Là, on va faire le contraire. Mais l'appareil pèse près de trois cents kilos. Il faudra aussi fabriquer une chambre à vide de fortune sur la météorite.

Glinn prit une radio accrochée à sa ceinture.

— Garza ? Je veux huit hommes sur le pont principal immédiatement. Il nous faut une corde et un véhicule assez gros pour déplacer un instrument de trois cents kilos ce matin...

— Dites-lui que nous aurons également besoin d'une source d'alimentation importante, ajouta Sam.

— ... et apportez un câble électrique avec un disjoncteur différentiel capable de supporter vingt mille watts.

Sam émit un petit sifflement.

— Ça devrait suffire.

— Vous avez une heure pour obtenir vos échantillons. Nous ne pouvons pas nous attarder plus longtemps. Garza ne va pas tarder. Soyez prêts, conclut-il en se levant soudain.

Lorsqu'il sortit, une rafale d'air glacé pénétra dans le laboratoire. Sam regarda Rachel.

— Il devient nerveux.

— Il déteste ne pas savoir. L'incertitude le rend maboul.

— Ça doit être dur de vivre comme ça.

Une expression un peu douloureuse passa sur le visage de la jeune femme.

— Vous n'avez pas idée à quel point.

Sam la regarda avec curiosité.

— Il faut démonter la sonde pour la transporter, dit-elle simplement en ôtant son masque et ses gants.

Île Desolación,
13 h 45

Quelques heures plus tard, les préparatifs pour l'expérience étaient déjà bien avancés. A l'intérieur de la petite remise, la lumière était vive et la chaleur étouffante. Sam se tenait au bord du trou d'où il contemplait le rouge pourpre de la météorite. Même dans cette lumière vive, elle semblait veloutée. La microsonde, un long cylindre d'acier inoxydable, se trouvait sur un support matelassé. Rachel finissait de mettre en place l'équipement réclamé par Sam : une cloche en verre de deux centimètres d'épaisseur qui contenait un filament et une prise, une série de disques en or sous plastique et un électroaimant pour concentrer le faisceau d'électrons.

— Je veux qu'on nettoie parfaitement un décimètre carré de la météorite, dit Sam à Glinn qui se tenait près de lui. Autrement, il risque d'y avoir contamination.

— On va s'en occuper. Une fois que vous aurez les échantillons, que comptez-vous faire ?

— Nous ferons une série de tests et avec un peu de chance, nous pourrons déterminer ses propriétés électriques, chimiques et physiques de base.

— Combien de temps cela prendra-t-il ?

— Quarante-huit heures. Plus, si nous voulons manger et dormir.

Glinn pressa ses lèvres l'une contre l'autre.

— Nous ne pouvons pas nous permettre d'attendre plus de douze heures. Limitez-vous aux tests les plus essentiels.

Il regarda sa montre.

Une heure plus tard, tout était prêt. La cloche en verre avait été scellée sur la météorite, une opération qui s'était avérée aussi délicate que prévu. A l'intérieur de la cloche, une dizaine de disques minuscules, destinés à recevoir les échantillons, étaient disposés en rond sur des lames de verre. Des électroaimants entouraient la cloche. La microsonde se trouvait à côté, partiellement ouverte, révélant le mécanisme complexe de ses entrailles dont s'échappaient des fils multicolores et des tubes.

— Rachel, la pompe à vide, s'il vous plaît.

Un vrombissement s'éleva tandis que la pompe aspirait l'air dans la cloche. Sam surveillait un écran situé sur la microsonde.

— La cloche tient. Descendez à cinq microbars.

Glinn s'approcha, ne pouvant détacher ses yeux de l'écran.

— Les électroaimants maintenant.

— C'est bon, dit Rachel.

— Éteignez la lumière.

La pièce se retrouva plongée dans les ténèbres. La seule lumière provenait des fissures dans les murs de la cabane de fortune et des voyants lumineux sur les commandes de la microsonde.

— Je vais d'abord émettre un faisceau de faible puissance, murmura Sam.

Un rayon bleu clair apparut sous la cloche. Il tournait, hésitant, projetant une lueur spectrale sur la météorite dont la surface rouge vira presque au noir. Des ombres dansaient sur les murs de la remise. Sam tourna précautionneusement deux cadrans qui modifièrent le champ magnétique autour de la cloche. Le faisceau arrêta de tourner sur lui-même. Il se rétrécit et sa luminosité augmenta. Il ressemblait maintenant à un crayon bleu dont la pointe était posée sur la météorite.

— Nous y sommes, dit-il. Maintenant je vais balancer toute la puissance pendant cinq secondes.

Il retint son souffle. Si les inquiétudes de Glinn étaient justifiées, si la météorite représentait un danger quelconque, ils ne tarderaient pas à l'apprendre à leurs dépens. Il appuya sur le minuteur. La luminosité du rayon sous la cloche augmenta. Un point lumineux d'un violet intense apparut à l'endroit où il touchait la météorite. Cinq secondes s'écoulèrent puis l'obscurité les enveloppa à nouveau. Sam sentit ses muscles se relâcher.

— Lumière !

Lorsque les lampes s'allumèrent, Sam se pencha sur la météorite pour examiner avec avidité les disques en or. Il retint son souffle. Une traînée rouge clair les teintait. Et à l'endroit où le faisceau d'électrons avait touché la météorite, il vit, ou crut voir, une encoche à peine perceptible, une tache luisante sur la surface lisse. Il se redressa.

— Alors? s'enquit Glinn. Que s'est-il passé?

Sam sourit.

— Elle n'est pas si coriace que ça, tout compte fait.

Île Desolación,
18 juillet, 9 h 00

Sam et Rachel traversèrent la zone des baraquements en s'enfonçant dans la neige. Le site n'avait pas changé : les mêmes rangées de conteneurs et de préfabriqués, la même terre nue et gelée. Mais lui se sentait différent. A la fois épuisé et grisé. Tandis qu'ils marchaient en silence, l'air froid et piquant semblait tout amplifier : le bruit de ses bottes dans la neige fraîche, le fracas des machines au loin, sa respiration rauque. Cela l'aidait à se vider la tête de toutes les étranges spéculations que les expériences de la nuit précédente avaient fait naître.

Lorsqu'ils atteignirent la rangée de conteneurs, il se dirigea vers le laboratoire principal dont il ouvrit la porte. A l'intérieur, Stonecipher, l'ingénieur en second de l'expédition, travaillait devant une unité centrale d'ordinateur éventrée. A côté de lui étaient étalés en éventail des CD-Rom et des cartes de circuits imprimés. Le frêle petit homme se leva à leur entrée.

— M. Glinn veut vous voir immédiatement.

— Où est-il ? demanda Sam.

— Sous terre. Je vais vous y conduire.

Ils ressortirent. A une courte distance de la remise qui couvrait la météorite, un second préfabriqué avait été élevé, encore plus délabré que le premier. La porte s'ouvrit et Garza apparut, coiffé d'un casque sous sa capuche. Il en portait deux autres à la main qu'il leur offrit.

— Venez, dit-il en les invitant à entrer.

Sam regarda autour de lui, se demandant à quoi rimait ce petit jeu. Il n'y avait rien, à l'exception de quelques vieux outils et de plusieurs barils.

— Que se passe-t-il ? demanda Sam.

— Vous allez voir, répondit Garza en souriant.

Il poussa les barils qui se trouvaient au centre de la cabane. Dessous, luisait une trappe métallique. Il l'ouvrit. Sam eut le souffle coupé en découvrant une échelle métallique qui s'enfonçait sous terre. Une vive lumière blanche venue d'en bas éclairait un tunnel étayé par des poutrelles d'acier.

— On nage en plein roman d'espionnage, commenta-t-il.

Garza éclata de rire.

— J'appelle ça la méthode Toutankhamon. Les Égyptiens cachaient le tunnel qui menait à la chambre funéraire sous la hutte d'un ouvrier insignifiant.

Ils descendirent l'échelle et se retrouvèrent dans un boyau illuminé par une double rangée de lampes fluorescentes. Le groupe avançait en file indienne dans le tunnel qui semblait entièrement tapissé d'acier, tant les poutrelles étaient nombreuses. Leur souffle laissait des traînées blanchâtres dans l'air froid. De longs glaçons pendaient au-dessus de leurs têtes. Des plaques de givre et de glace dessinaient des reliefs sur les murs. Sam aperçut bientôt une tache rouge vif caractéristique qui tranchait sur l'éclat froid du métal et de la glace.

— Il s'agit d'une petite portion de la base de la météorite, déclara Garza. Les vérins qui vont nous permettre de la soulever mesurent trente centimètres de diamètre.

Ceux-ci formaient sous la météorite une rangée de pattes trapues aux larges pieds griffus, fixées au sol et aux parois d'acier.

— Au top départ, nous la soulèverons de six centimètres, reprit-il. Puis nous la calerons et nous repositionnerons les vérins pour continuer. Dès que nous aurons assez de place, nous construirons une structure de soutènement en dessous. Ce sera exigu et il fera un froid de canard, mais c'est la seule solution.

— Nous avons prévu une fois et demie le nombre de vérins nécessaires, ajouta Rochefort. Le tunnel est conçu pour une résistance maximum. On ne court aucun risque.

Il parlait très vite. Sous son nez bleu par le froid, ses lèvres fines dessinaient une moue désapprobatrice comme s'il pensait que toute remise en question de son travail serait une perte de temps et un affront.

Garza fit demi-tour et précéda le groupe dans un tunnel qui formait un angle droit avec le précédent. Sur leur droite, ils croisèrent plusieurs boyaux plus étroits qui faisaient tout le tour de la météorite et menaient à des installations de vérins semblables à la première. Une trentaine de mètres plus loin, ils débouchèrent sur un énorme entrepôt au plafond voûté. A l'intérieur, entre autres matériaux et outillage, des poutrelles, du contreplaqué et de l'acier de construction étaient rangés en piles nettes sur le sol en terre battue. A l'autre bout de l'entrepôt, Glinn discutait tranquillement avec un technicien.

— Cet endroit est immense ! souffla Sam. J'ai du mal à croire que vous l'ayez construit en deux jours.

— Nous ne tenions pas à laisser traîner ça dehors. Si un ingénieur tombait dessus, il saurait tout de suite que nous ne cherchons pas du fer. Ni de l'or. Ce matériel va servir à construire la charpente. Nous allons avancer très progressivement. A mesure que nous placerons les vérins, nous aurons une meilleure idée de ses contours. Là-bas, il y a des machines à souder à l'arc, des chalumeaux à acétylène, sans oublier quelques bons vieux outils à l'ancienne.

Glinn s'approcha, saluant Sam puis Rachel d'un signe de tête.

— Assieds-toi, Rachel. Tu as l'air fatiguée, dit-il en désignant une pile de poutrelles.

— Fatiguée et émerveillée, répondit-elle avec un léger sourire.

— J'ai hâte d'entendre votre rapport.

Sam ferma les yeux, puis les rouvrit.

— Rien n'est écrit pour l'instant. Si vous voulez des informations, vous devrez vous contenter d'un compte rendu verbal.

Glinn joignit ses mains gantées et hocha la tête, tandis que Sam extirpait un carnet de laboratoire écorné de sa veste. A chaque respiration, ils exhalaient des nuages vaporeux. Il l'ouvrit et parcourut ses pages noircies de notes.

— Je tiens à préciser que ce n'est que le début. En douze heures, nous avons à peine eu le temps d'égratigner la surface.

Glinn inclina la tête en silence.

— Je vais vous décrire les résultats des tests mais je vous préviens : ils sont assez déroutants. Nous avons d'abord voulu déterminer les propriétés de base du métal : point de fusion, poids atomique et valence. Dans un premier temps, nous l'avons chauffé pour connaître son point de fusion. Nous

215

l'avons porté à cinquante mille degrés kelvins et avons vaporisé la couche d'or. Il n'a pas bougé.

Les paupières mi-closes, Glinn ne cilla pas.

— C'est donc pour ça que la météorite a survécu à l'impact, murmura-t-il.

— Exactement, dit Rachel.

— Puis nous avons essayé d'utiliser un spectromètre de masse pour trouver son poids atomique. A cause de son point de fusion élevé, l'expérience n'a pas marché. Même avec la microsonde, il ne restait pas assez longtemps à l'état gazeux pour le test.

Sam tourna quelques pages.

— Même topo avec la densité. L'échantillon fourni par la sonde était insuffisant pour déterminer sa valeur. C'est une matière qui semble chimiquement inactive : nous avons essayé tous les solvants, les acides et les substances réactives que nous avions sous la main. Que ce soit à température et à pression ambiantes, ou à des températures et des pressions beaucoup plus élevées, elle est totalement inerte. On se croirait devant un gaz rare, sauf qu'elle est solide. Aucun électron de valence.

— Continuez.

— Nous sommes ensuite passés aux propriétés électromagnétiques. Et c'est là qu'on a touché le jackpot. En résumé, la météorite semble être un supraconducteur à température ambiante. Autrement dit, en dessous d'une certaine température, elle n'oppose pratiquement aucune résistance au passage du courant électrique. Si on envoie du courant dedans, il circule tant que rien ne l'arrête.

S'il était surpris, Glinn n'en montra rien.

— Ensuite, nous l'avons bombardée avec un rayon de neutrons. C'est un test standard sur les matériaux inconnus : ils émettent des rayons X qui nous renseignent sur leur composition. Mais dans ce cas, les neutrons ont tout bonnement disparu. Ils ont été avalés. Engloutis. Même chose avec le rayon de protons.

Glinn haussa quand même les sourcils.

— Si tu veux te faire une idée, expliqua Rachel, imagine qu'on tire avec un Magnum 44 dans une feuille de papier et que la balle disparaisse à l'intérieur.

Glinn la regarda.

— Tu as une explication ?

Elle secoua la tête.

— J'ai essayé d'analyser ce qui s'était passé par le biais de la mécanique quantique. Le bide. Apparemment, c'est impossible.

Sam continuait à feuilleter son carnet.

— Pour finir, nous avons essayé la diffraction des rayons X.

— C'est-à-dire ? murmura Glinn.

— On envoie des rayons X à travers la matière. On obtient ainsi un schéma de diffraction particulier que l'ordinateur analyse, ce qui permet d'établir sa structure chimique. Nous avons abouti à un résultat plutôt bizarre, elle a une structure presque fractale. Rachel a mis au point un programme pour déterminer quel réseau cristallin avait pu donner ça.

— L'ordinateur travaille toujours dessus, intervint Rachel. Il doit ramer en ce moment. C'est un sacré calcul, je ne sais même pas s'il est faisable.

— Autre chose, dit McFarlane. Nous avons procédé à une datation grâce aux traces de fission de la coésite autour de la météorite. Elle serait tombée il y a trente-deux millions d'années.

Songeur, Glinn gardait les yeux rivés au sol.

— Quelles sont vos conclusions ? demanda-t-il enfin très calmement.

— Elles sont à prendre avec des pincettes à ce stade.

— Je m'en doute.

Sam aspira profondément.

— Avez-vous entendu parler de « l'îlot de stabilité » dans la classification périodique des éléments ?

— Non.

— Pendant des années, les scientifiques ont cherché des éléments de plus en plus lourds dans le tableau périodique. La majorité de ceux qu'ils ont trouvés jusque-là sont éphémères. Ils ne « vivent » qu'un milliardième de seconde avant de se dégrader en un autre élément. Mais il existe une théorie selon laquelle tout en haut du tableau, il existerait un groupe d'éléments stables qui ne se dégraderaient pas. Un îlot de stabilité. Personne ne sait avec précision quelles seraient les propriétés de ces éléments, mais ils seraient très différents de ceux que nous connaissons, et extrêmement lourds. On ne pourrait pas les synthétiser, même avec les plus gros accélérateurs de particules actuels.

— Et vous pensez que ce pourrait être un de ces éléments?

— J'en suis quasi certain, en fait.

— Comment un tel élément se serait-il créé?

— Ce ne pourrait être que le produit du plus violent phénomène connu dans l'univers : une hypernova.

— Une hypernova?

— Oui, un phénomène encore plus puissant qu'une supernova. Cela se produit lorsqu'une étoile géante s'effondre sur elle-même, ou lorsque deux étoiles à neutrons se percutent. Dans les deux cas, il y a formation d'un trou noir. En l'espace de dix secondes, une hypernova produit autant d'énergie que tout le reste de l'univers. Il faudrait bien ça pour créer ce genre d'élément. Une hypernova aurait également fourni l'énergie nécessaire pour propulser cette météorite dans l'espace à une vitesse lui permettant de franchir les vastes distances qui séparent les étoiles pour arriver jusqu'ici.

— Une météorite interstellaire, conclut Glinn d'un ton impassible.

Surpris, Sam vit Glinn et Rachel échanger un bref regard entendu. Il se raidit aussitôt. Mais le directeur d'EES se contenta de hocher la tête.

— Vous m'avez donné plus de questions que de réponses.

— Vous ne nous avez accordé que douze heures.

Il y eut un court silence.

— Revenons à la question essentielle : est-elle dangereuse?

— Elle ne risque pas d'empoisonner qui que ce soit, déclara Rachel. Elle n'est ni radioactive, ni réactive. Elle est totalement inerte. Je pense qu'elle n'est pas dangereuse. Mais il ne faut pas jouer avec l'électricité. C'est un supraconducteur dont les propriétés électromagnétiques sont tout à fait surprenantes.

Glinn se tourna.

— Monsieur McFarlane?

— C'est un tissu de contradictions, répondit Sam d'une voix neutre. Nous n'avons rien découvert indiquant qu'elle serait dangereuse. Mais nous n'avons pas prouvé non plus qu'elle ne l'était pas. Nous avons lancé une autre série de tests et, s'ils nous éclairent, nous vous tiendrons au courant. Mais il faudrait des années pour répondre avec certitude à toutes ces questions, pas douze heures.

— Je vois, soupira Glinn avec un petit sifflement que Sam aurait pris pour de l'irritation, s'il avait eu affaire à quelqu'un d'autre. De notre côté, nous avons découvert un détail qui pourrait vous intéresser.

— Oui ?

— Dans un premier temps, nous avions estimé sa taille à mille deux cents mètres cubes et à environ douze mètres de diamètre. Garza et son équipe ont déterminé les contours de la météorite en creusant les tunnels. En fait, elle est bien plus petite que nous le pensions. Elle ne fait que six mètres de diamètre.

Sam s'efforça d'assimiler la nouvelle. Il se sentait un peu déçu. Finalement, elle n'était pas beaucoup plus grosse que la météorite d'Ahnighito, exposée à New York.

— Il est difficile d'estimer sa masse à ce stade, reprit Glinn, mais tout porte à croire que la météorite pèse quand même au moins dix mille tonnes.

Sam oublia soudain sa déception.

— Ça signifie qu'elle aurait une densité de...

— Mon Dieu, au moins soixante-quinze ! s'écria Rachel.

Glinn haussa les sourcils.

— Ce qui signifie ?

— Les deux éléments les plus lourds sont l'osmium et l'iridium, expliqua Rachel. Ils ont une densité d'environ vingt-deux. Si sa densité est de soixante-quinze, cette météorite est presque quatre fois plus dense que tous les éléments connus sur terre.

— Voilà la preuve, murmura Sam, le cœur battant.

— Pardon ? demanda Glinn.

Sam avait l'impression qu'on venait de lui ôter un poids des épaules. Il regarda Glinn dans les yeux.

— Il n'y a plus aucun doute. Elle ne vient pas de notre système solaire.

Glinn ne broncha pas.

— Aucun matériau aussi dense ne peut être originaire de notre système solaire, reprit le géologue. Elle doit venir d'ailleurs. Un endroit dans l'univers très différent du nôtre. Près d'une hypernova.

Ils se turent pendant un long moment. Des ouvriers criaient au fond des galeries. Le bruit des marteaux-piqueurs et des soudeurs leur parvenait étouffé. Enfin, Glinn se racla la gorge.

— Monsieur McFarlane, commença-t-il d'un ton posé. Sam. Je m'excuse si je semble dubitatif, mais vous devez comprendre que nous opérons hors des modèles connus et même concevables. Je me rends compte que vous n'avez pas eu le temps nécessaire pour réaliser vos tests. Mais nous devons prendre une décision maintenant. Je veux votre avis le plus sincère, en tant que scientifique et en tant qu'homme : pouvons-nous continuer sans risque ou devrions-nous renoncer et rentrer chez nous ?

Sam aspira profondément. Il comprenait ce que Glinn lui demandait. Mais il savait aussi ce qu'il sous-entendait. Glinn lui demandait d'étudier la question objectivement, sans se laisser guider par l'obsession qui l'avait conduit à trahir son ami cinq ans plus tôt. Plusieurs images défilèrent devant ses yeux : Lloyd qui faisait les cent pas devant sa pyramide, les yeux noirs brillants du commandant du contre-torpilleur, les os cassés de son partenaire mort.

— Elle est là depuis trente-deux millions d'années sans avoir causé de problème apparent, dit-il lentement. Mais à vrai dire, nous n'en savons rien. Tout ce que je peux affirmer, c'est qu'il s'agit d'une découverte scientifique de la plus haute importance. Le jeu en vaut-il la chandelle ? Il n'y a pas de grande découverte sans prise de risque.

Glinn semblait très loin. Son expression était aussi indéchiffrable qu'à l'accoutumée, mais Sam avait l'impression d'avoir formulé à haute voix les pensées de l'autre homme.

Il sortit sa montre et l'ouvrit d'un petit geste sec du poignet. Il avait pris sa décision.

— Nous la soulèverons dans trente minutes. Rachel, tu testeras les capteurs avec Gene pendant que nous terminerons les préparatifs.

Un flot d'émotion submergea Sam, un mélange d'excitation et d'impatience.

— Il faut remonter, dit Garza en jetant un coup d'œil à sa montre. Personne n'est admis en bas pendant les essais.

L'enthousiasme de Sam retomba.

— Je croyais qu'on ne courait aucun risque ?

— Double précaution, murmura Glinn.

Donnant l'exemple, il sortit de l'entrepôt souterrain et s'engouffra dans l'étroit tunnel.

Le *Rolvaag*,
9 h 30

Le docteur Patrick Brambell était confortablement allongé sur sa couchette, se régalant de *La Reine des fées* de Spenser. La mer était paisible, et son matelas douillet. Depuis qu'il avait monté la température de sa suite à trente degrés, il y régnait une douce tiédeur. Tout le monde était descendu à terre pour soulever la météorite, ne laissant qu'un équipage réduit à bord. Pas un bruit pour le déranger. Il ne ressentait aucun inconfort, aucun désagrément, à part peut-être ce bras qui s'ankylosait à force de tenir le livre devant lui. Mais c'était un problème auquel il pouvait aisément remédier. Avec un soupir d'aise, il changea de main, tourna la page et se laissa emporter par le style élégant de Spenser.

Il s'interrompit soudain. Un détail le chiffonnait. Ses yeux se posèrent à contrecœur sur la porte ouverte qui donnait sur le couloir et, plus loin, le laboratoire médical. Sur un lit roulant, attendait le coffre bleu qui renfermait les ossements. Il n'avait pas encore pris le temps de l'ouvrir. Mais Eli Glinn voulait qu'il en examine le contenu d'ici la fin de la journée.

Patrick Brambell regarda dans la direction de la porte pendant quelques instants. Enfin, il posa son livre et se leva à regret de sa couchette. Il lissa sa blouse de chirurgien. Bien qu'il pratiquât rarement la médecine, et encore plus rarement la chirurgie, il adorait porter l'uniforme de sa profession qu'il ne quittait que pour dormir. Il le trouvait bien plus intimidant que celui du policier, et à peine moins que la robe de la Faucheuse. Les blouses de chirurgien, en particulier lorsqu'elles étaient tachées de sang, écourtaient les visites et les conversations futiles.

Il sortit de sa cabine et s'arrêta dans le long couloir pour regarder la succession de portes ouvertes qui formaient deux lignes parallèles de part et d'autre du corridor. Personne dans la salle d'attente. Dix lits, tous vides. Voilà qui était on ne peut plus satisfaisant. Il entra dans le laboratoire, se lava les mains dans l'immense lavabo et les secoua en marchant, décrivant un petit cercle. Il poussa du coude le sèche-mains et frotta ses doigts noueux sous le souffle d'air chaud. Ce faisant, il balaya du regard les livres usés bien rangés sur leurs étagères, qu'il n'avait pas pu caser dans sa cabine. Au-dessus, il avait accroché deux images : une représentation du Christ avec les flammes et les épines du Sacré-Cœur, ainsi qu'une petite photo fanée de deux bébés aux traits identiques, vêtus de costumes marins semblables. La première évoquait beaucoup de choses pour lui, parfois contradictoires, mais toujours intéressantes. La seconde, une photo de lui et de son frère jumeau, Simon, assassiné quelques années auparavant par un voyou à New York, lui rappelait pourquoi il ne s'était jamais marié et n'avait pas eu d'enfant.

Il prit une paire de gants en latex et alluma la lampe au-dessus du lit roulant. Il ouvrit le coffre avec un regard mécontent pour le fouillis d'os qu'il contenait. On voyait tout de suite que certains manquaient, tandis que d'autres avaient été jetés pêle-mêle, sans respect pour l'anatomie. Il secoua sa tête ratatinée devant l'incompétence généralisée du monde.

Il les sortit un par un, les identifiant et les mettant à leur place sur la table métallique. Pas vraiment de traces de dégâts causés par des animaux, à part quelques morsures de rongeurs. Puis il fronça les sourcils. Il y avait un certain nombre de fractures inhabituelles, voire extraordinaires, au moment de la mort. Il fit une pause, tenant un morceau d'os au-dessus de la table. Puis lentement, il le posa sur la surface métallique. Dans un silence absolu, il recula et croisa les bras, incapable de détacher ses yeux des ossements.

Pendant toute son enfance à Dublin, sa mère avait rêvé que ses deux fils se consacrent à la médecine. Ma Brambell était une force de la nature, une femme dont on ne contrariait pas la volonté. Aussi, Patrick avait-il fait médecine, tout comme son frère Simon. Mais tandis que Simon, un médecin légiste réputé, adorait son métier, Patrick n'avait jamais oublié que la littérature était son premier amour. Au fil des ans, il avait pris l'habitude d'exercer sur des bateaux, et plus récemment sur des superpétroliers, à l'équipage restreint et aux logements confortables. Jusque-là, le *Rolvaag* comblait ses vœux. Ni défilé de membres cassés, ni fièvres en série, ni maladies vénériennes. A part quelques crises de mal de mer, une infection des sinus et les craintes d'Eli Glinn concernant le chasseur de météorites, on l'avait laissé à ses livres. Jusqu'à maintenant. Mais en regardant les os brisés, Patrick Brambell sentait une curiosité inhabituelle en lui. Il se mit à siffloter une vieille chanson irlandaise, *The Sprig of Shillelag*.

Il se remit au travail et acheva de reformer le squelette, sans cesser de siffler. Il examina les effets du mort : des boutons, des morceaux d'habits et une vieille chaussure. Bien sûr, il n'y en avait qu'une : ces idiots avaient oublié l'autre là-bas. Outre la clavicule droite, il manquait aussi un morceau de l'ilion, le radius gauche, les carpes et les métacarpes... Au moins, le crâne était là, bien qu'en plusieurs morceaux.

Il se pencha, relevant encore de multiples fractures concomitantes à la mort. Le périmètre de l'orbite était large, la mâchoire robuste : il s'agissait bien d'un homme. D'après l'état des sutures sur la voûte du crâne, il devait avoir entre trente-cinq et quarante ans. Un petit homme qui ne mesurait pas plus d'un mètre soixante-dix, mais à l'ossature puissante et aux tendons solides. Le résultat de plusieurs années de travail de terrain, sans nul doute. Tout cela correspondait aux renseignements qu'Eli Glinn lui avait fournis sur le géologue Nestor Masangkay.

De nombreuses dents avaient été arrachées à la racine. Il semblait que le pauvre homme s'était tellement convulsé dans son agonie qu'il avait cassé toutes ses dents et même fendu sa mâchoire.

Le médecin tourna son attention vers l'occipital. Quasiment tous les os qui pouvaient être cassés l'étaient. Il se demanda ce qui avait pu provoquer un tel traumatisme. C'était apparemment un coup porté sur l'avant du corps. Il avait été frappé simultanément des orteils au sommet du crâne. Il se souvint d'un parachutiste qu'il avait autopsié à la fac. L'infortuné jeune homme, qui avait mal calculé sa trajectoire, avait atterri au milieu de l'autoroute I-95.

Soudain, son sifflement mourut sur ses lèvres. Il était tellement absorbé par ces fractures qu'il avait négligé les autres caractéristiques. Mais maintenant, il se rendait compte que les phalanges portaient des traces d'effritement, causé en général par une température très élevée ou une brûlure grave. Toutes les phalangettes manquaient au niveau des orteils comme des doigts, sans doute détruites par le feu. Il se pencha plus près. Les dents cassées étaient brûlées, l'émail s'effritait.

Ses yeux parcoururent les ossements. Le pariétal portait des marques de brûlure importantes, l'os était ramolli et cassant. Il se pencha. Oui, il sentait une nette odeur de brûlé. Et qu'avait-il là ? Il ramassa une boucle de ceinture. Elle avait fondu ! Et la chaussure n'était pas seulement pourrie, elle avait également roussi. Ce diable de Glinn ne lui en avait pas soufflé un mot, bien qu'il l'eût sûrement remarqué lui aussi.

Brambell se balança sur ses pieds. Avec un léger regret, il constata qu'il n'y avait pas là grand mystère en fin de compte. Maintenant, il savait exactement comment le prospecteur était mort. Il se remit à siffler la ballade irlandaise, mais ses trilles joyeux semblaient un peu lugubres à présent. Après avoir refermé le coffre avec soin, il retourna s'allonger.

Île Desolación,
10 h 00

Sam se tenait à la fenêtre du local de transmissions. Entre les cristaux de givre, il observait les lourds nuages accrochés aux Dents d'Hanuxa qui jetaient un voile sombre sur l'archipel du cap Horn. Derrière lui, Rochefort pianotait sur le clavier d'un poste de travail Silicon Graphics.

La dernière demi-heure s'était écoulée dans une agitation frénétique. La baraque en tôle ondulée qui dissimulait la météorite avait été retirée, et la neige déblayée tout autour du site. Maintenant, une grande tache brune rompait la blancheur féerique du paysage. Un bataillon d'ouvriers s'activait à d'obscures besognes, tandis qu'à la radio, les employés d'EES communiquaient dans un charabia technique incompréhensible.

Dehors, un sifflet retentit. Sam sentit son pouls s'accélérer. La porte s'ouvrit violemment et Rachel entra, un grand sourire aux lèvres. Derrière elle, Glinn referma la porte doucement et vint se placer derrière Rochefort.

— Prêt ? demanda-t-il.

— Vérifiez.

— Monsieur Garza ? Nous allons soulever la météorite dans cinq minutes. Restez à l'écoute, dit Glinn dans sa radio.

Il la reposa et jeta un coup d'œil à Rachel. Assise devant une console, elle plaçait un écouteur dans son oreille.

— Que disent les capteurs ?

— Tout baigne.

— Alors, qu'allons-nous voir ? demanda Sam qui imaginait déjà les salves de questions de Lloyd lors de la prochaine vidéoconférence.

— Rien, répondit Glinn. Nous n'allons la soulever que de six centimètres. La terre craquera peut-être un peu au-dessus. Réglez les vérins sur soixante tonnes.

Les mains de Rochefort coururent sur le clavier.

226

— Tous les vérins fonctionnent parfaitement. Aucun dérapage.

Sous leurs pieds, la terre vibra imperceptiblement. Penchés sur l'écran, Glinn et Rochefort examinaient les données qui défilaient, l'air calme et indifférent. Une simple opération de routine, entièrement informatisée. Rien à voir avec les expéditions hasardeuses auxquelles Sam était habitué.

— Réglez les vérins sur soixante-dix tonnes.

— C'est bon.

Ils attendirent pendant une minute qui parut interminable au géologue.

— Mince, murmura Rochefort. Il n'y a rien qui bouge. Rien du tout.

— Montez à quatre-vingts.

L'ingénieur s'exécuta. Au bout de quelques instants, il secoua la tête.

— Rachel? demanda Glinn.

— Les capteurs ne signalent aucun problème.

Un long moment s'écoula sans que personne ne réagisse.

— Elle aurait dû bouger à soixante-sept tonnes par vérin… Essayez cent tonnes, lança enfin Glinn.

Rochefort pianota, son visage soudain tendu éclairé par l'écran.

— Toujours rien? demanda Glinn, incrédule.

— Elle ne s'est pas soulevée d'un millimètre, répondit Rochefort, l'air encore plus pincé que d'habitude.

Le directeur d'EES se redressa. Il marcha jusqu'à la fenêtre et colla son front à la vitre. Plusieurs minutes s'égrenèrent en silence, pendant lesquelles Rochefort ne quitta pas l'écran des yeux. A côté, Rachel surveillait les capteurs.

— Bien. On va remettre les vérins à zéro, les examiner et réessayer.

Soudain, une plainte étrange qui semblait venir de partout et nulle part à la fois résonna dans la pièce. Sam en avait la chair de poule.

— Effondrement dans le secteur six, lança Rochefort.

Ses doigts s'affolèrent sur le clavier. Le bruit diminua.

— Qu'est-ce qui s'est passé, bon sang? demanda Sam.

Glinn secoua la tête.

— Apparemment, nous avons soulevé la météorite d'un millimètre au niveau du secteur six, mais elle est retombée et les vérins se sont enfoncés.

— J'ai un autre effondrement, lança soudain Rochefort, une note d'alarme dans la voix.

Glinn s'approcha vivement de l'ordinateur.

— Elle est en déséquilibre. Baissez les vérins à quatre-vingt-dix tonnes. Vite.

On entendit le cliquetis du clavier. Glinn recula, les sourcils froncés.

— Que se passe-t-il dans le secteur six ?

— On dirait que les vérins se sont bloqués à cent tonnes, répondit Rochefort. Ils ne veulent pas descendre.

— Votre analyse ?

— La météorite a peut-être glissé. Si c'est le cas, un poids énorme s'est reporté sur les vérins du secteur six.

— Mettez-les tous à zéro.

La scène semblait presque irréelle à Sam. Il n'y avait aucun bruit, aucun grondement souterrain spectaculaire, seulement un groupe anxieux devant des écrans.

Les doigts de Rochefort ralentirent.

— Tout le secteur six est coincé. Les vérins ont dû geler.

— Peut-on mettre les autres à zéro ?

— Si je le fais, la météorite risque d'être déstabilisée.

— Quelle est votre opinion, monsieur Rochefort ? demanda Glinn froidement.

L'ingénieur s'appuya contre son dossier, mordillant le bout de son index gauche. Enfin, il joignit les mains.

— On laisse tous les vérins à cent tonnes. On les maintient dans cette position le temps de libérer le fluide des valves hydrauliques d'urgence dans le secteur six. Pour les dégeler.

— Comment ?

— Manuellement, répondit Rochefort au bout de quelques instants.

Glinn prit sa radio.

— Garza ?

— Bien reçu.

— Vous avez suivi ?

— Oui.

— Qu'en pensez-vous ?

— Je suis d'accord avec Gene. Nous avons dû sous-estimer son poids.

Les yeux gris de Glinn se posèrent sur Rochefort.

— Qui devrait purger les vérins selon vous ?

— Moi. Je ne peux demander ça à personne d'autre. On laissera la météorite se remettre en place, on ajoutera des vérins et on réessaiera.

— Tu auras besoin d'une deuxième personne, intervint Garza dans la radio. Je t'accompagne.

— Il est hors de question que j'envoie mon ingénieur en chef et mon directeur des travaux sous ce bloc. Monsieur Rochefort, analysez les risques.

Celui-ci exécuta quelques opérations sur une calculette.

— Les vérins peuvent supporter une pression maximum pendant six heures.

— Et une pression supérieure ? Disons cent pour cent supérieure au maximum.

— Ça nous laisse moins de temps.

Rochefort fit une autre série de calculs.

— Les risques de rupture dans les trente prochaines minutes sont inférieures à un pour cent.

— C'est acceptable. Monsieur Rochefort, choisissez quelqu'un pour vous accompagner, dit Glinn en regardant sa montre. Vous avez trente minutes à partir de maintenant, pas une seconde de plus. Bonne chance.

Rochefort se leva, le visage blême.

— Vous oubliez que nous ne croyons pas à la chance. Mais merci quand même.

Rochefort entra dans la baraque délabrée et déplaça les barils pour dégager la trappe. Lorsqu'il l'ouvrit, un halo de lumière fluorescente s'en échappa. Il agrippa les barreaux de l'échelle et commença à descendre, un ordinateur de poche et une radio accrochés à la ceinture. Derrière lui, Evans fredonnait, massacrant sans pitié *Muskrat Ramble*. Eugène Rochefort se sentait mortifié. Bien que très court, le trajet entre le local de transmissions et la cabane lui avait semblé interminable. Le site était désert, cependant il avait senti des dizaines d'yeux – sans doute accusateurs – braqués sur son dos.

Il avait fait installer cinquante pour cent de vérins supplémentaires. C'était le mode opératoire habituel d'EES et cela aurait dû leur offrir une marge plus que suffisante. Pourtant, il s'était trompé. Il aurait dû doubler leur nombre, en prévoir deux cents. Mais il s'était laissé contaminer par l'impatience de Palmer Lloyd et de Glinn. Depuis le début, ils lui mettaient la pression pour accélérer les opérations. Rochefort avait dit cent cinquante et Glinn n'avait pas discuté sa décision. A vrai dire, personne ne lui avait reproché son erreur, ni même suggéré qu'une erreur avait été commise. Mais il se savait fautif. A cette pensée, une profonde amertume l'envahit. Il ne supportait pas de se tromper.

Arrivé au fond, il progressa rapidement dans le tunnel, baissant instinctivement la tête. Le souffle des ouvriers s'était condensé en cristaux glacés sur la structure d'étayage. Derrière lui, Evans sifflotait, laissant courir son doigt sur les traverses au passage.

Malgré l'humiliation, Rochefort ne se sentait pas inquiet. Même si les vérins du secteur six lâchaient, ce qui était peu probable, la météorite se contenterait de retomber à sa place initiale. Elle attendait là depuis des millénaires, et avec une masse et une force d'inertie pareilles, elle n'en bougerait certainement pas. Dans le pire des cas, il faudrait tout recommencer. Tout recommencer... Ses lèvres ne formaient plus qu'une mince ligne dure. Cela signifiait placer plus de vérins, peut-être même creuser d'autres tunnels. Il entendait déjà les hurlements de Palmer Lloyd. Il avait pourtant insisté auprès de Glinn pour n'emmener aucun employé du Museum. Il aurait préféré qu'EES se charge de tout et que le milliardaire se contente de payer la facture à la fin. Mais pour des raisons qui lui échappaient, Glinn avait accepté qu'il soit tenu au courant quotidiennement de leurs progrès.

Après le secteur un, le tunnel tournait à gauche à quatre-vingt-dix degrés. Rochefort le suivit sur une dizaine de mètres, puis emprunta une galerie secondaire qui contournait la météorite. Sa radio grésilla. Il l'ôta de sa ceinture.

— Nous approchons du secteur six.

— Il faut purger tous les vérins de ce secteur, à l'exception des numéros quatre et six, lui dit Glinn. Nous estimons que vous pouvez accomplir votre tâche en seize minutes.

Douze, pensa Rochefort.

— Bien reçu, répondit-il.

La galerie se séparait en trois branches qui, toutes, menaient à la météorite. Rochefort choisit celle du centre. Devant lui, les vérins du secteur six formaient une longue ligne jaune qui se détachait sur le fond rouge de la météorite. Il s'approcha et les vérifia tous les quinze. Ils paraissaient parfaitement solides, bien arrimés à la base des étais qui renforçaient les parois du tunnel. Une jungle de câbles électroniques s'en échappait. Les vérins n'avaient pas l'air d'avoir bougé d'un pouce. Il avait peine à croire qu'ils étaient coincés.

Avec un soupir d'irritation, il s'accroupit devant le premier. Le ventre de la météorite s'arrondissait au-dessus de lui, aussi lisse et régulier que s'il avait été poli par une machine. Evans s'approcha avec une clé pour débloquer les valves hydrauliques.

— On dirait une boule de bowling géante, vous ne trouvez pas? dit-il d'un ton enjoué.

Rochefort grogna et désigna la bague de la valve du premier vérin. Evans s'agenouilla, cala sa clé et tourna avec précaution.

— Ne vous inquiétez pas, il ne va pas casser, dit Rochefort d'un ton sec. Dépêchons. Il y en a encore douze qui nous attendent.

Plus vite, Evans fit opérer à la bague un tour à quatre-vingt-dix degrés. A l'aide d'un petit marteau, Rochefort frappa avec précision la plaque qui protégeait le coffret de sécurité. Une lumière rouge s'alluma, indiquant que la valve était débloquée et prête à s'ouvrir.

Après le premier vérin, Evans devint plus confiant, et ils progressèrent rapidement en tandem le long de la rangée, sans toucher aux numéros quatre et six. Ils s'arrêtèrent après le dernier, le numéro quinze. Rochefort regarda sa montre. Ils n'avaient mis que huit minutes. Il ne leur restait qu'à faire le chemin en sens inverse pour ouvrir les valves. La pression exercée sur le fluide était intense, mais le régulateur interne assurerait une évacuation régulière pour soulager le vérin graduellement. Pendant ce temps, l'ordinateur de contrôle situé dans le local de transmissions diminuerait la pression sur les vérins des autres secteurs au même rythme. La situation reviendrait à la normale, et ils n'auraient plus qu'à installer des vérins supplémentaires et réessayer. Mais cette fois, Rochefort n'en mettrait pas deux cents, n'en déplaise à Glinn, mais trois cents. Il leur faudrait au moins une journée pour les transporter du bateau, les mettre en place, brancher les câbles électroniques des capteurs, effectuer des tests. Il faudrait aussi creuser d'autres tunnels… Il secoua la tête. Il aurait dû commencer tout de suite avec trois cents.

— Il fait chaud ici, remarqua Evans en ôtant sa capuche.

Rochefort ne répondit pas. Froid ou chaud, c'était du pareil au même pour lui. Les deux hommes firent demi-tour, s'arrêtant devant chaque vérin pour presser le bouton d'urgence qui libérait le fluide.

A mi-chemin, Rochefort fit une pause, intrigué par un petit bruit de souris. Il savait qu'il était important de purger tous les vérins en même temps, mais le bruit lui parut si inhabituel qu'il parcourut du regard la rangée, tentant de déterminer son origine. Cela semblait venir de l'avant. Au moment où il regardait dans cette direction, le bruit recommença : un faible grincement qui n'en finissait pas d'agoniser. Il plissa les yeux. Il y avait un problème au niveau du premier vérin. Il paraissait tordu.

Ce n'était plus le moment de réfléchir.

— Filons d'ici ! hurla-t-il. Tout de suite !

Il se releva et courut jusqu'à l'entrée de la galerie d'accès, Evans sur ses talons. Il devait y avoir encore plus de poids sur ces vérins qu'ils ne l'avaient imaginé dans leurs suppositions les plus pessimistes. Beaucoup plus de poids. Restait à savoir s'ils l'avaient trop sous-estimé pour s'en sortir à temps.

Il entendait les pas précipités et les halètements d'Evans qui courait derrière lui. Avant qu'ils n'atteignent la galerie, le premier vérin céda avec un craquement terrifiant, suivi d'un second, puis d'un troisième. Après un court silence, une série de petites explosions retentirent, comme le tir d'une mitrailleuse, tandis que les autres vérins s'effondraient à leur tour. Des jets aveuglants de fluide hydraulique fusaient de toutes parts. Un vrombissement de machine à coudre géante résonnait dans les oreilles de Rochefort. L'étayage du tunnel cédait. Il courut de toutes ses forces à travers les projections liquides qui déchiquetaient sa parka et brûlaient sa peau, calculant que ses chances de s'en sortir diminuaient rapidement.

Il se rendit compte qu'elles étaient nulles lorsque la météorite s'inclina vers lui avec un grondement sourd. Écrasant les étais d'acier, elle roula vers lui dans une gerbe de boue et de glace, jusqu'à ce que sa masse rouge envahît son champ de vision.

Le *Rolvaag*,
12 h 00

Lorsque Sam pénétra dans la bibliothèque du *Rolvaag*, il trouva tout le monde éparpillé sur les fauteuils et les canapés. Il régnait un calme pesant dans la pièce. Le choc et le découragement se lisaient sur tous les visages. Garza regardait dehors, de l'autre côté du canal Franklin, vers l'île Deceit. Rachel était blottie dans un coin, les genoux remontés sous son menton. Sally et son second, M. Howell, discutaient à voix basse. Même le misanthrope docteur Brambell, qui pianotait avec impatience sur le bras de son fauteuil en jetant des regards fréquents à sa montre, avait daigné se déplacer. Seul Glinn manquait à l'appel. Comme Sam s'asseyait, celui-ci entra, une mince pochette sous le bras, Juan Puppup sur ses talons. Le sourire et le pas alerte du Yaghan semblaient déplacés au sein de cette morose assemblée. Mais Sam n'était pas surpris de le voir : s'il rechignait à quitter le navire, à bord il s'accrochait aux pas de Glinn comme un chien fidèle.

Tous les yeux s'étaient braqués sur le patron d'EES qui avança jusqu'au centre de la bibliothèque. Sam se demanda si l'accident l'avait personnellement affecté. Après tout, deux de ses hommes, dont son ingénieur en chef, avaient trouvé la mort. Mais ses yeux gris balayèrent le groupe avec leur calme et leur indifférence habituels.

— Gene Rochefort travaillait pour EES depuis le début. Frank Evans était un employé relativement nouveau, mais sa mort nous affecte tout autant. C'est une tragédie pour chacun d'entre nous dans cette pièce, mais je ne suis pas ici pour faire leur panégyrique. Ni Gene ni Frank ne l'auraient souhaité. Ce regrettable accident nous a toutefois appris une chose. La météorite de Desolación est beaucoup plus lourde que ce que nous pensions jusque-là. Grâce à l'analyse des données livrées par les vérins et à des mesures gravimétriques extrêmement précises, nous avons obtenu une estimation plus juste. Sa masse serait de vingt-cinq mille tonnes.

Malgré l'hébétude qu'il ressentait, Sam se glaça. Il réalisa un calcul rapide. Vingt-cinq mille tonnes, cela signifiait une densité d'environ 190. Cent quatre-vingt-dix fois plus dense que l'eau! Mais il ne fallait pas oublier que deux hommes étaient morts. Trois, se corrigea aussitôt Sam, pensant à la pathétique dépouille de son ancien partenaire.

— Notre mot d'ordre est « double précaution », poursuivit Glinn. Avant d'embarquer, nous avons prévu le double pour tout : les dépenses, les efforts et la masse de la météorite. Autrement dit, nous disposons à bord du matériel nécessaire pour transporter un objet de ce poids, ou presque. Nous sommes encore dans les temps. Nous avons les moyens de la soulever, de la transporter jusqu'au bateau et de la placer dans la cale.

Malgré le calme de Glinn, Sam avait l'impression de percevoir dans sa voix une note choquante qui ressemblait à du triomphe.

— Attendez un peu, l'interrompit-il. Deux hommes viennent de mourir. Nous avons une responsabilité…

— Vous n'êtes pas responsable. Nous, oui. Et nous sommes entièrement couverts par notre assurance.

— Je ne parle pas d'assurance. Je parle de la vie de deux hommes, deux hommes qui sont morts en essayant de déplacer cette météorite.

— Nous avions pris toutes les précautions raisonnables. La probabilité d'échec était d'un pour cent. Aucune entreprise de ce genre n'est exempte de risque, comme vous me l'avez vous-même fait remarquer récemment. Et les pertes actuelles n'excèdent pas nos prévisions.

— Elles n'excèdent pas vos prévisions?

Sam n'en croyait pas ses oreilles. Il jeta un coup d'œil à Rachel, puis à Garza, mais ne lut pas sur leur visage l'indignation qu'il ressentait.

— Que voulez-vous dire par là?

— Quelles que soient les précautions prises, toute opération de cette envergure peut entraîner des pertes. A ce stade, nous savions que nous risquions de perdre deux hommes.

— Quel calcul cruel !

— Au contraire. A San Francisco, il avait été estimé qu'une quarantaine d'ouvriers trouveraient la mort pendant la construction du Golden Gate Bridge. Ce n'était ni froid ni cruel. C'est un calcul qui fait partie de toute étude prévisionnelle. Ce qui serait cruel, ce serait de mettre leur vie en danger sans évaluer les risques. Rochefort et Evans connaissaient ces risques et les avaient acceptés.

Glinn regarda Sam dans les yeux.

— Je vous assure que je suis peiné, reprit-il d'un ton uniforme. Au-delà de ce que vous pouvez imaginer. Mais on m'a engagé pour récupérer cette météorite, et je compte m'acquitter de cette tâche. Je ne peux pas permettre à mes sentiments personnels d'obscurcir mon jugement ni d'affaiblir ma résolution.

— Dites-moi, monsieur Glinn, combien d'autres morts avez-vous prévus d'ici la fin de ce voyage ? intervint le capitaine Britton, l'air écœuré.

L'espace d'un instant, le masque d'indifférence de Glinn parut sur le point de se craqueler devant cette attaque inattendue, mais il se reprit aussitôt.

— Aucune, dans la mesure du possible, répondit-il froidement. Nous ferons tout ce qui est en notre pouvoir pour que personne ne soit blessé ou tué. Et si vous insinuez que je trouve acceptable qu'il y ait un certain nombre de morts, cela montre seulement que vous ignorez l'importance de l'évaluation des risques. Nous aurons beau prendre toutes les précautions du monde, le risque zéro n'existera jamais. Lorsque vous montez à bord d'un avion, vous savez qu'il peut s'écraser et ce, quelles que soient les mesures de sécurité. On peut calculer les probabilités d'accident pour un vol donné. Pourtant, nous continuons à prendre l'avion. Cette décision ne rend pas les morts plus acceptables. Est-ce que vous me comprenez ?

Sally le regarda fixement mais n'ajouta rien.

— Votre inquiétude est sincère et compréhensible, ajouta Glinn avec une douceur soudaine. Je l'apprécie.

Lorsque son regard se dirigea vers Sam, sa voix se durcit imperceptiblement.

— Monsieur McFarlane, nous ne récupérerons pas cette météorite avec des demi-mesures.

Sam rougit.

— Je ne veux pas que des gens soient blessés. Je n'ai pas l'habitude de travailler de cette manière.

— C'est une promesse que je ne peux pas vous faire. Vous, plus que quiconque, savez ce que représente cette météorite pour la science. On ne peut lui attribuer de prix ni en dollars ni en vies humaines. Au fond, il n'y a qu'une question, et je vous la pose à vous, en tant que représentant du Lloyd Museum : la voulez-vous encore ?

Sam hésita. Tous les regards s'étaient tournés vers lui, mais il se rendait compte qu'il était incapable de répondre à cette question. Devant son silence, Glinn hocha lentement la tête.

— Nous ramènerons les corps pour leur donner l'enterrement qu'ils méritent à New York.

Le docteur Brambell se racla la gorge.

— Monsieur Glinn, j'ai bien peur qu'on ne puisse enterrer que deux caisses de boue.

Glinn lui décocha un regard glacé.

— Vous aviez une autre révélation importante à nous faire, docteur ?

Le médecin croisa les jambes, toujours vêtu de son habit de chirurgien vert et joignit les doigts.

— Je peux vous dire comment Nestor Masangkay est mort.

Soudain, tout le monde retint son souffle.

— Allez-y, dit enfin Glinn.

— Il a été tué par un éclair.

Sam s'efforçait d'assimiler cette information. Son ancien partenaire au moment de faire la découverte de sa vie aurait été frappé et tué par un éclair ? Cela n'arrivait que dans les mauvais romans. Pourtant, en y songeant bien, ce n'était pas impossible. La météorite était un paratonnerre géant. Et la fulgurite trouvée sur le site allait dans ce sens.

— Qu'est-ce qui vous permet d'avancer cela ? demanda Glinn.

— La manière dont les os ont été brûlés. Le corps a été traversé par une énorme décharge électrique. J'ai déjà vu ça. Seul un éclair aurait pu créer une décharge électrique susceptible de faire de tels dégâts et de briser les os ainsi. Non seulement la foudre les brûle et fait bouillir le sang instantanément, provoquant un jet de vapeur explosif, mais elle cause une soudaine contraction des muscles qui fait voler les os en éclats. Dans certains cas, elle frappe si fort qu'on dirait que la personne a été écrasée par un poids lourd. Le corps de M. Masangkay a, pour ainsi dire, explosé.

Le médecin s'attarda sur le dernier mot, comme s'il en savourait chaque syllabe. Sam frissonna.

— Merci, docteur, dit Glinn d'un ton sec. Je serais également désireux de connaître votre analyse de la vie animale et végétale dans les huit sacs de terre que nous avons prélevés dans le voisinage de la météorite. Je les fais porter à votre labo sur-le-champ.

Glinn ouvrit sa pochette.

— Si la météorite attire la foudre, c'est une raison supplémentaire pour la laisser à l'abri. Il y a quelques instants, j'ai dit que nous étions dans les temps. Il faudra cependant procéder à quelques modifications. Étant donné la masse de l'objet, il faudra le transporter du site au bateau par le chemin le plus court. Autrement dit, nous devrons passer sous le champ de neige et non le contourner. Nous ne nous déplacerons qu'en ligne droite, suivant une pente régulière. Cela ne sera pas facile, il faudra beaucoup creuser, mais c'est possible. Par ailleurs, le capitaine Britton m'a signalé qu'une tempête se dirigeait sur nous. Si le bulletin météo se confirme, ce sera un élément de plus à prendre en compte. Dans une certaine mesure, cette tempête peut nous rendre service en dissimulant l'opération.

Glinn s'interrompit, puis reprit d'un ton plus doux.

— Je vais écrire une lettre à la famille de Gene Rochefort et à la veuve de Frank Evans. Si certains d'entre vous veulent ajouter un mot personnel, faites-le-moi passer avant notre arrivée à New York. Une chose encore…

Il regarda Sam.

— Vous m'avez dit que la coésite retrouvée autour de la météorite s'était formée il y a trente-deux millions d'années.

— Oui.

— Je veux que vous recueilliez des échantillons des flots de basalte et du culot volcanique à l'extérieur du camp.

Datez-les également s'il vous plaît. Nous avons besoin de mieux connaître la géologie de cette île. Votre seconde série de tests nous apporte-t-elle de nouvelles conclusions ?

— Seulement de nouvelles énigmes.

— Dans ce cas, concentrez-vous sur la géologie de l'île. D'autres questions avant de reprendre le travail ? demanda Glinn en regardant autour de lui.

Une voix aiguë s'éleva d'un coin de la bibliothèque.

— Oui, chef.

C'était Puppup, que tous avaient oublié. Assis sur une chaise à haut dossier, les cheveux ébouriffés, il agitait sa main levée comme un écolier.

— Oui ?

— Vous avez dit que deux personnes étaient mortes.

Glinn attendait que l'Indien poursuive. Sam remarqua que celui-ci évitait les yeux de Puppup, lui qui pourtant regardait tout le monde en face.

— Vous avez dit que peut-être d'autres gens mourraient.

— Je n'ai rien dit de tel, coupa Glinn. Bon, si nous en avons terminé…

— Que se passera-t-il si tout le monde meurt ? demanda Puppup d'une voix soudain retentissante.

Un ange passa.

— Il est maboul, murmura Garza entre ses dents.

Puppup désigna le hublot. Tous les yeux suivirent son doigt. Sous les contours déchiquetés de l'île Deceit, la proue sombre et sinistre d'un contre-torpilleur se profilait contre le ciel blafard, canons pointés sur le pétrolier.

Le *Rolvaag*,
12 h 25

Glinn avança jusqu'aux hublots, sortant de sa poche une minuscule paire de jumelles. Il n'était pas surpris, car il s'attendait à revoir Vallenar. Sally sauta de son siège et le rejoignit à grandes enjambées.

— Mais il nous menace !

Glinn examina les mâts, puis les canons de quatre pouces. Il baissa ses jumelles.

— C'est du bluff.

— Comment le savez-vous ?

— Vérifiez avec le Slick 32.

Sally se tourna vers Howell.

— Effectivement, le Slick ne signale aucun radar de conduite de tir sur cette ligne de relèvement, confirma le second.

Sally regarda Glinn d'un air étonné.

— Vous avez raison.

Glinn lui tendit les jumelles.

— Les radars de contrôle de tir ne tournent pas. Il dirige ses canons sur nous mais il n'a aucune intention de tirer.

— Effectivement, admit-elle en lui rendant ses jumelles. Postez des hommes à l'avant et à l'arrière, monsieur Howell.

— Monsieur Garza, voulez-vous préparer notre salle de réception, au cas où ? dit Glinn.

Il rangea ses jumelles et jeta un coup d'œil à Puppup. Avachi sur sa chaise, l'Indien caressait ses longues moustaches tombantes.

— Monsieur Puppup, j'aimerais faire un tour avec vous sur le pont, si vous le voulez bien.

Impassible, l'Indien se leva et suivit Glinn dans le couloir.

Dehors, le vent glacial qui balayait la baie faisait voler des moutons d'écume. Des morceaux de glace jonchaient le pont. Le petit vieillard sur ses talons, Glinn avança jusqu'à la proue arrondie. Il s'appuya contre un guindeau, les yeux tournés vers le contre-torpilleur. Maintenant que Vallenar les avait rejoints, il fallait anticiper ses actions. Il lança un regard de biais à Puppup. Le seul membre de l'expédition capable de l'éclairer sur Vallenar était également le plus difficile à cerner. Jusque-là, il s'était avéré incapable de prévoir les réactions du Yaghan qui, pourtant, s'entêtait à le suivre comme son ombre. Glinn trouvait son attitude étonnamment déstabilisante.

— Vous avez une cigarette? demanda Puppup.

L'autre sortit un paquet neuf de sa poche, des Marlboro qui valaient leur pesant d'or. Il le tendit au vieil homme qui déchira le plastique et se servit.

— Des allumettes?

Glinn lui présenta un briquet.

— Merci chef, dit Puppup, aspirant une longue bouffée de cigarette. Il fait un peu frisquet ici, aujourd'hui, vous ne trouvez pas?

— Oui.

Il y eut un silence.

— Où avez-vous appris à parler l'anglais, monsieur Puppup?

— Chez les missionnaires. Si j'ai reçu un peu d'instruction, c'est grâce à eux.

— L'un d'eux venait-il de Londres, par hasard?

— Tous les deux.

Le patron d'EES attendit un peu, laissant l'Indien fumer. Même en tenant compte du fossé culturel qui les séparait, cet homme était particulièrement mystérieux. En fait, il n'avait jamais rencontré un être aussi opaque.

— Vous avez une bien belle bague, dit-il enfin, montrant d'un geste désinvolte un petit anneau d'or au petit doigt du vieil homme.

Celui-ci leva le doigt avec un sourire.

— C'est vrai. De l'or pur, une perle et deux rubis.

— Un cadeau de la reine Adélaïde, je présume?

Puppup sursauta. Sa cigarette trembla, mais il se ressaisit aussitôt.

— Bien vu.

— Et qu'est-il arrivé au chapeau de la reine?

Le Yaghan lui lança un regard curieux.

241

— Enterré avec ma défunte épouse. Il lui allait sacrément bien.

— Fuegia était-elle votre arrière-arrière-grand-mère ?

— Si l'on peut dire, oui, répondit Puppup, le regard indéchiffrable.

— Vous venez d'une famille distinguée.

Glinn, qui surveillait les yeux du vieillard, sut que son commentaire avait fait mouche lorsque l'autre se détourna. Mais il devait conduire cet entretien avec la plus grande finesse. Il tenait peut-être l'unique occasion de percer la carapace de Juan Puppup.

— Votre femme doit être morte il y a longtemps.

L'autre ne répondit rien.

— C'était la variole ?

— Les oreillons, répondit l'Indien.

— C'est vrai ? Ma grand-mère aussi est morte des oreillons. Mais nous avons autre chose en commun.

Puppup lui lança un regard torve.

— Mon arrière-arrière-grand-père était le capitaine Fitzroy, mentit le premier sans ciller.

Les yeux du vieillard se dirigèrent vers la mer, mais Glinn était sûr d'y avoir lu une certaine hésitation. Ce sont toujours les yeux qui vous trahissent. Sauf si vous êtes entraîné à dissimuler, bien sûr.

— C'est étrange comme l'histoire se répète, continua-t-il. J'ai une gravure de votre aïeule petite fille, quand elle a été présentée à la reine. Elle est accrochée dans mon salon.

Chez les Yaghans, les liens familiaux étaient essentiels, si Glinn en croyait les ouvrages d'ethnographie qu'il avait consultés.

Puppup l'écoutait, tendu.

— Juan, puis-je revoir votre bague ?

Sans le regarder, il tendit sa main brune à Glinn qui la prit délicatement, pressant sa paume avec chaleur. Il avait remarqué l'anneau lors de leur première rencontre, lorsqu'ils l'avaient trouvé ivre à Puerto Williams. Il avait fallu quelques jours à ses collaborateurs de New York pour déterminer son origine.

— Quand je pense que mon arrière-arrière-grand-père, le capitaine Fitzroy du HMS *Beagle*, a enlevé votre arrière-arrière-grand-mère Fuegia Basket pour l'amener en Angleterre et la présenter à la reine... Et aujourd'hui, je vous enlève à mon tour.

Il s'interrompit pour sourire.

— Le destin est une chose étonnante ! Mais je ne vous emmènerai pas en Angleterre. Bientôt, vous serez rentré chez vous.

A l'époque, il était fréquent de ramener des « primitifs » des confins de la terre pour les faire parader à la cour. Quelques années plus tard, Fuegia Basket avait regagné la Terre de Feu à bord du *Beagle* avec les cadeaux de la reine. Charles Darwin faisait aussi partie du voyage.

Bien que Puppup ne le regardât pas, ses yeux semblaient soudain moins opaques.

— Que ferez-vous de cette bague ?

— Je l'emporterai dans la tombe.

— Vous n'avez pas d'enfant ?

Il savait très bien que le vieil homme était le dernier Yaghan, mais il voulait l'entendre le dire. L'autre fit un signe de dénégation. Glinn hocha la tête, sans lâcher sa main.

— Reste-t-il d'autres Yaghans ?

— Quelques métis, mais je suis le dernier à parler notre langue.

— Vous devez être triste.

— Il existe une vieille légende yaghan, et plus le temps passe, plus je crois qu'elle m'est destinée.

— Ah oui ?

— Lorsque viendra le temps du dernier Yaghan, Hanuxa lui-même l'entraînera dans les entrailles de la terre. De ses os, une nouvelle race naîtra.

Glinn lâcha sa main.

— Et comment Hanuxa emmènera-t-il le dernier Yaghan ?

Puppup secoua la tête.

— C'est qu'une superstition idiote, de toute façon. Et je n'ai plus les détails en tête.

Le petit homme avait déjà retrouvé sa vivacité habituelle. Glinn n'insista pas, bien qu'il fût incapable de dire s'il avait réussi à le toucher.

— Juan, j'ai besoin de votre aide. La présence du *commandante* Emiliano Vallenar menace notre mission. Que savez-vous de lui ?

Puppup tapota le paquet pour en extraire une autre cigarette.

— Le *commandante* Emiliano est arrivé ici il y a vingt-cinq ans. Après le coup d'État de Pinochet.

— Pourquoi ?

— Son père est tombé d'un hélicoptère pendant qu'on l'interrogeait. C'était un homme d'Allende. Comme le commandant. On l'a envoyé ici pour qu'il ne crée pas de problème.

Glinn hocha la tête. Voilà qui expliquait bien des choses. Non seulement sa disgrâce, mais aussi sa haine des Américains, voire de lui-même, en tant que Chilien.

— Comment se fait-il qu'il commande encore un contre-torpilleur ?

— Il détient des informations sur certaines personnalités, et c'est un bon officier. Le *commandante* Emiliano est têtu. Mais il est également très prudent.

— Je vois, dit Glinn, notant au passage la perspicacité de Puppup. Y a-t-il autre chose que je devrais savoir sur lui ? Est-il marié ?

Le vieil homme lécha l'extrémité d'une nouvelle cigarette et la glissa entre ses lèvres.

— Il a tué deux personnes.

Glinn dissimula sa surprise en lui offrant du feu.

— Il avait amené sa femme à Puerto Williams. Ce n'est pas un endroit très drôle pour une jeune femme. Il n'y a rien à faire là-bas, ni bals ni *fiestas*. Pendant la guerre des Malouines, le Chili soutenait l'Angleterre. On l'a posté dans le détroit de Magellan pour bloquer l'armée argentine. A son retour, il a découvert que sa femme avait un amant.

Il tira sur sa cigarette.

— Le *commandante* a agi avec beaucoup d'intelligence, reprit-il. Il a attendu de les prendre sur le fait. Et là, il a égorgé sa femme. A ce qu'on m'a dit, il a même fait pire à son amant. Il s'est vidé de son sang pendant le trajet jusqu'à l'hôpital de Punta Arenas.

— Pourquoi ne l'a-t-on pas mis en prison ?

— Par ici, on ne se contente pas de dire à son rival d'aller se faire voir, répondit Puppup d'un ton détaché. Les Chiliens ont une conception de l'honneur qui date un peu. S'il les avait tués hors de la chambre, ç'aurait été différent, mais…

Il haussa les épaules.

— Tout le monde a trouvé sa réaction compréhensible. C'est une des raisons pour lesquelles le *commandante* est toujours en place.

— Comment ça ?

— Il est capable de tout.

Glinn se tut quelques instants, regardant le contre-torpilleur de l'autre côté du canal. Le navire attendait, sombre et immobile.

— Je dois vous demander autre chose, dit-il, les yeux sur le navire militaire. Ce marchand de Punta Arenas à qui vous avez vendu le matériel de prospection, pourrait-il se souvenir de vous ? Pourrait-il vous identifier, si on le lui demandait ?

Puppup parut réfléchir.

— Aucune idée, répondit-il enfin. C'est une grosse boutique. Mais les Indiens Yaghans ne sont pas nombreux à Punta Arenas. Et on a marchandé un moment.

— Je vois. Merci, Juan, votre aide m'a été très précieuse.

— A votre service, chef.

Il regarda Glinn de biais, les yeux pétillant de malice. Glinn réfléchit rapidement. Parfois, il valait mieux confesser un mensonge tout de suite. Si on s'y prenait bien, cela pouvait même faire naître une forme de confiance perverse.

— J'ai peur de ne pas avoir été entièrement honnête avec vous. Je sais beaucoup de choses sur le capitaine Fitzroy, mais il n'est pas réellement un de mes ancêtres.

Puppup émit un gloussement déplaisant.

— Bien sûr. Pas plus que Fuegia Basket n'est mon aïeule !

Une rafale de vent glacial s'engouffra dans le col d'Eli Glinn. Il jeta un regard interrogateur à l'autre homme.

— D'où vient la bague, alors ?

— Chez nous, tant de Yaghans sont morts que le dernier a peu à peu hérité des biens de tous les autres. C'est comme ça que j'ai récupéré le chapeau, la bague, et à peu près tout ce que j'ai.

— Qu'est-il arrivé au reste ?

— Je l'ai vendu. Pour boire.

Glinn se sentit pris au dépourvu par la franchise de sa réponse. Décidément, le vieillard n'avait pas fini de le surprendre.

— Lorsque tout ceci sera fini, ajouta le vieil homme, il faudra m'emmener avec vous, où que vous alliez. Je ne pourrai plus rentrer chez moi.

— Pourquoi?

Mais avant même d'avoir posé la question, Glinn se rendit compte qu'il en connaissait déjà la réponse.

Sam déambulait dans le couloir du pont-château inférieur. Malgré la fatigue, il ne parvenait pas à dormir. Cette dernière journée avait été fertile en bouleversements : la longue série d'étranges découvertes sur la météorite, la mort de Rochefort et d'Evans, la réapparition du contre-torpilleur. Renonçant à trouver le sommeil, il avait quitté son lit pour errer sans but dans les couloirs du *Rolvaag*.

Il s'arrêta devant une porte. Ses pas l'avaient inconsciemment guidé jusqu'à la cabine de Rachel. Surpris, il se rendit compte que sa compagnie lui manquait. Son rire cynique lui remettrait les idées en place. C'était agréable de passer un moment avec quelqu'un sans s'embarrasser de bavardages futiles ni d'explications fatigantes. Il se demanda si elle accepterait de prendre un café dans le carré des officiers, ou de faire une partie de billard.

Il frappa à la porte.

— Rachel ?

Personne ne répondit. Elle ne dormait certainement pas : elle clamait à qui voulait l'entendre que, depuis dix ans, elle ne s'était pas couchée une seule fois avant trois heures du matin.

Il frappa encore. La porte non verrouillée céda sous la pression de sa main.

— Rachel ? C'est Sam.

Il entra, curieux malgré lui. Il n'avait jamais pénétré dans la cabine de la jeune femme. A la place du désordre, des draps froissés, des cendres de cigare et des tas de vêtements en fouillis auxquels on pouvait s'attendre, il régnait à l'intérieur un ordre méticuleux. Le canapé et les fauteuils harmonieusement disposés étaient impeccables, tandis que des manuels scientifiques s'alignaient, bien rangés sur les étagères. Pendant quelques instants, il se demanda si elle habitait là, lorsqu'il aperçut un petit tas de pelures de cacahuètes sous le meuble informatique. Attendri, il s'approcha de l'ordinateur. Machinalement, ses yeux se posèrent sur l'écran et furent arrêtés par son nom. Un document de deux pages se trouvait dans l'imprimante. Se saisissant de la première page, il commença à lire.

EES — CONFIDENTIEL
De : R. Amira
A : E. Glinn
Sujet : S. McFarlane

Depuis le dernier rapport, la fascination du sujet pour la météorite et ses mystères n'a fait que croître. Il est toujours mitigé en ce qui concerne le projet et la personne de Lloyd, mais il s'est pris au jeu des problèmes que nous pose la météorite, presque malgré lui. Nous ne parlons quasimment que de cela, du moins, jusqu'à l'incident de ce matin. Je ne suis pas sûre qu'il soit totalement franc avec moi, mais je préfère ne pas le pousser dans ses retranchements.

Après la découverte de la météorite, je l'ai amené à parler de sa théorie concernant l'existence des météorites interstellaires. Bien que réticent au début, il s'est rapidement enflammé, m'expliquant pourquoi la météorite de Desolación semblait correspondre à ce qu'il cherchait. Cependant, il préfère garder son opinion secrète et m'a demandé de ne faire part de ses soupçons à personne. Ainsi que tu dois le savoir depuis votre conversation de ce matin, il est de plus en plus convaincu de son origine interstellaire.

Il entendit la porte se refermer, quelqu'un prendre une longue inspiration derrière lui. Sam se tourna. Rachel se tenait dos à la porte, encore vêtue de la robe noire mi-longue qu'elle portait au dîner, sur laquelle elle avait passé une parka pour se rendre au magasin d'approvisionnement. Elle était en train de sortir un sac de cacahuètes neuf de sa poche lorsqu'elle aperçut la feuille entre ses mains. Aussitôt, elle se raidit.

Pendant quelques instants, ils se contentèrent de se regarder. Lentement le sachet retomba dans la poche de la parka.

Sam se sentait plus abattu que furieux. L'accumulation des chocs avait émoussé sa capacité à s'émouvoir.

— Ma foi, on dirait que je ne suis pas le seul Judas à bord.

Rachel lui rendit son regard, le visage blême.

— C'est dans votre habitude de vous introduire chez les gens pour fouiller dans leurs papiers ?

Sam sourit froidement. Il posa la feuille sur le bureau et lui donna une chiquenaude.

— Désolé, mais cette copie n'est pas très satisfaisante. Quasiment ne prend qu'un m. Glinn ne va pas vous donner de bon point aujourd'hui.

Il avança vers la porte dont elle barrait toujours l'accès.

— Laissez-moi passer.

Rachel hésita, baissa les yeux, mais ne bougea pas.

— Attendez.

— Je vous ai demandé de me laisser passer.

Elle désigna l'imprimante du menton.

— Pas avant que vous n'ayez lu le reste.

Une bouffée de rage l'envahit et il leva la main pour la pousser. Puis, se maîtrisant, il la laissa retomber.

— J'en ai lu plus qu'assez. Maintenant, dégagez.

— Lisez le reste. Après vous pourrez partir.

Rachel se mordit les lèvres, fermement campée sur ses pieds. Il soutint son regard pendant une minute ou deux. Puis il haussa les épaules et alla chercher la fin du rapport.

En fait, je suis d'accord avec lui. Tout semble indiquer, sinon prouver, que cette météorite ne vient pas du système solaire. La théorie de Sam s'avère plausible. Par ailleurs, je n'ai constaté chez lui aucun signe d'obsession ni rien qui pourrait menacer l'expédition. C'est tout le contraire : la météorite semble réveiller le scientifique en lui. Ses sarcasmes, ses réactions de défense et son côté mercenaire, si manifestes au début, semblent avoir cédé la place à une curiosité avide, un désir profond de comprendre cette météorite hors du commun.

Ce sera donc mon troisième et dernier rapport. Ma conscience m'interdit de continuer. Si je pressens des

problèmes, je les signalerai. Je le ferai en toute circons-
tance, en tant qu'employée d'EES. Une chose est sûre, cette
météorite est plus étrange que tout ce que nous avons ima-
giné. Elle est peut-être dangereuse. Je ne peux pas à la fois
le surveiller et collaborer avec lui. On m'a demandé d'être
l'assistante de Sam, et c'est bien ce que je compte faire.
Pour son bien, le mien et celui de la mission.

Sam tira la chaise qui se trouvait devant le meuble informatique et s'assit, sans lâcher le papier qui crissait entre ses doigts. Sa colère s'était dissipée, mais il se sentait animé de sentiments confus et contradictoires.

Pendant un moment interminable, personne ne dit mot. Sam entendait au loin le grondement étouffé des vagues et le faible ronronnement des moteurs. Puis il leva les yeux vers Rachel.

— C'était une idée de Glinn, expliqua-t-elle. Vous étiez l'homme de Palmer Lloyd, pas le sien. Vous aviez un passé douteux et lors de notre première rencontre, ce que vous avez fait avec le sandwich l'a rendu méfiant. Vous êtes imprévisible et les gens imprévisibles le rendent nerveux. Il m'a donc demandé de vous garder à l'œil. Et d'écrire sur vous des rapports réguliers.

Elle s'interrompit, attendant une réaction qui ne vint pas.

— L'idée me déplaisait au plus haut point, poursuivit-elle. Au début, c'était surtout le fait d'être votre assistante qui me rebutait. Je pensais juste que rédiger ces rapports serait difficile. Mais je n'avais pas idée, mais alors pas du tout, que ce serait aussi pénible. Je me dégoûtais chaque fois que je m'asseyais pour en écrire un.

Elle soupira profondément. Sa voix s'enroua.

— Depuis deux jours… Je ne sais pas, dit-elle en secouant la tête. Et en écrivant ça… J'ai compris que je ne pouvais pas continuer. Même pour lui.

Elle se tut brusquement, regardant la moquette. Malgré ses efforts pour se maîtriser, son menton trembla. Une larme perla sur son visage, laissant une traînée irrégulière sur sa joue.

Sam se précipita vers elle pour la rassurer. Elle mit les bras autour de sa nuque et enfouit son visage dans son cou.

— Sam, murmura-t-elle, je suis vraiment désolée.

— Ce n'est pas grave.

Une seconde larme roula sur sa joue. Il se pencha pour l'essuyer, mais elle tourna la tête au même moment et leurs lèvres se rencontrèrent.

Elle l'enlaça, caressant sa nuque. Sam hésita un instant, mais il sentit la pression de son corps, de ses seins, de ses hanches. Il glissa sa main sous sa robe et remonta le long de sa cuisse, l'embrassant avec passion.

Île Desolación,
19 juillet, 11 h 30

Sam examina les tours de lave noire qui s'élevaient devant lui. Elles étaient encore plus impressionnantes de près. D'un point de vue géologique, il s'agissait de culots volcaniques classiques, les restes d'un volcan qui possédait deux cheminées et dont les pentes s'étaient érodées, ne laissant que ces pitons remplis de basalte.

Il tourna la tête. Derrière lui, à plusieurs kilomètres, et bien plus bas, il apercevait l'aire de débarquement mouchetée de noir sur le paysage blanc. Après la mort de Rochefort et d'Evans, le travail avait repris sans tarder, sous la direction de Garza et de l'ingénieur en second, Stonecipher, un homme dénué d'humour qui semblait avoir hérité de la personnalité de Rochefort en même temps que de ses responsabilités.

Rachel Amira s'approcha de lui. Elle souffla, exhalant un nuage de buée, et leva les yeux vers les tours rocheuses avec un froncement de sourcils.

— Jusqu'où devons-nous aller ?

— Je veux atteindre la bande rocheuse plus sombre au milieu. C'est sans doute le vestige de la dernière éruption et nous aurons besoin d'échantillons pour la dater.

— Pas de problème, dit-elle d'un air bravache.

Elle semblait d'excellente humeur depuis qu'ils s'étaient retrouvés pour l'ascension. Elle parlait peu mais fredonnait et sifflotait en sourdine. Sam, lui, ne tenait pas en place. Il se sentait impatient.

Il étudia les voies possibles, cherchant les obstacles, les corniches, les pierres susceptibles de se détacher. Puis il se remit en route. Ses raquettes s'enfonçaient dans la neige fraîche. Ils progressaient lentement sur le talus. A quelques mètres des pitons, Sam s'arrêta devant une pierre inhabituelle qui pointait sous la neige. Il donna un petit coup avec son marteau, récupérant deux éclats qu'il glissa dans son sac d'échantillons.

— Tu joues avec les pierres, comme les petits garçons, remarqua Rachel.

— C'est pour ça que je suis devenu géologue.

— Je parie que tu avais une collection de cailloux quand tu étais gosse.

— Perdu. Et toi, tu collectionnais quoi ? Les poupées Barbie ?

— J'avais une collection très éclectique, s'indigna-t-elle. Des nids d'oiseaux, des peaux de serpent, des tarentules séchées, des os, des papillons, des scorpions, une chouette morte, des bestioles bizarres retrouvées mortes sur la route… Tu vois le genre.

— Des tarentules séchées ?

— Oui. J'ai passé mon enfance à Portal, dans l'Arizona, au pied des montagnes Chiricahua. A l'automne, les grosses tarentules mâles venaient sur la route pour se chercher des petites copines. J'en avais une trentaine fixées sur des planches. Mais notre andouille de chienne a bouffé toute ma collection.

— Elle en est morte ?

— Même pas. Comme quoi, il n'y a pas de justice. A sa décharge, elle a tout vomi sur le lit de ma mère au milieu de la nuit. Un grand moment comique dans l'histoire de la famille Amira, conclut-elle avec un gloussement.

Ils firent une pause. La pente s'élevait plus abrupte devant eux. Ici, le vent soufflait en permanence et une croûte épaisse s'était formée sur la neige.

— On va enlever nos raquettes, dit McFarlane.

Malgré la température inférieure à zéro, il avait trop chaud et il descendit la fermeture éclair de sa parka.

— Nous allons nous diriger vers le col entre les deux sommets, dit-il en fixant ses crampons, prêt à repartir. A part les tarentules, qu'est-ce que tu collectionnais encore ?

— Des spécimens qui auraient fait le bonheur d'un herpétologiste.

— Plaît-il ?

— Tes collègues qui étudient les amphibiens et les reptiles.

— Pourquoi ?

— Parce que je les trouvais intéressants. Ils étaient plats, secs, faciles à classer et garder. J'en avais d'assez rares.

— Ta mère devait adorer.

— Elle n'était pas au courant, tu penses !

Ils continuèrent en silence. Leur souffle laissait des petites traînées blanches derrière eux. Quelques minutes plus tard, ils arrivèrent au niveau du col et Sam proposa une pause.

— Je n'ai plus la forme après trois semaines sur ce rafiot.

— Vous ne vous en êtes pas trop mal sorti la nuit dernière, monsieur le géologue.

Elle sourit, puis rougit soudain, détournant le visage.

Il ne répondit pas. Rachel était une excellente collaboratrice, et il pensait pouvoir lui faire confiance maintenant, malgré les rapports qu'elle avait écrits sur lui. Mais ce qui s'était passé la nuit précédente était une complication imprévue. Et les complications étaient la dernière chose qu'il souhaitait.

Ils burent à la gourde. A l'ouest, Sam apercevait une traînée noire sur l'horizon, signe annonciateur de tempête.

— Tu sembles différente du reste de l'équipe de Glinn, pourquoi ?

— Je le suis. Et ce n'est pas un hasard. Chez EES, tout le monde est super-prudent, y compris Glinn. Il avait besoin de quelqu'un de capable de prendre des risques. Sans compter qu'au cas où tu ne l'aurais pas remarqué, je suis un petit génie.

— Ne t'en fais pas, je l'avais remarqué, dit Sam en lui tendant une barre chocolatée.

Ils mâchèrent en silence. Puis Sam fourra les papiers dans son sac à dos et le remit sur ses épaules, évaluant du regard la pente devant eux.

— Ça a l'air un peu délicat vu d'ici. Je vais...

Mais Rachel avait déjà commencé à gravir le champ de neige glacé au-dessus d'eux qui conduisait à la base des pitons.

— Vas-y doucement, cria-t-il, inquiet devant la pente raide et verglacée.

Il regarda au loin les îles déchiquetées du cap Horn. Un paysage spectaculaire. Encore plus loin, à l'horizon, il distinguait les montagnes de la Terre de Feu. Le *Rolvaag*, malgré sa taille, ressemblait à un jouet d'enfant perdu au milieu des eaux noires de la baie. On discernait à peine le contre-torpilleur, caché derrière une île escarpée. A l'extrême limite de son champ de vision, la ligne orageuse gagnait sur le ciel limpide.

Il leva les yeux vers les pitons. Rachel grimpait à une vitesse alarmante.

— Ralentis ! cria-t-il d'un ton plus pressant cette fois.

— Faut dormir la nuit, mon vieux ! s'esclaffa-t-elle.

Soudain, une pierre dégringola, suivie d'une autre, plus grosse, qui passa à quelques centimètres de l'oreille de Sam. Une partie du talus s'effondra sous les pieds de Rachel, creusant une plaie noire sur la neige. Elle glissa. Les pieds dans le vide, elle se contorsionna pour trouver un appui, sans pouvoir retenir une exclamation terrifiée.

— Tiens bon ! hurla Sam, crapahutant tant bien que mal dans la neige pour la rejoindre.

Il arriva sur une large corniche juste au-dessous d'elle. Il s'approcha plus prudemment, plantant ses pieds avec circonspection sur la plate-forme, puis s'étira pour l'attraper.

— Je te tiens, haleta-t-il. Lâche.

— Je ne peux pas, grinça-t-elle entre ses dents.

— Ça va, je te tiens, répéta-t-il calmement.

Elle grogna un peu puis lâcha sa prise. Il guida tant bien que mal ses pieds sur la saillie rocheuse. Elle atterrit brutalement et, les jambes flageolantes, elle se laissa tomber sur ses genoux.

— Mon Dieu, j'ai failli tomber, dit-elle en lui passant un bras autour des épaules…

— Ça va, tu serais tombée d'un mètre cinquante dans une congère.

— Vraiment ?

Elle regarda en bas et fit une grimace.

— J'avais l'impression que toute la montagne était en train de s'écrouler. Dire que je croyais que tu m'avais sauvé la vie. Merci quand même.

Elle leva la tête et l'embrassa légèrement sur la bouche. Elle attendit, puis l'embrassa encore, plus franchement cette fois. Sentant une résistance, elle recula, interrogatrice. Ils se regardèrent en silence pendant un moment.

— Tu ne me fais toujours pas confiance, Sam ? demanda-t-elle posément.

— Si, je te fais confiance.

Elle fronça les sourcils d'un air consterné.

— Alors, où est le problème ? Il y a quelqu'un d'autre ? Notre brave capitaine, peut-être ? Même Glinn semble…

Elle s'interrompit brusquement et se recroquevilla sur elle-même.

Une demi-douzaine de réponses traversèrent l'esprit de Sam, mais elles lui semblaient soit trop frivoles, soit condescendantes. Faute de mieux, il secoua la tête avec un sourire idiot.

— Il y a un bon coin pour recueillir des échantillons six ou sept mètres plus haut, dit-il au bout d'un moment.

Rachel gardait les yeux baissés.

— Va les chercher tout seul, moi, je t'attends ici.

Il lui fallut quelques minutes pour atteindre l'endroit qui l'intéressait. Là, il ramassa une demi-douzaine de morceaux de basalte sombre avant de rejoindre Rachel. Elle se leva à son approche et ils redescendirent vers le col sans un mot.

— Si on faisait une pause, dit enfin Sam, s'efforçant de prendre un ton détaché.

Il regarda Rachel. S'ils devaient travailler ensemble jusqu'à la fin de l'expédition, mieux valait éviter tout malaise entre eux. Il posa la main sur son coude. Elle se tourna aussitôt vers lui.

— Rachel, écoute. Nous avons passé un moment génial tous les deux, la nuit dernière. Mais j'aimerais autant qu'on en reste là. Pour l'instant, du moins.

Le regard de la jeune femme se durcit.

— C'est-à-dire ?

— Nous avons un boulot à terminer. Ensemble. Et les choses sont assez compliquées comme ça. Ce n'est pas la peine de se précipiter, d'accord ?

Elle cligna des yeux rapidement, puis hocha la tête avec un petit sourire qui ne parvint pas à cacher la déception qui assombrit un instant son visage.

— D'accord, dit-elle en regardant ailleurs.

Sam l'enlaça. Avec son épaisse parka, il avait l'impression d'avoir le bonhomme Michelin dans ses bras. Il leva gentiment la tête de Rachel vers lui.

— Ça va ?

Elle hocha encore la tête.

— T'inquiète pas. Je connais la chanson. On s'habitue.

— Ça veut dire quoi ?

Elle haussa les épaules.

— Rien. Je suppose que je ne suis pas très douée pour ce genre de chose.

Ils restèrent enlacés quelques instants dans le vent glacé. Sam regarda les mèches folles qui s'échappaient de la capuche de Rachel. Cédant à une impulsion, il lui posa une question qui l'intriguait depuis le premier soir sur le pont.

— Il s'est passé quelque chose entre Glinn et toi ?

Elle le regarda et se dégagea de son étreinte, sur ses gardes. Puis elle se détendit et soupira.

— Oh, je peux bien te le dire après tout. Oui. Il y a très longtemps, j'ai eu une histoire avec Glinn. Une toute petite histoire, je suppose. Mais c'était... très agréable.

Un sourire se dessina sur les lèvres de Rachel, puis s'évanouit lentement. Elle se détourna et s'assit dans la neige, s'absorbant dans la contemplation du panorama neigeux qui se déployait sous eux. Sam s'assit à côté d'elle.

— Que s'est-il passé ?

Elle lui jeta un bref regard.

— Tu veux un dessin ? Glinn a rompu, répondit-elle avec un sourire froid. Et tu sais quoi ? Tout allait parfaitement bien. Il n'y avait aucun problème. Je n'avais jamais été aussi heureuse.

Elle s'interrompit.

— J'imagine que c'est ce qui lui a fait peur. Il craignait que ça ne soit pas toujours aussi bien. Il a préféré tout arrêter avant. Comme ça. Parce que si les choses ne peuvent pas aller mieux, elles ne peuvent qu'empirer, et ce serait un échec, non ? Eli Glinn est un homme qui ne s'autorise pas l'échec.

Elle rit sans joie.

— Mais vous vous ressemblez un peu, tous les deux, affirma Sam. Hier, dans la bibliothèque, je m'attendais à ce que tu protestes. A propos d'Evans et de Rochefort, je veux dire. Mais tu n'as rien dit. Est-ce que ça veut dire que toi aussi, tu trouves leur mort acceptable ?

— Arrête, Sam. Aucune mort n'est acceptable. Mais presque tous les projets sur lesquels j'ai travaillé pour EES ont eu leur lot de disparitions. On n'y échappe pas dans ce boulot.

Ils restèrent assis encore quelques instants sans se regarder. Puis Rachel se leva.

— Viens, dit-elle en s'époussetant. Le dernier arrivé lavera les éprouvettes.

L'*Almirante Ramirez*,
14 h 45

Le commandant Emiliano Vallenar se tenait sur le *puente volante* – la passerelle supérieure –, observant l'énorme pétrolier à travers ses jumelles. Lentement, il remonta de la proue à la passerelle de navigation, s'attardant sur le pont principal au passage. C'était instructif. Il avait passé tellement longtemps à étudier le navire américain qu'il avait l'impression d'en connaître chaque hublot rouillé, chaque bossoir, chaque tache de pétrole. Certains détails lui paraissaient suspects sur un minéralier. Ces antennes basses à demi dissimulées semblaient appartenir à un appareil de surveillance électronique. Et la grande antenne en haut du mât, bien qu'elle parût cassée, rappelait étrangement un radar aérien.

Il baissa ses jumelles. Fouillant dans sa poche, il en sortit la lettre du géologue de Valparaiso.

Cher monsieur,

La pierre que vous avez eu la bonté de me confier est un quartz, du dioxyde de silicium, pour être précis, avec des inclusions microscopiques de feldspath, de hornblende et de mica. Cependant, je suis au regret de vous apprendre qu'elle n'a aucune valeur commerciale et ne présente pas d'intérêt pour les collectionneurs. En ce qui concerne votre question, il n'y a pas de trace d'or, d'argent, ni d'autres minerais ou composés précieux. Ce n'est pas non plus un minéral que l'on trouve dans le voisinage de gisements de pétrole, de gaz, de schiste bitumineux ou d'autres hydrocarbures.

Je regrette sincèrement de devoir vous annoncer ces nouvelles décevantes, qui vous décourageront certainement d'exploiter la concession minière de votre grand-oncle.

Vallenar caressa l'estampille en relief en haut de la feuille. Puis avec un spasme de dégoût, il la roula en boule et la remit dans sa poche. L'analyse ne valait pas le papier sur laquelle elle avait été écrite.

Une fois de plus, il leva ses jumelles en direction du navire étranger. C'était un suicide de mouiller dans ces eaux traîtresses, pour un bateau de cette taille. Autour de ces îles, il n'y avait qu'un mouillage digne de ce nom, Surgidero Otter, et il se trouvait à l'autre bout de l'île Wollaston. Dans le canal Franklin, les fonds n'étaient pas sûrs, à l'exception d'un lieu qui n'apparaissait sur aucune carte. Un haut-fond connu de lui seul. Les courants étaient puissants par ici. Il fallait que le capitaine soit très ignorant pour jeter l'ancre dans ces eaux. D'autant plus qu'elle n'avait même pas pris la précaution d'attacher des câbles d'amarrage à la rive.

Pourtant, le *Rolvaag* attendait là depuis plusieurs jours, indifférent au vent et aux vagues, comme s'il avait trouvé le mouillage idéal. Au début, Vallenar était sidéré. Cela semblait miraculeux. Puis il avait remarqué des petits tourbillons d'eau à la poupe. Ses hélices auxiliaires tournaient. Elles tournaient en permanence. En fait, ils réglaient leur poussée pour maintenir le navire immobile en dépit des courants du canal, sauf aux changements de marée, où ils utilisaient les moteurs pour tourner autour de leur ancre.

Cela ne pouvait signifier qu'une chose : les chaînes étaient destinées à tromper les éventuels curieux et le pétrolier était muni d'un système de positionnement dynamique. Il disposait donc d'une liaison avec un satellite de positionnement et d'un ordinateur puissant qui opérait les moteurs. Ce système qui permettait de maintenir le navire à une position constante était un gadget dernier cri. Vallenar avait lu des articles sur le sujet mais ne l'avait jamais expérimenté. Aucun navire de la marine chilienne n'était équipé de ce dispositif coûteux à installer, même sur un petit bateau, et qui brûlait une énorme quantité de carburant. Pourtant ce minéralier apparemment déglingué était doté de ce joujou de luxe.

Il prit une profonde inspiration, détournant les jumelles du *Rolvaag* pour les diriger vers l'île où se dressaient les préfabriqués. Il suivit la route qui conduisait à la mine. De lourds engins s'activaient sur une colline meurtrie, près de taches qui semblaient être des bassins de lixiviation. Mais il y avait aussi quelque chose de louche ici. Il ne voyait pas d'autre installation indiquant l'exploitation d'une mine aurifère. A part les bassins, c'était une opération parfaitement propre. Trop propre. Il avait grandi dans un camp de mineur dans le nord, et il savait à quoi une mine ressemblait.

Le commandant était convaincu que les Américains ne cherchaient pas de l'or. Et n'importe quel idiot pouvait se rendre compte que le fer était le dernier de leurs soucis. Le site ressemblait plus à une mine de diamants. Mais s'ils creusaient pour trouver des diamants, pourquoi un si gros navire? Du début à la fin, cette opération dégageait une forte odeur de soufre.

Il se demandait si elle avait un lien avec les légendes de l'île, les vieux mythes yaghans. Il se rappelait vaguement les élucubrations du vieux *borracho*, Juan Puppup, un soir de beuverie dans un bar. Il s'efforça de se remémorer ses paroles : une histoire à propos d'un dieu en colère et de son fils fratricide. Lorsqu'il mettrait la main sur lui, il ferait en sorte que son dernier acte sur cette terre soit de lui révéler tout ce qu'il savait.

Un bruit de pas se rapprocha, et l'*oficial de guardia*, le chef de quart, apparut.

— *Commandante*, dit-il en claquant des talons, la salle des machines signale que tous les moteurs tournent.

— Très bien. Cap au quatre-vingt-dix. Et envoyez-moi M. Timmer, s'il vous plaît.

L'officier salua de nouveau, fit volte-face et quitta la passerelle supérieure. L'air renfrogné, Vallenar regarda l'homme descendre les marches métalliques. De nouveaux ordres étaient arrivés. Une fois de plus, on voulait le charger d'une vaine mission en l'envoyant patrouiller dans des eaux désertes.

De sa main valide, il fouilla dans la poche de sa veste pour en sortir le morceau de roche que le géologue lui avait renvoyé avec la lettre. Il était à peine plus gros qu'une prune. Et pourtant, il était convaincu qu'il renfermait la réponse à ce qui le préoccupait. Les Américains avaient appris quelque chose grâce à la machine du prospecteur et son sac de pierres. Une information assez importante pour les inciter à venir se perdre dans ce coin isolé et dangereux avec autant d'argent et de matériel. Vallenar serra la pierre. Il fallait qu'il sache pourquoi les Américains prenaient toute cette peine. Si cet imbécile de l'université ne pouvait pas l'aider, il demanderait à quelqu'un d'autre. Il savait qu'en Australie, on trouvait les meilleurs géologues du monde. C'est là-bas qu'il l'enverrait. Ils découvriraient le secret de ce caillou et lui apprendraient ce que les Américains cherchaient. Alors, il saurait quoi faire.

— Mon commandant ?

La voix de Timmer le tira de ses pensées. Vallenar leva les yeux sur le visage mince du jeune homme, passant en revue ses yeux bleus, ses cheveux décolorés par le soleil, son uniforme immaculé. Même parmi un équipage qui avait appris à lui obéir au doigt et à l'œil, le timonier Timmer se distinguait de ses pairs. Sa mère, une Allemande, était arrivée au Chili en 1945. Une belle femme, cultivée et sensuelle qui l'avait élevé dans le respect de la discipline. De plus, le jeune homme n'avait pas peur de recourir à la violence lorsque nécessaire, ce qui risquait de s'avérer utile dans cette mission.

— Repos, dit Vallenar avec une certaine douceur.

Timmer se relâcha à peine.

Vallenar joignit les mains derrière le dos, les yeux dirigés vers le ciel sans nuage.

— Nous nous dirigeons vers l'est, mais nous serons de retour ici demain. On annonce du mauvais temps.

— Oui, mon commandant, dit Timmer, le regard droit devant lui.

— J'ai une mission pour vous. Elle comporte des risques.

— Je suis impatient de m'en acquitter, mon commandant.

Vallenar sourit.

— Je savais que vous le seriez, dit-il, une pointe de fierté dans la voix.

Le *Rolvaag*,
14 h 50

Sam s'arrêta devant la porte de l'hôpital de bord du *Rolvaag*. Il avait toujours eu une peur morbide des cabinets de médecin et de tout ce qui touchait à sa condition mortelle. La salle d'attente était dénuée de la paix fallacieuse qui se dégageait habituellement de ce genre d'endroit. Il y manquait les magazines usés et, au mur, les incontournables affiches de Norman Rockwell défraîchies par le temps. Un poster médical coloré qui répertoriait diverses maladies de la peau constituait le seul ornement de la pièce. L'endroit sentait si fort l'alcool à 90° et la teinture d'iode que Sam se demanda si ce drôle de médecin ne s'en servait pas pour nettoyer ses tapis.

Il hésita quelques instants, se sentant un peu idiot. Ce n'est pas urgent, pensa-t-il. Mais il était déjà en train de traverser la pièce. Au bout d'un long couloir, il frappa à la dernière porte.

Le capitaine Britton et le médecin discutaient tranquillement à l'intérieur, une chemise cartonnée ouverte entre eux. A son entrée, le docteur Brambell s'appuya contre son dossier, refermant nonchalamment la pochette.

— Tiens, monsieur McFarlane, fit-il d'une voix dépourvue de surprise.

Il regardait Sam sans ciller, attendant qu'il se décide à parler.

Ce n'est pas urgent, pensa-t-il encore. Mais il était trop tard. Ils l'observaient tous les deux d'un air intrigué.

— Les affaires de Nestor, dit-il, ce qu'il y avait avec le corps, est-ce que je peux les récupérer, maintenant que vous avez terminé les examens?

Le docteur Brambell le fixait avec un intérêt clinique, dépourvu de compassion.

— Il n'y avait aucun objet de valeur parmi ses affaires, répondit-il enfin.

Sam s'appuya contre l'encadrement de la porte, s'efforçant de ne pas trahir ce qu'il ressentait face à son regard scrutateur.

— Une fois qu'ils seront photographiés, je ne vois aucune raison de les garder, ajouta le médecin avec un soupir. Qu'est-ce qui vous intéresse ?

— Faites-moi juste savoir lorsque vous n'en aurez plus besoin, d'accord ?

Sam se redressa, salua le capitaine d'un signe de tête et regagna la salle d'attente. Au moment où il ouvrait la porte, il entendit une série de pas rapides derrière lui.

— Monsieur McFarlane, appela Sally. Je monte moi aussi.

— Je ne voulais pas jouer les trouble-fêtes, dit Sam en franchissant la porte du couloir.

— Il faut que je retourne sur la passerelle de navigation. J'attends le dernier bulletin météo au sujet de la tempête.

Le large couloir était pratiquement plongé dans l'obscurité, seuls les hublots placés à intervalles réguliers laissaient pénétrer quelques rais lumineux obliques.

— Je suis désolée pour votre ami M. Masangkay, reprit-elle avec une gentillesse inattendue.

Sam lui jeta un bref regard.

— Merci.

Même dans la pénombre, les yeux de la jeune femme paraissaient brillants. Il se demanda si elle allait l'interroger sur le soudain accès de nostalgie qui l'avait poussé à réclamer les effets de Nestor, mais elle n'ajouta rien. Une fois de plus, il se sentait lié à elle par une affinité indéfinissable.

— Appelez-moi Sam.

— D'accord, Sam.

Arrivés en haut de l'escalier, ils se retrouvèrent sur le pont principal.

— Vous voulez bien faire un tour sur le pont avec moi ? demanda Sally.

Surpris, Sam la suivit jusqu'à l'arrière du navire. Quelque chose dans son maintien plein de dignité lui rappelait son ex-femme, Malou. Une pâle lumière dorée baignait la poupe. Autour d'eux, la mer d'un bleu profond scintillait.

Le capitaine dépassa l'aire d'atterrissage et s'appuya contre le bastingage, plissant les yeux pour se protéger du soleil.

— Sam, je suis devant un dilemme. Je n'aime pas du tout ce que j'ai entendu à propos de cette météorite. J'ai le sentiment qu'elle risque de mettre le navire en péril. Un marin écoute toujours ses pressentiments. Et surtout, je n'aime pas du tout la présence de ce bateau là-bas, ajouta-t-elle en se tournant vers la longue silhouette du contre-torpilleur chilien qui attendait au-delà du canal. En même temps, d'après ce que j'ai pu observer, je n'ai aucune raison de ne pas faire confiance à Eli Glinn. C'est un homme qui n'entreprend rien à la légère.

Elle lui lança un coup d'œil.

— Vous comprenez mon dilemme, reprit-elle. Je ne peux pas faire confiance à la fois à M. Glinn et à mon instinct. Si je dois agir, c'est maintenant ou jamais. Il est hors de question que j'embarque sur mon navire une cargaison qui risque de s'avérer dangereuse.

A la lumière impitoyable du soleil, elle faisait plus que son âge. Il prit conscience qu'elle envisageait vraiment d'abandonner la mission.

— Je ne pense pas que Lloyd serait ravi si vous renonciez maintenant.

— Lloyd n'est pas le capitaine du *Rolvaag*. C'est à vous que je m'adresse, comme je l'ai déjà fait, parce que vous êtes le seul à qui je puisse parler.

Sam la regarda, surpris.

— En tant que capitaine, je ne peux me confier ni à mes officiers ni à mon équipage. Et il est hors de question que je fasse part de mes inquiétudes à un employé d'EES. Il ne reste donc que vous, le spécialiste des météorites. J'ai besoin de savoir si vous pensez qu'elle fera courir un risque à mon bateau. C'est de votre avis dont j'ai besoin, pas de celui de M. Lloyd.

Sam soutint son regard pendant quelques secondes, puis se tourna vers la mer.

— Je ne peux pas répondre à votre question. Il y a des risques, nous l'avons appris à nos dépens. Mais cette météorite peut-elle mettre le *Rolvaag* en danger ? Je l'ignore. De toute façon, il est peut-être trop tard pour renoncer maintenant, même si nous le voulons.

— Mais dans la bibliothèque, vous avez protesté. Vous étiez inquiet, tout comme moi.

— Je le suis encore. Mais les choses ne sont pas aussi simples. Cette météorite est tellement mystérieuse, et ce qu'elle représente est tellement important, que je pense que nous devons continuer. Si Magellan avait pris en considération tous les risques, il n'aurait jamais tenté de faire le tour du monde. Christophe Colomb n'aurait jamais découvert l'Amérique. Le capitaine Cook n'aurait jamais atteint l'Australie.

Sally se taisait, l'observant avec attention.

— Vous placez cette météorite au même niveau que les découvertes de Magellan et de Christophe Colomb ?

— Oui. Je le pense.

— Dans la bibliothèque, Eli Glinn vous a posé une question. Vous n'y avez pas répondu.

— J'en étais incapable.

— Pourquoi ?

Il se tourna vers elle et plongea son regard dans ses yeux verts impassibles.

— Parce que je me suis rendu compte qu'en dépit de Rochefort, en dépit du danger, je voulais cette météorite. Plus que tout.

Sally attendit quelques instants puis se redressa.

— Merci, Sam, dit-elle avant de s'éloigner d'un pas vif.

Île Desolación,
20 juillet, 14 h 05

Sam et Rachel se trouvaient sur le site où était enfouie la météorite. Il faisait froid malgré le soleil. A l'est, le paysage se découpait avec une netteté presque douloureuse sur l'azur clair et brillant. Mais si on regardait à l'ouest, on découvrait un ciel très différent : une grande cape sombre jetée sur l'horizon qui avalait les pics montagneux en se dirigeant vers eux. Une bourrasque fit tournoyer la neige à leurs pieds. La tempête n'était plus un point sur un écran, elle était presque sur eux.

Garza s'approcha d'eux.

— Jamais je n'aurais cru que je pourrais être heureux de voir une tempête pareille, dit-il avec un sourire, le doigt pointé vers l'ouest.

— Quel est le programme, maintenant ?

— Creuser d'ici à la rive.

— C'est-à-dire ?

— Nous allons creuser le tunnel le plus simple qui soit, une technique qui existe depuis Babylone. On creuse une tranchée avec une pelleteuse, on la recouvre de plaques d'acier sur lesquelles on balance de la terre et de la neige pour la dissimuler. Et à mesure que la météorite avance, on creuse devant et on remblaie derrière.

Depuis que Rochefort et Evans avaient été écrasés par la météorite, deux jours à peine s'étaient écoulés. Les tunnels avaient été déblayés et reconstruits, le nombre de vérins doublé. Ils avaient soulevé la météorite sans problème, construit une charpente en dessous et déblayé la terre. Une gigantesque remorque plateau qui avait été apportée du navire attendait de recevoir la météorite et son socle. A entendre Garza, c'était un jeu d'enfant. L'ingénieur sourit encore. Il se sentait d'excellente humeur.

— Prêt à assister au transport du plus lourd objet jamais déplacé dans l'histoire de l'humanité ?

— Je brûle d'impatience, répondit Sam.

— D'abord, il faut le placer sur la remorque. Pour cela, nous allons devoir dévoiler la météorite. Très brièvement, car je ne veux pas que ces fichus militaires chiliens soupçonnent l'existence de notre pierre précieuse. En fait, cette tempête tombe très bien.

Garza recula pour parler dans sa radio. Plus loin, Stonecipher fit un signe au conducteur de la grue. Sous les yeux de Sam, l'engin ôta une à une les plaques d'acier qui coiffaient la tranchée où reposait la météorite, les empilant à proximité. Le vent se leva, sifflant sur les baraquements et balayant la neige sur le sol. La dernière plaque de métal oscilla en l'air, tandis que le conducteur s'efforçait de maintenir la flèche stable malgré les rafales.

— A gauche! A gauche, cria Stonecipher dans sa radio. Maintenant, descends… Stop.

L'atmosphère était tendue mais, finalement, la plaque rejoignit le tas sans dommage. Sam plongea ses yeux dans la tranchée. Pour la première fois, il découvrait la météorite en entier : un œuf rouge sang dans un nid conique fait de poutres en bois et en métal entrecroisées. Il entendit à peine la remarque de Rachel.

— Qu'est-ce que je vous disais? Il a choppé la maladie.

La « maladie » était le terme qu'elle employait pour décrire la réaction quasi générale devant la météorite : techniciens, scientifiques et ouvriers, tous s'interrompaient pour la contempler, hypnotisés. Avec un effort, Sam s'arracha au spectacle et se tourna vers Rachel. Le joyeux pétillement qui avait disparu de son regard pendant vingt-quatre heures était de retour.

— C'est incroyable, souffla-t-il.

Les yeux de Sam se posèrent de nouveau sur la tranchée et la remorque censée transporter la météorite. Elle offrait une vision impressionnante : un plateau alvéolé d'acier et de matériaux composites de plus de trente mètres de long. Bien qu'ils fussent invisibles de l'endroit où il se trouvait, Sam savait qu'en dessous étaient fixés des pneus d'avion renforcés. Trente-six essieux portant quarante roues chacun allaient supporter le poids prodigieux de la météorite. Tout au bout, un énorme cabestan d'acier s'élevait d'une cavité dans le sol de la tranchée.

Glinn criait des ordres à des silhouettes sombres dans le tunnel, élevant la voix pour couvrir la furie croissante du vent. La tempête était sur eux, un mur de mauvais temps qui engloutissait peu à peu la lumière. A la vue de Sam, Glinn s'approcha.

— La seconde série de tests vous a-t-elle fourni de nouveaux éléments, monsieur McFarlane ? demanda-t-il sans cesser de regarder les hommes qui travaillaient au-dessous d'eux.

Sam hocha la tête.

— Oui, dans différents domaines.

Il s'interrompit. Il appréciait de voir Glinn en position de demandeur, une maigre satisfaction, mais une satisfaction tout de même. L'espionnage dont il avait fait l'objet lui restait en travers de la gorge. Cependant, il avait décidé de ne pas en parler, pas pour l'instant en tout cas.

Glinn inclina la tête, comme s'il lisait dans ses pensées.

— Je vois. Pouvez-vous me donner des détails, s'il vous plaît ?

— Bien sûr. Nous avons découvert son point de fusion. Ou du moins de vaporisation, car le matériau passe directement de l'état solide à l'état gazeux.

Glinn écarquilla les yeux d'un air interrogateur.

— Un million deux cent mille kelvins.

— Quoi ! s'exclama-t-il.

— Nous avons aussi fait des progrès en ce qui concerne la structure cristalline. Elle obéit à un schéma très complexe, asymétrique et fractal, basé sur des triangles isocèles emboîtés. La structure se répète aussi bien à l'échelle macroscopique qu'atomique. Une fractale parfaite. Ce qui explique sa solidité. Ce n'est apparemment pas un alliage.

— Vous savez quelque chose de plus sur sa place dans le tableau de classification périodique des éléments ?

— Très haut. Son numéro atomique est supérieur à 127. Un transuranien super lourd, sans doute. Ses atomes semblent énormes. Chacun comporte des centaines de protons et de neutrons. C'est bien un élément de cet « îlot de stabilité » dont nous avons parlé.

— C'est tout ?

Sam prit une inspiration. L'air était glacé.

— Non. Nous avons fait une découverte très intéressante, Rachel et moi, en datant les Dents d'Hanuxa. L'éruption volcanique s'est produite à l'époque de l'impact.

Glinn le regarda plus attentivement.

— Vos conclusions ?

— Nous étions partis du principe que la météorite était tombée près d'un volcan. Mais il semblerait en fait que ce soit elle qui ait créé ce volcan.

Il s'interrompit. Glinn attendit patiemment qu'il reprenne.

— La météorite était si lourde, si dense et allait à une telle vitesse qu'elle s'est profondément enfoncée dans la croûte terrestre. Comme une balle. C'est ce qui a déclenché l'éruption volcanique. Voilà pourquoi Desolación est la seule île volcanique du cap Horn. Dans son journal de bord, Nestor mentionne que la coésite trouvée ici est atypique. Et lorsque je l'ai réétudiée par diffraction des rayons X, je me suis rendu compte qu'il avait raison. Elle est différente. L'impact a été si violent que les roches avoisinantes qui ne se sont pas vaporisées ont subi un changement d'état. L'impact les a modifiées chimiquement, créant une forme de coésite inconnue jusque-là.

Il désigna les Dents d'Hanuxa.

— La force de l'éruption, poursuivit-il, l'agitation du magma et l'émission explosive de gaz ont fait remonter la météorite. Elle a gelé à plusieurs centaines de mètres de profondeur. Des millions d'années se sont écoulées, la cordillère du Sud s'est soulevée et érodée, rapprochant la météorite de la surface, jusqu'à ce qu'elle affleure dans la vallée. Ce n'est qu'une théorie, mais elle est cohérente par rapport à ce que nous avons trouvé.

Plongé dans un silence songeur, Glinn ne répondit rien. Puis il regarda Garza et Stonecipher.

— On continue.

Garza hurla des ordres. Sam jeta un coup d'œil dans la tranchée où des hommes attachaient avec soin d'épaisses sangles en kevlar autour de la météorite et de son châssis, tandis que d'autres passaient des courroies par-dessus la remorque et autour du cabestan. Le groupe recula. Une toux métallique retentit, puis un grondement. Sam sentit vibrer le sol sous ses pieds. Mû par deux gros groupes électrogènes, le cabestan tournait, prenant le mou des sangles qui se tendaient peu à peu autour de la météorite. Enfin, les groupes électrogènes se turent : les choses sérieuses allaient débuter.

Le ciel s'était obscurci au-dessus du chantier. La météorite semblait plus terne, comme si on avait étouffé son feu intérieur. Un mur de neige tourbillonnant arrivait sur eux.

— Trop tard, pesta Rachel. La tempête est là.

— Tout est prêt ! lança Garza.

Glinn se tourna. Le vent fouettait sa parka.

— Au premier éclair, on arrête tout. Allez-y.

Le ciel devint carrément noir. Un mugissement s'éleva, tandis que de petits flocons durs tombaient en crépitant, presque à l'horizontale. En l'espace d'un instant, Sam ne vit plus que des ombres monochromes. Par-dessus le fracas du vent, il entendait le vrombissement des groupes électrogènes s'amplifier. Le sol tremblait plus fort à présent. Il sentit, plus qu'il n'entendit, un grondement qui exerçait une pression sur ses oreilles et son ventre. Les groupes électrogènes lancés à plein régime rugissaient sous l'effort.

— Un moment historique se déroule devant nos yeux et on n'y voit que dalle ! cria Rachel.

Sam resserra sa capuche autour de sa figure et se courba en avant. Les sangles tendues comme des barres de fer étaient soumises à une tension énorme. Malgré le vent, il percevait des craquements et d'étranges vibrations. La lourde météorite ne semblait pas vouloir bouger. Soudain, au paroxysme de cette cacophonie, Sam crut la voir se déplacer. Mais entre la bise qui sifflait dans ses oreilles et la mauvaise visibilité, il ne pouvait être sûr de lui.

Garza leva les yeux avec un sourire tordu et leva les pouces.

— Elle bouge, hurla Rachel.

Garza et Stonecipher crièrent des ordres aux ouvriers dans la tranchée. Sous la charpente, les patins d'acier geignaient et fumaient. Les ouvriers pompaient en continu des déchets de graphite. L'odeur âcre de l'acier brûlant irritait les narines de Sam.

C'était fini. Avec un grognement décroissant, la météorite et son armature se posèrent sur la remorque. Les sangles en kevlar se détendirent et les groupes électrogènes ralentirent.

— On a réussi !

Rachel glissa ses doigts entre ses lèvres et émit un sifflement perçant.

— On l'a déplacée de trois mètres ! lança Sam en regardant la météorite, maintenant bien en place sur le plateau de la remorque. Plus que quinze mille kilomètres !

Au-delà des Dents d'Hanuxa, un éclair brillant fendit les nuages, bientôt suivi d'un autre. Un roulement de tonnerre monstrueux gronda tout près. Le vent cinglant rabattait des rideaux de neige sur le sol et la tranchée.

— C'est bon, dit Glinn. Monsieur Garza, couvrez le tunnel, s'il vous plaît.

Garza se tourna vers le grutier, une main agrippée à sa capuche battue par le vent.

— On ne peut pas, cria-t-il. Ça souffle trop. Le vent ferait basculer la flèche.

Glinn hocha la tête.

— Dans ce cas, tirez les bâches en attendant la fin de la tempête.

Un groupe d'ouvriers arriva en courant avec un grand rouleau. Ils se disposèrent de chaque côté de la tranchée et, luttant contre la tourmente, déroulèrent une toile imperméabilisée qu'ils coinçaient au fur et à mesure avec d'énormes cales. Elle était tachetée de blanc et de gris, identique à la surface désolée de l'île. Une fois de plus, Sam se sentit impressionné par la prévoyance de Glinn. Il semblait anticiper tous les problèmes et avoir toujours en réserve un plan de secours.

Un autre éclair, plus proche, revêtit la scène d'une lueur surnaturelle. Dès que la bâche fut bien arrimée, Glinn adressa un signe de tête à Sam.

— Rentrons aux préfabriqués, lui dit-il avant de se tourner vers Garza. Je ne veux personne ici pendant la tempête. Postez des gardes avec une relève toutes les quatre heures.

Il rejoignit Sam et Rachel. Pliés en deux pour braver le vent, ils entreprirent de traverser le chantier.

Île Desolación,
22 h 40

Adolfo Timmer attendait à l'abri d'une grosse congère, immobile dans l'obscurité. Il s'était allongé pour guetter, et avait peu à peu été recouvert par la neige. En dessous de lui, il apercevait par intermittence la faible lueur des lampes entre les flocons. Depuis près d'une heure qu'il attendait, il n'avait perçu aucun signe d'activité. Le site était désert. Les ouvriers se trouvaient sans doute dans les baraquements. C'était le moment d'agir.

Timmer leva la tête. Une violente rafale le gifla au visage. Lorsqu'il se redressa, le vent balaya la neige accumulée sur ses membres. Autour de lui, la tempête avait sculpté de longs ailerons blancs qui, pour certains, mesuraient plus de trois mètres et formaient un abri idéal. Il se mit en marche, raquettes aux pieds. Les congères le dissimuleraient à la vue d'éventuels ouvriers, bien qu'il doutât d'en croiser par ce temps. Il s'arrêta au bord de la vaste zone dégagée par les Américains. Une lumière sale baignait le site. Accroupi derrière un tas de neige, il attendit quelques instants, puis se risqua à explorer le terrain du regard. A une cinquantaine de mètres se dressait une cabane solitaire. Le vent s'engouffrait en gémissant dans les interstices de son toit en tôle ondulée. De l'autre côté de la surface dégagée, il apercevait les rangées de préfabriqués troués de petites fenêtres jaunes. A côté s'élevaient d'autres constructions et des conteneurs. Timmer plissa les yeux. Il avait vite découvert que les bassins de lixiviation et les tas de pierres n'étaient qu'un artifice, une couverture pour masquer autre chose. Mais quoi ?

Il se tendit. Un homme emmitouflé dans une épaisse parka surgit à côté de la cabane. Il en ouvrit la porte, regarda à l'intérieur puis la referma. Puis il longea à pas lents un côté du terrain, frottant ses moufles l'une contre l'autre, la tête baissée pour se protéger du vent et de la neige. Timmer l'observait avec attention. L'homme n'était pas sorti pour fumer une cigarette. Il montait la garde. Mais pourquoi garder une baraque déglinguée ?

Le Chilien s'approcha en rampant lentement jusqu'à une autre congère. Il était tout proche de la cabane maintenant. Il attendit que le garde fasse demi-tour. Il revint vers la porte, tapa des pieds pour se réchauffer, puis s'éloigna à nouveau. A moins qu'il y ait quelqu'un d'autre à l'intérieur, le garde était seul. Timmer se rapprocha encore de la bicoque. Il se mouvait près du sol, dissimulé par la neige et la tempête, invisible dans sa combinaison de ski blanche en nylon.

Avant de quitter l'*Almirante Ramirez*, le commandant l'avait mis en garde contre les risques inutiles. A plusieurs reprises, il l'avait sermonné : « Soyez très prudent. Je veux que vous reveniez entier. » N'ayant aucun moyen de savoir si le garde était armé, Timmer devait se conduire comme s'il l'était. Accroupi derrière la cabane, il glissa la main dans sa combinaison. Sa main se referma sur le manche de son couteau. Il le retira de sa gaine pour vérifier qu'il n'avait pas gelé. Ôtant l'un de ses gants, il palpa la lame glacée et affûtée comme un rasoir. Parfait. Oui, mon commandant. Je serai très, très prudent, pensa-t-il. Il serra la lame, indifférent au froid qui lui mordait les doigts. Il voulait qu'elle soit assez chaude pour transpercer la chair sans problème.

Il attendit un peu. La tempête n'avait pas encore atteint son paroxysme. Le vent fouettait les murs nus de la bicoque dans un concert de hurlements et de gémissements. Il ôta sa capuche, tendant l'oreille pour entendre le craquement feutré des pas du garde dans la neige. Une ombre apparut à l'angle de la cabane, à peine visible. Timmer s'aplatit contre le mur, aux aguets. Il entendait l'homme respirer et se taper les bras pour se réchauffer.

Le Chilien jaillit de sa cachette, décochant un violent coup de pied au garde qui s'écroula face contre terre. Aussitôt, il se précipita sur lui, enfonçant son genou dans ses côtes. Timmer tira la tête de l'homme en arrière. La lame de son couteau entailla profondément la gorge. Il la sentit racler contre les cervicales. Il y eut un gargouillis, puis le sang se mit à gicler. Il maintint un moment la tête du garde en arrière, le laissant se vider de sa vie dans la neige. Puis il relâcha son étreinte et le corps s'effondra.

Timmer le tourna sur le dos pour examiner son visage. C'était un Blanc, pas l'Indien métis que le commandant lui avait demandé de retrouver. Il palpa les poches de l'homme rapidement, trouva une radio et un petit pistolet semi-automatique qu'il glissa dans sa poche. Il enfouit le corps dans une congère proche, tassant bien la neige par-dessus. Il nettoya son couteau par terre et recouvrit soigneusement la boue sanglante. Ce n'était pas parce qu'il n'avait vu qu'un garde que d'autres ne traînaient pas dans le coin.

Il fit le tour de la cahute, à l'écart de la lumière, puis longea furtivement le terrain dégagé, suivant les traces du garde. C'était on ne peut plus curieux. Il n'y avait que de la neige ici. Soudain, le sol céda sous une de ses raquettes. Surpris, il recula aussitôt. Tâtant le sol à genoux, il sentit quelque chose de bizarre sous la fine couche de neige. Ce n'était pas de la terre ni une crevasse. Il y avait un trou recouvert par une toile tendue que maintenaient des cales.

Timmer retourna prudemment se cacher derrière la cabane. Avant de continuer, il fallait s'assurer qu'elle ne lui réservait aucune surprise. Gardant son couteau à la main, il se glissa jusqu'à la porte, l'entrouvrit et jeta un coup d'œil dans l'interstice. Elle était déserte. Il se faufila à l'intérieur et referma la porte derrière lui. Il sortit une petite lampe de poche. Son faisceau balaya la pièce remplie de barils. Pourquoi mettre un garde devant un cabanon vide et inutile ?

Il remarqua alors quelque chose d'étrange. Aussitôt, il éteignit sa lampe. Un des fûts était posé sur une plaque d'acier qui laissait filtrer un faible rai de lumière. Timmer le poussa sur le côté. Une trappe se dissimulait en dessous. Il s'agenouilla, l'oreille aux aguets et attendit un long moment. Lorsqu'il se fut assuré que tout était silencieux, il la souleva avec précaution.

Après les heures d'attente dans la nuit glacée, le flot de lumière l'aveugla. Il referma la trappe et s'accroupit dans l'obscurité pour réfléchir. Puis il ôta ses raquettes, les dissimula dans un coin de la cahute et rouvrit le panneau. Une fois ses yeux accoutumés à l'éclairage éblouissant, il descendit l'échelle, sans lâcher son couteau. Il se retrouva dix mètres sous terre, dans un tunnel. Il prit le temps de souffler. Il faisait plus chaud ici, mais au début, il le remarqua à peine. En pleine lumière, il se sentait exposé et vulnérable. Il se mit à marcher rapidement en baissant la tête. Ce souterrain ressemblait à tout, sauf à une mine d'or. Sauf à une mine tout court.

Il arriva à un carrefour. Hésitant, il s'arrêta pour regarder autour de lui. Il n'y avait personne, aucun bruit, aucun mouvement. Il passa sa langue sur ses lèvres. Devant lui, le tunnel s'élargissait pour déboucher sur un vaste espace où il devinait un objet d'une taille monstrueuse. Il se glissa jusque-là et braqua sa lampe de poche devant lui, éclairant une immense remorque.

Il s'approcha prudemment, le dos plaqué au mur. La remorque mesurait une trentaine de mètres de long, et elle était équipée de pneus énormes. Il y en avait des centaines, montés sur des essieux brillants en titane. Il leva lentement la tête. Sur le plateau s'élevait une pyramide de montants et de traverses en bois. Et, au centre, se trouvait un objet comme Timmer n'en avait jamais vu. Une boule rouge colossale qui scintillait à la lumière artificielle du tunnel !

Il regarda encore une fois autour de lui, puis approcha. Il grimpa sur un pneu pour se hisser sur le plateau, haletant. Il transpirait dans son épaisse combinaison de ski, mais il se moquait de cette sensation d'inconfort. Il ne voyait même pas la grande bâche qui couvrait le trou au-dessus de lui. Ses yeux ne quittaient pas la sphère sur son socle géant. Il escalada prudemment les montants en bois. C'était sans nul doute ce que les Américains étaient venus chercher ici. Mais de quoi s'agissait-il ?

Il n'avait pas de temps à perdre. Tant pis pour le Yaghan. Le commandant Vallenar devait être informé de cette trouvaille au plus vite. Pourtant, Timmer hésitait. La beauté éthérée de la boule le fascinait. C'était comme si elle n'avait pas de surface, comme s'il pouvait avancer la main et l'enfoncer dans ses entrailles rubis. A force de la regarder, il avait l'impression de voir des motifs subtils apparaître et disparaître, se modifiant au gré de la lumière. Il émanait d'elle une sensation de froideur qui rafraîchissait son visage brûlant. Il n'avait jamais rien vu d'aussi beau, d'aussi surréel.

Sans la quitter des yeux, il rangea son couteau dans une poche. Il ôta son gant et approcha la main lentement, presque respectueusement, de la surface chatoyante.

Île Desolación,
23 h 15

Sam McFarlane se réveilla en sursaut, le cœur battant. Il aurait cru à un cauchemar, si les roulements de l'explosion ne se propageaient pas encore dans l'air. Il bondit sur ses pieds, renversant sa chaise. Du coin de l'œil, il aperçut Eli Glinn debout lui aussi, à l'affût. Au moment où leurs regards se croisèrent, les lampes du préfabriqué s'éteignirent. Ils se retrouvèrent plongés dans l'obscurité, le temps qu'une lumière d'urgence s'allume au-dessus de la porte, baignant la pièce dans une pâle lueur orange.

— Bon sang ! C'était quoi ? demanda Sam.

Sa voix fut presque couverte par une rafale de vent. Le souffle de l'explosion avait brisé la vitre. Des flocons de neige mêlés à des éclats de bois et de verre s'engouffraient en tourbillonnant dans leur abri. Glinn s'approcha de la fenêtre, cherchant à distinguer quelque chose à travers la tempête et la nuit. Puis il regarda Garza, qui s'était également levé.

— Qui est de garde ?

— Hill.

Glinn prit sa radio.

— Hill. Ici Glinn. J'écoute votre rapport.

Il ôta son pouce du bouton de transmission et écouta.

— Hill ! répéta-t-il.

Il changea de fréquence.

— Thompson ?

Pour toute réponse, l'appareil grésilla bruyamment.

Il le posa.

— La radio ne marche plus. Je ne reçois aucune réponse.

Il se tourna vers Garza qui enfilait sa combinaison de ski.

— Où allez-vous ?

— Vérifier le local électrique.

— Pas question. Nous irons ensemble.

Glinn avait parlé d'un ton sec, presque militaire.

— Bien, répondit aussitôt Garza.

Ils entendirent des pas précipités dehors et Rachel entra en trombe, les épaules couvertes de neige. Elle venait du local de transmissions.

— Il n'y a plus de courant nulle part, balbutia-t-elle. Il ne reste que le groupe électrogène de secours.

— Compris, dit Glinn.

Un petit Glock 17 était apparu dans sa main. Il vérifia le chargeur avant de le glisser dans sa ceinture.

Sam avait attrapé sa combinaison de ski. Comme il enfilait les manches, il vit le regard de Glinn posé sur lui.

— Épargnez votre salive, je viens avec vous.

Glinn hésita, puis s'inclina. Il se tourna vers Rachel.

— Tu restes ici.

— Mais…

— Rachel, on a besoin de toi ici. Ferme la porte derrière nous. Un garde va venir.

Quelques secondes plus tard, trois hommes d'EES apparurent à la porte. Thompson, Rocco et Sanders portaient de puissantes lampes électriques à la main et des mitraillettes Ingram M10 en bandoulière.

— Tout le monde a répondu à l'appel, sauf Hill, dit Thompson.

— Sanders, postez des hommes devant chaque préfabriqué. Thompson, Rocco, suivez-moi.

Glinn mit des raquettes, attrapa une lampe torche et prit la tête du groupe dans l'obscurité. Peu habitué aux raquettes, Sam avait du mal à avancer. Après ces quelques heures passées à somnoler à côté du poêle, il avait oublié la morsure du froid et des flocons qui fouettaient son visage.

Le local électrique ne se trouvait qu'à cinquante mètres. Garza déverrouilla la porte et ils pénétrèrent dans la petite pièce. Thompson et Rocco la fouillèrent de leur lampe. Une odeur de fils brûlés empestait l'air. Garza s'agenouilla et ouvrit le couvercle de métal gris qui abritait le tableau de distribution. Des volutes de fumée âcre s'enroulaient dans le faisceau des lampes. Garza fit courir son doigt sur le panneau.

— Complètement grillé.

— Il faudra combien de temps pour réparer tout ça ? demanda Glinn.

— Le panneau de distribution principal, dix minutes maximum. Après, on pourra faire des diagnostics.

— Allez-y. Vous, sortez pour monter la garde devant la porte.

Le directeur des travaux se mit au travail en silence. Glinn réessaya sa radio, mais elle émettait un grésillement persistant et il finit par la ranger dans sa poche. Quelques instants plus tard, Garza recula. Il actionna une série d'interrupteurs qui produisirent un déclic, un bourdonnement, mais pas de lumière. Avec un grognement de surprise, Garza ouvrit un placard métallique dont il sortit un ordinateur de poche qu'il brancha sur le panneau de distribution. Il l'alluma. Une lumière bleue envahit le petit écran.

— Pas mal de trucs ont grillé à différents endroits, dit-il au bout d'un moment.

— On avait pourtant un disjoncteur ?

— Je ne sais pas ce qui s'est passé, mais il y a eu une sacrée surtension. Plus d'un milliard de volts en moins d'un millième de seconde, avec une intensité de plus de cinq mille ampères. On ne peut pas faire grand-chose contre un truc pareil.

— Un milliard de volts ? s'exclama Sam incrédule. Même un éclair n'est pas aussi puissant !

— Vous avez raison, dit Garza en débranchant l'ordinateur avant de le glisser dans une de ses poches. A côté de ça, un éclair ne produit qu'un crachotement d'électricité statique.

— Et qu'est-ce qui a pu causer cette surtension, alors ?

Garza secoua la tête.

— Dieu seul le sait.

Glinn ne bougeait pas, les yeux fixés sur les éléments qui avaient fondu.

— Allons voir la météorite.

Dehors, ils retrouvèrent la tempête qui ralentissait leur progression. Lorsqu'ils eurent dépassé les baraquements, Sam se rendit compte que la bâche avait été arrachée. Quelques mètres plus loin, Glinn leva la main pour les arrêter, puis ordonna à Rocco et à Thompson d'entrer dans la cahute pour passer par le tunnel. Il sortit son pistolet et continua à pas prudents, Garza à ses côtés. Sam avança jusqu'au bord de la tranchée qui offrait un spectacle fantomatique, avec ses lambeaux de toile plastifiée qui claquaient au vent. Glinn braqua sa lampe sur le trou.

De la terre, des rochers et du bois carbonisés étaient éparpillés un peu partout. La remorque tordue et fondue laissait échapper un faible chuintement et des nuages de vapeur. De grosses gouttes de métal solidifié éclaboussaient le tunnel. Plusieurs rangées de pneus avaient fondu et brûlaient en produisant une épaisse fumée nauséabonde.

Glinn parcourut rapidement la scène des yeux, braquant le faisceau de sa lampe dans tous les recoins.

— Qu'est-ce que c'est ? Une bombe ?

— On dirait plutôt un arc électrique géant.

Des lumières apparurent à l'autre bout du tunnel, puis Thompson et Rocco arrivèrent au-dessous d'eux, agitant les bras pour dissiper le rideau de fumée. Ils dirigèrent aussitôt leurs extincteurs sur les pneus en feu.

— Vous voyez des dégâts sur la météorite ? demanda Glinn.

Sans un mot, les deux hommes l'inspectèrent.

— Elle semble ne pas avoir une égratignure.

— Thompson, dit Glinn en désignant un point dans la tranchée. Regardez là-bas.

Sam suivit son doigt du regard. Derrière la remorque, quelque chose brûlait par intermittence. A la lueur du feu, il distingua des petits tas indéfinissables et, un peu plus loin, des os. Thompson dirigea sa lampe dans cette direction. Il y avait une main, quelque chose qui ressemblait à une épaule humaine écorchée, des bouts de boyaux gris et tordus.

— Seigneur ! murmura Sam.

— On dirait qu'on a trouvé Hill, soupira Garza.

— Son arme est ici, dit Thompson en la ramassant.

— Thompson, je veux que vous fouilliez toutes les galeries, lança Glinn. Signalez-moi tout ce que vous trouverez. Rocco, réunissez une équipe médicale et rassemblons ses restes.

Glinn se tourna ensuite vers Garza.

— Nettoyez et fouillez le périmètre. Réunissez toutes les données recueillies par les appareils de surveillance et faites-les analyser sur-le-champ. Appelez le bateau pour déclencher une alerte générale. Je veux un nouveau réseau électrique en état de fonctionner dans six heures.

— Les liaisons avec le navire sont coupées, dit Garza. Il y a des parasites sur tous les canaux.

Glinn baissa la tête.

— Thompson ! Quand vous aurez fini ici, allez jusqu'à la plage en autoneige et débrouillez-vous pour établir le contact avec le bateau. En morse s'il le faut.

Thompson lui adressa un salut militaire et repartit par le tunnel. En un instant, il disparut, avalé par l'obscurité et la fumée.

Glinn se tourna vers Sam.

— Allez chercher Rachel et prenez tous les instruments de diagnostic dont vous aurez besoin. Une équipe va déblayer le tunnel. Lorsque tout danger sera écarté et qu'on aura enlevé le corps de Hill, je veux que vous examiniez la météorite. Rien de trop poussé pour l'instant. Contentez-vous de déterminer ce qui s'est passé ici. Et ne la touchez pas.

Sam baissa les yeux. Au pied de la remorque, Rocco mettait quelque chose qui ressemblait vaguement à des poumons dans un morceau de bâche plié. Au-dessus de lui, la météorite fumait dans sa pyramide de bois. La toucher ne lui aurait même pas effleuré l'esprit, mais il se tut.

— Rocco, appela Glinn en montrant une lueur vacillante juste derrière la remorque délabrée. Il y a encore un petit feu là-bas.

L'homme s'approcha, brandissant son extincteur, puis s'arrêta net.

— Je crois que c'est un cœur, monsieur.

Glinn pinça les lèvres.

— Je vois. Éteignez-le, monsieur Rocco. Et continuez.

Sam et Rachel progressaient tant bien que mal en direction des préfabriqués, s'efforçant de résister au vent qui les poussait comme pour les forcer à s'agenouiller. La jeune femme manqua trébucher, mais se rattrapa de justesse.

— Cette tempête va-t-elle finir un jour ? demanda-t-elle à Sam qui ne répondit pas, perdu dans ses spéculations.

Ils atteignirent bientôt la cahute qui abritait l'infirmerie. A l'intérieur, il ôta sa combinaison de ski. Une odeur écœurante de viande rôtie emplissait l'air. Surpris, il vit Garza parler dans une radio.

— Les communications sont rétablies depuis combien de temps ? demanda-t-il à Glinn.

— Une demi-heure environ. Il y a encore pas mal de parasites, mais c'est mieux que rien.

Sam fronça les sourcils.

— Bizarre. On vient d'essayer de vous appeler du tunnel, mais ça ne marchait pas.

Il allait continuer mais il s'interrompit, s'efforçant de réfléchir malgré l'épuisement.

— C'est Thompson, dit Garza en baissant sa radio. Il se trouve sur la plage. Le capitaine Britton refuse d'envoyer qui que ce soit avec le matériel avant la fin de la tempête. C'est trop dangereux.

— C'est inacceptable, déclara Eli Glinn. Passez-moi cette radio. Thompson ? Expliquez au capitaine que nous n'avons ni moyen de communication, ni informatique, ni électricité. Nous avons besoin d'un groupe électrogène et de pas mal d'équipement, et nous en avons besoin tout de suite. Des vies sont en danger. Si elle fait des difficultés, rappelez-moi, je m'en chargerai personnellement. Faites venir également Brambell. Je veux qu'il examine ce qu'il reste du corps de Hill.

Comme dans un rêve, Sam vit Rocco, les mains et les bras protégés par d'épais gants en caoutchouc, sortir des morceaux de cadavre carbonisés d'une bâche et les placer dans un congélateur.

— Il y a encore une chose, monsieur, dit Garza, l'oreille collée à l'émetteur. Palmer Lloyd est en communication avec le *Rolvaag*. Il veut qu'on lui passe Sam McFarlane.

Ces derniers mots tirèrent Sam de sa torpeur.

— Ce n'est pas vraiment le moment, non ? s'exclama-t-il avec un ricanement incrédule.

Mais Glinn ne semblait pas de cet avis.

— Vous pouvez brancher un haut-parleur ? demanda-t-il à Garza.

— Je vais en chercher un dans le local de transmissions.

— Vous n'allez quand même pas bavarder avec Lloyd ? Pas à un moment pareil ?

Glinn soutint le regard de Sam.

— Justement si. C'est encore la meilleure solution.

Le géologue ne devait comprendre ce qu'il avait voulu dire que beaucoup plus tard.

La radio fut bientôt équipée d'un haut-parleur de fortune. Lorsque Garza l'alluma, un grésillement emplit la pièce. Le bruit se tut et recommença plusieurs fois. Sam regarda autour de lui. Rachel se réchauffait, blottie près du poêle, Glinn faisait les cent pas devant la radio, Rocco continuait son tri méthodique dans le fond de la pièce. Il avait une théorie ou, du moins, un embryon de théorie. Mais elle était encore trop vague, trop incomplète pour qu'il puisse la partager. Pourtant, Sam savait qu'il n'avait pas vraiment le choix.

La radio grésilla encore, puis une voix distordue s'éleva du haut-parleur.

— Allô ? Allô ? braillait Palmer Lloyd.

Glinn se pencha en avant.

— Ici Eli Glinn, monsieur Lloyd. Vous m'entendez ?

— Oui ! Oui ! Mais je vous entends très mal, Eli.

— Il y a des interférences. Il faudra être brefs. Nous avons pas mal de problèmes à régler et nos batteries sont limitées.

— Pourquoi? Que se passe-t-il à la fin? Pourquoi est-ce que Sam ne m'a pas appelé pour son briefing quotidien? Je n'ai rien pu tirer de votre satané capitaine. Cette femme est aussi loquace qu'une tombe! Ça ne m'étonne pas que vous l'ayez choisie!

— Il y a eu un accident. Un de nos hommes est mort.

— Deux, vous voulez dire. McFarlane m'a parlé de l'incident avec la météorite. Je suis désolé pour Rochefort.

— Il y a eu un autre accident. Un homme appelé Hill.

Un bruit strident s'échappa du haut-parleur, puis la voix de Palmer Lloyd retentit de nouveau, plus faible.

— … est arrivé?

— Nous ne le savons pas encore, répondit Glinn. McFarlane et Rachel Amira viennent d'examiner la météorite.

Il fit signe à Sam d'approcher. Celui-ci s'avança à contre-cœur. Devant l'émetteur, il avala sa salive.

— Monsieur Lloyd? Pour l'instant, je ne peux vous proposer qu'une simple théorie, une conclusion basée sur ce que j'ai observé. Je crois que nous nous sommes trompés sur la cause de la mort de Nestor Masangkay.

— Trompés? Comment ça? Et quel est le rapport avec la mort de ce Hill?

— Si ma théorie est bonne, leurs deux morts sont liées. Je pense qu'ils sont morts parce qu'ils ont touché la météorite.

Pendant quelques instants, on n'entendit que les bourdonnements de la radio.

— Sam, c'est absurde, dit enfin Lloyd. Je l'ai bien touchée, moi.

— Écoutez. Nous avons cru que Nestor avait été tué par la foudre. Et c'est vrai que la météorite attire la foudre. Mais dans le tunnel, on a eu une décharge de l'ordre d'un milliard de volts. Vous n'avez qu'à demander à Garza, il confirmera. Aucun éclair ne pourrait produire un courant d'une telle intensité. Et le corps de Hill a été retrouvé en morceaux, comme celui de Nestor. J'ai examiné la remorque et la météorite. Des signes très nets permettent de penser que cette énorme décharge électrique proviendrait de la météorite.

— Quoi? Mais c'est impossible! J'ai posé ma joue dessus, et je suis toujours vivant.

— Je le sais. Pour l'instant, j'ignore pourquoi vous avez été épargné. Mais c'est la seule hypothèse cohérente. Le tunnel était désert et la météorite à l'abri de la tempête. Aucune autre force n'agissait dessus. Tout porte à croire que la météorite a émis cette décharge électrique et qu'elle a traversé la remorque. On a trouvé des projections de métal fondu autour. Sous le plateau, j'ai découvert un gant. C'est tout ce qu'il reste des habits d'Hill. Je pense qu'il l'a enlevé pour la toucher.

— Mais pourquoi aurait-il fait une chose pareille, s'impatienta l'homme d'affaires.

— Et vous, pourquoi l'avez-vous touchée ? intervint Rachel. Ce caillou est complètement déroutant. On ne peut pas prévoir ce que va faire quelqu'un la première fois qu'il le voit.

— Mais c'est une histoire de fou ! s'exclama-t-il.

Il s'interrompit un instant.

— Cet accident ne remet pas l'expédition en question, bien sûr ?

— La remorque et la charpente ont été endommagées, intervint Glinn. Mais M. Garza m'assure pouvoir les réparer d'ici vingt-quatre heures. C'est la météorite qui m'inquiète.

— Pourquoi ? Elle est abîmée ?

— Non. Elle semble intacte. Depuis le début, j'ai donné des ordres pour qu'on la traite comme si elle était dangereuse. Mais si M. McFarlane a raison, il faudra prendre des précautions supplémentaires pour la charger à bord du navire. Et nous devrons faire vite. Prolonger notre séjour ici plus que nécessaire présente également un risque.

— Je n'aime pas ça. Vous auriez dû prévoir ce genre de problèmes avant de quitter New York.

Il sembla à Sam que les yeux de Glinn se plissaient imperceptiblement.

— Monsieur Lloyd, cette météorite a démenti toutes nos prévisions. Nous ne sommes plus dans le cadre de la situation analysée par EES. Ce cas de figure ne s'est jamais produit jusque-là. Vous savez ce que cela signifie normalement ?

Son interlocuteur ne répondit pas.

— Abandon du projet, termina Glinn.

— Non ! Ce n'est pas une option !

Lloyd hurlait, mais la réception était si mauvaise que Sam devait faire des efforts pour comprendre ce qu'il disait.

— Je ne veux pas entendre parler d'une chose pareille. Vous m'entendez, Glinn ? Vous allez foutre ce putain de caillou sur le bateau et rentrer à New York.

La radio se tut brutalement.

— Il a coupé, dit Garza.

Personne n'osait rompre le silence. Tous les yeux étaient braqués sur Glinn.

Derrière lui, Rocco s'affairait toujours à sa tâche macabre. Il tenait un os ressemblant à un morceau de crâne d'où pendait un globe oculaire simplement attaché par un nerf.

Rachel secoua la tête et se leva lentement de sa chaise en bois.

— Alors, qu'est-ce qu'on fait ? soupira-t-elle.

— D'abord nous allons rebrancher le courant. Une fois que ce sera réglé, on verra.

Glinn se tourna vers le géologue.

— Où est le gant de Hill ?

— Je l'ai ici, répondit Sam, cherchant d'un air las dans sa mallette avant de produire un sachet plastique scellé.

— C'est un gant en cuir, fit remarquer Garza. Les gants distribués à l'équipe de construction étaient en goretex.

Un silence tomba sur le petit groupe.

— Monsieur Glinn ?

La voix de Rocco était si pressante que tout le monde se tourna vers lui. Il tenait le morceau de crâne à la hauteur de son menton, comme s'il posait pour une photo.

— Oui ?

— Frank Hill avait les yeux marron.

Glinn jeta un coup d'œil au crâne puis à Rocco, l'air interrogateur.

Avec un geste d'une délicatesse déroutante, celui-ci essuya le globe oculaire sur le poignet de sa chemise.

— Cet œil est bleu.

Île Desolación,
1 h 40

Glinn fixait le globe oculaire qui pendouillait au bout de son nerf.

— Monsieur Garza ? demanda-t-il d'une voix d'un calme déroutant.

— Oui ?

— Réunissez une équipe et trouvez Hill. Utilisez des sondes, des capteurs de température.

— Bien.

— Mais restez sur le qui-vive. Pensez qu'il peut y avoir des pièges ou des tireurs cachés.

Garza disparut dans l'obscurité. Glinn prit l'œil et le fit tourner délicatement devant lui avec un regard appréciateur, comme s'il s'agissait d'une pièce de porcelaine. Il se dirigea ensuite vers la table où se trouvaient les restes du corps qui n'avaient pas encore été réfrigérés et entreprit de les trier.

Il prenait les morceaux les uns après les autres, les examinait attentivement, les reposait, puis passait au suivant. Sam pensait à un client au rayon boucherie d'un supermarché qui soupèserait chaque barquette sous vide.

— Blond, conclut Glinn, levant un fin cheveu à la lumière.

Il assembla les morceaux qui constituaient la tête.

— Pommettes hautes… Cheveux courts… Traits nordiques…

Il les mit de côté, continuant à fouiller.

— Tête de mort tatouée sur le bras droit… Il était jeune, peut-être vingt-cinq ans.

Au cours des quinze minutes que dura son examen, personne ne broncha. Enfin, Glinn se redressa et se dirigea vers l'évier pour se laver les mains. Comme il n'y avait pas d'eau, il se contenta de les secouer et de les essuyer avec une serviette. Puis il se mit à faire les cent pas. Soudain, il se figea, l'air d'avoir pris une décision. Il saisit une radio qui se trouvait sur la table.

— Thompson?

— Oui?

— Où en êtes-vous avec le groupe électrogène?

— Le capitaine va l'apporter elle-même. Elle ne voulait pas risquer la vie de l'équipage. Elle a dit que le docteur viendrait dès que le temps le permettrait. La tempête devrait se calmer d'ici l'aube.

Un bip retentit. Glinn changea aussitôt de fréquence.

— On a retrouvé Hill, dit Garza d'un ton laconique.

— Oui?

— Enterré dans une congère. Égorgé. Du travail de professionnel.

— Merci, monsieur Garza.

Le profil de Glinn se découpait dans la lumière terne de la lampe de secours. Une goutte de sueur perlait sur son front.

— Et il y avait une paire de raquettes cachée dans la baraque au-dessus du tunnel. Comme les gants, elles ne viennent pas de chez nous.

— Je vois. Apportez le corps de Hill à l'infirmerie. Ce serait fâcheux qu'il gèle avant l'arrivée du docteur Brambell.

— Mais d'où vient le type aux yeux bleus? demanda Sam.

Au lieu de répondre, Glinn se tourna, murmurant quelques mots en espagnol juste assez fort pour que Sam entende : « Vous n'êtes pas raisonnable, mon commandant. Pas raisonnable du tout. »

Île Desolacíon,
23 juillet, 12 h 05

La tempête était tombée. Quarante-huit heures s'étaient écoulées sans autre incident. Les mesures de sécurité avaient été considérablement renforcées. Glinn avait fait tripler les équipes de garde et installer des caméras supplémentaires. Tout autour du site, des détecteurs de mouvement avaient été enfouis dans la neige.

Pendant ce temps, l'avancée de la tranchée se poursuivait à un rythme accéléré. Dès qu'une section était achevée, l'équipe d'EES halait la remorque sur laquelle était posée la météorite. Ils avançaient centimètre par centimètre, ne s'arrêtant que le temps de repositionner le cabestan, de creuser une nouvelle portion de tunnel et de reboucher l'ancienne. Glinn avait demandé qu'on manipule la météorite avec une prudence redoublée. Enfin, les pelleteuses atteignirent le champ de neige. Des équipes entreprirent de creuser à chaque extrémité, dans le manteau neigeux de soixante mètres d'épaisseur.

A l'entrée du tunnel, Eli Glinn observait la progression des énormes engins. Tout se déroulait suivant les plans, en dépit des deux derniers morts. Une demi-douzaine d'épais tuyaux serpentaient hors du trou, crachant de la fumée et de la suie. Ce système de fortune permettait d'évacuer les gaz d'échappement pendant que les machines creusaient. Ce tunnel de glace offrait un beau spectacle, pensa Glinn. Une merveille de la technique qui s'ajoutait à la longue liste de prouesses accomplies depuis le début de cette opération. Une multitude de nœuds et d'arêtes ornaient ses parois inégales et bosselées. Des milliers de fentes et de fissures dessinaient de folles toiles d'araignée blanches sur la glace bleu vif. Seul le sol couvert de gravier sur lequel roulerait la remorque était régulier.

Une simple rangée de lampes fluorescentes éclairait le tunnel. S'il regardait devant lui, Glinn apercevait la remorque et sa cargaison qui formait une tache rouge sombre sur un fond d'un bleu presque surnaturel. Les craquements et les grondements d'engins invisibles résonnaient autour de lui. Des lumières clignotèrent au loin, puis un véhicule contourna la météorite et se dirigea vers lui, suivi d'une enfilade de chariots qui transportaient de gros tessons de glace azur scintillants.

En apprenant que la météorite pouvait tuer par simple contact, Glinn avait été plus surpris qu'il ne voulait l'admettre. Si, dès le début, il avait interdit de la toucher, c'était par simple souci de précaution. Mais McFarlane avait certainement raison. C'était la seule explication plausible. Revoir tous les calculs était devenu une nécessité. Il fallait réviser leur analyse des chances de réussite de l'entreprise, une opération qui requérait presque toute la puissance informatique dont EES disposait à New York.

Glinn regarda une fois de plus l'énorme pierre précieuse dans son écrin de bois. Elle avait tué l'homme de Vallenar, Rochefort, Evans et Masangkay. Pourtant, elle avait épargné Lloyd… Les pertes demeuraient néanmoins inférieures à ses prévisions. Le volcan avait coûté quatorze vies, dont un ministre trop curieux qui avait insisté pour rester là où il n'aurait pas dû être. Glinn se répéta que, malgré l'étrangeté de la météorite et le contre-torpilleur chilien, il ne s'agissait après tout que de déplacer un très gros rocher.

Il jeta un coup d'œil à sa montre. Sam et Rachel seraient à l'heure. Ils l'étaient toujours. Au même instant, il les vit sortir d'une autoneige à l'entrée du tunnel de glace. McFarlane portait un sac de marin plein d'instruments. Ils se dirigèrent vers Glinn.

— Dans quarante minutes, la section suivante sera achevée et on déplacera la météorite. Utilisez ce temps au mieux, leur dit Glinn lorsqu'ils se présentèrent devant lui, cinq minutes plus tard.

— C'est bien notre intention, déclara Rachel.

Il la regarda vider le sac et installer les instruments, tandis que Sam McFarlane photographiait la météorite avec un appareil numérique. Rachel travaillait vite, avec des gestes précis. McFarlane avait découvert qu'elle rédigeait des rapports sur lui, comme Glinn s'y attendait. S'il se savait surveillé, le géologue réfléchirait avant de commettre un acte mal avisé. Par ailleurs, cette histoire d'espionnage avait placé Rachel devant un dilemme épineux qui avait monopolisé toute son attention. Ainsi, elle leur avait épargné jusque-là les questions éthiques embarrassantes qu'elle ne manquait jamais de poser d'habitude. Des questions hors de propos dans une opération complexe qui exigeait un sang-froid absolu. Sam avait réagi à la trahison de Rachel avec un calme étonnant, si l'on se basait sur ce que son profil psychologique laissait présager. Un homme compliqué, mais dont le concours s'avérait finalement précieux.

Glinn remarqua une autre autoneige qui s'arrêta au même endroit que la précédente. Sally Britton en descendit. Elle se dirigea vers lui, vêtue d'un long manteau de laine bleu marine qui flottait derrière elle. Pour une fois, elle ne portait pas de casquette et ses cheveux couleur de blé miroitaient à la lueur des lampes du tunnel. Glinn sourit. Il escomptait sa venue depuis l'explosion qui avait tué l'espion chilien. Il l'escomptait et la souhaitait. Lorsqu'elle arriva à sa hauteur, il lui adressa un sourire de bienvenue sincère.

— Je suis heureux de vous voir, capitaine, dit-il en lui serrant la main. Qu'est-ce qui vous amène ici ?

Sally regarda autour d'elle. Ses yeux intelligents semblaient tout enregistrer. Mais elle resta interloquée lorsqu'elle découvrit la météorite.

— Mon Dieu ! s'écria-t-elle, la voix un peu tremblante.

— C'est toujours un choc la première fois.

Elle hocha la tête sans un mot.

— Capitaine, rien de grand en ce monde ne peut s'accomplir sans risque, ajouta-t-il calmement, mais avec conviction. Vous avez devant vous la découverte scientifique du siècle.

Eli Glinn ne se souciait guère de sa valeur scientifique. Seuls les aspects logistiques de l'opération lui importaient réellement. Mais un peu de lyrisme ne le rebutait pas, s'il servait son objectif.

— On m'avait pourtant prévenue qu'elle était rouge, mais jamais je n'aurais imaginé…

Sourde au rugissement des machines, elle semblait incapable de s'arracher à sa contemplation. Elle resta immobile une ou deux minutes. Puis avec un effort évident, elle prit une inspiration et se tourna vers lui.

— J'ai appris qu'il y a eu deux autres morts. Les informations sur les derniers événements nous parviennent au compte-gouttes, et les rumeurs vont bon train à bord. L'équipage est nerveux, mes officiers aussi. J'ai besoin de savoir exactement ce qui s'est passé et pourquoi.

Glinn hocha la tête sans rien dire.

— Cette météorite ne montera pas à bord de mon navire tant que je ne serai pas convaincue qu'elle est inoffensive, déclara-t-elle d'un trait, très droite, sa frêle silhouette bien campée sur le gravier.

Glinn lui sourit. C'était Sally Britton dans toute sa splendeur. Chaque jour, il l'admirait un peu plus.

— Je suis entièrement d'accord avec vous.

Son approbation la désarçonna un instant.

— Monsieur Glinn, nous avons sur les bras un officier de la marine chilienne mort. Il va falloir expliquer ce décès aux autorités. Il y a un navire de guerre pas loin qui n'attend qu'une chose : nous faire goûter au tir de ses canons. Trois de vos hommes sont morts. Vous avez une météorite de vingt-cinq mille tonnes qui déchiquette les gens quand elle ne les écrase pas, et vous voulez la charger à bord de mon bateau…

Elle s'interrompit avant de reprendre d'une voix plus basse.

— Même les meilleurs équipages peuvent devenir superstitieux. On entend tout et n'importe quoi à bord.

— Vous avez raison d'être inquiète et je m'excuse de ne pas m'être déplacé moi-même pour vous expliquer ce qui s'est produit. Mais comme vous le savez, nous menons une course contre la montre. Il y a deux jours, pendant la tempête, un intrus s'est introduit ici en pleine nuit. Un homme du navire chilien. Il a été tué par une décharge électrique provenant de la météorite. Il a hélas eu le temps d'assassiner un de nos hommes avant.

Sally le regarda durement.

— C'est donc vrai ? Un éclair produit par la météorite ? Je n'y croyais pas. Et je ne comprends pas.

— En fait, c'est assez simple. Il s'agit d'un métal qui possède des propriétés électriques particulières. Lorsqu'on touche la météorite, elle décharge une partie de l'électricité qu'elle renferme. Une sorte d'éclair, mais encore plus puissant. Sam McFarlane m'a expliqué sa théorie. Nous pensons que c'est pour cette raison que le Chilien et Nestor Masangkay, l'homme qui l'a découverte, sont morts.

— Mais pourquoi réagit-elle au contact ?

— Sam et Rachel étudient le problème en ce moment même. Mais ces analyses exigent du temps, et déplacer la météorite demeure une priorité.

— Et comment empêcher que ce genre de drame ne se reproduise à bord ?

— Encore une bonne question, sourit Glinn. Nous travaillons également à y répondre. Nous allons prendre toutes les précautions pour que personne ne puisse la toucher. Nous avons commencé à appliquer cette mesure avant même de savoir que le contact pouvait provoquer une explosion.

— Je vois. Et d'où vient l'électricité ?

L'hésitation de Glinn ne dura qu'un instant.

— C'est un des objets des recherches actuelles de M. McFarlane.

Songeuse, Sally se tut. Soudain, il saisit sa main. Il sentit une résistance instinctive, mais elle se détendit presque aussitôt.

— Je comprends vos inquiétudes, capitaine, dit Glinn avec douceur. Et soyez sûre que toutes les mesures nécessaires seront prises pour éviter un autre accident. Vous devez me croire quand je vous dis que nous n'échouerons pas. Faites-moi confiance. Exactement comme je vous fais confiance pour maintenir la discipline à bord de votre navire, malgré la nervosité et les superstitions de l'équipage.

Sally détourna les yeux, irrésistiblement attirée par l'impressionnante masse rouge.

— Restez un peu, continua-t-il en souriant. Restez et regardez-nous charger sur votre navire le plus gros objet jamais déplacé dans l'histoire de l'humanité.

Indécise, Sally Britton lui lança un coup d'œil, mais son regard revint aussitôt sur la météorite. Entendant sonner la radio accrochée à sa ceinture, elle se dégagea aussitôt et recula.

— Ici le capitaine Britton.

A l'expression soucieuse de son visage, Glinn devina ce qui se passait.

— C'est le contre-torpilleur, expliqua-t-elle lorsqu'elle eut terminé. Il est de retour.

— Ce n'est guère surprenant, dit Glinn en hochant la tête, sans se départir de son sourire. L'*Almirante Ramirez* a perdu un de ses hommes. Il vient le chercher.

Le *Rolvaag*,
24 juillet, 15 h 45

La nuit tombait sur l'île Desolación. Une tasse de café à la main, Sam McFarlane regardait le crépuscule assombrir le ciel, seul sur la passerelle supérieure. C'était une soirée parfaite : claire, fraîche, sans vent. Au loin, des nuages roses et pêche s'effilochaient. La lumière rasante découpait l'île avec une netteté surnaturelle. Au-delà, les eaux du canal Franklin reflétaient les derniers rayons du soleil couchant. Plus loin encore, le contre-torpilleur grisâtre de Vallenar montait la garde, son nom à peine lisible sur ses flancs veinés de rouille. Dans l'après-midi, il s'était rapproché pour se poster juste à l'embouchure du canal Franklin, leur seule issue. Et il avait l'air décidé à n'en pas bouger.

Sam but une gorgée de café puis, impulsivement, jeta le reste par-dessus bord. La caféine était la dernière chose dont il avait besoin en ce moment. Il se sentait extrêmement tendu. Il se demandait ce que Glinn comptait faire à propos du navire chilien. Mais celui-ci avait fait preuve d'un calme olympien toute la journée. Vu les circonstances, il trouvait à ce calme habituellement rassurant quelque chose d'inquiétant. Après tout, Eli Glinn couvait peut-être une dépression nerveuse.

Ils avaient déplacé la météorite péniblement, centimètre après centimètre. Après avoir franchi le champ de neige, ils avaient creusé une route en déblai jusqu'à une falaise qui dominait le canal. Là, les ouvriers avaient construit une autre cahute en tôle pour dissimuler la météorite. Sam l'observait depuis le pont. Comme d'habitude, c'était un chef-d'œuvre d'imposture : une bicoque rouillée qui penchait dangereusement d'un côté. Devant, on avait entassé des pneus usés jusqu'à la corde. Il se demandait comment EES comptait descendre la météorite jusqu'au niveau du pétrolier et à l'intérieur de la citerne. Peu loquace de nature, Glinn s'était montré particulièrement mystérieux à ce sujet. Sam savait juste que l'opération se déroulerait de nuit. Cette nuit.

Le bruit de l'ouverture de l'écoutille le fit se retourner. Surpris, il reconnut Glinn. Celui-ci n'avait pas mis les pieds sur le pétrolier depuis près d'une semaine. Il s'approcha de Sam d'un pas nonchalant. Malgré sa pâleur, il semblait assez décontracté.

— Bonsoir !

— Vous me semblez d'un calme impressionnant.

Au lieu de répondre, Eli Glinn sortit un paquet de cigarettes et, sous le regard étonné de Sam, en glissa une dans sa bouche. Il l'alluma, approchant l'allumette enflammée de son visage cireux et aspira une longue bouffée.

— Je ne savais pas que vous fumiez vraiment. Je pensais que c'était uniquement pour le bénéfice des douaniers de Puerto Williams.

— Je m'autorise douze cigarettes par an, répondit Glinn avec un sourire. C'est mon vice caché.

— Depuis quand n'avez-vous pas dormi ?

Glinn contempla l'eau paisible.

— Je ne m'en souviens plus. Le sommeil a ceci en commun avec la nourriture qu'après quelques jours de manque, on n'y pense plus.

Il fuma en silence pendant un moment.

— Vos analyses dans le tunnel vous ont fourni de nouveaux éléments ? demanda-t-il enfin.

— Des petites choses agaçantes çà et là. Le son se propage à l'intérieur à une vitesse égale au dixième de celle de la lumière. Elle possède une structure interne minimale : une couche externe et une couche interne avec une petite inclusion au centre. La plupart des météorites sont un fragment d'un corps plus gros. Dans ce cas, il semblerait que ce soit le contraire : on dirait qu'elle s'est formée par accrétion, sans doute un jet de plasma provenant d'une hypernova. Une perle autour d'un grain de sable, si l'on peut dire. C'est pour cette raison qu'elle est plus ou moins symétrique.

— Étonnant. Et la décharge électrique ?

— C'est encore un mystère. Nous ignorons pourquoi elle serait due au contact humain plutôt qu'à autre chose. Nous ne savons pas non plus pourquoi elle n'a pas réagi au contact de Lloyd. Nous croulons sous des données que nous sommes loin de pouvoir toutes étudier, et les résultats de nos analyses s'avèrent le plus souvent contradictoires.

— Pourquoi nos radios sont-elles tombées en panne après la détonation ? Vous avez trouvé des liens ?

— Oui. Apparemment, la décharge a mis la météorite dans un état d'excitation. Elle émettait des ondes radio, autrement dit un rayonnement électromagnétique d'une longueur d'onde élevée. C'est ce qui explique les interférences avec les communications. Au bout d'un certain temps, elles se sont dissipées, mais, dans le voisinage immédiat de la météorite, à l'intérieur du tunnel, elle en a produit assez pendant plusieurs heures pour tenir en échec nos systèmes de communication.

— Et maintenant ?

— Elle s'est calmée. Jusqu'à la prochaine explosion.

Glinn exhala la fumée avec un plaisir non dissimulé. Puis il désigna la rive et la cabane déglinguée qui dissimulait la météorite.

— Dans quelques heures, elle se trouvera à bord avec nous. Si vous avez d'autres réserves, je veux le savoir avant que nous prenions la mer. Nos vies en dépendent.

Sam ne répondit pas tout de suite. C'était une responsabilité difficile à assumer.

— Je ne peux pas prévoir ce qui va se passer.

Glinn tira sur sa cigarette.

— Je ne vous demande pas de jouer les devins, je voudrais juste un avis éclairé.

— Nous avons eu l'occasion de l'observer dans différentes conditions pendant près de deux semaines. A part les décharges électriques qui semblent provoquées par le contact humain, elle paraît complètement inerte. Elle n'a réagi ni au contact du métal, ni à la microsonde électronique. Si les consignes de sécurité sont maintenues avec rigueur, je ne vois pas pourquoi elle se comporterait différemment dans la citerne du *Rolvaag*.

Sam hésita, se demanda si la fascination qu'exerçait sur lui la météorite lui faisait perdre son objectivité. La laisser là lui paraissait impensable. Il changea de sujet.

— Lloyd m'appelle presque toutes les heures, il réclame des nouvelles à cor et à cri.

Glinn inhala la fumée d'un air béat, les yeux mi-clos comme un bouddha.

— Dans trente minutes, dès qu'il fera complètement nuit, le bateau approchera de la falaise et nous chargerons la météorite sur une tour élevée dans la cale. A trois heures du matin, elle sera en place, et à l'aube, nous aurons atteint les eaux internationales. Vous pouvez dire cela à M. Lloyd. Nous maîtrisons la situation. Garza et Stonecipher dirigeront l'opération. Ils n'auront même pas besoin de moi avant la phase finale.

— Vous oubliez un détail, dit Sam en montrant le contre-torpilleur. Lorsque vous commencerez le chargement, notre ami chilien sera aux premières loges. En plus, s'il lui prend l'envie de nous tirer dessus, nous ferons une cible facile.

— Nous serons dissimulés par l'obscurité et la météo annonce du brouillard. De toute manière, je serai en compagnie du commandant Vallenar au moment critique.

— Comment ça ? demanda Sam qui n'en croyait pas ses oreilles.

— Je vais aller lui rendre une petite visite de courtoisie. Pour le distraire. Et pour d'autres raisons.

— C'est de la folie furieuse. Il risque de vous arrêter, peut-être même de vous tuer.

— J'en doute. Je ne conteste pas que le commandant soit un homme violent, mais il est loin d'être fou.

— Et comment comptez-vous sortir du canal ? Au cas où vous ne l'auriez pas remarqué, il bloque la seule issue.

Glinn s'abstint de répondre. La nuit avait jeté un manteau noir sur l'île. Il vérifia sa montre puis sortit sa radio de sa poche.

— Manuel ? Vous pouvez commencer.

Presque aussitôt, plusieurs rangées de lumières illuminèrent la falaise, inondant le morne paysage d'une lueur froide. Un essaim d'ouvriers qui semblait surgir de nulle part apparut. Des machines rugirent.

— Vous êtes malade ! Pourquoi ne mettez-vous pas un panneau « C'EST ICI ! », pendant que vous y êtes ?

— La falaise est invisible du bateau de Vallenar. Ce promontoire lui bouche la vue. Si Vallenar veut connaître la cause de ce remue-ménage – et il le voudra certainement – il devra se déplacer vers le nord du canal. Parfois, l'absence de camouflage s'avère être le meilleur des camouflages. Vallenar ne pensera pas une seconde que nous nous apprêtons à partir.

— Pourquoi?

— Parce que la fausse opération minière se poursuivra toute la nuit. Nous laisserons sur place les plus gros engins et deux douzaines d'hommes qui travailleront à un rythme effréné. Il y aura quelques explosions, bien sûr, et beaucoup d'échanges radio. Juste avant l'aube, l'équipe trouvera quelque chose. Ou du moins, c'est ce que l'on croira à bord de l'*Almirante Ramirez*. Les ouvriers seront surexcités et ils feront une pause pour discuter de la découverte.

Glinn s'interrompit pour jeter son mégot, qu'il regarda s'envoler dans l'obscurité.

— L'annexe du *Rolvaag* est cachée de l'autre côté de l'île. Nous récupérerons les ouvriers derrière l'île Horn, mais nous laisserons le matériel sur place.

— Tout? s'écria Sam, pensant aux préfabriqués pleins d'outils, aux bulldozers, aux labos, aux énormes bennes jaunes.

— Oui. Les groupes électrogènes tourneront, les lumières resteront allumées. Du matériel qui vaut des millions de dollars sera abandonné bien en vue sur l'île. Lorsque Vallenar nous verra partir, il pensera que c'est pour revenir.

— Je ne parierais pas là-dessus.

Glinn ne répondit pas tout de suite.

— Effectivement, il se peut qu'il nous pourchasse quand même.

— Et alors?

Il sourit.

— Toutes les éventualités ont été analysées, tous les imprévus envisagés.

Il reprit sa radio :

— Approchez le navire de la falaise.

Quelques instants plus tard, Sam sentit la vibration des moteurs. Lentement, très lentement, le gigantesque pétrolier s'ébranlait pour tourner.

Glinn se tourna vers McFarlane.

— A partir de maintenant, vous allez jouer un rôle crucial, Sam.

Celui-ci lui lança un regard interloqué.

— Moi ?

Glinn hocha la tête.

— Je veux que vous restiez au téléphone avec Lloyd. Informez-le, calmez-le, pour qu'il reste là où il est. Ce serait un désastre s'il nous rejoignait. Et maintenant, adieu. Je dois me préparer pour mon entretien avec notre ami chilien.

Il s'interrompit, regardant Sam dans les yeux.

— Je vous dois des excuses.

— Pourquoi ?

— Vous le savez très bien. Je n'aurais pas pu espérer travailler avec un scientifique plus compétent et plus fiable. A la fin de l'opération, je détruirai votre dossier.

Sam ne savait que penser de cette confession. Elle paraissait sincère, mais Eli Glinn était tellement calculateur que ce *mea culpa* pouvait très bien avoir un double, voire un triple objectif au sein de ses vastes plans. Glinn lui serra la main. Sam lui tapota l'épaule. Regardant l'autre s'éloigner, le géologue se rendit compte que le rembourrage qu'il avait senti sous sa main n'était pas celui d'un gros pull, mais d'un gilet pare-balles.

Canal Franklin,
20 h 40

Glinn se tenait à l'avant de la petite vedette, heureux de sentir l'air froid lui fouetter le visage. Les quatre hommes qui faisaient partie de l'opération étaient assis dans la cabine de pilotage, tout équipés, invisibles et silencieux. Droit devant, les lumières du contre-torpilleur tremblaient légèrement au-dessus des eaux calmes. Comme prévu, le navire chilien avait remonté le canal.

Il tourna la tête en direction de l'île. Un grand cercle de lumières entourait une activité minière fiévreuse, tandis que de lourds véhicules sillonnaient le site. Au loin, le roulement d'une explosion retentit. A côté, les manœuvres qui se déroulaient sur la falaise paraissaient secondaires. A la radio, ils avaient présenté le mouvement du *Rolvaag* comme une précaution en vue d'une autre tempête : le pétrolier prévoyait soi-disant de se mettre sous le vent de l'île et de tirer des câbles à terre.

Il aspira l'air marin chargé d'humidité, goûtant le calme trompeur qui régnait sur l'eau. Un mauvais coup de vent se préparait. Mais seuls Glinn, le capitaine et les officiers de quart du *Rolvaag* en connaissaient la nature exacte. Il leur avait paru inutile de distraire l'équipage et les employés d'EES en pareil moment. Les données reçues par satellite indiquaient qu'il risquait de se transformer en *panteonero* d'ici l'aube. Le « vent du cimetière » commençait toujours par souffler du sud-ouest, puis tournait au nord-ouest à mesure qu'il gagnait en intensité. Il pouvait grimper jusqu'à cent nœuds. Mais si le *Rolvaag* franchissait le détroit de Le Maire avant midi, il serait sous le vent de la Terre de Feu lorsque la tempête atteindrait son paroxysme. De plus, ils auraient le vent dans le dos : des conditions idéales pour un gros pétrolier, mais cauchemardesques pour un bâtiment plus petit.

Maintenant, on avait dû signaler leur approche à Vallenar. L'annexe avançait lentement, ses feux de route allumés. Même sans radar, on ne pouvait pas la manquer par cette nuit sans lune.

Glinn ne prit pas la peine de se retourner lorsque, à deux cents mètres du navire militaire, un léger plouf venant de l'arrière de la vedette retentit. Comme prévu, trois autres suivirent à des intervalles rapprochés. Comme avant chaque opération, un calme presque surnaturel l'avait envahi, ses sens étaient parfaitement aiguisés. Cela faisait longtemps. Il éprouvait une sensation plaisante, teintée de nostalgie.

Un projecteur s'alluma à l'arrière du contre-torpilleur et se braqua sur l'annexe. Ébloui, Glinn demeura immobile à la proue, tandis que l'embarcation ralentissait. Si Vallenar voulait le tuer, c'était maintenant ou jamais. Pourtant, il avait la conviction que les canons chiliens resteraient muets. Il inspira, puis souffla lentement, une fois, deux fois. Le moment critique était passé.

Le comité d'accueil qui l'attendait sur le pont le guida à travers une série de couloirs nauséabonds et d'escaliers métalliques glissants. A l'entrée du *puente,* la passerelle de navigation, ils s'arrêtèrent. Vallenar était seul avec l'officier de pont. Il fumait un cigare, le regard dirigé vers l'île, les mains dans le dos. Il faisait froid. Soit le chauffage ne marchait pas, soit il était éteint. Comme le reste du bateau, la passerelle empestait l'huile à moteur, les eaux de cale et le poisson.

Vallenar ne faisait pas mine de se retourner. Glinn laissa s'écouler un long moment avant de rompre le silence.

— *Commandante,* je suis venu vous présenter mes respects, dit-il poliment en espagnol.

Celui-ci laissa échapper un petit bruit que l'Américain interpréta comme un gloussement. L'homme lui tournait obstinément le dos. Glinn se sentait léger, comme s'il était rempli d'air. Il avait l'impression de percevoir tout ce qui l'entourait avec une extrême acuité.

— C'est une météorite, dit enfin le Chilien, d'une voix sèche et monocorde.

Donc Vallenar savait. C'était l'hypothèse la moins probable, mais Glinn l'avait prévue.

— Oui.

Le commandant se tourna. Son épais manteau de laine s'ouvrit, dévoilant un vieux Lugger passé dans sa ceinture.

— Vous volez une météorite qui appartient à mon pays.

— Nous ne la volons pas. Nous n'enfreignons aucune loi internationale.

Le rire de Vallenar sonna comme un aboiement amer sur la passerelle presque déserte.

— Je sais. Vous dirigez une opération minière, et il s'agit de métal. Je m'étais trompé, en fait. C'était bien le fer qui vous intéressait.

Glinn ne répondit rien. Chaque mot de Vallenar lui fournissait des informations inestimables qui lui permettraient de prévoir avec plus de précision son comportement futur.

— Mais vous enfreignez ma loi, la loi du commandant Vallenar.

— Je ne comprends pas, mentit Glinn.

— Vous ne quitterez pas le Chili avec cette météorite.

— Il faudrait déjà que nous la trouvions.

Vallenar hésita à peine, mais suffisamment pour que Glinn en déduise qu'il ignorait qu'ils l'avaient déjà déterrée.

— Qu'est-ce qui m'empêcherait de le signaler aux autorités de Santiago ? Au moins, vous ne pourrez pas les soudoyer, eux.

— Vous pouvez le signaler à qui vous le souhaitez. Nous ne faisons rien d'illégal.

Il savait que le commandant n'avertirait personne. Il réglerait le problème à sa manière.

Le Chilien tira sur son cigare, recrachant la fumée dans la direction de son interlocuteur.

— Dites-moi, monsieur… Ismaël, si j'ai bonne mémoire ?

— Mon véritable nom est Glinn.

— Je vois. Monsieur Glinn, donc, qu'êtes-vous venu faire sur mon bateau ?

Glinn se rendait compte qu'il devait faire très attention à ce qu'il disait.

— J'espérais que nous pourrions arriver à un arrangement.

Une expression de colère prévisible passa sur le visage de Vallenar.

— Je suis autorisé à vous offrir un million de dollars, enchaîna-t-il aussitôt. En or. Pour votre coopération.

L'autre homme sourit soudain, les yeux mi-clos.

— Vous l'avez sur vous?

— Bien sûr que non.

Le commandant tira paresseusement sur son *puro*.

— *Señor*, vous pensez peut-être que j'ai un prix, comme les autres. Parce que je suis un pauvre Sud-Américain, vous me croyez prêt à coopérer en échange de *la mordida*?

— L'expérience m'a enseigné que personne n'était incorruptible, les Américains pas plus que les autres, répondit Glinn, l'observant attentivement.

Vallenar repousserait son pot-de-vin, la question ne se posait même pas, mais même ce refus pouvait lui fournir des renseignements précieux.

— Si telle est votre expérience, c'est que vous avez mené vous-même une vie corrompue, entouré de dégénérés. Vous ne quitterez pas le Chili avec cette météorite. Gardez votre or, *señor*, et mettez-le dans le *coño* de la putain qui vous tient lieu de mère.

Glinn ne réagit pas à cette insulte, une des plus graves pour un Chilien.

— Nous avons un autre problème, reprit Vallenar. J'ai envoyé un homme en reconnaissance sur l'île, et il n'est pas revenu. Son nom est Timmer. C'est mon timonier.

Glinn était un peu étonné. Il ne croyait pas que le commandant mentionnerait le sujet, et encore moins qu'il reconnaîtrait que l'homme était un espion. Après tout, ce Timmer avait échoué, et de toute évidence, Vallenar méprisait l'échec.

— Il a tranché la gorge d'un de nos hommes. Nous le détenons.

Les yeux de Vallenar se rétrécirent. Il faillit perdre son sang-froid, mais aussitôt il se ressaisit et son sourire réapparut.

— Vous devez le relâcher.

— Je suis désolé, mais il a commis un meurtre.

— Vous allez le relâcher sur-le-champ ou je fais sauter votre navire, dit Vallenar en haussant le ton.

La violence de sa réaction était étonnante. Cette menace irréfléchie était disproportionnée par rapport à la situation. Un timonier se remplaçait facilement, il n'avait pas un rang élevé. Dérouté, Glinn passa rapidement en revue toutes les explications possibles, tandis qu'il répondait à Vallenar.

— Ce serait déraisonnable. Votre homme se trouve dans la zone de confinement du bateau.

Le commandant le fusilla du regard.

— Rendez-moi Timmer, et je pourrai envisager de vous laisser partir avec la météorite, dit-il enfin d'une voix plus calme.

Il mentait. Vallenar ne les laisserait pas partir. Pas plus que Glinn ne pouvait lui rendre son officier. D'après Puppup, son équipage lui vouait une loyauté qui frisait le fanatisme. Maintenant, il comprenait peut-être pourquoi : Vallenar le leur rendait avec un dévouement tout aussi féroce. Jusque-là, Glinn croyait que, pour le commandant, les hommes étaient interchangeables. C'était un aspect imprévu de sa personnalité. Une particularité qui ne correspondait ni au profil psychologique tracé par ses employés à New York, ni au dossier qu'on lui avait transmis. Il faudrait donc revoir son opinion sur Vallenar. Quoi qu'il en soit, il possédait maintenant l'information qu'il était venu chercher : il savait que le commandant savait. Et son équipe avait amplement eu le temps de s'acquitter de sa mission.

— Je transmettrai votre offre au capitaine. Je pense qu'il est possible de s'arranger. De toute manière, nous vous donnerons une réponse avant midi.

Glinn s'inclina légèrement.

— Et maintenant, avec votre permission, je vais regagner mon bateau, conclut-il.

Vallenar sourit, parvenant presque à dissimuler sa fureur.

— Je vous en prie, *señor*, faites donc, et hâtez-vous, car si je ne vois pas Timmer devant moi avant midi, je saurai qu'il est mort. Et dans ce cas, votre vie ne vaudra pas cher.

Le *Rolvaag*,
23 h 50

Sam prit l'appel dans la suite déserte qui abritait les bureaux de Lloyd. Par les larges hublots, il voyait que le vent s'était levé. Les vagues venaient de l'ouest. Pour l'instant, les falaises de basalte abritaient leur navire. Ses aussières tendues vers la rive étaient fixées par des pitons d'acier dans la roche. Tout était prêt. On attendait le brouillard que Glinn avait annoncé pour minuit.

Le téléphone sur le bureau de Palmer Lloyd se mit à clignoter furieusement. Sam tendit le bras avec un soupir : ce serait sa troisième conversation de la soirée avec le milliardaire. Il détestait son nouveau rôle d'intermédiaire. De secrétaire.

— Monsieur Lloyd ?

— Oui, oui, c'est moi. Glinn est-il rentré ?

Sam entendait un bruit assourdissant et continu dans le fond, comme lors de son appel précédent. Distraitement, il se demanda d'où il téléphonait.

— Il y a deux heures.

— Qu'a-t-il dit ? Vallenar a-t-il accepté le pot-de-vin ?

— Non.

— Il ne lui a peut-être pas offert assez ?

— Glinn a l'air de penser qu'aucune somme ne l'aurait convaincu.

— Quelle blague, tout le monde a un prix ! Je suppose qu'il est trop tard maintenant, mais je serais prêt à le payer vingt millions. Dites-le-lui. Vingt millions en or que j'enverrai n'importe où dans le monde. Et des passeports américains pour lui et sa famille.

Sam s'abstint de lui faire remarquer que des passeports américains étaient sans doute la dernière chose que désirait Vallenar.

— Alors, que compte faire Glinn ?

Sam avala sa salive. Il détestait cette situation un peu plus chaque minute.

307

— Il affirme avoir un plan infaillible, mais il ne peut pas le partager avec nous pour l'instant. Apparemment, le secret est primordial pour sa réussite…

— Arrêtez vos conneries ! Passez-le-moi immédiatement !

— J'ai essayé de le trouver lorsque j'ai su que vous rappeliez, mais il ne répond ni à son pager ni à sa radio. Tout le monde semble ignorer où il se trouve.

— Il m'emmerde ! Je savais que je n'aurais jamais dû lui…

Un grésillement couvrit sa voix. Elle retentit à nouveau, plus faible encore.

— Sam ? Sam !

— Je suis là.

— Écoutez. Vous êtes mon représentant sur le bateau. Dites à Glinn de me rappeler immédiatement et précisez que c'est un ordre, sinon je le vire séance tenante et je le foutrai moi-même à la flotte.

— Bien, répondit Sam d'un ton las.

— Vous êtes dans mon bureau ? Vous voyez la météorite ?

— Elle est toujours cachée sur la falaise.

— Quand va-t-on la charger à bord ?

— Ils attendent le brouillard. On m'a dit que ça prendrait quelques heures pour la descendre dans la citerne et peut-être une demi-heure pour l'attacher. Nous partirons dès que ce sera fini. A cinq heures du matin au plus tard.

— Ça se rapproche. On me dit qu'une autre tempête se prépare, pire que la précédente.

— Une tempête ?

Pour toute réponse, le téléphone grésilla. Il attendit, mais la ligne était coupée. Au bout de quelques secondes, il raccrocha et regarda par la fenêtre. L'horloge électronique sur le bureau de Lloyd sonna minuit.

Je le foutrai moi-même à la flotte, avait-il dit.

Soudain, Sam se rendit compte que le bruit qu'il entendait derrière la voix de son patron provenait d'un moteur à réaction. Il se trouvait à bord d'un avion.

Le commandant Vallenar se tenait sur la passerelle de navigation, les yeux collés à ses jumelles. Son navire se trouvait dans le nord du canal, d'où il pouvait observer l'activité qui régnait sur la côte. Le spectacle était instructif. Les Américains avaient rapproché le pétrolier de la falaise. Tout compte fait, la femme qui commandait le *Rolvaag* avait quand même conscience des traîtrises du temps par ici. Elle ignorait l'existence du banc de sable sous-marin où l'*Almirante Ramirez* avait jeté l'ancre, puisqu'il n'était porté sur aucune carte, mais elle s'était amarrée sous le vent de l'île, espérant être à l'abri lorsque la tempête atteindrait son paroxysme. Avec un peu de chance, le vent du large tiendrait le pétrolier loin des écueils. C'était néanmoins une manœuvre risquée pour un navire de cette taille, surtout s'il utilisait le positionnement dynamique et que le vent tournait brutalement. Il aurait été plus prudent de s'éloigner de la côte, mais ils devaient avoir une bonne raison de rester.

Il était inutile de chercher cette raison bien loin. Vallenar pointa à nouveau ses jumelles vers le centre de l'île. Là, à trois mille mètres du *Rolvaag*, se déroulait une vaste opération minière. Il la surveillait déjà avant le passage de l'Américain. Quelques heures plus tôt, ils avaient soudain paru pris de frénésie. Des explosions avaient retenti, leurs engins grondaient fiévreusement et des ouvriers couraient en tous sens sur le chantier illuminé par d'énormes lampes. Il avait intercepté une communication entre l'équipe à terre et le pétrolier annonçant qu'ils avaient découvert quelque chose. Quelque chose de très gros.

Mais leur trouvaille leur posait des problèmes. D'abord, ils avaient cassé leur grue la plus puissante en voulant la soulever. Maintenant, ils essayaient de la tracter avec tout un attirail d'engins. D'après leurs conversations radio, ils ne semblaient pas prêts de réussir. Le *Rolvaag* restait à proximité au cas où ils auraient besoin d'hommes ou de matériel. Vallenar sourit. Les Américains n'étaient pas si efficaces que ça, après tout. A ce rythme, il leur faudrait des semaines pour charger la météorite.

De toute façon, il ne les laisserait pas faire. Une fois Timmer de retour, Vallenar endommagerait le pétrolier pour les empêcher de partir, puis il répandrait la nouvelle de leur tentative de vol. Lorsque les politiciens verraient la météorite, lorsqu'ils apprendraient comment les Américains avaient tenté de la subtiliser, ils comprendraient. Grâce à son action, il serait peut-être même affecté ailleurs, et les pourris de Punta Arenas se retrouveraient dans de beaux draps. Maintenant, tout était une question d'organisation...

Son sourire s'évanouit à la pensée de Timmer, retenu prisonnier à bord du pétrolier. Vallenar n'était guère surpris qu'il ait tué quelqu'un. Le jeune homme réfléchissait vite et voulait impressionner son commandant. Mais il était étonnant qu'il se soit laissé capturer. Il avait hâte d'entendre son rapport. Il ne s'autorisait pas à envisager que l'Américain eût menti et que Timmer fût mort.

Il entendit un froissement. L'*oficial de guardia* se tenait derrière lui.

— *Commandante ?*

Vallenar hocha la tête sans se retourner.

— Nous avons reçu un second ordre de rentrer à la base, mon commandant.

Vallenar ne répondit rien. Il réfléchissait.

— Mon commandant ?

Vallenar scrutait la nuit. Des langues de brouillard s'étaient insinuées dans le canal.

— Faites le silence radio. Prétendez que vous n'avez rien reçu.

Les paupières de l'officier battirent imperceptiblement. Mais l'homme était trop bien dressé pour mettre un ordre en doute.

— Bien, mon commandant.

Dehors, le brouillard qui semblait avoir surgi de nulle part enfumait peu à peu le paysage. Les lumières du grand pétrolier s'estompaient. Bientôt, elles disparurent tout à fait. Au milieu de l'île, la vive clarté du chantier se brouilla, puis s'éteignit. Un mur d'encre se dressait à présent devant la passerelle de navigation. Il baissa les yeux vers l'écran du FLIR, où les contours du pétrolier apparaissaient cernés d'une brume jaune.

Vallenar leva la tête, puis recula. Il pensait à Glinn. Il y avait chez cet homme quelque chose d'étrange qu'il n'arrivait pas à définir. Sa visite sur l'*Almirante Ramirez* ne manquait pas de culot. Il devait reconnaître que l'Américain avait du cran. Pourtant, le commandant éprouvait un désagréable pressentiment.

Il s'abîma dans la contemplation du brouillard pendant quelques instants, puis se tourna vers l'officier de pont.

— Appelez l'*oficial central de informaciones de combate* sur la passerelle, dit-il avec douceur.

Le *Rolvaag*,
0 h 15

Sam ouvrit la porte de la passerelle de navigation. Un groupe d'officiers inquiets se pressait autour du poste de commande. Après que l'alarme eut retenti, les haut-parleurs avaient ordonné à tout l'équipage de se tenir en état d'alerte. Une épaisse nappe de brouillard enveloppait le pétrolier. A la place des puissantes lumières du gaillard d'avant, on ne distinguait que de vagues têtes d'épingles jaunes.

— Il est calé sur nous ? demanda Sally.

— Oui. Il nous balaie avec son radar de désignation d'objectif, répondit un officier à côté d'elle.

Elle se frotta le front, songeuse. Levant les yeux, elle aperçut Sam.

— Où est M. Glinn ? Pourquoi ne répond-il pas ?

— Je l'ignore. Il a disparu peu après son retour. J'ai essayé de le joindre à plusieurs reprises, mais rien.

Sally Britton se tourna vers Howell.

— Il ne se trouve peut-être pas à bord, lui fit-il remarquer.

— Je suis sûre que si. Je veux deux équipes de recherche, l'une à l'avant, l'autre à l'arrière. Qu'ils fouillent en revenant vers le centre du navire et me l'amènent sur la passerelle dès qu'ils l'auront trouvé.

— Ce ne sera pas nécessaire.

Avec sa discrétion habituelle, Glinn s'était matérialisé à côté de Sam, escorté de deux hommes que le géologue ne se souvenait pas d'avoir vus à bord. Ils portaient sur leur pull le petit insigne circulaire d'EES.

— Eli ! J'ai encore eu Palmer Lloyd au téléphone…

— Monsieur McFarlane, taisez-vous s'il vous plaît ! aboya Sally.

La note autoritaire dans sa voix n'incitait pas à la discussion, aussi Sam préféra-t-il se taire.

— Qui sont ces hommes et que font-ils sur ma passerelle ? demanda le capitaine.

— Ce sont des employés d'EES.

Sally marqua une pause, comme si elle digérait la nouvelle.

— Monsieur Glinn, et vous aussi monsieur McFarlane, puisque vous êtes le représentant de Lloyd Industries, je tiens à vous rappeler que le *Rolvaag* n'a qu'un seul capitaine, c'est moi. La conduite de ce navire relève de ma seule autorité.

Sam eut l'impression que Glinn hochait la tête, mais d'un mouvement si discret qu'il était à peine perceptible.

— Et à partir de maintenant, je compte user de cette prérogative.

Sam remarqua les visages fermés d'Howell et des autres officiers. Il se passait quelque chose. Mais Glinn semblait indifférent à ce discours impérieux.

— Et de quelle manière allez-vous en user ?

— Je refuse de charger cette météorite à bord de mon bateau.

Un court silence s'ensuivit pendant lequel Glinn la regarda avec gentillesse.

— Capitaine, je pense que nous ferions mieux d'en discuter en privé.

— C'est inutile, monsieur Glinn. Monsieur Howell, préparez-vous à quitter l'île. Nous partirons dans quatre-vingt-dix minutes.

— Un moment s'il vous plaît, monsieur Howell, dit Glinn sans quitter Sally des yeux. Puis-je savoir ce qui motive cette décision subite ?

— Vous étiez au courant de mes appréhensions au sujet de la météorite. Vous ne m'avez fourni aucune assurance concrète que nous ne courions aucun risque en la chargeant à bord. Et il y a cinq minutes, le contre-torpilleur nous a balayés avec son radar de conduite de tir. Nous faisons une cible rêvée. Même si la météorite n'est pas dangereuse, les conditions le sont. Une violente tempête approche. On ne charge pas un objet d'un tel poids sous la menace d'un canon de quatre pouces.

— Il ne tirera pas. Pas pour l'instant. Il croit que nous retenons un de ses hommes appelé Timmer dans la zone de confinement. Et il semble extrêmement désireux de le récupérer sain et sauf.

— Je vois. Et que fera-t-il quand il apprendra la mort du dénommé Timmer?

— S'enfuir sans plan précis est le meilleur moyen d'échouer, répondit Glinn, éludant sa question. De toute manière, Vallenar ne nous laissera pas partir avant qu'on lui ait rendu cet homme.

— Tout ce que je sais, c'est que je préfère m'enfuir à vide que chargée d'une météorite qui nous ralentira.

Glinn la regarda d'un air doux, presque triste. Avant qu'il n'ait le temps de répondre, un technicien se racla la gorge.

— J'ai un contact aérien qui se dirige vers nous. Relèvement neuf degrés à trente-cinq milles.

— Suivez-le et donnez-moi son indicatif d'appel, dit le capitaine sans bouger, les yeux rivés sur Eli Glinn.

Un court silence tendu tomba sur la passerelle.

— Avez-vous oublié le contrat que vous avez signé avec EES?

— Je n'ai rien oublié, monsieur Glinn. Mais il existe une loi qui l'emporte sur tous les contrats : celle de la mer. Le capitaine a le dernier mot en ce qui concerne son navire. Étant donné la situation, je ne veux pas de votre météorite à bord.

— Capitaine Britton, puisque vous refusez de discuter en privé avec moi, je ne peux que vous assurer que vous n'avez aucune raison de vous inquiéter.

Glinn fit un signe de tête à ses hommes. L'un d'eux avança et s'assit devant une console d'acier noire inutilisée, portant le mot SÉCURITÉ sur le côté. L'autre homme se plaça derrière lui, lui tournant le dos pour faire face aux officiers. Sam se rendit compte que c'était la petite sœur de la mystérieuse machine que lui avait montrée le capitaine dans la salle de commandes.

Sally Britton regarda les deux inconnus d'un air sombre.

— Monsieur Howell, faites sortir tous les gens d'EES.

— C'est impossible, dit Glinn d'un air chagriné.

Quelque chose dans sa voix fit hésiter Sally.

— Que voulez-vous dire?

— Le *Rolvaag* est un bateau merveilleux qui possède un équipement dernier cri en matière d'informatique maritime.

EES l'a utilisé pour se prémunir contre ce genre de problème. Notre propre système informatique chapeaute l'ordinateur principal. Normalement, ce contrôle est transparent. Mais pendant que le *Rolvaag* s'approchait de la rive, j'ai repris les commandes. Maintenant, nous sommes les seuls à connaître les codes d'accès qui contrôlent les machines. Vous ne pourrez transmettre aucun ordre aux moteurs ni au gouvernail sans la séquence de chiffres correcte.

Une colère froide se peignit sur le visage du capitaine. Howell décrocha un combiné sur la console de commande.

— J'appelle la sécurité sur la passerelle. Dépêchez-vous.

Sally Britton se tourna vers le chef de quart.

— Essayez le code moteur, s'il vous plaît.

Personne ne parla pendant que l'officier s'exécutait.

— Les machines ne répondent pas. Le tableau de bord non plus.

— Faites un diagnostic.

Elle s'approcha et se pencha sur le pupitre.

— Capitaine, reprit Glinn. J'ai peur que vous soyez obligée de respecter notre contrat, que cela vous plaise ou non.

Elle se tourna vivement, le regardant dans les yeux. Elle lui chuchota quelques mots, trop bas pour que Sam puisse entendre.

Glinn fit un pas en avant.

— Non, murmura-t-il. C'est vous qui avez promis de commander ce navire et de le ramener à New York. J'ai juste ajouté un dispositif de sécurité pour empêcher une violation de cette promesse, par vous ou par d'autres.

La jeune femme se tut. Un léger frémissement la parcourut.

— Si nous partons maintenant sans réfléchir et sans plan, il est certain qu'ils nous couleront, expliqua Glinn d'une voix grave et persuasive. Notre survie dépend de vous. Vous devez m'écouter. Je sais ce que je fais.

— Ça ne suffit pas, lui dit-elle, les yeux toujours plantés dans les siens.

— Capitaine, il faut me croire lorsque je vous dis que si nous voulons nous en sortir, nous n'avons qu'une solution. Vous devez coopérer avec moi ou nous mourrons tous. C'est aussi simple que cela.

— Capitaine, dit le chef de quart, le logiciel de diagnostic a planté…

Sa voix s'éteignit lorsqu'il se rendit compte que Sally ne l'entendait pas.

L'équipe de sécurité venait d'entrer.

— Vous avez entendu le capitaine, aboya Howell en invitant la sécurité à avancer. Tout le personnel d'EES doit évacuer la passerelle.

A la console, les agents de Glinn se raidirent. Mais Sally Britton leva lentement la main.

— Capitaine… commença Howell.

— Ils peuvent rester, dit-elle, sans prêter attention au regard incrédule du second.

Un long moment s'écoula pendant lequel tout le monde observa un silence inquiet. Puis Glinn fit un signe à son équipe. L'homme assis ôta une petite clé pendue à son cou qu'il inséra à l'avant de la console. Glinn s'avança et saisit une série de commandes, puis tapa quelques touches sur le pavé numérique.

— Le tableau de bord fonctionne à nouveau ! s'écria le chef de quart en levant la tête.

Sally Britton poussa un soupir.

— J'espère que vous savez ce que vous faites, dit-elle sans regarder Glinn.

— Vous pouvez au moins être sûre d'une chose. Je me suis engagé professionnellement et personnellement à livrer la météorite à New York. J'ai mis en œuvre des moyens énormes pour résoudre tous les problèmes que nous risquions de rencontrer, y compris celui-ci. Je… nous n'échouerons pas.

Si ces mots avaient touché la jeune femme, elle n'en laissa rien paraître. Son regard resta distant.

— Capitaine, poursuivit-il en reculant. Les douze prochaines heures seront les plus épuisantes de toute cette mission. Pendant ce laps de temps, il vous faudra accepter de déléguer une partie de votre autorité. Je m'en excuse, mais une fois que la météorite sera en sécurité dans la citerne, le bateau sera à nouveau entièrement à vous. Et d'ici demain midi, nous serons en route pour New York avec un butin inestimable.

Sam remarqua un sourire sur le visage de Glinn : ténu, à peine perceptible, mais un sourire quand même.

— J'ai identifié l'oiseau, capitaine, intervint Banks qui sortait de la salle radio. C'est un hélico de Lloyd Holdings qui nous envoie un appel codé sur le canal 13.

Le sourire de Glinn s'évanouit. Il fusilla Sam du regard. *Ne me regardez pas comme ça*, faillit lui dire ce dernier. *J'aurais voulu vous y voir.*

— Capitaine, il demande l'autorisation d'atterrir, lança l'homme devant l'écran radar, tout en ajustant son casque.

— Dans combien de temps ?

— Trente minutes.

— Capitaine, dit Glinn, si cela ne vous dérange pas, j'ai quelques affaires à régler. Faites tous les préparatifs nécessaires pour notre départ. Je reviens tout de suite.

Il se dirigea vers la porte, laissant ses deux employés à la console.

— Monsieur McFarlane, ajouta-t-il sans se retourner. M. Lloyd s'attend à être accueilli avec les honneurs qui lui sont dus. Occupez-vous-en, je vous prie.

Le *Rolvaag*,
0 h 30

Avec un sentiment déprimant de déjà vu, Sam arpentait le pont principal en attendant que l'hélicoptère atterrisse. Pendant quelques minutes interminables, il n'entendit qu'un vrombissement étouffé perdu dans la brume. Indifférent au crachin, il observait la frénésie qui s'était emparée du pétrolier depuis que le brouillard, qui semblait avoir poli les aspérités de la falaise, les masquait à la vue des Chiliens. Au sommet se trouvait la cabane qui dissimulait la météorite. Devant lui, la citerne centrale ouverte diffusait une pâle lumière. A une vitesse sidérante, un essaim d'ouvriers avait entrepris d'élever une tour dont les traverses métalliques luisaient doucement à la lueur des lampes au sodium. Deux mâts de charge mettaient en place les éléments préfabriqués. Une bonne douzaine d'ouvriers s'activaient sur la tour dans des gerbes d'étincelles qui retombaient sur les casques et les épaules des ingénieurs qui dirigeaient les opérations d'en bas. Malgré sa taille, la structure qui ressemblait à une toile d'araignée en trois dimensions paraissait presque délicate. Mais Sam ne comprenait toujours pas comment ils comptaient descendre la météorite dans la citerne une fois qu'ils l'auraient placée au sommet de la tour.

Le vrombissement de l'hélicoptère s'amplifia soudain. Sam longea la superstructure en trottinant. A l'arrière, les rotors du gros Chinook qui émergeait du brouillard faisaient tourbillonner de fines gouttelettes au-dessus du pont. Un homme guida l'hélicoptère à l'aide de cônes lumineux. L'atterrissage se déroula sans encombre, une opération de routine dépourvue de l'excitation qui avait entouré l'arrivée du milliardaire près du cap Horn.

D'un air morne, Sam regarda les pneus démesurés de l'engin se poser sur l'aire d'atterrissage. Il détestait jouer les factotums entre Palmer Lloyd et Eli Glinn. Il était un scientifique, pas un intermédiaire, et on ne l'avait pas embauché pour perdre son temps en enfantillages.

Un panneau s'ouvrit sous le ventre de l'hélicoptère. Lloyd apparut, un long manteau de cachemire noir flottant derrière lui et un feutre gris à larges bords à la main. Les feux d'atterrissage se reflétaient sur son crâne humide. Il sauta, non sans grâce pour un homme de son gabarit, et traversa le pont battu par le vent à grands pas assurés, très droit, sans un regard pour le matériel et ses employés qui descendaient par la passerelle hydraulique située derrière lui. Il broya la main de Sam avec un grand sourire, tout en continuant à marcher, pour fuir le vacarme des pales. Lloyd s'arrêta devant le bastingage pour examiner l'extraordinaire construction de bas en haut.

— Où est Glinn? cria-t-il.

— Il doit être sur la passerelle.

— Allons-y.

Une atmosphère tendue régnait sur la passerelle de navigation. Les faibles lumières revêtaient les visages d'une pâleur maladive. Lloyd s'arrêta à la porte, embrassant la scène du regard, avant d'entrer d'un pas pesant.

Glinn se tenait devant la console d'EES, parlant à voix basse à l'homme au clavier. Lloyd s'approcha vivement, engloutissant la main frêle de Glinn dans la sienne.

— Le héros du jour, s'écria-t-il.

S'il était fâché à bord de l'avion, il semblait avoir retrouvé sa bonne humeur. Il agita la main en direction de la tour qui s'élevait de la cuve.

— Glinn, mon vieux, c'est incroyable. Mais vous pensez qu'elle supportera le poids d'un caillou de vingt-cinq mille tonnes?

— Elle est prévue pour le double.

— J'aurais dû m'en douter. Mais comment allez-vous vous y prendre?

— Effondrement contrôlé.

— Ce n'est pas risqué pour la météorite?

— Non. Nous allons la placer au sommet, puis déclencher une série d'explosions qui détruiront la tour section par section, pour réduire progressivement sa taille et amener la météorite au niveau de la cuve.

Lloyd contempla la construction.

— Fascinant. C'est une méthode éprouvée ?

— Oui, mais pas exactement dans ce genre de situation.

— Vous êtes sûr que ça va marcher ?

Glinn esquissa un sourire railleur.

— Désolé d'avoir posé une question pareille. C'est votre rayon après tout, et je ne veux pas marcher sur vos plates-bandes. Je suis venu pour une tout autre raison.

Il regarda avec hauteur autour de lui.

— Je ne vais pas mâcher mes mots. Nous avons un problème, et il faut le régler. Nous sommes allés trop loin pour laisser quiconque nous mettre des bâtons dans les roues. Je suis donc là pour distribuer des coups de pied aux fesses et relever des noms.

Il s'interrompit, désignant du doigt l'épaisse nappe blanchâtre qui enveloppait la passerelle.

— Il y a un navire de guerre mouillé juste devant nous. Il a envoyé des espions, il attend qu'on bouge pour nous tirer dessus, et vous, Glinn, vous ne faites rien pour l'arrêter ! On ne peut plus se permettre de tergiverser et d'échafauder des théories. Il faut agir avec fermeté, et je compte bien m'en charger. Je vais finir le voyage avec vous, mais avant toute chose, je vais m'arranger pour que la marine chilienne rappelle son putain de cow-boy.

Il se tourna vers la porte.

— Il faudra seulement quelques minutes à mon équipe pour s'installer. Glinn, je vous attends dans mon bureau dans une demi-heure. J'ai des coups de téléphone à passer. J'ai des relations, et ce ne sera ni la première ni la dernière fois que je dénouerai ce genre de situation délicate.

Pendant ce bref discours, les yeux gris imperturbables de Glinn n'avaient pas quitté le milliardaire. Comme toujours, il était presque impossible de déchiffrer son expression : fatigue, dégoût, indifférence ?

— Je m'excuse, monsieur Lloyd, demanda-t-il enfin, mais avez-vous déjà contacté les autorités chiliennes ?

— Non, pas encore. Je voulais d'abord me rendre compte de la situation par moi-même. J'ai des amis puissants au Chili, notamment le vice-président et l'ambassadeur américain.

L'air de rien, Glinn se rapprocha d'un pas de la console d'EES.

— J'ai peur que cela ne soit pas possible.

— Que voulez-vous dire ? s'étonna Lloyd d'un ton impatient.

— Vous n'interviendrez à aucun niveau dans cette opération. Vous auriez mieux fait de rester à New York.

— Glinn, ce n'est pas à vous de me dire ce que je dois faire et ne pas faire, rétorqua l'homme d'affaires d'un ton tranchant. Je vous laisse carte blanche en ce qui concerne la logistique, mais là, il s'agit d'un problème politique et j'ai la prétention de croire que je suis plus apte que vous à le régler.

— Je vous assure que j'ai pris en compte tous les aspects politiques de la situation.

— Ah vraiment ? demanda Lloyd, frémissant de colère. Et que faites-vous du contre-torpilleur ? Il est armé jusqu'aux dents et nous sommes dans sa ligne de mire. Et vous, que faites-vous ? Rien !

A ces mots, le capitaine Britton lança un regard à Howell, puis un autre, plus appuyé, à Eli Glinn.

— Monsieur Lloyd, je ne le répéterai pas deux fois. Vous m'avez confié une tâche, et je compte m'en acquitter. Pour l'instant, votre rôle est très simple : laissez-moi suivre mon plan sans intervenir. Si vous souhaitez des explications détaillées, il faudra attendre.

Au lieu de répondre, Lloyd se tourna vers Penfold qui piétinait à la porte avec un air de chien battu.

— Appelez l'ambassadeur et le bureau du vice-président à Santiago. Je descends dans une minute.

Penfold disparut.

— Monsieur Lloyd, reprit Glinn d'un ton posé, je vous demande encore une fois de rester sur la passerelle et de vous contenter de regarder.

— Trop tard.

Glinn se tourna sans hâte, s'adressant à l'homme assis à la console d'EES.

— Coupez le courant dans la suite de Lloyd Industries et les communications entre le bateau et le continent.

Ébahi, Lloyd ne réagit pas tout de suite.

— Salopard ! rugit-il.

Reprenant son sang-froid, il se tourna vers le capitaine.

— J'annule cet ordre, M. Glinn est relevé de son autorité.

Glinn semblait ne pas avoir entendu. Il prit sa radio et passa sur une autre fréquence.

— Monsieur Garza ? Je suis prêt à écouter votre rapport.

Il attendit quelques instants.

— Parfait. Profitons du brouillard pour commencer à évacuer l'île. Que tous ceux dont la présence n'est pas indispensable nous rejoignent à bord. Mais suivez le plan à la lettre : qu'ils laissent les lumières et le matériel tourner. J'ai demandé à Rachel de passer les communications de routine en automatique. Amenez l'annexe de l'autre côté de l'île, mais restez toujours dans l'ombre radar.

— Glinn, intervint Lloyd d'une voix tremblante de rage. Est-ce que vous oubliez qui est derrière toute cette opération ? Non seulement je vous vire, mais je suspends tous mes paiements à EES.

Il se tourna vers le capitaine.

— Rétablissez le courant dans ma suite.

Glinn continuait de l'ignorer. Sally Britton ne bougeait pas non plus. Le directeur d'EES parlait calmement dans sa radio, donnant des ordres, se renseignant sur les progrès de l'opération. Une bourrasque soudaine secoua les sabords et des paquets d'eau s'abattirent sur le plexiglas. Le visage violacé, Lloyd regardait tour à tour le capitaine et l'équipage. Tout le monde fuyait son regard, s'affairant à sa tâche.

— Est-ce que quelqu'un m'a entendu ici ?

Enfin, Glinn se tourna vers lui.

— Je n'oublie pas qui est derrière cette opération, monsieur Lloyd, commença-t-il d'une voix soudain conciliante, presque amicale.

Lloyd inspira profondément, pris au dépourvu.

— Mais dans toute opération, il ne peut y avoir qu'un chef, poursuivit Glinn sur le même ton doux et persuasif. Vous le savez mieux que personne. Dans notre contrat, je vous ai fait une promesse et je compte tenir mes engagements. Je sais que vous prenez mon attitude pour de l'abus de pouvoir, et j'en suis désolé, mais sachez que je le fais pour vous. Si vous aviez contacté le vice-président chilien, tout était perdu. Je le connais personnellement. J'ai souvent joué au polo avec lui dans son ranch en Patagonie. Il ne demanderait pas mieux que d'infliger un bon camouflet aux Américains.

— Vous avez joué au polo avec… balbutia Lloyd.

Glinn poursuivit plus rapidement.

— Je suis le seul à avoir connaissance de tous les éléments. Je suis le seul à connaître le plan à suivre pour réussir. Je ne me tais pas par goût du mystère, monsieur Lloyd, mais pour une raison vitale : il faut les empêcher d'anticiper nos mouvements et éviter toute décision irréfléchie. Franchement, la météorite ne présente aucun intérêt particulier pour moi. Mais j'ai promis de la transporter d'un point A à un point B et personne – je dis bien personne – ne m'en empêchera. J'espère donc que vous comprenez maintenant pourquoi il est hors de question que j'abandonne la direction de l'opération, que je vous donne des explications ou que je vous fasse part de mes pronostics. Si vous souhaitez interrompre les paiements, je propose que nous en reparlions en hommes civilisés, lorsque nous serons de retour aux États-Unis.

— Écoutez Glinn, tout ça est bien joli…

— Cette conversation est terminée. Maintenant, monsieur, je vous demande de m'obéir, dit-il d'une voix plus tranchante. Vous pouvez rester ici si vous vous tenez tranquille, ou attendre dans votre bureau. Sinon, je serai contraint de vous faire conduire sous escorte dans la zone de confinement. Choisissez, cela m'est indifférent.

Lloyd le regarda, abasourdi.

— Vous pensez pouvoir m'enfermer dans la zone de confinement, espèce de petit con prétentieux ?

L'expression de Glinn lui fournit la réponse. Lloyd se tut, le visage empourpré par la fureur.

— Et vous, pour qui travaillez-vous ? demanda-t-il enfin au capitaine.

Sally Britton, les yeux aussi verts et profonds que l'océan, regardait Glinn.

— Je travaille pour le type qui a les clés de la voiture, lâcha-t-elle enfin.

Lloyd bouillait de rage, mais il ne réagit pas immédiatement. Il fit d'abord le tour de la passerelle, laissant des empreintes humides derrière lui. Il s'arrêta enfin devant les panneaux en plexiglas. Il resta là un moment, respirant bruyamment, le regard dans le vague.

— Une fois encore, j'exige qu'on rétablisse le courant et les communications dans ma suite.

Il ne reçut aucune réponse. Il fallait se rendre à l'évidence. Personne ne voulait lui obéir. Lloyd se tourna lentement. Ses yeux rencontrèrent ceux de McFarlane.

— Et vous, Sam? demanda-t-il doucement.

Une autre bourrasque aussi violente que la précédente fouetta les sabords. Sam sentit l'air vibrer autour de lui. Un silence de mort était tombé sur la passerelle. Il devait prendre une décision. Il se rendit compte qu'en fait, c'était la plus simple de sa carrière.

— Je travaille pour la météorite, dit-il paisiblement.

Lloyd continuait à le fixer de ses yeux noirs farouches. Puis d'un coup, il parut se ratatiner. Sa puissance animale semblait avoir déserté sa large carcasse. Ses épaules s'affaissèrent, son visage perdit sa couleur purpurine. Il hésita, puis sortit lentement.

Quelques instants plus tard, à nouveau penché sur l'ordinateur noir, Glinn murmurait des ordres à l'inconnu au clavier.

Le *Rolvaag*,
1 h 45

Sally Britton regardait droit devant elle, sans rien trahir de ses sentiments. Elle s'efforçait d'accorder sa respiration et les battements de son cœur au rythme du navire. Tout son être était en phase avec le *Rolvaag*. Au cours des dernières heures, le vent avait régulièrement accéléré. Il se jetait à l'assaut du pétrolier avec des gémissements aigus, tandis que de grosses gouttes de pluie crépitaient comme des balles contre les parois du navire. Le *panteonero* se rapprochait.

Elle fixa son attention sur la tour qui ressemblait à présent à un pylône. Bien qu'elle fût encore loin du sommet de la falaise, elle semblait achevée. Sally se demanda quelle serait la prochaine étape. C'était désagréable, et même humiliant, de ne pas savoir. Elle lança un regard à l'ordinateur d'EES et à son opérateur. Elle pensait connaître tout le monde à bord. Et voilà qu'arrivait un inconnu qui semblait parfaitement apte à manœuvrer un superpétrolier. Elle pinça les lèvres.

En temps normal, il arrivait toujours un moment où elle devait déléguer son autorité : lorsqu'elle prenait du gasoil, ou lorsqu'un pilote de port montait à bord. Mais il s'agissait là d'une routine familière et confortable, d'habitudes maritimes établies depuis des décennies. En revanche, cette situation était tout sauf confortable. Elle se sentait mortifiée. Des étrangers contrôlaient le chargement de son navire, après l'avoir amarré à la rive, à trois mille mètres d'un navire de guerre prêt à jouer au tir au pigeon avec eux... Elle ne voulait pas se laisser envahir par la colère et la tristesse. Après tout, ses propres sentiments comptaient peu, à côté de ce qui les attendait lorsqu'il faudrait naviguer dans ce brouillard.

La colère et la tristesse... Ses yeux se posèrent brièvement sur Glinn. Debout devant la console noire, il murmurait de temps en temps quelques mots à l'autre homme. Il venait d'humilier, de réduire au silence l'industriel le plus puissant du monde. Pourtant, il paraissait si frêle, si ordinaire. Elle continua à le regarder furtivement. Elle comprenait la colère, mais pourquoi la tristesse ? Plus d'une fois, elle était restée éveillée dans son lit, se demandant ce que Glinn avait dans la tête, quel était son moteur. Comment un homme si banal physiquement – elle l'aurait croisé dans la rue sans le voir – pouvait-il occuper autant de place dans son imagination ? Elle n'avait jamais rencontré quelqu'un doté d'une volonté aussi implacable, d'un tel sens de la discipline. Avait-il réellement un plan, ou était-il tout simplement doué pour improviser face aux imprévus ? Elle savait d'expérience que les gens les plus dangereux étaient ceux qui pensaient avoir toujours raison. Cependant, elle était bien obligée d'admettre que Glinn ne s'était pas trompé une seule fois jusque-là. Il semblait tout prévoir, comprendre tout le monde. Il l'avait certainement comprise, elle. Professionnellement, du moins. *Si nous voulons réussir, il vous faudra accepter de déléguer un peu de votre autorité.* Elle se demanda s'il se rendait compte de ce qu'une telle requête signifiait pour elle, ou s'il y pensait seulement. Mais de toute façon, pourquoi accordait-elle autant d'importance à ce qu'il pensait ?

Elle sentit le navire frémir lorsque les pompes se mirent en marche de chaque côté de la coque. Les tuyaux d'évacuation crachaient des jets d'eau de mer dans le canal. Le pétrolier commença à s'élever sur l'eau imperceptiblement à mesure que les ballasts se vidaient. Bien sûr ! Voilà comment la tour métallique allait rejoindre la météorite : c'était tout le navire qui allait s'élever avec elle, jusqu'à ce que la plate-forme et le sommet de la falaise soient au même niveau. Elle se sentait encore blessée d'avoir été spoliée de son commandement, mais ne pouvait que s'incliner devant l'audace du procédé.

Le corps très droit, presque au garde-à-vous, elle attendit la fin de la manœuvre sans adresser la parole à personne. C'était étrange d'assister à la routine du déballastage – le gargouillis de l'eau, l'alignement des bras de chargement, l'ouverture des blocs collecteurs – en tant que simple observatrice. Rester inactive, alors qu'on avait annoncé une tempête et qu'ils étaient amarrés à la rive, allait à l'encontre de tout ce qu'elle avait appris au cours de sa carrière.

Enfin, la tour atteignit la cahute perchée. Elle vit Glinn glisser quelques mots à l'homme à la console. Aussitôt, les pompes se turent. Un craquement violent retentit lorsque la cabane explosa. Les nuages de fumée se fondirent dans le brouillard, et la météorite apparut sous le feu des lampes au sodium. Sally retint son souffle, consciente que sur la passerelle de navigation, tous les yeux s'étaient tournés vers l'énorme boule rouge.

Sur la falaise, les moteurs rugirent et un assemblage complexe de poulies et de cabestans se mit à tourner. Un grincement aigu lui déchira les oreilles. La fumée des moteurs tournoyait vers le ciel. Centimètre par centimètre, la météorite avançait vers le bord de la falaise, qui avait été consolidée pour supporter son poids. Fascinée, Sally oublia provisoirement les émotions qui l'agitaient quelques instants plus tôt. La progression lente et régulière de ce bloc monumental avait quelque chose de royal. La météorite s'immobilisa au début de la plate-forme. Sally sentit encore le navire vibrer, tandis que les pompes commandées par ordinateur stabilisaient le pétrolier, vidant juste assez de lest pour compenser ce nouveau poids.

Sally suivait le processus en silence. La météorite progressait de quelques centimètres sur la plate-forme. Aussitôt qu'elle s'arrêtait, les pompes entraient en action. Puis elle avançait encore. Ce ballet saccadé dura dix minutes, vingt minutes. Le *Rolvaag* n'avait pas encore retrouvé sa stabilité, mais déjà, elle sentait les ballasts se remplir à nouveau et le pétrolier s'enfoncer.

Glinn échangea encore quelques mots avec son employé. Puis il adressa un signe de tête à Sally et sortit sur l'aileron de passerelle le plus proche de la falaise. Personne ne souffla mot pendant une minute. Elle sentit alors la présence de son second derrière elle. Elle ne bougea pas lorsqu'il se pencha pour lui parler à l'oreille.

— Capitaine, chuchota-t-il, je veux que vous sachiez que nous, c'est-à-dire les officiers et moi-même, nous ne sommes pas satisfaits de la situation. Ils se sont montrés injustes avec vous. Nous sommes tous derrière vous. Vous n'avez qu'un mot à dire et…

Il n'eut pas besoin d'achever sa phrase.

Toujours au garde-à-vous, Sally lui répondit d'une voix calme.

— Je vous remercie, monsieur Howell, mais ce sera tout.

Howell hésita, puis recula. Le capitaine Britton prit une profonde inspiration. Il n'était plus temps d'agir. Maintenant, il fallait faire avec la météorite. Elle ne se trouvait plus à terre, mais à bord du *Rolvaag*. Et la seule manière de s'en débarrasser était de la rapporter à New York. Elle repensa à Glinn, à la façon dont il l'avait persuadée de prendre le commandement du pétrolier, à tout ce qu'il savait d'elle. Il lui avait fait confiance à la douane, à Puerto Williams. Ils formaient une bonne équipe. Elle se demanda si elle avait bien fait de lui céder le commandement, même provisoirement. De toute manière, elle n'avait pas eu vraiment le choix.

Dehors, un craquement violent retentit. Dans un crachotement de fumée, des montants en titane brillants s'envolèrent du sommet de la tour. Ils s'élevèrent en tournoyant puis se perdirent paresseusement dans le brouillard. La météorite tomba de quelques centimètres. Toute la carcasse du navire vibra tandis que les pompes de ballast se remettaient en route. Il y eut une autre série d'explosions, un autre étage de la tour s'effondra, rapprochant lentement la météorite de la citerne.

Une partie de Sally était consciente qu'elle assistait à un moment exceptionnel : une prouesse technique originale, parfaitement planifiée, exécutée de main de maître. Mais une autre partie de sa personne ne prenait aucun plaisir à ce spectacle. Son regard se porta vers la poupe. Le brouillard se dissipait peu à peu. A présent, les gouttes de pluie et de neige mêlées tombaient à l'horizontale. Bientôt, le brouillard ne les protégerait plus. Alors le jeu s'achèverait. Vallenar n'était pas un problème technique que Glinn pouvait résoudre avec une règle à calcul. Leur seule monnaie d'échange se trouvait à l'intérieur du *Rolvaag* ; pas dans la zone de confinement, comme le croyait le commandant chilien, mais dans la morgue glacée du docteur Brambell.

Le *Rolvaag*,
2 h 50

Quelques étages plus bas, Palmer Lloyd arpentait son bureau plongé dans l'obscurité avec une furie de bête en cage. Dehors, le vent semblait s'être mis au diapason de son humeur. Il soufflait en rafales d'une telle violence que les hublots vibraient dans leur cadre. Pourtant, le milliardaire n'y prêtait même pas attention. Il s'arrêta, puis regarda dans le salon par la porte ouverte de son bureau. Les lumières d'urgence baignaient d'un rouge diffus le mobilier et les parois. Les téléviseurs noirs et anonymes lui renvoyaient une centaine de reflets indistincts de lui-même, comme pour le narguer.

Il se tourna, tremblant. Il sentait l'étoffe onéreuse de son costume tendue à se rompre sur son corps dilaté par la colère. C'était incompréhensible. Eli Glinn, un homme qu'il payait trois millions de dollars, l'avait chassé de la passerelle de son propre navire. Il avait coupé le courant dans sa suite, le laissant sourd, muet et aveugle. Lloyd aurait quelques affaires à régler dès son retour à New York, des affaires essentielles. Ce silence forcé lui coûtait cher. Mais l'argent n'était pas le plus douloureux. Glinn l'avait humilié devant les officiers de quart et ses propres employés. Lloyd pouvait pardonner beaucoup, mais ça, jamais. Lui qui avait rabattu leur caquet à des Premiers ministres, des cheiks, des capitaines d'industrie et de gros bonnets de la mafia, il avait dû céder devant ce freluquet insignifiant.

Au paroxysme de sa rage, il envoya valser un des fauteuils d'un coup de pied. Soudain, il tendit l'oreille. La furie du vent et le grondement lointain des engins sur le chantier n'avaient pas cessé, mais il percevait maintenant un autre bruit, qu'il n'avait pas remarqué tout de suite dans sa colère. Ça recommençait : le staccato d'une explosion toute proche. Elle provenait du pétrolier, car il sentait une légère trépidation sous ses pieds. Il se figea, tendu, son indignation tempérée de curiosité. Il l'entendait encore : le bruit, suivi d'une vibration.

Il se passait quelque chose sur le pont principal.

Il sortit précipitamment du salon, emprunta le couloir et déboucha dans la cabine centrale, où ses secrétaires et ses assistants, mal à l'aise parmi les téléphones muets et les écrans d'ordinateur noirs, murmuraient entre eux. Les voix se turent sur son passage. Il traversa à grands pas la longue pièce basse. Sans bruit, Penfold sortit de l'ombre et essaya de le retenir par sa manche. Mais Lloyd se dégagea. Il passa devant les ascenseurs fermés et ouvrit la porte de son appartement privé. Il traversa les cabines jusqu'à l'avant du château. Là, il essuya les gouttes de condensation qui s'étaient formées sur le hublot avec la manche de sa veste de costume pour jeter un coup d'œil dehors.

En dessous de lui, le pont fourmillait d'activité. Des marins fermaient les écoutilles et terminaient en hâte les préparatifs de départ. Mais c'était la tour métallique qui retint son attention. Elle était plus petite que précédemment, beaucoup plus petite. Tout autour, des volutes de fumée s'effilochaient lentement avant de se fondre dans le brouillard. Il entendit une autre série d'explosions. La météorite descendit de quelques centimètres tandis que le navire tremblait. Des ouvriers se précipitèrent pour nettoyer les débris avant de poursuivre.

Maintenant, il comprenait mieux ce que Glinn signifiait par effondrement contrôlé. Il faisait sauter la tour petit à petit. Le souffle coupé par l'audace et l'intelligence du procédé, Lloyd réalisa que c'était le meilleur moyen, et peut-être le seul, de charger un objet de ce poids sur le pétrolier.

Un nouveau spasme de colère agita son corps. Mais il ferma les yeux et tourna la tête, prenant une profonde inspiration pour se calmer. Glinn lui avait dit de ne pas bouger de New York, Sam aussi. Mais il n'en avait fait qu'à sa tête, comme lorsqu'il avait sauté dans le trou pour toucher la météorite. Avec un frisson, il pensa à ce qui était arrivé au dénommé Timmer. Il n'aurait peut-être pas dû débarquer ici en tempêtant. C'était un acte impulsif, et Lloyd savait que ce n'était pas son genre. Il était trop impliqué, il avait fait de cette opération une affaire personnelle. Sa vie avait toujours été gouvernée par cet aphorisme de J.P. Morgan : « Si vous voulez quelque chose avec trop d'intensité, vous ne l'obtiendrez pas. » Il n'avait jamais eu peur de refuser un contrat, aussi lucratif fût-il. Il avait toujours su passer son tour quand il le fallait, même s'il avait un carré d'as en main. C'était sa principale qualité, et il le savait. Mais pour la première fois de sa vie, il avait entre les mains un jeu auquel il se sentait incapable de renoncer. Il voulait jouer la partie jusqu'au bout, quelle qu'en soit l'issue.

Lloyd menait un combat inhabituel pour lui : il luttait pour retrouver son calme. Il n'avait pas amassé trente-quatre milliards de dollars en se montrant déraisonnable et susceptible. Il avait toujours laissé une marge de manœuvre importante aux professionnels qu'il engageait. Bien qu'il se sentît vaincu et humilié, avec un peu de recul, il se rendait compte qu'Eli Glinn avait peut-être agi dans son intérêt en le renvoyant de la passerelle et en le coupant du monde extérieur. Mais cette pensée déclencha une nouvelle vague de rage. Dans son intérêt ou non, Glinn s'était conduit en despote arrogant. Son calme imperturbable, cette façon qu'il avait de ne douter de rien remplissaient Lloyd de fureur. Un de ses employés l'avait rabaissé devant tout le monde et il ne lui pardonnerait jamais. Lorsque tout serait fini, il trouverait un moyen de le lui faire payer, et pas seulement financièrement.

Mais d'abord, il fallait en finir avec cette météorite pour prendre le large vite fait. Et Eli Glinn semblait être le seul homme à la hauteur de la tâche.

Le *Rolvaag*,
3 h 40

— Capitaine Britton, la météorite sera dans la citerne d'ici dix minutes. Vous reprendrez les commandes du navire et nous pourrons partir, lança Glinn, rompant le silence qui engourdissait la passerelle, fascinée par la lente progression de la météorite dans le ventre du *Rolvaag*.

Pendant une minute ou deux, Sally resta immobile comme une statue, les yeux dirigés vers la falaise. Elle n'avait pas bougé depuis le départ de Lloyd. Enfin, elle se tourna vers Glinn et le regarda dans les yeux sans prononcer un mot.

— Vitesse du vent? demanda-t-elle enfin, s'adressant au premier lieutenant.

— Vent de sud-ouest à trente nœuds avec des pointes à quarante, et ce n'est pas fini.

— Les courants?

Ils continuèrent à discuter à voix basse, tandis que Glinn se penchait vers son employé.

— Demandez à Rachel et à M. Puppup de venir au rapport, s'il vous plaît.

Une autre série d'explosions rapides secouèrent le pétrolier. Il tangua. Aussitôt, les pompes de ballast grondèrent pour le rééquilibrer.

— Un orage approche. Et le brouillard se dissipe, murmura Howell.

— Visibilité? demanda Sally.

— Cinq cents mètres.

— Relèvement du navire militaire?

— Inchangé. Cinquante et un degrés à deux mille deux cents mètres.

Une bourrasque particulièrement violente secoua le *Rolvaag*. Puis un bruit caverneux, différent de tout ce que Sam avait jamais entendu, retentit. Un frisson parcourut la colonne vertébrale du pétrolier.

— Nous venons de heurter la base de la falaise, expliqua Sally avec calme.

— Nous ne pouvons pas partir tout de suite, dit Glinn. Vous croyez que la coque tiendra le coup ?

— Pendant un petit moment, peut-être.

Une porte s'ouvrit à l'autre bout de la passerelle. Les yeux vifs et pétillants de Rachel firent le tour de l'assemblée, évaluant aussitôt la situation. Elle s'approcha de Sam.

— Garza a intérêt à se magner si on ne veut pas se retrouver avec un joli trou dans la coque, marmonna-t-elle.

Quelques explosions plus tard, la base de la météorite disparaissait à l'intérieur du pétrolier.

— Monsieur McFarlane, dit Glinn sans lever les yeux, dès que la météorite sera en place dans la citerne, elle sera à vous. Je veux qu'avec Rachel, vous la surveilliez vingt-quatre heures sur vingt-quatre. Continuez vos tests et prévenez-moi à la moindre évolution. Je ne veux pas que ce caillou nous fournisse d'autres surprises.

— Bien.

— Le labo est prêt et il y a une plate-forme d'observation au-dessus de la citerne. Si vous avez besoin de quoi que ce soit, faites-le-moi savoir.

— Il y a encore des éclairs, à dix milles au large.

Tout le monde se tut.

— Dépêchez-vous, dit enfin le capitaine à Glinn.

— Impossible, répondit celui-ci d'un air absent.

— Visibilité à mille mètres, dit le premier lieutenant. Vitesse du vent : quarante nœuds.

Sam déglutit. Jusque-là, tout s'était déroulé selon les plans et avec une telle précision qu'il en avait presque oublié le danger. Il se souvint de la question de Lloyd : « Et que faites-vous du contre-torpilleur ? » Bonne question, en effet. Et lui, que faisait-il en bas, dans ses grands bureaux privés de lumière ? McFarlane pensa sans trop de regret au salaire de sept cent cinquante mille dollars qui allait sans doute lui passer sous le nez. Il s'en moquait, maintenant qu'il avait la météorite.

Le jeu des explosions reprit, les montants en titane dégringolèrent, rebondissant et glissant sur le pont. Certains passèrent pardessus bord. Quelques-uns tombèrent avec un bruit sourd dans la cuve. Du gravier ramassé par le vent crépitait parfois contre les sabords. Le *panteonero* se faisait de plus en plus menaçant.

La radio de Glinn grésilla et la voix métallique de Garza s'éleva.

— Encore soixante centimètres et ça sera bon.

— Restez sur cette fréquence. Je veux que vous me teniez au courant de sa progression, centimètre par centimètre.

Juan Puppup ouvrit la porte de la passerelle. Il se frotta les yeux en bâillant.

— Visibilité : deux mille mètres, lança le premier lieutenant. Le brouillard se dissipe très vite. Nous serons visibles pour le navire militaire d'un instant à l'autre.

Sam entendit un roulement de tonnerre, couvert par le choc du pétrolier qui heurtait une seconde fois la falaise.

— Augmentez le régime ! aboya le capitaine.

Une nouvelle vibration s'ajouta au reste.

— Plus que quarante-quatre centimètres, cria Garza dans la radio.

— Des éclairs à cinq milles. Visibilité : deux mille cinq cents mètres.

— Coupez les lumières, ordonna Glinn.

Aussitôt, le pont brillamment illuminé se retrouva plongé dans l'obscurité. La météorite, dont le sommet était maintenant à peine visible, n'était éclairée que par la lueur terne de la lampe de la superstructure. Toute la carcasse du pétrolier tremblait, mais Sam aurait été incapable de déterminer si c'était à cause de la météorite, des vagues qui s'écrasaient contre le *Rolvaag*, ou du vent. Les explosions reprirent. La météorite s'enfonça un peu plus. Sally Britton et Eli Glinn lançaient tour à tour des ordres, et, pendant quelques instants, il régna l'impression désagréable que le navire avait deux capitaines. Le brouillard se déchira. Le canal n'était plus qu'un tourbillon d'écume qui montait et descendait au gré des vagues. Les yeux fixés sur le paysage nocturne, Sam s'attendait à voir apparaître la proue effilée du contre-torpilleur.

— Quinze centimètres, entendit-on dans la radio.

— Préparez-vous à fermer l'écoutille, dit Glinn.

Un éclair déchira le ciel au sud-ouest, bientôt suivi d'un grondement étouffé.

— Visibilité : quatre mille mètres. Éclair à deux milles.

Sam se rendit compte que Rachel s'agrippait à son coude.

— Merde ! Il nous faut encore quelques minutes, murmura-t-elle.

Soudain, une grappe de lueurs vacillantes apparut dans la tempête. Les derniers lambeaux de brouillard s'effilochèrent. Le contre-torpilleur montait la garde, toutes lumières allumées. Il y eut une autre détonation, un autre tremblement.

— C'est bon ! hurla Garza.

— Fermez les portes mécaniques, dit sèchement le capitaine. Larguez les aussières, monsieur Howell. Vite. Cap au cent trente-cinq.

Après une dernière série d'explosions, les lourdes aussières qui retenaient le pétrolier se détachèrent, se tordant paresseusement dans le sillage du navire, comme pour saluer la falaise.

— La barre à droite, quinze ! lança Howell. Gardez le cap au cent trente-cinq.

L'*Almirante Ramirez*,
3 h 55

Le commandant Vallenar arpentait la passerelle de navigation du contre-torpilleur, non chauffée à sa requête. Un équipage réduit assurait la conduite de l'*Almirante Ramirez*. Il regarda dans la direction du *castillo* – le gaillard d'avant – du pétrolier. Mais, malgré le brouillard moins dense, il ne distinguait rien. Il se tourna vers l'officier de quart qui se tenait dans un renfoncement, devant l'écran du FLIR. Le commandant se pencha sur son épaule pour examiner le radar infrarouge. Il ne vit rien qu'il ne savait déjà. Il ne trouverait là aucune réponse à ses questions. Pourquoi le pétrolier était-il toujours amarré à la rive ? Il était dangereux de rester là, alors que la tempête approchait. Allaient-ils tenter de charger la météorite ? Non, avant que le brouillard ne les dissimule, il les avait vus batailler sans succès avec celle-ci à l'intérieur de l'île. Et il entendait encore les rugissements frénétiques des machines, tandis que les communications radio allaient bon train. Cette attitude ridicule mettait leur navire en danger. Pourtant, ce Glinn n'avait pas l'air d'un idiot.

Mais dans ce cas, que se passait-il ?

Plus tôt, il avait entendu le bruit sourd des pales d'un hélicoptère qui avait atterri puis était reparti aussitôt. D'autres explosions avaient retenti, plus faibles que celles sur l'île, mais plus proches. Elles devaient provenir du voisinage du *Rolvaag* ou du bateau lui-même. Un accident serait-il survenu à bord ? Peut-être y avait-il des blessés. Timmer avait-il réussi à dérober une arme et tenté de s'échapper ?

Il se détourna du vieil écran radar vert et scruta l'obscurité. Entre les lambeaux de brouillard et le grésil, il crut apercevoir des lumières. Le brouillard se dissipait. Bientôt, il verrait le pétrolier. Il ferma les yeux. Lorsqu'il les rouvrit, les lumières avaient disparu. Le vent fouettait le bateau, sifflant et hurlant. Vallenar connaissait ce cri. C'était le *panteonero*. Il avait déjà ignoré plusieurs ordres de regagner la base, chacun plus pressant et menaçant que le précédent. C'étaient les officiers corrompus qui le rappelaient. Mais ils finiraient par le remercier ! Il sentait son navire ballotté par la houle. Il détestait cette sensation. Mais le meilleur mouillage du canal, le seul, avait une fois de plus tenu ses promesses. Les ancres, plantées dans le banc de sable qui n'apparaissait sur aucune carte, avaient résisté.

Il n'attendrait pas midi. Au lever du jour, il tirerait quelques obus dans la proue, pas pour les couler, bien sûr, mais pour les impressionner. Une semonce, quelques dégâts : cela leur donnerait de quoi réfléchir. Après, il leur lancerait son ultimatum : relâcher Timmer ou mourir.

Une lueur vacilla entre les langues de brouillard. Il colla son visage au plexiglas. Les lumières avaient resurgi, encore indistinctes, mais bien réelles. Il s'efforça de percer l'obscurité. Le brouillard et le grésil les avaient de nouveau englouties. Elles clignotèrent, puis réapparurent plus franchement. La silhouette du navire géant se dessinait clairement à présent. Lorsqu'il leva ses jumelles, le pétrolier s'évanouit à nouveau. Il jura, fouillant la nuit. Enfin, il vit de la lumière, mais une seule, et très faible.

Ces fumiers avaient tout éteint. Qu'est-ce qu'ils essayaient de cacher ?

Il recula et jeta un autre coup d'œil au FLIR, essayant de donner un sens à la tache verte diffuse qui s'étalait sur l'écran. Ils manigançaient quelque chose, il en était certain. Le moment d'agir était peut-être venu. Il se tourna vers le second maître d'équipage.

— Sonnez le branle-bas de combat, tout le monde à son poste.

Son subordonné se pencha sur un microphone.

— Branle-bas de combat. Branle-bas de combat. Tout le monde à son poste.

Une sirène mugit. Aussitôt, l'officier du commandement tactique apparut sur la passerelle et salua le commandant.

Vallenar ouvrit un placard dont il sortit une paire de volumineuses lunettes de vision nocturne soviétiques. La technologie russe ne valait sans doute pas celle d'ITT Industries, mais elle avait l'avantage d'être moins coûteuse. Il les enfila pour observer le pétrolier.

Grâce aux lunettes, il voyait plus nettement ce qui se passait à bord. Des silhouettes s'affairaient sur le pont, comme si le navire s'apprêtait à partir. Mais l'essentiel de l'activité semblait centré autour d'une grande cale ouverte au milieu du pont. Quelque chose en dépassait, quelque chose qui laissait Vallenar perplexe.

Soudain, un éclair aveuglant suivi de petites explosions se produisit juste au-dessus de la cale en question. Les lunettes de la seconde génération n'étaient pas équipées de coupe-circuit. Ébloui, Vallenar tituba. Il les arracha et se frotta les yeux en jurant.

— Calez-vous sur la cible. Préparez les canons mais ne tirez pas avant mon ordre, lança-t-il à l'officier du commandement tactique.

Sentant ce dernier hésiter, Vallenar se retourna vivement, malgré les taches qui dansaient encore devant ses yeux.

— A vos ordres, mon commandant.

— Prêt à lever l'ancre, ordonna ensuite Vallenar à l'officier de quart.

— Prêt à lever l'ancre.

— Et le carburant ? Où en est-on ?

— A cinquante-cinq pour cent, mon commandant.

Le Chilien ferma les yeux, attendant que la douleur cuisante se dissipe totalement. Il sortit un cigare de sa poche et passa trois bonnes minutes à l'allumer avant de reprendre son poste à l'avant.

— Le navire américain se déplace, dit l'officier de quart penché sur le radar.

Vallenar tira lentement sur son cigare. Il était temps. Ils allaient sans doute mouiller dans un endroit plus sûr, à l'abri du vent où ils pourraient attendre la fin de la tempête.

— Il s'éloigne de la falaise.

Vallenar attendait.

— Il vire... Cap au quatre-vingt-cinq.

La mauvaise direction pour se mettre sous le vent. Immobile, Vallenar attendait toujours. Une crainte soudaine l'étreignit. Cinq minutes s'écoulèrent.

— Il maintient le cap au quatre-vingt-cinq. Vitesse quatre nœuds.

— Ne le lâchez pas, murmura-t-il.

Sa crainte se confirmait.

— La cible tourne, vitesse cinq nœuds, cap au cent quinze, cent vingt, cent vingt-cinq…

Une bonne accélération pour un pétrolier, pensa-t-il. Mais quelle que soit la puissance des machines de ce mastodonte, il ne pouvait pas être plus rapide que le *Ramirez*.

Il détourna les yeux.

— Visez à l'avant du mâtereau, au-dessus de la ligne de flottaison. Je veux endommager le navire, pas le couler.

— La cible se déplace à cinq nœuds et maintient son cap au cent trente-cinq.

Il se dirige vers la pleine mer, pensa Vallenar. C'était fini, Timmer était donc mort.

— Nous suivons l'objectif, dit Casseo, l'officier du commandement tactique.

Vallenar s'efforçait de garder son calme. Il ne fallait pas flancher. Les hommes autour de lui ne devaient se douter de rien. En ce moment plus que jamais, il avait besoin de rester lucide.

Il ôta son cigare de sa bouche, passa sa langue sur ses lèvres sèches.

— Prêts à tirer.

Le *Rolvaag*,
3 h 55

Glinn aspira avec une lenteur délibérée. L'air afflua dans ses poumons. Comme toujours avant l'action, il se sentait étrangement serein. Le pétrolier était prêt à prendre la mer. Ses puissants moteurs vrombissaient très loin sous ses pieds. Derrière eux, le petit contre-torpilleur formait un point brillant dans la pénombre sur bâbord. Dans cinq minutes, ce serait fini, mais tout devait se dérouler à la seconde près.

Il lança un regard vers le coin de la passerelle où se tenait Juan Puppup. Bras croisés, il attendait dans l'ombre. Il s'avança sur un signe de tête de Glinn.

— Oui?

— Je veux que vous soyez prêt à assister l'homme de barre. Nous serons peut-être contraints de changer de cap brusquement, et nous aurons besoin de vos connaissances des courants et de la topographie sous-marine.

— La quoi?

— Du relief sous-marin : les récifs, les hauts-fonds, les passages assez profonds pour nous.

— Chef?

— Oui?

— Mon canoë a un tirant d'eau de quinze centimètres. Je n'ai jamais eu à m'embêter avec ça.

— J'en suis conscient. Mais je sais aussi qu'ici, l'amplitude des marées est de dix mètres et que nous sommes à marée haute. Vous connaissez les épaves et les récifs. Tenez-vous prêt.

— Bien, chef.

Glinn regarda le petit homme disparaître dans l'ombre, puis ses yeux se posèrent sur le capitaine Britton qui se trouvait au poste de commande avec Howell et l'officier de pont. Cette femme avait de la personnalité, et elle s'était révélée un capitaine de premier ordre, comme il s'y attendait. Lorsqu'il avait dû passer outre à son autorité, sa réaction l'avait beaucoup impressionné. Elle avait su garder sa dignité et son sang-froid. Il se demanda si c'était inné ou si c'était la conséquence de l'épreuve dégradante qu'elle avait subie lors de son dernier commandement.

Cédant à une impulsion, il avait pris un recueil de poésies de W.H. Auden dans la bibliothèque de bord. Il ne lisait pas de poésie d'habitude, n'ayant que faire d'un passe-temps improductif. Il s'était plongé dedans sans grande conviction, pourtant cette lecture avait été une révélation pour lui. Il ne soupçonnait pas la puissance des vers, de cette langue si concise et si riche. Ce serait intéressant d'en discuter avec Sally. Après tout, c'était parce qu'elle avait cité le poète lors de leur première rencontre qu'il avait ouvert ce livre.

Toutes ces pensées traversèrent l'esprit de Glinn en moins d'une seconde. Elles s'évanouirent lorsque retentit la sonnerie étouffée de l'alarme.

Le capitaine parla d'une voix distincte mais calme.

— Le contre-torpilleur nous balaie avec un radar de conduite de tir.

Une autre sirène retentit, plus forte. Glinn s'avança vers l'homme en noir, toujours devant la console d'EES.

— Brouillez-le.

Il sentit les yeux de Sally sur lui.

— Le brouiller? répéta-t-elle, une pointe de sarcasme dans sa voix tendue. Puis-je vous demander comment?

— Avec le système de contre-mesures McDonnell-Douglas qui se trouve sur votre mât. Il va nous tirer dessus avec ses canons, peut-être même nous balancer un missile Exocet. Nous avons des leurres et un CIWS pour nous protéger contre n'importe quel type de missile.

— Un système de défense très rapprochée? demanda Howell à son tour, l'air incrédule. Vous plaisantez, pas sur ce navire.

— Si, derrière les cloisons à l'avant.

— Il est temps de jeter nos guenilles à la mer, lança Glinn à son employé, qui saisit aussitôt quelques commandes.

Avec un grincement aigu, des panneaux se détachèrent de la coque et s'enfoncèrent dans la mer, révélant les six tubes du

341

Phallanx, capables de tirer des tiges perforantes en aluminium appauvri de vingt millimètres, à trois mille tours par minute.

— Quoi ? Mais ces trucs-là sont réservés à l'armée !

— Je ne vous le cache pas.

— Décidément, le *Rolvaag* recèle des trésors insoupçonnés, dit Sally sèchement.

Glinn ne releva pas sa remarque.

— Nous venons de lancer le brouillage, je vous suggère de virer à droite.

— Vous croyez éviter le tir comme ça ? demanda Howell. Il faut cinq milles à ce navire rien que pour s'arrêter.

— J'en suis tout à fait conscient. Faites-le quand même.

— Monsieur Howell, à droite toute, ordonna Sally.

Le second se tourna vers l'homme de barre.

— A droite toute, moteur tribord arrière toute, moteur bâbord en avant toute !

— Déployez toutes les contre-mesures, dit le capitaine Britton à l'inconnu qui portait le badge d'EES. S'il tire un missile, utilisez les leurres et le système de défense très rapprochée.

Un long moment s'écoula avant que le bateau ne ralentisse et commence à tourner.

— Ça ne marchera jamais, marmonna Howell.

Glinn ne prit pas la peine de répondre. Il savait que sa tactique serait efficace. Même si les contre-mesures électroniques s'avéraient impuissantes, Vallenar viserait la proue pour causer le plus de peur et le moins de dégâts. Il n'essaierait pas de couler le *Rolvaag*, pas tout de suite en tout cas.

Deux longues minutes plus tard, les canons du contre-torpilleur entrèrent en action. Une déflagration illumina son flanc et, une dizaine de secondes plus tard, une première explosion retentit près de la proue du pétrolier, suivie de deux autres. Des geysers jaillirent dans l'obscurité, bientôt dispersés par le vent. Glinn constata qu'ils n'avaient pas été touchés, comme il s'y attendait.

Encore sous le choc, les officiers de la passerelle échangèrent des regards consternés. Glinn les considéra d'un air compréhensif. Quelles que soient les circonstances, un baptême du feu était toujours traumatisant.

— Le contre-torpilleur se déplace, lança Howell, les yeux sur le radar.

— Je propose de partir d'ici le plus vite possible. Cap au cent quatre-vingts, dit Glinn avec douceur.

L'homme de barre jeta un coup d'œil interrogateur au capitaine.

— Ça veut dire quitter la route habituelle pour se diriger vers les récifs, remarqua-t-il, un léger tremblement dans la voix. Ils ne sont sur aucune carte…

Glinn fit un pas vers Juan Puppup.

— Oui, chef?

— Nous allons emprunter la partie du canal où se trouvent les récifs.

— Pas de problème.

Puppup rejoignit l'homme de barre d'un bond.

Sally soupira.

— Exécutez l'ordre.

L'écume des vagues qui s'écrasaient contre la proue giclait jusque sur le pont.

— Un peu à gauche.

— Exécution, monsieur Howell, dit le capitaine d'un ton laconique.

— Cinq degrés à gauche. Cap au cent soixante-quinze.

Un silence tendu s'installa. Puis la voix de l'homme de barre s'éleva :

— Cent soixante-quinze degrés.

Howell se pencha sur le radar.

— Ils accélèrent, ils sont à douze nœuds contre huit pour nous, lança-t-il avec un regard dur pour Glinn. Vous avez un plan maintenant? Si vous vous imaginez qu'on peut semer cet enfant de salaud, vous êtes timbré. Dans quelques minutes, il sera assez près pour nous couler, contre-mesures ou non !

— Monsieur Howell! aboya Sally Britton.

Le second se tut.

Glinn se tourna vers son employé.

— Prêt?

L'autre hocha la tête.

— Attendez mon signal.

Glinn regarda le contre-torpilleur. Son accélération était maintenant bien visible. Même un vieux bateau de guerre comme celui-là pouvait atteindre trente-quatre nœuds. Il regarda la grappe de lumières se mouvoir dans l'obscurité, les reflets de l'eau sous les tourelles. Si de jour le *Ramirez* trahissait son âge, de nuit, il offrait un spectacle superbe. Glinn attendit que le navire prenne de la vitesse.

— Feu !

Quelques instants plus tard, il vit avec satisfaction deux gerbes liquides jaillir à l'arrière du contre-torpilleur et éclabousser la passerelle supérieure, tandis que le bruit des deux explosions lui parvenait à peine sept secondes plus tard. Il regarda le navire chilien rouler en travers de la lame.

Avec ses deux hélices arrachées, le commandant Vallenar ne tarderait pas à échouer sur les rochers. Vaguement amusé, Glinn se demanda comment il expliquerait la perte de son bateau. S'il s'en sortait, bien sûr.

Une détonation retentit, puis une autre. Le contre-torpilleur ripostait avec ses canons de quatre pouces. Le son plus aigu du quarante millimètres s'éleva à son tour. Maintenant, l'*Almirante Ramirez* déployait toute son artillerie dans un accès de rage impuissante. Des éclairs stroboscopiques illuminaient le velours sombre de la mer. Mais privé de radar et de gouvernail, ballotté sur une mer déchaînée, il était contraint de viser au hasard, tandis que le *Rolvaag*, qui suivait un nouveau cap, s'enfuyait toutes lumières éteintes.

— Un peu plus à gauche ici, chef, dit Puppup en caressant sa moustache, les yeux plissés.

— Cinq degrés à gauche, dit Sally à l'homme de barre, sans attendre Howell.

Le pétrolier modifia légèrement son cap.

Puppup regardait devant lui, concentré. Plusieurs minutes s'écoulèrent, puis il se tourna vers Glinn.

— C'est bon, on a franchi le passage difficile.

Sally le regarda reculer au fond de la passerelle.

— En avant toute !

Pendant quelque temps, ils entendirent encore les canons tonner, un roulement frénétique qui résonnait entre les montagnes, puis le bruit diminua peu à peu comme le *Rolvaag* gagnait la pleine mer. Trente minutes plus tard, sur la côte ouest de l'île Horn, ils ralentirent, le temps de récupérer l'annexe et ses passagers.

— Nous allons franchir le cap Horn, monsieur Howell, dit le capitaine.

Le rocher apparut au loin. Les détonations s'étaient tues, englouties par les mugissements du vent et le fracas de la mer contre la coque. C'était fini. Glinn ne s'était pas retourné une seule fois en direction de Desolación, des lumières brillantes du chantier et des machines folles qui tournaient sans but. Maintenant que tout était terminé, il sentait sa respiration s'accélérer, son cœur battre plus fort.

— Monsieur Glinn?

C'était Sally Britton, ses yeux brillants posés sur lui.

— Oui?

— Comment comptez-vous expliquer cette action contre un navire militaire étranger?

— Ils ont tiré les premiers. C'était de la légitime défense. De toute façon, nous nous sommes contentés de détruire leur gouvernail. Le *panteonero* les coulera.

— Ça ne marchera pas. Nous aurons de la chance si nous ne terminons pas notre vie en prison.

— Sauf votre respect, je ne suis pas d'accord. Nous n'avons rien fait qui ne soit parfaitement légal. Rien. Nous sommes une expédition minière. Nous avons découvert un corps métallique, une météorite soit, mais elle entre dans le cadre du contrat passé avec le Chili. Depuis le début, on nous met des bâtons dans les roues. On nous a obligés à verser des pots-de-vin et menacés. Un de nos hommes a été assassiné. Et pour finir, au moment de partir, un navire militaire nous tire dessus. Pourtant, nous n'avons reçu aucun avertissement du gouvernement chilien, aucun message officiel. Je peux vous assurer que nous allons protester avec vigueur auprès du ministère des Affaires étrangères dès notre retour aux États-Unis. Nous avons été traités de manière scandaleuse.

Il marqua une pause, avant de reprendre avec un sourire à peine perceptible.

— Vous ne croyez quand même pas que notre gouvernement va voir les choses différemment ?

Les beaux yeux verts de Sally le fixèrent pendant quelques instants qui lui parurent interminables. Enfin, elle s'approcha pour lui parler à l'oreille.

— Je crois que vous êtes réellement fou à lier.

Glinn crut percevoir une note d'admiration dans sa voix.

Le *Rolvaag*,
4 h 00

Palmer Lloyd était avachi dans une bergère, son large dos face à la porte de son bureau. Il avait poussé dans un coin le téléphone et l'ordinateur portable inutiles pour poser ses pieds maintenant secs sur la petite table. Dehors, la surface agitée de l'océan était presque phosphorescente. Les reflets verts qui ondoyaient sur les parois de la pièce plongée dans le noir lui donnaient l'impression de se trouver au fond de l'eau. Immobile, Lloyd regardait dans le vague. Il était resté assis pendant tout le déroulement de l'action : le tir du missile, la brève poursuite du contre-torpilleur, les explosions, le passage mouvementé du cap Horn.

Avec un déclic feutré, les lumières se rallumèrent, métamorphosant aussitôt la tempête à l'extérieur en un sombre tableau indistinct. Dans l'autre pièce, le mur de téléviseurs s'alluma. Des dizaines de visages se mirent à articuler des mots silencieux. Plus loin, dans les autres bureaux, un téléphone sonna, puis un autre. Pourtant, Palmer Lloyd ne se décidait toujours pas à bouger.

Lui-même aurait été incapable de mettre des mots sur les pensées qui défilaient dans sa tête. Au cours des heures précédentes, il était passé de la colère à la frustration, et de l'humiliation au déni. Ce bouillonnement d'émotions, il pouvait le comprendre. Eli Glinn l'avait renvoyé de la passerelle sans autre forme de procès, lui avait rogné les ailes, l'avait réduit à l'impuissance. Jamais on n'avait osé lui faire subir pareil traitement. Mais ce qu'il avait du mal à accepter, ce qu'il ne pouvait s'expliquer, c'était le sentiment d'exultation qu'il éprouvait. Il fallait reconnaître que le chargement de la météorite et l'affrontement avec le navire chilien avaient été orchestrés de main de maître. Pire encore, il se rendait compte que Glinn avait bien fait de l'empêcher d'agir. Avec ses méthodes de bulldozer, il aurait provoqué un désastre. Alors que le plan d'Eli Glinn était un chef-d'œuvre de précision.

La lumière était revenue dans sa suite. Le message était clair. Pourtant, il demeura immobile, indifférent au tourbillon d'activité de ses employés qui reprenaient leurs tâches. Il songeait à la longue liste des « coups » qu'il avait réussis jusque-là, et à cette expédition qui s'y ajouterait bientôt. Grâce à Glinn. Mais qui l'avait engagé ? Qui avait choisi l'homme de la situation ? En dépit de l'humiliation, Lloyd pouvait être content de lui. Il avait fait le bon choix. Il avait gagné. Maintenant que la météorite se trouvait à bord et que le contre-torpilleur était hors d'état de nuire, rien ne pourrait les arrêter. Bientôt, ils seraient dans les eaux internationales et n'auraient plus qu'à mettre le cap sur New York. Leur retour déclencherait un tollé, il le savait déjà. Mais il n'aimait rien tant qu'une petite bataille, surtout quand il se sentait dans son droit.

Il inspira profondément, laissant la joie l'envahir tout entier. Le téléphone sur son bureau sonna, mais il l'ignora. On frappa à la porte. Penfold, bien sûr. Il ne répondit pas non plus. Dehors, une violente rafale de vent fit trembler les hublots, tandis qu'une gerbe de pluie et de neige fondue giflait le plexiglas. Enfin, Lloyd se leva, épousseta son costume et redressa les épaules. Pas tout de suite mais bientôt, très bientôt, il retournerait sur la passerelle et féliciterait Eli Glinn pour son – pour leur – succès.

L'*Almirante Ramirez*,
4 h 10

Le commandant Vallenar s'agrippait au transmetteur d'ordres, s'efforçant de garder son équilibre malgré le violent roulis. Il ne comprenait que trop bien ce qui était arrivé… et pourquoi. Il ne devait pas laisser sa fureur le déconcentrer. Il fit un bref calcul mental. Dans un *panteonero* à soixante nœuds, le contre-torpilleur allait dériver à la vitesse de deux nœuds. Si on combinait cette donnée avec le courant de deux nœuds qui les entraînait vers l'est, il disposait d'une heure avant que son navire ne se fracasse contre les récifs situés derrière l'île Deceit. Il sentait dans son dos ses officiers silencieux qui attendaient l'ordre d'abandonner le navire. Ils allaient être déçus. Vallenar prit une inspiration, usant de toute sa volonté pour se maîtriser.

— Estimation des dégâts, monsieur Santander? demanda-t-il d'une voix ferme.

— Difficile à dire, mon commandant. Les deux hélices semblent arrachées. Le gouvernail est endommagé mais en état de marche. Pas de trou dans la coque signalé. Mais nous ne contrôlons plus le bateau. Nous sommes stoppés sans erre.

— Envoyez deux plongeurs pour réparer les dégâts au niveau des hélices.

Un lourd silence accueillit son ordre. Vallenar se tourna très lentement, regardant tour à tour chaque officier.

— Mon commandant, aucun des deux ne survivra dans une mer pareille, objecta l'officier de pont.

Vallenar planta ses yeux dans les siens. A la différence des autres, Santander n'était sous ses ordres que depuis peu : il avait passé à peine six mois ici, au bout du monde.

— Oui, je vois le problème. On ne peut pas se le permettre.

L'homme sourit.

— Envoyez une équipe de six hommes. Sur le lot, il y en a bien un qui survivra pour terminer le travail.

Le sourire disparut.

— Ceci est un ordre. Si vous désobéissez, c'est vous qui dirigerez l'équipe.

— Bien, mon commandant.

— Il y a une grande caisse en bois à tribord de la cale avant C sur laquelle est inscrit « Artillerie 40 mm ». A l'intérieur, vous trouverez une hélice de secours.

Vallenar avait pour habitude de cacher des pièces de rechange à bord pour tromper le personnel corrompu du chantier naval de Punta Arenas.

— Lorsque vous connaîtrez la nature exacte des dégâts, vous découperez les parties nécessaires sur l'hélice de secours et les plongeurs les souderont sur les hélices endommagées. Nous serons sur les hauts-fonds de l'île Deceit dans soixante minutes. Je ne donnerai pas l'ordre d'abandonner le navire. Il n'y aura pas d'appel de détresse. Soit vous réussissez, soit nous coulerons tous avec le navire.

— Bien, mon commandant, dit l'officier de pont, presque dans un murmure.

Les yeux des autres officiers disaient clairement ce qu'ils pensaient de ce plan désespéré. Vallenar les ignora. Il se moquait bien de leur opinion, il voulait juste qu'ils obéissent. Et, pour l'instant, ils obéissaient.

Le *Rolvaag*,
7 h 55

De l'étroite passerelle métallique, Manuel Garza regardait la masse rouge au fond de la citerne. Vue d'ici, elle semblait presque petite : un œuf exotique dans son nid d'acier et de bois. La charpente qui l'entourait était un bel ouvrage, peut-être la plus belle réussite de sa carrière. Allier la force brute à la précision la plus fine lui avait posé un véritable casse-tête, un défi que seul quelqu'un de la trempe d'Eugène Rochefort aurait pu apprécier. Garza regrettait qu'il ne fût pas là pour admirer le résultat : une prouesse technique était une des rares choses capables d'amener un sourire sur son visage.

L'équipe des soudeurs à l'arc qui l'avait suivi dans le couloir d'accès sortait maintenant par l'écoutille pour le rejoindre sur la passerelle. Leurs lourdes bottes de caoutchouc produisaient un sacré raffut. Ils formaient un tableau coloré avec leurs combinaisons et leurs gants jaunes, brandissant des schémas de soudure avec leurs missions particulières surlignées en rouge.

— Vous savez ce que vous avez à faire. Il faut attacher cette fichue météorite de manière qu'elle ne bouge plus d'un cil, et il faut le faire avant que la mer ne devienne trop agitée.

Le contremaître adressa une parodie de salut militaire à Garza. Tout le monde semblait de bonne humeur. La météorite se trouvait dans la citerne, ils étaient débarrassés du contre-torpilleur chilien et ils rentraient à la maison.

— Une dernière chose. Évitez de la toucher.

Les hommes rirent. Quelques blagues fusèrent. Un des ouvriers proposa de réexpédier Timmer chez lui dans des Tupperware. Mais personne ne faisait mine de se diriger vers l'ascenseur qui les descendrait au fond de la citerne. Garza se rendait compte que, malgré leurs plaisanteries et leur bonne humeur, ils se sentaient nerveux. La météorite se trouvait peut-être à l'abri à l'intérieur du *Rolvaag*, mais personne n'avait oublié ce dont elle était capable.

Il n'y avait qu'une manière de surmonter la peur : ne pas réfléchir.

— Au boulot ! lança Garza en tapant sur le dos du contremaître d'un air jovial.

Sans plus attendre, les hommes commencèrent à entrer dans l'ascenseur. Garza faillit rester en haut. Après tout, il pourrait mieux diriger l'opération du poste d'observation situé au bout de la passerelle, mais il décida que son attitude risquait d'être mal interprétée. Il entra derrière eux et ferma la grille.

— Vous descendez dans le ventre de la bête, monsieur Garza ? demanda un des hommes.

— Il faut bien que je sois là pour vous empêcher de faire des conneries.

Ils atteignirent le fond de la citerne. La charpente était posée sur une série de poutres en métal qui servaient de plancher. Autour de la structure, un étayage rayonnant permettait de répartir le poids de la météorite. Suivant les instructions sur leurs diagrammes de soudure, les hommes se divisèrent, grimpèrent sur les montants et disparurent dans l'échafaudage conique. Bientôt, chacun eut gagné sa place, mais la citerne resta un certain temps silencieuse, comme si personne n'osait commencer. Puis les premiers points lumineux apparurent dans la pénombre, projetant des ombres folles, tandis que les soudeurs se mettaient au travail.

Garza vérifia la liste des tâches et le diagramme général pour s'assurer que personne ne s'était trompé. Un chœur de grésillements s'éleva comme les soudeurs mordaient dans le métal pour sceller la charpente en différents points critiques. Son regard passa les hommes en revue. Il n'imaginait pas l'un d'eux jouer les cow-boys et s'approcher trop près de la météorite, mais il préférait rester vigilant. Quelque part dans la cale, de l'eau gouttait. Il se demanda machinalement d'où provenait ce bruit et ses yeux suivirent jusqu'en haut les cloisons longitudinales de dix-huit mètres. Avec leurs arêtes saillantes, elles évoquaient une cathédrale de métal. Puis il baissa la tête pour regarder les poutres en dessous de lui. Le bordé de coque était mouillé. Rien de plus normal : un peu d'eau s'infiltrait toujours dans les cales. Il entendait le battement des vagues contre le ventre du navire qui chevauchait lourdement la houle. Il pensa aux trois couches de métal entre lui et l'abysse. Rassuré, il tourna la tête vers la météorite.

D'en bas, elle semblait plus imposante, malgré l'immensité de la citerne qui l'entourait. Une fois encore, il essaya de comprendre comment un bloc de cette taille, relativement modeste, pouvait peser aussi lourd. Trois tours Eiffel dans une météorite de six mètres de diamètre. Une surface courbe, sans les aspérités des météorites classiques. Une couleur improbable, presque indescriptible. Une minuscule portion de ce caillou ferait une bague magnifique pour sa petite amie. Soudain, il revit ce qu'il restait du corps de Timmer dans l'infirmerie. La bague, ce n'était pas une si bonne idée que ça, tout compte fait.

Il jeta un coup d'œil à sa montre. Quinze minutes. Il avait estimé la durée du travail à vingt-cinq minutes.

— Ça roule ? lança-t-il au contremaître.

— On y est presque, répondit celui-ci d'une voix distordue qui résonna dans l'immense citerne.

Le roulis devenait plus sensible. L'odeur de l'acier fondu, du tungstène et du titane emplissait maintenant l'air. Les étincelles s'éteignaient peu à peu à mesure que les ouvriers terminaient. Ils avaient mis vingt-deux minutes. Encore quelques points essentiels à consolider et ce serait fini. Rochefort avait conçu la charpente pour qu'un minimum de soudures suffisent. Il s'efforçait toujours de simplifier le travail, dans la mesure du possible. Les risques d'échec diminuaient d'autant. Malgré ses airs constipés, c'était un sacré ingénieur. Garza soupira. Le bateau s'inclina. Si seulement Rochefort avait pu voir le résultat de son travail ! Mais ils perdaient quelqu'un au cours de chaque mission, ou presque. Leur travail était une petite guerre, mieux valait ne pas trop se lier…

Il se rendit compte que le pétrolier penchait encore. Ce devait être une sacrée vague. Un concert étouffé de grincements et de craquements s'éleva dans la citerne.

— Accrochez-vous ! cria-t-il en se tournant pour s'accrocher à la grille de l'ascenseur.

Le *Rolvaag* gîtait de plus en plus.

Il se retrouva allongé sur le dos dans le noir, le corps endolori. Il aurait été incapable de dire si une minute ou une heure s'était écoulée. Sa tête tournait. Il y avait eu une explosion. Quelque part dans l'obscurité, un homme hurlait horriblement. Une forte odeur d'ozone et de métal brûlé à laquelle se mêlait un relent de feu de bois irritait ses narines. Une substance chaude et visqueuse coulait sur son visage, et une douleur lancinante lui traversait le corps au rythme des battements de son cœur. Mais elle ne tarda pas à refluer, loin, très loin, et il put se rendormir.

Le *Rolvaag*,
8 h 00

Palmer Lloyd avait pris son temps pour rejoindre les autres. Il voulait se sentir prêt. Il ne pouvait pas se permettre de ressentiment enfantin. Des hochements de tête polis, et même respectueux, l'accueillirent. L'atmosphère s'était modifiée sur la passerelle de navigation. Il lui fallut un moment pour comprendre pourquoi. La mission touchait à sa fin. Il n'était plus un passager gênant à un moment critique, il était redevenu Palmer Lloyd, propriétaire de la plus importante météorite jamais découverte, fondateur du Lloyd Museum et directeur général de Lloyd Holdings. Le troisième homme le plus riche du monde.

Il se plaça derrière le capitaine Britton pour regarder le diagramme sur l'écran du GPS par-dessus les galons dorés sur son épaule. Le fonctionnement de ce système lui était familier. Une croix, dont l'axe le plus long indiquait leur direction, représentait le *Rolvaag*. Elle se rapprochait régulièrement d'une ligne rouge légèrement arquée. A intervalles réguliers, l'écran clignotait, le temps que les informations soient remises à jour par satellite. Lorsqu'ils traverseraient cette ligne, ils se trouveraient dans les eaux internationales. Définitivement hors d'atteinte.

— On y sera dans combien de temps ?

— Huit minutes, répondit le capitaine d'une voix toujours aussi froide, mais dénuée de la tension perceptible quelques heures plus tôt.

Lloyd lança un regard vers Glinn. Il se tenait à côté de Juan Puppup, mains derrière le dos. Malgré son air impassible, le milliardaire crut lire dans ses yeux une ombre de suffisance. Et pourquoi pas ? Ils pourraient bientôt célébrer une des plus grandes prouesses scientifiques et techniques du siècle. Mais Lloyd ne voulait rien précipiter.

Ses yeux firent le tour de la passerelle. Fatigué mais satisfait, l'équipage de quart attendait avec impatience d'être relevé. Le second, Howell, regardait devant lui, le visage fermé. Sam et Rachel se tenaient côte à côte en silence. Même ce drôle de docteur Brambell avait daigné quitter sa tanière. Tout le monde semblait s'être donné le mot pour partager cet événement mémorable.

Lloyd se redressa pour attirer l'attention. Il attendit que tous les regards soient tournés vers lui pour s'adresser au directeur d'EES :

— Monsieur Glinn, permettez-moi de vous présenter mes félicitations les plus sincères.

Glinn s'inclina légèrement, au milieu des sourires et des clins d'œil. Au même instant, la porte s'ouvrit, livrant passage à un steward qui poussait un chariot en acier inoxydable. Le bouchon d'une bouteille de champagne dépassait d'un seau rempli de glace à côté duquel s'alignaient une douzaine de flûtes en cristal.

— Glinn, quel menteur vous faites ! s'écria Lloyd en se frottant les mains d'un air ravi. Vous êtes parfois un vieux raseur, mais là, je m'incline. Combien avez-vous apporté de bouteilles de champagne, finalement ?

— En fait, j'en ai apporté une caisse.

— Parfait ! Sortez-les toutes, dans ce cas.

— Pour l'instant, nous devrons nous contenter de celle-ci. Notre tâche n'est pas achevée. Mais rassurez-vous, aussitôt que nous aurons atteint le port de New York, je me ferai une joie de déboucher les dix autres moi-même. En attendant, ouvrez donc le bal, termina-t-il en désignant le chariot.

Lloyd s'avança, souleva la bouteille, la tenant en l'air avec un sourire.

— La jetez pas par terre, ce coup-ci, chef, marmonna Puppup.

L'ignorant, il regarda Sally.

— Encore combien de temps ?

— Trois minutes.

Le vent s'acharnait contre la superstructure. Le *panteonero* devenait plus violent de minute en minute, mais ils auraient dépassé la Terre des États et seraient abrités par la Terre de Feu bien avant que le vent du sud-ouest ne tourne au nord-ouest et ne devienne réellement dangereux. Il décapuchonna le bouchon et attendit, serrant la bouteille glacée. Pendant quelques instants, on n'entendit plus que les gémissements du vent et le lointain grondement de l'océan.

Sally leva alors les yeux de l'écran, jetant un regard à Howell qui lui adressa un signe de tête affirmatif.

— Le *Rolvaag* vient de pénétrer dans les eaux internationales, déclara-t-elle d'un ton solennel.

Quelques acclamations fusèrent. Lloyd fit sauter le bouchon et commença à remplir les verres avec parcimonie. Soudain, il remarqua le visage grimaçant du vieil Indien qui lui tendait deux verres.

— Ici, chef. Un pour moi et un pour mon ami, dit-il en penchant la tête.

— Qui est votre ami ? demanda Lloyd tout en le servant avec un sourire indulgent.

Son rôle, quoique restreint, s'était avéré crucial. Il lui trouverait un emploi au Lloyd Museum, dans la maintenance, ou même dans la sécurité. Ou peut-être mieux encore. Il était le dernier Yaghan survivant, après tout. Pourquoi ne pas envisager une exposition ? Rien de mauvais goût, bien entendu. Il n'était pas question de l'exhiber comme une bête de foire, ainsi que cela se pratiquait au XIXe siècle. Mais ce serait dommage de se priver d'une telle attraction. Il faudrait y réfléchir…

— Hanuxa, répondit Puppup avec un sourire et une autre courbette.

Lloyd le regarda reculer en sautillant, buvant dans les deux verres tour à tour.

La voix du second couvrit soudain le brouhaha.

— Le radar signale un bâtiment à trente-deux milles, relèvement vrai trois cent quinze degrés, vitesse vingt nœuds.

Les conversations cessèrent aussitôt. Palmer Lloyd se tourna vers Glinn pour se rassurer, mais il découvrit sur son visage une expression qu'il ne lui avait jamais vue : un air de surprise blessée.

— Glinn ? Ce doit être un navire marchand, non ?

Sans répondre, ce dernier se tourna vers l'homme devant la console d'EES et lui souffla quelques mots.

— C'est l'*Almirante Ramirez*, murmura Sally.

— Quoi ? Comment pouvez-vous le savoir rien qu'en regardant le radar ? s'écria le milliardaire, dont le malaise se transformait en incrédulité.

Elle se tourna vers lui.

— Je n'ai aucun moyen d'en être sûre, mais c'est la bonne position au bon moment. Un autre bateau emprunterait le détroit de Le Maire, à plus forte raison par un temps pareil. Mais Vallenar est décidé à nous rattraper, quel que soit l'état dans lequel nous l'avons laissé.

Lloyd regarda les deux hommes discuter devant la console. Une faible tonalité retentit, suivie de la mélodie rapide d'un numéro de téléphone et d'un sifflement, indiquant qu'ils avaient établi une liaison avec un autre ordinateur.

— Je croyais que vous aviez mis cet enfant de salaud hors d'état de nuire ?

Lorsque Glinn se redressa, l'homme d'affaires se sentit immédiatement rassuré devant l'expression à nouveau calme et confiante de son visage.

— Notre ami s'avère d'une ingéniosité inattendue.

— Comment ça ?

— Le commandant Vallenar s'est débrouillé pour réparer son navire, en partie tout au moins. Très impressionnant. J'ai même du mal à y croire. Mais cela ne fait aucune différence.

— Et pourquoi ça ? intervint Sally.

— J'ai vérifié son profil psychologique. Il ne nous poursuivra pas dans les eaux internationales.

— C'est une supposition qui me semble aussi prétentieuse que hasardeuse. Ce type est fou furieux. Il peut faire n'importe quoi.

— Vous vous trompez. En dépit de tout, le commandant Vallenar demeure un officier de la marine. Il se targue de son sens de l'honneur, de sa loyauté, et il croit en un idéal militaire abstrait. Pour toutes ces raisons, il ne nous poursuivra pas au-delà d'une certaine limite. La franchir mettrait son pays dans une situation embarrassante et créerait un incident diplomatique fâcheux, d'autant plus que les États-Unis apportent au Chili plus d'aides qu'aucun autre État. De plus, il n'affronterait pas une tempête qui est loin d'avoir atteint son paroxysme avec un navire endommagé.

— Dans ce cas, pourquoi continue-t-il à nous suivre ?

— Pour deux raisons. D'une part, il ne connaît pas notre position exacte et il espère toujours nous couper la route pour nous empêcher d'atteindre les eaux internationales. D'autre part, notre *commandante* aime les gestes nobles. Comme un chien qui court jusqu'au bout de sa chaîne, tout en sachant que sa proie est hors de sa portée, il nous poursuivra jusqu'à la limite de ses eaux territoriales, avant de faire demi-tour.

— L'analyse est plaisante, mais pas totalement convaincante, commenta Sally.

— Nous verrons bien, répondit Glinn d'une voix sereine et convaincue.

— J'ai déjà commis l'erreur de ne pas vous faire confiance, déclara Lloyd avec un sourire. Cette fois, je vous crois. Si vous dites qu'il ne franchira pas cette limite, il ne le fera pas.

Sally resta silencieuse. Glinn se tourna vers elle et le milliardaire le vit avec surprise prendre doucement les mains de la jeune femme, avec un geste presque intime. Il ne comprit pas bien ce qu'il disait, mais elle rougit.

— Très bien, répondit-elle d'une voix à peine audible.

Puppup surgit soudain, les yeux suppliants, ses deux verres vides devant lui. Lloyd remarqua que, malgré le roulis prononcé, il gardait toujours son équilibre sans effort apparent.

— Il n'en reste pas un peu ? Pour mon ami.

Personne n'eut le temps de lui répondre. Ils sentirent une vibration soudaine et une détonation qui fit trembler le pétrolier jusque dans ses fondements. Les lumières de la passerelle de navigation clignotèrent, tandis que des turbulences grisâtres s'affichaient sur les écrans. Aussitôt, le capitaine et les autres officiers se précipitèrent à leur poste.

— Qu'est-ce qui se passe, bon sang ? demanda Lloyd sèchement.

Personne ne lui répondit. Glinn était retourné à la console et discutait à voix basse avec l'opérateur. Une seconde vibration, presque un grognement, se propagea à l'intérieur du bateau, bientôt suivie d'une troisième. Puis la perturbation disparut aussi vite qu'elle était apparue : les écrans se rallumèrent, la lumière revint. Les différentes machines se réinitialisèrent dans un concert de bips et de ronronnements.

— Nous ignorons ce qui s'est passé, dit enfin Sally en parcourant du regard les instruments. Une sorte de défaillance générale. Une explosion peut-être. On dirait que tout le système électrique du bateau a été endommagé.

Elle se tourna vers son second.

— Je veux une estimation des dommages immédiate.

Howell saisit le téléphone, passa deux appels rapides, puis raccrocha, le visage blême.

— C'est la cale, celle où se trouve la météorite. Il y a eu un accident grave.

— Quel genre d'accident ? demanda Glinn.

— Une décharge électrique produite par la météorite.

— Allez-y, ordonna Glinn à Rachel et à Sam. Déterminez ce qui s'est passé et pourquoi. Docteur Brambell, vous feriez mieux…

Mais le médecin avait déjà disparu.

L'*Almirante Ramirez*,
8 h 30

Vallenar scrutait le brouillard, comme s'il pouvait ainsi faire apparaître l'insaisissable pétrolier.

— Situation ? murmura-t-il encore à l'officier de quart.

— Avec le brouillard, c'est difficile à dire. Je dirais que la cible fait cap au quatre-vingt-dix, à une vitesse d'environ seize nœuds.

— Distance ?

— Je ne peux pas être précis, mon commandant. Environ trente milles. Nous avons seulement pu obtenir cette information parce que leur système de brouillage s'est brièvement éteint il y a quelques minutes.

Vallenar sentait son navire animé d'un mouvement régulier et écœurant qui soulevait et abaissait le pont. Il n'avait senti cela qu'une fois, un jour où il s'était retrouvé pris dans une tempête pendant une mission d'entraînement au sud de Diego Ramirez. Il savait très bien ce que signifiait ce mouvement désagréable : la distance entre les crêtes des vagues dépassait maintenant la longueur du contre-torpilleur. La mer semblait les poursuivre par les sabords arrière : de longues déferlantes qui fouettaient sa poupe et moussaient le long de sa coque avant de s'enfuir dans l'obscurité. De temps en temps, une vague géante, un *tigre*, se jetait sur l'*Almirante Ramirez*. L'eau s'amassait contre le gouvernail et l'homme de barre bataillait avec la roue qui tournait dans le vide. A chaque fois, le contre-torpilleur risquait de se retrouver parallèle aux lames. Et ce serait pire lorsqu'il virerait vers le sud et qu'il faudrait naviguer en travers au vent.

De sa poche, il sortit un *puro* dont il examina distraitement les feuilles sales. Il pensait aux deux plongeurs morts, à leurs cadavres rigides roulés dans une bâche et entreposés dans des caissons à l'arrière. Il pensa aux trois autres qui n'avaient pas refait surface, et au sixième, maintenant au dernier stade de l'hypothermie. Ils avaient fait leur devoir, ni plus ni moins. Le bateau tenait la mer. Il était limité à vingt nœuds à cause des hélices endommagées, mais le pétrolier ne dépassait pas seize nœuds. Et le long trajet vers l'est qui les séparait des eaux internationales lui donnerait le temps de mettre son plan en œuvre.

Il jeta un coup d'œil à l'officier de quart. L'équipage avait peur : de la tempête, de cette poursuite. Tant mieux. Des hommes effrayés travaillaient plus vite. Mais Timmer en valait dix comme eux. Il mordit l'extrémité de son cigare et la recracha. Timmer valait à lui seul un équipage entier...

Vallenar se ressaisit, prenant son temps pour allumer son cigare. La braise rougeoyante se reflétait sur les sabords couleur encre. Maintenant, les Américains avaient dû se rendre compte que le *Ramirez* les pourchassait. Cette fois, il se montrerait plus prudent. Il était tombé dans leur piège une fois, et cela ne se reproduirait pas. Il avait d'abord pensé qu'endommager leur navire suffirait. Mais puisque la mort de Timmer ne faisait plus aucun doute, il agirait en conséquence. Dans cinq heures, peut-être moins, le *Rolvaag* serait à portée de son artillerie. Et entre-temps, si son système de brouillage avait la moindre défaillance, les missiles Exocet étaient prêts.

Cette fois, il ne ferait pas d'erreur.

Le *Rolvaag*,
9 h 20

Sam courait dans le couloir de l'infirmerie de bord, Rachel sur ses talons, lorsqu'il faillit entrer en collision avec le docteur Brambell qui sortait de la salle d'opération. Il n'avait plus rien à voir avec l'homme sec et narquois dont les remarques pince-sans-rire égayaient les repas. Le nouveau Brambell était sinistre, ses mouvements brusques, son corps maigre tendu.

— Nous sommes venus voir... commença Sam.

Mais le médecin s'éloignait déjà à grandes enjambées. Il disparut derrière une autre porte sans leur accorder la moindre attention. Ils lui emboîtèrent le pas et pénétrèrent à sa suite dans une cabine brillamment éclairée. Devant un lit à roulettes, le médecin, qui portait encore une paire de gants chirurgicaux, examinait un patient immobile. La tête de l'homme disparaissait sous les bandages. Les draps étaient souillés de sang. Brambell recouvrit la tête de l'homme avec un geste sec et furieux. Puis il se tourna vers le lavabo.

Sam avala péniblement sa salive.

— Il faut que nous parlions à Manuel Garza.

— Il n'en est pas question, répondit le médecin en arrachant ses gants ensanglantés pour frotter ses mains sous l'eau chaude.

— Docteur, il faut à tout prix que nous l'interrogions sur ce qui s'est passé. La sécurité du navire en dépend.

Le médecin leva les yeux, regardant l'autre homme pour la première fois. Le visage du géologue était sombre, mais calme. Brambell ne répondit pas tout de suite. Sam se rendait compte que derrière son masque, il réfléchissait à toute vitesse pour prendre une décision.

— Chambre trois, lâcha-t-il enfin en sortant une nouvelle paire de gants. Cinq minutes.

Ils trouvèrent Garza dans une petite cabine. Il ne dormait pas. Son visage était contusionné, ses yeux cernés de noir. Un gros bandage entourait sa tête. Lorsque la porte s'ouvrit, son regard se posa sur eux et se détourna aussitôt.

— Ils sont tous morts, n'est-ce pas? murmura-t-il en regardant la cloison.

Sam hésita.

— Tous sauf un.

— Mais il va mourir lui aussi.

C'était une affirmation, pas une question.

— Manuel, je sais que ça doit être horrible pour toi, dit Rachel en posant la main sur son épaule. Mais nous avons besoin de savoir ce qui s'est passé dans la cale.

Il ne la regarda pas. Il pinça les lèvres, fermant ses yeux meurtris.

— Ce qui s'est passé? A votre avis? C'est cette foutue météorite qui a recommencé.

— Recommencé?

— Oui, elle a explosé. Comme avec l'autre type, Timmer.

Sam et Rachel échangèrent un regard.

— Pourquoi un de vos hommes l'a-t-il touchée? demanda-t-elle.

Garza tourna soudain vers elle un regard vide. Ses orbites violacées semblaient avoir englouti toute expression de son visage.

— Personne ne l'a touchée.

— Quelqu'un a bien dû la toucher.

— J'ai dit personne. Je ne les ai pas quittés du regard.

— Manuel… commença Rachel.

Il se dressa avec colère sur son lit.

— Tu t'imagines que mes gars sont mabouls? Ils n'avaient aucune envie de traîner à côté de ce caillou, ils crevaient de peur. Rachel, je te le promets, personne ne s'en est approché à moins d'un mètre cinquante.

Il grimaça et se rallongea.

— Nous avons besoin de savoir exactement ce que vous avez vu, dit Sam au bout d'un moment. Racontez-nous ce que vous vous rappelez juste avant l'explosion. Que se passait-il? Vous n'avez rien remarqué d'inhabituel?

— Non. Les gars avaient presque terminé de souder. Certains avaient même déjà fini. Ils portaient tous encore leurs vêtements de protection. Le bateau gîtait comme s'il s'était pris une sacrée vague.

— Je me souviens de cette vague, dit Rachel. Tu es certain que personne n'a perdu l'équilibre? Que personne n'a essayé de se retenir pour…

— Tu ne me crois pas? Dommage, parce que c'est la vérité. Personne n'a touché cette fichue météorite. Tu n'as qu'à visionner les cassettes.

— Avez-vous remarqué quelque chose d'inhabituel? demanda Sam. De bizarre?

Garza réfléchit un moment, puis secoua la tête.

— Et cette vague qui a fait gîter le bateau? Vous croyez que l'explosion pourrait être due à l'inclinaison de la météorite?

— Pourquoi? On l'a inclinée, cognée et trimballée du site de l'impact à la citerne, pourtant rien ne s'est passé.

Il marqua une pause.

— C'est ce caillou, murmura-t-il.

Sam fronça les sourcils.

— Quoi?

— Je dis que c'est ce fichu caillou. Il veut nous tuer. Tous.

Là-dessus, il se tourna vers la cloison, refusant d'ajouter un mot.

Le *Rolvaag*,
10 h 00

L'aube jeta ses premières lueurs sur une mer déchaînée. Une procession de vagues gigantesques surgissaient à l'ouest et cavalaient vers l'est. Pourtant, le *panteonero* n'avait pas encore atteint son paroxysme. Le vent s'acharnait contre les vagues, comme s'il voulait en arracher des morceaux. Des draps d'écume blancs s'envolaient de leur crête. L'imposant bâtiment qui se soulevait et s'abaissait, roulait et tanguait, progressait à une lenteur insupportable.

Eli Glinn se tenait seul à l'avant de la passerelle de navigation, mains derrière le dos. Absorbé par le tableau des éléments en furie, il se sentait habité par une paix intérieure qu'il avait rarement ressentie depuis le début de cette mission. L'atmosphère avait été plombée par une série d'imprévus. Même à bord du pétrolier, la météorite continuait à leur poser des problèmes. Howell était revenu de l'infirmerie en annonçant six morts. Garza était blessé. Néanmoins, EES avait réussi, c'était une des plus belles prouesses techniques jamais réalisées.

Mais jamais plus, il ne se lancerait dans un tel projet.

Il se tourna. Agglutinés autour du radar, Sally Britton et les officiers du navire suivaient la progression de l'*Almirante Ramirez*. Lloyd leur tournait autour, tendu. De toute évidence, ses certitudes concernant Vallenar ne les avaient pas convaincus. Ce qui était prévisible, bien qu'illogique. Mais le programme d'analyse psychologique breveté par Glinn ne s'était jamais trompé dans les moments critiques. De plus, il connaissait Vallenar. Il l'avait rencontré sur son terrain. Il avait constaté la discipline de fer qui régnait sur le navire, ses qualités d'officier de la marine, sa fierté démesurée, son amour de sa patrie. Il ne franchirait pas la limite. Pas pour une météorite. Au dernier moment, il ferait demi-tour, le danger s'évanouirait et ils pourraient terminer leur voyage en paix.

— Capitaine, quelle route pensez-vous suivre pour quitter le détroit de Drake ?

— Dès que le *Ramirez* aura fait demi-tour, nous ferons cap au trois cent trente. Cette route nous ramènera sous le vent de l'Amérique du Sud et nous sortira de cette tempête.

Glinn hocha la tête.

— Cela ne devrait pas tarder.

Sally baissa les yeux sur l'écran sans rien ajouter.

Glinn rejoignit le groupe et se plaça à côté de Lloyd, derrière le capitaine. Sur la carte électronique, le point vert représentant Vallenar approchait rapidement des eaux internationales. Glinn ne put s'empêcher de sourire. Il avait l'impression de regarder une course hippique à la télévision dont il était le seul à connaître l'issue.

— Vous avez eu un contact radio avec le *Ramirez* ?

— Non, répondit Sally. Ils gardent le silence depuis le début. Ils ne sont même plus en contact avec leur propre base. Banks a entendu l'ordre de rentrer de l'officier supérieur de Puerto Williams, il y a plusieurs heures.

Bien sûr, pensa Glinn. Cela correspond à son profil.

Son regard s'attarda sur Sally, la dignité de son maintien, les taches de rousseur sur son nez. Elle doutait de lui pour l'instant, mais elle finirait par rendre justice à sa clairvoyance. Il pensa à son courage, à son calme en dépit des tensions et à la maîtrise dont elle avait fait preuve, même pendant le laps de temps où il avait pris les commandes. C'était une femme en qui on pouvait avoir confiance. Peut-être avait-il enfin trouvé la femme qu'il cherchait. Cela méritait réflexion. Il commença à élaborer une stratégie pour la séduire, explorant les voies sans issue, le chemin le plus sûr pour réussir...

Il jeta un coup d'œil sur l'écran du radar. Le point se rapprochait de la ligne. Un bref accès de nervosité vint troubler un instant sa sérénité. Mais tous les facteurs avaient été pris en compte. Il ferait demi-tour. Il détourna délibérément les yeux de l'écran et retourna se poster devant les sabords. Le spectacle était impressionnant. De hauts murs verts, plus hauts que le pont principal, des torrents d'eau qui ruisselaient par les dalots pour s'écouler dans la mer. Malgré tout, le *Rolvaag* donnait une impression de stabilité. La mer venait de l'arrière, ce qui était un atout pour eux. Et la masse dans la cale centrale servait de lest. Il jeta un coup d'œil sur sa montre. D'une minute à l'autre, Sally signalerait que le navire chilien avait fait demi-tour.

Un murmure collectif s'éleva du groupe autour du radar.

— Le *Ramirez* change de cap, dit le capitaine en levant les yeux.

Il hocha la tête, retenant un sourire.

— Il tourne vers le nord, cap : soixante degrés.

Glinn attendait.

— Il vient de franchir la ligne, murmura Sally. Cap inchangé.

— Il a du mal à diriger son bateau, dit-il d'un ton hésitant. Son gouvernail est endommagé. Il est en train de faire demi-tour.

Plusieurs minutes s'écoulèrent dans le silence. Glinn quitta sa place pour retourner devant l'écran. Le point vert continuait sa course est-nord-est. Il ne les poursuivait plus, mais ne faisait pas demi-tour non plus. Étonnant. Il ressentit encore un pincement d'inquiétude.

— Il va tourner d'un instant à l'autre.

Le silence s'alourdit. Le *Ramirez* n'amorçait aucun changement de direction.

— Il maintient sa vitesse.

— Tourne ! marmonna Lloyd.

Le contre-torpilleur ne tourna pas, mais corrigea légèrement son cap.

— Qu'est-ce qu'il fabrique à la fin ! explosa l'homme d'affaires.

Le capitaine se redressa et regarda Glinn dans les yeux. Elle n'avait pas besoin de parler. Son visage reflétait très clairement ses pensées.

Un doute étreignit le directeur d'EES, comme un spasme, mais il retrouva aussitôt son assurance. Il savait d'où venait le problème.

— A mon avis, il n'a pas seulement des ennuis avec son gouvernail. Notre brouillage a dû affecter son système de navigation primitif. Il est perdu.

Il se tourna vers l'homme qui n'avait pas bougé de la console.

— Coupez le système de brouillage. Laissons notre ami retrouver ses repères.

L'autre pianota sur le clavier.

— Il se trouve à vingt-cinq milles, dit Howell. Nous sommes à portée de ses Exocet.

— J'en suis conscient, murmura Glinn.

Plus personne ne parlait sur la passerelle.

— Il nous balaie avec son radar de désignation d'objectif. Il détermine notre distance et notre position.

Pour la première fois depuis sa dernière opération dans les commandos, Eli Glinn ressentit une réelle appréhension.

— Donnez-lui encore quelques minutes, qu'il se rende compte que nous nous trouvons tous dans les eaux internationales.

Ils laissèrent s'écouler un moment interminable.

— Pour l'amour du ciel, rebranchez le système de contre-mesures ! lança enfin le capitaine d'un ton tranchant.

— Attendez encore un peu, s'il vous plaît.

— Ses Exocet sont lancés.

— CIWS en action ! ordonna Sally Britton. Prêts à lancer les leurres.

Tout le monde retenait son souffle.

Les Gatling du système de défense rapprochée crépitèrent. Une explosion retentit au-dessus du flanc gauche du pétrolier. Un éclat d'obus projeté contre un des sabords de la passerelle laissa une étoile sur le plexiglas.

— Le radar nous balaie toujours.

— Monsieur Glinn ! Ordonnez à votre homme de redéployer le système de brouillage !

— Rebranchez le brouillage, répéta-t-il faiblement, s'appuyant sur la console.

Tandis qu'il observait la progression implacable du point vert sur l'écran, son cerveau passait en revue les explications possibles à toute vitesse. Le missile ne surprenait pas Glinn. Maintenant que le commandant avait trouvé un exutoire à sa rage impuissante, il allait faire demi-tour. Glinn patienta, espérant de toutes ses forces que le contre-torpilleur fît demi-tour.

Mais le point vert clignotant maintenait son cap qui, bien que différent du leur, l'emmenait encore plus avant dans les eaux internationales.

— Eli ?

369

C'était Lloyd. Il parlait d'une voix étrangement calme. Avec un effort, Glinn interrompit ses spéculations.

— Il ne va pas faire demi-tour. Il ne nous lâchera pas avant de nous voir tous morts.

Sally Britton s'arma de courage. Elle se concentra, gommant de son esprit toutes les pensées sans lien avec la situation. Un regard vers le visage blême et décomposé de Glinn avait suffi à désarmer sa colère. Elle ressentait même un peu de compassion pour lui, malgré son impardonnable erreur de jugement qui avait mis leurs vies en danger. Elle-même n'avait-elle pas commis une erreur similaire sur un autre pétrolier ?

Elle dirigea son attention vers le fond de la passerelle de navigation, où se déployait une grande carte nautique de la région du cap Horn. A mesure qu'elle procédait aux étapes familières de cet examen, elle sentait sa tension se relâcher. Plusieurs options s'offraient à eux. Tout n'était peut-être pas perdu.

Sentant Eli Glinn derrière elle, Sally se retourna. Elle constata que son visage retrouvait peu à peu ses couleurs. La stupeur et la paralysie avaient disparu de son regard. Elle se rendit compte non sans surprise qu'il ne se considérait toujours pas battu.

— Capitaine, pourrais-je vous parler un instant ?

Elle hocha la tête.

— J'ai ici toutes les spécifications de l'*Almirante Ramirez*, dit-il en sortant un morceau de papier de sa poche. Ces informations ont à peine trois semaines.

— D'où tenez-vous ça ?

— De notre siège.

— Je vous écoute.

— L'*Almirante Ramirez* appartient à une série de contre-torpilleurs construits pour la marine chilienne par Vickers-Armstrong en Grande-Bretagne. Sa quille date de 1957 et il a été mis en service en 1960. Son équipage se compose de deux cent soixante-six personnes dont dix-sept officiers. Son déplacement…

— Je n'ai pas besoin de savoir combien de dîners ils servent à bord. Venez-en à leur armement.

— Dans les années 70, il a été équipé de quatre missiles Exocet à vol rasant d'une portée de vingt-cinq milles. Heureusement pour nous, ils utilisent un vieux système de téléguidage incapable de mettre en échec nos appareils de contre-mesures. Ses Exocet sont donc inutiles, même si nous nous trouvons à portée de vue.

— De quoi dispose-t-il encore ?

— De quatre canons Vickers de quatre pouces, deux à l'avant, deux à l'arrière. Ils peuvent tirer quarante coups par minute et ils ont une portée de dix milles. Normalement, on les utilise avec deux radars de conduite de tir SGR 102, mais si nécessaire, ils peuvent tirer à vue.

— Quoi ? Quarante coups par minute chacun ?

— Il a aussi quatre Bofor de quarante millimètres d'une portée de six milles et demi. Ils tirent trois cents munitions par minute.

Sally se sentit blêmir.

— N'importe laquelle de ces armes pourrait nous régler notre sort en l'espace de quelques minutes. Nous ne pouvons pas rester à portée de tir.

— Tirer à vue sur cette mer déchaînée sera malaisé. Mais vous avez raison : nous ne résisterions pas longtemps s'il se décidait à nous canarder sérieusement. Nous devons accélérer.

Elle ne répondit pas tout de suite.

— Vous savez que nous poussons déjà les turbines à seize nœuds. Monsieur Howell, y a-t-il moyen de gagner encore un peu de vitesse ? poursuivit-elle, s'adressant à son second.

— Je peux peut-être gagner un nœud.

— Très bien. Allez-y.

Il se tourna vers l'homme de barre.

— En avant. Cent quatre-vingt-dix tours par minute.

Montant des entrailles du navire, elle sentit un grondement, tandis que les moteurs montaient en régime. Elle fit un rapide calcul mental. Dans quatre heures et demie, peut-être un peu moins, ils se retrouveraient à portée de tir des Vickers.

Elle se tourna vers Glinn.

— J'ai réfléchi. La meilleure solution est de se diriger vers le nord-est, pour gagner les eaux argentines aussi vite que possible.

L'Argentine et le Chili s'entendent comme chien et chat. Ils ne toléreraient pas qu'un bateau chilien nous pourchasse dans leurs eaux. Ce serait considéré comme un acte de guerre. Sinon, il y a la base navale britannique des îles Malouines. Nous pourrions aussi appeler notre gouvernement par radio pour signaler que nous sommes attaqués par un navire militaire chilien. Les supérieurs hiérarchiques de ce malade mental auraient tôt fait de le rappeler à l'ordre.

Elle attendit qu'il donne son avis.

— Je comprends maintenant pourquoi Vallenar a légèrement altéré son cap, dit-il enfin.

— Pourquoi ?

— Il veut nous barrer la route.

Le capitaine regarda vivement la carte. Le *Ramirez* se trouvait maintenant à vingt milles au nord-est, son relèvement vrai était de trois cents degrés. Soudain, elle comprit.

— Le salopard ! murmura-t-elle.

— Si nous changeons de cap pour rejoindre l'Argentine ou les Malouines, il nous rejoindra ici.

Le doigt de Glinn dessina un petit cercle sur la carte.

— Nous allons donc retourner vers le Chili, dit aussitôt Sally. Il ne pourra pas se permettre de nous couler dans le port de Puerto Williams.

— Certainement pas. Malheureusement, si nous faisons demi-tour maintenant, il nous interceptera ici, répondit-il en traçant un autre cercle sur la carte.

— Dans ce cas, dirigeons-nous vers la station scientifique britannique de Géorgie du Sud.

— Il nous attendra là.

Elle fixait la carte. Un froid glacé remonta le long de sa colonne vertébrale.

— En fait, Sally, si vous permettez que je vous appelle Sally, il a déjà réfléchi à tous nos refuges potentiels. Si nous l'avions compris tout de suite, nous aurions encore eu le temps de gagner l'Argentine. Mais maintenant, nous n'avons même plus cette option-là.

Elle se sentit soudain oppressée.

— Mais la marine américaine…

— Mon employé vient de vérifier. Aucune aide militaire de quelque importance ne peut parvenir ici avant vingt-quatre heures.

— Pourtant il y a une base navale anglaise sur les Malouines, ils sont armés jusqu'aux dents !

— Nous avons également envisagé cette solution. Mais le Chili était leur allié pendant la guerre des Malouines. C'est pour cette base que les Chiliens se sont battus à leurs côtés… Ce serait une requête pour le moins délicate. Et elle exigerait un délai dont nous ne disposons plus, même en faisant appel à mes relations et à celles de M. Lloyd. J'ai bien peur que le fin fond de l'Atlantique Sud ne soit pas l'endroit rêvé pour ce genre de mésaventure. Il va falloir nous débrouiller seuls.

Elle le regarda. Elle sentait que, derrière ses yeux gris, il dissimulait un plan, mais elle se sentait presque effrayée de lui demander lequel.

— Nous allons nous diriger vers le sud, dit-il simplement. Vers la limite des glaces.

— Naviguer au milieu des icebergs dans une tempête pareille ? Ce n'est pas une option !

— Vous avez raison, ce n'est pas une option, c'est la seule option.

L'*Almirante Ramirez*,
11 h 00

Peu après le lever du jour, Vallenar constata que le vent avait commencé à tourner à l'ouest, comme prévu. Son plan avait réussi. Les Américains avaient compris qu'il allait leur couper la route, mais trop tard. Il ne leur restait plus qu'à se diriger vers le soixantième parallèle. Déjà, ils faisaient cap au cent quatre-vingts : plein sud. Bientôt, il les intercepterait dans les eaux noires glacées de l'océan Antarctique et le jeu prendrait fin.

— A partir de maintenant, c'est moi qui suis responsable du quart, déclara-t-il d'une voix douce et ferme.

— A vos ordres, mon commandant, dit l'officier de pont.

— Cap au cent quatre-vingts, ordonna Vallenar à l'officier de quart.

Cela signifiait naviguer en travers au vent, la position la plus dangereuse pour le contre-torpilleur. Les officiers le savaient. Il attendit un instant que son subordonné répète son ordre, mais rien ne venait.

— Mon commandant... commença l'officier de pont.

Vallenar ne se retourna pas. C'était inutile. Du coin de l'œil, il apercevait l'officier de quart et le *timonel* au garde-à-vous. Il s'attendait à des velléités de rébellion à un moment ou un autre. Il préférait que ce soit maintenant. Plus tôt le problème surviendrait, plus vite il serait réglé.

— Monsieur Santander, avons-nous un problème avec la chaîne de commandement sur la passerelle ? demanda-t-il enfin, s'efforçant de ne pas hausser le ton.

— Les officiers de l'*Almirante Ramirez* aimeraient connaître notre mission, mon commandant.

Muet, Vallenar lui tournait toujours le dos. Il avait découvert depuis longtemps le pouvoir du silence. Il laissa s'écouler une minute.

— Les officiers de la marine chilienne ont-ils l'habitude de mettre en doute les ordres de leur supérieur ?

— Non, mon commandant.

Vallenar prit un cigare, le fit rouler entre ses doigts, en mordit l'extrémité et le plaça délicatement entre ses lèvres. Il l'inhala sans l'allumer.

— Dans ce cas, pourquoi mettez-vous mon ordre en doute ? demanda-t-il presque gentiment.

— Mais... à cause de la nature inhabituelle de la mission, mon commandant.

Vallenar ôta son cigare de sa bouche et l'inspecta.

— Inhabituelle ? Comment ça ?

— Il me semble que nous avons reçu l'ordre de rentrer à la base hier soir, mon commandant. Nous n'avons rien entendu concernant la chasse d'un navire civil.

Son emploi du mot « civil » n'échappa pas à Vallenar. C'était un reproche délibéré : l'officier insinuait qu'il poursuivait lâchement un adversaire désarmé.

— Monsieur Santander, à bord, obéissez-vous aux ordres de votre commandant ou à ceux d'une base terrestre ?

— A mon commandant.

— Ne suis-je pas votre commandant ?

— Si, mon commandant.

— Dans ce cas, la discussion est terminée.

Vallenar sortit une boîte d'allumettes de la poche de son uniforme, l'ouvrit, en prit une et donna un coup sec sur le grattoir pour allumer son cigare.

— Je vous demande pardon, mon commandant, mais ce n'est pas suffisant. Des hommes sont morts en réparant cette hélice. Avec tout le respect que nous vous devons, nous exigeons des informations sur notre mission.

Vallenar se retourna enfin. Il sentait une rage froide le gagner. Contre ces Américains arrogants, contre ce Glinn qui était venu bavarder avec lui pendant que ses plongeurs sabotaient le vaisseau, à cause de la mort de Timmer. Et maintenant un petit officier osait discuter ses décisions ! Il tira sur son cigare pour se calmer, puis jeta l'allumette. Cet *oficial de guardia* n'était qu'un bleu sans cervelle. En fait, son attitude de défi ne le surprenait pas tant que ça. Son regard fit le tour des autres officiers sur la passerelle. Tous baissèrent aussitôt les yeux.

D'un mouvement vif, Vallenar sortit une arme et pressa le canon contre la poitrine de Santander. Au moment où l'autre ouvrait la bouche pour protester, il appuya sur la détente. La balle de neuf millimètres lui fit faire un bond en arrière, le projetant contre une cloison comme un coup de poing. L'officier de pont regardait d'un air incrédule la petite fontaine de sang sur son torse. La blessure gargouilla. L'homme tomba à genoux, puis s'affaissa sur ses coudes, la bouche toujours grande ouverte, les yeux vitreux.

Vallenar rangea son arme dans son étui. On n'entendait plus que les râles de Santander et le léger crépitement du sang qui coulait par terre.

Le commandant s'adressa à l'officier de quart.

— Monsieur Aller. A partir de maintenant, vous serez officier de pont. Et vous, monsieur Lomas, officier de quart. J'ai demandé un changement de cap. Exécution.

Il se tourna, s'abîmant dans la contemplation des flots battus par la tempête. Il gardait la main droite sur le Luger, attendant de voir si la mutinerie allait s'étendre. Ce serait dommage de devoir également se priver d'Aller.

Aller regarda le nouvel officier de quart et inclina la tête faiblement.

— La barre à droite ! Cap au cent quatre-vingts, lança ce dernier.

Vallenar laissa glisser sa main. C'était terminé. Trancher la tête avait suffi pour étouffer la rébellion dans l'œuf.

Le navire commença à tourner en travers à la lame, poussé par la violence des vagues. Les tremblements et le roulis s'accentuèrent. L'équipage sur la passerelle s'accrochait aux poteaux, à tout ce qu'il trouvait pour garder l'équilibre.

— Cap au cent quatre-vingts, lança l'homme de barre d'une voix chevrotante.

— Très bien, répondit l'officier de quart.

Vallenar se pencha vers le tube acoustique.

— Radar, dans combien de temps le bateau américain sera-t-il à portée des Vickers ?

— Si nous maintenons cette vitesse et ce cap, trois heures et trente minutes.

— Parfait.

Vallenar se redressa et désigna du pouce l'homme qui ago-nisait à ses pieds.

— Monsieur Sanchez, veuillez me débarrasser de ça. Et envoyez-moi quelqu'un pour nettoyer.

Il se tourna à nouveau vers la mer en furie.

Glinn se tenait à côté de Sally Britton, immobile à côté de la barre. Le *Rolvaag* fuyait vers le sud et le soixantième parallèle, affrontant bravement les vents d'ouest qui menaient une furieuse sarabande autour du globe. Ici, la mer pouvait se déchaîner comme nulle part ailleurs. Aussi loin que l'œil pouvait voir, une cohorte terrifiante de rouleaux hauts comme des montagnes chargeait vers l'est. Au cours de l'heure passée, la surface de l'océan semblait avoir perdu sa matérialité, la ligne de démarcation entre l'eau et l'air s'était brouillée. Le vent et la mer s'étreignaient impétueusement dans une furie d'embruns et d'écume. Lorsque le *Rolvaag* plongeait dans les creux entre chaque vague, un bref répit surnaturel tombait sur eux, avant que le grand pétrolier ne tremble et ne reparte à l'assaut de la tourmente.

Perdu dans ses pensées, Glinn ne faisait pas attention à la tempête. Vallenar avait tout misé sur cette poursuite : sa carrière, son équipage, son navire, l'honneur de son pays, sa vie. Il savait qu'ils ne transportaient qu'une météorite. Aussi énorme soit-elle, il ne s'agissait au fond que d'un gros caillou. Cette prise en chasse était illogique.

Il devait avoir fait une grave erreur de calcul. Une erreur impardonnable. Pendant un instant, Glinn envisagea l'échec. Il prononça le mot dans sa tête, le roula sur sa langue comme pour en goûter la saveur. Mais rapidement, il l'extirpa de ses pensées. Il n'y aurait pas, il ne pouvait pas y avoir d'échec.

Le problème ne venait pas du profil psychologique, ni du dossier sur Vallenar à New York. Il venait de Glinn lui-même. Il lui manquait une pièce essentielle, et elle se trouvait quelque part dans son esprit. S'il arrivait à comprendre le pourquoi de cette poursuite démente, alors il pourrait agir... Jusqu'où Vallenar irait-il ? Les poursuivrait-il au-delà de la limite des glaces ? Il secoua la tête, comme s'il pouvait en faire tomber la réponse. Sans le mobile de Vallenar, il ne pouvait élaborer aucun plan.

Il jeta un coup d'œil à Sally qui étudiait le radar où se déplaçait le point vert tremblotant qui représentait le contre-torpilleur.

— Le *Ramirez* s'est aligné sur notre cap depuis une demi-heure, dit-elle sans lever les yeux. Cent quatre-vingts degrés, droit derrière, il suit une route à relèvement constant, à une vitesse de vingt nœuds. La distance qui nous sépare diminue.

Eli Glinn ne répondit pas. Que Vallenar s'entête à les suivre malgré la tempête et la mer de travers dépassait son entendement. Le colossal *Rolvaag* peinait, pourtant il était mieux conçu pour braver ce temps qu'un contre-torpilleur de treize mètres cinquante de large. C'était de la folie pure. Le *Ramirez* risquait de chavirer à chaque instant. Mais ils ne pouvaient pas compter là-dessus. Il ignorait quel genre de navigateur pouvait se révéler le commandant chilien dans une situation difficile. Un marin de premier ordre, très certainement.

— S'il maintient cette vitesse et ce cap, il nous rattrapera au niveau de la limite des glaces, dit le capitaine. Et nous serons à portée de tir bien avant.

— Dans un peu plus de trois heures. Aux alentours du crépuscule.

— Lorsque nous serons à sa portée, croyez-vous qu'il va tirer ?

— Je n'en doute pas un seul instant.

— Nous n'avons aucune défense, il va nous mettre en pièces.

— Si nous n'arrivons pas à le semer dans l'obscurité, c'est malheureusement vrai.

— Et la météorite ? demanda-t-elle à voix basse.

— Quoi, la météorite ?

Elle baissa encore le ton, jetant un regard furtif à Palmer Lloyd.

— Si nous nous en débarrassions, nous pourrions augmenter notre vitesse.

Eli se raidit. Il regarda à son tour le milliardaire qui se tenait à l'avant de la passerelle, sourcils froncés, les jambes écartées, plantées comme deux troncs dans le sol. Il n'avait pas entendu.

— Pour la larguer, il faudrait s'arrêter complètement, expliqua-t-il d'une voix lente et apaisante. Et il faut cinq milles pour immobiliser le navire. Autrement dit, une demi-heure, ce qui donnerait à Vallenar tout le temps nécessaire pour nous rattraper. Il nous coulerait avant que nous ayons pu nous arrêter.

— Cette fois, nous sommes vraiment à court de solutions? demanda-t-elle d'une voix à peine audible.

— Chaque problème a sa solution. Il suffit de la trouver.

Sally laissa planer un bref silence.

— Avant de quitter l'île, vous m'avez demandé de vous faire confiance. J'aimerais le pouvoir. Ça m'arrangerait énormément.

Glinn détourna les yeux, envahi par une émotion inattendue. Ses yeux s'attardèrent un instant sur l'écran du GPS barré par une ligne verte en pointillé. Puis son regard revint sur elle.

— Vous pouvez me faire confiance, Sally. Je trouverai une solution. Je vous le promets.

— Je ne vous crois pas homme à briser vos promesses. J'espère que je ne me trompe pas. Monsieur Glinn… Eli, je ne désire qu'une chose maintenant, c'est revoir ma fille.

Glinn s'apprêtait à répondre, mais il ne réussit à émettre qu'un sifflement de surprise. Il recula involontairement. Il venait de comprendre le mobile qui animait Vallenar. Il se tourna et quitta la passerelle d'un pas vif.

Le *Rolvaag*,
12 h 30

Lloyd arpentait nerveusement la passerelle. La tempête s'acharnait contre les sabords, mais ses yeux préféraient éviter le spectacle de la mer démontée. De toute sa vie, jamais il n'avait rien vu d'aussi terrifiant. Ces vagues ressemblaient moins à de l'eau qu'à des montagnes, grises, vertes et noires. Des montagnes qui grimpaient, dégringolaient, se pulvérisaient en avalanches laiteuses. Il ne comprenait pas que leur bateau, que n'importe quel bateau, puisse survivre plus de cinq secondes dans une mer pareille. Pourtant le *Rolvaag* tenait bon. Marcher était malaisé, mais il avait besoin de cette activité physique pour se distraire. Devant la porte tribord, il pivota brusquement et repartit dans l'autre sens. Il allait et venait ainsi depuis qu'Eli avait disparu sans explication, soixante minutes plus tôt.

Cette succession de revirements du sort, ses propres changements d'humeur et l'insupportable tension des douze dernières heures mettaient son crâne au supplice. Exaspération, humiliation, triomphe, peur. Ses yeux se posèrent sur l'horloge murale, puis sur les visages des officiers. Howell, concentré. Sally Britton, impénétrable, surveillant tantôt l'écran du radar, tantôt la carte du GPS. Banks, qu'on apercevait dans l'encadrement de la porte de la salle radio. Lloyd avait envie de les secouer pour leur arracher une réponse quelconque. Mais ils avaient déjà dit tout ce qu'il y avait à savoir. Dans deux heures, ils seraient à portée de tir du *Ramirez*.

Il sentit tout son corps se raidir. Une bouffée de colère l'envahit. C'était la faute de Glinn. De son arrogance démesurée. Il avait passé tellement de temps à étudier les options qu'il se croyait incapable d'échouer. Si on l'avait laissé téléphoner lorsqu'il était encore temps, ils ne seraient pas réduits à l'impuissance maintenant, acculés comme une souris qui attend le chat qui va la tuer.

La porte de la passerelle s'ouvrit sur Glinn.

— Où en sommes-nous, capitaine? demanda-t-il d'un ton nonchalant.

Plus que le reste, cette nonchalance fit jaillir la fureur de Lloyd.

— Bon sang, qu'est-ce que vous fabriquiez?

Glinn posa sur lui un regard tranquille.

— J'ai examiné le dossier de Vallenar. Je sais pourquoi il s'acharne contre nous.

— Fantastique! Qu'est-ce que ça peut nous foutre? Il veut notre peau et il va nous coincer dans l'Antarctique. On n'a pas besoin d'en savoir plus.

— Timmer était son fils.

L'homme d'affaires resta interloqué.

— Timmer?

— Le timonier de Vallenar. Celui qui a été tué par la météorite.

— C'est absurde. J'ai entendu qu'il avait les cheveux blonds et les yeux bleus.

— Il a eu une maîtresse allemande.

— C'est une autre supposition ou vous avez des preuves?

— Ce fils n'est mentionné nulle part, mais c'est la seule explication. C'est pour cette raison qu'il était si pressé de récupérer Timmer lorsque je suis allé le voir. Et c'est pour ça qu'il n'a pas attaqué tout de suite notre bateau : je lui avais dit que nous le retenions dans la cale. Mais dès que nous avons quitté l'île, il a compris que Timmer était mort. Il doit s'imaginer que nous l'avons tué. C'est pour ça qu'il nous a suivis dans les eaux internationales. Et c'est pour ça qu'il nous pourchassera jusqu'à son dernier souffle. Ou le nôtre.

Sa furie s'était évanouie. Palmer Lloyd se sentait vidé, épuisé. A ce stade, la colère était inutile.

— Très bien, dit-il d'une voix qu'il s'efforçait de maîtriser. Mais, dites-moi, en quoi cette lumineuse perception de sa psychologie va-t-elle pouvoir nous aider?

Au lieu de répondre, Glinn jeta un coup d'œil au capitaine.

— A quelle distance sommes-nous de la limite des glaces?

— Soixante-dix-sept milles.

— Est-ce que vous voyez de la glace sur le radar?

Sally se tourna.

— Monsieur Howell?

— Glaces dérivantes à dix milles. Quelques bourguignons.

— Des quoi? coupa Lloyd.

— Des blocs de glace d'une vingtaine de mètres carrés, répondit patiemment Sally. Continuez, monsieur Howell.

— Le radar a détecté un énorme iceberg tabulaire. Deux en fait, comme s'il était coupé en deux.

— Relèvement?

— Cent quatre-vingt-onze.

— Je suggère que nous prenions cette direction, intervint Glinn. En virant très lentement. Si Vallenar ne remarque pas tout de suite notre changement de cap, nous gagnerons peut-être un mille ou deux.

Howell regarda le capitaine d'un air interrogatif.

— Monsieur Glinn, dit Sally, ce serait du suicide de dépasser la limite des glaces avec un navire de cette taille. Surtout par ce temps.

— J'ai mes raisons.

— Peut-on savoir lesquelles? demanda Lloyd. A moins que vous ne préfériez nous laisser patauger dans l'obscurité?

Glinn hésita, regardant tour à tour les trois autres.

— Très bien, lâcha-t-il au bout d'un moment. Il ne nous reste que deux options : faire demi-tour et tenter de battre le contre-torpilleur à la course, ou essayer de le semer au-delà de la limite des glaces. La probabilité d'échec de la première option est proche de cent pour cent, la seconde a une chance minime de réussir. Ce plan présente aussi l'avantage de forcer le contre-torpilleur à naviguer avec la mer en travers.

— La limite des glaces? Qu'est-ce que c'est, au juste? demanda Lloyd.

— C'est l'endroit où les eaux de l'Antarctique rencontrent les eaux plus chaudes de l'Atlantique et du Pacifique. Elle est réputée pour ses brouillards à couper au couteau et ses icebergs mortels.

— Vous nous proposez de foncer droit dans la glace et le brouillard? Ce serait du suicide!

— Il faut que nous nous cachions. Nous avons besoin de semer le contre-torpilleur pendant assez longtemps pour prendre un cap qui nous en éloignera. Dans l'obscurité, la glace et le brouillard, nous avons une chance de lui échapper.

— Et d'être coulés par un iceberg.

— Il y a plus de probabilités que nous soyons coulés par le *Ramirez* que par un iceberg.

— Et s'il n'y a pas de brouillard? interrogea Howell.

— Cela réduira fortement nos chances de survie.

Un long silence tomba sur la passerelle.

— Monsieur Howell, dit enfin le capitaine. Cap au cent quatre-vingt-dix. Tournez lentement.

Après une courte hésitation, le second transmit l'ordre à l'homme de barre d'une voix hachée, sans quitter une seconde Eli Glinn des yeux.

Le *Rolvaag*,
14 h 00

Sam s'affala sur l'inconfortable chaise en plastique, bâillant et se frottant les yeux. Assise à côté de lui, Rachel décortiquait des cacahuètes. Un petit tas de coquilles s'amoncelaient déjà sur le bureau en métal du poste d'observation. La seule lumière venait d'un moniteur placé au-dessus d'eux.

— Tu n'en as pas marre de tes fichues cacahuètes?

Rachel fit mine de réfléchir.

— Du tout.

Ils se turent. Sam sentait un début de mal de tête et une légère nausée. Les yeux fermés, c'était encore pire. Le calme le plus total régnait dans la citerne, où l'on n'entendait que le cliquetis du métal et, de temps en temps, un bruit d'eau qui gouttait. Il devait y avoir une petite fuite quelque part.

— Repasse la cassette, dit-il en se forçant à ouvrir les yeux.

— Mais ça fait cinq fois qu'on la regarde.

Comme Sam ne lui répondait pas, elle émit un grognement de dégoût et se pencha vers les boutons de commande. Seule une des trois caméras de la citerne avait survécu à l'explosion. Rachel repassa le début de la cassette en avance rapide, puis la mit en vitesse normale une minute avant l'explosion. Ils regardaient l'écran en silence. Les secondes passaient. Ils ne voyaient rien de spécial. Garza avait raison, personne n'avait touché la météorite. Personne ne s'en était même approché.

Sam s'appuya contre son dossier en lâchant un juron. Il regarda autour de lui, comme s'il cherchait une réponse sur les cloisons de la cale. Puis ses yeux glissèrent lentement jusqu'à la météorite. L'explosion s'était produite sur le côté. Elle avait détruit presque toutes les lampes, endommagé les systèmes de communication à l'avant et à l'arrière, mais préservé le poste d'observation et la petite passerelle qui y menait. La charpente qui soutenait la météorite était quasi intacte, à l'exception de quelques montants. L'acier fondu projeté contre les parois avait laissé des traînées mousseuses, et une partie des grosses poutres en stratifié était carbonisée. Quelques taches de sang oubliées par l'équipe de nettoyage traînaient çà et là. Quant à la météorite, elle semblait inchangée. Rien n'indiquait qu'elle avait provoqué une explosion quelques heures auparavant.

Pourtant, il avait dû se produire quelque chose. Il devait y avoir un rapport de cause à effet auquel ils n'avaient pas pensé.

— Passons en revue ce que nous savons. L'explosion ressemble en tous points à celle qui a tué Timmer.

— Elle a peut-être été encore plus violente. Une sacrée décharge électrique. S'il n'y avait pas eu tant de métal autour pour absorber la charge, elle aurait pu bousiller toute l'électronique du bateau.

— Et après, elle a créé des interférences radio, comme avec Timmer.

Rachel saisit sa radio, l'alluma et grimaça en l'entendant grésiller.

— Et ça continue, dit-elle.

Ils retombèrent dans le silence.

— Je me demande si l'explosion a vraiment été déclenchée par quoi que ce soit, reprit Rachel. C'était peut-être un hasard.

Sam ne répondit pas. Ça ne pouvait pas être un hasard. Il devait y avoir un élément déclencheur. Malgré ce que pensait Garza et la nervosité croissante de l'équipage, la météorite n'était certainement pas un être malfaisant désireux de leur nuire.

C'était à se demander si Timmer et Masangkay l'avaient réellement touchée. Non, il divaguait : il avait analysé les incidents avec soin. Lloyd Palmer était la clé du mystère. Il avait posé sa joue contre la météorite et rien ne s'était produit, alors que les deux autres avaient sauté. Pourquoi ?

Il se redressa sur sa chaise.

— Allez, on se la repasse.

Sans un mot, Rachel appuya sur le bouton et l'écran s'alluma.

La caméra qui avait réchappé de l'explosion se trouvait pile au-dessus de la météorite, sous le poste d'observation. Garza se tenait d'un côté, les diagrammes déroulés devant lui. Les soudeurs étaient disposés régulièrement autour de l'énorme bloc. Ils étaient agenouillés. Les points brillants des flammes laissaient des traînées rouges sur l'écran. Dans le coin en bas à droite s'affichait le compte des secondes.

— Monte le son, dit Sam.

Il ferma les yeux. Son mal de tête et sa nausée empiraient. Il avait le mal de mer.

La voix de Garza retentit : « Vous en êtes où ? » Un cri lui répondait : « C'est presque fini. » Silence. Le bruit de gouttes d'eau quelque part. Une flamme s'éteignant dans un claquement. Un tintamarre de grincements et de grondements quand le bateau a commencé à s'incliner. Garza, encore : « Accrochez-vous ! »

Et plus rien, sinon le grésillement.

Sam ouvrit les yeux.

— Reviens dix secondes en arrière.

Ils regardèrent le film encore une fois.

— L'explosion s'est produite au plus fort du roulis, constata Rachel.

— Mais Garza a raison. On l'a transportée sans ménagement jusqu'à la falaise sans que rien ne se produise... Est-ce qu'il pourrait y avoir un autre ouvrier caché par la météorite ? Quelqu'un qu'on ne peut pas voir ?

— J'y ai pensé. Ils étaient six, plus Garza. Regarde, on les voit tous. Et ils sont bien en retrait de la météorite.

Sam appuya son menton sur ses mains. Quelque chose le chiffonnait, mais il n'arrivait pas à mettre le doigt dessus. Ce n'était peut-être rien. Il était trop fatigué.

Rachel s'étira, balaya les pelures de cacahuètes de ses genoux.

— On est là, à essayer de prendre Garza en défaut. Mais on a peut-être tous raison.

— Je ne comprends pas.

— Peut-être que ce n'est pas quelqu'un qui l'a touchée, mais quelque chose.

— Quelque chose ? Mais quoi !

Il s'interrompit brutalement, réalisant enfin ce qui le troublait : le bruit de l'eau qui gouttait.

— Repasse-moi les soixante dernières secondes. Vite.

Il scrutait l'écran, cherchant la source du bruit qu'il avait entendu. Il venait d'en haut sur le côté, très faible. Un petit ruissellement le long de la cloison. Lorsque le bateau s'inclina, le filet d'eau s'éloigna de la coque, se rapprochant de la météorite.

— L'eau! s'écria Sam.

Rachel le regarda, l'air étonné.

— De l'eau coulait sur la paroi. Il doit y avoir une fuite dans la porte mécanique. Regarde, dit-il en désignant une mince traînée sur la cloison la plus éloignée. L'explosion a eu lieu lorsque le roulis a mis l'eau en contact avec la météorite.

— C'est absurde. Elle est restée enterrée des millions d'années dans un sol gorgé d'eau. Il a plu et neigé dessus. Elle est inerte. Comment l'eau pourrait-elle l'affecter?

— Je n'en sais rien, mais regarde encore.

Il repassa la bande. A l'instant où l'eau touchait la météorite, la neige envahit l'écran.

— Coïncidence? demanda-t-elle.

— Non.

— Sam, en quoi cette eau serait-elle différente de celle qui a pu être en contact avec la météorite jusque-là?

Soudain, la lumière se fit dans son esprit:

— Le sel, s'écria-t-il. C'est de l'eau salée qui coule dans la citerne.

— Bien sûr, enchaîna Rachel après un moment de stupeur. Et c'est pour ça que Timmer et Masangkay ont provoqué l'explosion, à cause de leur transpiration. Elle était salée. Lloyd, lui, a mis sa joue sur la météorite par un froid glacial. Il ne suait pas. Elle doit être extrêmement réactive au chlorure de sodium. Mais pourquoi, Sam?

Il regarda derrière elle le filet d'eau de mer qui luisait dans l'obscurité et s'éloignait de la paroi en suivant le mouvement du bateau. *Le mouvement du bateau!*

— On y réfléchira plus tard!

Il attrapa sa radio et l'alluma. Un grésillement s'éleva.

— Fichue camelote! grommela-t-il en la remettant dans sa ceinture.

— Sam…

— Il faut qu'on se tire d'ici. Autrement, à la prochaine vague, on saute.

Il se leva.

— On ne peut pas partir, dit Rachel en agrippant son bras. Une autre explosion risque de détruire la charpente. Et si la météorite se détache, nous mourrons tous.

— Dans ce cas, il faut empêcher l'eau de couler dessus.

Ils se regardèrent quelques instants. Puis, sans se concerter, se précipitèrent sur la mince passerelle qui reliait le poste d'observation au couloir d'accès.

L'*Almirante Ramirez*, 14 h 45

Vallenar se tenait sur la passerelle de navigation, les yeux collés à une vieille paire de jumelles. Il regardait vers le sud, au-dessus des vagues. Les officiers autour de lui essayaient tant bien que mal de garder l'équilibre malgré le balancement du bateau, les traits crispés. Ils étaient terrifiés. Mais la discipline rigoureuse qu'il avait toujours maintenue à bord portait ses fruits : le moment où ils auraient pu se rebeller était passé. Désormais, ils ne le lâcheraient plus, ils le suivraient jusqu'en enfer, si nécessaire. Et c'était précisément leur direction, pensa-t-il en regardant la carte.

La neige et le grésil s'étaient calmés. Le ciel se dégageait. La visibilité était excellente. En revanche, le vent soufflait plus fort et les vagues grimpaient toujours plus haut à l'assaut du ciel. Lorsque le *Ramirez* plongeait dans un creux, il s'enfonçait dans une nuit opaque, une gorge dont les murs liquides noirs s'élevaient à vingt mètres au-dessus de la passerelle de navigation. Vallenar n'avait jamais rien vu de pareil de toute sa vie. Si un ciel plus clair servait ses plans, il révélait une mer terrifiante. Normalement, le contre-torpilleur aurait dû modifier sa route pour naviguer contre le vent, mais s'ils voulaient rattraper le bateau américain, il fallait continuer en travers à la lame, et se faire bousculer par les vagues qui fouettaient le flanc du *Ramirez*.

Il observa la proue piquer vers la longue vallée liquide, puis remonter lentement, le château dégoulinant d'eau. Le navire s'inclina sur tribord et la passerelle de navigation se retrouva suspendue au-dessus de l'océan écumant. Chacun s'accrochait où il pouvait. Ils restèrent ainsi pendant quelques terribles secondes, puis la passerelle se redressa lentement, son élan l'entraînant vers bâbord. C'était un mouvement de balancier particulièrement désagréable.

Vallenar connaissait son bateau, ce qu'il pouvait faire et ne pas faire. Il sentait lorsque le vent et la mer prenaient le dessus. Mais le *Ramirez* tenait bon. Pour l'instant du moins. Ne pas chavirer dans ces conditions requérait une grande vigilance et beaucoup d'adresse. Aussi avait-il décidé de se charger de la navigation lui-même, plutôt que de confier cette tâche au chef de quart.

Il aperçut une vague écumante et menaçante au loin, qui dominait toutes les autres et fonçait droit devant elle, comme une baleine.

— A gauche un peu, dit-il d'un ton calme, presque nonchalant. Moteur droit, en avant, très lentement. Moteur gauche, à deux tiers de la vitesse standard ! Donnez-moi votre cap.

— Bien, mon commandant, dit Aller. Cent soixante-quinze, cent soixante-dix...

— Maintenez le cap au cent soixante-cinq.

La vague se jeta sur le travers du *Ramirez*. Il s'éleva, craqua, gîta. Le navire se couchait dangereusement. Accroché au transmetteur d'ordres, Vallenar surveillait l'inclinomètre qui affichait presque trente degrés. Ils atteignirent enfin le sommet de la vague. Pendant un instant, Vallenar eut une vue complètement dégagée jusqu'à l'horizon. Il porta vivement les jumelles à ses yeux et scruta les flots rageurs. Puis le contre-torpilleur s'enfonça à nouveau. Le spectacle chaotique de ces pics et ces vallées qui déformaient l'océan le glaçait. Il se sentit soudain nerveux. Mais, au fond du creux, il retrouva son calme. Une nouvelle vague les souleva. Quand Vallenar reprit les jumelles, son cœur fit un bond dans sa poitrine. Le pétrolier était là. Sa lourde silhouette sombre bordée de blanc se découpait sur la mer. Il garda les jumelles braquées dans cette direction, hésitant à battre des paupières. Mais le *Ramirez* plongea une fois de plus et l'autre navire disparut. Lorsque le contre-torpilleur gîta au sommet de la vague suivante, dont la crête bouillonnante recouvrait le bastingage à bâbord, Vallenar aperçut encore le pétrolier.

— Moteur bâbord, en arrière, très lentement ! La barre à droite, quinze ! Maintenez le cap au cent quatre-vingts.

Une fois de plus, le bateau s'éleva, s'inclinant sur tribord.

— Où en sont les réservoirs ?

— Il ne nous reste que trente pour cent du carburant.

Il se tourna vers l'*ingeniero de guardia*, le mécanicien de quart.

— Remplissez les ballasts.

Remplir les ballasts d'eau de mer les ralentirait d'un demi-nœud, mais leur donnerait plus de stabilité.

— Remplissage des ballasts, lança le mécanicien avec un soulagement flagrant.

Vallenar se tourna vers l'homme de barre.

— Baromètre ?

— Vingt-neuf huit. Il chute.

Il appela l'officier du commandement tactique sur la passerelle.

— Le navire américain est à portée de vue, dit-il en lui tendant les jumelles.

L'homme les porta à ses yeux.

— Je le vois, mon commandant, confirma-t-il après un moment.

— Relèvement : environ cent quatre-vingt-dix. Je veux que le PC opération me donne une route pour les intercepter, ordonna Vallenar à l'officier de pont.

Celui-ci obtempéra. Peu après, le contre-torpilleur modifiait son cap. A présent, les ordres s'exécutaient sans heurt, avec promptitude.

— Faites-moi savoir quand ils seront à portée de tir, dit Vallenar à l'officier du commandement tactique. Ne faites rien sans mon ordre.

— Oui, mon commandant, répondit l'autre d'un ton aussi neutre que possible.

Une autre vague monstrueuse se jetait sur eux. La proue du contre-torpilleur s'enfonça avec fracas dans les flots. Le bâtiment s'inclina sur tribord tandis que l'avant déviait vers bâbord.

— Je ne peux pas maintenir le cap au cent quatre-vingt-dix.

— La barre toute !

Le navire se stabilisa. Mais Vallenar apercevait déjà un autre *tigre*.

— Redressez la barre doucement. Redressez !

Le *Ramirez* gravit la montagne liquide en se couchant lentement. Lorsque la vague se brisa, un mur d'eau s'abattit sur le pont, envahissant la passerelle.

— La barre à droite, toute ! A droite !

Le contre-torpilleur partait en travers.

— Le gouvernail est hors de l'eau ! s'écria l'homme de barre, montrant la barre qui tournait dans le vide.

— Moteur bâbord, en arrière ! Moteur tribord, en avant toute !

L'opérateur transmit l'ordre. Mais le contre-torpilleur continuait à tourner.

— Le bateau ne réagit pas…

Soudain, Vallenar eut peur – pas pour lui, mais pour sa tâche inaccomplie – puis il sentit l'arrière du bâtiment se reposer sur la mer et les hélices tourner dans l'eau.

Il expira lentement.

— Que dit le radar aérien ?

Aucun bateau ne risquait de venir au secours des Américains par ce temps, mais un avion, peut-être.

— Rien à signaler sur deux cents milles, répondit le PC opération. Glaces au sud.

— Je vous écoute.

— Deux grands icebergs tabulaires, des bourguignons et des glaces dérivantes.

Vallenar réprima un sourire. Il fallait être désespéré pour franchir délibérément la limite des glaces avec un pétrolier par ce temps. Mais c'était la seule option qu'il leur avait laissée. Ils s'imaginaient peut-être pouvoir jouer à cache-cache parmi les icebergs ou s'échapper à la faveur de la nuit. Ils espéraient sans doute le brouillard. Mais ils ne réussiraient pas. Au contraire, les glaces qui freineraient les vagues lui fourniraient un avantage. Plus petit, le contre-torpilleur était plus manœuvrable que le pétrolier. Il les tuerait là-bas, si un iceberg ne s'en chargeait pas avant.

— Ils seront bientôt à portée de tir, mon commandant, dit l'officier du commandement tactique.

Vallenar regarda l'océan tourmenté. Maintenant, même sans jumelles, il apercevait de temps à autre la tache noire du pétrolier. Il se trouvait bien à huit milles, mais même à cette distance, c'était une cible facile, vu sa taille.

— Est-il assez proche pour tirer à vue ?

— Pas encore, mon commandant. Pas avec une mer pareille.

— Dans ce cas, nous attendrons un peu.

Les minutes suivantes lui parurent interminables. Très lentement, ils gagnaient du terrain sur les Américains. Le ciel s'assombrit. Le vent soufflait maintenant à quatre-vingts nœuds. La peur régnait toujours sur la passerelle, un tonique salutaire. Le soleil se couchait. Vallenar continuait à donner des instructions précises à la barre et aux machines, en fonction de la mer changeante. Les réparations sur les hélices et le gouvernail tenaient. Ses hommes avaient fait du bon travail. Dommage que la plupart soient morts.

La nuit serait bientôt là qui leur dissimulerait le *Rolvaag*. Il ne pouvait plus attendre.

— Monsieur Casseo, visez la cible. Seulement des munitions traçantes.

— Bien, mon commandant.

Vallenar regarda pivoter les canons à l'avant et leurs tubes s'élever suivant un angle de quarante-cinq degrés. L'un après l'autre, ils tirèrent deux obus à blanc destinés à évaluer la position de la cible. Le recul secoua la passerelle. Vallenar suivit leur trajectoire aux jumelles. Les deux tombèrent dans l'eau, à une courte distance du pétrolier.

Le contre-torpilleur dévala le versant d'une vague, puis s'éleva à nouveau. Les deux projectiles suivants atterrirent un peu plus loin que les précédents. Les tirs demeuraient cependant un peu courts.

L'officier du commandement tactique ajusta le réglage des canons.

— Commandant, dit-il au bout de quelques minutes, je crois que nous avons assez d'informations sur leur position pour toucher la cible.

— Très bien. Je veux endommager le bateau pour le ralentir, mais pas le couler. Ensuite, nous nous approcherons pour l'achever proprement.

L'officier hésita un quart de seconde.

— Bien, mon commandant.

Au sommet de la vague suivante, les canons du contre-torpilleur entrèrent en action, avec de véritables obus cette fois qui décrivirent un arc orange dans le ciel, tandis que les projectiles fonçaient vers le sud en hurlant.

Le *Rolvaag*,
15 h 30

Ignorant la chaise, Sam s'appuya contre la paroi du poste d'observation et se laissa glisser par terre. Il se sentait vidé. Les muscles de ses jambes et de ses bras étaient parcourus de contractions spasmodiques. Rachel s'écroula à côté de lui. Ils n'avaient même plus la force de parler.

Puisque la météorite brouillait leurs radios et qu'ils n'avaient pas le temps d'appeler à l'aide, ils avaient dû se débrouiller seuls. Après s'être réfugiés dans le couloir d'accès, une écoutille fermée entre eux et la météorite, ils avaient fini par trouver une solution. Ils avaient attaché, autour de la météorite, des bâches imperméables, prises derrière eux, dans des compartiments qui en contenaient des dizaines. Ils avaient travaillé d'arrache-pied pendant une bonne demi-heure, aiguillonnés par la crainte d'une autre explosion.

Sam réessaya sa radio. Les communications ne passaient toujours pas. Il la remit à sa place avec un haussement d'épaules. Il aurait bien le temps de faire son rapport à Glinn plus tard. Il avait du mal à concevoir que, sur la passerelle, Sally, Eli et les autres continuent à vaquer à leurs occupations, inconscients de la crise qui venait de se jouer une demi-douzaine d'étages plus bas. Il avait l'impression que la tempête avait empiré. Il se sentit partir en arrière avec le roulis. Le ruisselet d'eau ne tarderait pas à couler à nouveau sur la météorite.

Rachel glissa sa main dans la poche de poitrine de sa chemise pour en extraire un CD-Rom, qu'elle examina d'un air satisfait. Avec un soupir de soulagement, elle le remit à sa place.

— Je l'avais complètement oublié dans l'affolement. Heureusement, il n'est pas abîmé.

— C'est quoi?

— Avant d'embarquer, j'ai gravé tous les résultats des tests de la météorite là-dessus, répondit-elle. Je veux les réétudier. Si on s'en sort vivant.

Sam s'abstint de commentaire.

— Elle doit avoir une source d'énergie interne, reprit-elle. Comment pourrait-elle générer autant d'électricité sinon ? Si ce n'était qu'un condensateur, elle se serait déchargée depuis des millions d'années. La réponse doit se trouver quelque part dans les données, conclut-elle en tapotant sur sa poche.

— Je voudrais juste savoir de quel type d'environnement elle vient, soupira Sam. Et zut ! Oublions ce putain de rocher cinq minutes.

— C'est bien ça, le problème. Ce n'est peut-être pas qu'un rocher.

— Ah non ! Tu ne vas pas me ressortir ta théorie du vaisseau spatial !

— Non, c'est peut-être quelque chose de beaucoup plus simple.

Sam allait répondre, mais il s'interrompit. Le roulis s'était accentué.

— La mer doit être déchaînée là-haut, dit-il enfin.

— L'heure de vérité approche.

Ils attendirent en silence. Enfin, sur la crête d'une vague encore plus haute que les autres, le filet d'eau s'éloigna de la cloison. Sam se leva pour regarder par la fenêtre du poste d'observation. Malgré le fracas de l'océan et les cris lointains du vent, il percevait le clapotis de l'eau sur le plastique. Il la regarda couler le long des bâches et goutter entre les poutres du bas. Ils retinrent leur souffle. Enfin, Rachel laissa échapper un long soupir.

— On dirait que ça a marché, dit-elle. Félicitations.

— Les bâches, c'était ton idée.

— Mais c'est toi qui as pensé au sel.

— Uniquement grâce à tes remarques…

Ils se regardèrent et partirent d'un éclat de rire.

— Bon, on va peut-être arrêter là les politesses, pouffa Rachel.

En dépit de sa fatigue, Sam se sentait soulagé d'un poids énorme. Ils savaient maintenant ce qui provoquait les explosions, ils avaient pris les mesures nécessaires et ils rentraient à la maison. Il contempla Rachel qui avait fermé les yeux, inconsciente de son regard sur elle. Ses cheveux sombres luisaient dans la pénombre. Il y a encore quelques semaines, l'idée de partager avec elle ce silence dénué de gêne aurait été impensable. Mais aujourd'hui, il avait du mal à imaginer qu'elle n'avait pas toujours travaillé à ses côtés, terminant ses phrases, le taquinant, lui assénant ses théories et ses railleries. Soudain, le pétrolier gîta encore plus violemment.

— Tu n'as rien entendu ? demanda-t-elle. J'ai cru entendre une explosion au loin.

Mais Sam l'écoutait à peine. A sa propre surprise, il s'agenouilla à côté d'elle et l'attira contre lui, envahi par un sentiment très différent de la passion qui l'avait brièvement enflammé dans sa cabine.

Elle posa sa tête sur son épaule.

— Tu sais quoi ? Malgré tes coups de poignard dans le dos et ton côté grande gueule, tu es la plus cool des assistantes que j'ai eues depuis longtemps.

— Parce que tu en as eu beaucoup d'autres ?

Il caressa tendrement sa joue et posa ses lèvres sur les siennes. Le pétrolier s'inclina encore et l'eau coula bruyamment sur les bâches.

— Est-ce que ça veut dire que tu me prêteras ton chapeau d'Indiana Jones ?

— D'abord, il faudrait que j'étudie votre dossier, mademoiselle.

Ils s'embrassèrent, tandis que le navire se redressait lentement, pour repartir de l'autre côté. Soudain, Sam s'immobilisa. Par-dessus les craquements et les grincements de la cale, il avait entendu un bruit nouveau : un sifflement étrange et aigu qui se termina par une détonation. Deux autres explosions assez rapprochées suivirent. Il lança un bref regard à Rachel. Ses yeux lumineux étaient écarquillés. Les tirs avaient cessé mais leur écho résonnait encore dans leurs oreilles. Stupéfaits, ils entendaient maintenant un nouveau concert de bruits s'élever à chaque mouvement du bateau. Le grognement de l'acier, les craquements du bois qui se brisait, le fracas des rivets et des soudures qui s'arrachaient.

Le *Rolvaag*,
15 h 30

Sally Britton observa le premier obus traçant s'élever paresseusement au-dessus des flots tourmentés, puis retomber en laissant une traînée scintillante derrière lui. Un autre suivit, beaucoup trop court. Palmer Lloyd se précipita aux sabords.

— Non mais vous avez vu ça ? Ce malade nous canarde !

— Ce sont des obus à blanc. Ils règlent leur tir.

Elle vit la mâchoire du milliardaire se crisper.

— Monsieur Howell, à gauche toute ! ordonna-t-elle tandis qu'un autre tandem de projectiles dessinait un arc au-dessus de la mer.

Ils observèrent en silence les obus tomber de plus en plus près. Soudain, un éclair brilla juste au-dessus d'eux, laissant une traînée lumineuse dans le ciel sombre.

— Ils nous ont encadrés, murmura Glinn. Maintenant, ils vont passer aux choses sérieuses.

— Vous vous prenez pour un journaliste sportif ? aboya Lloyd. Nous avons besoin d'un plan, pas d'un commentaire en direct. Bravo ! Trois cents millions de dollars et voilà le résultat !

La voix de Sally s'éleva, rapide mais distincte.

— Silence sur la passerelle ! Monsieur Howell, à droite, la barre ! Arrière toute !

Elle sentait ses pensées se succéder avec une clarté cristalline, comme si quelqu'un d'autre réfléchissait à sa place. Elle jeta un coup d'œil à Lloyd. Debout à l'avant de la passerelle, il regardait vers le sud au-dessus des flots rageurs, crispant ses larges doigts emmêlés. Il devait avoir du mal à assimiler que l'argent n'achetait pas tout, pas même sa propre vie. Les yeux de Sally se posèrent alors sur Glinn, qui se tenait à côté de lui. Elle ne pouvait imaginer deux êtres plus dissemblables. Paradoxalement, Eli Glinn lui semblait plus digne de confiance, depuis qu'il avait été pris en défaut. En défaut d'humanité.

La nuit tombait. Ils avaient éteint toutes les lumières pour échapper au pilonnage des Chiliens. Mais la lune presque pleine, qui s'était levée dans un ciel dégagé, avait anéanti leurs espoirs. Sally avait l'impression qu'elle leur adressait un sourire moqueur. Pourtant, elle savait que le *panteonero* s'achevait souvent par une nuit sans nuages et des vents meurtriers. Une luminescence blafarde émanait de la surface tourmentée de l'océan. La procession des vagues monumentales semblait ne jamais devoir finir. Elles le plongeaient périodiquement dans une obscurité plus profonde que la nuit, avant de s'éloigner en rugissant, tandis que le pétrolier retrouvait la lune, les tourbillons d'écume et les hurlements du vent. Sur le pont, deux conteneurs qui s'étaient détachés avaient basculé par-dessus bord, et d'autres menaçaient de subir le même sort.

Une détonation faible, mais audible, secoua les sabords de la passerelle. Les explosions se succédaient à un rythme lent mais régulier. Une série de geysers escalada la face nord d'une vague devant eux, sur la route que suivait le *Rolvaag* un instant auparavant. La proue du grand navire labourait péniblement les flots. Tu vas tourner, sale bête ! pensa Sally.

Soudain, tout le bâtiment rua et trembla. Un gros nuage de fumée jaune surgit à l'avant. Un des mâtereaux fut projeté en l'air et retomba en se tordant. Les étais fouettèrent le pont. Mais déjà les tirs les avaient dépassés et les geysers continuaient leur course devant eux.

Une torpeur mortelle avait envahi la passerelle. Sally se ressaisit la première. Elle saisit ses jumelles pour examiner la proue. Au moins un des obus avait déchiré le gaillard d'avant. Lorsque le pétrolier s'éleva sur la vague suivante, la lune éclaira les trombes d'eau qui se déversaient dans le puits aux chaînes décapité et dans un trou situé bien au-dessus de la ligne de flottaison.

— Alerte générale. Monsieur Howell, envoyez une équipe de sécurité pour évaluer les dégâts à l'avant. Réunissez une équipe anti-incendie avec des extincteurs et un explosimètre. Et je veux une corde de sécurité sur toute la longueur du pont principal.

— Oui, capitaine.

Presque involontairement, elle se tourna vers Eli.

— Coupez les moteurs, murmura-t-il. Éloignez-vous du vent. Éteignez les contre-mesures. Si nous faisons semblant d'être sérieusement touchés, il s'arrêtera de tirer. Attendez cinq minutes et redémarrez. Il devra recommencer à régler son tir. Il faut à tout prix qu'on atteigne ces icebergs.

Elle le regarda reculer pour s'entretenir à voix basse avec son opérateur.

— Monsieur Howell, stoppez les machines. Trente degrés à gauche !

L'énorme pétrolier continua encore un peu sur sa lancée, avant de commencer à tourner au ralenti. Sally jeta un coup d'œil à Palmer Lloyd. Son visage avait viré au gris comme si les tirs l'avaient secoué jusqu'au tréfonds de son être. Peut-être se croyait-il sur le point de mourir. Peut-être voyait-il le navire s'abîmer par trois mille mètres de fond, et lui-même s'enfoncer dans l'eau noire et glacée. Elle connaissait ce regard pour l'avoir observé chez d'autres hommes, dans d'autres tempêtes. Ce n'était pas un spectacle très beau à voir.

Elle se concentra sur le radar. Les vagues perturbaient les signaux mais il retrouvait sa précision chaque fois que le *Rolvaag* s'élevait au-dessus des flots. Ils étaient maintenant à vingt-cinq milles des grands icebergs tabulaires qui formaient deux îles de glace à la dérive. La mer en travers ralentissait les Chiliens d'au moins un nœud, mais l'écart qui les séparait du *Rolvaag* n'en diminuait pas moins. Jetant un regard sur l'océan déchaîné, elle se demanda comment le contre-torpilleur avait résisté jusque-là.

La porte de la passerelle s'ouvrit brutalement sur Sam McFarlane qui avança, suivi de Rachel.

— La météorite ! haleta-t-il, les traits décomposés.

— Que se passe-t-il ? demanda Glinn d'un ton sec.

— Ses attaches se rompent.

Sam débita son histoire d'un trait. A mesure qu'il l'écoutait, une sensation de surprise, aussi inhabituelle que désagréable, gagnait Eli Glinn. Mais il se tourna vers le téléphone avec l'économie de mouvements et le calme qui lui étaient coutumiers.

— L'infirmerie ? Je veux parler à Manuel Garza.

Quelques instants plus tard, la voix affaiblie de l'ingénieur s'élevait dans le téléphone.

— Oui ?

— Glinn à l'appareil. La météorite se détache. Réunissez Stonecipher et l'équipe de renfort immédiatement. C'est vous qui en prendrez la tête.

— D'accord.

— Ce n'est pas tout, ajouta Sam, encore hors d'haleine.

Glinn se tourna vers lui.

— C'est au sel qu'elle réagit. Pas au toucher. C'est le sel qui a déclenché toutes les explosions. Rachel et moi l'avons recouverte de bâches. C'est une solution provisoire. Si la moindre goutte d'eau de mer la touche, ça sera la catastrophe. Le fonctionnement des radios est toujours perturbé. Elle va parasiter les communications pendant encore au moins une heure.

Il fallut quelques secondes à Glinn pour digérer la nouvelle, puis il reprit le combiné pour donner de nouvelles indications à Garza. Comme il terminait, un bruit indistinct lui répondit, puis la voix nasale et furieuse du docteur Brambell retentit à l'autre bout du fil.

— Qu'est-ce que c'est que cette plaisanterie ? J'ai formellement interdit à cet homme de mettre ne serait-ce que le bout des orteils hors de l'infirmerie. Il a un traumatisme crânien, une commotion, une luxation du poignet...

— Ne vous fatiguez pas docteur, j'ai besoin de l'expertise de Garza, quel qu'en soit le coût.

— Monsieur Glinn...

— Notre survie à tous en dépend.

Il baissa le combiné.

— Y a-t-il moyen de réduire la gîte ? demanda-t-il à Sally.

— Dans une mer pareille, modifier le ballast ne ferait que rendre le bateau plus instable, répondit-elle en secouant la tête.

— D'où venaient ces explosions ? demanda Sam.

— Le contre-torpilleur nous a tiré dessus. Est-ce que vous savez pourquoi le sel affecte la météorite ?

— Ça ne ressemble pas à une réaction chimique, répondit le géologue. Les explosions n'ont pas entamé la météorite et, de toute manière, il n'y avait pas assez de sel pour produire cette énergie démentielle.

Glinn adressa un regard interrogateur à Rachel.

— Les explosions sont trop importantes pour être chimiques ou catalytiques, confirma la jeune femme.

— De quel type de réaction pourrait-il s'agir ? Nucléaire ?

— Peu probable. Je pense qu'on n'étudie pas le problème sous l'angle adéquat.

Glinn connaissait bien Rachel. Son intelligence avait tendance à sortir des sentiers battus, voire des sentiers tout court, ce qui pouvait donner le meilleur comme le pire. C'était une des raisons pour lesquelles il l'avait embauchée, et vu les circonstances, il avait tout à gagner à écouter ce qu'elle avait à dire.

— Comment ça ?

— C'est juste une sensation. Nous nous acharnons à vouloir la comprendre comme une météorite normale. Mais il faut essayer de se mettre à sa place. Le sel joue un rôle important pour elle. Il est peut-être dangereux... ou nécessaire.

— Capitaine, lança Howell. Le *Ramirez* règle à nouveau son tir avec des munitions traçantes.

Le second s'interrompit pour étudier le radar Doppler. Après un long silence, il releva la tête, le sourire aux lèvres.

— Une tempête de neige vient de nous couper du *Ramirez*. Ces salauds ne peuvent plus nous voir.

— Maintenez le cap au cent quatre-vingts.

Glinn s'approcha de l'écran du GPS pour étudier encore la disposition des points verts qui représentaient les navires. La partie d'échecs touchait à sa fin. Leur destin ne dépendait plus que de quatre facteurs : les deux bateaux, la tempête et la glace. Une demi-heure s'écoula pendant laquelle la position des navires se modifia à peine. Il ferma les yeux, la carte gravée dans son esprit. Cette simplicité réduisait considérablement les options. Comme un champion d'échecs, il avait repassé dans son esprit tous les déplacements possibles et leurs conséquences. Tous, sauf un, avaient une probabilité d'échec de cent pour cent. Et les chances de succès de la dernière option demeuraient excessivement réduites. Pour que ce scénario se réalise, il faudrait que toutes les étapes se déroulent exactement suivant son plan. Ils auraient en outre besoin de chance. Eli Glinn exécrait l'idée de dépendre d'un paramètre aussi aléatoire : une stratégie qui requérait de la chance était généralement une mauvaise stratégie. Mais maintenant, ils n'avaient plus guère le choix.

Il rouvrit les yeux, se concentrant immédiatement sur l'écran. Le point vert qui représentait le *Rolvaag* se trouvait maintenant à trente minutes de la limite des glaces et à quelques minutes de plus des deux grands icebergs.

La radio de Glinn bipa. Il la porta aussitôt à son oreille.

— Ici Garza, entendit-on faiblement par-dessus les grésillements. Je suis dans la citerne. Il y a pas mal d'interférences radio, je ne sais pas si on va pouvoir parler longtemps.

— Allez-y.

— Chaque mouvement du navire arrache des soudures.

— Pourquoi ?

— La décharge produite par la météorite a cassé net plusieurs points critiques de la charpente et en a affaibli d'autres. Rochefort ne l'avait conçue que pour une gîte de trente-cinq degrés maximum. Nous sommes toujours dix degrés en dessous de la limite…

La communication s'interrompit quelques instants.

— … mais la météorite est deux fois et demie plus lourde que ce que Rochefort avait initialement prévu. Ça risque de poser des problèmes.

— C'est-à-dire ?

— Difficile à dire sans…

La réception se brouilla une seconde fois.

— … mais on a quand même prévu très large au moment de la construction, on a plus que doublé les données. Stonecipher pense qu'on peut encore faire un bout de chemin comme ça. D'un autre côté, si certains points clés cèdent, le reste risque de suivre rapidement.

— On peut, on risque… Ce sont des mots que je n'aime pas trop.

— Il m'est impossible d'être plus précis.

— Rapidement, cela signifie combien de temps ?

— Cinq ou dix minutes. Peut-être un peu plus.

— Et ensuite ?

— La météorite se déplacera. Quelques centimètres suffiraient à endommager la coque, ce qui serait fatal.

— Renforcez ces points de soudure critiques.

Pendant un instant, on n'entendit plus que les grésillements de la radio. Glinn savait que Garza pensait à ce qui s'était passé la dernière fois qu'ils avaient procédé à des soudures dans la cale.

— Très bien, dit enfin l'ingénieur.

— Débrouillez-vous pour qu'elle n'entre pas en contact avec de l'eau salée.

Pour toute réponse, il n'entendit qu'un bourdonnement.

Dehors, la tempête s'était transformée en un véritable ouragan, mais le *Rolvaag* poursuivait sa course folle vers le sud, toujours plus au sud.

Le *Rolvaag*,
17 h 00

A l'arrière de la passerelle de navigation se trouvait un poste d'observation dépourvu de meubles et de décoration, un renfoncement pris en sandwich entre la salle radio et la chambre des cartes. A l'aide d'une paire de jumelles, Glinn scrutait la mer derrière eux. Entre les cheminées, on apercevait une ligne grise au nord : la tempête de neige continuait sa route. Elle leur avait donné soixante minutes. Il leur en fallait encore vingt. Mais lorsque la lune réapparut au-dessus de l'océan débridé, ils surent qu'ils n'obtiendraient pas de sursis.

Comme s'il attendait un signal, le *Ramirez* surgit du distant rideau neigeux, tous feux allumés. Il s'était dangereusement rapproché d'eux. Il ne se trouvait plus qu'à quatre milles. Il s'élevait et retombait tour à tour, porté par les vagues. Ses canons pointés sur eux se détachaient contre le ciel nocturne. Les Chiliens devaient distinguer le *Rolvaag* aussi nettement que Glinn voyait leur navire. Un murmure s'éleva soudain sur la passerelle, suivi d'un silence tendu. Vallenar ne perdait pas de temps : les canons à l'avant ajustaient déjà leur angle de tir. Aussitôt, ils entrèrent en action. A intervalles réguliers, leurs obus traçants enflammaient le ciel, avant d'être engloutis par les montagnes liquides. Bientôt, un autre canon se joignit aux premiers. Il tirait des munitions au phosphore blanc qui suivaient leur trajectoire paresseusement, illuminant le *Rolvaag* et la mer alentour.

Vallenar œuvrait méthodiquement, sans hâte. Il savait qu'ils étaient à sa merci. A quatre milles du pétrolier, il ne se souciait pas réellement d'ajuster son tir, mais se contentait de les effrayer. Eli Glinn jeta un coup d'œil à sa montre en or. Le *Rolvaag* se trouvait à vingt minutes des grands icebergs. Vingt minutes de chance, c'était tout ce dont ils avaient besoin.

— Nous franchissons la limite des glaces, capitaine, lança Howell.

Glinn regardait la mer. Même au clair de lune, son changement brutal de couleur sautait aux yeux : de vert sombre, elle était devenue noir bleuté. Il alla jusqu'à l'avant de la passerelle. A l'horizon, il distinguait le contour net des icebergs qui montaient et descendaient au gré des flots. Au sommet d'une vague, il aperçut deux lignes turquoise longues et basses. Les îles de glace. Il prit ses jumelles pour mieux les voir. La plus grande, à l'est, mesurait peut-être trente kilomètres de long. L'autre ne devait en faire qu'une dizaine. Les deux plateaux étaient immobiles. Ils étaient si massifs que, malgré la violence des éléments, les vagues n'arrivaient pas à les soulever. Environ mille mètres séparaient les deux grands icebergs tabulaires.

— Aucune trace de brouillard, dit Sally qui était venue le rejoindre avec une autre paire de jumelles.

Eli éprouva soudain un terrible pincement au cœur, comme il n'en avait jamais ressenti. Franchir la limite des glaces n'avait servi à rien. Le brouillard ne les dissimulerait pas. Le ciel était même encore plus pur au sud. Le clair de lune qui revêtait d'argent le dos des vagues ressemblait à un projecteur braqué sur la mer. Les munitions traçantes tombaient lentement autour d'eux, illuminant le paysage comme en plein jour. Ils n'avaient nulle part où se cacher. L'intolérable douleur aiguë qu'il ressentait au niveau du plexus solaire était entièrement nouvelle pour lui.

Se concentrant pour se ressaisir, il observa de nouveau les îles de glace aux jumelles. Le *Ramirez* avait interrompu ses tirs. Il prenait son temps, sûr de tenir sa proie. Les minutes passèrent. Pour la énième fois, Glinn passa en revue toutes les solutions possibles, fouillant son cerveau à la recherche du moindre élément qu'il aurait pu négliger. Mais il en revenait toujours à ce même plan incertain.

Un obus survola la superstructure avant de plonger dans les flots dans un panache d'embruns. Puis un autre, et encore un autre, toujours plus proches.

Il se tourna vivement vers Sally.

— Capitaine, murmura-t-il, passez entre les deux îles de glace, en restant près de la plus grande. Vous avez compris : aussi près que possible, à l'abri du vent.

— Cela revient à s'offrir sur un plateau à Vallenar, dit-elle sans baisser ses jumelles. Ce n'est pas viable, Eli.

— C'est notre seule chance. Faites-moi confiance.

Un geyser jaillit sur bâbord, suivi d'un second. Ils n'avaient pas le temps de changer de direction ni d'essayer de les dérouter par une navigation erratique. Glinn se prépara au choc. De hautes colonnes liquides fusaient autour d'eux. Les tirs se rapprochaient. Il y eut une accalmie brève et angoissante. Puis une terrible explosion le souleva et le jeta par terre. Des sabords se pulvérisèrent, des échardes brillantes volèrent tandis que la tempête s'engouffrait dans la passerelle.

Allongé sur le pont, à demi sonné, Eli entendit, ou plutôt sentit, une seconde explosion. Aussitôt, les lumières s'éteignirent.

Le *Rolvaag*,
17 h 10

Les tirs avaient cessé. Étendue par terre dans les éclats de plexiglas, Sally guettait instinctivement le bruit des moteurs. Ils tournaient toujours mais la vibration était différente. Un mauvais signe. Elle se leva tant bien que mal. La lampe de secours orange venait de s'allumer. Le navire roulait sur l'océan furieux, tandis que le rugissement des vagues et du vent qui s'engouffrait par les fenêtres brisées emplissait ses oreilles. Les embruns et l'air polaire glacé la giflèrent au visage. La tempête avait pris possession de la passerelle de navigation. Elle marcha d'un pas vacillant jusqu'à la console principale qui clignotait tant qu'elle pouvait, secouant les morceaux de plastique accrochés dans ses cheveux.

— Quelle est la situation, monsieur Howell? demanda-t-elle dès qu'elle eut retrouvé sa voix.

Déjà debout, il appuyait sur des boutons et parlait au téléphone.

— La turbine bâbord a l'air mal en point.

— La barre dix degrés à gauche.

— Dix à gauche, répéta Howell.

Il parla brièvement dans l'interphone.

— Capitaine, il semble que le pont C ait été touché deux fois. Une fois à tribord, dans la citerne six, et une fois près de la salle des machines.

— Envoyez immédiatement une équipe pour déterminer les dégâts et le nombre de victimes. Monsieur Warner, les pompes de cales, s'il vous plaît.

— Pompes de cales en action.

Une autre bourrasque balaya la passerelle, l'inondant d'une averse d'embruns. La température chutait rapidement et le poudrin commençait à geler sur le sol et les écrans. Pourtant, Sally sentait à peine le froid. Lloyd approcha, des éclats de plexiglas accrochés sur ses vêtements. Il avait au front une méchante coupure qui saignait abondamment.

— Monsieur Lloyd, rendez-vous à l'infirmerie… commença le capitaine machinalement.

— Ne soyez pas ridicule, dit-il impatiemment en essuyant son front. Je veux vous aider.

L'explosion semblait lui avoir rendu son courage.

— Dans ce cas, vous pouvez aller nous chercher des vêtements plus appropriés, dit-elle en désignant un placard au fond de la passerelle.

La radio grésilla et Howell répondit.

— J'attends la liste des victimes, capitaine. L'équipe de sécurité signale un incendie dans la salle des machines. Elle a été touchée de plein fouet.

— Peut-on le stopper avec des extincteurs portables ?

— Impossible. Il s'étend trop vite.

— Qu'on utilise le système fixe à neige carbonique. Et pulvérisez de l'eau sur les parois extérieures.

Elle jeta un coup d'œil à Glinn qui glissait quelques mots à son employé. L'homme se leva et disparut.

— Monsieur Glinn, il me faut un rapport sur ce qui s'est passé dans la citerne.

Il se tourna vers Howell.

— Appelez Garza.

Une minute plus tard, le haut-parleur au-dessus d'eux crépita.

— Bon sang, que se passe-t-il, là-haut ?

— On a été touchés deux fois. Quelle est la situation dans la cale ?

— Les explosions se sont produites lorsque le bateau gîtait. D'autres points de soudure ont cédé. Nous travaillons aussi vite que possible, mais la météorite…

— Continuez, Manuel. Faites au mieux.

Lloyd revint du placard et distribua des vêtements à chacun sur la passerelle. Sally enfila une combinaison et un ciré puis reprit son poste. A deux milles, les deux grands icebergs bleutés luisaient doucement au clair de lune. Indifférents aux vagues qui s'acharnaient à leur base, leurs pics s'élevaient à une soixantaine de mètres au-dessus de l'eau.

— Monsieur Howell, quelle est la position du navire ennemi ?

— Il se trouve à trois milles et se rapproche. Ils tirent à nouveau.

Une autre explosion retentit sur bâbord. Un geyser s'éleva, aussitôt fauché par la violence du *panteonero*. Sally entendait les canons tirer au loin. Les détonations semblaient étrangement déconnectées des explosions autour du *Rolvaag*. Il y eut une autre déflagration. Le bateau trembla et des morceaux de métal brûlant fusèrent devant les sabords.

— Le pont principal a été touché, dit Howell en la regardant. L'incendie est maîtrisé mais les deux turbines sont sérieusement endommagées. L'explosion a mis hors service les turbines à haute et basse pressions. Nous perdons de la puissance très rapidement.

Elle baissa les yeux pour regarder leur vitesse. L'écran qui affichait quatorze nœuds tomba rapidement à treize. A mesure qu'ils ralentissaient, le roulis empirait. Elle sentait la tempête prendre le dessus, entraîner son navire dans sa ronde anarchique. Dix nœuds. Les vagues les plus impressionnantes le ballottaient de droite à gauche, de haut en bas, l'emportaient dans un étrange ballet nauséeux. Jamais elle n'aurait imaginé que la mer pouvait malmener ainsi un pétrolier de cette taille. Elle se concentra sur la console. Les témoins d'urgence des moteurs s'étaient allumés, mais ils ne lui apprenaient rien qu'elle ne sût déjà. Sous ses pieds, elle sentait le lointain ahanement des machines blessées qui forçaient. Les lampes clignotèrent encore, mais aussitôt le système électrique de secours prit le relais.

Personne ne parlait. Le grand navire continuait à chevaucher bravement les flots sur sa lancée, mais chaque vague qui venait se briser contre sa coque lui dérobait un nœud ou deux. Le *Ramirez* se rapprochait de plus en plus. Les yeux de Sally firent le tour des officiers sur la passerelle. Tous lui rendirent son regard, pâles et calmes. La chasse touchait à son terme. Lloyd rompit le silence. Du sang coulait sur son œil droit, et sa paupière cligna machinalement.

— Je suppose que tout est fini.

Sally Britton hocha la tête.

L'homme d'affaires se tourna vers McFarlane.

— Vous savez quoi, Sam, je crois que j'aimerais autant être dans la citerne maintenant. Pour lui dire adieu. Ça doit paraître cinglé. Ça ne vous semble pas cinglé?

— Non. Pas tant que ça.

Voyant Eli Glinn se tourner vers eux, Sally crut qu'il allait parler, mais il n'ouvrit pas la bouche. Devant eux, les îles de glace grossissaient à vue d'œil.

L'*Almirante Ramirez*,
17 h 15

— Cessez le feu, ordonna Vallenar à l'officier du commandement tactique.

Il leva ses jumelles pour examiner le pétrolier. D'épais panaches de fumée noire s'échappaient de la poupe et roulaient au-dessus des flots éclairés par la lune. Au moins deux obus les avaient touchés. La salle des machines et leurs mâts de communication avaient souffert. Les canons avaient brillamment joué leur rôle, malgré des conditions de tir difficiles. Ils allaient perdre leur erre et seraient bientôt réduits à l'impuissance, incapables de manœuvrer. Ils ralentissaient déjà. Cette fois, ils n'avaient plus aucune issue. Ils allaient tenter de se cacher entre les icebergs. Mais ce ne serait qu'un abri temporaire. Vallenar reconnaissait cependant que la femme qui commandait le bateau ne manquait pas de courage. Elle ne capitulerait pas avant d'avoir tout essayé. Il la comprenait et respectait son attitude. Mais se cacher derrière ces îles de glace ne servirait à rien, car pour eux, il n'y aurait pas de capitulation. Seulement la mort.

Il jeta un coup d'œil à sa montre. Dans vingt minutes, le *Ramirez* s'insinuerait dans le couloir entre les icebergs. Dans ces eaux apaisées, il pourrait tirer avec plus de précision. Cette fois, il ne ferait pas d'erreur. Il ne leur laisserait pas le loisir de riposter. Le *Ramirez* resterait à au moins un mille du pétrolier, pour prévenir toute attaque sous-marine. Vallenar illuminerait l'océan alentour avec des fusées au phosphore. Il ne se presserait pas. Il souhaitait exécuter la mise à mort avec soin, mais sans traîner plus que nécessaire. Il n'avait rien d'un sadique, et le capitaine du *Rolvaag* méritait une mort honorable. Il valait mieux percer la coque à la poupe, au niveau de la ligne de flottaison. Ainsi, le pétrolier coulerait par l'arrière. Il était crucial qu'aucun d'entre eux n'en réchappe pour témoigner. Il dirigerait ses canons de quarante millimètres contre les premiers canots de sauvetage. Les autres seraient contraints de rester à bord jusqu'à la fin. Au fur et à mesure que le pétrolier s'enfoncerait, tous se réfugieraient dans le gaillard d'avant, où il les verrait mieux. Il voulait surtout être sûr de la mort du *cabrón* qui lui avait menti. Tout était de sa faute. Si quelqu'un avait ordonné l'exécution de son fils, ce ne pouvait être que lui.

Le pétrolier, qui n'avançait plus qu'à cinq nœuds, s'engageait maintenant entre les îles de glace. Il longeait la plus grande, la frôlait même de très près. Peut-être le gouvernail était-il mal en point. A cette distance, le *Rolvaag* semblait se ranger dans un monstrueux hangar d'azur scintillant. Juste avant de disparaître à la vue de Vallenar, le navire amorça un virage à bâbord. Ils allaient donc se réfugier sous le vent de la plus grande, où ils seraient provisoirement à l'abri de ses canons. Une tentative aussi vaine que pathétique.

— Que dit le sonar ? lança-t-il en lâchant enfin ses jumelles.

— Rien à signaler, mon commandant.

Parfait, aucun bloc de glace sous-marin inattendu. Ce serait un travail propre du début à la fin. Il était temps d'en finir.

— Continuez en direction du passage. Suivez leur route.

Il se tourna vers l'officier du commandement tactique.

— Attendez mes ordres avant d'ouvrir le feu.

— Bien, mon commandant.

Vallenar revint se placer à l'avant de la passerelle et leva ses jumelles.

Le *Rolvaag*,
17 h 20

Le *Rolvaag* avait enfin échappé à l'emprise mortelle de la tempête. Le navire, qui semblait avoir pénétré dans un autre monde, paisible et fantomatique, glissait majestueusement entre les deux immenses icebergs. Le vent ne pénétrait plus en rafales par les sabords cassés de la passerelle. Ce silence soudain mettait Sally mal à l'aise. Son regard s'attarda sur les falaises glacées de chaque côté, aussi abruptes que si on les avait taillées à la hache. A la base du versant qui se trouvait au vent, le pilonnage des vagues avait creusé un réseau de grottes inouïes. Jamais elle n'avait rien vu d'aussi beau que cette glace bleutée qui scintillait à la lueur de la lune. Elle était surprise de constater que l'approche de la mort pouvait aiguiser ainsi son sens de l'esthétique.

Glinn, qui avait disparu sur l'aileron bâbord, resurgit. Il referma avec soin la porte derrière lui et s'approcha d'elle, époussetant les embruns qui éclaboussaient sa veste.

— Continuez comme ça. Maintenez la proue à cet angle.

Elle ne prit pas la peine de transmettre ces instructions aussi énigmatiques qu'inutiles au second. Le navire avait encore perdu de la vitesse avec ce virage à quatre-vingt-dix degrés. Il n'avançait plus qu'à un nœud et continuait à ralentir. Une fois arrêté, il ne repartirait plus.

Elle lança un regard au profil indéchiffrable de Glinn. Elle dut se retenir pour ne pas lui demander s'il croyait réellement parvenir à dissimuler leur pétrolier de quatre cents mètres de long aux yeux des Chiliens. Il avait voulu faire une dernière tentative, c'était tout à son honneur. Mais on ne pouvait pas exiger de lui un miracle. Dans quelques minutes, le *Ramirez* déboucherait entre les îles et tout serait dit. Elle s'efforça de ne pas penser à sa fille. Ce serait le plus dur, ne pas penser à sa fille.

Sous le vent de l'île, tout semblait étrangement calme. Un silence terrible régnait sur le pont. Il n'y avait plus d'ordre à donner ni à recevoir. Le vent était tombé et la houle gondolait à peine les eaux autour d'eux. Ils n'étaient qu'à quatre cents mètres du plus grand des icebergs. Ici et là, des fissures qui partaient de son sommet creusaient de profonds sillons érodés par la pluie et la glace fondue. De minces cascades s'écoulaient dans la mer. Par-dessus les craquements et les tintements de la glace, elle distinguait le lointain raffut du vent qui balayait le faîte de l'iceberg. C'était un endroit irréel. Un bloc de glace qui s'en était détaché récemment dérivait vers l'ouest. Elle aurait aimé le voir fondre peu à peu et disparaître dans la mer. Elle aurait aimé être n'importe où, sauf ici.

— Ce n'est pas fini, Sally, murmura Glinn pour qu'elle seule puisse l'entendre.

— Bien sûr que si. Nous n'avons plus de moteurs.

— Vous reverrez votre fille.

— S'il vous plaît, taisez-vous, dit-elle en essuyant une larme.

A la surprise de la jeune femme, il prit sa main.

— Si nous nous en sortons… commença-t-il avec une hésitation qui lui était inhabituelle. J'aimerais vous revoir. Est-ce que vous seriez d'accord ? J'aimerais mieux connaître la poésie. Vous pourriez peut-être m'aider…

— S'il vous plaît, Eli. C'est plus simple de ne pas en parler, répondit-elle en pressant doucement sa main.

A cet instant, elle aperçut la proue du *Ramirez*.

Comme un requin s'approche de sa proie blessée, il longeait de près le mur de glace bleuté dans leur sillage. Il se trouvait à moins de deux milles. Ses tourelles visaient le *Rolvaag* avec un calme délibéré. Sally observait ses canons par les sabords à l'arrière de la passerelle. Elle attendait qu'ils crachent leur feu mortel avec le sentiment que le temps s'écoulait au ralenti. L'intervalle entre ses battements de cœur semblait s'espacer. Elle embrassa les occupants de la passerelle du regard : Lloyd, McFarlane, Howell, les officiers de quart. Eux aussi attendaient en silence de s'enfoncer dans la mer d'encre glacée.

Un bruit sec retentit. Une série de munitions au phosphore s'élevèrent dans les airs et tracèrent une ligne lumineuse tordue dans le ciel. Sally mit ses mains devant ses yeux pour s'abriter de l'éclat cru qui décolorait la surface de l'eau, le pont du pétrolier et la glace. Lorsque la brillance s'atténua, elle vit les canons du *Ramirez*, qui réglaient leur angle de tir, diriger leurs gueules noires vers le *Rolvaag*. Le navire chilien avait ralenti et se trouvait maintenant à mi-chemin entre l'entrée du passage et le pétrolier. A cette distance, il ne pouvait pas les manquer.

L'écho d'une explosion au-dessus d'eux se propagea entre les îles. Sally eut un sursaut involontaire. Elle sentit la main de Glinn serrer la sienne. Elle murmura une prière silencieuse pour sa fille et pour que leur mort soit brève et sans souffrance. Mais aucun jet de flammes n'avait jailli des canons du contre-torpilleur. Troublée, Sally regarda plus attentivement. Quelque chose bougeait au-dessus du *Ramirez*.

Au sommet de la falaise glacée qui dominait le navire chilien, des morceaux de glace tournoyaient paresseusement en l'air. En dessous flottaient quatre petits nuages de fumée. Les échos moururent et le calme revint pendant quelques instants. Puis le haut de la paroi commença à se fendre. La fissure bleue s'agrandit rapidement. Sally comprit qu'une gigantesque plaque de glace de près de soixante mètres de haut se détachait de l'iceberg. Elle glissait lentement, se brisant en plusieurs morceaux qui s'écrasaient dans la mer en un ballet majestueux. Un mur liquide noir à sa base, puis émeraude liseré de blanc, s'élevait vers le ciel, tandis que l'énorme masse de glace s'enfonçait peu à peu sous l'eau. Une étrange cacophonie parvenait maintenant à Sally. La vague qui n'en finissait pas de grimper fut bientôt si haute qu'elle se mit à retomber sur elle-même, alors qu'elle n'avait pas achevé son ascension. Elle montait et se brisait à la fois, s'élevant encore. Puis les flots engloutirent le grand bloc de glace entraîné par son poids, tandis que la vague vertigineuse enfin libérée se ruait sur le *Ramirez*.

Les moteurs du contre-torpilleur rugirent, mais il n'eut pas le temps de manœuvrer. La vague était déjà sur lui. Elle souleva le bâtiment qui se coucha sur tribord, exposant la rouille sous sa proue. Pendant quelques secondes interminables, il parut suspendu, ses deux mâts presque horizontaux, tandis que la crête du monstre écumait au-dessus de lui. Le navire s'accrochait à la vague, hésitant. Sally sentait son cœur battre à tout rompre. Soudain le contre-torpilleur trembla et commença à se redresser. L'eau ruisselait du pont. Ça n'a pas marché, pensat-elle. Mon Dieu, ça n'a pas marché. Mais le bateau atermoya, s'immobilisa encore, puis retomba sur son flanc. La super-structure exhala un soupir, des embruns fusèrent dans toutes les directions, et le contre-torpilleur se retourna, sa quille visqueuse pointée vers le ciel. On entendit un autre soupir, plus puissant puis, dans un tourbillon d'eau, d'écume et de bulles, la coque s'enfonça lentement. Il y eut encore un gargouillis de bulles qui disparurent à leur tour, laissant la surface noire et lisse.

Le tout avait duré moins de quatre-vingt-dix secondes.

Sally vit alors la vague meurtrière continuer sa course dans leur direction, plus longue et moins haute.

— Accrochez-vous, murmura Glinn.

Le pétrolier prit la vague par le travers. Il s'éleva brutalement, s'inclina, puis retomba lourdement.

Sally dégagea sa main et leva ses jumelles. Elle se rétracta au contact du caoutchouc froid sur sa peau. Elle avait du mal à réaliser qu'ils étaient réellement débarrassés du contre-torpilleur. Pas un homme, pas un canot de sauvetage, ni même un coussin ou une bouteille, n'était remonté à la surface. L'*Almirante Ramirez* avait disparu sans laisser de trace.

Glinn observait le sommet du grand iceberg. Elle suivit son regard. Là, au bord du plateau glacé, elle aperçut quatre taches noires éclairées par des fusées lumineuses : des hommes en combinaison de plongée, bras croisés au-dessus de la tête. Une à une, les fusées retombèrent dans la mer avec un faible sifflement et ils se retrouvèrent plongés dans l'obscurité.

Glinn prit sa radio.

— Mission accomplie, dit-il calmement. Nous vous envoyons un canot.

Palmer Lloyd semblait avoir perdu l'usage de sa voix. Il était tellement certain de leur mort imminente que son cerveau refusait d'intégrer ce qui venait de se dérouler devant ses yeux. Lorsqu'il retrouva enfin la parole, il se tourna vers Glinn.

— Pourquoi ne m'avez-vous rien dit ?

— Les chances de réussite étaient trop faibles. Moi-même, je ne croyais pas que ça marcherait. Le plan nécessitait de la chance, conclut-il avec un sourire ironique.

Sous le coup de l'émotion, Lloyd fit un pas en avant et serra l'autre homme à l'étouffer.

— Bon Dieu ! J'ai l'impression d'être un condamné à qui l'on a accordé un sursis. Eli, y a-t-il quelque chose que vous ne puissiez pas faire ?

Il se rendit compte qu'il pleurait, mais il s'en moquait.

— Nous ne sommes pas encore sauvés.

Lloyd se contenta de sourire devant cette fausse modestie flagrante.

Sally se tourna vers Howell.

— L'eau rentre toujours ?

— Oui, mais les pompes de cale peuvent s'en charger, capitaine. Tant que le système de secours fonctionne.

— C'est-à-dire ?

— Si on éteint tout, sauf les circuits essentiels, avec la réserve de diesel, on en a encore pour plus de vingt-cinq heures.

— Magnifique ! s'exclama Lloyd. Tout va bien. Il n'y a qu'à réparer les moteurs et repartir.

Il adressa un sourire radieux à Glinn, puis à Sally. Voyant leur mine sombre, il hésita.

— Quel est le problème ?

— Nous sommes sans moteurs et sans erre, monsieur Lloyd, expliqua le capitaine. Le courant nous pousse vers la tempête.

— On s'en est tiré jusque-là. Ça ne peut quand même pas empirer ?

Personne ne répondit à sa question.

— Dans quel état sont nos systèmes de communication ? demanda Sally à Howell.

— Tous les systèmes longue distance et par satellite sont hors service.

— Envoyez un SOS. Contactez la Géorgie du Sud sur le canal de détresse.

Un frisson glacé parcourut Lloyd.

— Comment ça, un SOS ?

Une fois de plus, personne ne répondit.

— Monsieur Howell, bilan des machines ?

— Les deux turbines sont irréparables, répondit-il au bout d'un moment.

— Préparez une éventuelle évacuation du navire.

L'homme d'affaires en croyait à peine ses oreilles.

— Mais de quoi parlez-vous, à la fin ? Est-ce qu'on coule ?

Sally Britton tourna ses beaux yeux verts sereins vers lui.

— C'est ma météorite là-dedans. Je n'abandonnerai pas le navire.

— Personne n'abandonne le navire, monsieur Lloyd, et il ne coule pas. Il s'agit seulement des mesures de précaution habituelles. Nous ne quitterons le *Rolvaag* qu'en dernier ressort. Mettre des chaloupes à l'eau par ce temps serait suicidaire de toute manière.

— Dans ce cas, ne paniquons pas ! Nous pouvons attendre la fin de la tempête et nous faire remorquer jusqu'aux Malouines. Les choses ne vont pas si mal.

— Nous n'avons plus de moteurs ! Vous ne comprenez donc pas ce que ça signifie ? Là dehors, il faudra affronter un vent de quatre-vingts nœuds, des vagues de trente mètres de haut et un courant de six nœuds qui nous pousseront tous dans la même direction : le détroit de Bransfield, dans l'Antarctique. Les choses pourraient difficilement aller plus mal, monsieur Lloyd.

Il se sentait abasourdi. Mais déjà, le roulis s'accentuait. Une rafale de vent pénétra dans la passerelle.

— Écoutez-moi, dit-il d'une voix rauque. Je me moque des difficultés à surmonter, tout ce qui m'intéresse c'est de sauver ma météorite. Compris ?

— Monsieur Lloyd, à cet instant, je me fous de votre météorite. Tout ce qui m'intéresse, c'est de sauver mon bateau et mon équipage. Compris ?

Lloyd se tourna vers Glinn, cherchant un appui. Mais celui-ci resta silencieux.

— Quand pourrons-nous nous faire remorquer ? demanda-t-il encore à Sally.

— La plupart de nos systèmes électroniques sont hors service. Mais nous essayons de joindre la Géorgie du Sud. Tout dépend de la tempête.

Lloyd s'éloigna avec un geste d'impatience.

— Que se passe-t-il dans la citerne ? demanda-t-il à Glinn.

— Garza renforce la charpente avec de nouvelles soudures.

— Combien de temps cela prendra-t-il ?

Glinn ne répondit pas. C'était inutile, car tout le monde le sentait à présent : le roulis empirait. Le navire s'inclinait d'un bord à l'autre, un mouvement lent, interminable. Et, au sommet de chaque vague, le *Rolvaag* hurlait de douleur. Un grondement entre son et vibration. C'était le poids mort de la météorite.

Le *Rolvaag*,
17 h 45

— Nous avons réussi à joindre la Géorgie du Sud, capitaine, dit Howell en sortant de la salle radio.

— Très bien. Mettez les haut-parleurs.

Une voix retentit sur la passerelle.

— Géorgie du Sud au pétrolier *Rolvaag*, répondez.

Bien que la voix fût faible et en partie masquée par les grésillements, Sally identifia tout de suite l'accent londonien de son interlocuteur.

— Géorgie du Sud, ceci est un appel de détresse. Nous avons subi de graves avaries et nous n'avons plus de moteur. Je répète, plus de moteur. Nous dérivons vers le sud-est à une vitesse de neuf nœuds.

— Bien reçu, *Rolvaag*. Quelle est votre position ?

— Notre position est 61° 15' 12" Sud, 61° 5' 33" Ouest.

— Que transportez-vous ? Du pétrole ou seulement du lest ?

Glinn lui fit un signe. Sally coupa la radio.

— A partir de maintenant, nous allons dire la vérité, déclara-t-il. Notre vérité.

Sally ralluma la radio.

— Géorgie du Sud, nous avons été convertis en minéralier. Nous transportons une météorite provenant des îles du cap Horn.

La radio resta silencieuse quelques instants.

— Je vous reçois mal. Vous avez bien dit météorite ?

— Oui. Nous transportons une météorite de vingt-cinq mille tonnes.

— Une météorite de vingt-cinq mille tonnes, répéta la voix, impassible. Et quelle est votre destination ?

Sally se rendait parfaitement compte que c'était une manière polie de leur demander : *Bon sang, mais qu'est-ce que vous foutez là ?*

— Port Elizabeth, dans le New Jersey.

Il y eut un autre silence. Le capitaine attendait, mal à l'aise. Cette histoire ferait tiquer n'importe quel marin digne de ce nom. Ils se trouvaient à deux cents milles du détroit de Bransfield, en pleine tempête, et c'était leur premier appel de détresse.

— Euh… *Rolvaag*, puis-je vous demander si vous avez entendu le dernier bulletin météo ?

— Oui, nous l'avons eu, répondit Sally, sachant qu'il allait le lui donner quand même.

— Rafales à cent nœuds d'ici minuit, vagues pouvant atteindre quarante mètres. Il y a un avis d'ouragan force 15 dans tout le détroit de Drake.

— Le vent frôle déjà la force 13.

— Bien reçu. S'il vous plaît, décrivez la nature de vos avaries.

— Allez-y, murmura Glinn.

— Nous avons été attaqués sans avertissement par un navire militaire chilien dans les eaux internationales. Des obus ont touché la salle des machines, le gaillard d'avant et le pont principal. Nous sommes stoppés sans erre. Je répète : stoppés sans erre.

— Dieu du ciel ! Il vous tire encore dessus ?

— Le contre-torpilleur a heurté un iceberg et a coulé il y a trente minutes.

— Mais c'est extraordinaire. Pourquoi…

Ce n'était pas le moment de poser une question pareille. Mais cet appel de détresse était pour le moins inhabituel.

— Nous n'en avons aucune idée. Le capitaine chilien semble avoir agi seul, sans ordres.

— Avez-vous identifié le navire militaire ?

— L'*Almirante Ramirez*. Son commandant s'appelle Emiliano Vallenar.

— Vous avez des voies d'eau ?

— Oui, mais nos pompes de cale peuvent s'en charger.

— Courez-vous un danger imminent ?

— Oui. Notre cargaison pourrait bouger d'un instant à l'autre et nous risquons de couler.

— Attendez, s'il vous plaît.

Soixante secondes s'écoulèrent sans que personne ne parle.

— *Rolvaag*, nous sommes conscients de la situation. Nous avons des équipes de sauvetage prêtes à partir, ici et aux

Malouines, mais nous ne pouvons rien entreprendre pour l'instant, je répète : nous ne pouvons rien entreprendre tant que la tempête ne tombe pas à force 10. Vous avez un système de communication par satellite ?

— Non. La plupart de notre équipement électronique est hors service.

— Nous allons avertir votre gouvernement de votre situation. Y a-t-il autre chose que nous puissions faire ?

— Venez nous chercher aussi vite que possible. Avant que nous finissions sur les récifs de Bransfield.

La radio grésilla, puis la voix s'éleva à nouveau.

— Bonne chance, *Rolvaag*. Que Dieu vous garde.

— Merci, Géorgie du Sud.

Sally reposa l'émetteur, s'appuya à la console et s'abîma dans la contemplation des ténèbres au-delà de la passerelle.

Le *Rolvaag*,
18 h 40

Le vent finit par pousser le *Rolvaag* hors de son refuge et le renvoya brutalement dans la tempête. Les rafales étaient encore plus violentes que quelques heures plus tôt. Ils se retrouvèrent bientôt trempés et glacés. Sally Britton, qui sentait son navire complètement à la merci des éléments, éprouvait un horrible sentiment d'impuissance. Le *panteonero* gagnait en intensité avec une régularité d'horloge. Sally le voyait évoluer de minute en minute, jusqu'à un paroxysme qu'elle n'aurait jamais cru possible. D'épais nuages avaient avalé la lune et on ne voyait rien au-delà de la passerelle. L'ouragan avait investi le navire, il était partout autour d'eux, dans les embruns cinglants, les éclats de glace tranchants comme des rasoirs, l'odeur de mort qui s'insinuait en eux. Mais c'était le bruit qu'elle trouvait le plus pénible : un grondement sourd et continu qui semblait venir de partout en même temps. Sur la passerelle, la température était tombée à - 7 °C et elle sentait l'eau geler dans ses cheveux.

Elle continuait à recevoir des rapports réguliers sur l'état du navire, mais n'avait que peu d'ordres à donner. Sans moteurs ni direction, elle ne pouvait pas faire grand-chose. Une impuissance difficile à supporter. D'après les mouvements du *Rolvaag*, elle estimait que les vagues dépassaient largement trente mètres de haut et fonçaient avec la puissance d'un train de marchandises. Poussées par des vents qui faisaient le tour du globe sans jamais toucher de rive, on avait l'impression qu'elles pouvaient enfler à l'infini. C'étaient les soixantièmes hurlants, les vagues les plus grosses de la planète. Pour l'instant, le *Rolvaag* ne devait sa survie qu'à sa taille. Lorsque le navire grimpait sur le dos d'une lame, les hurlements du vent atteignaient leur apogée. Sur la crête, toute la superstructure vibrait et bourdonnait, comme si la tempête tentait de décapiter le pétrolier. Puis il gîtait lentement, maladivement. Vague après vague, l'inclinomètre enregistrait sa lutte : dix, vingt, vingt-cinq degrés. Lorsque l'angle devenait critique, tous les yeux se tournaient vers cet instrument d'habitude insignifiant. Dès qu'il avait franchi la crête, Sally attendait que le bâtiment retrouve son équilibre. Le moment le plus angoissant de tous. Pourtant, il se rétablissait toujours, d'abord imperceptiblement, puis si vite qu'il basculait un instant de l'autre côté, entraîné par son inertie. Le pétrolier s'enfonçait alors dans la vallée suivante, où il retrouvait un calme irréel, presque plus terrifiant que la tempête au-dessus d'eux. Le processus se répétait inlassablement, à une cadence cruelle dont ils ne voyaient pas la fin. Et ni elle, ni personne ne pouvait rien y faire.

Sally alluma les projecteurs de la superstructure à l'avant pour vérifier l'état du pont principal. La plupart des conteneurs et plusieurs bossoirs avaient été arrachés et étaient passés par-dessus bord. Cependant, la porte et les écoutilles de la citerne résistaient. L'eau continuait à pénétrer dans la coque, mais les pompes de cale la vidaient sans relâche. Le *Rolvaag* était un bon navire, et il aurait pu facilement surmonter la tempête sans ce poids monstrueux dans son ventre.

A dix-neuf heures, l'ouragan annoncé était sur eux. Chaque fois que le pétrolier atteignait le sommet d'une vague, la furie des rafales qui balayaient la passerelle menaçait de les précipiter par-dessus bord. Aucune tempête de cette violence ne pouvait durer longtemps. Bientôt, elle commencerait à s'apaiser. Il le fallait. Sally vérifiait sans cesse le radar, cherchant irrationnellement un signal indiquant l'arrivée des secours. Mais la mer brouillait tous les signaux. Au sommet des vagues, le radar signalait quand même un groupe de petits icebergs à environ huit milles devant eux. Plus près se trouvait une île de glace. Bien que moins grande que les deux précédentes, elle mesurait néanmoins plusieurs kilomètres de long. Lorsque le *Rolvaag* s'en approcherait, les vagues s'apaiseraient, mais une éventuelle collision avec l'île de glace représentait une menace réelle.

Au moins, le GPS fonctionnait normalement. Ils étaient à environ cent cinquante milles au nord-ouest des Shetland du Sud, une série d'îles montagneuses inhabitées qui surgissaient de l'océan comme une rangée de dents, entourées de récifs et de courants dangereux. Au-delà, il y avait le détroit de Bransfield, puis la banquise et la côte sauvage de l'Antarctique. Là, l'océan se calmerait mais les courants deviendraient plus forts... Cent cinquante milles. Si une équipe de secours quittait la Géorgie du Sud à six heures du matin... Tout dépendait de la « chose » dans la cale. Elle envisagea de demander à Glinn un rapport sur l'évolution des travaux, puis se rendit compte qu'elle préférait ne rien savoir. Il n'avait pas ouvert la bouche depuis un certain temps et elle se demandait ce qui se passait dans sa tête. Elle, au moins, pouvait interpréter les mouvements du bateau. Mais les autres devaient être terrorisés.

Le navire gîta sous un violent coup de roulis. Comme il approchait de son inclinaison maximum, elle éprouva une sensation bizarre, comme une butée. A son vif soulagement, il commença à se rétablir. Au même instant, Glinn leva sa radio, écoutant avec attention.

— C'est Garza. Je n'entends rien avec la tempête.

— Branchez les haut-parleurs. Mettez le volume à fond, dit Sally à son second.

Soudain, la voix de Garza résonna sur la passerelle.

— Eli !

L'amplification du son donnait à sa voix un accent désespéré. Dans le fond, Sally entendait le métal torturé crisser et gronder.

— Oui.

— Nous perdons les premières traverses.

— Tenez bon.

Le ton calme et posé de Glinn intrigua Sally. Le navire recommença à donner de la bande.

— Eli, ce truc se défait trop vite, on ne peut pas suivre...

La gîte s'accentuait. Un grincement métallique couvrit la voix de Garza.

— Manuel, Rochefort savait ce qu'il faisait lorsqu'il a conçu cette charpente. Elle est beaucoup plus résistante que vous ne le croyez. Procédez avec méthode.

Le pétrolier s'inclinait toujours.

— Eli, la météorite ! Elle bouge ! Je ne peux pas...

La communication avait été coupée.

Le *Rolvaag* resta un instant suspendu, sa carcasse trembla, puis il se redressa lentement. Sally éprouva encore cette même sensation de butée.

Glinn ne quittait pas le haut-parleur des yeux. Au bout de quelques instants, il grésilla et la voix de Garza s'éleva à nouveau.

— Eli ? Vous êtes ici ?

— Oui.

— Je pense qu'elle a bougé un peu, mais elle s'est remise en place.

Il faillit sourire.

— Manuel, vous voyez, vous avez paniqué. Concentrez-vous sur les points critiques et tant pis pour les autres. Il faut faire la part des choses. Cette charpente comporte énormément d'éléments inutiles que nous avons ajoutés par acquit de conscience. Pour obéir au principe de double précaution. Ne l'oubliez pas.

Le pétrolier se pencha encore, un mouvement lent, grinçant et déchirant. Il fit une pause. Cette fois, Sally sentait quelque chose de nouveau, de différent... Une sensation horrible. Elle regarda Glinn, puis Lloyd. Ils n'avaient rien remarqué. Lorsque la météorite avait bougé, elle avait senti que tout le bateau était affecté. L'énorme pétrolier avait failli se retourner sur la crête de la dernière vague. Elle se demanda si c'était son imagination. Le *Rolvaag* plongea dans la vallée suivante. Elle attendit qu'il reparte à l'assaut d'une autre vague pour allumer les lumières du pont principal, désireuse de voir comment le pétrolier se comportait. Il grimpait en tremblant, comme pour secouer son fardeau. Les eaux noires et lourdes ruisselaient sur ses flancs et jaillissaient de ses dalots. A l'approche du sommet, la chose dans la cale se remit à gronder. Sur la crête, le grondement se transforma en hurlement. Les protestations du bois et du métal résonnaient et se propageaient dans le squelette du navire. Le *Rolvaag* dévia, pivotant presque, avant de se coucher sur l'eau. Il hésita puis se redressa. C'était cette hésitation qu'elle détestait par-dessus tout. Une fois, dans une violente tempête au large des Grands Bancs de Terre-Neuve, elle avait vu la coque d'un navire se briser comme une coquille. Elle s'était ouverte avec un bruit terrifiant, et l'eau s'était engouffrée en bouillonnant à l'intérieur, inondant aussitôt les cales. Personne n'avait pu s'échapper. Tout le monde avait été aspiré dans les abysses. C'était une vision qui aujourd'hui encore hantait ses cauchemars.

Elle jeta un coup d'œil à Howell. Il avait remarqué la lenteur alarmante avec laquelle le navire se redressait lui aussi. Crispé, les yeux ronds, son visage s'était revêtu d'une pâleur mortelle. Elle ne l'avait jamais vu aussi effrayé.

— Capitaine... commença-t-il d'une voix qui se brisa.

Elle lui fit signe de se taire. Elle savait ce qu'il allait dire, mais c'était à elle de s'en charger. Elle regarda Glinn dont les traits demeuraient étrangement confiants et sereins. Elle dut détourner les yeux. Malgré tout son savoir, il ne sentait pas le bateau comme elle. Le *Rolvaag* allait se rompre d'un instant à l'autre. Ils dévalèrent le versant de la vague et le vent tomba brutalement. Son regard fit le tour des gens présents sur la passerelle : Lloyd, Sam, Rachel, Eli, Howell, Banks, les autres officiers de quart. Silencieux, les yeux braqués sur elle, ils attendaient tous qu'elle agisse, qu'elle leur sauve la vie.

— Monsieur Lloyd...

— Oui, dit-il en avançant d'un pas, désireux de se rendre utile.

Un tremblement affreux secoua les consoles et les sabords. Une nouvelle vague encore plus colossale que la précédente soulevait le navire. Sally retint son souffle le temps qu'elle passe et que le bruit diminue.

— Monsieur Lloyd. Il faut nous débarrasser de la météorite.

Le *Rolvaag*,
19 h 00

A ces mots, Sam ressentit un violent coup dans le ventre. Il avait l'impression qu'une décharge électrique lui traversait le corps. Jamais. C'était impossible. Il s'efforça de secouer le mal de mer et la peur qui le paralysaient il y a encore un instant.

— Pas question, entendit-il Lloyd répondre.

Il avait parlé avec conviction, malgré le rugissement des flots qui couvrait sa voix. Un silence tomba sur la passerelle, tandis que le navire plongeait entre deux vagues.

— Je suis le capitaine de ce navire, dit Sally d'une voix calme. La vie de mon équipage en dépend. Monsieur Glinn, je vous ordonne d'actionner la trappe de sécurité. C'est un ordre.

Après une brève hésitation, ce dernier se tourna vers la console d'EES.

— Non! brama Palmer Lloyd, lui agrippant violemment le bras. Si vous touchez cet ordinateur, je vous tue de mes propres mains.

D'un mouvement vif, l'autre se dégagea, bousculant le milliardaire. Son imposante carcasse vacilla, puis il retrouva son équilibre, haletant. Le pétrolier s'inclina et une vibration parcourut toute la longueur de sa coque. Tous se figèrent, s'accrochant où ils pouvaient.

— Vous avez entendu ça, monsieur Lloyd? hurla Sally par-dessus le bruit du métal en colère. Cette foutue météorite est en train de bousiller mon navire.

— Glinn, ne vous approchez pas de ce clavier!

— Le capitaine a donné un ordre, cria Howell d'une voix aiguë.

— Non! Seul Glinn a la clé et il ne le fera pas. Il ne peut pas, pas sans ma permission! Eli, vous m'entendez? Je vous ordonne de ne pas actionner la trappe de sécurité.

L'homme d'affaires s'approcha soudain de la console, en barrant l'accès de son corps.

Howell se tourna.

— Saisissez-vous de cet homme et faites-le sortir d'ici.

Mais Sally leva la main.

— Monsieur Lloyd, éloignez-vous de cet ordinateur. Monsieur Glinn, exécutez mon ordre.

Le navire continuait à s'incliner sur son flanc. Un craquement terrifiant retentit, puis devint plus aigu. Le hurlement étouffé du métal qui se déchirait dans la citerne. Mais dès qu'ils commencèrent à se rétablir, le bruit cessa net.

Lloyd s'accrocha à l'ordinateur avec un regard dément.

— Sam ! s'écria-t-il en posant ses yeux fous sur lui.

McFarlane observait la scène, abasourdi, paralysé par des émotions conflictuelles, oscillant entre la peur pour sa vie et le désir de garder la météorite. Il se dit qu'il aimerait autant couler avec elle que d'y renoncer. Presque.

— Sam ! répéta Lloyd d'un ton suppliant. Vous êtes le scientifique de l'expédition. Parlez-leur des recherches que vous avez réalisées, l'îlot de stabilité, le nouvel élément… Dites-leur pourquoi c'est tellement important. Expliquez-leur qu'ils ne peuvent pas flanquer cette météorite à l'eau !

Le géologue sentit sa gorge se nouer. Pour la première fois, la folie de leur entreprise lui apparut. Jamais ils n'auraient dû prendre la mer avec elle. Si elle coulait maintenant, elle s'enfoncerait dans la vase abyssale à trois mille mètres de profondeur, et on ne la reverrait jamais. Ce serait une perte catastrophique pour la science. C'était impensable.

Il retrouva sa voix.

— Lloyd a raison. C'est peut-être la découverte scientifique du siècle. Vous ne pouvez pas la balancer à l'eau.

Sally se tourna vers lui.

— Nous n'avons plus le choix. La météorite va finir au fond de l'eau, quoi que l'on fasse. Cela ne nous laisse que deux options : voulez-vous oui ou non couler avec elle ?

Le *Rolvaag*,
19 h 10

Sam regarda autour de lui : Lloyd tendu et suppliant, Glinn imperturbable, Rachel apparemment aussi partagée que lui et, enfin, le capitaine, l'air résolu. Tous semblaient exténués. Des cristaux de glace étaient accrochés dans leurs cheveux, des éclats de glace entaillaient leur visage à vif.

— Nous n'avons qu'à abandonner le navire, lança Lloyd d'une voix affolée. Laissons-le dériver sans nous. Il dérive déjà de toute façon. Il s'en sortira peut-être. Nous ne sommes pas obligés de nous débarrasser de la météorite !

— Ce serait quasi suicidaire de mettre des canots de sauvetage à l'eau dans une mer pareille, répondit Sally. Il fait moins de zéro degré !

— On ne peut pas la balancer comme ça, insista le milliardaire, au bord du désespoir. Ce serait un crime contre la science. Vous paniquez. Nous avons traversé tellement d'épreuves. Glinn, dites-lui qu'elle panique.

Mais celui-ci resta silencieux.

— Je connais mon bateau, se contenta de répondre Sally.

Passant des menaces aux prières, Lloyd ne savait plus que faire. Il se tourna à nouveau vers Sam.

— Il doit y avoir une solution, ce n'est pas possible, Sam ! Parlez-leur encore de sa valeur pour la science, de l'irremplaçable...

Sam regarda le visage de l'homme d'affaires, livide à la lueur orange des lampes de secours. Il luttait contre sa nausée, la peur et le froid. Il ne pouvait pas la jeter à l'eau. Il se sentait dans un état second. Il pensa à Nestor, à la mort, il s'imagina s'enfoncer dans l'océan sans fond, noir et glacé. Soudain, il eut très peur de mourir. La terreur l'envahit, prenant pendant quelques instants le contrôle de son cerveau.

— Sam ! Bon Dieu ! Mais dites-leur !

Il essaya de parler, mais le fracas du vent couvrit ses mots.

— Quoi? Que tout le monde l'écoute! Sam...

— Jetez-la à l'eau, dit-il enfin.

Un air incrédule se peignit sur le visage de Lloyd qui en resta muet.

— Vous avez entendu ce qu'elle a dit. La météorite va couler de toute manière. C'est terminé.

A peine Sam eut-il prononcé ces mots qu'un sentiment de désespoir l'étreignit. Il sentit une chaleur au coin de ses yeux et se rendit compte qu'il pleurait. Quelle perte...

Le milliardaire se tourna abruptement vers Glinn.

— Eli? Eli! Vous ne m'avez jamais abandonné jusque-là, vous avez toujours un tour au fond de votre sac. Aidez-moi, je vous en prie. Ne les laissez pas faire.

Sa voix devenait implorante, pathétique. Il était en train de se briser sous leurs yeux. Glinn ne répondit pas. Le navire gîtait à nouveau. Sam suivit les yeux de Sally rivés sur l'inclinomètre. Tous se turent. Le vent s'engouffrait en miaulant par les sabords cassés. Puis le bruit horrible retentit à nouveau. Le *Rolvaag* hésita. L'inclinomètre affichait trente degrés. Chacun se cramponnait à ce qu'il trouvait. La terreur balaya tous les regrets de Sam. Agrippé à une main courante le long de la cloison, tout ce qu'il souhaitait maintenant, c'était se débarrasser de ce poids.

— Redresse-toi, entendit-il Sally murmurer. Redresse-toi.

Le pétrolier semblait décidé à rester couché sur bâbord. La passerelle était suspendue dans le vide. Sous eux, ils apercevaient par les sabords l'eau noire écumante. Sam se sentit pris de vertige. Enfin, tremblant de toute sa carcasse, le *Rolvaag* se redressa peu à peu. Aussitôt qu'il eut retrouvé son équilibre, Lloyd lâcha l'ordinateur, le visage tordu par un mélange d'horreur, de rage et de frustration. Sam se rendit compte que la peur avait rendu la raison au millionnaire, lui désignant la seule option rationnelle.

— D'accord, souffla-t-il enfin. Larguez-la.

Il enfouit son visage dans ses mains.

— Vous l'avez entendu, dit Sally à Glinn, l'air soulagé malgré la tension dans sa voix. Larguez-la. Maintenant.

Lentement, presque machinalement, il s'assit devant la console et plaça ses doigts sur le clavier. S'interrompant, il leva les yeux vers Sam.

— Dites-moi, si la météorite réagit à la salinité, que se passera-t-il lorsqu'elle s'enfoncera dans l'océan?

Le géologue le regarda, déconcerté. Dans l'affolement, il n'avait pas pris en compte cet aspect de la question. Il s'efforça de réfléchir vite.

— L'eau de mer est un conducteur. La décharge se propagera et s'atténuera.

— Vous êtes certain que ça ne fera pas sauter le bateau?

Sam hésita.

— Non, je ne peux être sûr de rien.

Glinn hocha la tête.

— Je vois.

Tout le monde le regardait. Penché sur le clavier, il hésitait. Le navire plongea dans un autre creux et le silence les enveloppa à nouveau.

— Ce n'est pas nécessaire, dit-il enfin d'un ton calme. Et c'est trop risqué.

Ses longues mains blanches s'éloignèrent du clavier et il se leva lentement pour leur faire face.

— Le *Rolvaag* tiendra le coup. Les constructions de Rochefort n'ont jamais cédé. Il est inutile d'utiliser la trappe de sécurité. Je suis d'accord avec M. Lloyd.

Un silence stupéfait lui répondit.

— Si la météorite entre en contact avec l'eau de mer, l'explosion risque de couler le navire, reprit-il.

— Je vous ai dit que la décharge se disperserait dans l'eau, intervint Sam.

Glinn fit la moue.

— Vous le pensez mais vous n'en êtes pas sûr. Nous ne pouvons pas prendre le risque d'endommager la trappe. Si on ne peut pas la refermer, la citerne se remplira d'eau.

— Une chose est sûre: si on ne largue pas cette météorite, le *Rolvaag* coulera, intervint le capitaine. Eli, vous ne comprenez pas? Nous ne résisterons pas à une douzaine de vagues supplémentaires!

Le navire s'élevait à nouveau sur la lame.

— Sally, vous êtes la dernière personne que je m'attendais à voir paniquer, déclara-t-il d'une voix apaisante. Nous pouvons surmonter cette tempête.

Elle prit une inspiration.

— Eli, je connais mon bateau. C'est fini, bon sang ! Vous ne le voyez donc pas ?

— Absolument pas. Le pire est passé. Faites-moi confiance.

Ce dernier mot tomba dans un silence pétrifié. Tous les yeux étaient fixés sur Glinn, tandis que le navire s'inclinait toujours.

La voix de Garza retentit dans les haut-parleurs, plus faible, s'éteignant parfois.

— Eli ! La charpente fout le camp ! Vous m'entendez ? Elle fout le camp !

Glinn s'approcha du micro.

— Ne bougez pas. Je vous rejoins tout de suite.

— Eli, le roulis met en pièces la base de la structure. Il y a des morceaux de métal partout. Je dois sortir mes gars d'ici.

— Monsieur Garza ! s'écria Sally dans l'interphone du navire. Ici le capitaine. Connaissez-vous le fonctionnement de la trappe de sécurité ?

— Je l'ai construite.

— Dans ce cas, actionnez-la.

Glinn ne bougeait pas, impassible. Sam le regardait, essayant d'interpréter ce soudain changement. Est-ce qu'il pourrait avoir raison ? Pouvaient-ils s'en sortir en gardant la météorite ? Puis il regarda le visage des officiers. La terreur abjecte dans leurs yeux lui disait tout autre chose. Au faîte de la vague, le pétrolier s'immobilisa, couché sur le flanc. Puis il se tordit en grognant pour se redresser, glissant vers la vallée silencieuse.

— On ne peut l'actionner que depuis l'ordinateur d'EES. C'est Eli qui a les codes…

— Il n'y a pas moyen de le faire manuellement ?

— Non. Eli ! Je vous en prie, dépêchez-vous ! Il ne nous reste pas beaucoup de temps avant que cette chose ne fracasse la coque.

— Monsieur Garza, dit Sally. Ordonnez à vos hommes d'abandonner leur poste.

Glinn intervint.

— Garza, n'écoutez pas cet ordre. Nous n'échouerons pas. Restez à vos postes.

— Pas question. Nous évacuons.

La radio se tut.

Le visage blême, Glinn regarda les autres. Sally s'avança et posa une main légère sur son épaule.

— Eli, je sais que vous êtes capable d'admettre la défaite, je sais que vous avez ce courage en vous. Vous êtes la seule personne à pouvoir nous sauver. Actionnez la trappe de sécurité. S'il vous plaît.

Sam la vit avancer son autre main pour saisir celle de Glinn. Il eut l'impression que celui-ci hésitait.

Soudain, Puppup les rejoignit silencieusement sur la passerelle. Trempé, dégoulinant, il avait remis ses vieux haillons. Une étrange excitation illuminait son visage, une impatience qui glaça Sam.

Glinn se ressaisit et pressa la main de Sally avec un sourire.

— Quelle bêtise ! Je suis déçu, Sally. Ne voyez-vous pas que nous ne pouvons pas échouer ? Nous avons tout planifié. Il n'y a pas besoin d'avoir recours à cette trappe. En fait, vu les circonstances, ce serait même dangereux.

Il regarda autour de lui.

— Je ne blâme personne. C'est une situation complexe, et la peur est une réaction compréhensible. Mais vous devez prendre en compte toutes les situations périlleuses dont je vous ai tirés presque seul. Je vous promets que la charpente tiendra et que le navire résistera à la tempête. Nous n'allons pas mettre un terme à cette mission maintenant à cause d'un regrettable manque de sang-froid.

Sam regarda Glinn avec un espoir nouveau. Il avait peut-être raison. Il était tellement persuasif, tellement confiant. Il avait surmonté les problèmes les plus imprévisibles. Il voyait que Lloyd lui aussi semblait avide de le croire.

Le bateau s'éleva, s'inclina. Plus personne ne parlait. Chacun luttait pour sa vie. Le chœur strident du métal qui se tordait et se déchirait monta des entrailles du navire, de plus en plus fort, couvrant bientôt la furie de la tempête. A cet instant, Sam comprit à quel point Glinn se trompait. Sur la crête, le *Rolvaag* s'ébroua violemment. Les lampes de secours vacillèrent.

Après une attente angoissante, il se redressa et franchit la vague. Le vent hurla encore une fois sur la passerelle avant de se taire.

— Vous vous plantez cette fois ! hurla Lloyd, la peur au ventre. Espèce de salaud, actionnez la trappe !

Glinn sourit, presque méprisant.

— Désolé, monsieur Lloyd. Je suis le seul à posséder les codes et une fois de plus, je sauverai votre météorite malgré vous.

Soudain, le milliardaire se précipita sur lui avec un cri étranglé. Glinn s'écarta d'un pas et leva le pied pour le faire trébucher. Lloyd alla s'écraser par terre, haletant bruyamment. Sam avança vers Glinn. L'homme se tourna vers lui d'un mouvement vif, mais sans perdre son calme, le regard froid. Sam se rendit compte qu'il ne changerait pas d'avis. Il avait décidé qu'il ne pouvait pas échouer et il était prêt à mourir pour le prouver.

Sally lança un regard à son second. L'expression de son visage apprit à Sam qu'elle avait atteint la même conclusion.

— Monsieur Howell. Que tout le monde abandonne son poste. Nous abandonnons le navire.

Surpris, Glinn plissa les yeux, mais resta silencieux.

— Vous nous condamnez à mort en nous obligeant à prendre la mer dans des canots de sauvetage par ce temps. Vous êtes cinglé ! lui lança Howell.

— Je suis peut-être la seule personne saine d'esprit ici.

Lloyd se leva péniblement tandis que le *Rolvaag* ahanait sur le dos d'une autre vague.

Glinn pivota et sortit sans un mot.

— Monsieur Howell, dit Sally, je veux une radiobalise de détresse à 406 MHz. Faites monter tout le monde dans les chaloupes. Si je ne suis pas de retour dans cinq minutes, vous assumerez les fonctions de capitaine.

A son tour, elle disparut.

Le *Rolvaag*,
19 h 35

Eli Glinn se tenait sur la mince passerelle métallique au-dessus de la cuve numéro trois. Derrière lui, Puppup referma l'écoutille du couloir d'accès avec un bruit sec. Il sentit un élan de gratitude à l'égard de l'Indien. Il lui était resté loyal jusqu'à la fin, quand tous les autres, même Sally, l'avaient trahi.

L'hystérie dont il avait été témoin sur la passerelle le troublait profondément. Il avait surmonté avec succès tous les problèmes qui s'étaient présentés depuis le début de l'expédition. Ils auraient dû lui faire confiance. Une sirène irréelle mugit au loin. Dans les heures à venir, beaucoup périraient sur cette mer déchaînée. Quel gâchis ! Le *Rolvaag* tiendrait le coup, il en était certain. Il tiendrait le coup avec son chargement et ceux qui resteraient à bord. Et au lever du jour, quand la tempête ne serait plus qu'un mauvais souvenir, les remorqueurs envoyés par la Géorgie du Sud arriveraient et il rentrerait à New York avec la météorite. Sans les autres, hélas.

Eli Glinn repensa à Sally avec une immense tristesse. Une femme exceptionnelle. Mais elle avait refusé de lui accorder sa confiance. Jamais, il n'en trouverait une autre comme elle, il le savait. Il sauverait son bateau, mais il lui fallait renoncer à tout espoir d'une relation plus intime entre eux.

Il s'appuya contre la cloison, un peu surpris par le temps qu'il lui fallait pour reprendre son souffle. Il s'accrocha pour ne pas être entraîné par la gîte. L'inclinaison était alarmante, mais encore en dessous de la limite critique de trente-cinq degrés. Il entendait les chaînes frotter et les protestations du métal sous ses pieds. Enfin, le navire repartit dans l'autre sens avec un gémissement. Dire qu'après tout ce qui s'était passé, les prouesses qu'il avait accomplies, ils lui avaient refusé leur confiance. Tous sauf Puppup. Il regarda en direction du vieil homme.

—— Vous allez descendre là-dedans, chef ?

Glinn hocha la tête.

— Je vais avoir besoin de votre aide.

— Pourquoi croyez-vous que je suis là ?

Ils avancèrent jusqu'au bord de la passerelle. Sous eux trônait la météorite, en partie dissimulée par des bâches. Seule la faible lueur des lampes de secours éclairait la scène. La cuve se comportait bien, elle était encore sèche. C'était un excellent navire. La triple coque faisait toute la différence. Même sous ses oripeaux imperméables, la météorite ne perdait rien de sa magnificence. L'épicentre de leurs terreurs et de leurs espoirs. Elle reposait sagement dans son écrin, comme il s'y attendait.

Ses yeux s'arrêtèrent alors sur les montants. Il fallait reconnaître que les dégâts étaient importants : des poutres déformées, cassées, du métal déchiré. Les traverses alignées au fond de la cuve étaient jonchées de rivets brisés, de chaînes qui avaient sauté et d'éclats de bois. Il entendait encore quelques craquements et des gémissements, mais pour l'essentiel, la charpente était intacte. En revanche, l'ascenseur était cassé. Tant pis, il prendrait l'échelle. Il entreprit sa descente. Une vague souleva le navire. Glinn assura sa prise, puis continua. Arrivé en bas, il avait plus l'impression d'être couché sur l'échelle que de s'y accrocher. Coinçant un barreau au creux de son coude, il attendit. Maintenant, il voyait sous les bâches les flancs rouges de la météorite. La symphonie infernale du métal était devenue assourdissante, mais cela ne signifiait rien. Au maximum de la gîte, il sortit sa montre de poche et la tint à bout de bras, la laissant pendre au bout de sa chaîne. Vingt-cinq degrés : bien en dessous de l'angle critique.

Il distingua soudain un grondement étouffé, et l'énorme masse cramoisie sembla frémir. Le pétrolier pencha encore. La météorite bougeait avec lui. Glinn ne savait plus si c'était le navire qui l'entraînait ou le contraire. Il entendit un craquement. Vingt-sept degrés. Vingt-huit. Le *Rolvaag* se cabra, s'immobilisa, puis se redressa. Glinn souffla. Vingt-huit degrés. Il avait de la marge. La météorite se remit en place avec un spasme monstrueux. Le grincement cessa aussitôt. La cacophonie du vent et de l'eau de l'autre côté de la coque s'apaisa tandis que le bateau entamait sa descente.

Il examina la météorite. Il fallait resserrer ses chaînes. Grâce à un treuil électrique, une personne seule pouvait s'en charger. Il était surpris que Garza n'y ait pas pensé. Rapidement, il grimpa jusqu'au point de serrage et démarra le moteur. Il était en parfait état de marche, bien sûr. Avec satisfaction, il vit se resserrer les chaînes gainées de caoutchouc qui s'étaient détendues avec les mouvements du navire. Pourquoi Garza ne l'avait-il pas fait ? L'explication était simple : il avait paniqué. Son directeur des travaux le décevait, lui aussi. Cette attitude ne lui ressemblait pas du tout. Beaucoup de gens l'avaient laissé tomber, mais il irait jusqu'au bout. Il se tourna vers Puppup.

— Prenez ça, dit-il en montrant une caisse à outils oubliée par l'équipe de Garza.

Une nouvelle vague arrivait. Le *Rolvaag* gîta, les chaînes se tendirent. Soudain, elles se relâchèrent avec un cliquetis sec. Glinn regarda plus attentivement. En fait, Garza avait bien essayé de les retendre. Mais l'engrenage était tordu et la roue à rochet arrachée.

Il entendit alors une voix au-dessus de lui. Il s'écarta de la charpente pour voir qui l'appelait. Sally Britton se trouvait sur la passerelle qui dominait la cuve. Il émanait d'elle la même dignité qui l'avant tant frappé lorsqu'il l'avait vue descendre ce perron inondé de soleil, des siècles plus tôt. Son cœur bondit dans sa poitrine. Elle avait changé d'avis, elle restait à bord. Elle attendit le long et éprouvant passage de la vague sans le quitter des yeux, tandis que le navire gémissait douloureusement. Lorsqu'il se rétablit enfin, elle l'appela.

— Eli ! Le bateau va couler !

Glinn ressentit une violente déception. Elle n'avait pas changé d'avis, finalement. Mais il ne devait pas se laisser distraire. Il reporta son attention sur la charpente. Maintenant, il cernait le problème. Pour maintenir la météorite en place, il fallait resserrer le boulon de la chaîne supérieure. Il devrait donc découper la bâche. Ce ne serait pas très compliqué. Il commença à escalader la charpente, le long de la chaîne la plus proche.

— Eli, s'il vous plaît ! Il y a une chaloupe en réserve pour nous. Laissez ça et venez avec moi.

Glinn continuait à grimper, suivi de Puppup qui n'avait pas lâché sa caisse à outils. Il devait se concentrer sur son objectif et ne pas se laisser distraire. Au sommet de la météorite, il découvrit avec surprise qu'un petit morceau de bâche avait déjà été découpé. En dessous, le boulon était desserré, comme il s'y attendait. Tandis que le *Rolvaag* qui escaladait une nouvelle vague s'inclinait sur le côté, il cala le tourne-à-gauche autour de l'écrou, maintint la vis en place avec un autre tourne-à-gauche, et entreprit de serrer. Rien ne bougea. Le boulon subissait une pression encore plus énorme qu'il ne l'imaginait.

— Tenez fermement ce tourne-à-gauche.

Puppup s'exécuta et ses bras noueux se tendirent. Le *Rolvaag* continuait à donner de la bande.

— Venez avec moi, Eli. Il est peut-être encore temps de se servir de la trappe. Nous pouvons encore nous en sortir tous les deux.

Glinn leva les yeux, abandonnant sa lutte un instant. Sa voix n'avait rien de suppliant, ce n'était pas le genre de Sally Britton. S'il n'avait pas été si sûr d'être dans le vrai, la conviction et la patience de la jeune femme l'auraient sans doute ébranlé.

— Sally, les seuls à mourir seront les inconscients dans les chaloupes. Si vous restez ici, vous vivrez.

— Je connais mon bateau, se contenta-t-elle de répondre.

Agenouillé, courbé sur le boulon, il s'acharnait en vain. Quelqu'un avait déjà essayé avant lui. Des marques fraîches rayaient le métal. Sentant la météorite suivre le mouvement du navire, il s'arrima fermement, les deux pieds contre les maillons. Il retint son souffle. Elle ne bougeait pas. Haletant, il replaça l'outil sur le boulon. Mais le *Rolvaag* ne se redressait toujours pas. La voix de Sally s'éleva dans l'obscurité au-dessus de lui, couvrant le vacarme.

— Eli, j'aimerais aller dîner avec vous. Je ne connais pas grand-chose à la poésie, mais je pourrais partager le peu que je sais avec vous. J'aimerais le partager avec vous !

La météorite frissonna et Glinn dut s'accrocher des deux mains pour ne pas être projeté par terre par le mouvement du navire. Il vit des cordes qui pendaient au-dessus de lui et il en passa vivement une autour de sa taille. Il regarda le boulon.

Un quart de tour, c'était tout ce qu'il lui fallait. Comme le mouvement du pétrolier semblait ralentir, il serra le manche du tourne-à-gauche.

— Et je pourrais vous aimer, Eli...

Glinn s'interrompit pour la regarder. Elle essayait de parler, mais sa voix était couverte par les grincements stridents du métal soumis à rude épreuve qui résonnaient dans le vaste espace de la cuve. Il ne voyait que sa frêle silhouette sur la passerelle. Ses cheveux dorés s'étaient détachés et tombaient en bataille sur ses épaules. Il se rendit compte que le navire mettait plus longtemps que d'habitude à se redresser. Son regard se posa sur le boulon, puis sur Puppup. Le vieil homme souriait, ses longues moustaches dégoulinantes d'eau. Glinn se sentit furieux contre lui-même. Il devait se concentrer sur son travail.

— Le tourne-à-gauche, cria-t-il à Puppup par-dessus le vacarme.

Le fracas du métal devenait assourdissant. D'une main qu'il aurait souhaitée plus ferme, il ressortit sa montre de sa poche pour mesurer l'inclinaison. Il tendit le bras mais la chaîne se balançait. Comme il essayait de l'arrêter, la montre lui échappa et alla se fracasser contre le flanc de la météorite. Il aperçut des petits éclats d'or et de verre filer sur la surface rouge avant de disparaître au fond de la cale.

La gîte parut s'accentuer brutalement. Non, c'était sans doute son imagination. Ils avaient obéi au principe de double précaution, fait et refait les calculs, pris en compte tout ce qui pouvait mettre en échec l'expédition. Il sentit alors la météorite bouger sous lui. Les bâches se déchirèrent avec un craquement. Il se rendit compte que la charpente s'écroulait. Soudain, il ne vit plus qu'une grande plaie rouge devant laquelle s'enchevêtraient un fouillis de cordes et de câbles. Des rivets tombaient et ricochaient autour de lui. Le navire se couchait sur le côté. Il se démena pour essayer de dénouer la corde autour de sa taille, mais le nœud était très serré, trop serré...

Il y eut un bruit indescriptible et la paroi de la cuve se fendit dans une pluie d'étincelles. Attirée par l'abysse, la météorite roula dans les ténèbres, comme une bête monstrueuse qui l'emmenait avec lui. Il sentit un afflux d'air glacé et tout s'éteignit...

Les verres s'entrechoquèrent avec un léger tintement, des voix murmuraient autour d'eux. Il y avait du monde à l'Ambroisie ce soir-là, une clientèle d'amateurs d'art et de riches Parisiens. De l'autre côté de la devanture discrète du restaurant, la lune voilée baignait d'une pâle lueur le quartier du Marais. C'était une belle soirée d'automne. Eli sourit à Sally Britton assise de l'autre côté de la nappe damassée.

— Vous m'en direz des nouvelles, lui dit-il, tandis que le serveur débouchait une bouteille de Veuve-Clicquot et versait le liquide glacé dans les flûtes.

Il prit son verre et le leva. Elle sourit :

... mais tout se détourne
Sans hâte du désastre, le laboureur a peut-être
Entendu le bruit de l'eau, le cri désolé,
Mais pour lui, ce n'était pas un échec important.

Un échec important.

Soudain, le rire hideux de Puppup couvrit la voix de Sally, et, stupéfait, Glinn vit la scène se dissoudre dans un éclair pur et éblouissant.

Détroit de Drake,
19 h 55

Sam se cramponnait désespérément aux poignées de sécurité de la grande chaloupe fermée qui jouait aux montagnes russes sur les pics et les vallées d'une mer en furie. Rachel s'agrippait à son bras. Les vingt dernières minutes s'étaient écoulées dans une confusion épouvantable : le départ soudain du capitaine, l'ordre d'abandonner le navire lancé par Howell, le rassemblement sur le pont et la mise à l'eau des bateaux sur les flots démontés. Après la tension de leur fuite et de leur lutte contre la tempête et la météorite, cette ultime catastrophe était survenue avec une telle soudaineté qu'elle lui semblait irréelle. Il examina la chaloupe pour la première fois. Avec sa coque d'une seule pièce, sa minuscule écoutille, et ses sabords encore plus petits, elle ressemblait à une torpille géante. Howell avait pris la barre. Elle abritait Lloyd et une vingtaine de passagers, dont une demi-douzaine de rescapés qu'ils avaient repêchés dans les vagues glacées, après que leur embarcation eut été arrachée du bossoir.

Il s'accrocha comme le bateau dégringolait en chute libre. Celui-ci s'écrasa contre la surface de l'eau puis s'envola brusquement. La progression lente et poussive du *Rolvaag* avait cédé la place aux rebonds de la chaloupe, bringuebalée comme un fétu de paille sur les vagues. Les chutes étourdissantes succédaient aux ascensions brutales, aussi terrifiantes qu'épuisantes. Trempés, frigorifiés, certains de ceux qui étaient tombés à l'eau avaient sombré dans l'inconscience. Heureusement, Brambell se trouvait à bord et s'occupait d'eux de son mieux.

A l'avant, un officier essayait d'attacher les provisions et l'équipement de sécurité. De l'eau avait pénétré à l'intérieur et des débris flottaient par terre. Tous souffraient du mal de mer et certains vomissaient, pris de haut-le-cœur incontrôlables. Les membres de l'équipage vaquaient silencieusement à leur tâche. L'espace clos de la coque les abritait des éléments, mais Sam sentait l'océan redoutable s'acharner sans pitié contre leur refuge.

Enfin, Howell éleva la voix, s'égosillant pour couvrir le vent et les flots. Il tenait un émetteur radio à la hauteur de son visage, mais parlait de manière que chacun l'entende.

— Appel à tous les bateaux ! Notre seule chance est de nous diriger vers le grand iceberg tabulaire au sud-ouest pour nous mettre à l'abri du vent en attendant la fin de la tempête. Maintenez un cap de vingt degrés à dix nœuds et demeurez à portée de vue les uns des autres. Restez sur le canal trois et allumez les radiophares de détresse.

Sam avait l'impression qu'ils erraient au hasard, mais lorsque la lune réapparut, il aperçut par les étroits sabords rectangulaires les faibles lumières des deux autres vedettes qui chevauchaient la mer écumante, luttant pour ne pas perdre les autres de vue. Sur la crête des vagues colossales, il distinguait encore les feux de détresse clignotants du *Rolvaag* qui oscillait d'avant en arrière au ralenti. Aucune autre chaloupe n'avait été mise à l'eau depuis leur départ, quelques minutes plus tôt. Il n'arrivait pas à détacher ses yeux du gigantesque navire, prisonnier de l'étau mortel de la tempête.

Une nouvelle vague essaya de soulever le pétrolier, mais en arrivant au sommet, le *Rolvaag* hésita, comme si on le tirait vers le bas. Il s'inclinait, s'éloignant de plus en plus du versant de la vague. La crête bouillonnante au-dessus de lui, il se coucha sur le côté. Sam jeta un coup d'œil à Lloyd. Le visage défait, il ne regardait ni le géologue ni le navire.

Un autre plongeon lui dissimula le *Rolvaag*, puis la chaloupe resurgit au-dessus des flots. Bien que Sam aussi s'efforçât de détourner les yeux, il ne put s'empêcher de chercher le pétrolier du regard. Il gisait toujours sur son flanc, immobile. Même après le passage de la vague, il ne s'était pas redressé, inéluctablement entraîné par son poids. Une plainte stridente et lointaine, presque féminine, perça le fracas de la tempête. Soudain, la coque se fendit par le milieu, séparant la poupe de la proue, qui s'élevèrent toutes deux au-dessus des flots dans un bouillonnement blanchâtre. Au centre du cataclysme apparut une lumière bleue si brillante qu'elle parut illuminer la mer par en dessous, lui prêtant une couleur surnaturelle. Un immense jet de vapeur déchira la surface, formant un champignon au-dessus de l'eau qui leur dissimula le pétrolier. Des éclairs dont les pointes déchiquetaient la nuit crépitèrent derrière le nuage. A cet instant, la chaloupe dévala une cascade d'eau rugissante. Lorsqu'elle resurgit, on ne voyait plus que l'océan sombre et désert. Le *Rolvaag* avait disparu.

Sam se recroquevilla, tremblant et nauséeux, incapable de regarder Lloyd. Eli, Sally, une trentaine de marins, les employés d'EES et de Lloyd Industries avaient sombré avec le pétrolier et la météorite par plus de trois mille mètres de fond... Il ferma les yeux, serrant Rachel, frissonnante. Jamais il n'avait eu si froid, si mal et si peur de sa vie. Elle murmura quelques mots inintelligibles. Il se pencha plus près.

— Quoi ?

Elle lui tendait un objet d'un air suppliant.

— Prends-le. Prends-le.

Dans sa main, elle tenait le CD-Rom qui contenait les résultats des essais sur la météorite.

— Pourquoi ?

— Je veux que tu le gardes. Précieusement. Les réponses sont dedans, Sam. Promets-moi que tu les trouveras.

Il glissa le disque dans sa poche. C'était tout ce qu'il leur restait : quelques centaines de mégabits de données. La météorite qui s'était déjà enfoncée dans la vase abyssale était perdue à jamais.

— Promets-le-moi, répéta Rachel d'une voix pâteuse.

— C'est promis.

Il la serra contre lui, sentant la chaleur de ses larmes dans son cou. La météorite avait disparu. Mais ils étaient tous les deux vivants, et ils le resteraient.

— Nous trouverons les réponses ensemble.

La crête d'une vague déferla sur la chaloupe et la poussa en travers. Ils furent projetés par terre. Sam entendit Howell hurler des ordres alors qu'une autre vague giflait l'embarcation, la retournant presque. Elle retomba sur l'eau avec un craquement.

— Mon bras ! cria quelqu'un. Je me suis cassé le bras !

Sam aida Rachel à se rasseoir sur la banquette rembourrée et lui plaça les mains autour des poignées de sécurité. L'océan qui rugissait autour d'eux engloutissait parfois tout le bateau.

— C'est encore loin? hurla une voix.

— Deux milles, répondit Howell, luttant pour maintenir le cap.

De lourds paquets d'eau fouettaient les sabords par lesquels ils entrapercevaient de temps en temps des images de chaos. Sam avait les coudes, les genoux et les épaules endoloris à force de se cogner contre les parois et le plafond de la chaloupe. Il se sentait comme une balle de ping-pong dans le tambour d'une machine à laver. Il faisait si froid qu'il ne sentait plus ses pieds. Il perdait le contact avec la réalité. Il se souvint d'un été au bord d'un lac dans le Michigan. Il passait des heures assis sur la plage, les fesses dans le sable, les pieds dans l'eau. Mais jamais elle n'avait été si froide... Le niveau de l'eau s'élevait à l'intérieur du bateau. Malmené par la tempête, il menaçait de se rompre.

Il regarda par le sabord. A quelques centaines de mètres, il apercevait les lumières des deux autres chaloupes qui ruaient et rebondissaient sur l'eau. Parfois, une immense vague leur tombait dessus. Elles zigzaguaient follement malgré les efforts de leurs pilotes qui réussissaient tout juste à les empêcher de se retourner. Leurs hélices geignaient lorsqu'ils s'élevaient au-dessus de l'eau. Abruti d'épuisement et de peur, Sam regardait fixement leurs antennes tournoyer, comme prises de démence. A l'arrière, leurs citernes de quarante litres d'eau cognaient contre la coque.

L'une des chaloupes s'évanouit soudain. Un instant auparavant, elle était là, ses feux de route brillant par intermittence, puis elle avait plongé derrière une vague et disparu. Ses lumières étaient invisibles, comme si on les avait éteintes avec un interrupteur.

— Nous avons perdu le bateau numéro trois, dit l'homme à l'avant.

Sam laissa tomber sa tête sur sa poitrine. Qui se trouvait à bord? Garza? Stonecipher? Son esprit refusait de fonctionner. Une partie de lui espérait qu'eux aussi couleraient bientôt pour mettre un terme à cette agonie insensée. Il y avait de plus en plus d'eau au fond de la chaloupe. Machinalement, il se fit la réflexion qu'ils coulaient.

Soudain, il se rendit compte que la mer se calmait. Le bateau dansait et rebondissait toujours sauvagement, mais l'interminable procession de montagnes liquides avait cessé et le vent était tombé.

— Nous sommes sous le vent de l'iceberg, dit Howell.

Ses cheveux étaient plats et emmêlés. Sous son ciré, son uniforme était trempé. Des traînées roses d'eau et de sang mêlés coulaient sur son visage. Pourtant, sa voix rauque était calme. Il reprit la radio.

— Je réclame votre attention! Les deux bateaux prennent l'eau. Ils ne vont pas tarder à couler. Nous n'avons qu'une solution : débarquer sur l'iceberg avec toutes les provisions que nous pourrons transporter. Compris?

La plupart des passagers ne prirent même pas la peine de lever les yeux. Ils avaient dépassé le stade de l'inquiétude. La faible lumière de leur chaloupe balaya la glace.

— Il y a une petite plate-forme en hauteur devant nous. Nous allons nous diriger dessus. Lewis sera à l'avant pour donner des provisions à chacun d'entre vous et il vous débarquera deux par deux. Il faudra faire vite. Si vous tombez dans l'eau, n'y traînez pas, vous ne survivriez pas plus de cinq minutes. Maintenant, mettez-vous deux par deux.

Sam attira Rachel contre lui d'un geste protecteur, puis se tourna vers Lloyd. Ses yeux étaient sombres et creusés. Hantés.

— Qu'ai-je fait? murmura-t-il d'une voix enrouée. Mon Dieu, qu'ai-je fait?

Détroit de Drake,
26 juillet, 11 h 00

Le jour se levait sur l'île de glace. Sam, qui avait passé la nuit dans une torpeur agitée, se réveillait lentement. Enfin, il leva la tête. La glace se craquela sur sa veste. Autour de lui, un petit groupe de survivants s'étaient blottis les uns contre les autres pour se réchauffer. Certains gisaient sur le dos, le visage gelé, les yeux grands ouverts. D'autres, à genoux, semblaient figés. Ils doivent être morts, pensa Sam, presque rêveur. Ils étaient cent au départ de Port Elizabeth. Et maintenant, il en comptait à peine deux douzaines.

Rachel était allongée devant lui, les yeux fermés. Il s'assit tant bien que mal, faisant glisser la neige amassée sur ses membres. Le vent était tombé. Un calme de mort régnait autour d'eux, seulement rompu par les vagues qui battaient la base de l'iceberg.

Devant lui s'étendait un plateau de glace turquoise sillonné de ruisselets qui se creusaient en ravines. Une lueur rouge comme une traînée de sang teintait l'horizon et la mer à l'est. Au loin, on apercevait des centaines de petits icebergs bleus et verts immobiles sur la houle, dont le sommet scintillait dans la lumière matinale. Un paysage d'eau et de glace aussi loin que portait le regard.

Il se sentait incroyablement somnolent. C'était étonnant, mais il n'avait plus froid. Il s'efforça de se secouer. Peu à peu, les souvenirs de la nuit affluèrent : le débarquement, la crevasse qu'ils avaient dû escalader dans le noir, leurs vaines tentatives pour allumer un feu, la léthargie qui s'insinuait en lui. Quant au pétrolier, à ce qui s'était passé avant, il refusait d'y penser. Pour l'instant, son monde se limitait aux contours de cette île étrange.

Ici, au sommet, il se sentait stable. L'iceberg était aussi solide que la terre. A l'est, le grand défilé des vagues continuait à

449

déformer la mer, mais avec moins de violence. Après le noir de la nuit et le gris de la tempête, tout semblait teinté de pastel, la glace bleue, la mer rose, le ciel rouge et pêche. Un spectacle déroutant, beau et irréel à la fois.

Il tenta de se lever mais ses jambes refusaient de lui obéir. Il réussit à se mettre sur un genou mais retomba aussitôt. Il se sentait tellement exténué qu'il lui fallut rassembler toute sa volonté pour ne pas s'allonger. Une faible voix à l'intérieur lui soufflait que ce n'était pas seulement la fatigue : il souffrait d'hypothermie.

Il fallait qu'ils se lèvent, qu'ils marchent. Il devait remuer les autres.

Il secoua Rachel sans douceur. Les yeux mi-clos, elle tourna la tête vers lui. Ses lèvres étaient bleues et des morceaux de glace étaient accrochés à ses cheveux noirs.

— Rachel, croassa-t-il. Rachel, debout, s'il te plaît.

Ses lèvres bougèrent. Elle parlait, mais ce n'était qu'un souffle d'air sans son.

— Rachel ?

Il se pencha. Maintenant, il l'entendait. Un chuintement glaçant.

— La météorite…

— Elle a coulé. N'y pense plus. C'est fini.

Elle secoua imperceptiblement la tête.

— Non… C'est pas ce que tu penses…

Elle ferma les yeux et il la prit par les épaules.

— Sommeil…

— Rachel, ne t'endors pas. De quoi parlais-tu ?

Elle délirait, mais il fallait qu'elle continue à parler pour ne pas s'endormir. Il la secoua encore.

— Qu'est-ce que tu disais à propos de la météorite, Rachel ?

Elle battit péniblement des paupières, les yeux dirigés vers le sol. Sam suivit son regard. Il n'y avait rien. Sa main remua.

— Là… dit-elle, les yeux toujours baissés.

Sam lui prit la main. Il ôta son gant trempé et à moitié gelé. Sa main était frigorifiée, le bout de ses doigts, blanc. Maintenant, il comprenait : elle avait des engelures. Il essaya de les masser et elle se détendit, laissant tomber une cacahuète.

— Tu as faim ? demanda Sam, regardant l'arachide rouler dans la neige.

Rachel referma les yeux. Il essaya sans succès de la soulever. Il se serra contre elle. Son corps était lourd et froid. Il se tourna pour chercher de l'aide et vit Palmer Lloyd, allongé sur la glace à côté d'eux.

— Lloyd ? murmura-t-il.

— Oui, répondit une voix faible et rocailleuse.

— Il faut bouger, dit Sam, se rendant compte qu'il haletait.

— M'en fous.

Il voulut encore secouer Rachel, mais il avait du mal à remuer son propre bras maintenant. La jeune femme était inerte. C'était plus qu'il n'en pouvait supporter. Il jeta un coup d'œil vers la grappe de silhouettes immobiles sous leur manteau de glace. Il reconnut le docteur Brambell, un livre incongru sous le bras. Garza avait la tête enveloppée d'un bandage blanc bordé de givre. Il y avait aussi Howell et deux ou trois dizaines d'autres. Personne ne bougeait. Soudain, il prit conscience que leur sort ne lui était pas indifférent. Pas indifférent du tout. Il voulut crier, se lever pour leur donner des coups de pied, les obliger à se lever, mais il ne trouvait même pas l'énergie pour parler. Ils étaient trop nombreux. Il ne pourrait pas les réchauffer tous. Il n'arrivait même pas à se réchauffer lui-même.

Sa tête tournait. Il s'enfonçait dans une mer d'encre. L'apathie se répandait à nouveau dans ses membres. Nous allons tous mourir ici, mais ce n'est pas grave, pensa-t-il. Il regarda Rachel. On ne lui voyait plus que le blanc des yeux sous ses paupières mi-closes. Son visage était gris. Il allait la rejoindre. Ce n'était pas grave. Un flocon voleta au-dessus d'eux et se posa délicatement sur les lèvres de la jeune femme. Il mit longtemps à fondre.

La mer d'encre l'enveloppa tout entier. C'était agréable maintenant. Il avait l'impression de s'endormir dans les bras de sa mère, comme autrefois. Il céda à la douce léthargie qui l'emportait. Il flottait. La voix de Rachel résonnait dans sa tête : ce n'est pas ce que tu penses. Pas ce que tu penses.

Soudain sa voix mua. Elle devint plus forte, presque métallique.

— Géorgie du Sud. Bravo… En vue… Nous venons vous chercher…

Une lumière s'alluma au-dessus de lui. Il entendit vaguement un vrombissement, un battement régulier. Des voix, une radio. Il luttait pour leur échapper. Non, non, laissez-moi dormir ! Laissez-moi !

Puis il commença à avoir mal.

Géorgie du Sud,
29 juillet, 12 h 20

Palmer Lloyd était allongé sur un lit étroit dans le préfabriqué qui abritait l'infirmerie de la station scientifique britannique. Il regardait le plafond en contreplaqué. Au cours des derniers jours, ses yeux avaient suivi ses cercles concentriques plus ou moins foncés des centaines de fois. Il sentait les relents de l'assiette pleine posée à côté de son lit depuis le déjeuner. De l'autre côté de la minuscule fenêtre, le vent soufflait sur les champs de neige bleus, les montagnes bleues et les glaciers bleus de l'île.

Cela faisait trois jours qu'on les avait secourus. Tant de gens étaient morts, sur le pétrolier, dans les chaloupes, sur l'île de glace.

Petits enfants, prenez garde aux flots bleus
Qui font semblant de se plaire à vos jeux.

Cette chansonnette idiote de son enfance lui trottait dans la tête depuis qu'il avait repris conscience dans ce lit.

Il avait survécu. Demain, un hélicoptère l'emmènerait aux Malouines et, de là, il rentrerait à New York. Il se demanda machinalement comment les médias relateraient cet épisode. Mais il se rendit compte qu'il s'en moquait. Peu de choses lui paraissaient importantes à présent. Il en avait fini avec le musée, les affaires, la science. Tous ses rêves lui semblaient lointains. Ils avaient sombré avec la météorite. Il désirait seulement regagner sa ferme dans le nord de l'État de New York, se préparer un Martini bien tassé et le boire sur le rocking-chair de la véranda en regardant le cerf manger les pommes du verger.

Un aide-soignant entra, prit le plateau et en posa un autre à la place.

Lloyd secoua la tête.

— C'est mon boulot, mon vieux.

— Dans ce cas...

A cet instant, on frappa à la porte.

Sam McFarlane entra d'un pas mal assuré. Sa main gauche et une partie de son visage étaient bandés. Il portait des lunettes de soleil. Il s'assit sur la chaise pliante en métal qui occupait presque tout l'espace dans cette chambre exiguë. Le siège craqua sous son poids.

Lloyd fut surpris. Il ne l'avait pas revu au cours des trois derniers jours et il en avait déduit que celui-ci ne voulait plus entendre parler de lui, ce qui lui semblait normal. Presque personne ne lui avait adressé la parole depuis son arrivée. Howell était le seul membre de l'expédition qui lui avait rendu visite, et c'était juste pour lui faire signer des papiers. Ils le haïssaient tous à présent.

Lloyd pensait que Sam attendait le départ de l'aide-soignant pour parler. Mais il resta silencieux un long moment après que l'autre homme eut refermé la porte derrière lui. Enfin, il ôta ses lunettes noires et se pencha en avant.

Le changement fit tressaillir Lloyd. Ses yeux étaient en feu. Rouges, à vif, soulignés de grands cernes noirs. La mort de Rachel et la perte de la météorite l'avaient profondément éprouvé.

— Écoutez, lâcha-t-il enfin d'une voix tendue. J'ai quelque chose à vous dire.

Sam s'approcha encore pour lui parler dans l'oreille.

— Lorsque le *Rolvaag* a coulé, sa position était 61° 32' 14" Sud, 59° 30' 10" Ouest.

— Je vous en prie, ne parlons pas de ça, Sam, pas maintenant.

— Si, maintenant ! répliqua l'autre avec une véhémence surprenante.

Il extirpa de sa poche un CD-Rom qu'il tint en l'air, faisant miroiter ses couleurs arc-en-ciel à la lumière.

— Sur ce CD...

Lloyd se tourna vers le mur en contreplaqué.

— Sam, c'est terminé. Il n'y a plus de météorite. Laissez tomber.

— Sur ce CD, il y a les dernières informations que nous ayons récoltées sur la météorite. J'ai fait une promesse. Et je les ai... étudiées.

Lloyd se sentait las, si las. Ses yeux s'égarèrent en direction de la petite fenêtre, vers les montagnes couronnées de glaciers qui transperçaient les nuages. Il ne supportait pas la vue de la glace. Il ne voulait plus en voir, jamais.

— Hier, continua Sam impitoyablement, un des scientifiques de la station m'a confié qu'ils avaient relevé des tremblements de terre sous-marins très inhabituels. Des dizaines, tous inférieurs à trois sur l'échelle de Richter.

Lloyd attendait la suite. Sam délirait, c'était évident.

— L'épicentre de ces séismes se trouve à 61° 32' 14" Sud, 59° 30' 10" Ouest.

Le milliardaire cligna des yeux. Il tourna lentement la tête vers le géologue.

— J'ai analysé les données sur le CD-Rom. Pour la plupart, elles concernent la forme et la structure interne de la météorite. C'est très inhabituel.

Lloyd ne répondit rien, mais ne détourna pas la tête non plus.

— Elle est formée de couches. Elle est presque symétrique. Ce n'est pas naturel.

Lloyd s'assit.

— Pas naturel ?

Il commençait à s'inquiéter. Sam avait subi un grave choc psychologique. Il avait besoin d'aide.

— Elle est formée de couches, je vous dis ! Elle a une coque extérieure, une épaisse couche interne et une minuscule inclusion ronde exactement au centre. Ce n'est pas un accident. Réfléchissez. Cela ne vous évoque rien ? C'est très commun, ce doit être une structure universelle...

— Sam, vous êtes fatigué. Je vais appeler une infirmière. Elle...

Mais Sam l'interrompit.

— Rachel avait tout compris. Juste avant de mourir. C'était dans sa main. Souvenez-vous, elle nous disait de penser autrement, de nous mettre à la place de la météorite. A la fin, Rachel savait. La météorite réagissait à l'eau de mer. En fait, elle attendait cette eau de mer depuis des millions d'années.

Lloyd cherchait le bouton d'appel à côté de son lit. Sam était encore plus mal en point qu'il ne l'avait cru. Sam marqua une pause. Une lueur anormale brillait dans ses yeux.

— Vous savez, Lloyd, ce n'est pas du tout une météorite.

Ce dernier avait l'impression que le temps était suspendu dans la chambre. Il voyait l'interrupteur. Si seulement il pouvait appuyer dessus sans qu'il s'en rende compte. Il était inutile de l'exciter plus. Le visage de Sam était rouge, en sueur, sa respiration rapide et rauque. La disparition de la météorite, le naufrage du *Rolvaag*, les morts en mer, sur la glace… Cela l'avait sans doute brisé. Le sentiment de culpabilité de Lloyd se raviva, plus aigu : même les survivants ne s'en étaient pas sortis indemnes.

— Vous m'avez entendu, Lloyd ? Je vous dis que *ce n'est pas* une météorite.

— C'est quoi, alors ? réussit-il enfin à articuler d'une voix calme, tandis que sa main s'approchait innocemment de l'interrupteur.

— Tous ces séismes précisément à l'endroit où le navire a coulé…

— Eh bien ?

— Avez-vous déjà entendu parler de la théorie de la panspermie ? Elle prétend qu'à l'origine, la Terre a été fertilisée par des organismes vivants venus de l'espace…

— Bien sûr, Sam, lui répondit Lloyd d'un ton apaisant.

Il appuya sur le bouton. Une fois, deux fois, trois fois. L'infirmière serait là d'un instant à l'autre. Il fallait aider Sam.

— Cette chose qu'on a *plantée* au fond de la mer, devinez quoi ?

— Quoi ? demanda Lloyd d'une voix qu'il espérait naturelle.

Dieu merci, il entendait déjà les pas de l'infirmière dans le couloir.

— Elle germe.

REMERCIEMENTS

Nous remercions le capitaine de frégate des réserves de la marine américaine Stephen Littfin pour son aide inestimable en ce qui concerne les termes de marine militaire. Nous souhaitons également témoigner notre gratitude à Michael Tusiani qui a corrigé plusieurs éléments relatifs au pétrolier. Merci à Tim Tiernan pour ses conseils dans le domaine de la métallurgie et de la physique, ainsi qu'au chasseur de météorites Charlie Snell de Santa Fe, pour ses renseignements sur son métier. Nous tenons aussi à exprimer notre reconnaissance aux ingénieurs qui ont accepté de nous confier diverses informations confidentielles au sujet du déplacement d'objets très lourds.

Lincoln Child remercie sa femme Luchie, Sonny Baula pour les traductions en tagalog, Greg Tear pour ses critiques compétentes et passionnées, et sa fille Veronica qui rend chaque jour précieux. Merci aussi à Denis Kelly, Malou Baula et Juanito « Boyet » Nepomuceno. J'exprime toute ma gratitude à Liz Ciner, Roger Lasley et surtout à George Soule, mon conseiller depuis vingt-cinq ans. Je souhaite une longue vie placée sous le signe de la connaissance au Carleton College et à ses élèves.

Douglas Preston remercie sa femme Christine et ses trois enfants, Selene, Aletheia et Isaac pour leur amour et leur soutien.

Nous souhaitons également remercier Betsy Mitchell et Jaime Levine de Warner Books, Eric Simonoff de Janklow & Nesbit Associates, et Matthew Snyder de CAA.

*Cet ouvrage a été composé
par Atlant' Communication
aux Sables-d'Olonne (Vendée)*

Impression réalisée sur CAMERON par

BRODARD & TAUPIN

GROUPE CPI

*La Flèche
en mai 2002
pour le compte des Éditions de l'Archipel
département éditorial
de la S.A.R.L. Écriture-Communication*